東京美術學校正門　位於東京上野公園內，與東京音樂學校及上野動物園為鄰。

1913年的東京美術學校內部校舍

東京美術學校裡西洋畫科上人體素描課情形

這是陳植棋1930年東京美術學校畢業時所作的「自畫像」（60.6×45.5cm），為母校的永久收藏，由作品可看出二十幾歲的陳氏的藝術觀和膽識，他引薦台灣來的美術學生與吉村芳松相識。（左圖）

藍運登是李石樵就讀東美時代的知己，兩人相識於吉村芳松的畫室。（右圖）

1920年代東京美校圖畫師範科的上課情形

東京美術學校藤島武二教室裡學生作畫情形

藤島武二是顏水龍在東美時代的指導老師，此畫題名〈蝴蝶〉，作於1904年，油彩畫於帆布上。

顏水龍1932年所繪的油畫〈親情〉 80.5×65cm

② 永樂町的台展少年

日治初期永樂町尚稱南街，還只是泥土道路。

大正年間大稻埕永樂町街道一景

林玉山渡日再進修前，在台灣日日新報社三樓舉行個展時所攝：（前排右起）加藤紫軒、喜多班山、田部善子、木下村上無羅。（後排右起）宮田彌太郎、林雪州、佐佐木立軒、陳敬輝、林玉山、郭雪湖、蔡雲岩、野村泉月。

1920年代郭雪湖（右）與任瑞堯在蔡雪溪畫室曾是同門師兄弟（左圖）
國島水馬所繪《台灣漫畫史》中，1927年當中有「台展」成立的記事。（右圖）

林玉山於第一回「台展」之後陸續有以水牛為題材之作品，成為他創作之主要特色。

任教基隆女中的村上無羅（英夫），於1927年以〈基隆燃放水燈〉一作獲第一回台展東洋畫特選。（左圖）
第四回「台展」獲台日賞之〈南街殷賑〉，為郭雪湖作於1930年。（右圖）

第一回「台展」林英貴（玉山）出品之水牛圖

郭雪湖啟蒙師蔡雪溪入選第四回「台展」之〈扒龍船〉

第一回「台展」郭雪湖入選之〈松谿飛泉〉，絹本水墨，162×70cm，1927。

郭雪湖〈圓山附近〉畫中的鐵橋建於1901年，此攝影即為該橋當年樣貌。

郭雪湖1928年所繪的膠彩絹畫〈圓山附近〉，為第二屆台展特選，91×182cm。

大稻埕太平町一帶到處是茶行，走廊上常圍著一群婦女撿茶葉，成為日本畫家石川欽一郎、立石鐵臣作畫的題材，此圖為立石鐵臣所作。

此圖為立石鐵臣返回日本後，憑記憶所畫的大稻埕路邊攤景象。

石川欽一郎為日本著名水彩畫家，曾兩次來台任教，學生有陳植棋、廖繼春、倪蔣懷等，並與鹽月桃甫共創台灣美術展，對台灣美術的發展具開導之功，此圖為他水彩畫作〈台南赤崁樓〉。

石川在台北師範的美術教室上課情形

台灣總督府圖書館閱覽室，郭雪湖長時間在此究讀獲得獎狀，是他學習的終身文憑。

石川欽一郎帶領台北師範學生到校外寫生的情形

陳清汾居留巴黎時，常到這墳場散步，偶遇一位思想特異之「文學」老人，從交談中獲得許多啟示。

梵鄧肯（Van Dongen）是顏水龍離開法國之前偶遇的巴黎畫派大師

梵鄧肯所畫的貴夫人肖像　油彩畫布

馬賽港聖母院之尖塔上有一尊白色大理石像，是送別陳清汾的「母親」。

陳清汾陪同東京畫家有島生馬到太平國民學生在教員辦公室裡看到這座黃土水的大理石作品〈少女胸像〉，甚為感動。（左圖）

有島生馬（洋畫家）為帝國美術院會員，他帶陳清汾到巴黎遊學，此畫為1941年所作油畫〈妻的畫像〉，出品第四回「新文展」。（右圖）

德國境內之萊茵河上的遊輪，李超然在這裡巧遇年輕時代的藤田嗣治，並獲畫一張肖像素描。

日治時代大稻埕公學校（日後改稱太平國民學校）全景

顏水龍設計的壽毛加廣告（左圖）

李超然和高慈美夫婦在這裡為顏水龍和林秋錦牽線，可惜沒有成功，這房子是李超然的曾祖父，大稻埕有名茶商李春生所建。（右圖）

1933年顏水龍在台中圖書館舉辦「留歐作品展」，林獻堂及家人前往參觀，前排左起林猶龍、藤井愛子、林惠美、林獻堂夫婦、敏子、林攀龍；後排左二為顏水龍。（下圖）

歡迎來台的台展審查委員結城素明（會場江山樓酒家），右起村上無羅、木下靜崖、陳氏進、結城素明、女給、鄉原古統、蔡雲岩、郭雪湖、陳敬輝、呂鐵州。

於鄉原古統宅舉行每年一度的初春會，左起：陳敬輝、郭雪湖、鄉原古統、村上無羅、曹秋圃、蔡雲岩（1935年1月2日）

文協人士在台中成立「中央書局」推廣新文化，並為畫家辦畫展，經理是張星建和台北王井泉等，都是美術界有力贊助人。（上圖）

山水亭老板王井泉是大稻埕文化界的甘草人物，文藝界皆稱他「古井兄」。（下圖）

昭和十五年（1940）在東京發行之《台灣藝術》。

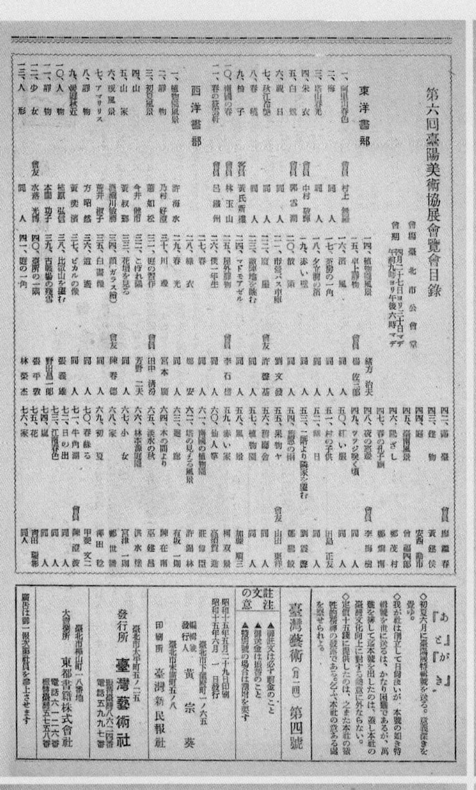

第六回臺陽美術協展會覽會目錄

會場 臺北市公會堂
會期 四月二十七日ヨリ三十日マデ 午前九時ヨリ午後六時マデ

東洋畫部

一、阿里山春色 會員 村上無羅
二、梅 同人
三、塔山春光 同人
四、朱衣 會員 中村敬輝
五、白鷺 會員 郭雪湖
六、緞日 同人
七、秋江冷艷 同人
八、春曉 同人
九、柚子 客員 黃氏新櫻
一〇、南國の春 會員 林玉山
一一、春の荔香 會員 呂鐵州

西洋畫部

一、植物園風景 許海水
二、靜物 乃村好澄
三、初夏風景 蕭如松
四、山 今井健市
五、山家 黃叔卿
六、夜風景 [illegible]
七、アマリリス 荒井枇子
八、靜物 方昭然
九、[illegible] 黃奕濱
一〇、人物 楠原弘信
一一、靜物 本田功子
一二、少女 會友 水落光博
一三、人形 同人
一四、植物園風景 緒方治夫
一五、卓上靜物 會員 楊佐三郎
一六、潮風 同人
一七、茶房の一角 同人
一八、夕立前の街 同人
一九、赤い壁 同人
二〇、散策 同人
二一、市營バス車庫 劉文發
二二、庭園 會友 許聲基
二三、高原地を眺む 同人
二四、マドモアゼル 同人
二五、屋外靜物 會員 李石樵
二六、僕一年生 同人
二七、春 同人
二八、綠衣 鄭安
二九、春光 同人
三〇、川邊 宮本廣
三一、庭の習作 會員 田中清汾
三二、こもれ陽 芳野二天
三三、花園を見る 同人
三四、顏（ガラス繪） 會友 陳春德
三五、白鶴像 同人
三六、道 同人
三七、ピカルの像 同人
三八、比叡山を望む 張義雄
三九、古戰場の殘雪 野田昌一郎
四〇、臺所の一隅 張平敦
四一、庭の一角 林榮杰
四二、露臺 會員 廖繼春
四三、靜物 黃鉅侠
四四、庭 安西勘市
四五、嘉南風景 翁福四郎
四六、陽ざし 鄭茂村
四七、春の孔子廟 鄭炯南
四八、夜の窓邊 會員 李梅樹
四九、ツツジ咲く頃 同人
五〇、紅い服 同人
五一、村の子供 田島正友
五二、緣日 同人
五三、二階より商家を望む 劉啓聲
五四、薔薇の雨 鄭鵬飲
五五、果物ヤ 會友 山田東洋
五六、百蘭會 同人
五七、植物園 同人
五八、風景 加藤照三
五九、赤い家 柯双泉
六〇、仙人掌 高須賀進
六一、南國の植物園 莊傳臣
六二、塔の見える風景 許鋼林
六三、憩 有坂一陽
六四、木の間より 陳在南
六五、淡水の秋 巫建昌
六六、林本源庭園 洪水炎
六七、小女 宮律一陽
六八、家 鄭世璠
六九、初夏 澤田稔
七〇、春蘇る 甲斐文二
七一、牛內湖 會員 陳澄波
七二、日の出 同人
七三、江南春色 同人
七四、嵐 同人
七五、花 青田瑞彬
七六、家 同人

『あとがき』

臺灣藝術（第一卷 第四號）

昭和十五年五月二十九日印刷
昭和十五年六月一日發行

編輯兼發行人 黃宗葵
印刷所 臺灣新民報社
發行所 臺灣藝術社
大賣捌所 東都書籍株式會社

臺陽展洋畫評

吳天賞

額縁をつけて一枚いくらと賣られる、あの大量的に生產される、きれいさうな油繪、山紫水明にして均整のとれた極彩色の、あのきれいな繪がなぜ美しいといへないのであらうか。青い海の上にはジャンクの帆が風を孕み、薔薇の花はいかにも薔薇らしく描かれてあるではないか。しかもこれらは藝術ではないのである。

なぜであらうか。

正しく、これらの賣り繪には藝術と稱すべきものに出會つたことは稀である。これらの繪を單に飾り物として買つて飾る人であれば、其處になにがとつて代つて飾られてもいゝのだから、それが藝術であることをも主張などはしないし、主張することも出來ないわけだ。

畫家と自他ともに稱する人が、さういふ賣り繪と、自分の藝術との區別がつかぬ人がないでもない。これはまがひものに違ひないのだ。

かういふ繪には飾り物としての商品以外に繪となるべき基礎條件を備へてゐないから、繪としての問題は提供しえないわけだ。

寫眞に映つたものは、たゞ平面的な形の骸あるのみで、そこには讀みとるべきデッサンの深みも味もない。

そして最も致命傷なのは、てつとり早やく言つて、さういふ賣り繪には語られるなにものもはいつてゐないのだ。だれが描いてもさうなるにきまつてゐる程度の、作者がたれであつてもいゝやうな、實はさういふゆき方を全部かなぐり捨てたところから繪畫は初めて出發するのだから、さういふ繪はてんから繪としての問題は成立しないのである。

商賣上の商品としてさういふ繪を作ることはなにも責められるべきものではないのだが、一般に藝術はさういふものでないことは明かである。

藝術作品としての繪畫は作者が語らうとする作品の核心が內在しなければ問題とはならない。

作者としては、モチイフとなるべき核心があるか、作品には核心が表現されてゐるかといふことが問題となり、鑑賞者側では作品の核心が讀めるか、その核心を通して作者のモチイフが讀みとれるかどうかが問題となる。

一應核心あるモチイフがきまつた場合は當面の問題として表現技術がどうのかうのと議論されるわけだ。作家同志の批評にはこれが多い。觀る方では、これはいゝ繪だとぴんと直觀にぶつゝかつてくる作品についてはその後ろにそのモチイフを讀み、表現の技巧を研究して、最後にまた全體としての氣分を味はつてみる。

つまり作家の方の創作過程と、鑑賞者の方の鑑賞過程は同樣のコースをとることが考へられる。

これ以上はわからぬといふやうな作家は古いと謂はれていゝし、これ以上はわからぬといふ觀者であれば、その鑑賞力も疑はれるわけだ。

この島にゐるわれ〳〵はこの點を警戒しなければならぬ。

作家にあつては、批評家がどう賞はうと、自らよつて立つところの基底を固守しつゝ、藝術は停滯をゆるされないものと觀念して、いつまでたつてももう一皮むく、むいたあとからもう一皮むく構へにはいる、といふ風にあるべきものと考へられる。これと全然別ではなからうが、ある藝術家のゆき方は自分の觀定めた遠きにある目標と現在のゐ場所の間に一筋の線を引いて、その一筋道をこつ〳〵と生涯かゝつて步むといふやうなのもゐる。それもいゝのだ。たとへさうあつても、觀る側の人に一皮むいたなと、觀てとられるのは、その作家の飛躍的進步と謂はれていゝわけだ。內なるものゝ進展とゝもに、手法の模索が、その作家に喜ぶべきユニークな畫風をもちきたらし

（當日出席した臺陽展會員諸君）

廖繼春　陳春德　李梅樹　村上無羅　楊佐三郎　陳澄波（立）　中村敬輝　林玉山　郭雪湖　李石樵（圖）

◇欠席の會員
田中清汾　呂鐵州　陳氏進
◇會友
水落光博　許聲基　山田東洋　林克恭　蘇秋東

臺陽展雜感

廖繼春

よく臺陽美術協會はどう云ふ組織でどう云ふ內容を持つて居るかと、問はれるので簡單にそれについて述べて見たいと思ひます今日の樣に美術の理解者が增えて來たことは我々美術家にとつて誠に力强いことです が昭和十年頃々の聲を擧げた際に臺展に反旗を飜すとか色々と誤解されて潰されぬばかりでした。臺展は秋の島を飾るに對し春の島にも何かなければと思つて組織したのが臺陽展です。臺陽展の前身は赤島社展で、その前身は春光展で臺展以前に生れたのです。傾向も思想も臺展と同一で〻の點から申しても決して兩立はあり得ないと思ひます。會員は內臺を問はず、思想穩健で同志であれば迎へる主旨で、民族的偏見の色彩は斷じてなく從つて會の目的も、藝術精進文化向上、會員親睦以外にないのであります。

今迄は洋畫部だけでしたが、皇紀二千六百年に東洋畫部を設け臺展推薦級六氏を會員に迎へ得たことは會として又臺灣美術界の爲めに喜ばしい限りです。來年には彫刻部を設置することに定めました。事業は年一回の展覽會開催研究機關設置日支親善美術展も計畫の一つとしてあります全力を擧げて臺灣文化建設の爲めに邁進する覺悟であります。

今後の美術界はおそらく團體的行動においても個人的な精神的テーマにおいても激しく搖すぶられること だらうと思はれますが、臺陽美術協會の人々はその間に處しても飽迄敢爲なる藝術精神——一切の醜惡な現實世界を超越し、リアリスト的精神に生き拔けなければならないと思ひます。

今後とも諸士諸先輩の御薰陶御援助を願つて止まない次第であります

一生の光榮です

"綠衣"のモデル美佐子語る

姿みたいな者が畫家に描かれて、

（寫眞は美佐子）

ほんとに一生の光榮です。喜びの餘りに、臺陽展開場の初日午前八時その開場を待ちに半時間ばかり門前に立ち、開場すると同時に矢の一番に入場して拜觀しました。「綠衣」の前にたつた姿はなんとも言はれない一種の氣持にうたれ、しみ〴〵藝術の新聖の境に入りました、描らない者ですが、今後は大いにこの方面に力を入れて究研してみたいと思ひます

《台灣藝術》雜誌為第六回「台陽展」所作的特輯

陳清汾1955年油彩作品〈歸帆〉（48×59cm）

「台陽展」閉幕之後，畫會會員合影（右起陳澄波、李梅樹、陳春德、陳植棋遺孀及子女，楊三郎夫婦、李石樵）（左圖）
就讀東京美術學校台灣學生合影，前排左起：顏水龍、廖繼春、陳植棋（最右）；陳澄波（後排中）。（右圖）

陳澄波1935年油彩作品〈淡水〉（91×116.5cm）

廖繼春1961年油彩作品〈淡江風景〉（53×64cm）

日治時期大稻埕太平町是台灣當時茶葉的交易中心，市容繁忙，人力車來往頻繁。

台北城西是淡水河，是美術界友人經常相約見面、散步、寫生的好地方。

1934年5月6日栴檀社於教育會舉行鄉原古統送別畫展，下排右起：陳氏進、市來シオソ，台展官員、鹽月桃甫、台展官員、鄉原古統；立排右起：陳敬輝、秋山春水、木下靜崖、野間口墨華、呂鐵州、村上無羅、郭雪湖、蔡雲岩。

鄉原古統離台回日本前，同仁在鐵道大飯店舉行送別酒會，右起木下靜崖、鄉原古統、人名未詳、田部善子。後排右起：陳敬輝、秋山春水、野村泉月、郭雪湖、蔡雲岩、村上無羅、野間口墨華、佐佐木立軒、加藤紫軒、神島裱裝師。

陳清汾1925年旅法期間所畫的風景油畫

倪蔣懷1929年所畫的永樂町後巷的兩幅水彩風景畫（下二圖）

日治時期楊三郎於自宅宴請畫壇人士，前排坐者右起：鹽月桃甫、藤島武二、梅原龍三郎、楊三郎、顏水龍；後排立者右起：陳澄波、洪瑞麟、立石鐵臣、李梅樹。

1937年台陽美協南下到台中舉行移動展，由楊肇嘉接待並合影。前排右起為呂基正、洪瑞麟、陳德旺、陳澄波、李梅樹、楊肇嘉，最左為張星建，後排左起為李石樵、楊三郎。

立石鐵臣1942年的油畫〈蓮池日輪〉（60×72cm）

張萬傳1936年畫的〈六館仔〉，位在大稻埕水門附近。

行動美術團體1937年9月1日的合照，右起：張萬傳、陳春德、呂基正、洪瑞麟、陳德旺。

張萬傳的30號油畫〈蘭嶼島豐年祭〉

1938年第一回Mouve展（行動洋畫集團）展出時，在台北教育會館樓梯七名會員排成一行，由上而下：呂基正、張萬傳、洪瑞麟、黃清埕、陳德旺、陳春德。

城內之菊元百貨公司是圖中最遠那棟，當時七層高樓為台北最高，僅次於總督府。

佐伯祐三（1898-1928）是三十歲英年早逝之天才畫家，一度傳聞作品流落台灣，此作〈郵差〉為1928年作。（左圖）
張秋海在台展第三回參展之習作（右圖）

大稻埕第一劇場對面山水亭是日治時代文化人士經常出入的地方，老板王井泉熱心文化，對美術推展有很大貢獻。

大稻埕太平通曾一度是台北最大街道，也是新美術運動時代台灣畫家活動頻繁之地帶。

楊三郎1976年所畫的油畫〈燈塔〉（上圖）

大稻埕最早西餐廳波麗路老板廖水來及其員工合影（下圖）

昭和九年10月28日飛行士楊清溪中部訪問飛行紀念留影

台灣飛行士楊清溪在台北試飛，借此告訴台灣民眾：台灣人也能飛上天空。

30年代聞名國際之朝鮮女舞蹈家崔承喜曾到台灣演出而轟動一時，是當時文藝界之一件大事。（左圖）
木下靜崖所作〈淡水港〉 絹本彩墨　127×41.5cm（右圖）

蔡雲岩是木下靜崖在台唯一弟子，從「台展」到「府展」沒一回缺席，只是未曾得過任何獎，某一回曾是特選競爭者，又敗在林玉山手下，此作〈秋晴〉曾入選於第六回「台展」東洋畫部。

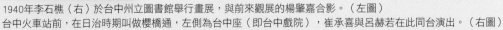

1940年李石樵（右）於台中州立圖書館舉行畫展，與前來觀展的楊肇嘉合影。（左圖）
台中火車站前，在日治時期叫做櫻橋通，左側為台中座（即台中戲院），崔承喜與呂赫若在此同台演出。（右圖）

李石樵東京美術學校畢業後仍然住在東京，回台畫展時住大稻埕王泉井家，此照為雅典娜照相館詹紹基所攝。

霧峰林家之五桂樓，李石樵在這樓上為林家人畫肖像。

李石樵在台中中央書局張星建介紹下為楊肇嘉家族畫群像，後來入選「帝展」，是他一生中得意之作。

昭和天皇參觀帝展開幕時看到李石樵作品〈台灣楊肇嘉家族〉，曾問楊氏何許人。

台灣議會請願代表林獻堂、楊肇嘉、邱德金等人抵達東京，學生隊伍在車站唱「議會設置請願歌」歡迎，並搭車遊行市區，在東京造成轟動。

第十八任總督海軍大將長谷川清，曾聘李石樵前來畫肖像。

石川欽一郎1916年所繪水彩畫〈台灣總督府〉

陳植棋1924年所繪水彩畫〈總督府〉

約在1920年代之金瓜石礦區全景

明治天皇御製

鑛山

開らかずば
いかで光の
あらはれむ
黃金花さく
山はありとも

倪蔣懷於台北師範學校畢業後任教國民學校期間所拍之肖像（左圖）
明治天皇御製之文譯：礦山，如果不綻放，如何讓光芒呈現，只是空有滿山黃金花。（右圖）

洪瑞麟1956年畫於瑞芳礦區之水墨速寫，都以他在礦坑之同僚為模特兒。

洪瑞麟　金瓜石風景　約1956　紙、淡彩

洪瑞麟〈礦工〉1950 油彩畫布 51×62cm

洪瑞麟於瑞芳煤礦所畫〈礦工入坑〉
1958 油彩畫布

洪瑞麟於礦坑入口留影

霧社事件後鹽月桃甫有感而畫的巨幅油畫〈母親〉1930年作

鹽月桃甫像（攝於任教台北期間）

鹽月桃甫作於1926年的油畫風景

鹽月桃甫第一回台展以評審員出品之參展作品〈山地姑娘〉油畫　1927年作

鹽月桃甫所作第三回台展〈火祭〉油畫

紫色大稻埕

謝里法 著

太平公學校
太平公學校分校
蓬萊町
蓬萊公學校
日新公學校
靜修女學校
北警察署
下奎府町
奎府町
建成町
建成小學校
御成町
宮前町
米國領事館
大正町
專賣局煙草工場
臺北驛
北門町
大阪商船
近海郵船
第二衛生作業監督所

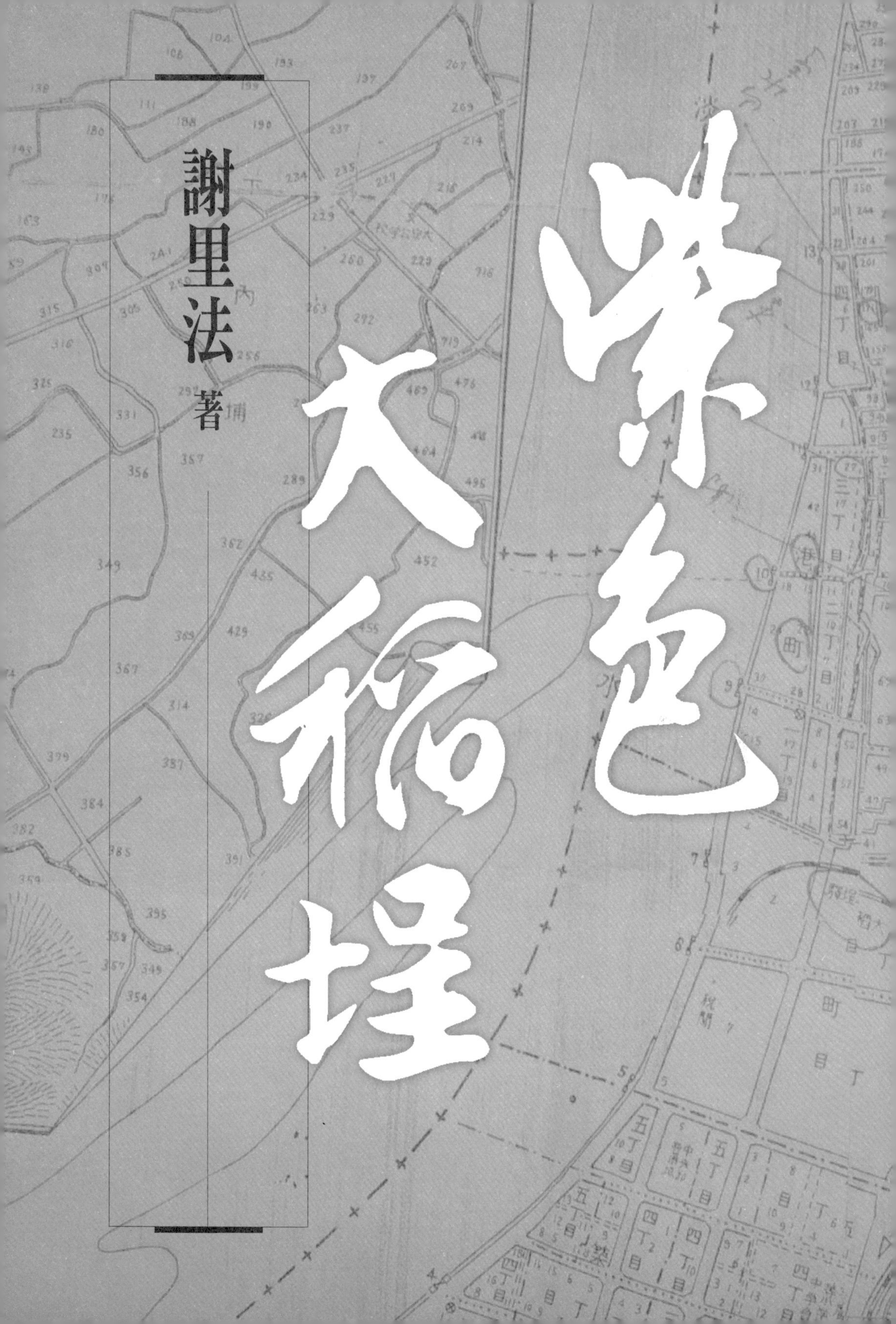
紫色大稻埕
謝里法 著

紫色大稻埕 目錄

紫色大稻埕

自序

1

這是一部台灣美術的歷史小說，寫的是一九〇〇年前後出世，也就是明治時代台灣已屬日本之後長大的一代，接受維新後施行新式教育培養的第一批美術家的故事。小說結構雖有歷史依據，虛構部分的百分比來看仍然只能說是一部小說。

過去所寫的幾篇小說裡，認真說來僅〈雪跡〉和〈燃燒的修行者〉是以畫家為主角的故事，但在七〇年代已有《日據時代台灣美術運動史》的出版，八〇年代又有《台灣出土人物誌》和九〇年代的《我所看到的上一代》，三本書依序從美術史的撰述而傳記文學，然後是散文體的人物描述，都足以當作這本美術歷史小說的寫作基礎。

認真數過出現在上述三本書裡的畫家名字，大約有一百零二人之多，然而真正把人物性格和感情表現出來的從中找不出三、五人，至於時代潮流下反映在畫家身上對思想有深入刻劃則更不用說，使我不得不承認過去所寫的也不過是一個時代的表層，這是我所以要求自己繼續寫下去的理由。

如何寫下去，當然不可從學術角度把《日據時代台灣美術運動史》重寫，用嚴苛筆法去作冰冷的論述，這是我向來最畏懼的寫作領域；又想到如果把這段歷史寫成小說一時之間未免跑得太遠，恐非能力之所及。猶豫好久，最後試著寫了些短篇，也算是為長篇探路。直到前年才下決心，著手寫長篇，下筆之後竟能這麼順暢，是我當初想像不到的事。每一段落就好比一個舞台，只要把角色請上台，將名字寫進稿紙，他們就自動演起戲來，讀者或以為是我編的對話，其實他們一登台已經在演了，我只是台下的一名場記，迅速寫下所看到的台上動作，不時出現意外驚奇，連我寫的人都為之笑出聲來。寫完之後，甚至不敢說自己是書的作者。

2

書名所以叫《紫色大稻埕》，是因為主要的舞台設定在台北的大稻埕，是台北城北邊的一個老地名，第一代美術家黃土水、李學樵、蔡雪溪、呂鐵州、陳清汾、郭雪湖、蔡雲巖、陳德旺、張萬傳、洪瑞麟等都曾在此居住，美術贊助人王井泉的山水亭台菜館，廖水來的波麗路西餐廳，陳天來的錦記茶行和蓬萊閣，周井田的印刷廠等地點是文化人士來大稻埕之後聚集的場所。故事從這裡延伸到台北城內的公會堂、總督府、台北圖書館和教育會館；近郊的金瓜石和九份；中部的台中、清水、霧峰及南部的台南；日本東京、法國巴黎、坎城、馬賽和回航中的法國郵輪。從美術展覽及美術家團體以「台展」、「台陽展」、「行動美術家集團」及「造型美術協會」的活動把情節穿插起來，過去《日據時代台灣美術運動史》的讀者再讀這本書時，必不難發覺這是以小說的手法把這段美術史又寫了一遍。而作者本人正好是大稻埕出生長大的孩子，憑著小時的記憶追尋日治時代大稻埕太平通、永樂町兩條大街的氛圍，這種感覺就像為自己寫回憶一般，寫的都是我最熟悉的場域。

原先計畫中把小說的主要角色放在郭雪湖、李石樵、顏水龍和陳清汾四人身上，沒想到「台陽」等畫會的活動一登場，楊三郎的份量隨之加重，發展出來的情節幾乎無法預測，靈機一動讓洪瑞麟也上場當「造型」的召集人，借他的角色搶楊三郎的鏡頭，沒想到兩個人一較量，反而突顯了楊三郎在現階段畫會活動中無可替代的功能，最後我只能說：「戲就是這樣演下來，即使作者也無能改變。」

所以選擇李石樵等四人為小說的主要角色，因四人各代表那時代美術家的不同典型，李石樵屬於沙龍美術競賽中勇往直前爭取優勝的畫家，他的美術走的是學院到「帝展」的一條筆直的路，其成就是後來人最嚮往的；郭雪湖只有國小學歷，是自學有成的畫家，因「台展」的機緣，從入選而特選使他在兩年之間一舉成名，其藝術生涯的許多波折反而是在獲賞之後才必須面對，與李石樵正好成明顯對比；顏水龍和陳清汾是那時代少數到過法國的美術家，回來之後兩人走出截然不同道路，以各自理由遠離「台展」的競賽場。顏水龍堅持自己理念往鄉間發展手工藝，成為近代工藝美術的有力推手；而陳清汾是專為小說需要而設計的角色，他生長在富貴家庭，台北首富的優渥環境對一個人的藝術人生到底如何，借一個虛擬的陳清汾來討論這問題。

隨著故事的推演，無意中又引出陳植棋、立石鐵臣和崔承喜等相繼走上舞台，陳植棋在小說中是一個傳奇性人物，只短暫出現在吉川芳松東京的畫室裡，以後再寫到他，有兩次是在陳清汾的夢中，還就是日後李石樵、楊三郎、洪瑞麟等對他的懷念，那時他早已不在人世。因為我總認為台灣美術必須有政治界的蔣渭水這樣的人物陪伴在每個畫家心中，不管什麼角度看，只有陳植棋最適合在這一代美術家裡扮演這個角色；立石鐵臣是石川欽一郎、鹽月桃甫、鄉原古統和木下靜涯四位「台展」創始人之外，出場次數最多的一位出生在台灣之日本畫家，本來只為了配合陳清汾而讓他當陪襯，未料上台之後以「新台灣人」身份演出來的戲越來越重，成為那時特定時空下有十足代表性的角色；崔承喜是來台演出的朝鮮女舞蹈家，在我寫作過程中她是唯一費時查尋資料找到的人物，目的為了借她在美術圈內製造思想的激盪，否則這一代台灣美術家在後代人眼中恐怕就只是一具畫圖的機器。

3

九〇年代出版的《我所看到的上一代》一書裡所寫的人物幾乎都被請到這本書裡來，讓他們的性格跳脫史料的侷限，上台之後能盡情發揮，各自把角色演得淋漓盡緻，借此補救美術史論述中對人物刻劃的不足。

雖然出現在小說的都是相識的前輩，但我只看見他們從中年到進入老年的模樣，如何讓他們在書中扮演二十來歲時的年輕角色，就得竭盡所能去想像，從記憶中看到的樣貌追回他們的青年時代。這樣作常覺得自己是將歷史拿在手上把玩，隨心所欲將時間倒流。有句話：「歷史越讀覺得它越假，小說越讀覺得它越真」，迷上歷史遊戲的人，玩出真感情時，就認定寫的全是真的了。

認真說起來，寫這部小說時我年齡已接近七十，滿腦子裝的居然是二十幾歲的李石樵、郭雪湖、顏水龍……，還有不曾見過面的陳清汾、崔承喜、立石鐵臣和任瑞堯等前輩。他們對話時使用的時代語言，是什麼樣的台日語混合的流行語，還有日語讀法的法語和英語，這些都要用今天白話文的書寫表達出來。不敢否認這種寫法是初步實驗，讀起來仍然只是一般白話文直接譯成的對話。

這一代畫家在第一次大戰時還太年輕，到了第二次大戰已三十幾歲，正好避開兩次該當兵的年齡，若有人問起對天皇的忠心，回答起來必有些尷尬，尤其日本投降時，在他們心裡還不知道自己屬贏的還是輸的一方。是出生的時代決定了他們成為「中間族」的命運，於是才又穿插一個朝鮮女子的舞蹈，借此在他們之間引發一連串的爭論，聽聽他們是如何在面對自己的時代。

小說裡角色對話的語言反映著一個時代的風貌，尤其是歷史小說，當中有用台灣話所說的日本話或日本話所說的台灣話，我的寫作技巧在這點上的確很難掌握得準，在台灣以日治時代為背景的中文小說，讓各種不同角色的對話保持以白話文表達，看來及今還是一項難以克服的問題。

4

一九七〇年代撰寫《日據時代台灣美術運動史》時，曾經努力過，希望寫得更有學術性，然而當時能力也只寫到這程度。十年後曾經一度想重寫，看到學院訓練的學者把台灣美術的學術論文寫得每句話都有根有據，又開始擔心，若自己也這麼寫，豈不將歷史越寫越僵化，讓剛過去的年代受到傷害，學術反成為病蟲害使歷史乾枯。

書中人物是剛剛從我旁邊側身走過的一代，這段歷史對我依舊感受得到每個人物的體溫和呼吸，要是這樣放進學術的冷凍庫裡，未免是太過無情！這時我只是寄一點希望，想借小說讓剛落下的幃幕再揭開，他們一個個從我的記憶中走出來，在舞台上把過去的「戲」重演一遍，這樣對待歷史才更有人情味！

史家的工作是詮釋歷史，不必太認真去探討真象，史家眼中只管針對詮釋的方法去作輔正，和畫家一樣有他們的時代風格，不同時代的史家各憑不同史觀寫出不同的歷史，因此歷史寫到最後除了人、地、時便只剩下史家說的「話」。

我還是希望多留下一點「真象」，憑剛過不久的記憶再挖掘下去，甚至不惜虛構「真象」，把斷裂的、模糊的、道聽途說的一一借用文字記述銜接起來，讓人們換個角度閱讀歷史，這就是我的小說。

最後，我仍然只能用虛構的歷史為自己的小說定位。這當中如果有錯，是錯在小說，而不是歷史的錯。

謝里法

二〇〇八年九月十四日於台中

1

再見東美時代

紫色大稻埕

1920年代東京美術學校展覽會場上，陳植棋（左三）與畫友合影。

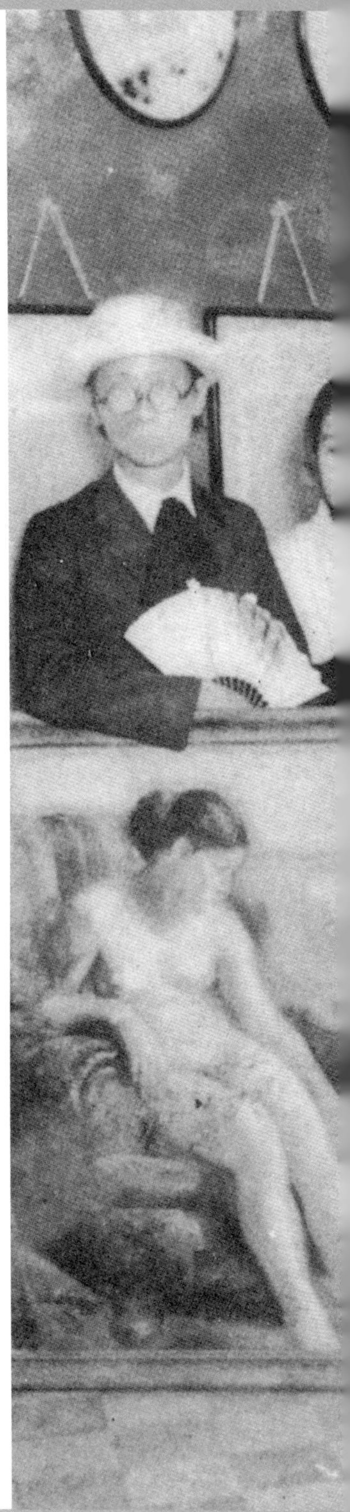

岡田教室裡來了新鮮人

一九二二年四月顏水龍考入東京美術學校西畫科，離開了中學生的生活，滿心以成為一名優秀畫家為職志，努力於學校的各門課業，從此他的生活起了改變，活動領域也有很大不同，走動的路線越加單純，綜合起來只剩下三個固定路線，一條是出外旅行或寫生搭乘火車時前往火車站的路；一條是參觀美術展覽到上野公園內博物館去的路；再就是從家裡到學校上學的那條路，除此之外，他的生活範圍與一般人所認識的東京大環境算是隔絕了。

為了上學方便他再度搬新家，以後每天下課回來，乘電車只需兩站，下車後再步行穿過一個清理得十分整潔優雅的墳場，接著就是菜市場，這裡到了午後人潮一過就非常安靜，再走不遠是條商店街，走過去大約五十家店面，前面有座木橋，溪流穿過橋下，兩岸植有柳樹，過了橋就是寧靜住宅區，這一帶不僅沒有汽車行駛，連自行車的鈴聲也極少聽見。顏水龍租的房子就在橋旁邊，打開窗戶便可看到柳樹下的流水，他喜歡聽每天一早飛來停在樹上的鳥叫聲，有了這樣的環境使他一住就是五年，不曾想過要搬家。

初來時對每天進出要經過墳場，心裡毛毛地總覺不自在，一年過後，反而喜愛上這地方，有時還故意放慢腳步，走到看起來較特別的墓碑前面，低頭去讀在此安息的人的姓名。接著又發現其中一兩個墳墓經常有人放置鮮花，走過時偶然興起念頭，想把花帶回家去畫成油畫，畫完了再送還給他，終於有一天他真的這樣作了。站在墓碑前，雙手合十拜了幾拜，默默告訴墓裡的「主人」，我是台灣來的一名貧窮學生，在東美學繪畫，每天路過時看到墓前鮮花，引起我想畫花的慾望，今天我想借您的花一用，畫完後恐已凋謝，只好等來日有了錢再買新的奉還，盼能多多包涵！

起初有借有還，後來已經幾次沒有錢買花，就把所畫的油畫拿到墓前來放著，希望送花的親友再來時，看到花雖不見了，卻換來一幅圖畫，就知道花是某畫家借去，被畫成這幅畫，他們知道了該不會認為拿走花的人是偷竊才對！

這回又了過幾天，經過墳場時看見墓前又見有一束花，而他的畫並沒有被拿走，只移動了一下位置，上前看時底下壓著一張紙，想必是留給他的信，拆開一看，上面寫著十分恭整的三行毛筆字：

畫家先生：

原來我們獻給父親的花被你帶回去畫成了油畫。獻花對我們只是誠意，畫花對你如果那麼重要，就拿去畫吧！畫好之後請帶到父親墓前，讓他也能欣賞你的藝術創作，在天上的祂也一定會保佑您。

獻花的子女們

顏水龍手上拿著信，在墓前站好，恭恭敬敬又拜了幾拜，對墓裡的「主人」說：「真是要感謝您的家人沒有把我看成偷花的小賊，我是從台灣來東京學畫的美術學生，不能算什麼畫家。因為看到花實在太美，情不自禁才有這衝動想畫成圖畫，沒有得到允許就帶回去是我的不對，實在對不起！不瞞您說這些日子我口袋裡連買麵包的錢都沒有，但畫還是要畫，盼能獲得您的諒解……等這幅畫完成，一定帶來讓您欣賞，永遠不會忘記您善意的施予……。」

說到傷心處，多愁善感的顏水龍已淚流滿面，對方在天上有知，對這名離鄉背井的台灣學生想必十分同情！

東京求學期間，顏水龍生活上最困頓是在進東美的第三年，這時家族留給他的積蓄剛剛用光，台灣方面的匯款也已中斷，又堅持不肯浪費時間到外面打工，只變賣身邊貴重物品或寫信向故鄉親友求助，得來的救援畢竟有限。不得已時，本來上學乘電車的那一段路也只好步行，每天行走一兩小時的路，對一個人的健康更有益，有時為了趕時間還以半跑步到學校。

第二學期已經開始註冊，還仍然等不到台灣匯款繳學費，使他整日忙著找人借錢，甚至在不得已下，寫信給僅一面之緣的霧峰林家少爺林攀龍，以期獲得接濟，來日再以畫像方式抵還，可是註冊期限已過，仍然得不到回音，數一數還少十幾圓，只得硬著頭皮到註冊組找負責人說情，那位先生翻開厚厚的名冊一看，臉上竟然浮出笑容，說：「你可以去上課了，前天岡田先生聽說你沒付學費，以為你沒錢上學，就來替你先繳了，你現在快點到教室去吧！也許岡田先生在等著你……。」

上學期剛結束時，顏水龍等幾位同學在上野公園附近的銀行裡舉行觀摩展，這期間有畫商來找岡田先生，希望透過他介紹購買幾幅顏水龍等人的畫作，岡田先生雖然點了頭，卻一直沒有告知他們，很久之後學生們知道了暗地裡常責怪先生沒有幫忙。開學已經好一段日子岡田才對他們談及此事，理由是不希望學生在學期間就與畫商接觸，這對藝術的發展沒有好處，作為一個藝術家是要為藝術堅持一輩子，不可受物質所惑，若剛開始就想到賣畫，心思容易走向粗俗，固然畫家也要生活，但賣畫的事還是越晚越好。

猜想也是這緣故，當岡田先生知道顏水龍拿不出錢來繳學費時，才主動出面替他解決註冊的問題。這段日子顏水龍的確一貧如洗到三餐不繼的程度，連頭髮都已經好幾個月沒有理了。那天下課後獨自走在校園林蔭道上，岡田先生正好迎面走來，一見面就指著他的長髮說：「看來你的頭髮也該去理了吧！我口袋裡還有些零錢，你拿去理頭髮，有剩的就去買一碗麵來吃。頭髮這麼長，比藝術家還藝術家，反而不像學生，明天上課時希望看到你以學生模樣來見我……。」

說著從褲袋裡掏出一個銀幣，不管顏水龍接不接受就塞到他的手裡，臨走又叮嚀一句：「你知道嗎！對藝術工作者貧窮就是福氣，再過幾年你自然能體會到。希望你好好享受幾年學生生活，作學生一定要做得活活潑潑地，這才對得起自己的青春，好吧！那就理頭髮去吧！」

岡田走遠了，顏水龍還站在樹蔭下一動也不動，良久才若有所思把手中的銀幣看了看，感覺到很長時間沒有像今天這樣子富有，看著銀幣，心裡一陣酸楚想哭卻哭不出來，這才快步走出校門，穿過上野公園，走進巷內一家專為學生理髮的小店裡去。

坐在理髮店的大椅上，對著鏡子看到自己此時模樣愈覺好笑，的確披頭散髮比藝術家還藝術家。理髮師傅看他頭髮這麼長才理，滿臉不悅就捉起一束頭髮，大剪刀用力一刀剪下去，臉上絲毫沒有表情。此時才看清楚鏡子中的自己，不知幾時起已瘦得兩頰凹陷進去，只留一雙眼睛還炯炯有神，反射在鏡裡閃閃發亮，代表年輕人最後的一點精力，尚可值得安慰。

剪完頭髮，師傅問他修不修臉，他說不要。接著一連串又問他洗頭髮、作髮型、剪指甲……，他全回答不需要，只想趕快離開這座位，找一家麵店照師長指示好好享受一碗麵。最近一次吃麵大概在兩個月前，不記得那叫什麼麵，碗裡兩片薄薄的瘦肉，只看著捨不得吃它，留在碗裡直到麵吃光湯也喝完，才一小口一小口地咬著吞進肚子裡，用最慢的動作讓享受吃肉的時刻拉到更長。

走出理髮店的大門，他記憶中往左不遠有家小麵店，只可惜這一家的湯特別鹹；往右也有一家，但碗裡放的肉比別人少，使得他站在門口猶豫著，不知該往左還是往右。

正在此時聽到前方有熟悉的女人聲音喊他：「顏君，你來理髮嗎？」抬頭看時是他寄宿的隔壁人家女兒，這家庭住有好幾個女孩子，都很保守，只有這位較常在社會上走動的關係，電車裡遇到時彼此打過招呼也聊過幾句話，所以算是相識的。這回第一次聽到她這麼大聲稱他「顏君」，聲音如此動聽，感到幾分意外。

「我正在想，不知道哪一家的麵好吃……」說完才發覺不對，為何把心裡想吃麵的事說出來，對方只叫一聲顏君而已。

「噢，想吃麵嗎？讓我介紹你去一家九州豚骨拉麵，是我經常去的，只要吃過一次你還會想去！」

「太好啦，那就先謝謝妳！」

「讓我告訴你怎麼走，從這條路走去，到那兩根電線桿的地方，朝右邊看過去，便可看見店門口掛著布旗，寫著『大紫』二字，隔壁有間不起眼的小店，門也很小，叫『春日屋』，那就是麵店，裡面經常人潮滿滿，保證你吃過了還想吃第二次！那麼再見啦！」

說著連連點了幾個頭，才走幾步又回頭補一句：「很便宜的，請放心好啦！」說完踩著碎步迅速走過木橋，大概是趕回店裡上班去。

照著指示很快就找到了「春日屋」麵店，大概不合顏水龍口味，雖然整碗吃完，卻一點也不覺這家的麵如何，吃過之後更不想再來！

特別是碗裡的湯頭不知是什麼熬出來的，竟然鹹到難以入口！他轉頭看其他座位上的客人，每個人只顧猛力吸食麵條，吃得津津有味，最後湯也不喝，付了錢就走，實在令人不解。既然是湯麵，除了麵當然是要喝湯，勉強喝了湯，又像在虐待自己，這經驗令他印象深刻，當然也忘不了介紹他來這裡的鄰居小姐。

東美的岡田教室裡，一早就有十來名學生圍在裸體模特兒四周畫著油畫，十點鐘過後岡田先生才在助教陪同下走進教室，一眼就看到剛理過髮的顏水龍，輕輕點頭笑一笑，表示知道顏水龍已照他的話做了。

今天的這位模特兒，看起來較一般標準體形胖了些，站在台上不時露出的笑容十分可親，顏水龍一見就產生好感，不自覺把畫架推到最前排來，這樣的近距離莫非是想畫她的上半身，準備把臉部表情也描繪出來……。

模特兒看到個子矮小的顏水龍如此貼近，不免幾分不自在，為了解除心裡壓力，斷斷續續找顏水龍聊了幾句話：「看來你像是頭一次畫我，你以前沒畫過我吧！」

「是的，是第一次，以前沒畫過。」

「沒畫過我，還是沒畫過模特兒！」

「沒畫過妳……。」

這段短短的對話，聽得全班都笑了起來。

顏水龍沒想到此時模特兒會開口問他，他從來沒有跟模特兒，亦可以說不曾與沒穿衣服的女性對話過，這情形下反而是他感到不自在。

火爐就在模特兒近旁，因此顏水龍也比其他人更接近火爐，使他感到全身熱度升高，臉已被烘得有些紅暈，趕緊脫去身上的毛絨背心。顏水龍的動作令模特兒看了直想笑，卻又不得不忍住，只瞇著眼睛朝他看，他的手向來就容易冒汗，不斷把筆放下，伸手在褲腿上擦拭。

今天他從一開始就沒法專心，模特兒的眼睛總是瞪著他看。為了鎮定自己，情不自禁吹起口哨，吹的竟是「大東亞進行曲」，又馬上警覺到這裡是教室，不可亂來。只得在心裡哼著，頭也隨著韻律輕輕搖晃，陶醉在音樂裡。

這是什麼曲子？每換一支新曲子，嘴裡哼的時候，心裡就這樣自問。想了好久才終於想起，是法國近代作曲家拉費洛的「波麗路」舞曲，那麼多西洋音樂裡只有這曲子他可以從頭哼到尾，顯然聽過已不知多少遍了，而今又默默在心裡哼給自己聽，目的為了紓解心情的不自在。此時，模特兒再對他說了些話，似乎都沒有聽見。

岡田先生走過來站在背後時，他絲毫沒有察覺。其實這之前已從身傍走過兩回，大概覺得還不到該說什麼話的時候，所以只看一眼就走開。

這次則站了好一會，才在他肩上輕拍了兩下，也沒有說什麼，只拿起筆在畫中裸女頭部的斜度和身體之間形成的角度比了一比，暗示他這兩條線的關係有必要再調整，以免整個身體傾斜到一邊。顏水龍馬上領會出來點頭示意，依照老師指示，自己用筆輕輕畫出兩條直線，表示已了解該如何把畫面修正。

教室裡整個上午都那麼安靜，連老師在指導時也只有手勢或簡單幾筆示範，始終不發一語。他只聽見自己在心裡哼的歌聲，就有如只有他獨自與模特兒單獨存在。

時間過得比平常還快，「波麗路」曲子只再重覆一次尚未哼完，已經到了下課時間，模特兒迅速離開位置走進屏風背後穿衣服。

岡田先生在巴黎當學生時，每次畫完模特兒，同學們會自動把零錢丟進一個盤子裡，算是犒賞模特兒的小費，回日本之後把這慣例帶回東美教室，要學生體諒模特兒的辛苦，隨意留下幾個銅板。上學期顏水龍幾乎一個錢也捨不得拿出來，又怕被模特兒笑他小氣，每逢結束之前就借故出外，躲過關鍵性的時刻，等看見模特兒開門出去之後才進教室。

可是今天他不想再躲，其實也來不及躲避了，自始至終模特兒對著他看，站起來要換衣服之前還向他微笑點頭，好像只對他一個人說：「我們今天到此，明天再來！」這動作尤其使他感覺今天是專為自己擺的姿勢。想到此，身上雖只有一大一小兩個銅板，仍然慷慨拿來放到盤子裡去。

這次他畫的是二十號風景的畫布，帶回家後靠在牆邊放著，人就坐在榻榻米上再認真看一遍，不知怎的越看越覺不對勁，索性把畫翻過來讓正面往牆裡靠。每次回家把在學校畫的再細看之後，一下子毛病全看出來，此時整個人就像洩了氣，躺在榻榻米上好久都爬不起來。

岡田先生曾說過，一幅畫從一開始構圖便已決定了成敗，今天這幅畫的主題該說是裸女還是畫像，尚且無法明確交代。如果作畫之前有過幾張速寫，在紙上揣摩出適當構圖，就免得費神在畫布上單靠顏料塗改作多次的修正。

顏水龍的性格本來就不喜歡塗塗改改完成一幅畫，向來要求自己落筆準而且快，一筆就決定勝負是他一貫的作風，因此對速寫的探究十分積極，不管到任何地方總是手中拿著簿子，隨時動筆就畫起了速寫。久之成了習慣，看到有趣景物而不能停下來畫時，心裡便非常難過。因此畫速寫對他勿寧說是一種滿足。

幾年裡畫了這麼多速寫，有一次他把一本速寫簿攤開在岡田先生面前，意外地連一句誇讚的話也捨不得說出口，什麼也不說就拿起鉛筆照著原來畫的輪廓又描了一遍，僅輕輕一畫就看出不一樣，不但是顏水龍自己，連其他同學也都一目了然，齊聲發出驚嘆來。

這當中的差別在哪裡，回家途中他一路思索，仍然不得解答。老師的筆劃看來笨笨的一點也不流暢，出現在畫中反而更具份量，他自己的速寫到底問題出在哪裡，岡田先生總是一句話不說丟下筆就轉身走開，另一位同學也帶速寫簿來，老師拿起筆想畫又放下，好一會才開口說：「線條看來老練，畫得多，自然就老練，但也只是老練而已。表現裸女的胴體，你的線條沒有一根線起作用。這句話要讓你自己去體會，什麼是線條。」

原以為鉛筆畫的速寫是再簡單不過的事，沒想到經岡田先生這麼一說，反而深不可測。美術學校已經讀到三年級，素描的問題這才在他的認知裡發生懷疑，豈不令人啼笑皆非！

岡田先生指導學生永遠把話只說一半就不說下去，讓同學自己去想，他說：「當你作畫時，不可以想別人的畫。」因他一眼便看出這同學在畫中有意無意間模仿大師的畫法，他不直接指出該學生抄了誰的畫，只說他心裡想到誰，手就跟著畫誰的畫。

躺在榻榻米上，腦子裡思索的盡是岡田先生這些日子在教室裡說的，雖然只是三言兩語，而他卻慎重其事再三思索。

窗外穿梭在柳樹間的飛燕，傳來起起落落的叫聲，像催眠曲一般，聽久之後很容易跟著就睡著了。剛睡不久，似醒非醒中聽到有人唱歌，聲音很美，唱的是民謠吧！起初以為放送局播出來的，仔細再聽，有時斷斷續續又有時重複，才斷定那是鄰居在唱歌，引起了他的好奇。可是那會是誰家姑娘呢！記憶中似曾聽過一兩回，只是沒有特別留意，這次他全神專注仔細去聽，才越覺動聽，想起理髮店門前相遇的小姐，她講話聲音像在唱歌，歌聲也一定好聽，而且就住在這附近，那麼這會是她嗎！

近日每當窗子打開就有落葉飄進房裡來，這是秋天到來的訊息，所謂一葉知秋，四年前搬進這房子時也剛剛要落葉，所以每見落葉就知道搬來已經又一年了。

這裡不像台灣那樣單調，春夏秋冬每一季節有不同景色，從窗口看出去就有數不盡的景可入畫，當他聽著歌聲，心裡想的反而是教室裡模特兒甜美的胖臉。

他閉上眼睛靜靜沈醉在回憶中，把時間拉得更長更遠返回到童年時的故鄉，南台灣鄉村的三合院，在那裡年老的外祖母陪伴著他和妹妹，每到冬天雨季一來，天暗之後房裡沒有點燈，空蕩蕩的大宅感覺好淒涼。妹妹還很小，想起過世的媽媽，獨自蹲在門旁細聲哭泣，她的哭聲斷斷續續地，曾經風光一時的大家族，在這女孩哭聲中已拉下帷幕，每想起這一幕，他的心又陷入悲劇裡，讓眼淚從臉頰滑過，已不再是哀傷，而是享受著一場悲劇性的結局。

祖母過世後，顏水龍就沒有再回過這棟大宅院，後來舅舅把房子賣了，分一點錢讓他到日本唸書。那時他才剛要讀中學，寄宿在學校裡，舅舅將錢存入銀行而後按月匯到日本給他，考進東美之後還是如此。

直到前幾個月，有一天他到銀行領不到錢，才發覺台灣方面已兩個月沒有匯款進來。起初以為是舅舅忘了，再三寫信又打電報訊問，仍然沒有回音，才輾轉打聽到舅舅生病入院，過不久就接到他逝世的消息，本來歸他所有的銀行存款也在舅舅入院期間全被領走，這使他在日本的生活陷入困頓，嚐到生命中突然間一文不名的滋味，即使如此，依然堅持到畢業才返回台灣。

那幾個月裡他到處奔走尋找工作，麵包店的傭員、貨物搬運工人、百貨公司配達員、農場管理員、孤兒院的職員等，凡是找得到的工作他都做過，撐到學期結束才回台灣。假期裡中經人介紹得以在台中一帶替地主家族畫像賺取學費，不管尺寸大小每幅畫像都算兩百圓，且畫完後要全家人看過都滿意方才付錢，最為難的是，同一家族有人說太胖又有人說太瘦，有嫌太老也有人嫌年輕，令他改也不是，不改也不是，畫了五張最後拿不到三張的錢。不管怎樣畢竟賺得一些生活費，且全靠自己勞力賺取的，這以後花起錢來比往前更懂得精打細算，而且只要聽到有賺錢機會也懂得積極去爭取。

生活的拮据很快就被房東一家人看出來，雖然不曾探問過他，但每到月底也不再如從前見面就提醒繳房租的事，房東的體諒和寬容令顏水龍心存感激，以後的幾年如同一家人生活十分融洽。

「人在窮苦環境下，思考比較集中，使感覺更敏銳，這對藝術創作是最有利的。」進東美的第一年，教藝術史的松本先生如是說過。那時的顏水龍還不甚理解這句話中深層的意思，只有親自遭遇時才終於體會到，的確這段時間所畫的比從前更有感覺，是一生中難得可貴的經驗。

他的畫筆讓石頭也動起來

躺在榻榻米上沒有睡多久就聽到鄰近傳來的歌聲，醒來後坐在窗前癡癡望著窗下溪流。她究竟在什麼情形下唱歌？從歌聲忽大忽小，忽長忽短，猜想她應該是邊工作邊唱歌，說不定就在這條溪旁洗衣服！

雖然對歌聲感到好奇，卻坐著一動也不動對著窗外發呆。心想只窗前一個小景就有無數題材足以入畫，感嘆這世界可以畫的實在太多，人生幾十年究竟能畫多少！畫完這一生，在後來人眼中又將是什麼樣的畫家！大門外面的花花世界，全都是未來創作的對象，越想越覺肩上負荷沉重，可是松本先生卻說：「**作為藝術家一定要以輕鬆的心情走完一生，藝術的路才走得又長又遠。**」聽完這句話，顏水龍曾努力想過，到底有多少成名的畫家輕鬆走過一生！想了好久竟一個也想不起來。自古以來，米開朗基羅、林布蘭特、梵谷、莫迪利里亞尼……多麼辛苦走完藝術人生才留下永垂不朽的作品！顏水龍經常想起松本先生這些話，然後自問：「我的這一生過得輕鬆嗎？」其實輕鬆與否又怎樣，該問的是我有多少值得傳世的作品才對。

記得就讀東美的第二年，他偶然從上野公園近旁一條小巷走過，角落裡一名擺攤子的算命先生頻頻向他招手，說：「讓我來給你看個相，請把手伸給我，你是今天第一位客人，我免費相贈。」聽到是免費，反正準不準都沒有損失就把手伸了過去。算命先生捉到手之後說了許多術士的行話，令他越聽越乏味。最後知道顏水龍是台灣人，馬上補了一句，說他將來會當上台灣大統領。對他而言所謂大統領不過是西洋電影中的一個角色，莫非有一天誰來請他去演戲！不久就將此事忘得一乾二淨了。

幾年後，他已從東美畢業，與舊同窗聚會在酒店飲酒，天南地北聊起了往事，偶然提起算命的事，未料其他人也都遇到過，並且聽了同樣的話。更令人吃驚的是，後來報上刊出算命仙被警察捉去的消息，原來他是共產黨員，以算命當掩護，利用大統領的大位誘導青年去關心第三世界的革命，指引他們接觸特定的一些人，逐步走進圈套，接受訓練後從事顛覆政權的工作。還說該算命仙是三十歲的年輕人化裝的，也因為他的裝扮不小心被識破，才受到當局跟蹤，幾個月後組織終於破獲，這位算命的「革命家」也從此消失。

在顏水龍的學生時代裡，「革命」幾乎是每天可聽到的口號，從他過去對歷史的認知，自從西歐大航海時代開拓遠洋市場，帝國主義者建立殖民勢力以來，皇室依靠資產階級壟斷了國家機器獲取私利，社會形成貧富間的兩極化，左傾知識份子針對階級對立和經濟剝削擴大宣揚，激發工農民眾的力量迎接大革命時代的到來。可惜處於殖民地的台灣，在這時代思潮底下，未曾聽到有人發出追求獨立的聲音。在顏水龍等留日台灣學生裡，從來就與革命之類激烈的行為牽扯不上關係，頂多只認定今後將是個大變革的時代，在新與舊之間出現價值觀的對立，年輕的他們當然認為新才是好的，一心想排除舊有觀念，這種單純的辨識和判斷，產生了所謂改良、改革、革新等時代性的名詞，此時年輕人開始崇尚摩登，追隨明治時代引進的西方文明，以西洋現代知識為範本，全心全意探求西化，甚至認為西方制度的執行對社會就是一種改革。

那算命的以大統領為餌想誘使年輕人上當，這做法想來多麼可笑，對一個連吃一碗飯都不容易的人而言，誰會夢想大富大貴的未來，他們那批人的革命理想在他看來不是幼稚就是荒唐！也許他們對法國平民革命和蘇俄社會主義革命的成功過份誤判，把革命當作只要推翻舊政權目的便已達成的事業，事實上取得政權之後長時間的黑暗時期才是最可怕的革命後遺症。顏水龍這一代留日學生為抗議某事件走上街頭雖是常有的事，其所爭取的也只是一種政策的改革，期望統治者以公正的心看待台灣，除此之外並無太大奢求……。

不知什麼時間窗外的歌聲已經停了，整個上午在樹稍吱吱叫個沒停的鳥群也已飛走，只偶而聽見溪旁青蛙的叫聲，此時正是中午時分，往窗口看出去已是另一種景象。

雖然過著貧窮日子，看看自己周圍，同樣清苦的在同一教室裡還是大有人在，相較之下三名九州來的學生，物質生活過得比自己更艱苦，作品卻相當傑出。只因為顏水龍一人來自遠方南島的台灣，個子瘦小看來引人同情，才特別獲得岡田先生的照顧吧！

二年級時他已發現九州來的同學素描實力特強，相對地，來自關西的幾位較不重視素描技法，理論思考方面則比較靈活，課堂上不時聽到他們提問題與師長討論。即使同樣在日本文化體系下成長的，不同地域仍有文化性格的差異。這都是眼前所見的事實，但顏水龍極不願意拿這種刻板的劃分法去推論台灣人在日本人當中屬哪一種性格，把自己歸為日本文化的哪一類。

有一回岡田先生在上課時問他，有沒有試過以動物為題材作畫？這一問令他一時之間答不上來。未等回答，先生接著又問：「到動物園寫生過沒有？」

他回答：「有的，但我是到那裡畫風景寫生。」

「下回再去，試試畫些動物，如老虎、獅子、大象、孔雀、猴子等，只要你喜歡，裡面參觀的群眾也都可以當動物來畫。」

「請問，為什麼先生對我有這樣的建議？」

「因為你畫的都是靜止的，連一點動態都沒有。即使畫的是靜物也都有它的動態，所以須從動物身上著手，捕捉物體中動的因素。」

「原來是這樣！明天起我會經常去動物園，看到什麼就畫什麼。」

「說做就做，我十分欣賞，下課後到事務室來，我交代古川先生出一張寫生證明，進動物園就不必買票，千萬記住，你要畫的是活的動物，不是標本。」

從那以後顏水龍每隔幾天就穿過上野公園走到近旁的動物園去寫生，尊照岡田指示在速寫簿上捕捉動物活生生的姿態，對所謂的動態終有了心得，連自己也清楚看出明顯進步。那天在教室裡畫模特兒時，岡田先生只用筆桿在畫上比了一下，沒有說什麼就走開，幾天後才想出這辦法來指導顏水龍從動物的速寫體會動的因素，看得出他的教導何等用心！

顏水龍也才領會出任何東西入畫的第一個條件，就是先具備有動的因素，一幅畫自然就生動，所謂「動的因素」，換一個說法就是「生命」吧！縱使畫的只是一塊石頭，也一定能畫出生命！這樣想著，就動手畫了起來，畫過素描之後，才動筆畫油畫，這已經成了他作畫的習慣。

正巧這時候在西洋美術史課堂上，老師講到中世紀文化的石頭文明，這堂課他聽得津津有味，特別入神。

那天美術史老師說了這麼一段話，他很認真一字不漏記在筆記簿上：「西洋文明史中，把特定時代的符號雕琢得最具性格的，莫過於歐洲中世紀以石材構成的文明，到了歐洲隨地可看到如石頭般堅硬的文化遺產，以至幾千年的時間也改變不了這種文化的硬度，可以視為一種精神上的頑固，卻也是一種堅持。」兩個小時裡，授課老師滔滔不絕講著石頭，他從來沒想到光是石頭便有那麼多值得講的話題。

回來之後他頗有所感地把當天聽到的又反覆思考，在畫布上不自覺畫了起來，當一層又一層把顏料堆積上去時，心裡的感受有如在創造一個時代的文明……。他用各種方法畫著石頭，畫出各種不同的石頭，有些石頭連他自己都從來沒有看過……。

帶到教室裡來，讓岡田先生看了大吃一驚，簡直無法了解為何要他畫動物竟畫出了石頭，他站在「石頭」面前臉上露出不悅神色，只搖搖頭就轉身離去。

不久，他離開了又再走回來，這回他好像看出了什麼，點了點頭，「嘶——」從牙縫裡吐出長長一口氣，說：「**莫非……，這也是『動物』的一種！既然已經畫了，就再畫下去，我現在不想用任何話來干擾你的想法……。**」

岡田這麼一說，他心裡才放鬆下來。然而「再畫下去」這句話反而使他不知如何去作，雖然最後說「**不想干擾你的想法**」，事實上這種話一出口干擾便已造成。

「莫非這也是動物的一種」這話開始盤旋在他腦際，是因為把石頭畫成了動物，還是要求把動物畫成石頭！本來只一心一意畫著石頭的他，現在不得不將石頭想像成動物，卻又不敢畫成真正的動物，最後石頭沒有了，動物也不見了……。

自從聽過岡田先生的話，他亂了方寸。但他還是有本事能夠把聽不懂的話當成老師從來沒有說，又從頭開始畫下去，不去多想。只有重新再畫的時候，才逐漸又回到原來的自己。

就好比畢卡索有過藍色時期，我也有我的石頭時代，顏水龍對自己這麼說。又把自己的石頭時代比作歐洲中世紀的石頭文明。他畫石頭時把顏料一層又一層地堆積，幾乎調色盤上所有的顏色都用上了，畫面卻仍然像素描般只呈現單純的混合色調。當他把十幾幅「石頭」一字排開，馬上看出所用的色彩沒有組合而只是混合，寧願說那是一時的情緒堆疊，竟然是如此冰冷，並不因為所用的是最冷的藍色調，難道還有什麼顏色比藍更冷！他不再避諱也把這批畫稱為「藍色時期」，雖然後來藍色已埋葬在畫的裡層不見了，也不在乎是不是石頭，只要求感覺出隱藏其間有屬於「藍」的色素。

再讓岡田先生看到他的「石頭」時，意外地並沒有嫌棄他把顏料堆積混合變成混沌一團的糊塗作法，所在乎的是，這樣作是否畫出了自己心裡想表達的語言。不管怎麼畫，只要作者知道自己在做什麼就行了，這是他教學的要求。而且他還指出這不過是開始的一段過程而非結局，即使歐洲文化的石頭時期也應該以過程看待，何況顏水龍一個美術學生的作品，畫中隱藏太多的未知數，不急於太早去逼它揭曉，尤其對年輕人的價值評斷更應該將「未知數」放在最高位階看待。臨走前他說了一句簡單的評語：「有人把好幾張畫畫在同一張畫裡；也有人把一張畫畫成好幾張畫。你說這兩者之間有什麼不同？」

岡田先生隨時都會拋出幾句類似這樣的話讓學生去思考，也許他講過了就忘了，可是學生就像進入圈套裡，晝夜想著話裡到底有多少含意。

這學期顏水龍的石頭連作得到岡田先生的最高分，完全出乎他意料之外。學期終了又以這成績申請到學校的獎助金，每月可領三十六圓，在他看來無疑是一筆天空掉下來的財富。

少女畫像裡有說不完的台灣物語

有一天他從外面回到住所時，老遠看見房東太太獨自站在門前，穿著整齊和服準備外出。她衣服上的大花紋使他有個衝動想要畫成一幅圖畫，的確太久沒有畫出彩色繽紛如此活潑的畫面，心裡感到一種阻塞想要有個紓解，但也只是一時想法沒有開口要求，等第二天再碰到時才鼓足勇氣問她，沒想到她聽了笑得合不攏嘴來，說這把年紀還被畫家看上要來畫像，雖高興但還是建議找個年輕姑娘比較適合，當面保證說：「若真的想找女人畫像，讓我物色給你，就等著我的消息好啦……」

聽她語氣是那麼自信，看似在心裡已有了人選，她的保證應該是可信的。

才剛過一個禮拜天，顏水龍從外面吃了午飯回家，就聽到房東太太前來敲門，門一打開竟然是一位穿著整齊和服的女郎站在她身旁，對方已準備好要讓他畫了。

「嘻嘻嘻……！」房東太太一見面就笑個沒停，好像帶來的是準備入洞房的新娘：「我帶了這位小姐來，畫她總比畫我要來得合你意吧！我們可以進來嗎？」

「啊，原來是妳，那一天在理髮店門前……，那麼請進來，不要客氣，那天真是謝謝妳，介紹我去吃一家有名的麵店，謝謝妳！」說完學日本人的禮節，深深行了一個禮，然後又再一個禮，表示感謝，也表示歡迎。

「冒然來這裡，要說對不起的是我才對……美智阿姨來問我要不要讓畫家為我畫像？馬上就想到那畫家肯定是妳，果然沒有錯……。」

說到此，房東太太忙著插嘴：「你在這裡不是常聽到歌聲嗎！唱歌的就是這位。既然已經見過面，且又聽過歌聲，那就不再陌生。我娘家是開照像館的，父親對來拍照的客人，一見面就說不要把我當陌生人，這樣拍起來才自在。畫像等於就是照像，當然更要自在……，對了，差點忘了替客人泡茶，我先去泡壺茶再過來。」說罷轉身匆匆走了出去。

「真是，來這裡打擾了你。藝術家的房間還是第一次看到，太榮幸了！以後請多多指教！」

「哪裡，是我要請妳多指教才對，真是麻煩妳了！」

「像我這樣的穿著，不知是否合乎你作畫要求，如果不好，還可以再換一件，換媽媽當新娘時候穿的那一件……。」

「不，這件很好，千萬不要換，尤其衣服上的大花紋我特別喜歡！伯母的那一件就留在畫另一幅畫時再穿……。」

這時房東太太端著一壺茶出現在門前：「怎麼兩人還站在這裡！茶已經端來了，還沒有進房間裡去，快快，快點到裡邊去！請客人進去坐下，這是當主人應該的禮貌呀！」

「真是對不起，只顧說話，都忘了請客人進來，地方很小，簡直不像個招待客人的地方，真是抱歉！」說著移動身子退回房間裡，然後打開廚櫃拿出幾張軟墊放在榻榻米上，示意客人坐下。

「嗨，讓我自己來就可以了……」她把軟墊整齊地排在榻榻米上，自己就跪在上面，然後低頭伏身行禮：「我的名字是美根子，森美根子，以後請多指教！」

「顏水龍，這是我的名字，朋友都叫我阿水（MIZU），以後萬事拜託！」說著也以同樣姿勢答禮。

房東太太再進來時手上端著餅乾和糖果，只點一點頭寒暄兩句就走出房門，轉身把門關上。關門之前又探頭進來，說：「嘻嘻，今天是我的好日子，你們知道嗎？我大姐姐作了祖母，她媳婦昨晚生個可愛的小寶寶；剛剛又收到大兒子來信，參加山梨縣運動會得到跳遠第一名……；而我能夠順利把一位美麗小姐帶來給畫家畫肖像，完成這件重要差事，今天該說是什麼樣的日子，我都不會說……，那我走了，你們請用茶，要記住把心情放輕鬆，一切自由自在地，希望明天我能看到一幅美麗的畫像。」

「真是太感謝妳，美智阿姨！以後每想起我的第一幅畫像，就一定會想起美智阿姨妳，真是謝謝！」

「千萬不要這樣說，時間不早了，我就不打擾你們，有什麼需要的話請招呼一聲。那麼，就抱歉啦！」說完輕輕拉上門，踩著輕盈腳步，就像擔心驚醒睡眠中的小嬰兒，悄悄走開了。

這時房間裡就只剩下阿水和美根子兩人，阿水本打算在今天只畫幾張素描作開頭，隔日再來時才正式畫油畫。可是看到她身上色彩亮麗的和服，心癢癢地巴不得拿起彩筆馬上就在畫布上表現出來。

可是現在畫室裡只剩一張50號的大畫布，其餘的都是上了顏色的未完成作品，他還不死心又一張張地翻開來，看哪一幅可當犧牲品來重新畫過。他這樣作當然美根子都看在眼裡，雖不明白他的目的，至少翻開來的畫她都看到了，便問道：「那幅畫真美，阿水，能不能讓我看看，請把它轉過來一點，謝謝！」

阿水照作了，然後乾脆把其餘的幾幅也擺出來讓她看個夠，她看得很入神的樣子，使得阿水又改變主義，捨不得塗掉重畫，心想若她真的喜歡，就用來當謝禮，等畫像完成就贈送給她豈不更好。

「今天就先畫速寫吧！也就是鉛筆畫，等準備好新的畫布再正式畫所要畫的油畫……。」

他說的這些不知美根子聽進去了沒有，只見她依然歪著頭望著那幾幅風景畫，全心全意地在欣賞。從她進門到現在，阿水還沒有正眼對著她的臉好好觀賞過，美根子也好像不曾正視過他，現在因為動筆要畫像，終有了正當理由仔細欣賞她的儀容。

她有個十分可人的圓形臉蛋，正面看時鼻子稍嫌大了些，當臉轉向側面，反而看來特別靈巧，細小眼睛，尾端微微翹起，笑時瞇成一條細縫，臉上常掛著笑容的她，讓旁人難得看見她的黑眼珠。今天是特別化了妝才來，抹上厚厚一層白粉又塗了深紅色口紅，襯托之下嘴唇格外突出，張開嘴說話時露出一排潔白牙齒，令人想多看一眼。尤其那纖巧的嘴角動起來越覺迷人，和眼尾一般往上翹起，充滿青春的臉令人永遠找不到一絲愁容。在阿水的眼中，這樣的造型比什麼美女都來得更能入畫，第一眼就已掌握住她臉上的主要特徵。

今天她隨意坐著或站著，由阿水拿速寫簿繞在她周圍從各角度畫速寫，有時全身也有時半身，還有貼近身旁只畫臉部。

這個學期裡已經畫了好幾本速寫簿，著實練得相當純熟。今天從一開始就進行得很順利，感覺得出肯定會有好成績。每畫完一張，美根子自動探頭過來觀賞一番，初時她總是用手半掩著臉作害羞模樣，吱吱笑個不停，為了禮貌亦不忘連聲稱讚，最高興的當然是看到畫中的自己被畫成了美人。

最後她才開口問：「真的很對不起，想問你這樣的問題實在沒有禮貌，但是……，想徵求你的同意，是不是可以帶一張回家裡給媽媽看？明天我會再帶回來。」

細聲細氣地，口氣裡有幾分不好意思，她知道畫家對自己的作品都是非常寶貴。未等說完就趕緊把臉垂下，像說錯了話，臉上已經泛紅……。

「當然，當然可以，將來還會挑選一張最滿意的來送妳，答謝妳的辛苦！」見她害羞時的可憐樣子，任誰也不忍心拒絕，所以特地表示將來願以一張畫作答謝。

這話使美根子興奮得幾乎跳了起來，離去前阿水從速寫簿上撕下一張半身的畫像給她帶回家，她很客氣地謝了又謝，把頭低得快碰到了膝蓋。

出了大門，房子裡的阿水還可聽見她與房東太太對話的聲音，兩人說些什麼雖沒能聽清楚，卻傳來不絕笑聲，兩個大嗓門的女人笑起來幾乎整條街都聽到了。

「女人也真是的，竟能夠邊說話邊笑，而且邊呼吸，幾個女人一起時更可以同時發問又同時回答，這本事男人絕對辦不到！」

房間裡的阿水，聽著外邊傳來的笑聲，若有所感自言自語，作了這樣的評語。

又過了一個星期，顏水龍一早就坐在畫架前等待美根子到來，架上放著25號人物的畫布，且事先照著速寫打好了輪廓，大致的構圖已經掌握，接下來就是著色和細部的描繪。起初他並不打算畫成人像畫，只想借著美根子的姿態畫一幅女郎坐姿，沒想到下筆之後面部的描寫僅三兩下就掌握到特徵，此時不管任何人看了都認得出是誰的畫像，這一來不說畫中人是美根子也不行。

在美根子未到之前，他翻了一下靠在牆上的幾幅油畫，把剛畫好的一幅風景抽出來，放在窗前端詳著。是前兩天與張秋海、林秋梧、田中進一等在市郊山丘上一座神社所畫的寫生，那裡是可眺望東京全景近郊山丘，也是林秋梧過去與初戀情人約會的地點。他們從上野公園乘電車直達神社鳥居前，一路上秋梧毫無保留地敘說自己的一段戀情，那種自在的語氣像是在說別人的故事。這裡的石階高得嚇人，身材結實的張秋海看到顏水龍才爬到半途已經體力不繼，一手搶過他的畫箱和畫架便繼續往上爬。不一會再回頭看時，顏水龍仍然落後十幾階，張秋海乾脆把畫架交給田中，自己蹲下來將顏水龍揹著上山，又爬了好一段路，高個子體力還是有吃不消的時候，只得把他放下，喘呼呼地說：「接下來的路你自己走吧！」雖然這麼說，還是從背後伸手頂著顏水龍屁股，硬把他推到最頂上，其他人陸續上來後，看到顏水龍雖少爬一大段石階，仍舊是上氣不接下氣，彎下腰勉強深呼吸，林秋梧嘻皮笑臉拉起他一隻手，高呼「萬歲，萬歲，萬歲！」為他登山成功慶賀……。

他回想那天的大個子張秋海，捲曲的頭髮，眼睛像台灣特產的龍眼，說話有點口吃，操標準台北人口音，動不動就找機會表現自己的神勇，找人比臂力，想到此人顏水龍不覺笑出聲來。

張秋海本來在高等師範讀的是美術教育科，畢業後插班到東美與顏水龍同班，由於在台灣時教過幾年小學，所以年齡上大其他學生將近四歲。進東美之前張秋海一度回台，從族人那裡分到一筆家產，變賣後把錢帶來日本，準備作久居打算。正好板橋林本源家族的一房想在東京置產，經人推薦把房子交由張秋海看管，生活從此安定下來，便與相識多年的日本女子結婚，看樣子他是註定要在日本久居了。

滯台的兩個月期間，為了高等師範畢業論文，遍走各處採集資料，以台灣的傳統工藝為題作深入分析，是有史以來研究台灣工藝的第一篇具學術性的文章，後來交給顏水龍作參考，才從這基礎上又發展出他日後推動台灣近代手工藝的藍圖。

當初在東美與張秋海相處的這段時間，顏水龍對手工藝不但一無所知，甚至有幾分排斥，因此每當談到工藝美術的議題，總表現出不耐煩的神情，他認為既已進了西洋畫科就得全心全意把油畫基礎打好，人生的路很長，將來變成怎樣尚是未知數，不可才開始就三心兩意，對於手工藝的爭論他們兩人始終持不同立場，直到畢業各奔前程。

張秋海曾經告訴他，所以對工藝美術產生關懷，是受兩位異國同學的影響，中國福建來的莫大元和朝鮮平壤的李承遠，在校期間兩人提出的有關自己國家工藝美術推展計畫的論文甚得師長的稱讚，張秋海這才也感到台灣近代工藝的展開是這一代人的職責。加上西洋美術史指導老師松本先生的開導，使他進一步了解工藝美術的推展對一個開發中地區是一項時代使命，松本先生留法期間學的雖然是繪畫，但他的接觸面甚廣，講課中經常把美術創作和當時社會發展脈絡從階級的立場作對照，告訴學生美術的工作再如何超越世俗，創作的動力還是源自於社會，最後終將返回到社會，只有這樣，作為一個藝術家的成就才算真正落實，台灣、朝鮮和中國的社會正面臨巨大變革，整個社會型態必將進入新階段，即使平常日用品的造型功能也不可能停留在農耕時代、封建社會的生活內涵，今後工藝美術不僅隨社會進步，而且更要產生帶動作用，是今天作為美術家應有的認知，未來美術史將從現實的角度對這一代人的社會性成就下評斷。

這一段話打動了莫大元、李承遠和張秋海等人的心，開啟了他們走進工藝美術的心志，相較之下台灣的張秋海執行力雖強，而論述方面的分析和資料的解讀能力都比較弱，所以手中資料於日後無法進一步推展，便交給了顏水龍，但他那時候心裡頭想的只有歐洲文化，醉心於西方美術的他，尚無暇關切到本土人文藝術，雖然已開始肯耐心聽張秋海對工藝的講述，仍然認為那是遙不可及之領域，未料十年後對台灣工藝美術有實質貢獻者反而是顏水龍，張秋海的喋喋不休則為他在工藝的認知打下了根基……。

「有人在嗎？是美根子……。」門外傳來女郎溫柔清脆的聲音，把顏水龍的心從半空中拉了回來。

「咳！是妳，請進來！」

「對不起，我來遲了，讓你久等，有些事情給耽擱，真抱歉，阿水！」人已經進來，還頻頻彎腰致歉。

「沒有關係，在自己家裡，隨時可拿筆來畫畫，並不覺得自己是在等人，時間一下子就過去，真快！」

美根子走到上回看過的那幅風景畫前，瞇起眼睛斜著頭看了又看，突然轉頭向顏水龍說：「你騙人，阿水，你說在改畫，可是這幅風景和上回看到的一模一樣，一筆也沒有動過……，剛才你在想台灣的家，對不對？」說著，兩眼直瞪在顏水龍臉上，像是想從那裡找出騙人的證據。

「哈哈哈……，真是精明，真有妳的！什麼事都瞞不過妳。不過，有一點妳猜錯了，我想的不是我的家，而是……。」

「是人，是不是？」

「是一個朋友。」說時臉上故意帶著神祕的微笑。

「朋友！什麼樣的朋友？阿水你快說。」

「與我同一班級的台灣同學，他剛從台灣回來……。」

「那就對啦，我說你在想家，你的家就在台灣，不是嗎？只要想的是和台灣相關的，都是想家。」說話時顯然對自己的邏輯感到十分滿意，瞇著眼睛等待顏水龍回話。

「可是我想的不是家，是一種觀念，或者說是一種新的知識。」

「新的知識！台灣真有比日本更新的知識！很有意思，阿水說來聽聽看。」她的雙眼仍然是瞇著看人。

經她這麼一問，顏水龍想回答卻不知從哪裡說起，美根子見他臉有難色，又趕快改口：「阿水，你不必急著答覆，我們現在就開始畫，畫的時候你想說就說，說什麼都沒關係，最擔心的是你畫不出來，那就糟了，對不對，阿水！」她的笑容裡有幾分是在對他撒嬌。

她這麼說算是替阿水解圍，否則不知如何把張秋海的大道理講給她聽，還得不時加上註解，確是頭疼的事。

「那麼這樣好啦，關於台灣島，阿水你是在那裡長大的，一定有太多有趣的故事，我更想聽的是這個！」

「好，我來說，這應該也算是故事吧！小時候我們一家人住在台南市郊的一個小村落，是個交通很不方便的地方。」顏水龍邊準備畫材邊說下去：「國小三年級那一年，有一位同學突然肚子疼，學校醫生說他得了盲腸炎，非趕快送到台南的大病院動手術不可，情況非常緊急，晚了就變成腹膜炎有生命危險，大家都非常擔心，那怎麼辦呢！校長趕快打電話聯絡鎮裡的警察局，請局長派他的坐車當救護車，過來把病人送去台南，這裡的鄉下人都沒有坐過這麼適服的小汽車，我們都稱它黑頭車，看到他坐車急馳而去的模樣令全班同學都非常羨慕，甚至有人說，如果得盲腸炎的是我該有多好！事後坐我隔壁的那位同學告訴我有個辦法可讓盲腸發炎，他說盲腸是一條又短又細的小腸，只要有什麼東西塞進去跑不出來，使它發炎，那就是盲腸炎了。我們台灣有一種像麵一樣的粉絲叫米粉，炒起來又香又好吃，他要我先吃大碗的米粉，然後打開一瓶汽水灌進肚裡，讓汽水的氣把一條米粉沖入盲腸，這樣反覆做了幾回，幾天後保證盲腸就會發炎，那時就有汽車可以坐了。他就以同學身份陪我一起坐上黑頭車，在車上當護士照顧我……。」

「這孩子真是聰明！你照他所說的做了嗎？」美根子沒等他講完便急於表示意見。

「我要他買米粉和汽水給我吃，他不要，汽水實在太貴了，鄉下小學生根本買不起。……怎麼樣！相不相信真有這回事？這故事好不好聽！」顏水龍怕她不信。其實有趣就好，不信也無妨。

「有意思，真有意思！現在你應該買得起汽水和米粉，就讓我來作實驗，有效的話你還可帶我坐汽車上醫院，只可惜現代人坐汽車已經不稀罕了！」

「那是要割掉一塊肉的，妳心疼不疼！」

「可惜我的盲腸剛生出時就割掉了。」

「有機會我還是會請妳吃米粉，但要等畫完這幅畫。」

「剛才講的不會是臨時編的吧！不管怎樣我還是當它是很早很早以前的故事來聽……。還有什麼別的，更古老的故事，請說來聽聽！」說時本來瞇著眼睛已幾乎閉起來了。

「更古老的！那就是我祖父和祖母的故事。」

「太好啦，一定是愛情故事之類的，嘻嘻！」

「那就讓我來講祖父怎麼把祖母娶回家來的經過。」

「只是經過！」

「不管是什麼樣的經過，只要有趣就是故事，難道不對嗎？」

「只要我喜歡就是故事。那就請快快講！」

「故事發生在很久以前，我還沒出生，我父親也沒有出生，我祖父也才十七歲，那年他看上鄰村一位才十五歲的姑娘，可是那時候男女之間在結婚以前是不能公開交往的。」

「真有意思，他們怎麼辦？」

「不知道，我不是那時代人……。」

「阿水，你在吊我的味口，是嗎？」

「我只是說故事而已，妳問的是故事以外的，我當然回答不知道。」

「好吧！不問就是啦。」

「祖父打聽到那姑娘住在哪裡之後，沒有事就去她家附近繞圈子走動，希望偶然在路上遇見時匆匆看一眼也好，有一天無意中發現姑娘的房間有個小窗口，而且每天一大早就坐在窗前對鏡子梳頭化妝……。」

「我知道了，於是就去那裡唱歌或吹口琴來引起她的注意，這也是示愛的一種方式。」

「妳錯了，那是摩登時代的腳本，祖父的年代不來這一套。他只是起個大早走到她家的後門，沿著田間小道，走呀走，一路走過來，假裝在巡視溝水有沒有流入稻田裡，這叫做『巡田水』，目的是想經過姑娘的窗前。快到時故意咳嗽一聲，姑娘聽到聲音，抬頭看見窗外的人，淡淡一笑又低下頭，兩人眼神交接，兩顆心因而觸了電，就這樣一個窗內一個在窗外不曾說過半句話，不知又經過多久，男方就請媒人來提親……。」

「兩人沒有說過話！那就等於還沒有戀愛，她就這樣變成你祖母了！有這麼簡單的愛情故事！」

「就是因為這樣，我才要說出來給妳聽。妳不覺得男的每天來到窗口咳嗽一聲，女的在鏡前抬頭一笑，這當中雙方的情意有多深，戀愛並不是非使用語言不可，男女間傳情的方式太多了，妳不曾感受到嗎！」

「聽起來好像有道理，假若有一方會錯了意又如何！」

「不管以什麼方式戀愛，都有成功和失敗，不會只因為會錯意才失戀，不是嗎！」

「那種年代大概只有嫁錯人，而不會有會錯意的事發生！」

「雙方都有意思才會每天隔著窗子對看，否則男的不會再來，女的也不會把窗子打開，久了彼此心裡自然有數，如果不能完滿結局，可能相約投河自殺，以殉情為一場悲劇收尾。」

「拍成電影的話或許把劇本寫成更可憐來賺觀眾眼淚，日本的電影全都是這一類的！真無聊！對了，台灣也有電影嗎？台灣電影一定是說台灣話，演台灣的故事……。」

「台灣人最近也拍電影，到底拍得怎樣，我沒看過。不過我的故事還沒有講完，請不要插嘴，讓我講下去。」

「還沒完！你說的到底悲劇還是喜劇，快說下去，拜託！」

「……剛才已經說過，當男女雙方對看已進行到差不多的時候，男方就請人去說媒，女方也派人來探聽，這中間還有些瑣細禮俗就省略不說。重頭戲在結婚那一天，新郎由十來個年輕力壯的男丁陪同，到達女方家裡，來勢兇兇闖入新娘房間，新郎將新娘抱起來就往外跑，此時新娘驚慌大叫，當然這是演戲，後院已安排好男丁也是十來名，聽到叫聲知道有狀況就趕忙進來阻擋，此時雙方人馬當場推擠扭打起來，打得真假難分時，男方眼看過不了關，從袋子裡將準備好的銅錢往空中拋灑，落地時一遍叮噹響聲，眾人見到滿地是銅錢，就不顧一切伏在地上撿，男方一幫人利用這機會趕緊脫身，順利把新娘抱回家去，這是當時台灣鄉下的風俗，每個年輕人娶親都得演這樣一場戲給族人看，就是所謂的『搶親』，好像在祖父那時代才有的，到了我父親娶親時就不再用搶的了。」

「這故事我喜歡，回家後我再講給媽媽聽，相信我能說得比你更動聽，故事要說到聽的人都感動才算成功。」

「想休息呢！還是再聽故事，不累的話我就繼續講。」

「當然不累，聽故事是沒有人會喊累的。」動一動身子又重新坐好，準備要聽下去。

「好吧，那麼就說個台灣高砂族的故事，是流傳好幾百年的傳說。台灣島正中央山頂上有一個很大的湖，那裡住的高砂族叫做邵族，湖邊有個部落叫米納美亞，有一位公主叫碧姬，長得像天仙般美麗，村裡的人經過她的身旁，都情不自禁會朝著她看，欣賞她的美貌……。」

「對不起，我想打斷一下，可不可以形容到底她的美貌是怎麼一種美法，這點對我們女孩子是十分重要的。」

「其實我也沒見過，要是形容起來不外就是黑色的長髮，雪白的肌膚，大大的眼珠，紅色的小嘴唇，玲瓏的身段，輕盈的體態……，怎麼樣，這麼說妳滿意吧！」

「滿意是滿意，但這是童話裡常用的形容詞，所有的公主，不論在東方還是西方，只要是公主說來說去好像是同一個人……。」

「所以說，我是在對妳講故事，形容詞用得越少越好！這道理妳應該懂。現在可不可以再講下去？」

「請繼續講，對不起，打斷了你的……。」

「欣賞美是人的天性，故事中不管是什麼時代，只要是美女，聽的人本來就是要自己想像……，這位公主美得像天上仙女，人看人愛，她也高興有這麼多人以羨慕的眼光盯著她看，慢慢地她想要知道自己有多美。心裡想我的美別人都能看到，只有自己看不到，即使拿銅鏡子來照，或者到湖邊照水影，也看不清楚完整的容貌。這使她心裡不悅，為何老天對她這樣不公平，久了乾脆把自己關在家裡不想出外見人。她父親是統領整個部落的酋長，看到這情形，趕快招集村裡的長老開會，商量如何解救公主的心病。幾天後終於商討出一個決策，向全部落的人發出通告，規定村裡凡是十二歲到二十五歲的女性於外出之前必須化裝，而且要仿傚公主的臉形打扮得和公主一模一樣才准走出家門。從那以後公主每天看到村裡處處都是和她一樣漂亮的姑娘，心情隨之而適坦起來，憂鬱症也不藥而癒。沒有多久台灣各地的部落開始盛傳米納美亞村出美女，將之稱為美人村，幾年之後『米納美亞』在許多村落的語言裡也變成了美的形容詞。」

「故事講完了嗎？好好聽，真是米納美亞！可惜太短了些。」

「這故事有個用意在說明什麼叫『美術』，公主的美是天生的自然美，村裡的姑娘照著她的臉化裝是人為的人工美，前者是『美』，後者是『術』，我們學美術的人，第一堂課要聽的就是這個故事，然後才知道自己是在做什麼，現在講給妳聽，妳已經上完第一堂課了！哈哈！」

「原來你給我上課，還以為是在說故事呢。」說時故意裝出生氣的模樣。

「好的老師在說故事時就已經是上課了，故事現在已講完，就該宣佈下課！」

「那麼快就要下課！我想聽和日本有關的故事，已經領台三十年了，這當中一定很多故事！」

「妳想聽，我就講，是舅舅說給我聽的，保證不是編出來的。剛才妳上的是美術課，現在妳可以當作歷史來上這一課。那年是明治二十八年，日本打敗了清國，台灣人聽說要把台灣割給日本，島內人心一片恐慌，清國的支那兵開始準備落跑，還拿著刀槍進入民宅看到東西就搶，我們住的村子也一而再被搶……。」

「等一等，清國是哪一國，我沒聽說過。」

「清國就是支那，清兵就是……。」

「支那兵，這是罵人的話。」

「不管它，反正是故事。那天來了一批衣裝不整的支那兵，搶了東西揹著就往村外跑，走出村子要經過一座小橋，村裡的青年不甘心，聚集在橋頭，綁著一條繩子在橋墩，然後躲起來，等支那兵慌張跑過來時，猛然將繩子用力拉高，看著他們一個個絆倒在地，村民拿起棍子、鋤頭一起衝上來一頓毒打，再把被尋走的財物全都搶回來，勇敢的村民當中有一名就是我祖父，而且這攻擊行動是祖父策畫的，可惜那時我還沒出生。支那兵逃走之後，日本兵來了，村民又組織起來對抗日本，可是他們有大炮，老遠只聽到炮響，村民已全被嚇跑。日本軍隊開進村裡時，村民都找地方躲起來，又怕小嬰兒哭聲被聽見，就用鴉片膏塞到嘴裡把他麻醉，這樣做如果用過了量就救不回來，我叔叔就這樣死了，那時才滿周歲。有人以為躲在溪旁樹林裡比較安全，日本兵一進村子看沒有人就想洗澡，脫光了衣服才發現樹背後有好多人，心裡一慌，拿起槍就朝樹林射擊，不管男女老少全都死在槍下。那幾年台灣實在不平靜，支那兵、日本兵都是敵兵，能夠平安活過來實在不容易！」本來只說故事，無意中帶進來嚴肅話題，說完自己也感到幾分懊悔。

「聽起來，真是的，我們日本人還是作了壞事情，所以我們應該要對台灣人好一點。雖然是上一代所犯的錯，下一代的我們還是要承擔……。今後台灣人也好，日本人也好，大家已經是一家人，希望不要再有不愉快的事發生……。」

「這些年我居住日本，發現在日本的日本人很懂得善待台灣人，但是到台灣來的日本人可不一樣，他們高高在上，處處欺負台灣人，連台灣總督府定的法律對台灣人也都很不平等，原因是從一開始就把台灣看成殖民地，殖民地的台灣人是日本國的次等國民，這種命運在我這一代恐怕還無法改變。」顏水龍把話題談得這樣嚴肅，連自己也感到幾分意外，雖然心裡頭一直阻止自己說下去，嘴巴卻不肯聽話，非把話繼續講到完不可。這時他看到美根子低下頭來，到底什麼樣的心裡使她的頭抬不起來！

「真是的，這種事情我今天是第一次聽到，」美根子終於開口，聲音是那麼低沉：「我想，當初日本人絕對不是為了欺負台灣人才來佔有台灣。在政府的宣傳裡不斷地說台灣人也是日本人，說這話之前應該想到要如何對待台灣人，台灣人才能從心裡認同日本。」

「看來台灣與日本之間的關係還有一段很長的路要走，只希望這過程不要演變成悲劇！」

「希望我們這一代能留下好的故事給後代的孩子們……。」

門外傳來房東太太的大嗓門，老遠地在呼叫美根子的名字，顏水龍開門探頭去看，美根子也跟著跑出來。

「大概媽媽在找我了，聽故事就忘了時間，真是抱歉！那麼……」

「那麼，下個禮拜等妳再來。」

房東太太又喊了一聲，見美根子走出來，兩人站在門口又說了許多話這才離去。

顏水龍對今天畫的並不覺得滿意，好在美根子來不及看就走了，他看了看所畫的，拿起筆想再改，卻不知從何下手，想想也算了，於是丟下畫筆後關上門走了出去。

拒絕睡在「帝展」的「東美人」

連續兩次投考東美西洋畫科沒有上榜的李石樵，今年春天終於榜上有名。在高砂寮台灣學生的聚會裡，大家聽到這消息都上前握手慶賀，由於他是顏水龍之後少數不以台灣學生優待資格考上東美的新生，顏水龍走過來緊握住他的手，說了許多勉勵的話，談話中李石樵請教顏水龍在東美的老師裡哪一位較適合作他的指導。那時他對李石樵的認識不深，只知道台北師範畢業出來的多半進了田邊至先生畫室，就建議他不妨試試。正好北師的學長廖繼春也在旁邊，對顏水龍所言甚表贊同，他還說進了東美後應多接觸學校裡的其他師長，未來藝術所走的面向才更廣闊，當時便說好隔天就由廖繼春陪同帶著畫去拜訪田邊先生。

一大早兩人就在田邊先生畫室門前等候，直到十點過後才見老師走進來。是李石樵的運氣吧！那天田邊的心情好像不錯，一路走來臉上掛著笑容，見人就點頭招呼。但還是要他們留在外面，等到助教過來叫喚才予以接見。辦公室裡收音機正放著音樂，田邊至一邊翻閱厚厚的一本世界風情畫冊，一邊聽廖繼春介紹李石樵，然後令他把帶來的畫靠在書架旁，沒想到他一看就認出其中一幅畫的是台中林家的景薰樓。才開口問他：「你的名字是……」

「李石樵。」雖然進來之後已自我介紹過，還是再報一次名字。

「噢，是的，李石樵，一聽就知道是畫家的名字，今年才考進來的嗎？」

「是的。」

「今年西洋畫科的考生程度平平，但有幾個特別好，我說的是感覺特別好，可能你就是其中一個。你說來聽聽，為什麼會想到我教室裡來，有什麼特別理由？」

「沒有特別的理由。不過，我早已聽說先生的指導比較嚴格，要求較多，才使我想到要來接受磨練……。」

「這話是你自己說的，還是廖君教你說的？」

「是我自己說的，廖君他——比較不太會說話……。」

「好吧！那你就到我教室來。不過，我的功課向來比其他教室多一些，也會出課題讓你自己去思考，我是宿題多出了名的老師，你行嗎？」

「是的，真是感謝你！」

「那麼請到那邊由松井君幫你將名字登記下來。等一會再送到辦事處去。」

就這樣李石樵進了田邊先生教室，開始接受東美學院派正規教育。

回家路上，李石樵心裡對田邊先生只隨便瞄一眼他的畫就表示接受，感覺很不是滋味。是看在廖君的面子上才收留他；還是他的畫帶有異國情調！而此時田邊先生正翻閱一本世界風情畫集，只因為畫題對上了當時的心境！這都不足以視為作品本身受到的認定，因此一路還為自己沒有完全受接納而耿耿於懷，甚至在第一天進教室時還不敢相信自己的實力足以當這裡的學生而大大方方地向同學主動打招呼。

第一天田邊至先生沒有出現，只由松井助理前來點名傳達幾句老師交代的話就走了，他的交代簡單而草率，令剛來的李石樵幾無法理解他說的是什麼，助理只宣稱這學期製作的課題是「三個男人對五個女人」，要同學們以此為題自由發揮，說完了只笑一笑，一副幸災樂禍的樣子搖搖擺擺出門而去。使得班上同學你看我、我看你滿頭霧水，尤其李石樵想問也不知從何問起。

卻聽到同學竊竊私語：「這就是田邊至！每次都是拿一團謎語當開頭，然後才一步步地去解這個謎……。」「聽起來像隨便說說，背後卻藏有玄機，我們也只有將計就計！」「用腦力想是沒有的，偶然間悟到了就是我們的運氣」「其實也不用擔心，到最後他仍然會幫忙找解答，老師畢竟是老師！」

「用腦力想是沒用的」這句話李石樵無法接受，他認定田邊先生的作風就是要學生充份發揮腦力，藝術本來就是腦力思考的產物。於是更認定到這教室裡來是正確選擇，對廖學長的引見更是心懷感激。

此時開始有同學見老師沒來，助理也走了，便相繼離去，李石樵捨不得就這樣走開，繼續留下來東張西望，對教室裡任何事物都感到好奇，伸手翻開靠在牆上的畫布看看，由於這些都是學生自己釘的，所以又笨又粗，每幅畫看似完成又像沒有畫完，畫架上到處掛著工作服和擦筆用的麻布，還有插在鋁筒裡的舊畫筆及零星用具散落滿地，木造的畫架和模特兒站台，以及正中央的火爐，這些對李石樵而言應該習以為常，這種地方說它髒亂並不完全正確，作畫的場地本來就應該如此，往後至少一年時間將是他的學習環境，在研究所裡泡過三年的他，對這種地方早已不陌生！

幾天來他腦子裡始終掛念著「三個男人，五個女人」的課題，這種奇妙到極點的題材，全東美的老師當中大概也只有田邊這個人才想得出來。

他開始為這主題胡思亂想：相對於三個女人合在一起寫成的「姦」，三個男人是否也出現什麼不堪入目的字眼，大辭典裡是否也查得出這樣的字來！

過去他曾畫過三個裸女同處在一個房間裡：一個臥在床上，一個坐在床緣，一個站立在床前，完成後公開展出於展覽會場，觀眾們頂多只認為是三個模特兒的組合，或視為同一個模特兒擺三種不同姿勢在畫布上組合起來，不會把三個女人用文字的形狀作聯想。如今換成了三個男人，若同樣是三個模特兒擺出來的三種姿態，是否和三個女人一樣仍然以床為背景！甚至宣賓奪主，以床為主題，當三個女人變成了三個男人，床的意涵產生了什麼改變？李石樵越想越有意思，原來繪畫除了圖象的描繪，還可以從裡層的意涵去挖出種種新議題。

當年畫「三個女人」時他曾經想過，如果不以床架構三個裸女，去掉床之後，三個裸女必然出現另一種搭配，那時可能要以動態重建彼此關係，甚而以舞姿結合畫面。現在問題來了，三個女人換成了三個男人，是否還能跳舞！這就是最微妙的地方！田邊先生提出「三個男人」作為課題，必有他的道理，對李石樵而言，甚至覺得是針對著他而來的。

既然是「三個男人」，李石樵在思維上自然要有個大轉彎，不再把女人戲水、摘花、牽手、抛球、捉蝴蝶等柔性的組合方法套在三個男人身上，而寧可讓他們彼此爭強、打鬥、比體力之類的肢體互動，縱使躺下休息也一定表現男性軀體所具備的內在力道，三個軀體所賴以組合的元素不論是張力或凝結力，面對這類題材自然而然浮現數不盡爭議的課題，想到此，思維就像一下子打通了經脈，頓時適暢起來。

但是，三個男人之後還有五個女人，畫面上三加五出現八的數字所指的不外就是一群人，既然是一群，出現在畫裡稱之為群像時人數就沒有絕對限定，多一個或少一個沒有太大差別，那麼田邊先生為什麼要出這樣的題目？背後又有什麼理由？三男五女的組合若是到西洋名畫裡找解答，又能發現什麼！對田邊難道也是一種創意，要學生在幾近乎混沌的數字裡找出秩序來，以李石樵這樣一名美術學校新生，須要更多時間的思考，才能理出頭緒吧！

幾天後，他走進教室時，聽到其他同學正熱烈討論著，其中一人說：「把三男五女畫成一幅畫，如果是活生生的人，他們的關係就是一般社會上所謂的人際關係，而且是充滿七情六慾的男女關係，田邊先生要我們在畫面上表現的莫非就是這個！難也難在這裡……。」

另一同學說：「我的想法比較古典，也可以說保守。如果由我來畫，就畫夫妻兩個大人，其他都是他們生的孩子四個女孩兩個男孩，使畫面形成一個家族的組合，是人生的幸福與和諧。」

「我另有想法，是我想了一個晚上才想出來的。我要畫一個雕刻家的工作室，雕刻家當然是男的，面對一男一女的模特兒，已完成了一座一男四女的雕像，因此加起來的數字正好是三男五女。」

「田邊先生之所以指定有男有女，而且是三對五的比例，我認為這是一個中年人對性的想像與好奇，他要我們年輕人替他解決一個問題，就是三男五女在一起而又同一時間想要作愛，就應該用什麼方式才最公平，不會冷落到其中任何一個人！」這位同學說完得意地哈哈大笑起來。

「真有你的，會朝那個方向去思考，妙極了！」

「這也算是一種數字的排列組合，不管怎麼組合，都是用心去想出來的！」

「這要由真人來實驗，才有真正的結論。」

「李君！那麼你的看法呢！說來聽聽。」有人看見默默站在一旁的李石樵，依老賣老指定他也要發言。

「我！我還在想，不過昨晚我作一個夢，夢見一幅畫，畫中正好是田邊先生所要求的三男五女圖，那八個人脫得光光地排成一排，每個人用手掩住自己最不願意被人看到的地方，結果每個人所掩的部位都不一樣，我看了不覺大笑，把自己吵醒過來。現在就讓你們自己去想，那八個不同部位，到底是哪些！」

「哈哈哈！太妙了，真是天才，若我沒猜錯，田邊先生不給你一百分才怪！」搏得眾人一致的誇讚後，李石樵又重新坐下，心裡想，不過是臨時想出來的笑談，竟然也令他們笑成這樣！

說來也真巧，幾年後回到台灣，經由台中中央書局經理張星建介紹，受清水街長楊肇嘉委託，為楊氏家族畫一幅200號的全家福，對方只給一張由林寫真館拍的照片，以台中公園涼亭的布幕為背景，順著對方要求照實把相片畫出來。數一數全家大小正好三男五女。剛接受這工作時，李石樵心裡還有幾分不甘願，因為這種構圖純係照像館全家福照片的放大，毫無藝術性，只為了在東京生活，賺取酬勞。

那天他在教室裡畫一幅並排坐在長板凳上的三名光著身子的女人，看來像是互不相關的獨立個體，有意無意中把三人體態畫成壯年、青年和少年三個不同年齡層，正畫著時，田邊先生走進來，此時教室裡才四名學生，他一看到李石樵的畫開口說了一句，像是說給李石樵聽，又像在對自己說：「這畫有意思！」說完並沒有走開，李石樵也感覺到田邊一直站在背後，心裡好不自在，擔心接下來不知又有什麼評語，越想就越感到心虛。終於田邊先生說話了：「看得出你是很有自己想法的人，不用我多說什麼，否則會干擾到你。……從三個女人身上我看到的是繁殖的基因，不，這話是我隨便說的，不可放在心上，免得干擾到你的思考。」

說完人已經移往另外同學的畫架前，對著這位同學的畫，田邊先生講了很多，其他人也都圍過去，只有李石樵還傻傻望著自己的畫面，想著剛剛田邊脫口而出的「繁殖」兩個字究竟代表的是什麼！

或許由於田邊先生的稱讚所鼓勵，也可能是他自覺已找到適合的表現形式，三個女人並坐的構圖在短短一個月內接連就畫了六幅，每幅畫顯然都畫得相當投入，顯然是他來日本之後最進入狀況的創作階段。

就在這時候，收到一封家書，告訴他已做了父親，太太替他生了個男娃娃，在信中還附有三張照片，他高興之餘，照著相片在幾天內畫成一幅「三個男嬰」圖，帶到學校裡來。

那天，田邊先生看過每個人的畫之後，不經意說了一句：「未來日本畫壇上最有潛力的新秀就出在我們這個教室也說不定！」這話在李石樵聽來，居然認為所指的除了他不作第二人想！

第一學期結束後，他已經可以感覺出田邊先生對他的欣賞，曾經不止一次誇讚過他對題材使用的廣度和造型處理的敏銳，以及思維方面更是活潑多樣，初進教室時的心虛和不安，如今已完全不復存在。

自從與同學之間有了更多互動，有深入交往以後，發現其中至少三位是他所欣賞的。一位是九州福岡來的後小路，所畫景物雖屬寫實卻隱藏一種莫明的詭異，景物中存在著正邪難分的地靈，這樣的畫換是一般人畫來，一定看出是有心造作，而他則真正畫出了深藏內心的個人世界；另一位是來自新潟佐渡島的貴族後裔，從前由於宮廷內鬥，導致許多在學術上有才華的人被囚禁在島上，百年來其後代當中產生不少優秀人材，這位佐渡人叫錦澤伸一，是班上年紀最小的，比李石樵足足年輕四歲，他天生特異的色感，表現在畫面上有如魔術一般驚人的魅力，卻又絲毫不艷俗，甚至還具備難得的高雅，經常吸引著李石樵站在他作品前，用心去分析他色彩的結構是如何組成；還有一位出生在山梨縣富士山下的大個子吉岡堅二，由於出身農家，從小就經常勞動使他長得又粗又壯，可是心思卻出人意外細緻，描繪的功夫與他的體形恰恰相反，不管是畫什麼都比相機鏡頭的拍攝來得更具真實感。這三位在創作上各有優點，都是李石樵自嘆不及，足以學習的對象。

他已開始感覺到在這教室裡從同學那裡學到的，比田邊先生所教的要多得多，每次田邊到教室來，對學生的作品只是巡視一遍，或者作重點式的指示，上課時學生偶而聽到一兩句引人省思的話，接下來就靠同學之間彼此研究，真正有什麼心得，都是在不斷討論中獲得，這也就是李石樵最近幾個月來把更多的時間花在教室裡的原因。

除了上面提到的三位同學，還有叫飯田正誠的東京人，他和後小路正雄、錦澤伸一、吉岡堅二等全然不同，他好談高深理論，經常獨自在同學之間不管別人聽不聽總是滔滔不絕發言，這還不夠，又寫成講義發給所有認識的人，只求收取一點印刷費，甚至隔幾天再見面時，他還提問題來考考你，試探有沒有用心去閱讀。在教室裡常聽他對別人說：「這個問題我將會寫出來，不久你們就可讀到。」或「我常常講的就是這個論點，不信請回去翻我的講義……。」口氣好像他已經是本班的授課老師。

其實聽他平時講話中所談的道理還比較易於了解，若是買他的那些講義回家閱讀，則簡直不知所云，令人懷疑他是將標點符號點錯了位置。對李石樵而言，不管怎樣他的文章至少提供了一些知識，因飯田常到圖書館翻閱雜書，抄來容易被一般人忽略了的藝術訊息，譬如西歐新潮流下非主流畫派的各種名稱及畫家姓名，都是從他那裡才第一次聽到，只是他會自作聰明製造自家發明的譯名，譬如未來派就寫成「現實未完成式主義」，超現實派為「修現世主義」、立體派為「實體分解主義」、野獸派為「獸性美主義」、達達主義為「另藝術主義」、表現派為「現實誇張主義」等，有意為名詞注入詮釋性的意涵，讓讀者從字面便可了解該畫派的特性。

又由於他是東京出生長大的京城之子，天生有都市人的驕氣。與人談話中，尤其在辯論時，常拿自己的標準東京腔來糾正關西、九州等地的地方口音，借此以突顯自己的正統性，特別是對台灣的李石樵，隨時都在注意他最難改掉的幾種口音，予以更正。

進入東美之前，飯田正誠原本是唸神學院的，後來改學建築，不到一年又退學準備投考東美塑造科，不知何故一不小心竟進了西洋畫科來。其實他對繪畫未必有多大興趣，近幾年內隨時都可能轉行到哲學或文學。由於一再轉校耽誤了好多年，因此比其他人年長許多，甚至較田邊先生的助理還大兩歲。為了表示自己的老大，本來沒有多少鬍鬚的他竟勉強留著山羊鬍子，模樣像極了從前私塾裡教漢學的老學究，這種人物照理與李石樵性格極端不合才對，沒想到相處越久發覺他的優點越多，便越加欣賞這個人，譬如他勇於表達自我，即使不成熟的見解也要用異於常人的說詞表現個人思維的特異性；以及對任何事都不在乎，一旦發現所作的事與理念不符，絕不拖拖拉拉捨不得拋棄，這都是令李石樵佩服的地方，也是所以想與他親近的理由。

每回當飯田一個人在教室裡高談闊論，別人想逃避都來不及時，只有李石樵肯靜靜坐著聽他說話，只要偶然聽到一句「銘言」就認為值得了，飯田當然也看出李石樵的忠誠，兩人很快變成了親密朋友。

說來飯田對李石樵最大的幫助在於引導他認識到「帝展」的價值，且非常獨斷指出從台灣來的李石樵必須排除萬難在「帝展」中表現出好成績，才能在畫壇上佔有一席之地。因他認為到目前為止，包括日本在內，亞洲人並未具備發展現代藝術的條件，東京美術館裡看到的「現代畫」在西方人眼中仍舊似曾相識沒有新意，放在人類藝術發展的洪流中根本微不足道，這一代人所作的「現代藝術」到頭來也都白作了，只有在「帝展」裡才真正建構完成屬於日本美術的典範，不管是否有人批評「帝展」的道統和保守，至少它是立足在日本社會，所建立的不可動搖地位。根據這一點規勸李石樵無論怎麼艱難也要以「帝展」為今後的主戰場，把自己送進裡面去佔據地位。這話深深打動了李石樵的心，於旅居日本近十年的時間一而再向「帝展」叩關，有成功也有失敗，以後接連三次入選，獲得免鑑查的榮譽，是台灣美術界唯一在「帝展」中取得這成績的畫家。以他當時的個人條件算是盡了最大的心力，設使不是因為日本戰敗，憑李石樵的才能日後在東京畫壇爭取「帝展」評審員資格是可以預期的。

不過，當初兩人於談論「帝展」時，亦不免有過一段爭執：

那天，李石樵坐在上野公園樹蔭下畫素描，背後伸來一隻手拍在他肩膀上，回頭一看原來是飯田，打過招呼後，飯田靜靜站在一旁看著等他畫完。

李石樵沒話找話，問他：「你到美術館看了『帝展』沒有？」那天正好是「帝展」的最後一天。

「『帝展』！什麼『帝展』，沒聽過！」未料對方會如此回答。

「『帝展』就是帝展，日本帝國的『帝』，展覽會的『展』，就是日本帝國美術院展覽會，難道沒聽過！」

李石樵原以為自己的台灣腔，東京人聽不進去，特地一個字一個字地唸給他聽。

「我知道『帝國』，知道『美術』，也知道『展覽會』，就是不知道把這三個合在一起變成了什麼怪東西！」他一臉裝傻的模樣。

「你又來了，這小子真會裝相，讓我帶你去看……。」

「好啦，好啦！大日本帝國萬歲！這口號我是替你喊的……。」他舉起雙手，看來像是在呼口號，又像是要打人，一個日本人替被殖民的台灣人喊帝國萬歲，不知到底是馬屁還是挖苦！做出來的姿態幾分像投降者的卑微又幾分像勝利者的傲慢，不過他仍然聽說過台灣有殺人頭祭祖靈的傳統，對待台灣人應該適可而止不可激怒。姿態隨之軟了下來，摸摸自己的頭，說：

「再說下去台灣人手上的刀是會砍人頭的，我投降就是啦！去吃個冰，休息一下吧！」說著兩人一起走進公園小丘上的喫茶店，坐在裡面從窗口可看到那個牽著狗的西鄉隆盛銅像。

每人各點一杯同樣的咖啡，李石樵端起杯子趁熱吸進一小口，飯田則低頭用鼻子聞著，然後閉上眼睛抬起頭來，整個人陶醉在咖啡香裡。等李石樵的這一杯喝到見底時，飯田仍然只用鼻子在聞香，李石樵終於忍不住開口問：「喂，你的咖啡難道用來聞的嗎？」

「不……。」他先是搖搖頭，然後又點點頭，端起杯子又再聞一聞，終於大口喝光它，又隔好一會才終於說話：「喝咖啡，我有我的方式，當咖啡還熱的時候，聞比喝更有滋味，不是嗎！等到聞不出香味時它已經冷了，這才一口喝掉它，其實我還一直含在嘴裡，慢慢地才吞進去，這就是品嚐咖啡的三段論法：聞、含、吞，下回你不妨也試試看！」說完露出得意的笑容，他這種模樣在李石樵看來已十分習慣。

「莫非這就是西洋人喝咖啡的方法！」

「不管他們是否這麼喝，至少我是一直這樣喝的，現在我教給你，等你回台灣之後，再去教台灣人怎樣喝咖啡！」

「那你剛才在咖啡送來時何不先告訴我！」李石樵以埋怨語氣質問他。

「那是因為我想要看看，或許台灣人有什麼特別喝咖啡的方法……如此說來，你想再喝一杯啦？」

「好吧，就再點兩杯……」

「不，你喝就好啦，我喝咖啡賀爾蒙增加，不是好玩的。」說時伸出舌頭來舔一下嘴唇。

「又是你的怪論，賀爾蒙與咖啡居然扯上了關係！」

「雖然沒有經過醫生的臨床實驗，卻是我多年來的親身體驗，每喝多了咖啡晚上就註定會夢遺，真是神奇，現在由你單獨去試試！」

尊照飯田的方法，李石樵喝下了他的第二杯咖啡，兩人的話終於又回到原先討論的「帝展」，李石樵先問：「言歸正傳，現在你該對我坦誠，『帝展』有沒有聽過、看過、還是參加過，說老實話！」語氣像法官在逼問。

「有，但也等於沒有，從我嘴裡永遠要說沒有！」

「真可惡！就是想耍嘴皮，難道這是你飯田式的語言，我只想聽你對『帝展』的看法。」

「耍嘴皮也好，我恨它倒是事實，因為他們一再拒絕了我，不是很可恨嗎！」說到此，裝出咬牙切齒的樣子。

「懷恨在心，對不對！所以你的嘴巴就替耳朵說沒有聽過。」李石樵終於開朗地笑起來。

「恨歸恨，我還是得對你做理性分析。」飯田卻反而嚴肅起來：「你一定聽說過，有人體質不適合喝咖啡，同樣道理也有人體質不適合於『帝展』！」

「哈哈，這又是你的體質論，請說下去吧！」

「我不是說喝咖啡會增加賀爾蒙，夜裡會夢遺！『帝展』對人體的害處正好相反，會造成早洩，甚至性無能，這點你大概還不明白……。」

「哈哈……，」

「你不可以笑，這是相當嚴肅的課題。」

「好，那我不笑，既然是嚴肅課題就要以嚴肅態度來面對，不要一下子早洩，一下子性無能。」

「那麼，就告訴你實話，我曾經兩次參加『帝展』兩次落選，這兩次都到會場看過，說實在的，那些入選之作一點也不比我強，因為這樣，我才敢斷言是體質問題，而非體能問題。」

「我和你一樣也落選過兩次，但第三次就入選了。你就是不肯爭取第三次機會，所以你心中才只有恨。」

「這我可不同意，會爭取第三次的人，他的命運中就註定要當『帝展人』，當成了『帝展人』自然把恨也消除了。」

「這不是很好嗎？何必把恨留在心裡！」

「說恨並不洽當，就說那是癮好啦，喝咖啡有癮，入選『帝展』也有癮，上了癮以後就什麼慾望都沒有，只要能在『帝展』中入選一切都滿足，所以我用性無能來形容，若有不洽當之處，請莫見怪！咖啡對人體正如『帝展』對藝術，只有刺激，沒有養份，作用是提神，促進精神上的振奮，這麼說你可同意！」飯田說話極少問對方同意與否，今天難得這麼客氣。

「我再問你，如果我繼續出品『帝展』，成為所謂的『帝展人』，你說又會如何？」

「我有兩個答案：一個是，你對藝術的創作力將因『帝展』而萎縮，最後陶醉在『帝展』、睡在『帝展』、死在『帝展』，但至少有個墓碑在『帝展』。另一個是，把美術的天地畫一個框框，除了『帝展』就沒有其他，那時盡可想像『帝展』裡有個王位在等著你，於是一步步朝著那位子走去，從此藝術的路就像火車行駛在鐵軌上，不再有徬徨。」

「去你的，你不覺得說這種話是自相矛盾嗎？」

「所以我要你選擇其一，若你想兩個都要，自然是矛盾，把其中一個拿掉就不矛盾了。」

「我只能選擇『帝展』，就像你只喝一杯咖啡一樣。」

「你既然選擇了『帝展』，我就從背後推你一把，讓你整個人掉進『帝展』裡去，不必猶豫，心中自然出現彩虹。聽說台灣的烏龍茶不錯，家家戶戶都喜歡喝茶，喝茶是台灣的古老傳統是嗎？如果你有一天把喝咖啡的風氣帶回台灣，說這是明治以來日本最流行的西洋飲料，在所有知識份子裡頭造成時代性的摩登習俗，喝咖啡的人和喝茶的人在社會的價值觀裡就顯出差別來。同樣地，你作品入選『帝展』在台灣藝術界的層級，就像喝咖啡一樣高人一等，所以『帝展』是你胸前的勳章，帶著勳章的人，這一生不論想為台灣美術作什麼才有著力點。這樣說，你聽得進去吧！」

「不過，如果套上你的另一個答案，不等於是睡在『帝展』、死在『帝展』了嗎！」

「如果往負面去想，你就永遠陷在矛盾中不得超生，所以只能選擇一邊，以『帝展人』作人生指標，一心一意走到底，這才合乎你的性格，讓性格決定你的前途，甚至認定沒有『帝展』就沒有李石樵，當一名絕對的『帝展人』，你就成功了。」

「原來如此，你說的我聽進去了。但是尊不尊照你的話去作，我自有考量，同時我也很想知道你如何安排自己的人生，像你這樣聰明的人，我不得不有所好奇。」

「我就完全不一樣，當一個人自認聰明時，其實是最笨。你不是看出我直到現在還不停地在轉台！就好比一隻狗在捉自己尾巴，弄得團團轉。你也看到我怎麼在喝咖啡的！一直只聞咖啡香味，要聞到冷了才一口喝下去，雖說這是我的咖啡哲學，但如果把杯子放在暖氣爐上，讓咖啡保持溫度，那時我就一直只聞它的香味，永遠喝不到咖啡。」飯田雖然始終保持笑容，但臉上已掩飾不住內心的傷感。

「沒想到你也有謙卑的時候！該說你進步了，還是說你真情流露！」

「什麼都不是，今天我只是個算命師在為你算命，不管算對還是不對，你都得付費，桌上的咖啡就由你來付帳，OK！」

「大丈夫，只要能經常有今天這樣的對談，都不是咖啡的幾分錢能換得來的，下回再繼續吧！」

「但願我們之間有永遠沒完的下回。」

吉村夫人的米粉饗宴

日本帝國美術院展覽會（帝展）的最後一天，李石樵告別飯田，又匆匆跑到會場來，剛通過大門要走進來，前面第一展覽室的大廳裡老遠站著一位畫壇前輩，穿著氣派不同於常人，直覺地便從心裡認為這個人應該是陳植棋時常提起的吉村芳松先生，雖然不曾見面卻有一股衝動想上前打招呼，自我介紹是台灣來東京學美術的學生，是陳植棋的好朋友。雖這麼想著，不知何故只猶豫了一下又不敢上前，就在這時候，看到兩名年輕人一男一女走過去，恭恭敬敬行一個禮就交談了起來，看似在請教什麼嚴肅的問題，從他們不時轉頭看牆上掛的一幅畫，猜想得出所談的與這幅畫一定有關。

不久前才聽陳植棋說，他帶李梅樹和沈貽童去拜訪過吉村先生，先生親口告訴他們，自己有個漢名叫沈南關，是祖父所取的，他的家族移居日本較一般日本人晚很多，所以不敢確定自己是中國人、朝鮮人還是日本人。

現在又有人前來對著這位前輩畫伯行禮，很快就加入他們的討論，李石樵一時興起跟在後面卻只走了幾步就停止不前，但已約略能聽見他們談話，可惜只聽到年輕人的講話聲，大師說話低沉，仍然聽不見他說了些什麼。為了聽得更清楚，不由自主把腳步又再往前移，終於聽出當中零碎幾句：「……應該這麼說吧，『帝展』『文展』一直以來……不斷有人批評……，只要是……畫家的職責，日本的沙龍精神……不一樣，但是……我從南洋到台灣……。」

很遺憾只聽到「台灣」兩個字，就聽不清楚接下來說了什麼，從大師臉上表情應該是很重要的一段話，可惜沒能聽到。於是又移動身子更加貼近，沒想到就在此時這一群人也移步往前走去，想是為了某特定話題，所以只轉身走了幾步又一起停止在另一幅畫前面，聽大師繼續講解。

細看這幅畫，上面畫有五個裸女，這更加引起李石樵的好奇。是灰色為主調，當中配有小部分的黃色和粉紅，整體看來相當典雅，最令李石樵心折的是作者在寫實上所表現的功力，雖然刻意作了有限度的變形，肌膚與骨格的關係仍然交代得十分結實。明暗之間色差很小，卻能充分表現出胴體的質與量。更難得的是戲劇性的構圖，讓五個裸女形成類似對話的情節，看畫的人可以憑個人想像作詮釋，將之編成舞台上的一齣短劇，戲劇性的張力緊緊扣人心弦，令李石樵看了想馬上回家去，憑自己的想法。也畫一幅這樣的作品，他隱約找到了一個名詞叫「韻律」，然後對自己說：「長久以來我在畫中所缺少的就是這東西！」

這時大師又說了些什麼，他一句也沒聽進去，事實上他的距離已經很近，只因為展場空間大又有回音，加上大師很重的關西腔，聽起來仍然吃力。主要還是專注於思考自己的問題，一時之間別人的話根本無心去聽。

他們繼續往前走，跟隨的人又更多，有人手上拿著本子認真把大師的話作筆錄，李石樵雖身在聽眾近旁，移動時仍然跟在最後。心裡還是繼續想著剛才的問題……。

他終於不再跟隨，轉身朝另一個方向走去，想起飯田所說的「帝展人」，眼前這些作品反映的不正是典型「帝展人」風格！說這種話顯然有意將「帝展人」與藝術家分割開，如果這說法正確，眼前這麼多優秀的作品又如何作解釋！出了「帝展」大門之後，心裡帶著太多的疑問一路想著，走回家去。

走過幾條街聞到一股咖啡的香味，是從講談社販賣部附設的喫茶店裡傳出來的，近年在東京文化圈裡流行喝咖啡，賣咖啡的商店為了吸引顧客盡量製造咖啡香朝向街道傳送出去。

李石樵走進講談社，是為了看書而不是受到咖啡香味引誘才進去。他不算是個好讀書的人，卻喜歡到處翻書，在書店或圖書館一站就好幾小時，從書架上取出一本書隨意翻幾頁，先欣賞封面設計，照著目錄逐條唸一唸，再讀幾行序文，了解一下作者簡介，再觀覽附在前頁的照片，若有興趣就把內文也讀一讀，最後還是把書放回書架去。雖然僅如此簡單動作，才翻過幾本書一個下午就過了。要他買書幾乎是不可能的事。有時路過舊書店街，把書架上的書逐本翻下去，直到書店打洋，出來後走在路上，馬上感到胸部被舊紙張的霉味薰得隱隱作疼。每次肺部不適時他就發誓今後絕不進舊書店一步，可是過後沒多久再路過那裡，經不起誘惑又推門進去，這種經驗一再發生，這輩子想改也改不掉。何況今天在講談社散發出來的咖啡香，停留的時間自然更久。

因為「帝展」的關係，講談社販賣部進門就設有攤位，上面擺的都是美術相關的書刊，目標非常顯著，其中一本大型的「帝展號外」，高高一疊佔據相當的體積，是他在會場上忘了買的，所以也不必翻閱，拿起一本就到櫃台付帳，然後走到賣咖啡的地方，坐在高腳椅子上面對大街開始閱讀起來。

「號外」的頁數雖然不多，尺寸卻有一般刊物的兩倍大，前面幾頁以彩色印了「帝展」評審員等當代名家的作品，所代表的是日本畫壇的實力，接著才是獲賞畫家的作品，剛才看到的五個裸女圖雖沒有得賞卻以半頁的篇幅印成彩色。前前後後地翻著，努力想找出飯田所說的「帝展人」風格的共通性，也就是所謂「沙龍繪畫」的特質，可惜到最後也只令他越看越茫然。

偶然間他想起來，為何不先去尋找非沙龍作品，才來比照到底兩者有何差別。那麼沙龍外的作品是什麼，它在哪裡，是從沙龍裡落選的，還是從來就不參加沙龍的！

日本的西洋美術從明治維新一開始就由學院派畫家所帶領，直接走進「文展」及「帝展」的沙龍美術，外圍的美術家根本起不了作用，所以從日本美術的領域入手去找非沙龍美術，最後總是不得要領，是沒有結果的。必須把視野轉移到明治美術的源頭巴黎才看得清楚一個明確的沙龍框架，然後分別抽出框架內外的代表性作品，有了同樣份量的畫家才能作出實質有代表性的比較，於是就從法國十九世紀以來寫實主義、印象主義到後印象主義的畫冊開始翻閱，很快就發現到美術史上居代表地位的畫家居然多不是沙龍裡頭的優勝者，相對地在沙龍中獲得榮耀的畫家於美術潮流過後，反而找不到歷史地位，這發現對李石樵當然有不小的衝擊。可是他的世界畢竟僅那麼一點點大，把自己放在當時台灣美術的時空，好像唯有「帝展」才顯現得出份量，作為台灣畫家除了「帝展」又能作什麼！

坐在這張高腳凳上接連喝了三杯不放糖也不加牛乳的黑咖啡，把這本「號外」前前後後，反覆看了不知多少遍，腦海裡想的卻是「帝展」沙龍繪畫與「帝展」外的非沙龍繪畫的差別，最後所認同的仍然還是「帝展」，因為到目前為止他的藝術觀只有在「帝展」中才找得到自己的定位。

自從學美術以來，腦子裡想的不外是學院素描的課題，然後進入畫布上探討的構圖、造型、透視、解剖、色彩和線條等，認為只要把這些基礎功課作好，藝術的路自然能順利走下去，成為優秀畫家。這種自信，李石樵從開始決定走藝術之路那天起，就已經在心裡自我建立完成了。

他當然還不知道「帝展」不過是一道窄門，能夠走進去固然了不起，也要懂得走出來才算本事，藝術不只是一種行為，還需要無止境的思維伴隨在一起，這條路才走得長遠，也因為這樣方才是所謂的藝術家。

第二天，他剛踏上校園走廊趕著進教室上課，在樓梯口遇到前田先生，是這學期教東洋美術史的老師，由於好幾回校外活動都由他帶領，所以與李石樵這一班已經很熟，對每個學生也相當了解，一見面就問他：「昨天在美術館裡看見你，那時你和一群學生正跟隨上村先生在聽他講解，所以沒有……。」

「噢，他是上村，我以為是吉村先生！啊，是我認錯了，兩位前輩我都沒有見過，雖然很想聽他講話，又不好意思太靠近……。」

「原來是這樣，那麼你聽到他講什麼沒有？」

「幾乎沒有聽到什麼，但我知道他是在批評這一回的『帝展』，卻始終不知這個人到底是什麼樣的人物！」

「此人的確有才華，只是家鄉口音很重，怪不得你只聽懂幾句。他的毛病是喜歡批評別人，不用聽就知道他昨天是在指責哪些他向來不喜歡的人，這種批評的話年輕人最愛聽了，才使他越說越起勁，所以就圍了好多人……，這位仁兄一直為自己進不了帝國美術院而憤憤不平，其實不管是否進入美術院，他還是個很好的畫家，都已經是公認的。我印象中他很年輕就拿過賞，有機會你不妨帶畫去請教他，尤其當他知道你是東美學生，會更加高興，可惜我和他不熟！……。」

樓梯口短暫的交談，李石樵得知昨日跟著走了好一段路的那位前輩不是吉村而是上村，關於上村當然早已知道是畫壇上名氣響亮的人物，原來竟也是位有個性的難纏角色，這種人在藝術上必然有他獨特的風格，今後不妨多去了解。

「他不是吉村，那麼吉村又是怎樣一種人呢！」前田先生離去後，他又憶起昨天會場上的那一幕，前田先生這麼說上村，相對地更增加了他想去拜訪吉村的意願。

由於兩天沒有到學校，今天他決定在教室裡要好好工作一整天。進教室後開始準備畫材時發現自己越來越慣於使用圓筆，新買的扁筆竟好久沒有用過，這到底什麼理由一時也摸不清楚。再認真想想，近來拿圓筆的手勢似乎比往前靈活得多，不但可左右轉動讓顏料平均塗上畫布，當筆用到快沒有毛時，更可利用僅剩的短毛在畫面上把顏色磨平，大概是這原故，每當畫到某一個階段自然出現平塗的效果。

田邊先生這一整天沒有出現，只來了他的助理，這位助理名叫中原平常，據說原來不是這名字，是因為小時候父親看到他行為異於常人所以才替他改名叫「平常」，弟弟的性情正好相反，既然哥哥叫「平常」，所以一生出來就取名「非常」，彼此均衡一下。平常是他那一屆的優等生，也由於有高人一等的才氣就處處表現出凌人的傲氣，李石樵背後常以台灣話罵他「臭屁仙」。

今天才進教室，他突然在李石樵的畫面上不知發現了什麼，從另一端快步走過來：「聽著，石！畫的基本調子已經掌握，無須多猶豫，第二個步驟看你怎麼做。現在我先不想說什麼，等你畫不下去，然後再來找我，知道嗎！」

說著不等李石樵答話，人已經轉移到五公尺外另一名同學畫架前，來時幾乎把那同學的身體推到一旁，搶過他的筆，半句話不多說就在畫布上大筆刷了幾下，十足擺出自以為是的架勢。看來剛才對待李石樵還算是客氣的。

他的高傲個性最明顯是表現在眼睛看人的神情，目光永遠不看近旁的任何人，只有當他站在田邊先生面前才略有例外。在教室裡他所注意的永遠是最遠的那個人的畫，因而經常老遠跑去搶過那同學的筆來替他改畫，突如其來的動作常令人嚇一大跳。學生們看著他進了教室後就長距離來回奔跑，便給他取個別號叫長頸鹿，明明身體還在另一端，眼睛已經注意到這邊來。在教室裡他極少與人說話，多半只動手不動嘴。他和飯田兩人年齡相差無幾，而飯田則動口多於動手，當他看到飯田說話過激動時，就勸他說：「你永遠是用最大力氣講最小聲的話，何必這樣辛苦，只要說話夠份量，輕輕說一句就足夠啦！」這是李石樵從他嘴裡聽到的一句形容飯田最恰當的話。

長頸鹿在校期間從三年級起每年入選「帝展」，畢業第二年就獲大獎，這成績是歷屆學生所罕見的，像他這樣有才能的多半出校門就等不及渡洋到巴黎開創新的天地，至今還留校當助理的實在少見，有人說他是等待從父親那裡得到財產後才願意離開，到了巴黎就作永居的打算。

李石樵對這號人物總是抱敬而遠之的態度，直到有一天意外在學校圖書館看見長頸鹿和台灣來的學長陳植棋兩人有說有笑，拍拍打打十分投機的樣子，才發現這個人仍有他天真的一面。

後來在高砂寮台灣留學生的中秋節聚會裡和陳植棋聊起來，問及與長頸鹿在圖書館的事，才知道兩人是西洋畫科的同級生，那天從電影院出來時正巧碰上，一路談論電影，就來到圖書館，隨便翻翻書想了解巴黎相關的一些事情，不意在書中發現一幅漫畫實在太有意思，才令兩人笑個不停，被管理員趕了出來，李石樵所看到的就是這一幕！

陳植棋說，他們在同一年初次入選「帝展」，那時兩人之間多少還存有競爭意味，後來陳植棋身體狀況不佳回台療養，已沒有能力出品「帝展」，這一來緊張關係才漸漸化解，長頸鹿不時會來探望他，因此而建立起深厚友誼。

當陳植棋聽李石樵提及在「帝展」會場把村上誤認為吉村的事，心裡備感內疚，認為應該早日引見他認識吉村才對，便主動提出同往拜會吉村的建議。陳植棋說這話時，是在中秋節，直到次年春天快過了，才收到陳植棋丟進學校信箱裡的字條，說已約好星期六下午在小石田電車站前相會，剛來東京的藍君亦將同往。

到約定的那天，一早就有位青年到李石樵住處敲門，說得一口流利且沒有台灣口音的日語，李石樵在心裡正猜著時，那人已自我介紹是藍運登，台灣屏東客家人，台中師範出身，在苗栗南庄當過教員，學生時代參加水邊社展出作品；年初才剛到東京，目前在研究所進修，準備投考東美西洋畫科。才見面就將自己介紹得一清二楚，李石樵也靜靜地從頭聽到尾，彼此都留下很好印象。

李石樵聽說對方是屏東人，想起北師同班裡有兩位是屏東客家村來的，但問起來藍運登一個也不相識，他們之間相同的地方是日本話講得比一般同學純正，而且會說河洛話，客家人天生的語言能力向來為李石樵所佩服，但有一點令他不解的是，近年在「台展」中展出作品以及來日本學美術的學生裡，幾乎不曾聽說誰是客家人，倒是會寫小說能作曲的有好多，藍君是他所遇到的第一個客籍美術學生，這一來由於對藍運登的好奇，兩人在一起話也多了起來。

一起走到約定地點小石田站時，時間還很早，就到小公園噴水池旁坐下聊天。當問到客籍人士涉足美術領域的問題時，藍君想了好久，才說：「在我當教員的幾年裡，客家村的孩子學畫風氣一點也不遜於其他河洛村，出了社會之後，遇到現實的問題，他們很容易就選擇較現實的行業去做，當畫家這一行到目前為止還看不出有什麼前途，客家人傳統向來把餵飽肚子當是最要緊的事，即使再富有的家庭也不允許子弟去學美術，這問題過去我並沒有想到，經你一說也的確如此。從我粗淺的理解應該是這樣。」

接著藍運登解釋說自己不僅是少數的例外，且是出於意外。因他家六個兄弟當中有四個學醫，老大繼承父親產業，年紀最小的他沒有壓力，父親不但不逼他學醫，反而鼓勵他去學些輕鬆一點的，所以不教書之後他就選擇到日本學畫。離開台灣的前一天，父親把所有兄弟都招回家，清楚告訴大家：「學醫的四個兒子將來的生活已不必擔憂，我不再留什麼給你們，家裡的事業多年來已交由老大管理，希望他好自為之，好壞自己負責。只有最小的要到日本學美術，將來是個畫家，能否賺錢養活自己還是未知數，他在這條路上走下去，我還活著時由我負責他的生活，等我不在時，我名下有多少財產都屬於他，足夠他這一生不愁吃穿，盡可全力投注於藝術，成功與否那是他的命，父親只為你們做到這裡。」這一番話，等於分配了財產，兄弟當中沒有人敢有異議。當初連父親同不同意他學美術都還不知道，沒想到在最後一夜做出重大決定，支持他當畫家，父親的財產究竟多少他依然沒有概念，所以才說這是命運中的一次重大意外，將來在藝術上的成就，全都靠自己努力，家族的支援已作到仁至義盡。

藍君有這樣的父親，令李石樵聽了頗為感動，自己的情況雖有不同，家庭的諒解和支持在那年代裡也是天大的幸運。說來台灣第一代美術家之所以能出人頭地，家庭的支援是首要條件，其次才是天賦與個人努力。

第一次見面就能坦誠相見，他很快就將藍君引為知己。雖然剛到東京，對畫業涉入不深，仍然有不可忽視的潛能，向來李石樵就相信自己的直覺，何況經過一次交談更可斷定此人對藝術的執著，顯然藍君在他心裡已經深受肯定。

今天吉村先生家裡來了六位客人，都是通過陳植棋介紹的台灣學生，其中有四人學美術，另二人是學文學及木土工程。學美術的彼此都曾聽過名字，來日本之前就知道陳植棋是最照顧後輩的老大，一來東京必定前往拜碼頭，不論報考美術學校還是進私人畫塾，他都親自伴隨，協助辦妥手續。今天約來的多屬去年春季才到的新生，除了李石樵都還在「川端」或「本鄉」兩處學素描，準備明年的入學考，至於學文學的吳坤煌和土木的郭楷成兩人，因經常在刊物上發表文章，尤其以寫日文詩聞名，所以雖然未曾見面，卻早已不陌生。

李石樵等人到達時，吉村先生已站在門口恭候著，進門之前由陳植棋一一介紹握手。今天終於見到了吉村，李石樵想起那天所遇的上村，外形雖有幾分相似，整個人的氣度則顯現很大不同，所謂氣度多半表現在人的眼神，上村眼光銳利卻有幾分刻薄，不像吉村永遠以關切的神情待人，談吐更是溫文有禮，尤其純正的東京腔和上村的關西口音是最大區別。

今天來訪的四名學畫青年，除了陳植棋、李石樵和藍運登，還有一位叫陳德旺，在大稻埕洋畫研究所學素描時受過陳植棋指導，早聽到過有關吉村先生的事情，來日本後每遇到陳植棋就吵著要他引見，等了半年今天終於如願，由於把今天的會面看得特別慎重，所以在六位訪客中僅他一個人以西裝領帶盛裝而來，手上還帶了一盒見面禮物。

客廳裡陳植棋只靜坐在一個角落不發一語，消瘦的臉上一雙炯炯發亮的眼睛，認真靜聽吉村所說的每一句話。談話中令大家最感意外的是，吉村對台灣的事知道得比一般日本人多得多，尤其畫壇的情形即使在台住過幾年的日本畫家也未必了解得比他清楚，顯然不只靠陳植棋一人說給他聽就知道得如此深人。

為了表示對來訪客人的尊重，吉村的穿著特別慎重，反而來訪的學生們，除了陳德旺和陳植棋，其餘都只穿學生服，外面再加一件夾克而已，他們也的確沒有更正式的禮服可穿。

住家後面就是畫室，探頭往裡看，相當寬闊的工作空間著實令人羨慕，足夠三幅百號的大畫並排掛在牆上同時製作。陳植棋已是常客，當大家左右張望時，就代替主人出面招呼，要每人在榻榻米上各自找位置坐下。環視四周整個客廳並沒有掛畫，只在靠窗口的地方擺著一尊木雕，刻的是一個敲石頭的工人，李石樵一看就認出是高村光雲的作品。

大家圍繞在一張長方形矮桌前坐著或跪著，不久吉村夫人揣出茶具來替每個人倒茶。陳植棋又重新替每人介紹一次，名字對吉村先生當然都第一次聽到，只有提到吳坤煌時才令他想起在刊物上讀過一首他的詩，雖然不記得什麼詩名，作者的姓名倒是記住了，還說吳坤煌的漢學基礎好才寫得出這樣的詩。接著又輪流對每個人問些日常生活中的小問題，被問到的人因他用語的幽默引起連連笑聲。談話中某些用詞令台灣剛來的人難以理解，陳植棋便充當通譯，用台灣話或台式的日語形容一遍，這一來客廳裡台語、日語及日本的外來語參雜著使用，笑話不斷，讓訪客們享受一個難得愉快的下午。

之前吉村已認識更早的一批台灣學生，交談中學會了一些台灣話的日語說法，或日語轉換成台灣話的俏皮話，今天的場合他也都用上了。譬如一個台灣女孩子的名字叫許氏阿玉，把台日語混合唸成了「苦死阿玉」；日本神教的天照大神，唸走了音就是台語的「阿媽跳浪斯」；小學音樂課本有支歌叫「春天來了」，唱成台語就是「阿婆仔翹腳」；姓游的人一般都被叫成日語的「油」（阿不拉），諸如此類都讓吉村活學活用，和台灣年輕人打成一片。

近五點時，夫人從廚房端出香噴噴的炒米粉，令所有年輕人不約而同聞香而歡呼起來，的確大家的肚子也餓了，夫人一出來就聽她大聲用台語喊著：「芳供供，供供芳的炒米粉！」吉村又補上一句：「食米粉趁燒，食米粉趁燒！」這兩句說得如此標準，一定從他們嘴裡說過不知多少遍了。

這群年輕人的胃口實在嚇人，才一會工夫每人至少吃下了五、六碗，讓夫人又回廚房裡再炒了一鍋才填飽所有人的肚子。吉村先生早已發現藍運登才吃下第一口，就滿臉的眼淚，知道他在想念台灣的家，也不想理會，怕又影響其他人的心情，好在大家都在米粉上灑胡椒，看到藍運登的樣子以為被辣得淚水直流，根本沒人注意他此時的情緒。

臨走前陳植棋特地把李石樵拉到吉村面前，介紹說這一回「帝展」他有一件作品入選，希望先生另找時間給予指導。於是他們又再約時間，後來乾脆定好每個月最後一個星期天下午，吉村把大門開放，讓台灣學生自由前來，要看畫或閒聊，他願撥出時間與大家玩在一起。

這是李石樵與吉村先生接觸的開始，從那以後每遇到創作上的瓶頸必來就教於吉村先生，在日本的這許多年吉村成了他最親近的師長，所受影響有過於北師的石川先生和東美的幾位老師。

誰是畫壇上最可怕的敵人

某日，李石樵雙手捧著剛從畫材店買來的顏料和帆布回到住處，隔壁的房東太太聽到開門的聲音匆匆過來，老遠朝他招手，示意要他且慢進屋裡去。今天與平時略有不同，她從來就沒興趣與寄宿的學生囉嗦，打招呼連頭都懶得轉過來，何以態度變得這麼熱心，莫非想提早收房租！李石樵呆站在門前，心裡疑慮房東太太將會有什麼要求。

「怎麼現在才回家，有人來找過你，等了一個下午，帶來一串台灣出產的香蕉，我看要買起來一定很多錢……」人還沒走到，嘴已經說了一大堆話：「這位客人，他說姓陳，叫陳什麼我忘記了，穿白色西裝看來像有錢人家子弟，我替他開門，讓他坐在房間裡，然後他問我可不可以把這些畫翻過來看？真是很有禮貌的一個人，我看他這麼有誠意，就說當然可以，他很小心地觀賞，看得很仔細，好像是在研究什麼。我有事就走了，留他一個人繼續看著。過了好久，大概有一個鐘頭吧！我忙完事情又走過來，替他倒了杯茶，拿一盒餅過來，他一邊喝茶還一邊稱讚這些畫。真想不到！這些畫還不就是這樣……。然後，作出沉思的模樣，不知腦子裡想什麼！現在的年輕人極少有像他這樣的表情，看了令我想起父親那個時代的人，他一點也不像現代的年輕人！」

一下子說了這許多話，連喘口氣的時間都忙不過來，今天的房東太太好像換了個人。

「這個人會是誰！有沒有告訴妳，他叫什麼呢？」

「有，當然有，但我忘記了，你們台灣名字都是那麼難記，就像你的名字我也好久才記得，反正他不是你的朋友，就是你的同學，或許是親戚也說不定。……對了，他說不久就要回台灣，好像下個禮拜就要走。」

「下個禮拜回台灣！會是陳植棋嗎？他是什麼樣子的人，個子高大嗎？」

「當然比我這老太婆要高很多，只記得他臉長長，鼻子很直，皮膚比你還黑，樣子看來要長你好幾歲……。」

「這麼說來，很可能就是他！」

「還有，他臨走時說了一句話，我差一點忘了，對你或許是重要的……。他說，李桑這個年輕人，將是未來台灣畫壇上一名可怕人物。我實在聽不明白，他說這話代表什麼用意。聽了之後更加覺得這個人有點怪，你們之間到底什麼關係，所以必須把話轉告你，我才放心！」

聽了這話，李石樵先是縐了一下眉頭，很快又轉為開朗，刻意搖了幾下頭，笑著說：「為什麼說我可怕！真有意思。更可怕的人才會覺得別人可怕，妳說對不對！」

「所以我才說他像是個有野心的人，因為擔心你也有野心，這才說你可怕，對不對！」

「應該沒有錯，他是個俠客，隨時都在找人決鬥，有一天我們會對決，這是遲早的事，妳看誰會贏！」

「嘻嘻，不要說笑，這個時代哪還有什麼決鬥，我該說的都說完了，我走啦！」話未說完，已經轉身拖著響亮木屐聲走回房裡去。

留下李石樵一人，突然想起剛才被陳植棋手翻過的那些畫，走過去也伸手翻了兩下，似想知道他看到的是哪些作品，其實不用看也知道那裡放的是什麼畫，但此時心裡還是想要看看，自己的可怕到底藏在哪裡！

那人果真是陳植棋，他向來就那麼自負，會在這時候使用「可怕」兩個字以取代任何稱讚的字眼，除了他再也想不出別的人。近年傳說他身體不適，可是幾次見到他在眾人面前意氣風發的樣子，再怎麼也看不出有病弱的身軀。甚至聯想到，台灣有一天形成像東京這樣的畫壇，陳植棋將是黑田清輝地位的人物，從這種人口中說出「可怕」的話，莫非指的是領導權而非作品本身的質與量！

剛才房東太太把「可怕」的意思想像成兩人的「對決」，這話是否言重了！李石樵心想若此生能有一次生死決鬥，對象必然是世上頂尖的高手，可惜到目前為止未曾遇到，哪天真能站在高手面前，可怕的心理已然不復存在，只想到這歷史性的一刻該如何把握……。

去年陳植棋入選「帝展」的作品，有幾分牧野虎雄的氣派，在繪畫的領域裡應該說是牧野擋在他要走的路上才對，他才是第一個對決的可怕對象，能夠勝過牧野虎雄才有陳植棋出頭的一天，至於李石樵，目前還只是陳植棋藝術競技場上的外圍人選！

前田先生在美術史課堂上曾經以這樣的話提醒學生：「**作一個畫家應該懂得珍惜自己的年輕歲月，因這是創作的黃金時期，也是一生中藝術特質建立的決定性階段。**」基於這個認知，李石樵知道自己唯一能做的是從素描功夫著手做能量的疊積，在素描基礎上建造一座金字塔般的殿堂，是他終生所秉持的信念。因此，每當把自己與其他畫家作比較時，素描往往就成為第一要件。對待陳植棋亦然，雖然在油畫上所表現的藝術才華無可否認，若是放在基礎素描的平台上，勝負就看得十分清楚了；尤其認為素描功力不夠深厚的畫家，未來發展的路一定有限，這樣的思考方法使他在心裡早有了評價！當有人把他列為可怕人物而自己不認為對手可怕時，再強的對手也對他產生不了威脅。

自從進東美以後，他感覺得出自己對素描越來越敏銳，面對一幅畫輕易便可判斷出作者的素描能力，既使是變形，甚至抽象的處理也仍然逃不掉他對素描所養成的眼力。然而陳植棋之所以認為他可怕，絕不是從他的素描功力所作的結論！他在房東太太面前毫不掩飾讓「可怕」說出口，不知她聽了之後體會到的是什麼，或者如她所說是「幾句奇怪的話」而已！

誠然李石樵在台灣畫家當中要比任何人都更在乎素描，他的素描理念與東美的學院和「帝展」的沙龍幾乎是分不開，在「帝展」裡作為一名二十世紀的日本畫家，親眼得見每一幅會場中掛出來的作品無不具備了素描的基本條件，因此認定素描是一生成就的依靠，就好比音樂家勤練鋼琴，唯恐手指頭疏於練習而僵硬，他越來越相信自己是當今台灣無人能比的素描家。

「帝展」結束已近半年，他腦裡還念念不忘那幅五個裸女以黃色為主調的圖畫，除非親眼目睹，他從來沒有想到過黃色畫面產生的強度會達到逼人往後退卻的程度。那天在這幅畫前站了多久已不記得了，至少能有這麼大耐心細細觀看，除了黃還有那些相輔色彩，才使黃顏色在視覺感官裡獲得逐步增強的效果，究竟是什麼理由能襯托它的彩度，微妙之處不該只解釋成調色板的魔術如此單純，他寧願相信當中更大的助力來自作者的素描，不管從任何角度最後歸結還是素描。

這五個並排坐姿的女人既不是現實的，也非超現實的，五個無所事事的女性軀體在同一室內，就好比五個橘子在一張桌上，是繪畫為目的刻意安排，這就是所謂沙龍美術的典型，學院繪畫的理念形式化之後產生的必然結果！這種繪畫追求的終極境界不外是畫面高度的完美性，類似的題材與風格於三年前出現在一幅獲獎的作品中以後，幾年之間一而再遭受倣效，可惜都沒有達到如這幅作品的飽和度，這是所以能誘使他面對著畫作長久沉思的原因。

不知何故，最近他反而更常想到另一幅風格迥異的作品，畫的是一朵下垂的大白花，粗獷的大筆畫已無法分辨畫的是什麼花，所以命題時只稱是「一朵白花」。難以理解的是這樣的畫竟能讓審查委員接受出現在「帝展」殿堂。剛看到時，心裡對作者創作態度的粗魯，直覺地產生極度反感，認為是對畫布的不尊重，甚至是虐待自己的畫筆，而投以不屑眼光。難以理解的是，和面對五個裸女那幅畫時一樣也存在一股吸引力，吸住了他久久不肯離去，明明是一無是處的一幅畫，也讓他移不開寸步，才真正是不可思議！久久以後他才終於移動身體往後退，此時畫中形象越顯清晰，色澤交織產生相映的效果於是呈現，這個發現令他感到驚訝，又再度上前貼近細看：「這是色彩和肌理結合呈現於畫布上的效應！」他深吸一口氣然後慢慢吐出，從齒縫間發出「嘶——」的聲音，且有意將它拉得長長地，似有所得才說了這句話，他又閉上眼睛，即使這樣，眼前仍然出現那幅畫，而且比原先看得更清楚。

回想起來，花半天時間看完「帝展」，走出大門後在腦子裡帶出來的竟然只是這兩幅畫，勿寧說是帶著兩個問題回家去。

好像是命運中註定的，每年「帝展」過後李石樵就要搬一次家。來日本之後已經搬過三次家，再搬就是第四次了，上個月房東在他門縫底下塞進一張紙條，說這房子只租給一般住宿，不再允許當工作室之用。所以特地介紹他到近鄰的一間小倉庫，不但空間大，房租也更便宜。起先他覺得像被趕出門而心有不甘，等看過之後興沖沖回來，馬上動手要搬家。他看上倉庫屋頂的四個小天窗，最合適於白晝借天光作畫，且又是水泥地，不像木板必須經常擦拭。該房東在街上有一家製冰廠，販賣各種冰棒和冰塊，這種店比較晚開門，直到九點才打洋，所以整天時間只有他一人，沒有人打擾也不怕打擾別人。這段倉庫裡作畫的日子，想不到是他東京期間創作力最豐盛的階段，以後在展覽會中受好評的畫都是在這裡完成的。有一幅200號的大作，畫的是房東的製冰廠，後來據參加評審會議的吉村先生說，此畫一度是競爭大獎的六件作品之一，經過一番熱烈討論後，才投票選出九州出身的「帝展」老將大久保彰，以致這回「帝展」之最高榮譽與他擦身而過，知道的朋友無不替他可惜。雖然沒有獲獎，展出時這幅畫與資深畫家作品掛在入門的第一間大廳裡，了解「帝展」慣例者一看就知道這作品是受到評審員肯定的。

新房東在繪畫方面雖然外行，對李石樵的工作卻十分好奇，每次看到倉庫的門開著，知道他在作畫時就走進來，拉一張椅子在門邊坐下，話也不說一坐就大半天。不知是來這裡看畫還是找個地方休息，走時只輕輕說一聲「打擾了」人就不見了。舉止像是很有修養的人，後來才聽說他是曾經代表日本參加過國際競賽的田徑選手，夫人是他任教於中學時體操隊的成員，從新潟搬來東京之後，不知什麼因緣下才開起製冰廠。

有天大清早房東前來敲門，還帶來一位訪客，介紹時說是新潟作農的親戚，由於母親出身自舊武士家庭，長年居住外公家，從小看過許多收藏，對藝術品頗有眼光。退休後經常拜訪各地寺廟，有機會與高僧接觸，受到薰陶，自己也開始收藏。這次到東京來希望能看到些不一樣的東西，由於已經定好今天的行程，剛剛才聽到這裡住著一位畫家，所以大早跑來敲門，感到十分歉疚。難得有行家來訪，李石樵把畫一幅幅搬出來讓他觀賞，又一起聊了近一小時才離開。經常過來站在門邊一語不發的房東，晚上送走客人後獨自跑來找李石樵商量，問他願不願意以小幅作品抵每月的房租，猜想一定是受那位親戚的勸說，得知藝術品收藏是件好事，且看準了李石樵這年輕人有未來性，目前冰廠生意不差，靠房租收幾個錢不如把倉庫提供一位藝術家使用，為自己留下好名聲。一番商談之後，決定每兩個月以一幅小油畫代替房租，從此李石樵只要顧得了三餐就不愁沒有地方住，滯留東京的台灣畫家當中比他幸運的恐怕找不出第二人，也因為這樣，學校畢業後在東京又住了六、七年，直到局勢緊張才搬回台灣。

居留東京期間李石樵每年回台灣參加畫展，或經友人介紹替有錢人家畫肖像。不在東京時畫室交由房東看管，颱風季節一到，為了保護作品甚至全家動員買來油紙把畫包好以免被雨水打濕。

搬來的第二年李石樵決定把在房東的冰廠所畫的速寫，改畫成大幅油畫參加「帝展」。房東十分高興親自在畫中擺姿勢，後來果然入選獲得好評，展出時掛在很顯著的一面牆上，房東特地在開幕當天休業，帶著全家前往觀禮，請來專人在作品前拍照留念。

該畫在展出期間因屢屢有人前來洽購，房東看到這情形開始動心想買下來自己收藏，但價錢對他而言簡直天價，結果眼睜睜看著畫被別人買走，心理一直在惋惜，忍了一年之後終於向李石樵開口，希望能重畫一幅小一點的來抵房租，但如此複雜的構圖至少也要50號才夠氣勢，既然對方提出要求，多年建立的友誼令李石樵再怎樣也不好推辭，勉強照著速寫重畫一幅。未料畫到半途改了又改竟陷入難產，一拖就拖了近兩年才交件。從此這畫成了房東家裡的鎮家寶，地震一來，他什麼也不管只顧取下牆上這幅畫往外跑，常被鄰居拿來當笑談。

倉庫從此成為李石樵在東京的永久工作室，東美學業結束後，仍然在東京保留這個據點，每年前來住一段時間，收取中央藝壇的資訊，他自我解嘲說這樣做是藝術行情的市場調查。

自從陳植棋的引見結識吉村先生，每個月都在指定的會客日前來拜訪。這一天他約藍運登同往，坐在客廳裡藍運登發表了很多見解，吉村和其他人一樣從頭到尾耐心地聽著，從談話中看得出藍君是個喜愛閱讀，有能力整理思想的人，也許想法尚未成熟，但條理清楚頗具說服力，不知幾時起在圈內已博得「評論家」的稱號。

等大家都發言過後，吉村先生才開口作講評：「……我也聽過不止一次，有人提及陳植棋時說他到底是藝術家還是政治家，對此每個人各有一把尺，但只要不是政客，作一個政治家是值得尊敬的，更何況既是政治家又是藝術家！在這裡我想試著為『藝術家』下個定義：一個人的言行中表達的感性多於理性思考的，他就可以當藝術家。因此，若說藝術家有什麼政治思想，不如說他有敏銳的政治觸覺更恰當。政治家不可以有私心，一被發現有私心，人們就說他是政客；但沒有人說藝術家有私心他就是什麼，所以我們應該承認，作藝術家容易，作政治家難。明治時代的日本美術界所以對以後的發展有深遠影響，要感謝這一代藝術家與生俱來對時代環境的高敏感度，這是剛過去的一段歷史，大家應該都看得很清楚！所以說，明治美術史上的畫家對台灣當今這一代的年輕藝術家有決定性的啟發。陳植棋就是個例子，作為一個學藝術的人，應該深入關切社會，為不平的事情發出聲音。他有自己的語言模式，表達方式不為世俗的政論性用語所困，不被台面上活躍的政治人的謊言牽著走，所以藝術家才比任何人更有資格去關懷社會。從長遠的角度來看，政治的力量只是在短期間內發揮效力，遇到困難就用開刀的方式來解決，所以到了最後總要流血；藝術家的社會功能是無形的，要長時間來調養生息才能帶動人心，卻經常被誤以為藝術軟弱無力，使某些藝術家急於想跳出來以政治的手段為社會解決當前困境，也許陳君就是這種急性子的藝術家！屬於政治的不管是什麼遲早都將成為過去，那時藝術是一把公正的尺，開始針對過去的一切作批判，人們終於看出政治舞台上的戲碼什麼是虛幻的，經不起批評的。藝術家若遲遲不肯出來發言，將來這地球上所有虛幻的都變成了真實，政治的角色成為歷史的代言，後代子孫聽到的都是些假話，永遠在蒙受先人的欺騙。我們所以厭惡政治，可惡的是以私慾玩弄政治的那些人，他們的惡行惡狀玷污了政治之名，再有理想的人一旦大權在握，心理就只剩下利與慾，不再有政治了……。」

吉村先生所以發表這麼長大道裡，是因為有人談到陳植棋所引起的，顯然他有意把政治的陳植棋放在正義的一方，借他比照絕大多數玷污政治之名的當代政客。回家的路上，李石樵在心裡把吉村的話整理一番之後，逐漸萌生另一種想法，認為自己既然是畫家，就應該用畫筆將吉村先生形容的政客嘴臉表現於畫布，於是就開始在腦子裡構思，決定回家後接連畫了十幾幅，描述現今各種不同類型的官吏，由於不是「帝展」作品，畫來心情非常適暢，畫完就丟在一旁，好幾年後決定把東西打包運回台灣，才發覺所畫的這些都是難得的好畫，只可惜不適合於一般場合裡展出，最後只得留下來寄存在倉庫裡沒有帶走。

一路上想著吉村的話，越想越有意思，腳步也跟著加快，走呀走就跑起來。到日本之後，他每天都以跑步來激勵自己，讓整個人的精神啟動，現在他正走在綠園道上，是最理想慢跑的地方，先是用腳尖讓身體彈跳，精神亦隨著體內能量激動起來，就這樣從快走變成了慢跑。

今天早上還來不及吃東西，就被鄰居叫去勞動服務，幫忙清掃近旁的小溪流，是他在鄰里大會中自願報名參加的。忙了一上午，身體的狀況和現在跑起步來畢竟不同，才體會出勞動與運動的差別，尤其跑步的時候思想更敏捷，過去寄存在心裡一些瑣碎的零亂思維，當心臟跳動出清晰的節奏，無形中為理念整理成序，想不通的事情經常在跑步中恍然大悟，不禁呼出一聲：「對啦，原來是這麼回事！」

跑了好一陣子，突然覺得後方有人也跟著在跑，心想：「隨他去，才懶得理他！」不自覺腳步快了起來，這才聽見在背後不知是誰喘呼呼地喊他：「喂！別跑太快，我追不上你啦！」一聽是藍君的聲音，趕緊把腳步放慢，果然是他，不知幾時在後頭緊跟，這小子也真有耐性，非到不得已不肯出聲喊停。

「怎麼會是你！」李石樵趕緊停下腳步。

「我，我坐在電車上，看到人行道有人跑步，再看原來是你，就跳下車來想跟著跑一段，然後才從背後拍你肩膀，想不到你越跑越快，像是故意要我追不上，我不甘心，再認真追，最後吃不消了，只好對你喊停，……真看不出來，你跑步的樣子，像是個體育家！」

「真是對不起！我不知道後面的人就是你，否則，我就等你，讓你陪我一起跑……」說話時兩個人仍然上氣不接下氣地。

「看你是經常在練跑的樣子，是練身體還是為了參加馬拉松？」此時他的氣已經比較順。

「應該說是練身體吧！我住的那一帶是很好的跑步環境，要是不好好運動一下，也實在對不起自己。」

「怎麼樣！今天有什麼感想，對吉村先生所說的這些。」藍運登問：

「感想！你問得好，我剛才一路跑一路想，想的這些都是你要問的感想……」

「那麼就說來聽聽！」

「走，到對街那家喫茶店坐下來，邊喝點什麼邊談。」

喫茶店裡，每人點了一杯飲料，李石樵從身上掏出香菸，遞給藍君，他搖手表示不抽，於是他自己抽了起來。

「奇怪，在吉村先生家裡，竟沒有人敢要求抽菸，幾個鐘頭大家都忍住了，看來你還是有救，能不抽就不抽，經常到吉村先生處走動，自然而然把菸戒掉，不是很好嗎！」

「可是一出大門就接連抽三根，這叫做補償心理。菸是戒不得的，越戒抽得越兇……算了，不談這些，你剛剛不是問我感想嗎？」李石樵急急於想發表他的感想。

「對，你今天話最少，但聽得最認真，一定有所感。」

「讓我一條條道來，先說吉村講話的方式，你發覺到沒有？他所用語言非常淺顯，是否因對象是我們台灣人，程度上沒法接受艱深的日語，才用這樣的語法！這且不去管他，今天他講的話，有時聽來好像不為什麼，只隨性說出來的一句話，可是再聽下去，接著的幾句就顯現出他思考的深度，經常令我心裡為之一震。所以我相信陳植棋之所以這麼尊敬先生，不是沒有理由，況且植棋還是個才高氣傲的年輕人！」

「好，太好啦！看來我要說的話被你先說了，但我有一點補充，不知你有沒有注意到，吉村講話時很少提及人名，而是直接講到事情，目的是為了避免無謂的聯想，所以整個下午談論的都限於問題本身，除非說到我們都認識的陳植棋。這一點值得我們學習……。」

藍運登雖是會說河洛話的客家人，李石樵為了尊重，除非對方主動使用河洛話，兩人還是盡量以日語交談，感覺上比較平等，這是李石樵的想法。可是藍運登卻不然，他的語言能力特強，這幾年學會了北京話、廣東話、關西腔的日本話及簡單的法語，只要有機會就想使用對方語言，以這樣來拉近彼此間的距離，增加自己的親和力。可是說也奇怪，當他與李石樵對談時，也許過於嚴肅，一開口就講日語，成了習慣就不想改用其他語言了。

兩人面對面坐著時，李石樵這才把藍君的臉看仔細，從他剛坐下來順手脫下藝術家的黑色法國帽，頭上不及五分長的短髮，不是東方人的暗褐色，而是略帶點紅的咖啡色，雙眼透過圓形眼鏡玻璃片露出閃閃亮光，鼻子底下兩片靈活的嘴唇，給人印象是個精明而善辯的難纏人物，莫非是混血兒才顯得比一般人聰明！

「你說，吉村先生在日本藝術界裡，能算是左翼人士？……我這樣問不曉得恰不恰當！」

藍君所以提出這問題，顯然對當前評論界意識形態之爭有過相當程度的關心，或在今天茶話會中，吉村的言談裡發現到幾分左的傾向；藍君對畫家的思想比誰都敏感，是李石樵所不曾想到的。

「這，我在這方面沒有你敏銳，對人我向來不以左、右劃分。不過，依我的理解，一般人在分辨左、右時，總是把對事情能深入分析，有批判能力的人視為左派，我個人也常犯這種毛病……。」

「那麼，你看陳植棋呢？他的立場，你怎麼去看他！」

「這個問題只能聊天的時候說說，植棋不過是個畫家，頂多是對台灣政治有意見的畫家，況且如此年輕，一生裡還有很長時間足以讓他再轉變，只看他對現實不滿，就認為他左，未免輕率了些……。歷史上多少革命家後來都背叛自己的階級，只要背叛，不管革命是否成功，都是失敗的，所以一生的堅持非常重要，憑三兩句話就認定是左或右，這看法太危險了！」

「你的說法我可以同意，不過思想的左、右是比較出來的。不久前讀一篇文章，已不記得作者姓名，他說得很有道理：每個人不管站在什麼位置上，他左邊和右邊一定都有人，他若認為自己左派，左邊的人就認為他右派；反之，他認為自己右派，右邊的人則說他為左派，反而搞不清楚自己是左還是右。」

「很好，這個說法十分新鮮，可以再深入推論，站在他右邊的人說他是左派，站在他左邊的人說他是右派，說不定極右的人到了最後和極左的人碰在一堆，因為地球本來就是圓的，道理也是圓的！」說到此，兩人得意地一起笑出聲來。有了好的情緒，李石樵又為自己點上一支菸。

「他們兩人，我說吉村先生和陳植棋，所以如此接近，除了繪畫觀和性情相投，在思想方面應該也沒有什麼可爭執的。吉村照顧台灣學生的行為，就像同情弱小民族的左派人士，我會有這種聯想，你認為呢！」

「這只是一種推論，莫非你已先認定右派人士是不同情弱小民族，才說同情弱小民族的是左派，你不覺得這說法有問題嗎？」李石樵深深吸進一口菸，含在嘴裡好一會，而後才慢慢吐出來。

「哈哈，竟然被你捉到了把柄，真了不起！」

「這樣好啦！既然要談左派右派，能不能從今天吉村先生的談話中指出有哪些跡象，判斷他有左的思想。」

「這也是我想問你的，你沒聽到他對東美的批評如此嚴厲！」

「你又來了，為什麼批評東美的人就一定是左派！」

「聽我說下去，你在東美讀書應該最清楚，東美被認定是日本右派美術的大本營，是盡人皆知的事情。」藍運登的聲音開始激動起來。

「但也要看批評的人是站在哪一種立場……。」

「是的，這就是我要說的，吉村先生批評東美創立的精神，我一聽就知道指的是首任校長岡倉天心的亞細亞主義。你是知道的，當年工部美術學校為什麼廢校，說財政有問題那是騙人的話，其實是受到極右派學者打壓，這批人反對西化運動，主張傳統美術的再興，後來在美術界才有國粹主義，其實就是文化保守派的奪權。影響之下東美一八八九年開辦時，以授課師資不足為由不敢設置西洋繪畫科，且天心一上台就倡導亞細亞主義，說好聽是亞洲人的自覺，鼓勵亞洲人自己挖掘傳統文化博大精深的寶藏，結果竟然非由日本帶領不可，於是亞細亞主義現出了原形，就是大日本主義。這證明從工部美術學校關閉到東京美術學校開辦，這群反對激進的保守勢力始終陰魂不散，所以吉村先生才說東美從一開始路線就走偏了，他的看法可以代表絕大多數反右人士的主張。」

對藍運登的長篇大論，李石樵似乎並不完全贊同，但他還是停了好一會才開口：「說的不錯，但以這樣就說吉村是左派或代表左派主張，聽的人會覺得把結論下得太早了些，難道你不覺得嗎！據我所知，當年反天心的人不僅是左翼人士，右派的奪權行動做得更加露骨，左派或只能算是路線之爭，右派則很明顯是權力鬥爭，這些人是誰我們就不去提他。後來的史家雖然一再有批判，依然各說各話，時間一長事實就越模糊，我們台灣人還是只能站在自己的立場看這段歷史，所以必須建立史觀。」

「台灣人面對歷史要站穩自己的立場，這是我一向的主張……」雖然藍運登提出的觀點每回都被李石樵駁回，卻一點也沒有不悅，依然不斷想找問題討論：「關於左、右分辨的問題，我又想起來有人這麼說過：人的思想隨著客觀條件在改變中，要看他是往哪方向在變，才是決定一個人是左還是右的關鍵，所以不管吉村先生還是陳植棋，我們都沒有足夠時間看清楚他們思想演變的過程，因此說他們左或右都還言之過早。常說老前輩的學問有多豐富，說來還是時間給了他們經驗去觀察人生，人一定要有足夠的時間才看得清楚一件事。老實說，你我都太年輕，只能作判斷，還不可作定論。」

談到這裡，李石樵一心只想轉變話題，於是顧左右而言他：「很可惜，今天仍然沒有機會看到吉村畫室裡的作品，真想知道他是怎樣作畫的！」

「你和我一樣，對一個畫家作畫的過程特別有興趣，但吉村先生好像不願意別人看見他的未完成作品，始終沒要我們去參觀他的畫室。」

「不如找機會從陳植棋那裡了解這到底怎麼回事，一個畫家既然邀請學畫的年輕人到他家作客，居然不是為了看他的畫，只坐在客廳裡聊天，想起來好像不太對！」

「你的意思是：畫家只顧發表思想性言論，不想炫耀自己的畫作，結果被你界定為左派畫家，然後找種種理由去印證，才導致我們兩人坐在這裡費時間討論！」

李石樵說完就心癢癢地又要抽菸，把菸含在嘴邊，正想點火，卻被藍運登阻止：「忍一忍吧！你已經抽完第二根菸了，等走出這大門，再由我來幫你劃火柴點菸，行嗎？」

「行，就聽你的……，」說完把火柴和菸盒一起收進衣袋裡。

「我說，你剛才曲解了我的意思，照你這麼說的話，不知是貶低還是抬高了吉村先生，如果你認為他有思想，所以才是左派，那是抬舉了吉村先生和左派人士；反過來，如果用這句話批評左派只談思想而不重視實際，也就是不重視畫家的創作，那就貶低了左派，同時貶低吉村先生，我這樣推理，你應該可以接受！」

「你認為說任何一句話經常不是褒就是貶，我倒希望兩方面的意思同時可以存在，由聽者去評斷，哈哈，和你談話需要花點腦力才行！」

「我再問你，你有沒有在讀馬克斯？」藍運登問得很認真。

「我呀，我只讀馬諦斯，不讀馬克斯，從來不讀這種令人頭痛的書。哈哈，老實說，我到書店裡什麼書都拿來翻一翻，得到一點點的概念，就丟回去，像馬克斯這種油膩的書對我產生太大負荷，哪看得下去！來日本之前我去拜訪石川欽一郎先生，他說了一句話我永遠記在心理，他說一個人的思想應該發自體內而自然形成，若是抄襲書本的，那就是知識。我讀馬諦斯時得到很多啟發，思想源源而來；叫我去讀馬克斯的話，一定消化不良，吸收不到任何養份，反而有傷身體。」李石樵露出一絲得意笑容。

「最近我發現一本由台灣學生編印的小冊子，叫《台灣青年》，隨便翻了一下，有一篇論馬克斯的文章，寫得淺顯易懂，他把馬克斯的話用自己的語言說出來，寫了五、六頁，很不容易，下次見面我帶給你看。」

「好的，我很願意拜讀……，只是，不知要等到什麼時候才有台灣人會寫出五、六頁的馬諦斯，那時候台灣的青年就有希望了！」從李石樵的笑臉已看出漠不關心眼神。

「過去我一直不知道有《台灣青年》雜誌，搬進現在這間房子時發現有一箱舊書，是以前住這房子的人留下的，那人一定也是台灣學生，沒想到整箱都是這種刊物，我很耐心一本一本翻來看，有些文章寫得很刺激，偶而也對台灣時事點出不尋常的問題，其中的一篇就是寫馬克斯的。可惜還沒看到馬諦斯，恐怕要等到你來寫……。」

「他們取名《台灣青年》有沒有特別用意，是台灣青年編的刊物，還是寫給台灣青年看的雜誌，還是另有所指？」

「是年輕一代知識份子辦的雜誌吧！這點應該沒有錯，還有就是民族主義者主張的獨立與自決，多使用『青年』兩個字，過去曾有過『愛爾蘭青年』、『巴基斯坦青年』和『少年中國』等，都提出獨立革命的主張，若用剛才我們所談的左、右來分，當然算是右翼刊物；至於社會主義者所編的則叫什麼『洪流』、『赤色』、『前進』、『普羅』、『紅旗』、『工農』等字眼，是我來日本之後翻書得來的常識，應該沒有錯……。」

「對不起，我還是很想抽根菸！」說完也不等藍運登回答，就含了一根在嘴上，順手快速點上火柴。

「也應該走了，你吸你的菸，我去結帳。」說著就往櫃檯方向走去，對李石樵一再想抽菸，雖然心裡忍耐著，臉上已露出不悅，最後以結帳表示要散席。

窗外早已天暗，李石樵讓藍運登付帳後，就自動邀請他一道去過街巷口的小飯店吃盤咖哩飯……。飯後要離開時，李石樵還興沖沖地問，是否繼續慢跑回家，藍運登搖頭說：「今天談也談夠了，跑也跑夠了，只有一件事沒作，那就是畫畫，這才是最重要的。每到天暗的時候，我就自然想問，今天花了多少時間畫畫，如果沒有，我就心裡發慌。」

「你這句話，也算是臨別贈言，很有鼓勵性，多謝你，那麼再見啦！」

「再見，下個月我們還會遇到吧！」

「希望如此……。」

2

永樂町的台展少年

紫色大稻埕

郭雪湖　南街殷賑（迪化街城隍廟口）1930
188×94.5cm　絹・膠彩
參展第四屆台展無鑒查作品（右為局部）

從此大稻埕變了顏色

永樂町從十九世紀以來就是大稻埕最熱鬧的商業街，它的興起因淡水河航運所帶動的商機，從清道光年間起已有相當的規模。日治初年為了應經商旅客的需求，在永樂町二丁目九十五番地興建一棟新式旅社叫「永樂大旅社」，連帶地造成附近商店的繁榮，白天旅社後面的菜市場是人潮擁擠最熱鬧的地方，日落之後家家戶戶點燈開市直到午夜，大稻埕只有在這條街上才看得到台北人的夜生活。

住在這裡的人每天晚上聽到賣夜食的小販以各種音響發出訊號，利用聲音當作商標，告訴人們賣的是什麼。譬如茶壺蒸氣吹出來的汽笛聲賣的是熱騰騰的麵茶；有節奏地搖著手鈴，這聲音是賣冰淇淋的；幾塊鐵板的拍打聲告訴大家賣碗粿的來了；賣肉粽的只單靠自己嗓子一聲聲地喊著「燒──肉粽」；熱炒的攤子雖沒有聲響，從鍋裡冒出的白煙和香味，老遠走過來就知道賣的是什麼；夏天一到，賣冰的攤位多起來，除了招牌寫有「冰」字，還不停喊著「涼的啦，涼的啦！」；小飯店的老闆一邊手拿湯匙攪著熱鍋裡的湯，一邊唱著「人客來坐啦，吃飯吃麵啦！」在拉客人；夜更深時，有的店已經關門，就聽到一種悠揚的笛聲，是戴墨鏡的按摩師，由一名孩童牽著走在小巷尋找顧客或蹲在旅社門口等著招喚。

這附近還有一棟樓來往人潮十分熱絡，門前掛牌「中華公所」，是旅台唐山人的聚會所。大稻埕自清末以來，有很多唐山來的商人在兩岸之間作雙邊貨物的交易，貨船靠岸之後，就住進中華公所的客房。大稻埕的人口中指的唐山人主要是來自福建，僅這一省份的語言已相當複雜，漳州與泉州兩地雖同是閩南便有很大音調上的差異；至於閩北幾乎完全屬不同語言，一般稱他們為福州人；還有北邊與浙江交界說青田、溫州話的；接近廣東省界說客家話和廣東話的，來到台灣後住進中華公所，語言上難以溝通時，只好勉強使用各種口音的台灣話，或者拿毛筆用漢字書寫作筆談。「台灣話」這名稱聽說就在這情形下被唐山人說成了一種語言。也有原來居住台灣的唐山人，在永樂町開漢藥房、雕刻佛像、繡戲服、在酒樓當大廚等。日本領台之初曾榜令久居台灣之清國僑民限期決定去留或選擇國籍，若願歸順者亦可獲日本籍居留台灣，其餘自行返回原居地或以清國僑民繼續住在台灣，所以後來在中華公所出入的唐山人就是清國籍的商人，其活動領域以永樂町為主，嚴格說來他們是台灣的外商，因他們而帶動大稻埕的對外貿易。

永樂町原本是大稻埕的一條老街，日本領台的前十年，把原先最熱鬧的南街和中街取直打通，街道延長至更南的六館仔，後來建街的模式又以大正、昭和年間日本各地流行的巴洛克建築為範本，打造成這條二十世紀初最有特色的商店街。商業經營起源自中街，是早在清代已發達起來的地段，全盛期裡中街最具代表性的市街風貌，除了經營南北貨，還有布疋、漢藥、糕餅等皆以結市的型式，同行店舖接連幾間集結在同條街上，構成了台北商圈的活動核心。

在這年代裡，台灣話在不同地域皆有很清楚的地方口音，因而經常看到某人指說別人的台灣話有腔調，就以大稻埕人和南區的萬華人之間，所說的話一出口便可分辨漳州還是泉州，且又從中看出兩地的文化差異。推行皇民化之前，尚未全面禁止漢人傳統的文教禮俗，布袋戲在地方祭典中扮演重要角色，從演出劇目可看出兩地不同的生活品味和文化層級，譬如萬華一帶排演的均以文戲為主，對白和唱詞都屬文言和古音，等來到大稻埕時便一改戲碼而演出武戲，不再是文謅謅的對白，且自由摻雜現代生活語言，以及日本話裡頭的流行語，也唱起時代歌謠，其中有許多是將台灣民謠改編日語歌詞，以武打場面討好觀眾，兩地區的文化程度從最平常的布袋戲便可分辨出來。

自從接受日本教育的新一代成長走出社會以後，對大稻埕的歷史記憶開始有新的詮釋，日文記述的史料引導後來的人懂得更完整地去追溯歷史，在他們所編的刊物中對歷史出現了種種新的說詞，最普遍被取信的說法認為大稻埕的發跡始於一七〇八年，大清康熙年間福建墾號（墾拓集團）首領泉州人陳賴章帶頭發起在台北城外北郊荒地開發的構想，向官衙請到了墾照，和大佳腊堡平埔族立約共同開墾。大佳腊堡後來稱大龍峒，大稻埕的興起就是從這裡逐漸發展起來。由於陳賴章不同於常人，頭髮帶有紅色，故傳說他是荷蘭後裔，而稱他「紅毛陳」。有一記載說：因為他有「紅毛之稱」，致使歷任官吏誤認為這地帶屬洋人勢力，而不敢派人收稅，此說被解釋成這裡之所以迅速興起的原因。

大稻埕開發之前，台北盆地已有幾個聚落，包括艋舺、鼓亭、境尾、三張犁、六張犁、錫口、八芝蘭等，艋舺位在淡水河和新店溪交接，地理上有利於對閩粵的水上貿易，後來淡水河上游淤積，船隻無法深入內陸，緊接著外國茶商在大稻埕的市場開發成功，短短幾年就取代了艋舺的地位。

原先就住在大稻埕的居民是奎母卒的平埔族，漢人移入後，兩族之間互動良好，生活皆靠農耕，大片的稻田處處可看到曬稻穀的曠地，是這裡地貌的最大特色，「大稻埕」也因此得名。大稻埕第一階段的開墾前後約三十年，正值清道光年間（1821-1851），隨後才有另一梯次的漢人移民。福建同安人林藍田及其家族，因為躲避海盜的騷擾由基隆逃入暖暖山區，之後輾轉來到奎母卒社近旁佔有一塊荒地，很快就把荒地開闢，建造成一條小街，自己掛牌「林益順」開店舖做生意，憑過去在基隆的商場經驗，從唐山進口農村生活用品，又收購當地米、糖、茶及樟腦運往閩粵，不出幾年就成了大稻埕的頭號大商家。

接著另一波移入的漢民是咸豐三年（1853），以大遷移的氣勢從萬華湧入，即後人所謂「頂下郊拼」當中輸的一方向北撤走避居大稻埕。「郊」在這裡唸成「割」，當時多用在商業勢力的派系劃分，後來又有大割、小割或割店等用詞，形容商店的經營方法。唐山商場上所稱「盤商」，到了台灣改稱為「郊商」，郊商裡各推自己的「頭人」為領導，萬華商場向稱「北郊」，做的是華北的貿易，「廈郊」從事廈門生意，「茶郊」經營茶葉買賣。所以「郊」指的是商業利益結合之後所立的山頭，這當中仍然不可排除唐山原鄉的地緣因素，另方面為了自衛必須學習武術，從唐山聘請武藝高人傳授功夫，由於門派的不同亦有類似「郊」的勢力劃分，日久以後，習武的人集結在以舞獅為名義的社團裡，在節慶時上街表演，平時則打拳練武，其身分和習性類似日本的浪人，民間一般稱之為「阿友的」，每當鄉里或郊商有事故發生，則由他們出面解圍，被視為鄉民的武力靠山。舞獅團通常以「獅」稱之，譬如後來的永樂獅、雙連獅、太平獅等，在平時純屬一種休閒團體，一有事情發生他們是機動性最高的一股民間力量。

起先各商郊之間只是經濟利益的競爭，慢慢地難免因爭奪地盤而有局部性的爭執，積年累月下來終於在一八五三年爆發歷史上有名的「頂下郊拼」事件。這時所謂「頂郊」是一向在泉州一帶進行貿易活動的商郊，亦稱為「泉郊」，屬惠安、南安、晉江等三邑之泉州府商人，勢力範圍集結在龍山寺附近；另一邊的「下郊」，亦稱「廈郊」，作的是廈門生意，以福建同安人為主聚集在八百庄地段，與「頂郊」比較之下因人數少較為弱勢，多年來雙方屢有衝突發生，情勢就像一顆不定時炸彈，隨時有可能爆炸。

事情的經過據大稻埕老一輩的人說：那天「頂郊」的船正要起貨，由於人手不足，工頭揮手招來岸邊的臨時工幫忙，不久「下郊」的船也進港，原屬「下郊」的工人想回去工作，與「頂郊」工頭因工資引起口角，正在此時每年夏季的西北雨傾盆而下，工頭指責「下郊」人存心拖延，才遭致貨物淋雨受損，一急之下動手打人，就這樣雙郊人馬在岸邊打起了群架，此事在大雨中很快就平息。整個事件看來是「下郊」人略佔上風，吃虧的「頂郊」人馬於天暗後又聚集一起開始反擊，由於這回是有計畫的進攻，存心一舉將「下郊」人逐出艋舺，因此除了刀槍武器之外，還手拿火把焚燒同安人的住屋。在這情形下「下郊」人只得作撤離打算，背著他們的守護神城隍爺像，攜家帶眷邊打邊走往北逃向大稻程，以後這批人就沒有再回艋舺，成了大稻埕的新住民，大稻埕也因上百戶的生力軍加入，而進入新階段的開發史頁。

「下郊」人撤出艋舺地界，先是朝大佳腊堡方向奔逃，沿途還有同安人的同鄉前來照應，等到達大佳腊堡之後，已落地生根佔有地盤的林藍田，雖也是同鄉卻加以排拒，只得冒著大雨往南跑到大稻程來，在大稻埕舉目無親，一時之間只能躲進農舍飼牛的草寮，這些日子一連十幾天的大雨，老天的考驗並沒有將他們打倒，雨停之後到處泥漿，稻草也全濕了，遍找不到可蓋房子的材料，經過一個多月的煎熬，終於在大稻埕的土地上重建家園，開創了北台灣的大稻埕時代。

帶領同安人出走萬華到大稻埕來的是林右藻兄弟，先在大稻埕蓋了包括林復源、林復振、林復興店舖在內的小街（後命名為中街），很快地就在這地段打開商機，向廈門、香港等地招商，隨後又在廈門以「金同順」三個字設立分號，貨品往來於台灣、唐山之間。此時台灣海峽盛傳海盜橫行，為了安全以銀兩捐獻說服官府派兵掃除海盜，打開兩地的海上航運，不出三年貿易量已經遠遠超出艋舺的「頂郊」商人，多年來一直持對立姿態的「艋舺人」也開始想探求和解，派人前來商議共推林右藻為三郊總長，無異是兩地商場的老大，從那以後憑林右藻的手段和魄力奠定了大稻埕振興的契機。

日本領台之前，大稻埕的老街由北而南是普願街、杜厝街、中北街、中街到南街，是從中街林藍田的「林益順」和林右藻兄弟的三家店舖才逐漸興隆起來。起先只打算往南發展建造南街，因受沼澤地質的限制，才轉而往北開闢中北街，然後逐步推展到最北的普願街，幾十年的經營幾乎到了極限，至日治時代因實施都市計畫才有所突破，改建成後來永樂町的新市街容貌。

「頂下郊拼」事件之後，台灣漢人內部的械鬥雖然平息，但是英美列強的外患已開始侵擾北台灣，先是乘艦艇來淡水河口勘查礦產，接著與清廷簽訂天津條約，逼使台灣開埠；又因北京條約開放安平、淡水為通商口岸，在台設置領事館，西洋教士來台傳教。英商怡和洋行進駐淡水後，沿著河流而上發展商業活動，起先判定艋舺的地理條件適宜設立茶行，商人杜德氏開始進行茶葉買賣後，卻發現該地民風守舊，對外來的人心存排斥，不到兩年便撤走轉入大稻埕，開設寶順洋行為台灣烏龍茶打造國際品牌，越洋銷往倫敦、紐約、舊金山等地，幾年之間其他商人看到有利可圖，便有德記、義和、怡和、新華利、美時等紛紛在大稻埕碼頭區設置商行，除了茶葉為最大宗，還有樟腦和糖的外銷，這一來更帶起了大稻埕的發展。

自從外商設置洋行之後，使得傳統商郊不得不對經營方法作出大改變，甚至轉而投入洋行商圈工作，即所謂的買辦，或與福建、新加坡、香港等地華僑合資開設茶行，據光緒二年（1876）統計在大稻埕已有三十幾家華人資本的茶行，佔台灣總出口量的九成，這種盛況一直保持到一八九五年清廷戰敗將台灣割與日本。

日本領台後看到台灣產業受洋人搜刮獲利情形，想盡辦法要把好處收歸己有，對殖民地經濟利益予以栽培和保護，針對未來作久遠打算。這之前洋行在台灣以高利貸款給農民，生產的茶葉又被洋行廉價收購，另外又大量進口南洋生產的鴉片，誘導民眾沉迷於煙毒，致使辛勞所得全數因吸毒落入洋人口袋，除了少數富商買辦，大稻埕雖然興隆，多數民眾生活並沒有獲得應有的改善。

關於日本治台前後的大稻埕，書上有一說法指出：「當年引進外商的方案是台灣巡撫劉銘傳一手促成的。光緒十一年（1987）台灣建省，第一任巡撫劉銘傳是個有理念又實幹的朝廷命官，不乏具有新意的設施都在他的任內施行，尤其對大稻埕情有獨鍾，看準這裡是個有潛力的國際商港，一來就大興土木修建市街，把靠近河岸的建昌街和千秋街規劃為外僑區，勸導李春生及林本源家族等富商投資建造店舖出租給外商，之後各國領事也跟著前來建館，洋式民房應運而生。接著又說服地方士紳集資築造鐵路，以大稻埕為中心於兩年內與北方港口基隆完成運輸鐵道，再兩年往南鐵道通到新竹，另建支線可達淡水，鐵道使貨物銷售網更加活絡，由此可見劉銘傳把台北從大稻埕作起改造成近代的國際都會所費之心力，直接促成了後來永樂町的繁榮。一八九五年改隸以後，從日本運來大量布料囤積在大稻埕進行銷售，於是永樂町出現了布業的大盤商，從南街走過所見幾乎全是布市，又於建造永樂旅社的同時把內圍規劃為一個近代化的大市場，名為永樂市場。旅社為三層樓，一樓是商店，台北市有名的糕餅店，如新高、十字軒、明治屋、春日堂等全集結在這一帶，每天一早就看到市民排隊等著購買新出爐的麵包。可見此時的永樂町正走向洋化，居民開始接觸洋文化，有如明治以後的東京，此時台北的城市樣貌正進入轉型中的過度階段。」

永樂市場靠南邊角落全是專賣雞鴨的攤位，附近的人稱它為「鴨仔寮」，這一帶都是些矮小平房，其間有小巷道相通，房子坪數雖然不大，每家卻都開店作生意，有布店、成衣店、草藥店、麵粉店、乾貨店、公共浴池等，當中較特別的一間是替人作裱褙畫神像的「雪溪畫坊」，主持人蔡雪溪於大正年間才從新竹學藝出師搬來台北開業，年齡不過三十幾歲，由於留有山羊鬍子看來又老了十歲，除平時所畫的宗教神像，也能畫山水、仕女和花鳥，在大稻埕有點名氣以後，引來附近的文人雅士聚集在他店裡清談，加上幾名幫忙描圖的學徒，本來很小的空間，常一下子被擠得滿滿地，路過的人都以為這家店的生意最旺，哪知道一個星期也難得賣出一幅畫。

阿省姨是個四十出頭的寡婦，在永樂市場一帶幫人洗衣服養育膝下一男一女，兒子三年前國民學校畢業，一度考進台北工業學校土木工程科，畫了幾個月製圖後因興趣不合已退學在家，母親看他每天閑著也不是辦法，路過雪溪畫坊看到幾名學徒也是自己兒子的年齡，便進來打聽，想替兒子找個工作學得一技之長，當中一名年長的學徒告訴他要先繳十二圓學費，出師後不但不必繳錢，每月還能領到六圓錢，但要等雪溪師回來再作決定。

回家後將幾天來替人洗衣服賺的錢從紙盒裡倒出來一數，還差六仙錢，就跑去找雪溪師，要求通融能否只繳這些，雪溪師回答說：「先帶過來學學看，要是這孩子能調教，剩下的學費就不必收了。」

第二天阿省姨就帶十七歲的兒子來見雪溪師，來時還捲著兩張平時在家臨摹的花鳥畫一起帶來，雪溪師看了似還覺得滿意，當場把繳來的錢又退回一些，只收下六圓，想是因這位辛苦洗衣服養家的母親的愛心所感動，要他三天後就來上班。

再來時，雪溪師問他：「你叫什麼名字？」

「我姓郭，叫金火。」

「金火！這樣好啦，凡是到這裡來的我都為他另取個名號，昨天晚上我想了又想，就給你取名叫雪湖，你看怎樣！你旁邊這個少年叫雪峰，另外那個叫雪崖，以後大家都是師兄弟，不懂的地方，他們可以教你……。」一問一答之間已看出金火這孩子少年老成，便決意收他為徒。

從那天起，他成了雪溪畫坊的學徒，以「雪湖」的名字走進繪畫的領域，啟開了人生的新頁。

在雪溪畫坊學到的基礎功夫是一種傳統佛像的描圖方法，把師傅已打好的原稿蒙在一張紙上，原稿紙已有密密麻麻的針孔，再用女人化妝的白粉拍打在這張稿紙，移開之後下面那張紙就留下了許多白點，認真辨認可隱約看出一個圖形，不論是觀音還是什麼神像，就用筆描出淡淡的細線，這是往後幾個月裡雪溪師交給他的功課，也是工作。

他每畫完一張要給先來的師兄加筆修正，至於後續的上色和勾線都由雪溪師親自執筆，這種描稿的工作他做得十分快速，一下子就上手，於是有許多時候被派到南街乾貨店採購牛膠、染色粉、各色紙張等繪畫材料。牛膠買回來後剪成小塊放在乳粉筒裡和水一起煮成稀稀的膠水當作媒劑，是用來調色粉然後畫在紙上，雖然上色的事還沒有輪到他去作，不過這些雜務做多了，對繪圖材料的製作和使用有一定程度的認識，對未來的繪畫創作有很大幫助。

在他之前先到的三名學徒，每個人都分配好各自的工作，其中一名看來年紀雖然不大，但都稱他「阿目師」，應該是雪溪師的頭號徒弟，只有他可以想做什麼就做什麼，至於其他人做的不是由師傅指定，就是他在分配，儼然是畫室裡的班長。

郭雪湖心裡總在等待著，幾時能讓他拿筆從頭到尾好好去畫一幅觀音像，可惜這機會一直等不到。

三個月過後仍然做著這種一成不變的工作，心裡開始不耐煩起來，工作時即使手在紙上描著，眼睛卻不時往別人桌上東張西望，看其他人畫的是什麼，後來才知道這樣做會被人說是在「偷師」，是規矩所不允許的。其實他早在回家路上買了紙依照偷偷學來的方法畫了好幾張。母親看到兒子認真學畫當然高興，認定這孩子將來在這一行裡必有出息，能學得像雪溪師的本事，就可以放心了。

一起當學徒還有一位叫阿昭的少年，雖然師傅給他取名雪峰，他卻從不肯拿來使用，自我介紹時他總要補充一句：「我的昭就是昭和天皇的『昭』。」好像這麼一說就與皇族關係拉近了一層。他是宜蘭冬山農家子弟，公學校未畢業就被送到台北學藝，據說他父親在唐山曾救過蔡師傅一命，所以就像自己兒子一般對待阿昭。他有典型台灣內山人的性格，只顧做自己份內的事，甚少開口說話多管別人的閑事，每回都要問一句才答一句，是個文靜的小伙子。另一位叫雪崖，姓任，是台北長大的唐山人，祖籍廣東，父親是永樂町新高銀行對面中華公所的副理事長。所謂公所就是同鄉會館，凡是唐山過海來台作生意或探親的人，只要拿一封介紹信就可暫時住進公所的客房，走時隨意捐獻些錢即可。副理事長其實就是總管，過去曾經有過一位理事長是前清進士也是公所創辦人，告老還鄉之後就沒有人來頂替他位置，在眾議之下把總管換個稱號叫副理事長，公所裡的事就由他一人做決定。他名叫任真漢，原籍詠春，來台半年後，才由乳媽抱著滿週歲的兒子乘船渡海依親，平時船在海面總是浪濤洶湧，沒想到這回竟是風和日麗的天氣，乳媽一高興在三天的航行中每天抱著幼兒迎著海風觀賞景色，一到台北就發起高燒，治好之後隔一段時間才發現異常，是那次高燒把聽覺燒出了毛病。所以在畫坊裡雪崖也始終一聲不響地畫著，大家都不說話的情形下，環境變得特別安靜。平時除了對街鴨仔寮傳來人聲嘈雜和過路人拖木屐在水泥地板踩過的聲音，畫坊裡就只聽見師傅與阿目師之間的一兩句對話。

金火到畫坊當學徒是冬天的十一月底，描了半年的神像，有一天經過第九水門時在淡水河岸偶然看見有個人正在畫圖，畫法特別奇特，吸引他站在背後看著，直到那人收拾畫具離開，整整看了三個多小時，才略有所知所謂的西洋繪畫是看到什麼就畫什麼，偶然飛過一隻鳥，就畫那隻鳥……。

他開始懷疑繼續在雪溪畫坊做下去，這樣而決定了自己的前途是否正確！雪溪師的榜樣清楚擺在眼前，如果時代環境沒有變，雪溪師今天怎樣，明天的我就是怎樣，未來的命運如果像雪溪師這樣，對一個十七歲充滿幻想的少年是不可能認命的。好比每天畫的那些佛像，沒有落筆之前早已知道完成後是怎樣，完全不像第九水門所看到的油畫，過程中有那麼多可能變數，這樣的藝術人生才有挑戰，才是他所嚮往的。

從那天起每月積下一點從母親那裡得來的零用錢，一有時間就到城內文明堂的文具部購買便宜的顏料，一下子買不起整盒的，就每次挑一兩種顏色，有了剩餘的錢再用來買筆或紙張，等這些必須品齊全後，就試著把紙舖在神桌上，照一張圖片臨摹起來，這就是他正式學習作畫的起步！

來畫坊工作已好長一段日子，終有機會與重聽的唐山人互相以小紙片用鉛筆簡單寫幾個字交談，才知道對方原名任瑞堯，又發覺雖然唐山人，漢文、日文寫起來都比自己強，尤其是漢學根基遠超過任何同年齡的少年。紙條上寫的幾個字優雅而簡易，令金火不得不由心裡佩服，認定他就是自己的學習對象，便更勤於遞紙條借故問東問西，有時寫錯了的漢字也常被修正後又傳回來，這段日子他已把瑞堯當成自己的漢學老師。

有一天，在紙條上郭金火問他會不會畫水彩畫？未料回答竟是已畫過好多年，使郭金火更加高興自己遇到了老師，當天就帶著瑞堯一起回家看他的第一幅水彩習作，瑞堯很客氣只顧點頭，不敢在畫上多作批評，僅建議他多畫自然就有進步，當看到使用的顏料只有五、六種，其中黑與白各佔去了一種，就表示願意先把自己的拿來借給他用，然顏料對郭金火而言是昂貴的奢侈品，說什麼他都不敢接受，擔心不知幾時才還得起，雖然這麼說，第二天瑞堯還是把整盒的顏料帶過來，沒想到這一盒顏料竟影響金火的這一生更積極朝純藝術的路邁進。以後兩人經常相約到市郊寫生，瑞堯也從不藏私，在可能範圍內予以指導，兩個少年就這樣共同織起藝術家的美夢。

少年金火和金水的初會

永樂市場的另一邊，也就是永樂大旅社的正對面，有一間日本商人經營的糕餅店叫「新高」，從大正元年開店及今已十六年，每天早上店門未開就已經有人排隊等著買剛出爐的西式麵包，更有學生特地在上學之前騎自行車從老遠趕來排隊購買，郭金火和瑞堯兩人從家裡到畫坊都會經過新高，只是以金火的家境吃麵包著實奢侈了些，一個月當中還是經不起誘惑省點錢來買一兩回，他愛吃麵包裡夾的乳油味道，當它還熱熱地捉在手中，然後一口接一口咬在嘴裡，慢慢地吞下肚子，這種感覺對他簡直人間美味。還有這裡師傅作的煎餅，據說不亞於北海道和新潟的名產煎餅，為配合台灣人口味，調配適量牛乳粉，比一般牛乳餅有更高硬度，咬在嘴裡發出清脆聲音，是金火從小最愛的零食，還抱在母親懷裡略懂世事開始，他的手就會指著新高，想吃這一家做的餅。長大之後畫的東洋畫，被母親稱他的畫叫「新高畫」，笑他新高餅吃多了才畫出這種東洋味十足的畫來。那時代凡是對日本東西有好感，事事都說日本好的青少年，常被長輩說是「吃日本屎長大的」，以後日本進口的東西越來越多，台灣人生活也越日本化，不吃日本屎也不行時，新高門前買麵包的隊伍越排越長，成為普遍受推崇的健康食品。

阿省姨母子三人住在永樂町一條叫五崁仔的小巷裡，這名字的由來據說很久以前這裡僅五家店面，大正以後才在旁邊蓋了大厝，是板橋林本源家的一房叫陶仔舍來此為大稻埕的生意建立基地，僱了三峽秀才謝守義作管賬，職稱「家長」，郭金火一家人也跟著搬來幫僱，金火父親經常隨主人在唐山及南洋各地做生意，可惜未等到他小學畢業，父親就在旅途中意外身亡，這事一直被隱瞞到陶仔舍三年後也病逝才有人來告知郭家的人，此後一家人生活完全改變，單靠郭母一人幫人洗衣打掃維持家計，幸好林本源老頭家的房子答應無限期供其居住，才有能力讓金火順利讀完公學校。

自從到雪溪畫坊當學徒，他每天七點以前起床，吃過早餐就出門走出五崁仔巷口，繞過霞海城隍廟後門，再穿越永樂市場的整排攤位，走到尾端就是鴨仔寮，因不想聞那裡雞鴨的臭味只好走側門從公共浴池門前繞了一個圈才到雪溪畫坊，走過時他常看到剛洗完澡打著赤膊走出浴池來的中年男人，手上還拿著浴巾大搖大擺晃呀晃地走在街上，丁字路口經年擺著一家賣麵茶的攤子，大清早就一直響著蒸氣壺的汽笛聲，從浴池出來的浴客都擠在那裡喝碗熱騰騰的麵茶配油條，路人從遠處看過去，人影在白煙裡晃動有如幻境，再走去經過賣醬瓜的小店，就到了他上班的畫坊。

過路行人皆能清楚看見裡面掛著裱好的神像，以及還在裱褙的字畫，金火來了之後師傅就把開店的工作交給他作，然後與瑞堯一起掃地，把筆墨和紙張準備好，八點鐘人都到齊了就開始一天的工作。

這種單調的差事作多了，年輕人很快就感到無聊，雖然不滿，看看別人做的其實也都不輕鬆，除了經常要承受顧客的挑剔，雪溪師的要求更嚴苛，說不到兩句就把扇子重重打在頭上，甚至要求整張紙重新畫過。

阿目師是這裡的頭號徒弟，任何人都猜想得到他的地位是經過多年的搥打才有今天，第一天看到時，郭金火從他清瘦的體態已察覺他有病在身，又不時喉癢吐出來的盡是濃濃的痰，所以桌底下放著痰盂，有時來不及找到痰盂，不管有人沒人朝著門外就吐了出去，這動作看在蔡師傅眼裡只皺一皺眉頭什麼也沒說，直到阿目連續幾天沒上班，才有家人前來告知，說他因肺病不得不在家療養。

聽到肺病，在那年代人人都知道是一種絕症，兩年前郭金火的大舅才因這種病過世，而他自己近日來睡到半夜就常盜汗，據說也是肺結核的預兆，他開始擔憂，若真的有肺病，生命才剛開始就告結束，使他整日心裡悶悶不樂。

尤其更深人靜獨自一人思考往後人生，想到人的死亡，生命的終點，一個活生生的人就這樣消失不見，別人再也看不到你，你也看不到別人，一切都沒有了，就此永遠不再有，想著想著一股冰冷的感覺從體內逐漸擴大，使他無法忍受趕緊制止自己再想下去。為了尋找內心的平靜，常找年長的人請教人生的課題，有位廟裡的主持告訴他莊周夢蝶的故事：某日莊周睡醒想起剛才在夢中自己還是一隻蝴蝶，懷疑現在的我是蝴蝶在夢莊周，還是莊周夢了蝴蝶，同樣地想到現在的我是死後的我，還是死後再生的我，在生生死死當中，生後死後都還是不是我，這些都不能由自己作決定，若能決定的那就不再是人了，聽完主持這麼說，心裡雖寬慰許多，還是一團解不開的結。

金火的身體狀況尚未被看出來之前，那憂悶的神情已經顯露於外，身邊的人都察覺得到，只是沒有人來訊問。直到有一天，他提早出門想繞個大圈走太平通往北門方向走段路再轉回來上班，到大安醫院門前突然聽見背後有人喊他名字，回頭看時，是公學校的教導：

「郭君，這麼早就出來作運動？太好啦！」

聽教導這麼問，使得他愈覺不安而低下頭來，卻又不敢答說不是。教導似發現什麼，又問：

「你的臉色不是很好，看來像是生病了！」

「還不知道是不是生病，只覺得有點累，休息一下大概就沒問題，我身體一直很好的。」金火的頭還是不敢抬起。

「希望是這樣，你這個年紀身體狀況最要緊，讓我給你一個好的建議，每天早上你就步行到圓山神社作體操，回來換件衣服再去上班，能持續做下去就可以活到八十歲，這是我健康的秘訣，試試看吧！」

說完就跳上自行車，揮揮手繼續向前駛去。郭金火在背後朝他行了個禮，教導頭也不回只舉一舉手便急駛越過了大街。

金火嘴裡雖不承認生病，但要常常運動這句話他聽進去了，所以當時便下定決心，從明天起只要不下雨就步行上圓山，遵照教導指示作完早操後再走回家。真的說做就做，此後十幾年不曾間斷，身體也確實強壯起來。

從他住家走到台灣神社有幾條路線，最方便的是，出了家門後往東穿過太平通，再繞圓環來到下奎府町，不遠就是淡水線鐵道，再往前遇到宮前町的三線路，是當時全台北最豪華的大道，可以慢跑方式朝北奔往圓山神社，過了明治橋到達鳥居前的石階，停下來略作休息，而後一口氣登上神社最頂端。這時可聽到擴音機放出指揮晨操的聲音，所有上來的人跟著一二三四，二二三四……地做著整齊的體操動作，不等做完在六點半之前他就得下山，沿著原路走回永樂町，換好衣服後匆匆走到畫坊，正好趕上時間打開店門。

以蔡雪溪在大稻埕的名氣，他的畫坊已成畫界人士聚集場所，較常來的是朱少敬、李學樵、蔡九五，張金柱和陳心授，南部的黃元璧和林天爵、蔡楨祥等每到台北也一定來此會會畫友。只可惜畫坊小到沒有足夠空間可當客廳，因此每有訪客，金火和瑞堯兩人就自動將工作桌搬到門外的人行道旁，不僅光線好，也不怕被菸客們吐出來的煙薰到，而且傳紙條聊天可以更自在。

雪溪師節儉有名，為了省電費連三十燭光的小燈泡都捨不得用，冬天一到五點鐘過後畫室全靠一個小燈光的照明，工作時眼睛非常吃力，是學徒們一天當中最不好受的時刻，何況做的不是自己的興趣，因此總督府的美術展覽會即將開催的消息一傳開，金火和瑞堯兩人便暗中商量，借準備畫作為由向雪溪師請假，沒想到兩人就此都沒有再回到畫坊來，算一算金火跟隨蔡雪溪的日子前後還不到兩年。

畫家在談話中常把台灣美術展覽會簡稱「台展」，正當「台展」籌備期間，蔡雪溪以台北畫界代表身份受邀出席開會，對展覽會的內情大致有些了解，一聽說金火和瑞堯有意出品，十分高興，自動給他們一個月假期，自己也利用這時間準備參展作品。

正好不久前金火母親從萬華菜堂接到囑託，繪製十幾幅觀音像，每幅代價一圓八十錢，共得畫酬近三十圓，對他而言是一筆相當大的數目，就決定到中南部一遊，一面寫生一面尋訪雪溪師常提到的幾家裱畫店，藉此觀摩名家畫作。

他久聞嘉義有一條美街，該街上聚集許多家裱畫店，買了車票第一站便決定到嘉義來，到了美街從西園、仿古、文錦而風雅軒一家家看過來。在風雅軒門前看見牆上掛的一幅風格頗不尋常山水畫，裡邊一名少年人這時也正好朝門口望著，點頭向他打招呼，便大膽推門走了進去，對那幅寫生風景畫認真揣摩起來。店裡的少年因來客與自己年齡相若，看畫又如此入神，便上前攀談。互道姓名後知道他叫林英貴，牆上的畫竟然是他的手筆，不覺對他產生幾分敬慕。兩人話題很快就談到傳言中正在籌備的「台展」，認為是年輕人難得機會，不論如何非提作品一試不可。林英貴越談越興奮，在夕陽餘暉下照得臉頰通紅，講起自己的製作經驗，兩眼炯炯發光，聲音越說越響亮，看得出和自己一樣是對藝術抱有狂熱的少年人，接著又將店裡所藏畫作一張張搬出來供金火觀賞，此生才頭一次看到這麼多的名家作品。

回家路上郭金火一直回味著剛才情形，說不定這少年就是未來畫壇的一名勁敵，也是藝術旅途上可敬的夥伴。印象中每當說到激動，微微抖動的雙唇，聽得出所說都是從心底吐露的真情，是難得的一位在偶然見過一次面之後，又想再見面的一個人。

果然他們很快就在第二年十月二十二日第一回「台展」開幕典禮當天，樺山小學的大禮堂裡又見到了。

樺山小學是台北市少數供日本子弟就讀的學校，位在台北州役所斜對面，依照在日本一般小學的慣例，學生進入教室之前必須脫下鞋子才能踏上走廊然後走進教室，走廊地板經常擦拭得光滑明亮，這在普通國民學校裡是看不到的，其所以選擇在這裡舉辦「台展」，據說是為了隔離外界不相干的民眾進入。

郭金火於這次出品時已正式使用蔡雪溪所取的「雪湖」兩個字，他一早就換上唯一的禮服灰絨唐衫，前來參加盛會。兩天前入選名單公佈時，任瑞堯在榜上看到他的名字，已經前來道賀過，未接到入選通知之前，他又親自跑來現場看了一次，的確是自己的名字這才放心，其實當他知道自己入選時並不覺太訝異，等發現在東洋畫部僅三名台灣畫家入選才真正感到不可思議，尤其想不通的是雪溪師竟然落選了，令他無法理解究竟拿什麼標準在評審作品。另方面值得安慰的是在嘉義初識的林英貴的名字也出現榜上，而且入選了兩件。

「台展」分成東洋畫和西洋畫兩部，各由兩位評審委員擔任審查，郭雪湖和林英貴參加的是東洋畫，該部今年總收件數為二百十七件，僅入選三十二件，入選率只有三成，後來加上中學美術教員免審出品四件及審查委員作品三件，總共展出二十八位畫家的四十件作品，這時郭雪湖等兩人都尚未滿二十歲，是入選畫家裡年齡最小的。

大禮堂門前小廣場一早就聚集觀禮的人們等待入場，有一群穿北師制服的年輕人圍在一起有說有笑，郭雪湖遠遠看過去認得李石樵和黃振泰兩人，不久前見過他們在淡水河邊寫生，彼此聊了幾句，對李石樵作畫時那副自信滿滿的表情印象深刻。

進場後，前面貴賓席上一排高級官員已經上坐，其中一人應該就是傳說中的辜顯榮，雖未見過此人，但他的相貌很容易認出來，是席上唯一台灣人貴賓。

上山滿之進總督的座車準八點正進入校門，場內眾人一聽外邊有動靜知道總督大人蒞臨，接著貴賓席上的高官紛紛起立，以半彎腰的姿勢恭迎，就在這時司儀宣布典禮開始。

總督致詞十分簡短，照著演講稿宣讀不到五分鐘就結束了。禮成後眾人魚貫跟在總督身後進入展場，郭雪湖擠在人群裡滿心興奮之餘又難免幾分心虛，有生以來頭一回遇到這種大場面，若不是親眼看見自己的作品〈松壑飛泉〉在一面牆上，怎敢相信他今天也是參與盛會的一員！

「郭君，恭喜你！」一隻手輕輕搭在他肩上，正是他期待中的林英貴。

「是林君，我應該恭喜你！這回入選的兩幅水牛圖，對我真有很大啟發，你顯然已經進入創作階段，而我還得努力……。」

「哪裡，你太客氣。以後還請多多指教！」

郭雪湖這麼說並非朋友見面時的客氣話，林英貴的水牛雖還不是什麼傑作，但他手上的筆直接畫出眼睛所看到的事物，正是郭雪湖往後準備要走的一條路。今天所謂的新美術應該就是把生活中的現實反映到畫面上的這種繪畫吧！而林英貴已經比自己先一步走進這個境地了。兩人並肩走來，僅偶然一兩句對話，來到今年東洋畫特選村上英夫作品〈隆燃放水燈圖〉前。

「你覺得這是一件好作品嗎？」林英貴突然問他。

「我不敢說，但我認為這作品得賞，有些勉強。」

「勉強的意思是……！」

「對這幅畫，我應該說它造作才對……」很意外聽到郭雪湖說出一句批評的話。

「也許是，他是想出來的，不是看到的，所以給人的感覺不那樣直接，不，應該說不那麼實在……。」

「我贊同你的看法……，他畫來很勉強，評審員的賞也給得勉強。難道『台展』獎勵的是這樣的作品！」

「這只是第一回，所以會有些意外發生，等下一回就不一定是他得獎！」

少年人的口氣未免大了些，但也的確說出他們的看法，不管對不對，看法對年輕的他們是何等重要！再過去一面牆掛的是陳氏進的仕女圖，郭雪湖說：「陳氏進是本島人沒錯吧！她畫這樣的東洋畫，年齡應該不小了才對！」

林英貴點點頭，說：「沒聽過這名字，很可能是住在內地的畫家……。」

「而且，若不是有相當年齡，不可能畫出這種程度的東洋畫，你看，他對材料已經相當熟悉。」

「但，如果是一位前輩，怎麼會沒聽過這名字，家父也說不知道有這個人。」

「也許因為是女流畫家，所以……」

「今天的揭幕式她應該會來參加。」

「數數看，女流畫家就只有幾個，看來沒有一個像本島人。」

「……。」

幾天後，報上針對「台展」提出議論，答案才終於揭曉，原來陳氏進與兩人才相差不過一歲而已。

「台展」籌辦當初，報章不斷出現專訪，報導各地畫家的製作狀況及他們對「台展」設置的感言，不乏地方上有聲望的畫家如李學樵、蔡九五、范耀庚、陳心授、林天爵、周雪峰、呂璧松、潘科等都受到採訪，部分民間報紙更將「台展」形容成日台畫家美術實力的對決而大作文章，看來兩軍勢均力敵，必有一番苦戰，在「台展」未揭幕之前媒體就掀起一陣陣的高潮。可是結果竟以一面倒局面收場，本島畫家在東洋畫部僅郭雪湖、林英貴和陳氏進三人入選，其餘二十五人全數內地人，是當初無論如何意想不到的事，不平的聲音於是匯成抗議的輿論，針對「台展」當局抨擊起來。

向來寄望台灣畫家在「台展」中的表現為台灣人爭一口氣的民族運動人士，面對眼前的劣勢和挫折，勢必起而反撲，在各自的刊物上大肆攻擊，從展出作品中指出內地人畫家如膺取岳陽、清野仙潭、伊坂旭江、佐藤曲水等幾乎半數的入選之作，皆屬所謂的「拘泥古法」，「毫無創意」的作品，為何竟也獲得入選！

此時亦有人站在「台展」的立場為文辯護，認為台灣美術的實力已經有郭雪湖、林英貴、陳氏進三位少年畫家足以代表，「台展」是台灣美術進入新時代的起點，文化界應該往前看，不必在乎內地畫家的作品如何，更不可將展覽會當作比武的戰場，用有色眼睛把畫家分成本島與內地兩類，既然是美術的展覽應該就美術的領域來談美術，不可製造族群的分裂。

文章發表之後，意外引發台、內兩方人馬的夾攻。日方的人指責該文作者無視內地畫家之存在，把郭雪湖等三少年說是「台灣美術進入新時代之始點」，實在太自大，台灣美術應該是島內所有畫家所共有的美術，批評該文作者以文章暗示對立，有意分裂族群，更把「三少年」捉出來痛批一頓，當作美術界不良少年加以修理。

另一邊，站在台灣人立場，向來以民族運動者自居之士，在文章裡亦痛罵該文作者輕視本島人，難道台灣美術家除了「三少年」就沒有人才了！不管寫文章的人是內地人或本島人，都應該站出來向全體美術界道歉，如果台灣美術僅止三名少年足以為代表，近百年來台灣美術家的努力豈不全盤受否定，最後不忘提醒「三少年」不要得意得太早，日後當能看出大家的真正實力。

批評的文章從各種不同方向衝著三人而來，台灣畫壇從來沒有這樣熱鬧過，「台展」才剛開始，三名入選的台灣少年便已經連續上報被媒體製造成了名人。

除文字上的批評，出乎意外又出現以具體行動與「台展」對立的「落選展」，據說是台灣日日新報為了促進銷售率在幕後操控的一齣戲，這家報社向來擺出親官方的姿態，突然間推出一個反對官展的「落選展」，一下子令人看傻了眼。不論如何這場戲還是上演了，而且相當精彩，不管作品內容怎樣，它的出現是空前，將永遠留在台灣美術史頁，從此「落選展」和「三少年」已經不可分開。

不僅只有三少年，還有一名同年齡的呂鐵州，雖然這回在「台展」中落選，卻因「落選展」而一舉成名，因他的一幅〈百雀圖〉巨畫於展出後被報章推崇，拿來與「三少年」的入選作品比美，認為這才是罕見的佳作，此後不管是什麼文章只要說到「三少年」必然舉他一起對照。日後的表現果然在「台展」中足以與郭雪湖等三人四分天下。美術史上若有「台灣新美術」的一章，便是從這四少年開始談起。

「台展」結束後第二天，畫家們都前來辦理退件時，郭雪湖又在樺山小學大禮堂遇到林英貴，今天早上他才從嘉義上來，戴一頂學生帽，身上套著一件薄薄的外衣，雖然出太陽的天氣，看來還是很怕冷的樣子，把雙手插在褲袋裡，見面後兩人就站在大操場中央聊了起來。

「報上寫的批評你都看到了吧！他們說『台展』評審不公正，這一點我倒是有同感。」林英貴一開口就表白自己對「台展」的意見。

「這已經是十分明顯的事實，否則他們也不敢拿落選作品開一個『落選展』，用這種方法反擊權威，目的是讓公眾作評斷，如果由民眾投票的話，『台展』這邊不見得有勝算。」

「有一些作品實在不該選進來，當中顯然有問題。」

「我認為當中的問題出在官方的壓力，……。」

「小聲一點，別讓人聽到了。」雖然站在操場當中，林英貴還是表現出向來小心的個性：「你在台北聽到了什麼？近日來一定有各種的傳言。」

「傳言太多了，不管聽到什麼還是要靠自己去判斷，你想想看，東洋畫部的審查由木下靜涯和鄉原古統兩人擔任，他們只是中學教師，如果來了一個大一點的官把畫直接送進會場，甚至由他部下動手掛在牆上，他們兩人縱使看到了又能怎樣！」

「這不過是你私底下作的推理，是不是？」

「我當然不可能看到，但也是合理的判斷，否則再怎樣也不會這麼離譜……。」郭雪湖語氣裡帶著幾分憤慨。

「前天聽一位中學美術老師告訴我：有人對『台展』的評語說這是個失職的展出，若傳到東京去，一定被當笑話來看，而且還說辦完這一回，恐怕再也辦不成下一回了。」

「可是上山滿之進總督的性格你是知道的，他作任何事情非作到最好是不肯放手。」

「………。」

從兩位少年的對話可以聽出，雖入選「台展」不易，卻由於評審缺乏公正，選進來的作品良莠不齊，對自己的入選並不感到十分得意。

話雖這麼說，「台展」會場上掛出來的作品還是有不少值得學習，幾位美術學校出身的畫家所作正規東洋畫技法，都讓郭雪湖在現場對著作品揣摩了好久，事後他笑自己這樣作叫「偷師」，戲稱自己這一生的功夫幾乎都是「偷師」得來的。

「台展」少年三加一

不管第二年是否還有「台展」，郭雪湖從春天開始就著手作準備，這次觀摩的心得使他急著想畫出一幅心目中真正的東洋畫。

有一天傍晚，瑞堯突然來訪，本以為上一次借用的水彩顏料，他是來要回去的，沒想到一進門就告訴雪湖明天下午將乘船去日本，準備進京都美術學校就讀。來時手上還捧著一包東西，打開來看才知道是東洋畫的色粉，共有十幾瓶，說要留在台灣給郭雪湖用。這對雪湖而言如獲至寶，正好用來製作下回「台展」的作品，有了這批顏料，他對東洋畫的創作更加積極。

離開時兩人熱情地握手，依依不捨又說了許多話，有一句令他永遠難忘的是：「希望你用我贈送的顏料畫出一生中最精彩的畫作，在『台展』裡獲獎！」這話說中了，果然是「一生中最精彩的畫作」，而且在「『台展』中獲獎」，這幅作品名叫〈圓山附近〉。

要畫什麼題材，他在心裡已經有了想法，就是針對台北盆地的特色來取景，在構圖時早就有個盆地的概念，不管是地形地貌、陽光和濕度都必須掌握到台北人文地理的性格。

他成長在大稻埕，這些年為了鍛鍊身體每天一早就步行到圓山神社運動，站在小丘上看到整個大稻埕周圍的景象，他的視野由上而下鳥瞰台北，有個整體概念足以容納所看到的每一景，後來他畫的〈圓山附近〉，是繞過一個山頭到圓山背後才發現的，純屬視綫的延續，雖然「附近」是無意中取的名稱，但也代表了他對大稻埕地理形勢的基本概念，所以對他這時期的創作應以「附近系列」而稱之。

事實上他在圓山一帶畫草圖時，就已經在這固定的地段以繞行的方式沿著山形持續取景，然後從數十張草圖中挑選最有代表性的構圖，若不是心急著想競爭「台展」的優勝，他應可以畫出系列的「圓山附近」，好好舉辦一次主題性的個展。只因為創作的目的受限於以一件作品與其他人一對一的競賽，就非得將精力全放在一幅畫上，追求畫面最高度的完美性，這是「台展」時期畫家創作的時代典型，是目的決定了態度，再因態度而決定了風格，畫家一生的路無疑就是這樣走出來的。郭雪湖〈圓山附近〉的製作過程，在今天看來是台灣近代美術史上最早也是最具體的案例，是台灣新美術發生初期文化環境所造成的必然宿命。

他那時對製作一幅東洋畫的了解，初略知道製作過程有分成三個階段的說法：就是草稿、前製作和本製作。也因而使他製作時間拉得特別長，這麼長的過程使他有機會對材料的使用作多方面的實驗，是一名學院門外自學的畫家在沒有前人經驗指引之下，處處需要憑自己的摸索解決困難，所無法避免的一條曲折坎坷的路！

〈圓山附近〉是一幅縱三尺橫六尺的巨構，完成時已經是九月底，再拿去裝裱店配框，送回來剛好趕上「台展」交件。由於是全力以赴的一件創作，所以寄望也特別殷切，這幾天內心緊張，幾乎無法控制情緒，他把自己關在家裡，甚至不想與家人見面談到出品「台展」的事……。

日子過得特別緩慢，讓他回想這一年當中，自從第一回「台展」幸運入選以來發生過的種種事情……。

有一天他收到從日新公學校寄來的信函，邀請校友回校參加校慶，信上有織田先生簡短一行字，說當天學校舉辦美術比賽，北師的石川先生受邀評審，不妨前來一會，接受指導。對他這是很難得的機會，出門時便從近日所畫水彩當中挑出兩張捲起來帶去。早上石川先生從進校門就被大夥人迎接到校長室，短短幾分鐘的場面已看出他受教育界尊重的程度，此時郭雪湖只遠遠站在校長室門外大樹下，等待石川不知幾時才出來。沒想到十分鐘過後校長室的門又打開，一名工友出來向他招手，把他請了進去。

裡面校長和織田先生等五、六人正圍繞著石川先生交談，見郭雪湖進來，校長馬上開口介紹：「這位就是剛剛提到的郭金火君，他現在叫郭雪湖……。」

「你就是今年入選『台展』的雪湖君！真是不容易，還繼續有製作嗎？還會再出品嗎？」外表嚴肅的石川先生原來是這麼親切的一位長輩！他心裡這麼想著，嘴裡回答說：「是的，一定會再出品，希望能經常得到先生的教導。」

「手上拿的是作品吧！那麼就打開來請石川先生批評，多麼難得的機會呀！」織田先生這麼說，等於替他請求石川先生給予指導。

「剛才提到你名字時，石川先生一聽就知道，他對你早已有了印象。」校長又補充了一句，這時郭雪湖已經把畫張開在大家面前。

「你沒有跟任何人學畫吧！」第一眼看到他的水彩，石川就這樣問。

「沒有，我只是自己在學習，很希望能有人指導。」

「沒有倒也好，有時候經老師一教，畫的就跟老師一樣，反而失去了自己。」

「石川先生的話你聽懂了嗎？」織田先生知道郭雪湖未必了解石川先生的話，才這樣問他。

「我……。」他的確似懂非懂。

「沒關係，你慢慢地自然就懂，所謂老師，他只能在開始時教你一些技法，最後能夠教你的，就是如何做一個藝術家。啊！藝術是一輩子的事業，最重要的還是一顆有恆的心堅持下去。」石川先生兩眼緊盯住郭雪湖，這模樣就像巴不得把說出來的每句話打進郭雪湖的心坎裡。

當大家靜靜圍觀郭雪湖的畫時，他除了緊張還有幾分心虛，臉上暈紅，一時不知如何與石川先生對話。

「這是水彩畫，很用心畫的水彩作品」，石川先生開始發表他的看法：「不過，我若說這是東洋畫應該也可以，一個人拿水彩畫筆，眼睛又看著一幅東洋畫名作在模仿，雖然畫在水彩畫紙上，想像得出也是這種效果吧！我的意思不是說這樣畫不可以或不好，畫只有好畫和壞畫的分別，除此之外你愛怎麼畫就怎麼畫。我想借此說出我的建議，郭君已經有十分明顯的風格傾向，使用東洋畫材料或許才更適合你的表現。……將來有機會還可以請教鄉原先生，他一定能給你更多技巧性的指導。」接著石川先生又說了幾句誇讚的話，就被請到另外一間教室開始他今天的評審工作。

郭雪湖當然聽得出後來誇讚是為了禮貌，指出東洋畫的風格傾向才是重點，莫非他自己就這樣被認定是東洋畫家了！然而最值得回味的是，石川先生所說「不分東洋畫或西洋畫，只分好畫和壞畫」這句話，在回家路上他反覆地想著當中還含著些什麼更深的意思。心想既然東洋材料適合於自己，那就用它來製作「好畫」吧！第一次與石川先生相遇，聽他這一席話，郭雪湖對自己走東洋畫這條路的心意更加堅定。

十月二十日傍晚時分，第二回「台展」入選名單已經揭曉，台北放送局從四點鐘起就在播放評審結果，訪問東京聘來的評審員松林桂月和小林萬吾，接下來報出特選獲賞人姓名，一開始就是東洋畫部特選第一席郭雪湖，把他的名字又重複唸了兩遍。蔡雪溪在他的畫坊裡才聽到郭雪湖三個字已興奮得坐立不安，耐不住乾脆關上大門拖著木屐往外跑，心想此時郭家的人應該正為獲賞而慶祝，只希望自己這時候以老師的身份成為第一個前來祝賀的人。

從畫坊的小巷出來就是永樂市場，到郭家最短的路是穿過市場的攤位直接通往另一邊的出口，那裡就是五坎仔街，直走到底便是郭雪湖的家，可是這時市場裡已快收攤，許多攤子正在清洗，想想還是繞道永樂町，過了市場東北角再轉回五坎仔街，相差也不過多幾分鐘時間。

此時永樂町街上正熱鬧，但也經不起一陣急速而響亮的木屐聲，打擾了店裡作買賣的商家，都以訝異眼光望過來，經過金瑞發商行門前，李老闆正在門前招呼顧客，他是郭雪湖小時候的玩伴，見雪溪師跑得匆忙，大聲喊住他：「老師傅，出了什麼事？」只聽對方回答說：「趕快聽放送你就知道了，阿省姨的兒子得到美術賞！」那人還是沒有聽懂，也懶得又再重複，只說：「反正聽放送就知道啦。」故意把聲音放得更大拉得更長，巴不得全永樂町都聽到。

木屐聲雖然越來越遠，還可聽得見雪溪師又不知向什麼人在報告喜訊，告訴所有他遇到的人都回去聽放送……。

經過陶仔舍大厝門前，一隻黑犬對著他吠，似在替他打氣，已經來到小巷，每家點的都是豆大的燈泡，而他一站在郭家門口就上前使力地敲門，應門的是阿省姨，雙手還是濕濕地，看來是正在洗衣服。一見面衝著她就說：「阿省姨妳出運了！妳兒子得賞，而且是特賞，是全台灣第一的，剛剛才聽到放送，難道還不知道？人在哪裡，快把他叫出來，快！」

「蔡先生什麼時候到的？請坐。」郭雪湖聽到聲音已經出來，這種聲勢聽來像是入選了，卻不知道誰入選，但還是要問：「入選了是不是？」

「入選、入選、入選……。是特選，要大大地恭喜，剛剛收音機才放送，全永樂町都知道阿省姨的兒子得到台灣美術展的特選，我是來向你道賀，恭喜恭喜！」他才想起郭家沒有收音機，自己成了第一個報喜訊的人。

「當真是特選！不要拿我說笑，我心臟不好，千萬不要嚇我！」郭雪湖還是半信半疑。

「你們沒聽到放送，這麼重要的事情！……。」

「蔡先生，那麼你自己呢？」阿省姨反過來關心他。

「我只聽到郭雪湖三個字就跑過來，接下去就沒有再聽了，再聽心臟會跳出來！人家都說有狀元學生無狀元先生，我當狀元的先生，已經是天大的光榮啦！」雪溪說到此，高興得手舞足蹈起來。

「今天蔡先生難得能到家裡來，金火仔又得到什麼賞，那就留下來一起吃飯，你看這樣好不好！」阿省姨一高興想留雪溪師吃飯，卻被他一口婉拒：「多謝，多謝！我還有很多事，不能留太久，你忙吧！我們找一天再來祝賀，學生得賞是先生的光榮，我比誰都要高興，你說對不對……。」邊說邊往門外走去，跑得真快，一會功夫人已經到巷口，轉個彎就不見了，大概又是沿街播送消息去了……。

現在輪到郭雪湖在家待不住想往外頭跑，他也跟在雪溪身後往第九水門走去，說不定可以再遇到他，不知何故，才走到一半便不由自主轉進一條小巷，又走向另一條小巷。此時從巷裡迎面走來三五成群高等學校學生，穿著練劍道的服裝有說有笑，難道這樣的地方也設有武道場！他好奇朝巷裡多望幾眼。

「郭！」一個剛擦身而過的學生回頭來喊了他一聲，仔細看時，是公學校時代一起畫過圖的辜振甫，一身武術家打扮，模樣好不威武。

才站住腳，又見另一個熟人出現眼前，是幾年前一起考進工業學校的高玉樹，他舉起木劍作勢朝郭雪湖頭上砍下來，「呀！」大吼一聲來嚇人。

「剛才收音機唸到你的名字，那個得賞的就是你吧！怎麼會跑到這小巷子裡來！」原來高玉樹也聽到放送。

「不知道為什麼，只是想一個人出來走走。」

「郭，你的圖畫得賞？真的有這回事！是什麼樣的賞？」

他們的對談已經習慣於用日語，辜振甫叫他「郭」（KAKU）也是日語。

「辜，我告訴你，郭得的賞是全台灣第一大賞。真是不得了的賞！」

「原來是這樣，恭喜！向全台灣第一大畫家敬禮！」說著自己先立正舉手敬禮，其他人也學樣行舉手禮，然後一起哈哈大笑起來。辜還意猶未盡帶頭一起高呼萬歲，一隻手搭在郭的肩膀上：「藝術的路也許很艱辛，要勇敢走下去。郭，你不要怕生活貧苦，我只要有一碗飯吃，一定分給你一半，加油，你一定會成功的。」他帶著嚴肅而又激動的語調說。

「我也支持你。」高玉樹跟著也表示：「等我有能力賺錢，第一個來買你的畫就是我，振甫你是第二個，對不對！我們是你一生的後援會，加油，大家都一起來加油！」

聽到朋友熱情相挺，已感動得眼淚都流出來，一句話也沒有說，只顧用力點頭表示接受和感激。

離開這群人之後，郭雪湖的心情與剛才出門時完全不同，不再有難以自制的浮動，從明天開始將會是怎樣一種人，心裡依然是迷茫……。快到河堤時，迎面從水門外邊射來的陽光，雖然夕陽已經接觸到地平線，仍然是那麼刺眼。前面一個人影看來很像雪溪師。

「不應該是他才對，要面對這麼強的光照，以雪溪師的性格是不會來闖這一道水門吧！」他自言自語說。

腳步不能自主繼續往前走去，過了水門，才幾分鐘時間太陽已完全沉入地平線，先前那人影也已不見。

「秋天的夕陽，像樹上成熟的柿子，落地以後，餘下的雲彩，有如遍野的楓樹……。」

好像曾經讀過這麼一首詩句，有感而發唸了出來，唸得並不完全，又重複再唸一遍：「秋天的夕陽……。」

眼前所見無限光明，置身其間，反而摸不清自己存在……。此時正可靜下心來獨自思考的時候，慢慢回味自從雪溪師前來敲門，直到現在，才短短一小時，已經有這麼多改變，但這世界依然如舊。

逐漸地看清楚對岸三重埔的街燈閃亮，不遠處一艘來自唐山的戎克船正在靠岸，聽得見船伕與岸上的人互相喊話，緩緩將布帆拉下，背著光整個船身只見暗灰色的身影，歸巢的雁子列隊從黃昏的台北天空飛過。

這情境令他想起公學校三年級時鈴木先生教唱的「夕陽」，那一堂課裡他被老師叫出來站上講台獨唱，唱完博得全班同學掌聲，是他此生頭一次贏得喝采的經驗。今天獲得的屬於全台灣這麼大的賞，沒有聽到掌聲之前，是否也該先為自己鼓掌！他開始拍起手來，借此陶醉在掌聲中，可是越拍越不像掌聲，反而更像在拍打自己身上的蚊子！

「難道我哭了嗎？」當他覺得臉頰有水輕輕滑落，伸手摸出淚水來時，他如此自問。

回到家雖已過了晚飯時間，才進門就看見兩個人正在等著他，先後上前遞出名片，其中一位是台灣日日新報派來採訪的特派員林錦鴻，另一位是廈門人邱永祥，東京讀賣新聞駐台記者，帶著全副攝影裝備前來，一見面就把相機對準郭雪湖，接連按了十幾次快門，閃光燈就是不亮，乾脆拿著記事簿當場畫起速寫，據他說兩年前的應徵考試裡，除了能說流利台、日語，還要考攝影技術，而他多了一本速寫簿，所以才獲錄取。

在郭雪湖回家之前，兩人與郭母已聊了很久，所談內容寫成專訪足足有餘，還缺的就是本人的照片，這才急於要求拍照，想不到閃光燈出狀況，又把他們留下來畫速寫，才有時間坐著多聊幾句。

林錦鴻這兩年已為「台展」畫家作過「畫室巡禮」專訪，對象都是資深名家，郭雪湖當時身份當然不在受訪之列，今已成為本回「台展」獲獎人，兩人趕在第一時間前來，多少亦帶有致歉的意思。

邱記者的畫筆十分靈活，短短十幾分鐘已畫完四張人像畫，郭雪湖拿在手上越看越滿意，然而對方始終沒有要送的意思。郭母看出兒子心裡想什麼，便替他開口：「你自己不是也會畫圖的嗎，就拿一張來交換，我想邱先生你也願意吧！」

邱記者一聽馬上點頭，這回輪到郭雪湖在猶豫，郭母不管三七二十一就往屋裡走，出來時拿了一張速寫風景畫，是從整本簿子上撕下來的，郭雪湖上前一看畫的就是「圓山附近」系列中的一張，心裡縱使有再多不捨，也不敢在母親面前表示，這事就這樣「成交」了。

第二天兩報均刊出獲賞人的專訪及評審員感言，別人都只有小小一張大頭照，唯獨郭雪湖的介紹圖文並繁，兩張速寫都同時登出來，文章裡多處引用郭母說的話，讀後連郭雪湖也大為吃驚，即使由他親自回答也說不出這麼得體的話。

儘管郭雪湖獲「台展」特選受到各方來的祝賀，郭母還是不改向來對兒子的態度，認為這是一時的幸運，她一再對人表示：「全台灣島哪有可能是我生的孩子第一好，別人生的就不好，我兒子能得特選，別人的兒子一樣可以得特選。特選年年都有，不可能每年都給我兒子。作畫家要作一輩子才叫畫家，誰敢說別人沒有獎就不是畫家！作人要實在是最重要的，實實在在畫一張畫，我兒子很實在，但不夠變竅，我作母親的還能要求他什麼，長大了隨在他去……。」

自從得賞以後，郭家的訪客也多了起來，郭母這種話每隔幾天就拿來對人重複一次，由於她的話中沒有大道裡卻有新意，來訪的人都樂於與她聊天，很快就在美術圈裡傳開，大家都想前來一見阿省姨的真面目，從此成了台灣美術界裡眾人所歡迎的人物。

偷師者的成就獎

第二年春天尚未來臨之前，天氣已經暖和得讓人稍動一動就一身是汗。在「台展」中展現過身手的畫家，又開始積極準備秋季開催的「台展」作品，感覺得到畫壇氣氛開始有些改變，平時無所不談的畫友，見面談起參展的事，總是不肯多說什麼，話裡也暗藏玄機，表示到時候看畫就知道了。而且越接近展期也就越少會面，每個人皆感受到一種莫名的緊張氛圍在他們之間瀰漫著，到底「台展」的競賽有多激烈只有圈內人才明白，外界一般社會人是無法察覺到的。

於是接連在「台展」有好成績的郭雪湖，在競爭劇烈的環境下遭人忌妒在所難免，常間接聽到一些風言風語。批評的話多針對他公學校畢業的學歷，說他只是一時的幸運，將來未必有發展。甚至說他的畫是蔡雪溪所代筆，這說法行家一聽都覺得幼稚，哪有代筆的人入選，被代筆的反而得了賞，然而再幼稚的話還是有人會相信。

別人說他學歷低，其實他本人更感到自己學識不足，尤其得賞之後有很多機會公眾之前談論繪畫的問題，在用詞上一聽就知道並非學院出身，對此他只有認真閱讀來自我充實，甚至認為學識比繪畫還更重要。

台北城內有一棟巍然聳立於新公園內的府立圖書館，建於一九一六年，裡面有全島規模最大藏書最多的閱覽室，中山樵博士於一九二七年從京都大學轉任館長以來，又大量購進圖書，幾年內藏書已逾十萬冊，其中六千餘冊為藝術相關書籍，並在全館三百三十六座位中另設十二席特別座，供專業學術研究者使用，再沒有比這裡對郭雪湖是更理想的進修場所。

記得小學五年級參加校際圖畫比賽，在陳英聲先生帶領下來這裡寫生，趁機溜進裡面參觀過，印象中滿屋子的書籍，當時就在想，不知幾時才能到這裡來把所有的書全都看完，而現在是要實現這個願望的時候了。

為此他事先前來探過兩次，帶著期待卻又心虛的心情，只踩進藏書室不到五步，站在那裡略為張望就匆匆走了出去，實在不明白像他這麼愛看書的人，面對滿屋子的書籍竟然也心虛而退卻！

回家後把心裡多日來的想法告訴母親，她回答得很坦然：

「想看書就進去看，本來書就是給人看的，有人看書，才有人會去印書，我不認識字都想看書，何況你是一個認識字的人！從前福建有個叫陳茂宣的博士，知道自己快死時拿著自己寫的書到處去送人，無人敢要，他傷心得當街哭了起來。這告訴我們，書是要給人讀的，寫的人更希望人去讀。到底是哪一間圖書館，你一個人不敢去，明天就讓我陪你去好啦！能讓我拿書來摸一摸，聞一聞，心裡已經非常滿足。年輕時聽人說過，書是一種補品，補人的精神，讓人更有用，我再怎樣窮也要送你去讀書，是希望你的頭腦吃到補！」

聽母親這麼說，第二天一早郭雪湖鼓足勇氣再度前往，進了圖書館大門之後就直接走到書架前，感覺到似有目光朝他看過來，他也不管，伸手從架子上將一冊又厚又重的精裝書取下來，捧到近旁一張大桌上，也不在乎這是一本什麼樣的書，開始一頁又一頁地翻閱，還未看清書裡內容已先聞到一股紙張發霉的氣味，微微皺了一下眉頭，又繼續翻了幾頁，上面印的都是地圖，與學校裡牆上掛的並不相同，寫的全是洋文，使他摸不清楚這些陌生的地形上標示的是什麼國度，認真找下去，終被他找到了台灣，台灣島的形狀在他腦中早已十分熟悉，可是所看到的不是這樣，把台灣畫成這種異樣，為的又是什麼？文字說明也全是洋文，無法了解為何台灣的地形曾經有這許多變化。但如果不斤斤計較想去辨識什麼，單從圖樣的造型和色調看來，還是一幅相當吸引人的畫面，於是他就將地圖當圖畫欣賞，一頁頁翻下去，又再翻回來重看一遍……。

「這位學生，你是第一次來圖書館看書的嗎？」

抬頭一看，是個二十歲出頭的年輕人，一身公務員制服，滿臉笑容站在桌前，沒有半點責備的意思。

「我，我是第一次進到這裡來，想看書，不知道有什麼特別規定？」郭雪湖邊說邊站起來，微笑的臉上帶著幾分歉意。

「我猜大概也是。這本書是不同時代所繪的世界航海圖，又厚又重已經兩三年沒人會去拿來看。剛剛發現竟然一個年輕人把它取下來翻閱，引起我好奇，所以跑了過來。」他的態度如此誠懇，在這樣的人面前郭雪湖再也沒有什麼可心虛。

「我姓郭，是研究美術的，不知道這裡有沒有藝術方面的書籍？」

「美術研究者！我們圖書館從沒有過研究美術的學者前來使用，你是第一位……。你說藝術的書籍！當然有，隨時都可以來使用。」

「是這樣？那真是太好了。我準備花一段時間在這裡作研究，以後多多拜託！」

「我叫劉金狗，是父親給我取的名字，到這裡來以後，他們改叫我『斤九』，意思是一斤九兩，對我都無所謂，你就這樣喚我好啦。」

話才說完就轉身忙別的去了，過不久又走回來。

「忘了告訴你，下回你帶戶口簿來，我幫你辦一張閱讀卷，這樣借書可方便許多。我通常在左邊那個小窗口裡面辦公，很容易就能找到我。」說完又匆匆走開，看來他工作相當繁忙，以後每見到他總是踩著急速腳步在圖書館裡來回打轉。

第二天，郭雪湖一早就帶著母親準備的便當，站在圖書館門口等待八點正開門，他之前已有兩三個中年人坐在門前石階上等候，不到五分鐘身旁已經來了二、三十人，卻不見有與他同年紀的青年，或許因為這緣故，昨天才引起斤九的注意，前來找他攀談。

八點正準時聽到鈴聲響起，門也在這時徐徐打開，進門後眾人往各自方向走去。有人直接登上前方的大樓梯到二樓博物館展覽廳；有人朝樓梯底下的小門走去，他們是館內的辦事人員；多數人還是湧向進入圖書館的那道門，由於人多所以又自動排成一行，郭雪湖有意放慢腳步跟在這群人的最後東張西望，才發現原來自己是置身在一個十分華麗的中庭，左右兩邊牆上各立有一尊銅像，右邊是第四任總督兒玉源太郎，左邊是協助總督治理台灣的民政長官後藤新平。再抬頭看到頂上的藻井，圖案設計之美，誘使他不得不退出行列偏過頭站著觀賞了好一會，等人潮都進入門內，才慢慢走進去。

「這是西洋人的美術！也是近代美術，的確是一流的藝術品，難怪有許多台灣青年選擇往西洋畫方面去發展！」邊走他邊對自己說著。

進了圖書館一眼就看到斤九正忙著整理書本。也不想打擾他，先自己找個座位，面對著窗戶。隨後看見斤九和員工一起將又厚又寬的絨布窗簾拉開，露出整扇窗戶的木質結構及框架上的雕花，造型之精緻再度令他讚嘆。

接著又見斤九推小車子在搬運書籍，這時候斤九也看到他，笑瞇瞇的走了過來！

「這是表格，先把它填好，想看的書也都寫在上面，我就會取來給你。」

等郭雪湖查出所要的書，把表格交給斤九，他只瞄了一眼：「哇！這些都是幾公斤重的大書，你真的想研究這種重量級學問嗎？也好，看看我能不能幫你找個研究人員的特別座。」說著往辦公室裡走進去。

不一會又走出來，把郭雪湖帶到裡面的房間，交給他一張很長的表格，說：「這裡是研究室，很少有台灣人來這裡使用，尤其是年輕人，上個月剛好兩位日本學者作完研究回京都去了，位子還空著，我想辦法讓你補上，你看如何？」

「我！我行嗎？現在我只不過是個畫圖的青年……。」

「不必管這麼許多，不試又怎麼知道呢！」

照著表一一填下來，在學歷欄上寫太平公學校卒業，就再也沒有可寫的了，郭雪湖頓時心虛起來，把筆往桌上一拋真想要放棄，好在接著就是獲賞項目，他順手寫下第一回「台展」入選，第二回「台展」東洋畫部特選第一席，這一來心裡充實多了，對自己在這房間佔有一個專席才稍有了信心。

斤九再回來時，看見表格已填寫差不多，低頭仔細看過後，輕拍他一下肩膀說：「穩當沒有問題啦！這裡本來就沒有美術研究者，你又得過美術特選的第一席，是個出色人才，當然有資格使用特別席……。現在你就在這表格右下方把大名簽上，我直接送到館長秘書室，最多三天就能批下來。今天你先到外面的普通席，隨便拿書來看。就這麼辦，那我走了！」

話沒有說完，人早已移動身子走開了，動作總是匆匆地來匆匆地去。

郭雪湖走到美術類的書架前，放在玻璃櫃裡的日本美術全集三十四冊，世界美術全集三十六冊，中國美術全集……，整套擺在裡面，只看到書皮就已經滿心興奮，往後幾年即將與這幾套書為伍，一頁頁地閱讀，啟開美術的窄門，走進美的天地，此時他心裡充塞著一種難言的滿足！

中午他在這座位上吃過便當後，又繼續留下直到夕陽透過玻璃窗射在臉上，他忍受了好一陣子，才察覺自己已經大半天沒有移動過身子，想抬頭看牆上掛鐘，卻被斤久的臉擋在前頭，以笑臉相對，伸出大拇指，說：「行啦！副館長把我叫去，要我當推薦人，我就簽上名，他也蓋了章，明天你就可以坐上特別席，好消息來得這麼快，感到意外吧！這就是我們的工作效率。」把消息報告完，他又轉身走了，想向他道聲謝都來不及……。

文學家「好不好」光臨畫室

賣冰的鈴聲很準時，每天接近下午三點，那個嘴上缺唇的賣冰人就推著二輪車，一邊搖起學校上課的響鈴，嘴裡大聲喊著「艾斯苛淋姆——芋冰啦！」，聲音從喉嚨直接通到鼻孔發出來，好幾年已練成很好的共鳴，街上的小孩一聽就知道賣涼的來了。

當他從窗外街道走過時，郭雪湖在二樓畫室裡不用看牆上的鐘就明白該休息，買碗冰來消暑解渴。小時候常看人家從樓上用繩子把竹籃吊下去，籃子裡放著錢，賣冰人找了錢和冰一起放回籃裡，樓上就將籃子徐徐吊上去，雖然只一層樓也不必辛苦上下爬樓梯，……。

最近他突然想起來，起先只為了好玩試一試，未料一試就上了癮，不愛吃冰的他也用吊籃買冰來吃，休息約半小時肚子裡涼涼地才又重新提筆。

不可小看短短的半小時，對他卻是何等重要。坐在靠椅上手裡拿著吃冰用的湯匙木片，一口接一口把冰送進嘴裡，眼睛始終未離開牆上正進行中的畫面，是他面對自己作品最清醒的時刻。每一口冰涼中帶有草莓酸味的手工冰淇淋從喉嚨徐徐滑落到肚裡，這過程刺激著他的視覺神經，整個早上所畫的每一筆，都無法遁形被看出了毛病，不等把冰吃完，便一躍而起，提起畫筆又重新調色在畫布上塗改起來，從此精神百倍，一畫就畫到天色已暗才停筆。

慢慢地，他終於了解出過洋回來的畫友為何重視下午茶時間，在午後三點多的時候以甜點和咖啡慰勞一下辛苦了大半天的自己，原以為只是學一學洋習慣，如今也跟著染上癮，才知道短短的休息有這麼大好處，不是口胃的享樂而是精神上重整後的再出發，他終於又深一層了解西方人的文化。

為了準備出品接著到來的「台展」，他借用任瑞堯在建昌街的二樓畫室，請來剛從靜修女中畢業的杏君堂妹當模特兒，她又把南部到台北就職，在銀行當僱員的同學瓊英也約來作伴，一起擺姿勢讓郭雪湖畫雙姝圖。

郭雪湖這次比先前幾回「台展」又有更大野心，雖只有兩個模特兒，卻想當五個人畫，「台展」裡人物畫的比率向來較低，既使有也只是單獨一人坐在桌前或窗前的少女像。一位曾在「台展」評審中幫忙搬畫的青年在閑聊中透露，人物畫最容易被評審員一眼就捉到毛病，所以淘汰率最高。傳出去之後許多「台展」的常客為了怕落選都避免以人物為題材。東京來的評審員於評審感言中亦提到「台灣畫家在人物畫方面畢竟無法與『鮮展』相比」之類的批評，指出「**長久以往將造成台灣美術自然發展的一大阻礙**」等足以警惕的建言。

這種話令郭雪湖聽來心有不甘，才決意要畫一幅群像給大家看看，他會請杏君等當模特兒的原因也在這裡。開始工作以後，每天下午賣冰人準時從窗外傳來鈴聲，就打開窗子喊住他，把竹籃放下去買冰犒賞兩位女士，自己也陪著吃，這就是他們的「下午茶」。

畫過幾十張素描之後，心裡仍然拿不定主意以什麼方式完成這幅畫的構圖，最憂心的還是如果因為畫了自己不上手的人物畫而在「台展」被刷下來，過去獲賞的榮耀豈不全都失去了光彩！何況他一直躍躍欲試想把作品送到東京參加全國性的「帝展」，只要「帝展」能入選，在台灣畫壇的地位自然更上一層樓，然而以從事繪畫才短短幾年的實力，「帝展」的入選似乎還太遙遠。

近幾年台灣畫家已有入選「帝展」的前例，這對郭雪湖當然是一大鼓勵，但入選的畫家背後都有「帝展」評審員是他們的指導老師，學院的有力靠山是自學出身的郭雪湖所欠缺的。常看到有人把畫送去東京參展，最後沒有下文，就說延誤了船期趕不及交件；或所託非人作品遭遺失；不然就是尺寸過大，交件時未能通過等理由，從沒有聽過自己承認參加「帝展」落選的事，因此無法統計台灣畫家出品「帝展」的入選率是多少。

雖然手上已有足夠速寫構成一幅畫的基本素材，但如何把三人以上同年齡少女安排在一個畫面，借用多角度的互動使之產生張力，以他當前的能力恐怕尚難達成。創作上的挫折致使精神的沮喪無法掩飾，幾天來一直掛在臉上，只有在下午吃冰的時候彼此逗笑才見他略顯開朗。兩名少女每到這時候就急忙圍過來，想知道自己被畫在紙上成了什麼模樣，她們的過度在乎，反造成他心理的負擔，尤其不順利的時候，更增添畫者的憂慮，甚至把不悅的表情顯在臉上。

一個星期後他告訴她們休息些日子，讓他有時間全心在大張紙上打草稿，嘗試把人物組合起來，以期完成第一個階段的草圖，目的是想一個人在沒有干擾的安靜環境下工作。既使她們不在，每當賣冰的鈴聲經過，還是習慣把竹籃垂到樓下，獨自享受下午茶。

又是一個下午，當他在吃冰的時候，一如往前雙眼仍盯住牆壁上的素描，其中一幅畫的是一名少女低頭往下俯視，想起剛才自己從窗口喚住賣冰人時就是這個姿態，於是順手拿筆簡單鈎出另外兩個少女也一起望著樓下，然後接一張紙在下方，把樓下賣冰人和他的推車也畫上去，出現了一個當初意想不到的三少女買冰的畫面，如此將自己每天重複做著的生活題材畫出來，這種畫面對他是多麼親切！後悔自己多日來為何被沙龍美術慣用畫題所限，長時間走不出舊有框架，只懂得畫些平凡無奇的題材，沒想到今天竟然被一碗冰把自己點醒了！

於是開始為無意中找來的生活題材重新構圖，決定以直六尺橫三尺的畫面，尺寸正好是豎起來的〈圓山附近〉來創作新畫。

其實類似的靈感，經常發生在他身上，譬如去年所畫宜蘭礁石海岸一景，花了近一個月時間，從基隆北斗子沿著海邊而往，直走到頭城海水浴場，住進一家日式小旅社，在塌塌米上從三大本速寫裡挑出來拼成一幅畫面，這張草圖畫來意外得心應手，表現了氣勢雄偉的北海岩岸景色，可是等到回家想將之轉繪入本製作時，速寫中海浪拍打礁岩的技法就無法順利呈現，再怎麼畫都覺得太造作，使製作過程到最後關頭陷入難產。

這時候郭母匆匆從外面回來，手捧著一堆收來待洗的衣服，看到兒子對著一幅畫已三天未動過筆，還隱約聽他輕嘆了一口氣，表情一臉苦思，就順口安慰他說：「若畫圖是那樣艱苦，就放下來不畫它，出門走一走，回來也許就畫下去了！」

「我不敢說畫圖艱苦，只能說找不出方法，海浪打在石頭上的浪花還想不出該怎麼畫它！」

「浪花！就像洗衣服的肥皂水，等一下我洗的時候你過來仔細看，多看幾回自然看出心得，只要肯用心哪有辦不到的事。」

這幅海岸風景就在母親隨口說出來的幾句話點醒他，從洗衣服的泡沫中體會出浪花的變化和動態，才得以順利完成。今天則是賣冰人的搖鈴聲引導他思索的方向，在腦中呈現一幅樓上樓下相對應的買冰圖，是他創作生涯把平凡題材表現在不平凡構圖之難得的傑作。

其實這段期間最難克服的是傳統東洋畫材料的使用法，由於不是學院出身，又沒有經濟能力足以購買好的顏料，所以儘可能使用代用品，製作方法一半向別人偷師，一半自己摸索，勉強畫出來的畫縱使有不錯的效果，也不知將來能保存多久，尤其對於繪畫知道得越多之後，遭遇的問題越複雜，這才明白繪畫原來不只是面對著畫布動筆這麼簡單的事情。

當〈買冰圖〉畫到快完成的階段，又再發現一個難題，照學院的說法那就是所謂透視的問題！因畫中人物有三個女孩在樓上，一個賣冰人在樓下，高度差距約一層樓，那麼作者本人的位置究竟是從樓上往下俯視，還是站在地面向上仰望，兩者間各有不同的透視點，而他將兩組人都以平視來處理，因此畫面怎麼看都是不對，此時的他尚不知該如何以透視學的方法來詮釋這種問題，以致又再度無法繼續。

奧巴桑：外行人眼睛看圖最準

有一天，一位自稱文學家的年輕人上樓來敲門，其實門並沒有鎖，他一推就進來了，看到牆上這幅未完成的〈買冰圖〉大為讚賞，他的視覺感受沒有透視，只有所謂的戲劇性，卻將之形容是一般文字所無法表達的視覺語言，羨慕畫家能如此自在把戲劇情節定著在畫布上，換是文學家不知要花多長的文字敘述方才表達得清楚。

從這幅畫又談到文學和美術的差異性，文學家說：「文學主要的發表園地在文學家自己編的刊物，不同於畫家要接受評審，才得以發表。好不好，因此台灣文學可暢所欲言，對社會隨心所欲去批判，深入挖掘人性，甚至用筆桿子與權勢抗爭，這些作品給將來後世子孫讀了，一定對文學家的勇氣感到敬佩，但哪裡知道他們的所謂刊物不過才兩百本，同仁之間每人一份就差不多了，外界難得看到，不管寫得再有氣魄也等於是關起門來罵皇帝，算不得什麼英雄。你們美術作品從來就是公開展出，會場上每天有上千人參觀，將來或掛到公共場合或私人收藏也繼續有人看得到，尤其在審查這一關，只要有些微問題就與展出無緣，所以公開的展覽場所看到的都是從學院美的詮釋下所產生的價值觀。將來，好不好，史家對這個時代美術的評語或許拿『貧血』兩個字形容，至於新文學作品也許被說成以平民大眾生活為內容的創作，可是誰知道他們創作時心裡只認定幾個文友是讀者，他的文學是為文學同仁而寫的文學。好不好，所以再怎樣也是茶壺裡的風暴，只有新文學的作品而沒有新文學的讀者，更沒有新文學的時代，這是台灣文學的悲哀，也是台灣人的悲哀！」一直是聽眾的郭雪湖並不理會這名突如其來的演說者。

文學家說到後來開始一個人在畫室裡踱方步，對這個陌生人郭雪湖也只冷眼旁觀，心想這到底何許人，剛進來時雖報過姓名，一時沒有注意聽，接著就開始聽他大發高論，比手畫足像舞台上的表演，台風十足，他的臉照在陽光下確是個很俊的色男（美男子），到底讀了什麼書，說話這樣偏激！不管文學還是美術都被他的話逼到角落裡，僅兩三句就下定結論，好幾回想打斷他的話，請教他大名，卻始終沒機會，想想也算了，反正道不同不相為謀，以後只要不讓他闖進來，也不會再見到此人……。

終於他的話題又回到〈買冰圖〉，雖然畫面完成度還不到三成，但卻站著很認真地看了很久才表示意見：

「有可能，它是我目前在台灣所看到的最出色的一件作品……是不是？不過還不敢確定是如此，因為這畫尚未完成，不是嗎？最低限度已呈現了意識形態裡非常堅決的一面，這一點絕對要肯定！你看看，好不好，這幅畫裡把人世間兩種世界作了明確的切割，天堂與地獄，富貴與貧窮，享樂與勞動，美人與野獸，上層社會與下層社會……，這幅畫不就是台灣社會的縮影！三個貴婦坐在高樓多麼逍遙自在，而地面上一個缺唇的醜男子為了三餐推著車子遊走街頭去賣冰，辛苦所得能讓一家人溫飽嗎？這是問號，你的畫最成功之處就是隱藏著一個沒有畫出來的訊號，真是了不起的創作！他們日本人早已經在談論普羅美術，好不好！你的這幅畫就是普羅，他們一定要過來看看，台灣美術也已經有進步的普羅思想了，我看過很多日本畫家所畫的，太口號，太造作，太樣板，太不真實，太形式主義，太本位主義，太依賴基本教義，而你這幅畫才真正是階級意識的真情流露，完成之後看到的人肯定沒有不為之所動……，我永遠記住這幅〈賣冰圖〉！」從他的立場看來〈買冰圖〉被說成了〈賣冰圖〉，是從他的立場找到的觀點！

本來郭雪湖還信心滿滿想把這幅畫畫好去參加今年的「台展」，或託人帶去日本出品「帝展」。聽這麼一說，在畫未完成之前就被指出背後潛藏的意識形態，與自己對美的訴求相距實在太遠，若就這樣讓人說成有政治目的的作品，不但入選的機會渺茫，往後自己也被定位在特定的意識領域裡，洗也洗不乾淨。何況對透視的問題始終無力解決。既然如此，丟下來不畫也不覺可惜，決定之後就把南街的素描取出來，重新取景構圖，最後完成了〈南街殷賑〉圖，〈買冰圖〉從此沒再畫下去，成為郭雪湖一生中少數未完成之作。

後來有人把這位文學家的身分透露給他，只說在背地裡大家都稱其為「好不好先生」，因講話時有個口頭禪，不停加入「好不好」；還有個可能，是他的人格介於好與不好之間，不知該稱是好人還是壞人，所以這外號用在他身上極為恰當，吻合人的特質，很快便叫上了嘴。不久終於讀到一篇散文署名「好不好先生」，猜想就是他寫的，分明對這稱號已表示默認了！在某些人眼中好與不好的分辨，常用左右的意識形態作判斷，當左派的人說他是右派，右派的人說他是左派時，指的就是壞人，不過卻不適用於他這樣的人，他同時有左派同志和右派同志，因他的思想極左而行為極右，任何一方都可當他是好人，又聽說他姓「呂」有兩個口，就有人指出他白天說話偏左，夜裡說話偏右，所以是個看天說話的人，於是「好不好先生」又被說成「左右先生」，聽來像是左右逢源，最後判定他是一名獨來獨往的文化孤俠。

不過日後回想起來，他對〈買冰圖〉的批評，有一句話郭雪湖是聽進去了，因為他畢竟是寫小說的，懂得從文學寫作的角度看這幅畫：

「……寫小說的人，不管好不好，最怕遇到同年紀且又家世相近，情同姊妹的幾個少女出現於同一篇小說裡，開始的時候或許沒有察覺，寫到後來就越覺得寫的像是同一人，舉動、性格、習慣、語言、容貌、衣著、眼神、反應等等幾乎找不出明確的差異，尤其把對話寫出來後，重唸一次，連自己也分不清楚哪句話是哪一個人說的，此時就得大費周章重新修改……，畫也是一樣，如今你把三個同年齡少女畫在同一個窗口，每一個都像希臘女神，找不到各別在造型和性格上的特色，看的人必認為都是同一個少女的翻版，這一來再好的畫也因這樣而非失敗不可。好不好！這就是文學與美術在製作上相通的地方……」

說話語氣一反原先教條下的獨白，講到這裡才聽出話中新意，郭雪湖定神再仔細看自己的畫，果然三個少女如同一個模子印出來的，連眼神和笑臉都一樣，沒想到這個不可原諒的毛病竟然被寫小說的人一語道破，雖有不甘卻又不得不默認。

「台展」是台灣一年一度的美術大賽，畫家的作品一定要畫到沒有可挑剔的程度才算完成。這種創作態度已成為沙龍美術的典型，在競場上把畫家的技法逼到了極至，非畫到零缺點不能停止。台灣近代美術一開始就從沙龍起步，因此在這時代裡嘗試性的作品或未盡完美的畫面，都認為是習作或失敗的創作，沒有存在價值，當〈買冰圖〉被人這麼一說，郭雪湖即使毅力再堅決，也只得承認至少在現階段自己無力將之完成，設使勉強完成也絕對不是一幅適合於「台展」的畫作。

臨走前文學家看到畫室地板到處都是草稿，有些只隨便幾筆就丟在那裡，便又轉過頭來問郭雪湖：「上回我拜訪顏水龍時，看到他家滿地是紙張，便告訴他有興趣收藏畫家要丟棄的廢紙，即使只有草草幾筆也無妨，顏水龍一聽馬上回答：『這些都是垃圾，請你將它清走，拜託！』，不知你這裡也……。」只聽到這裡，郭雪湖已經把臉轉向門外，用一副冷漠的臉來回應他，以對待陌生人的態度把客人送出大門。

雖然〈買冰圖〉沒有畫成，而郭雪湖從此對人物畫的興趣越來越濃，利用早晨到圓山神社運動的空檔，坐在石板凳上為前來參拜及作晨操的民眾畫速寫，幾個月下來自覺對人物神態的掌握頗有心得，才又把已經放棄不畫的〈買冰圖〉翻出來審視一番，的確越看越不對，三個少女看來就像三個櫥窗裡的模特兒，冰冷冷的三尊木偶，突然間似有所感觸，打從心底浮現一句話——「生命」，猛然一驚閉上眼睛再也不忍看下去，三個月心血畫出來的三少女，為何要等到今天才發覺竟是沒有生命的木偶！到底什麼情形下造成視覺的障礙，只畫出軀體外形而捉不到內在生命！作為畫家最基本的敏銳力，難道要在勤練速寫之後才磨練出探視生命的心眼！過去幾回得獎受到的肯定，今天才清醒過來，自己畢竟只是個平凡畫家，對物體的本質，有關精神面的表現竟始終無力刻畫到內在深處，這樣的圖畫在造型上完整性再高也仍然是沒有靈魂的，想到此整個人像洩了氣的皮球癱瘓在畫室裡一張靠椅上。

整個早晨郭雪湖滿腦子空空地，只想找個畫家朋友聊一聊，可是林英貴住在嘉義，坐火車要五小時才抵達；任瑞堯已去了京都，寫信要一個禮拜方能收到。至於「台展」中初識的畫家，在這個時機去敲人家的門，多數只站在門前聊上幾句話，深恐讓別人看到準備中的參展作品。「台展」前夕美術界的低氣壓，幾乎把畫家都隔絕開來，每個人寧願在這緊張氛圍下忍受孤獨，而不肯與別人多談幾句，無形中在彼此間形同敵對，尤其是曾經拿過大獎的他，突然出現在誰家門口都是十分敏感的事。

每年「帝展」過後他都託人從東京買回來一本圖錄，是他在創作過程中重要的參考資料。今天他又一本本拿出來認真翻閱，研究「帝展」畫家們是如何處理人物畫。去年他一度到「帝展」現場觀摩，雖然站在原作面前，但那時候看的和現在來看，已經是全然不一樣的眼光，因為今天真正遇到了問題，帶著疑問來翻書，比較別人的用筆，到底差別在哪裡，為何我畫出來的看不到生命！這個問題的確需要一位像石川欽一郎或鄉原古統這樣的大師代為解答，於是又想起母校在校慶那天石川先生所建議的那句話，使他登門造訪鄉原先生的意念愈加殷切。

就在那幾天，某日午後，郭雪湖在客廳裡和母親兩人對著一幅未完成的風景畫正在討論，自從郭雪湖開始畫畫以來，每到一個階段就想聆聽母親的看法，阿省姨雖不識幾個字，站在畫前仍有那麼多說不完的意見。

兩人已經談了近一個小時，突然李石樵來訪，他的出現引起母子兩人不小的驚奇，尤其看他抬著一幅配了框的大油畫，先是以為帶來寄放的，聽他一番解釋才明白，半小時前才剛來過，只站在門外，兩人的討論他全聽到了，便叫了部人力車趕去把放在山水亭的畫帶過來，希望阿省姨以剛才批評郭雪湖的方式也來談談他的畫。

阿省姨聽了笑得合不攏嘴，反而是郭雪湖心裡緊張，人家是東京美術學校出身，又在帝展中入選，多年來接受日本當代大師的教導，母親只是個替人幫佣的婦人，何德何能來說李石樵的畫。

沒想到母親已先開口：「你來了正好，你們兩人的畫可以一起來看！」

雖然這麼說，卻已經將郭雪湖原先的那幅移到一邊：「……說給你聽和說給金火仔聽都一樣，你們最好只當參考隨便聽聽，這樣我才敢講……。」

站在一旁的李石樵只顧點頭，就像當年在學校裡聽老師的講解，半彎著腰準備好要聽講。

「你看人家畫得多細心，一筆一筆地從不馬虎……」看似利用機會教導兒子，也像是對李石樵的誇讚。

「我是外行人說外行話，你們聽了就知道，……有時外行人的話比內行人說的還有用，這樣說，你是不是同意？其實奧巴桑講的只要十句裡有一句你聽進去了，我就很高興……，對了，你剛剛來過，只在門口沒有進來，一定聽到我講了些什麼讓你聽入耳，所以才轉身去帶這幅畫來，這很不容易。不是我不容易，而是你不容易，能從外行人的話中聽出道理，不是說的人怎樣而是聽的人聰明，所以我可以放心多說些話，隨你要怎麼聽就怎麼聽。但是，你剛剛在門外聽到我說了什麼嗎？」

她問得也太突然，令李石樵隔了好久才回答：「……妳正在說，妳說，……我們台灣人在看圖，很俗，其實俗的美，是我們祖先傳下來的，一定要懂得把它找出來，畫到自己的畫裡，畫農村……，畫什麼都是其次，用什麼色彩才最重要，……。我只聽到這裡，心一動，轉身走到巷口，叫了人力車就去把畫帶過來，實在很想再聽奧巴桑再說些什麼，也請妳看看我的畫，拜託妳！」最後這「拜託」他是用日語說出來的，而且彎著腰去表示誠意。

「我在說金火仔的畫時，大概你還沒有來到門外！最好那些話也都讓你聽到……。」

「只聽到妳說一二三停，二二三停……，不清楚說的是什麼。」

「我看到金火這幅畫十分熱鬧，越看越熱鬧，實在是太熱鬧了，所以才發表意見。起先他聽不進去，還好，後來他聽進去了，因為我說：一張圖可以熱鬧些，也不能塞得滿滿，不留點空間讓人喘口氣。當年他外婆教未出嫁的女孩繡花，要她們用兩根指頭作走路的樣子，數一二三停，二二三停……，一定要走走停停姿勢才好看，一張圖看起來才有變化。要講到這樣白，金火仔才聽入耳，所以我常說『阿打馬控古力』（腦子像石頭一樣硬），你比較聰明，我只說一個頭，就知道尾，所以我說你來得正好！」

「莫非她就是這樣教兒子構圖！」李石樵在心裡這麼想著：「方法和美術學校雖然不一樣，畢竟也是構圖法的一種！」

「唉呀！我是不怕你笑，我和一般台灣人看你的圖並沒有兩樣，看你畫了什麼，同時也看你有什麼沒畫。可是你們的圖都要送展覽會去比賽的，最後要由日本人來看，他們認為怎樣才是最重要。但不可因為是這樣，就認為我亂說，台灣人的手畫出來的圖，由台灣人的眼睛來看，才更合情理，所以我敢大膽說你們，你說對不對？這些話一般人怕說了會被人笑，誰敢說……。」

「阿母，那妳就直接說吧！我們都等著聽。」郭雪湖催促母親快快把話帶入正題。

「我到『台展』看過幾回，每回都覺得大家只在畫春天，不然就是秋天和冬天，沒有人肯畫台灣的夏天，這麼強的陽光才是台灣島的特色，那種天氣裡什麼顏色都很亮，氣溫很熱，每樣東西的形都看得很清楚……。你們不是說要畫南國嗎？就應該畫出台灣的熱天。你看，你們兩張圖放在一起，人家看了都說這是春天，如果有人問這是日本還是台灣，也要想很久才答得出來，是因為在圖裡沒有把我所說的特色點出來，畫得太溫和，這是我這外行人想說的……。」

「真是的，聽奧巴桑這麼一說，我這內行人反而應該是外行人才對，『台展』裡面的人看不清楚自己，要有人從外面看進來，給我指點才真正看清楚了，對我這幅畫，不知道奧巴桑妳怎麼看……。」

「這張圖……，是春天對不對！既然是畫春天，我也不能要求你改成夏天，只是說有春天也要有夏天，春夏秋冬四季都有，這樣過一年才最圓滿，否則人家以為台灣畫家到了夏天就不畫圖了。特別是南國的夏天，下西北雨之前的氣候，這時的陽光照出來的顏色……，我想起還是女孩子的時候在鄉下學刺繡，絲線的顏色有限，要自己想辦法去配，不像你們用筆去調顏料，我們要數幾條紅配幾條黃就會看起來像什麼顏色，也因為沒有調在一起，所以顏色像夏天一樣，有時像盛開的花，鄉下人說這顏色很鮮，到了你們手上，在調色的時候就被你煮熟了，我常笑『台展』裡的畫很有滷肉味，哈哈，我常用這種話和金火仔說笑！……」

「奧巴桑這種想法，這種說法，我們好像都知道。被妳說出來，才更清楚！」

「你清楚了！我看金火仔還不很清楚，以後還要你來開導他，……對啦，剛才我談到絲線的配色，說起來很有趣，先生娘在教我們時常說：在綠色裡面有時也要加幾針橘子色，在藍裡面要加幾針紅色，他雖沒有說什麼理由，我們照作了以後就發覺，綠的看起來更綠，藍的看起來更藍，這也是一種配色的方法，先生娘卻說這是用來騙人的眼睛……。」

「我們說這就是對比色。」

「對比！一說你就知道，太好啦！你們畫一張圖，明明是畫在紙上，要人看起來可以走得進去，這不就等於在騙人眼睛，越能騙得過就越成功。畫圖仙！畫圖的是仙。」

李石樵聽阿省姨這樣在形容他們畫家，用詞聽都沒聽過，令他笑得很開心，又聊了好久才告別離去。一直沒開口說話的郭雪湖，心裡憋了好一段時間才終於說出來，用力喊了一聲：「阿母！這位李石樵在東京學過畫圖，教他的全是日本一流畫家，妳竟然當自己也是先生想去教他，我在旁邊聽了真替妳擔心。好在他聽得認真，令我不知道要說妳了不起，還是他了不起！」

「當然是他了不起，他聽得出我說的這些話是寶，專工坐人力車帶畫來給我看。你呀！我天天在面前對你講，就不知道珍惜！」

「我沒有大畫家來教我，只好讓妳來教……。」

「你要明白我只是講我自己的，再深的道理我也不會，講出來要是聽得入耳就是你的福氣，我不是什麼先生，沒有在學校裡領月給……。剛才那個少年的，你說他叫什麼？」

「他叫李石樵。」回答時先用日語唸一遍，再以台灣話說出來。

「就是石頭那字『石』？台北師範不是也有位叫石什麼的先生，還有上回見到的那個……。」

「誰呀！噢對了，他是日本人，叫石川欽一郎，是師範學校的先生；還有另外一個畫家叫立石鐵臣；來台灣評審的一位叫石井伯亭……，日本人的石頭實在太多了，哈哈！」

「這個石樵很不錯，我一眼就看出他將來會出脫，以後可以約他常來。我的話他能聽入耳，你沒看他一直在點頭，雖然我說的是菜市場一般人說的話，他也能聽出來我為什麼這樣說。你們已經不是學生了，畫出來的圖只想給石川這種學校裡教書的人看，這是不對的，既然已成了畫家，畫的圖就要給大家看才對。下回再遇見石樵，就考他看看，我說的話有幾句他聽進去了，在他腦裡還記得多少，回家試驗以後有沒有效？還有……。」

「好啦，阿母，看妳得意成這樣，就叫石樵來當妳的兒子好不好？」

「好是好，只是僅你一個畫圖的兒子已讓我喘不過來，再要一個，我沒有這種福份。……這個少年不錯，常跟他在一起對你有好處，你們兩人一個西洋畫，一個東洋畫，想競爭還是可以競爭，有競爭就有進步。要知道台灣只有這麼一點大，拿第一不算什麼，一定要越畫越好，那才不容易。」

其實歷屆「台展」中郭雪湖就一直很用心在注意李石樵展出的每一幅畫，經母親一再提醒，李石樵的份量在他心裡變得更重，每回只要把畫畫完，他就對自己說：要是李石樵看到了，將會怎麼說？換是李石樵來畫將會怎麼畫？

阿省姨並沒有說錯，雖然這時候兩人的藝術生涯才剛起步，幾十年後再回頭來看，郭雪湖與林玉山、陳氏進之間即使同樣是東洋畫也看不出有明顯競爭的跡象，反而是李石樵，每回出現在他腦際，永遠是「可怕的對手」，直到晚年他更坦白承認「在對手身上學到的，要比任何人都來得多。」

3 馬賽開航的郵輪

紫色大稻埕

陳天來故居外觀今貌

法國之行最後的速寫——馬賽聖母院

馬賽港又有一艘郵輪響起長長的汽笛聲，附近居民和岸上來往行人都習慣地轉過頭看是哪裡的船又要出航。

南歐八月天的大太陽下，白色的船身被照得十分刺眼，它正慢慢地在啟動，被兩艘拖船拉著離開岸邊，馬賽人不用看就知道，那裡此時正上演著熱鬧的送別場面。

一名沒有親朋送行的年輕人獨自走出二等艙的房門，來到船尾甲板，手拿一本隨身攜帶的速寫簿，面對著港灣景色開始畫起來，不到十分鐘已可辨認畫的是馬賽港全景，他把畫面的重點集中在港灣背後突起的聖母院尖塔及塔上矗立的一尊白色聖母像，熟練的技法僅寥寥數筆就將馬賽景色勾畫出來，然後瞇起眼睛對著自己的畫端詳了好久，臉上表情看似很滿意的模樣，然後在上面一個字一個字地寫下「昭和六年八月十四日水曜日三時四十二分，マルサイユ，陳清汾」。

他是台灣台北大稻埕長大的青年，在巴黎學習美術已有三年多，和當初來時一樣，搭乘法國的遠東郵輪越南號正要返回日本的大阪。由於比剛來時又多出兩大箱行李，家人為了怕他勞累，代購的船票居然是個人房的二等艙，以後近一個月的海洋航行，可好好使用這獨自的空間，細心整理三年來旅歐的心得，並計畫回台灣之後以一名留歐畫家在畫壇上所該作的事情。

他又帶著速寫簿走到船頭前方，望著前面的汪洋大海和藍天白雲，心裡卻牢牢牽繫著背後逐漸遠去正要消失的馬賽港和聖母像，這是他回國前最後踩到的法國土地，三年來異鄉的生活留給他太多珍貴回憶，此去不知何年何月能再回來，不自覺之間他的手已在速寫簿上畫出一個人形，畫的是他自己吧！當一個畫家無法用文字形容當下的心境時，往往只好把自己畫出來，企圖在視覺裡找到對自我的形容。

離開巴黎乘車南下之前，收到母親來信，提醒他再過兩天就是二十三歲生日。他是家裡四個兄弟的老么，因接受日本醫生指示，母親於臨盆之前就到赤十字社住院，由一位法國修女把他從母親肚子抱出來的，所以醫院將他的誕生時辰清楚寫在出生証明上，連清晨三點十九分都記錄下來。或許因為這緣故，在幾個孩子裡母親特別重視清汾的生日，好幾天前就在信中再三提醒，特地給他訂了二等艙，好讓他能在舒適環境下單獨過生日。

為了過生日，在登船之前他到馬賽港找到一家賣酒的大型商店，買幾瓶好酒帶上船，曾聽說一九一四年的葡萄所釀的酒特別好，就到店裡不管什麼地方出產的什麼品牌的酒，只指定要一九一四年的。老闆聽了也不多問，轉身走進地下梯，很快就從地窖取出兩瓶來，上面滿是灰塵，開出的價錢竟出奇貴昂，令他聽得耳根發熱起來，只知道老闆不停地述說這兩瓶酒有多珍貴，教他該如何享用這種高價的好酒，他只顧點頭卻一句也沒真正聽進耳朵裡。馬賽腔的法語實在難懂，只感覺此時此刻已到非買不可程度，不由自主從皮夾內掏出六張十法郎紙幣，付給了這位賣酒的小胖子，走出來時心裡茫茫然，若有所失回到郵輪來……。

從窗口望出去，輪船已進入汪洋大海，開始往西班牙巴賽隆納方向行駛中，右邊隱約看到的是歐洲陸地海岸的山形。他走出去就地坐在甲板上，本來想畫點什麼，竟寫出一些字來，而且一張接一張寫下去：

「……不只一回，對自己說我上輩子是法國人，而且是法蘭西的貴族，所以一到巴黎對一切都感到如此熟悉，輕易能融入當地人的生活。三年當中，我承認並沒學到什麼大不了的繪畫技法，也沒畫過什麼驚人的好作品，因為來巴黎之前在我體內已存在一種本能，排拒世界上所有的技巧，所以看到像高更那樣樸素的畫時感受會那樣親切。……已可預料到，回台灣後最受稱讚的是我的繪畫成就，還是我親手從廚房裡做出來的咖哩鴨飯？或是我自創的特製咖啡，若不是擁有如貴族般的心靈，又如何能展現如此手藝，這當中根本沒有技巧也沒有方法，純粹憑一時的感覺用心調製，因此，只能以上輩子是法國貴族自我解釋。……巴黎生活最懷念的不是羅浮宮的名畫，而是每天以清閑的心牽隻小狗到公園散步，坐在人行道旁餵鴿子與鴿子對話，說出些連自己都為之震驚的話，才知道原來這些小鳥也能啟發我高不可測的思維。的確感覺得出，牠們是與我在說話，本來這應該是有修為的僧人，或者人到了知命之年才有的能耐，而我由於過度孤獨，才二十歲就已經能把小動物引到心靈裡互相對語……，我已經快成為哲學家了！想到此，又不得不阻止自己有此想法。今生今世的我已決定非拿筆作畫不可，用彩繪疊積我的成就，是這次來法國的目的，是早已定了的功課，回到台灣只能以畫家身份面對家鄉父老。也許將有一天根本沒人會說我是畫家，至少今天的我全心堅持在繪畫領域中成長，除此之外沒有更正確的身份，這些年或許只能說是藝壇的旁觀者，即使只是旁觀，也不認為就這樣輸給了別人……。

他隨意書寫在速寫簿，寫的都是些喃喃自語不知所云：「其實只有巴黎才能讓我真正感覺到是在散步，歸根究底巴黎生活就是一種散步，走呀走就走到墳場裡去的這種散步。想起那天，散步時一個老頭子來與我說話，他的聲音低沉像是墳墓裡鑽出來的，面對面走過來，他自動脫下帽子向我微笑點頭，我也取下帽子，但我的髮型又要費一番工夫才能把帽子重新戴好，這使我決定若是再見到他就不想再脫帽，或者根本不要再見他，沒想到竟一再與他相遇，想躲也躲不開……，第二天他坐在路旁石板凳上，一見到我就移動身子讓出一邊要我坐下，我們才聊幾句，就聞到他滿身菸味，但說話的語言清晰，用字簡單，所說每句話我都能聽懂。那以後就不再躲他，我們甚至還一起散步，他告訴我所以來此是因為他最尊敬的一位老師埋葬在這裡。說著便在一張地圖上指出標示有265號字樣的墓碑，要我過去看看，原來是我到此第一天就已見過的知名文學大師大仲馬，墳墓上用大理石刻著一座橫臥的全裸男屍體，不知是誰把他死時的模樣原原本本雕成石像！而這位老頭竟然是大仲馬的門徒。我再跑回去時帶著滿肚子的疑問，反而是他先問我關於法國文學知道多少，發覺我的對話還能接得上時，就開始述說起他的故事，他的故事聽下來反而把我搞得更糊塗，甚至懷疑他還是不是大仲馬的學生……。幾天後再遇到時見他手裡拿著一本書，說這是他的得力著作，可是封面明明印著作者大仲馬……。他將書交給我拿在手上自行翻閱，厚厚的一本其實也不過三百多頁，紙張出奇粗糙，紙的邊緣沒有切齊，一看就知道是古書店裡見過的古典精裝書，隨便一翻密密麻麻寫著許多字。他看到我在閱讀他寫的字時，趕緊伸手過來把書取回，隔一會想想又交還給我，說反正我看不懂他寫的字。他不直接說我看不懂法文，是對我還有些尊重吧！書中某一頁灑滿了藍墨水，又夾著許多小字條。他告訴我書其實是他寫的，卻被老師以大仲馬的名號拿去出版，但如果不是『大仲馬』，這本書根本沒有人要看。有一天他實在越想越氣，便拿了鐵鎚和釘子跑到大仲馬墓前，狠狠地將釘子用力打進雕像的鼻尖裡，運氣不好被員警捉到了……。然而，結果怎樣他卻不肯說下去，其實以後發生了什麼已不重要，我所好奇的則是他在書上密密麻麻寫了些什麼。又說有一回出版商跑來找他，於是他交出這本舊書，說只要把裡頭手寫的字謄寫出來，肯定是一本好書，這話起先我還聽不明白，後來才知道他的意思，每當他讀書時心裡想到什麼就寫下什麼，寫的不見得與讀的書有關，說開來不外是借著別人的書來寫我的書，久之成了習慣，就必須有書在一旁，偶而瞄幾眼或讀幾個字，他的筆就不停寫下去，老先生說他這輩子寫了不知多少本書，竟然全都寫在別人的書上，更何況少有人看得懂他的字，……現在才知道這種寫書的方式最適合於我，現在我正看著風景在寫我心裡所想，將來亦可看著別人的畫來畫我自己的畫……。」斷斷續續地已經寫了好幾頁。

陳清汾回到自己房間，第一件事就是打開行李箱把往後三十幾天的所需用品取出來，擺在固定位置上，然後將幾本大畫冊放置在書桌以便隨時翻閱。

那是在離開巴黎前不久才在舊書店買到的十八世紀手繪本，回家後越看越喜歡，心想如果多買一些當作古書的收藏也不錯，往後就多了一樣興趣，平時在巴黎拉丁區隨便走走路邊就有幾家古書店，雖然以前曾因好奇走進去過，卻忍受不了舊紙張的臭味停留不到片刻就匆匆離開，始終沒想要花錢買它。

從他就讀出美術學校正門出來，短短一條小街就有七、八家古董店和舊書店，隨便走進一家，裡頭的舊書幾乎是從地板堆到天花板，店員一看進來的是個年輕人，只道一聲午安就沒有再理會。那天陳清汾進門就看到一本放在玻璃廚裡設計十分別緻的古書，旁邊掛一個小字牌寫著「美術館圖錄手工銅版印製」，覺得好奇就向店員訊問價錢，那店員是個中年婦人，一口標準巴黎人口音，很客氣地請他戴上白手套，然後將古書搬到近旁一張桌上。翻開一看才知道是羅浮宮收藏品的臨摹，不可思議的是每件作品都由藝匠的手描繪在銅版上，再由版畫工廠印製成一幅幅的黑白版畫，尚未發明攝影印刷的時代，莫非這就是唯一編製畫冊的方法，論版畫的技法每一張都是罕見的一流銅版畫。另外還看到兩本手繪本古書，對於這個東方人，中年婦人很有耐心告訴他這是十七世紀末史特勞斯堡大教堂裡的修士們合力繪成的，除了抄寫經文，並附有故事性的插畫和聖詩的樂譜，都是由人工精密描繪，雖然只是一本書，給人的感覺已無異是件藝術品，令人看了愛不忍捨，當場就談好價錢付了訂金。

回家後想到多了三冊超大號的書，說不定又得增加一個皮箱，憑他一個人的兩隻手如何帶得動，於是開始後悔起來，反覆思考了一夜，第二天書店的門未開他已經在門前守著，準備店門一開就告知店裡的人，書不買了。儘管這麼想，內心仍然猶豫著，兩眼不停往店裡窺探，看看有什麼別的，或許還可用來替換，裡面畢竟太暗，什麼也看不見。就在這時候聽到背後有女人的聲音對他說話：

「早安日本先生！你要的書已經包好了，正準備請專人為你送去。這麼早你就過來，是不是對其他什麼感到興趣？……請進來，我給你看一樣東西，說不定會喜歡的，是一隻羅丹的『手』……。讓我先把燈打開，請等一下。好的，屋裡空間實在太小，全巴黎的書店都是這樣。一年出版多少萬冊的書都擠到書店裡來，如果沒有消化出去，我們的店早就擠爆了，……小小的空間，有時一個顧客也沒有，整天坐著真令人感到又無聊又淒涼，不過如果同時來了三、四位客人，我在其間想走動都很難，……這裡，你看這隻羅丹的『手』，你應該是它最理想的擁有者。有一天你成了收藏家，而你的收藏是從羅丹的『手』開始，是多麼不尋常！請過來，這裡有張椅子，請坐下來慢慢欣賞，很希望你今天就帶走它……。」

真是個典型的法國女人，從「早安」開頭，接下來可以滔滔不絕一個人說話，不管對方是否在聽，最後更不忘把店裡的存貨，一隻羅丹的「手」向客人推銷。

果然桌上放著的是昨天他挑選的三本書，已經費了好一番功夫包裝起來，一看就知道打包手法非常專業。早上起來一直在心裡盤算著要退貨的一番說詞，已經到了嘴邊卻又吞回去，以後就不知道如何再開口了。

「就在這裡，先生，我說你一定喜歡，能把羅丹的『手』當作此生第一件收藏，有誰能比你更幸運！過些日子或許還能找到畢卡索的版畫，這要看運氣……。來！先不要看，把眼睛閉起來，用手去接觸它，你過來這邊，雕塑是觸覺藝術，羅丹的『手』是情人的手，它屬於有感覺的人才能擁有。」

陳清汾照著她的話做，已察覺到她的手比自己的手還要大些，如此細長的手指，她會是什麼樣的女人！

「請你開個價錢，看我買得起買不起，……」說時陳清汾依然是閉著眼睛。

「上面有作者簽名，是16之5的限定件數，你把它帶回亞洲，很可能是那裡唯一的羅丹作品……。」

陳清汾急於想知道的問題等不到回答，乾脆把雙眼睜開，望著她，手仍然扶著雕塑不放，那店員把店裡唯一的窗簾拉開，讓他看得更仔細些，還是不回答所問，只顧為雕塑作講解：

「羅丹不同於過去法國雕刻家，它吸引人去摸它，甚至可以說他的雕塑是在手中摸呀摸，而後就摸出來了，所以觀賞的時候手上的觸覺特別重要，觸感誘導著人們去思考質與量的流動美，這種新雕刻的美學是他帶動出來的，使他在近代雕刻史上佔據了重要地位，作為收藏者的你首先必須了解這一點。……昨天當你一走出店門，不知為什麼我就想起這件作品，而且認定你應該是它最理想的收藏者，卻不知道你幾時還會再來！沒想到今天一早你就出現在店門前，這就是緣份！我們常說有緣的人才買得到好作品，……價錢我已經想好了，是賣給你的價錢，五百法郎，和當初我們老闆買來時一樣，半分錢都不加，也許有人會覺得五百法郎是很多錢，但以今天羅丹的價位是非常便宜的，……所以在這裡向你推薦，希望從今天起羅丹就是你的收藏對象！」

其實在陳清汾心裡也鼓勵自己將它買下來，只是他腦子裡想的不是五百法郎的問題，而是回台灣途中如何攜帶，最後連搬運也不考慮，反而想到以台灣人做生意的方式來殺價，出國以來每有機會他就與人玩殺價遊戲，對他而言討價還價也是一種樂趣：

「如果我就以妳開的價錢買下這件雕塑，是否可以附加贈送品，譬如說把要買的三本書附帶贈送給我，算是對一個新進收藏者的鼓勵……。」

「噢啦啦——，你真是精明，在法國社會裡精明的人不一定搶得到便宜，不要忘了這裡還有很多猶太人，他們在這方面比誰都有本事。不過你不一樣，我會讓你佔到便宜的……。」

說著她走回到桌前，拿起電話搖了幾下，開始用一種陳清汾聽不懂的法國方言說話，講了好一會，似乎過程還很順利，才掛上電話，就對陳清汾露出笑臉，樣子看來有些滑稽：「先生，對不起，我剛才說的是阿爾沙斯方言，不是不讓你聽，而是與我家族交談已經習慣用家鄉話，不過我告訴你好消息，他答應了，他說除了五百法郎，只要多付五十法郎，我們就成交了，看來他老人家今天心情特別好，你真是運氣……，我們會好好地包裝起來讓你帶走。不，我派人送到你家裡去，你什麼時候付款都沒關係。」

陳植棋吃下了梵谷的夢

在船艙裡，陳清汾遵照舊書店的做法，先帶上手套，把買來的古書放在桌上，一頁頁很小心地翻著看下去。

此時腦子裡想的是過去這三年裡，花掉家裡不知多少錢，從每個月生活費算起，一一加起來，還有繪畫材料和學費，幾次出外旅行，最後幾天花大筆錢買書……，才算到半途腦子已亂成一團。又想從每月家裡匯過來的錢加出一個總數，來計算旅法三年的花費，數字出現時自己也大吃一驚，無法想像那麼多錢究竟花在哪裡。三年所花的，倒不如最後那幾天大手筆購買，最後只有當他想到自己正為台灣美術收藏到珍貴財富時，這才略覺心安。

想起那天羅丹的「手」搬到巴黎寓所時，他等不及地拆開來，左右上下仔細觀賞，反覆把自己的手放在羅丹「手」背上，又換另一隻手再換一個方式，緊緊貼近「手」心，反覆把玩，逐漸體會出藏家在玩賞收藏品的心得，才知道唯有自己的收藏方能彼此接觸得這般貼心！當他把手從「手」背慢慢滑落下來時，心裡默默地說：「原來這就是西方藝術中的雕刻！雕刻，你的名字叫『羅丹』。」

這三年裡，他斷斷續續用日文寫了五本日記，三十多年後在六十歲生日時，兒女編印一本紀念集為他祝壽，也將日記擇錄其中，本來亦有譯成中文的打算，閱讀之後發現其特別的語法不可因譯文而破壞美感，終於決定以真劍流傳於世。

日記中有一段寫到船上所作的一個夢：「……和我一起從里昂火車站跳上火車的那個年輕人竟然是台灣來的陳植棋，開口要求我把他帶到瓦河上的歐威去探望梵谷，當我在麥田裡奔跑時，他在後面疲於追趕，大聲吼叫：『梵谷的墓在哪裡，梵谷在哪裡！』我沒有理會，甚至希望不要找到，若能因此而一起在麥田裡迷失，或許梵谷就在另一邊等著我倆人……。穿過麥田來到小鎮，一個熟悉的廣場看見市役所建築和梵谷畫中完全一樣，走進對面的小酒店，老闆推薦我們梵谷生前愛吃的兩道菜，荷蘭燉牛肉和日本生魚片，吃時陳植棋不停搖頭，世界上哪有這種不倫不類的吃法，於是決定猜拳，贏的人吃生魚片，結果是我贏了，夢中的感覺像在吃梵谷身上的肉，好奇妙的經驗！

陳植棋說：『我只要活到梵谷的年齡，肯定和他一樣也是歷史性的畫家。』

我笑著回答他：『梵谷不過三十六歲就活不下去，難道你活不到這年齡！』

……有人端菜過來，那人竟是梵谷，我對陳植棋說：『這不會是夢吧！』他說：『當然不是，我們本來就約好在此見面的。』兩人同時伸出手，握到梵谷好燙的手！

梵谷站在桌前說了許多話，雖然聽不懂說什麼，陳植棋邊聽邊點頭，我也跟著點頭。等梵谷離開，我問陳植棋：『剛才他說的你聽懂了嗎？』回答竟然說：『我不懂。』又問：『那為何你不停點頭？』他說：『梵谷的話和他的畫一樣，是說給不懂的人聽的。』再說下去，我們之間的對話越來越荒謬……。」

另一頁寫著：「……我再次仰首遙望山頂上聖母院尖塔，說不定這一生再也沒有機會見到它，不知該用什麼方式向聖母告別！坐在甲板上想了好久，然後告訴自己：『聖母與我又不認識，為何有這想法！』這些年每逢國慶假期一定去歐威拜訪梵谷，說來也算老朋友，臨走都沒有去向他說聲再見，又何必對不相識的聖母多禮！可是，教堂塔頂站立的聖母，從船頭清楚看到她臉部慈祥的微笑，分明是向我在說什麼，雖不認識這雕像作者，猜得出他肯定是以自己母親的臉來塑造的，唯有母親才有這麼美的微笑，如今她默默看著心愛的兒子就要離去……。」他一再地描寫這一段離別法國土地時的情景：

「此時汽笛聲再度響起，船身開始加速移動，早已經離開岸邊，送行的人群正在揮手，傳來一陣陣道別的聲音，船上有人拋出彩帶由岸上的親人接住，隨著船身的滑行把各色彩帶拉得好長，第一次看到離別的場面如此壯觀動人！而我只顧望著聖母雕像當是唯一送行的親人，即將離開的母親，海的另一端，還有一位母親正等在家門前期盼我歸來。人生從這岸往彼岸，大海航行中兩岸都是母親，只要懂得珍惜，到處都有親情……。」

「估計我們的船已經在地中海上向西航行，窗外清楚看見一道海平線，劃分藍天與碧水。今天的海面出奇平靜，船身有如在冰上悄悄滑動。此時心情與海面一樣是一條水平線，早上剛用過的鉛筆還有一小段，捏在手中勉強把這條線畫出來，進行無限延長，來來去去重複地畫著，把紙畫滿了再翻開另一張，接連畫過十幾頁，不知畫出多長的線，一整天在心裡思索的就像線一般，既沒有面也不立體。」

「已畫到最後一頁，再翻回第一頁時，是三天前在巴黎盧森堡公園的速寫，雖說是速寫，卻密密麻麻在空白處寫滿了字，今天看來簡直鬼畫符，連自己也不知寫什麼。當初本想製造出些只有自己知道的符碼，以替代一時想不出來的漢字，等越寫越多時，寫的幾乎成了我的個人文字，又由於有了這些不斷出現的『文字』，思考方式隨之而改變，再平常的一件事也被這種『文字』解釋得荒誕怪異，一再出現不該有的錯誤，讀起來已陷入猜讀狀態，猜讀帶出新的思考，又填寫在空白處，直到寫出滿滿的幾張紙……。」

「我特地用整齊的大字寫下：『我終於陶醉在不斷出現的錯誤中，錯誤才是我的創意，對此我特別珍惜，錯誤中塑造了一個新的我，是三年的巴黎歲月裡完成的唯一創作，感謝我的神！』」

「第一次錯誤好像是出現在來巴黎第二年的法國國慶日，從香榭大道的八層樓窗口，用急速的筆法把當時進行中的遊行場面畫在速寫簿上，整整三小時直到遊行結束，頓時腦子裡湧出過去少有的許多想法，順手把它記錄在每張紙的空白處，先是用日文寫，又加上些法文，當法文拼法未能正確掌握時，就改用日文的片假語代寫。也不知道是寫來給誰看，只因為想寫就寫了，沒想到今天讀來才發現寫的幾乎是天文，不管什麼文，在紙上運筆書寫是一種需求，目的只想要找個人對話，是今天的我和未來的我在說話，莫非想告訴自己，今天見到的是什麼大場面。我的這支畫筆已無能為力，只得借重文字來補助，這簡直是作為畫家所不該有的態度，只須在上面寫道：『千千萬萬人群的擁擠場面』，便可讓眼前出現一個盛況，連嘈雜人聲都能想像得見，每次面對一個場景，心裡想畫卻一時技窮，反而要依賴文字表達幫忙解決。文字寫出來後，由於用詞錯誤層出不窮，最後已分辨不清是寫還是畫，文字就不再是閱讀的，抽象筆法反而更具語言能力，借著這語言呈現一種新的圖象……。」

「好不容易從速寫簿的文字中找出兩行較清楚的大寫：『三年時間到底能看出什麼成績，今天作了最後的檢視，把油畫、粉彩、水彩都取出來從頭到尾看一遍，寫下簡短的評語：原來全是習作，沒有一幅稱得上是藝術家的創作！可悲！』」這段文字塗塗改改幾乎難以辨認。

「……結束巴黎的遊學生活，帶著近五十幅作品回鄉，該是豐收才對，最後在自己的成績單上打了差強人意的分數，未免太嚴苛了！想不起來寫這評語時的自己是什麼樣的心境……到巴黎後眼界越高對自己的要求越嚴，實在不明白為何始終只縱容做這種習作的演練，而展現不出一個創作者應有的氣慨，難道是台灣人海島性格難以突破的極限。這一生只在畫面上留下些許小問題，最後只好用文字替代討論。雖然這麼寫著，心裡仍然期待這些討論有一天能搬到畫面上去，成為創作的一部分……。」註明是昭和六年八月十六日。

船已來到地中海東岸的塞德港，岸上街道樓房及來往車輛隱約可見，船卻停了整整一夜沒有靠岸，據說這裡的海關為了阻止走私，只許小船前來接送旅客上岸遊覽，傍晚廣播時陳清汾沒聽清楚，還一直在房裡等待船幾時靠岸。晚餐過後只好獨自躺在甲板帆布椅上，學著洋人只穿泳褲裸露全身作日光浴。在海風和陽光陪伴下，難得清閒的心情，好似生命的重量只剩帆布上的身軀，與天空白雲一起飄浮，在似睡非睡中仍有數不清的夢，分不清是冥想狀態中的夢幻還是進入睡眠中的夢境。

……巴黎鄰居老猶太人陪著一起坐馬車緩緩行馳在郊外鄉間石頭小路，田裡農家正忙於收成，滿天的烏鴉迴旋在稻草堆上方。老頭指給他看，四十年前文生梵谷最後一幅未完成的畫就是在這個現場寫生，並特地強調：「不過，他還欠我兩個法郎及今沒有還，這個窮光蛋酒鬼！其實是我自動要借給他的，那天他正好坐在我桌子對面，醉得兩眼睜不開時，我把兩個銀幣放在他桌上就走了。第二天他知道我給了他錢，帶著一幅畫來說要送我，那種畫我根本看不上眼，叫他過幾天有了錢再還，畫我可不要，過幾天，他竟然自殺了，我不相信他會因為還不起錢才自殺，他講的法語真難聽！」

乾脆把馬車停下來，兩人背靠著麥草堆，聽他滔滔不絕談論文生。到底文生是怎樣的畫家，他直截了當認為把顏料塗在畫布上是文生活著的一種依靠，說文生活在畫裡，不如說他活在顏料裡，畫到沒有顏料的時候就該結束自己的生命，這點他做到了。

「你們日本人的生命觀，拿櫻花來比喻生命的節奏，這樣的人生我特別欣賞。文生說自己上一輩子是日本人，我完全相信，以他的畫就可以証明，後來果然越畫越像日本人的畫。他從今生畫到前生，如果再畫上去，台灣高山土著應該就是他前生的前生……。」

夕陽下的麥草堆就像黃金一般，是高貴的象徵……。陳清汾感到一道強光射來，轉身背向陽光：

「沒想到文生死之前所嚮往的依然是大富大貴，為何偏偏在此時天降一群烏鴉！讓他將苦難畫在畫布上，黑色筆劃展現出人生毅力，生命到了尾聲其實已沒有其他顏色足以替代……。」

「不，他的顏料已經用完，不用黑色就沒有其他顏色了。」

「那是你看到的！是一個畫家對顏料的飢渴。」

「生的慾念與顏料的飢渴之間，有衝突嗎？如果是，那麼他應該活下來才對！」

「你說，文生會喜歡你們猶太人？」

「至少我們猶太人喜歡藝術家。我們兩家的門相對，你當然看到我家經常有文化人來訪。告訴你，若你想知道某人是不是猶太人，就得看他結交多少文化人，尤其是藝術家，我就是個例子……。」

「文生與我同是藝術家，可惜人生的路走來全然迥異，……這一生即使有幸遇到他，還是很懷疑我會與他成為朋友。」

話雖這麼說，仍然對自己的不夠誠實感到不安。因為他在話中隱瞞了對梵谷式命運的恐懼感，連作夢也不肯去碰觸藝術家悲劇性的宿命。但這是走上畫家這條路之後就該準備好要面對的人生呀！

自從西洋近代美術輸入東方以來，知識份子對畫家生涯的認知一開始就拿梵谷的一生當比喻，因而有志於繪畫的青年，便有自覺拿出堅決毅力躍進梵谷的深淵，這種為藝術而犧牲的熱情美其名為使命感……。

然而陳清汾心裡卻不止一次對自己說：「我才不這麼傻！」

兩天後船已經進入蘇易士運河，速度十分緩慢，全船的人臉上顯出從未有過的緊張與不安。這陣子有消息傳來，運河近鄰的一個小國正鬧著革命，戰事僅兩天工夫就結束了，由於在世人心目中非洲是個落後地區，因此這裡的所謂革命常被想像成民眾手拿著石頭和木棍便將專制政權打下台的原始戰爭。不過這回卻有消息說全國十分之一的人口在軍隊彈壓下送了命，亦等於是被西方人製造的槍砲打死的，革命沒有成功付出的代價竟如此慘重！

這個國家的名稱雖然幾天來人人掛在口邊，不多久船駛過了運河尾端，便再也不見有人記起它的名字了，這樣一個小國與這麼大的世界相比；這麼短的革命與人類漫長的歷史相比，從發生到結束幾乎在轉眼之間就不見痕跡，到底什麼慾念驅使一群人想拿石頭和木棍拼命，難道僅為了每天用來裹腹的一塊麵包，還是有個來自西方世界的革命家從中煽動！

近日到甲板上曬太陽的白種人顯然減少許多，反而是阿拉伯人、印度人和少數的日本人走上來探頭探腦想知道所謂革命到底怎麼回事，得到的結論是：原始國度就必須以原始的方式解決國內問題，不論革命成功與否，實質上不過是從外力控制下的政權轉而出現本土的專制政權，這在法國人看來，民主的精神沒有建立之前，不管什麼政權都比外力所支持的政權腐化得更快。令人不解的是，革命進行中站在第一線的多是背著小孩的婦女，她們只是想為飢餓的幼童爭取一口食物，等到取得政權之後，走上台面接受歡呼的竟然全是身材高大的男性，而且是富有的大地主。在馬克斯主義者眼裡這只是政變根本談不上革命，這對於是陳清汾有如看到一面鏡子，鏡裡出現自身的家族，難道有一天陳家就是所謂的洋奴買辦，人民要革命的對象！

作為一個殖民地知識份子的陳清汾，此時對世事的理解，尤其是政治的事情與法國青年相比，眼界所能觀照的層面著實有限。近年在歐洲各地走動，聽到的和看到的使原本單純的他已增長許多見識，逐漸對手中這支彩筆無法滿足，急於想用文字把所見所思記錄下來。常自誇日文能力不下於一般日本作家的他，已習慣隨時提筆就寫，把速寫本填得滿滿地，說他是在與來日的自我對話，真是洽當不過的形容。

那天原本風和日麗的早晨，過午之後散步在甲板上的旅客突然感到悶熱異常，雖仍舊照得到陽光，左前方天際早已烏雲密佈，不久便開始起風，接著聽到船長的廣播，接到兩百海哩前方正處在暴風雨的訊息，船為了避開險惡暴風圈，不得不減低行速，必要時得繞道行駛。眼前的天空可謂變化萬千，令人聯想到西遊記裡描寫的一場魔鬼作法與孫悟空纏鬥的場面，幾乎所有船上的旅客都站到船緣扶著欄杆，觀賞這幕難得的自然奇觀，不時發出陣陣驚嘆……。

事實上觀賞的時間並沒有太長，幾分鐘後所有人的衣裳開始被刮過來的旋風吹得飄揚起來，風裡帶著水滴打在每個人臉頰，微微感到一陣酸疼，同船的阿拉伯人和印度人身上本來就只包著一條布，女性圍的薄紗更在風中飄舞，他第一次領會出各民族的服飾各有其美妙之處。

起風以後，天空很快就黯淡下來，眾人在強風中已紛紛躲避，有如被風捲進船艙裡去。接著傳來喃喃唸經的聲音，是回教或印度教徒在向他們的神禱告吧！另一邊約七、八名頭上戴著小圓帽，滿臉鬍子的男士，對著一面牆，手拿經書不停在膜拜。每個人都有各自的神，看到此情景令陳清汾的心突然空虛起來。歐洲的這幾年他經常走進大教堂，動機是為了觀賞宏偉的宗教建築，感受肅靜莊嚴的氣息，不然就是沿著石階登上頂端鳥瞰城市全景，從來沒有想到信仰到底是什麼。在台灣與家人一起拜神明，只是一種傳統儀式，即使面對廟裡供奉的那麼多神像，也沒有一尊從內心裡真正當作自己的神。唯有在此刻，這一生中第一次感到心靈需要一個支柱，是什麼都好，只要能給予力量就是我的神。

已經感覺得到船身正微微搖晃，船長廣播告知大家，我們的船被逼已必須繞道而行。

到了傍晚，依舊準時進餐，工作人員忙進忙出與平常並無兩樣，他們早就司空見慣於各種狀況。餐後前來收拾碗盤的黑人在工作時還一邊吹著口哨，看到他安祥自在模樣，像是告訴大家這一切必將有驚無險。果真如此，那麼這位小黑人就是我的神，陳清汾在心裡對自己這麼說著，對黑人吹出來的口哨今天聽來特別有感覺。

回到房間裡，從圓形小窗口看出去，海浪正一波接一波隨著強風打在玻璃上。便取出速寫簿，不是要畫什麼，而是想用文字把眼前所見記錄下來，思潮洶湧下捉起筆在紙上急書。其實也沒有規定自己非寫不可，必要畫的時候還是會用畫的來表達，不管是寫的還是畫的，此時此地的他有太多對生命的感慨。

在海上度過狂風暴雨的夜晚，是生平難得的經驗，從來沒有像今天這樣，源源不絕有那許多想對自己說的話！

「狗母」教授與馬場町決鬥

陳清汾離開巴黎已千里之遙，還是念念不忘著文生梵谷。想起第一次聽到梵谷的名字，是一位叫山中樵三的日本友人告訴他的，並教他以正確的荷蘭語念出「梵・谷賀」，他聽了以後，回家在日記上把梵谷用台語寫成「番哥」，與他同時還有兩位後印象派大師，高更他也用台語寫成「猴根」，塞尚就是「洗裳」。原來法國畫家的名字用台語寫出來要比日語接近多了。

不久終於與樵三相約，在一個星期日同往歐威造訪梵谷的墓地，在火車上樵三告訴他梵谷是自殺死的，死時才三十六歲，若問為什麼要自殺，日本人的解釋多認為他在沙龍裡落選，無法以藝術取得功名才將生命自我了結，這說法樵三卻不認同。樵三的弟弟就是接連三年「帝展」落選服毒自殺的，好多天後才被鄰居發現，遺書上寫著：「『生命短暫，藝術永恆』是我作為藝術家的信念，然而，就在此刻不得不承認，我的生命短暫，藝術更加短暫。此生僅以三幅畫留世，已不在乎世人用什麼眼光看待！」其他的畫都已經被他親手毀掉。樵三說：相較之下梵谷是幸運的，他雖不因落選而自殺，但若是能入選沙龍，或許就不自殺了！樵三畢竟無法道出梵谷最後的心境，所以只好避免以自己對弟弟的感受來解釋梵谷，兩人每次見面總是以畫家的自殺和天才的宿命為題，這種悲觀的論題談下來雖然每回都有不同的結論，但對陳清汾而言，類似自殺的事，他堅信是不會發生在自己身上的。

樵三出生在鹿兒島，住巴黎已十幾年，交往的這段時間陳清汾從他那裡學到很多書本上學不到的知識。後來到巴黎大學梭爾蒙學院聽課也是樵三介紹的，這位講課的教授有個很長的名字，他只記住當中一段發音正好是「狗母」（台語），「狗母」是名牌教授，十分博學，講課時從來不按牌理出牌，允許學生隨便發問，老師也隨便回答，不論答對答錯在他看來都是回答。然而，與其說回答，不如說是反問，要你自己找出答案。有時甚至答非所問，他卻說「是你的提問才引發我講了這些話」，因為不論怎麼回答也都沒有絕對答案，每個人各有看法，有看法自然就有說法，說出來便是解答。他的語音清晰易懂，講課從來沒有艱深的用詞，不論什麼話經他一說，每一句都是日常生活所說的話，大道理已在他說出來之前消化過了。所以陳清汾以一個外國學生的語文能力而肯長久留在教室裡聽他的課絕對是有原因的。從十月份起，每週自動前來坐在同一個座位上，若問在巴黎的三年學到了多少，不外就是聽「狗母」講課所得來的學問了。

「狗母」在回答一名美國學生有關梅毒的問題時說的一段話，聽後陳清汾回家把記得的每一個字清楚寫在日記上：「梅毒是歐洲人因為哥倫布發現新大陸所付出的最大代價，與哥倫布同一條船來到美洲的水手，離開後各個身上帶著毒菌返回歐洲，這是上帝的安排，要歐洲人拿梅毒病痛去換取這塊人間樂土，這個代價不可說不大。隨後到了二十世紀更由新大陸的美洲人取代歐洲人控制整個世界，對向來以老大自居的歐洲人更是情何以堪，翻閱歐洲的文化史，發現梅毒與近世的天才結了不解之緣，難道是上天嫉妒歐洲人方才作此懲罰！」

那麼上天又是以什麼在懲罰台灣人？陳清汾想了好久想不出什麼病症對台灣的種族造成致命傷害，最後他寫下：「多年來不斷發生在台灣的械鬥，難道族群間仇視的心也是用以責罰台灣人的一種病症！」

巴黎的幾年之間，陳清汾還常作起與人械鬥的夢，到底在心裡還存有什麼仇恨，即使到了異國仍不肯放過！

最常夢到的是被對方追殺，慌亂中與同伴失散，獨自在小巷裡急奔，不顧手上還拿著刀就衝進一戶人家後門，走過廚房看見有人，要了一碗水喝過就走。有時一戶躲過一戶，所作的夢永遠是在逃亡，雖然極度厭惡這樣的夢，可是一而再地接連出現，像演戲一集接一集演下去，老天爺竟連他在夢裡也要懲罰！有一個夢醒來之後他記得相當清楚：

……地點是在馬場町的跑馬場，他站在觀眾台下方左邊的跑道。對手已經先到，一身日本武士對決時的打扮，看不出他拿什麼武器，只見他昂起頭，雙手插腰，絲毫不把對方看在眼裡那種傲慢模樣。如此對峙已經好一陣子，才見緩緩在移動腳步，一來一往分辨不出兩人相距更遠還是更近……。

此時從欄杆外圍翻過來幾個人，可能是對方的幫手也可能只是看熱鬧，每個人臉色凝重，決鬥正一觸即發之際，跑馬場的另一端駛來一台人力車，車上坐著穿白色西裝的青年，車夫尚在奔走中，他已一躍而下，快速越過欄杆，朝那邊對手邁前幾步，作出手勢要求決鬥停止，接著又轉身向這邊過來。到底來人是誰？才猶豫了一下那青年已侵入站在身前不到五步遠，仍繼續跨步走來，逼使這邊的他不得不後退，最後只得側身靠著後腳向右滑動，兩人雖依然保持距離，卻已完全陷入守勢，白衣青年終於不再挺進，站直身子兩手插腰，看人的眼神銳利逼人。陳清汾心裡為之一震，感到襲來的寒意，此時白衣青年嘴角微微露出善意的笑容，這一笑把清汾緊繃的神經放鬆下來，頓時化解了對峙中的殺氣。

或許在陳清汾看來，被化解的不是殺氣而是男子漢的氣魄，這樣的夢他當然不滿意。手上的長刀還沒有出鞘，豈能讓戰鬥就告結束！於是又想再度振作，兩腳繼續挺進……。

過去一年多的時間，陳家兄弟每星期三天到武德殿勤練劍道。平時即使手中沒有劍，也伸出一根手指頭當劍全神貫注與前後左右的假想敵對決。好長一段日子投入於劍術，道場以「劍道即是人道」告誡習劍者必須以劍當作修煉的手段，練劍到了一定程度必須把劍化為無形，手上即使拿筆，筆也就是劍，筆也好劍也好，借著墨水現形於紙上，雖非書法家，劍道修為則因筆墨而獲得見証。

有一回在夢中劍已經出鞘，做出練習木劍時擺出的姿勢，這回手上拿的則是真劍，左腳踩在前方而讓右腳追隨其後，逐步往前滑動，身體也跟著遊走起來，終於在對手相距五步之遙停下來，隔了不知多久才又有動靜，步伐改變由後腳推動著前腳以細步挺進，遠處的觀者幾乎看不見兩人的身體有任何移動，這邊已將長刀緩緩舉起，正待發動攻勢。對方不愧是決鬥場上的老手，低著頭兩眼緊盯住陳清汾右腳踩出的每一步，只要足尖稍有動靜就準備以什麼招式化解。

一聲嘶喊，陳清汾使出連環招式直逼對方，接連聽到武器相碰的聲響，出乎意料地當陳清汾的長刀在兩人同時轉身時突然向後揮出，這一刀他從未練習過更不能算什麼招式，若是在道場上使出這種爛招，準受到教練一頓罵，簡直像街頭流亡打群架的亂砍亂殺，可是這一刀出去後，的確劃到了什麼，刀身為之沉了一下。

對決的兩個人身體一閃而過，相距十來步時終於站住。

「等一下！」聽到聲音的同時，有一樣白色的東西從側面打在陳清汾身上，掉落在地，是一頂紳士帽，近旁有幾滴紅色斑點，紅白對照十分鮮明。才知道剛揮出的一刀，雖然是爛招卻是致命的一招，幾乎砍斷對手的一隻手臂，逼使他的一隻腳彎下來半跪在地上，手上的刀仍然做出防備的架勢。

此時喊出叫停把白帽子丟過來的那人現身在眼前，是剛才從人力車下來的不速客，到底是敵是友，為何出現，看到這個人時，不知何故竟然令他又接連退後了六、七步，站定時發覺自己正在流著血，原來手已經受了傷，一陣陣的酸疼，才知道兩根手指頭掉了，另一根尚搖搖欲墜。

「好啦！這場比賽到此收場，誰也沒有贏，回去吧！」

接著那青年又對欄杆外旁觀的人以命令口吻大聲說：「喂！你們還站在那裡，不趕快送他到醫院！」他們是對手的同路人吧！七手八腳過來把他扶起，從跑馬場門外喚來一部人力車，就這樣走了，後面還跟著徒步奔跑的五、六個人……。

夢中一而再地重復出現這一場武鬥，過程只短短十幾分鐘，每回遇見的都是同一個對手，他一直不肯亮出武器，令人莫測高深，清汾雖未曾與人以真劍決鬥，然而從道上的見聞知道能把武器深藏不露，久久不肯出招的肯定是可怕對手，想到這裡胸前就感到一陣寒意，所遭遇的絕非泛泛之輩，心裡一驚兩腳不由自主向右移動，一步，兩步，三步……以為這樣可誘使對手亮出刀械，對方卻不為所動，有這般定力的到底是什麼樣的高手！為何戰鬥？難道只因為手中捉的是一把劍！

船在風雨中航行，搖晃越來越大，在昏昏欲睡裡又再作了同樣的夢。

小時候聽祖父講三國誌，說到關雲長騎馬上陣遇到難纏對手屢戰不勝時，最後使出一個狠招，叫什麼「倒拖刀」，假裝不敵駕馬逃跑讓敵手誤判情勢而趁勝追趕，奔跑當中聽到追來的馬喘氣聲越來越近，斷定對方的腦袋已在他手中大刀的威力下，冷不防頭也不回就一刀掃去，敵人的頭顱於是應聲落地……。

心裡這麼想著，未料臉上神色告訴了對手他的心思已經分散，此乃兩軍對峙的一個大忌，不出所料卻見敵人兩手張開從衣袖裡抽出兩把短劍，迅速逼上前來，正好要使計的他也在此時退步向後，令人誤以為他想落跑，輕易地閃過了揮來的左右兩刀。接著第三刀也已出手，他卻像已預知對方招術，身子繼續向後滑動，這在外人看來或以為是早套好的假招術，當敵方揮出去的刀頻頻落空，以為刀法被人識破而一時心亂，往前踩出的腳步急於想收回已太遲，陳清汾的長刀向後一掃，也勉強算是關雲長的「倒拖刀」，正如所料敵人在他刀下應聲倒地……。

每次作這樣的夢，醒來時夢中的殺氣仍然纏住他不放，心情好久才平靜下來。

……場上所有的人都已離去，只剩他一人，像戰場上最後的勝利者孤獨地站立著，這一戰到底幹什麼來的，為何沒有戰勝的喜悅，只留下滿腔殺氣，接著出現的是空虛和孤寂。剛才對砍時只是運氣好，否則不是殺人就是被殺，兩者都不是好結果。不明白為什麼在夢中會演出這種戲！此時的他像被這世界遺棄的孤兒，寧願自己在對方刀下死去，一時之間整個心思進入老年一般，對年輕氣盛的自己厭惡至極。

接下來他腦子裡開始盤算該如何找憲兵隊的武術教練石田左兵衛先生求助，三年前他們兄弟跟隨石田學劍以來，有關打架的事發生後一定先到這裡來，包括如何對家中父親交代，石田成為他們唯一的依靠。

雖然免不了要受一頓責罰，像上回他被叫到教練場穿上習劍時的全套裝備接受問話，每答錯一句，教練的木劍就從各方位落在他身上，有時一出手就好幾劍，當然也可以躲避或反抗，但越抗拒落在身上的劍就越兇猛，為了磨練學徒，教練巴不得每個人都有勇氣出手抗衡，然後將之打倒在地。

今天雖然不曾反抗，卻還是被打倒地上，教練上前取下面遮後，只見臉上流著汗水，沒有一滴眼淚，頗讚賞其耐力，認定這樣的人才配練武。

「你可知道決鬥對手是什麼人？」石田教練一開口就問對方何許人。

「我只知他是個無賴，是個浪人……。」

「浪人！我也是浪人。不管是什麼人，在未摸清楚是誰，就拿刀去砍殺，都是無賴。這不叫做決鬥，是習武的人不可原諒的錯誤。若不是有人阻止，你現在還能夠回來見到我嗎？」說時石田手上的木劍接連在清汾胸口頂了幾下，然後又問：「另外那人是誰？」

「哪一個人？」

「來救你的那名白衣人。」

「我也不清楚這青年人是誰，他為何突然出現，然後又不告而別……。」

「聽警察局說，那人可能是台北師範的開除生，在北海道學過武術，目前還是無業遊民，也有人稱他是畫家，他的畫入選過『帝展』。」

「入選『帝展』的畫家！與我不相識卻在那關鍵時刻出現，是因我而來，還是為了另外那個人！」

「是他在現場宣佈雙方不分勝負！如果是我，就乾脆說你輸了。……據目擊者說，對手的傷勢比你更嚴重，就身體受創的程度，應該你是贏的，再纏鬥下去他可能被你一刀砍死。但我不願意這樣說，自古對一名決鬥者來說，若無萬全準備拿起刀就去殺人，和市井流氓並無兩樣，何況你根本不知對方來歷，使的是什麼武器，暗地裡佈置了什麼，有多少埋伏，因此我的裁決你最後還是輸的一方……。」

他舉三百年前巖流島一場世紀性的決鬥為例，武藏會小次郎之前，已先知道對方的劍法絕招是一把三尺九的長刀所練成的必死之劍，俗稱「歸燕」，而自己的門派向以二刀流見稱，所以赴會之前處心積慮把一根船櫓削成四尺一的木刀，作為致勝的秘密武器。加上他慣用的手法，故意遲遲不現身讓敵手心生急躁，等對決時拿在手上的竟是比小次郎長刀更長的木刀，借此製造意外干擾對方的鬥志。當小次郎於拔刀之後將刀鞘拋入海中以表生死鬥的決心，武藏卻笑他說：「勝者是不會拋棄刀鞘的，莫非已準備永遠與刀分離。」用這話激怒對手。如此一來出手後「歸燕」刀法不但施展不出長刀的優點，更想不到的是武藏身上還懷著一把短刀，隨時因情勢而出奇致勝。所以這場決鬥對武藏來說是經過一番精心安排，目的為了掌握先機，而這一戰除了先機，武藏在任何方面都沒有必勝條件。

「所以我裁決你輸了，這樣說，你服不服氣！」與其說這是石田教練的宣判，不如說是他對清汾的訓誡。

「那為何白衣青年會說兩人不分勝負？」清汾口氣有幾分不服。

「換是別人一樣會這麼說。說誰輸誰就不服氣，很可能蠻幹下去，更無法制止一場爭鬥。」

那名與清汾決鬥的武士到底何許人，一直打聽不出真正身份。受傷之後也無人知道他到哪裡就醫，後來聽到一種傳言，說他是琉球舊王朝的第幾代王子，目前不過是個浪人，學有特異功能，習武之後到處找人過招，幾年之間從來沒有失手，未料一來台灣就敗在一個不知死活的菜鳥手下。這陣子因琉球方面的道上人物來台灣找人，才猜測找的可能就是他。

陳清汾如何打敗敵人，一時之間也有多種傳言，而出現不同版本，主要是形容他在摔倒之後以仰臥的姿勢橫刀一掃砍傷對方。而清汾卻記得快要倒地的那一刻，已沒有什麼可使力的情形下，只看到地上的影子就揮刀劃過，這一刀竟能打到對方是奇蹟也是運氣。但經過幾個人轉述之後，反被形容成他使的是某流所創的新招術，令他聽了自己都感到臉紅。

醒來之後，他把夢中經過寫在日記簿上，又加上許多註解和想像，編成一段供人傳頌的故事。

難怪宮本武藏有這麼多傳說，名不經傳的陳清汾不小心打傷一個浪人，已經可以誇大說成這樣，更何況是日本的一代劍俠！史書有這麼一段記載：「巖流島之役結束後，人們只知道小次郎戰敗身亡，而勝者武藏平安離去。那以後長達二十八年時間有關武藏的生活幾乎一片空白，據推測，他乘船離去時應已身受重傷，結果船只到半途因失血過多奄奄一息，船伕只好又返回島上，沒有幾天也因傷重亡故，而就地埋葬了。由於船伕不識字，墓碑上只刻兩把刀，代表二刀流。在生時已有人冒用其名到處比武，故死後還不斷有他的傳聞。遺留後世的《五輪書》和《兵法三十五條款》斷定是他人所寫，只有那些水墨畫及書道，才是他的親筆。因一名優越的武術家也同時是一名了不起的書畫家。」

陳清汾手拿6B鉛筆在速寫簿上狂書，把裝在腦子裡的不管是過去發生的還是夢裡見到的，有人告訴過他的還是自己腦子裡幻想的，像管裡擠出來的油彩，不只是對自己講話，說是今天的我與明天的我談心或許更洽當，沒想到有一天會印成厚厚的一本書在後代子孫之間傳閱。

他的文字一點也不像寫書，更像畫在紙上綿延不絕的線條，因此每寫一段落就把紙推遠，像觀賞一幅畫，瞇起雙眼端詳好半天，自稱這是他的「鉛筆書法」。

寫到後來，他自己也無法分辨寫的是真實經歷還是夜裡作過的夢，或是白日的胡思亂想，當所有的這些一起湧上來時，他只能拿筆狂書，成了一名書寫者而不是作者。

生馬把清汾帶到了「巴黎」

陳清汾不同於其他北師出身的台灣畫家，去法國之前甚少與畫界交遊，因此沒有機會和他所仰慕的陳植棋見面，卻常聽到人提起他的事，僅此而已。奇怪的是，偶而在夢裡出現的那個人，雖然不相識，醒來之後就認定此人應該是陳植棋，然後對自己說：「除了他還有誰！」

最近一回，輪船行駛在印度洋上，由於前幾天慢行經過狹窄的蘇易士運河，出了河口之後才全速前進，以致船身搖晃使人昏昏欲睡。這一天陳清汾睡了一整個下午，連晚餐都懶得起床吃。

「台灣有需要這麼多美術家嗎？你不認為已經太多了！這些人每天將顏料塗在布上，其中大半將來註定成為廢物，清出去就是垃圾，這麼小的島嶼哪裡承受得起往後一個世紀美術垃圾的囤積！」

好幾個人圍坐在餐廳一張杯盤狼藉的大桌子，其中一人滔滔不絕已經講了好久，其他人只靜靜地聽著。顯然講話的他已有點累，聲音也開始沙啞，但還是堅決說著：「畫家太多的情況下，反而看出許多更需要的人才我們沒有，我最感遺憾的是沒有評論家，各個領域都要有絕對超然的評論，為當前情勢作理性分析，讓大家知道所處的是什麼環境，等於畫出一幅地圖看得更清楚自己在哪裡……。」

能夠說出這套道理的人，他就是評論家，又何必再找評論家！能有這麼長的思維，一句接一句環環相扣說出理念來的，到底是什麼人！他的嘴唇很薄又很寬，牙齒潔白，兩片臉頰貼得緊緊地，大聲說話時在嘴邊擠出很深的兩道皺紋，這種面相一看就知道是個常與人作口舌之爭的辯士。他的前額寬而且長，順著下來是挺直的鼻子，算命的一看準說他是個長壽多福的貴人。

這個人過去曾出現在他夢裡多次，記憶中每回穿的都是白色西裝，他來得突然去也突然，僅這回有那麼多說不完的話……。好比一位長者以他的人生歷練和智慧為畫壇指引一條明路……。

夢中他所乘郵輪進入基隆港後，前來接船的朋友第一句話就告訴他陳植棋過世的消息，因早已聽說他有肺結核，所以聽到時並不覺意外。雖生前不曾相識，還是在回台北之前路過南港，到陳植棋靈前燒一炷香，面對著遺像，看到的是多麼熟悉的面容，是那天從人力車跳下來阻止決鬥的白衣青年！到底什麼人把他請來的，只上前拋下一句話，姓名也不留，沒有打招呼就離去，身上穿的正是遺照中這件白色西裝……。

過去在國外的三年多，每回想起那白衣人，不知何故就與陳植棋的名字重疊一起，今天終於面對著照片看清楚他的樣貌，真是不可思議的人物，不可思議的相遇，不可思議的情誼！

船在錫蘭停留一夜，次晨十點鐘又啟程繼續東行。船身緩緩離開岸邊時，陳清汾從窗口看出去，一個年輕人站在船頭用力搖擺雙手，看似向送行人道別，這個動作好熟悉，與三年前一起乘船去法國的田中板一夫是那麼相似，每當船要啟航時，年齡才剛過十九歲的小胖子就衝到船頭，對岸上不相識的送行人猛揮手，嘴裡還嘶喊個不停，把所有他懂得各國語言的「再見」都一一向人群大聲喊出來，就像在對整個地球告別。

果然是田中，沒想到他也是這條船回日本，他們又重逢了。

三年前一起跟隨有島生馬先生到巴黎，同行還有有島曉子，是有島先生的獨生女，到法國學習美術設計，另一位有島森雅稱有島先生伯父，先學舞台設計後來成了演員，以及原智惠子進巴黎音樂學校主修鋼琴，而田中板一夫是日本貴族家族出身，他父親田中宗從擁有皇室的伯爵尊位，娶細川侯爵的女兒之後生了五男五女，板一夫是最小的兒子。又據說他舅父娶了近衛公爵的女兒，姑媽嫁進銀行家安田家族，姨媽嫁給三井男爵，可想見他屬於日本勛爵財閥的顯要世家。由於從小生性好玩，所以父親擔心長大後不求上進把他託給有島先生，希望在他調教下有所長進，沒想到竟被帶到巴黎接受洋式教育的錘鍊，以今天的看來，他還是與先前一般調皮。

雖然是同船赴法，可是才到巴黎，田中就到南部貝珊頌大學城裡學語文，而陳清汾則始終沒離開巴黎。清楚記得在三年前每回船要啟航，船身開始離岸時，他就獨自站在船尾欄杆，望著逐漸遠去的陸地猛揮雙手，又高喊萬歲，他說這是情不自禁的一種發洩，今天也因這個舉動才讓陳清汾又認出了他。

從錫蘭出發之後還有曼谷、新加坡、西貢和香港，大約剩三分之一的旅程，每天傍晚兩人相約在甲板上散步，觀賞海上的夕陽，田中年紀小清汾三歲，僅這麼一點差距使兩人在一起時的話題少了很多，所以白天裡清汾寧願一個人做自己的事情，專心在速寫簿上塗寫。

散步時，在小老弟面前陳清汾經常賣老，像個預言家滔滔不絕談論未來，他對田中說：將有一天全亞洲的人都會說英語，人們一面恨英國人一面認真學英國話，因為學英語是賺錢之道，或說英語就是金錢。向來台灣人只說自己的語言，所以富不過三代，等到他們會說英語，情形就不一樣了。從前有個叫李春生的人，是台北大稻埕首富，他的發跡十分清楚，就是幾代以來都會說英語，替英國人作茶葉生意，於是代代都賺大錢。所謂茶葉就是農業產品的加工，傾銷到全世界各個角落，英語是銷售的工具也是橋樑，懂英語才能使亞洲的經濟活動開拓得更廣，打破富不過三代的神話。到現在為止，人們的眼睛只看到金錢，看不到現實裡最實際的賺錢工具，那就是英語。所以最遲一百年，全亞洲的人都在說英語，比東歐人、南美洲人學得更快，說英語的民族才不會滅亡。

對於畫壇的將來，他也作了預言，認為往後一個世紀裡藝術的主流還是在英語國家，新思潮必須用英語思考才擺脫得了舊傳統，目前北美洲雖只是個粗俗文化的國度，卻是個年輕的英語國家，比任何地區更具備發展條件，將出現全世界第一個非帝王權力下創造出來的新藝術，而代表二十世紀美術的時代性格。在我們亞洲不論日本、朝鮮、印度或支那，在時代的課題上，一百年內只能跟在英語國家之後，不可能出現世紀性的代表畫家，但二十一世紀則正好相反，西方國家的智能挖光了之後，就好比被掏空的石油礦，那時就輪到亞洲人發揮智慧的時候。

當田中問及他對當今台灣美術家的看法時，他自認唯一能算得上藝術家的目前只有他自己一人，也許還有陳植棋，只是暫時還看不出來；顏水龍也可能有成就，可惜太現實，藝術不應該把現實放在第一順位作思考，很容易就成為實用美術而沖淡了藝術的純度；李石樵是個沙龍擂台的鬥士，他的可怕只在擂台上，偏偏擂台上不可能有藝術，他只能算藝術的研究者，不是創作者。只有第一流的畫家才有信心來肯定自己，而不去爭取獎勵，專門拿獎的都是二流畫家，因他須要他人來肯定才相信自己的成就；第三流的畫家想拿獎都拿不到，更不用說成就。在藝術的天地裡，除了一流畫家，其他沒有什麼兩樣，不必在乎誰拿到什麼獎。但顏水龍不管未來如何，歷史是會給他一個獎的……。他說的這些，局外人的田中根本聽不進去，因他對美術和台灣全然陌生，他的問題都只因為一時好奇。

問到女流畫家在繪畫上的成就時，想都不必想他的回答是否定的，理由在於女性的性格善於摹仿，因摹仿所以才叫女性，然藝術是由創作而來，是無中生有，不同於女人的懷孕生子，所以很肯定認為藝術創作是男人的專利，或許說某女畫家有才華，那是從摹仿的層面上看到的才能，尚不能稱為藝術創作。最後他強調：「對女人的看法是我一生最大偏見，正因為對女人有偏見，我才稱得上真正的男人！」

過兩天輪船即將到達印度的孟買港，午後他獨自躺在甲板上的帆布椅休息，地上放著一瓶紅酒和兩隻高腳杯，準備好不論誰過來，就邀請一起共飲。

他對自己的酒量經常拿不準，有時才喝下一杯就醉得昏昏欲睡，有時喝完一整瓶還能整夜持續畫到天亮，這回他突然興起，想在甲板上享受從馬賽買來尚未打開的最後一瓶酒。

三年前有島生馬帶著他們幾個年輕人從馬賽港下船，在開往巴黎的夜車裡，聽有島先生講解巴黎生活，有句話令他一再地回味：「若你想深入領略到法蘭西印象主義，就得先懂得品嚐那裡的紅酒，然後再去體會拉丁女郎甜美的口水……。我敢大膽說黑田清輝不懂印象派，因他只從畫中學到外光，並未嚐到最珍貴的口水，便急著把『外光』帶回日本，播下『外光派』的種子，接下來就讓一群追隨者樹立起

『帝展』繪畫的典範，所謂近代日本美術於是因它而開始，將來回顧這階段的繪畫時，便幾乎沒有什麼可令人陶醉的『美』的滋味……。」

這話到底說對了沒有，來到巴黎之後他對有島先生過去所說的開始懷疑，因他已有了自己的看法。甚至認為有島先生雖然紅酒、口水全都喝了，並沒有因此畫出印象派，所畫的歸根究底是當時的所謂「巴黎畫派」。

他記得第一次跟隨有島先生來羅浮宮，一進門就匆匆通過一條長廊直到新古典主義大師大衛的〈拿破崙加冕禮〉前面，指著壁畫般的巨幅油畫要他站著認真看，依照指示他的確看得十分仔細，最後有島先生半句話不說就又帶他走出羅浮宮，這麼大的美術館有多少畫等著要看，沒想到只看完一幅就離開了……。

「剛才那幅畫，你看得很仔細了吧！」

兩人已經走到塞納河上的藝術之橋，有島雙手扶著欄杆，望著前方的聖母院，開口問他。

「是的，我看了，很仔細地看了。」

「到這裡來，只看一幅畫，心裡覺得遺憾吧！」

「的確是如此，不過我相信有島先生會這樣作，當中必有您的道理。」

「事前沒對你說今天要看什麼，心裡頭一定感到突然吧！其實想看這件作品也是臨時決定的，當年我第一次到羅浮宮來，才進門就被它吸引住，望著畫發呆。今天突然間又想起，就把你帶了過來……。」

「當我看著時，的確也發呆，但心裡想的不知是不是和您一樣？」

「那你是不是還想再看其他的畫？若你已經不想再看了，那就和我一樣……。」

「我的確極想看其他作品，繼續看下去。」

「有這種想法，就表示你以觀光客的心在看美術館，恨不得很短時間內什麼都能看到。今天我要教你用畫家的心看美術館，所以專心只看一幅畫就足夠了。你聽過東西吃太多消化不良這句話嗎？看藝術品也一樣，這結果不但沒有吸收到，反而脹得難受，關於今天你來這裡看到了什麼，我且不問你，回去之後自己想一想，改天我們再一起討論。」

可是下回見面已經又是一個禮拜，有島似忘了許諾，從頭到尾只顧談些別的事情。

「如果那天他問我感想，要我說出來，又該怎麼回答！」

靠在帆布椅上半躺著的陳清汾，回想第一次進羅浮宮的情形，喃喃自語：「如果現在，我的回答肯定令他驚奇。」

那天在藝術之橋有兩個年輕人拿著彩色粉筆在地上塗鴉，畫的是米開朗基羅的壁畫中亞當與夏娃被逐出伊甸園的那一景。

有島走過去看了一下，離開時從口袋裡拿出銅板丟給他，回來對清汾說：「你也過去看看，覺得不錯就給他錢。」

清汾去了之後，有島好久不見他回來，原來他正與那青年人不知談些什麼，心裡雖不悅，還是耐心等著。

「對不起，讓你久等！因為他問我看畫的感想……。」陳清汾終於走回來，可是並不見他丟錢。

「是這樣？你們可以交談？」

「他說了些話，我沒聽懂，我也說了些話，他大概也沒懂……。」

「原來這樣也能夠談這麼久！」

「因為我猜想他是在問我對畫的看法，我反問他：『要我說哪一張，是米開朗基羅的，還是你畫在地上的這張？』」

「他如何回答你？」

「他的回答？好長好長的回答，可惜我一句也沒聽懂，哈哈！」

「你沒丟錢給他就回來了！」

「是　！我忘了，那我再去……。」

「不必啦，下回給也一樣！」大概是怕清汾一去又不知什麼時候才回得來。

這已經是三年前的事，異國生活的歷練和法國文化的薰陶，對過去有島先生所說的每句話，如今都想一一打上問號，以這樣來証明自己長大了。

「在那幅畫裡，我看到了什麼？」他眼前又浮現羅浮宮的〈拿破崙加冕禮〉，自言自語地問：「究竟看見些什麼？對，那是舞台劇中的某個場景，克希佳島之子拿破崙在法蘭西土地上取得政權，巴黎大教堂裡主教手中的皇冠正要戴在他頭上，這個充滿榮耀的時刻換是今天不知有多少閃光燈從周圍閃亮，在那年代只靠大衛的一支筆以絕世傑作為他寫下見証，所以就像紀錄影片應該說這是一幅紀錄圖像……。」

這樣回答，他自己都感到十分滿意，無意中露出一絲笑容：「大衛是法國美術史上典型新古典主義畫家，但是在有島面前不能說出來，過去每提到某畫家是什麼派，就受有島先生責備一番：『管他是什麼派，當畫家的人是不管這些的，只有普通人想表示自己也懂藝術時，故意把什麼主義都掛在嘴邊。你不能跟他們一樣，相反地，即使古典派也可當印象派來看，如果你是印象派畫家，用印象派的眼睛看它又有什麼不可？』另有一回當我稱讚美術館裡的一幅畫時，他瞪著我說：『這裡的畫沒有所謂好與不好，只有能為我所用和不為我所用之分，我們來此是吸收別人的好處，作為畫家不可忘記自己的職責，否則一不小心就降職為評論家，多危險！所以要憑果斷眼力審視每一幅畫，只有評論家才拿天秤去稱畫的份量，畫家是最自私的，永遠以自我為中心，記得麼，當初我反對在『帝展』禮聘畫家當評審就是這道理！』……。起先對他說的這些都必須想了又想才明白，後來聽久了，反覺得沒什麼大不了的道理，不過是他的個人見解，說法搞怪一點而已。……終於有一回，我決意要在一日之內把羅浮宮從頭走到尾，這樣做會不會如有島先生所言因消化不良把自己脹死在美術館裡！正好相反，走出羅浮宮大門時心情好適暢，把人類偉大的美術史整個瀏覽一遍的感覺，恐怕有島先生這一輩子都還不曾體會過！而他偏要把歷史發展拆成片段，說這才是身為畫家應有的作法，但我認為畫家是個有偏見的創作者，永遠只信自己的一套！」

近來每當心裡說出「我才不信那一套」時，馬上驚覺為何有此想法！有島先生帶著他走進藝術的天地，是唯一的啟蒙恩師，才短短兩年就起背叛的心，存有這想法算不算不義！當他責備自己的同時，批判有島的言論仍不斷地湧出，即使有意識想阻止都很困難。

「……單獨看某畫家的一件作品，除了看它是怎麼畫的，很自然會想到這之前他畫什麼，才畫到現在這樣的畫，往後會如何畫下去？還有哪些人也這樣在畫……，對大衛略有認知之後，看到〈拿破崙的加冕禮〉自然會聯想到他的其他作品，甚至他學生安格爾。在美術館裡這思維引導他的腳步再繼續走，到另一面牆上看一眼安格爾的畫。美術館正好提供這種方便，然為何有島先生要拒絕，只許看一幅畫就離開！若有機會是否該鼓起勇氣去找他辯論！不過他說把新古典主義當印象主義來看，這話倒很有意思，難道已經穿上新古典主義外衣的人還得脫掉它又換上印象主義才看清楚這當中有何異同！有島先生自己也說過：『看畫的目的不是為了尋找解答，正好相反，作為畫家是要從中找出更多問題讓別人去解答……。』」

才喝完一杯酒，再倒的一杯還來不及喝，人已在昏昏沉沉中睡著，直到太陽西斜，整個下半身暴露在陽光下，曬得兩腿發燙才醒過來，醒時腦子裡還殘留著剛才夢中片斷，雖已模糊不清，情緒依然舒展不開而悶悶不樂。

只記得在夢中他與有島兩人面對達文西的一幅畫像——並不是〈蒙娜麗莎〉，有島先生有意考他：「你說這女人是貴婦還是妓女？」他回答：「當然是貴婦。」也許答得太快太果斷引起有島的不悅，開始教訓他時，被他頂了回去，就這樣兩人爭吵起來，醒來之後對自己有些膽量感到驚訝，甚至羞愧。

「為什麼有這樣的夢！夢中似乎說了一句什麼令先生聽了哭笑不得這種大不敬的話，我是從來不敢這樣說的！到底說什麼話，如果可能真想跑進夢裡去追回來！」還留著一點印象：有島先生猛然轉過頭，看也不看他一眼，把畫筆一摔站起來就走。到底自己說出什麼嚴重的話激怒了有島先生？

他繼續躺在陽光下，此時已幾乎照到他全身，杯裡的紅酒已經都燙熱了，他仍然懶得移動半步。

「又開始責怪起自己，那天在羅浮宮為何不直截了當對他說：『你要我看的不一定就是我想看的，就好比在街上我喜歡多看一眼十七、八歲的法國女郎，而你更有興趣看三十來歲的成熟婦人，顯然我們之間有很深代溝，難道你不覺得！』有島先生聽後，回應一定是：『真沒想到你會這樣回答我，你有這想法已經多久了？那麼就隨你的意去看所愛看的女人吧！』……。」

對已經追不回來的夢，只好自己編造，但願這樣的結局尚不致於讓兩人決裂！

陳清汾心裡依然感到難受，即使只是一場假想的夢。

有島先生是第一個有系統向日本介紹塞尚的本國畫家，就好比高村光太郎介紹羅丹，在那啟蒙階段對日本畫壇都有一定程度的貢獻。對陳清汾而言，他們畢竟是上一代人，我這一代有這一代對待西方藝術的態度及對繪畫的看法，即使沒有也要找出來強調世代的不同，這才配稱是日本的新生代。

學術界早已肯定有島生馬對塞尚的研究，甚至認為是美術史上從構圖法的角度研究塞尚的第一人者，他肯花時間從每個細節作精密分析，寫出長篇大論發表在《白樺》雜誌，這種精神應該說是日本人的特有性格，他的文章陳清汾在離開台灣之前已拜讀過，然而不用說僅一知半解，連十分之一的領會都談不上，初以為自己涉藝未深沒有能力接受深奧學問，可是如今已不一樣，遊學巴黎三年時間什麼大師作品未曾看過！如果仍舊讀不懂，他寧願認為是文章有問題，有島先生把塞尚小題大作，只知把一般性的道理大書特書……。

每次想到這裡，他便趕緊喊停，接下來在心裡萌生一種罪惡感，對師長的抗逆不敬連自己都無法原諒。陳清汾對〈拿破崙加冕禮〉的態度受到有島先生的影響產生莫名的複雜心理，每到羅浮宮當他走過古典派繪畫的那條長廊，就無法克制停下來在畫前逗留一兩分鐘。

有一回偶然在盧森堡公園近旁的舊書店翻到一本畫冊，書中有幾頁向讀者提出些趣味性問答，譬如〈拿破崙加冕禮〉畫裡總共有幾個人，出現在大教堂的布料共有哪幾類……，諸如此類無關緊要之問題，提醒他再去注意那畫中的瑣瑣碎碎，這才發覺新古典主義繪畫其實不過是個舞台，不管什麼人物上台都是為了演戲，不斷地有人登台又有人下台，哪能知道上上下下的共有多少人！

接著他又發現旁邊浪漫主義的畫面已不再是舞台，看久了覺得自己眼睛更像攝影鏡頭，拍攝眼前人物的動態時鏡頭可拉近又推遠，但浪漫主義年代的巴黎是否有電影院卻不得而知。

「……有島先生當然不是要我去數人頭，說不定他要找的是：哪些在這幅畫裡有，而浪漫派沒有，或浪漫派有而這畫沒有的，但如果只許單看這一幅畫，又哪來的比較！不僅是浪漫派，接下來的印象派，舞台上看到的是平民大眾的小劇場，與古典舞台演的帝王將相的大戲相比之下，才更襯托了古典主義的富麗堂皇。……」

此時，當他想張開眼睛看看周圍，竟被射來的陽光逼得趕緊把顏移開。

「如此強光令人睜不開眼睛，把這種景象畫出來不就是印象派！然而有島先生卻要喝過紅酒和口水，莫非他沒有體會出『光』為何物！……」陳清汾不敢再想下去，趕緊阻止自己對有島先生不敬的想法。

三年多來，在羅浮宮裡進出不知多少回，只知全心全意放在畫史上記載的畫家，哪知還有多少牆上掛著的畫被人們忽略了！說來他們的畫一樣是進了羅浮宮，但由於遭人漠視，與流落在外的無名畫家並沒兩樣，這就是有島先生口中常說的「小名家」吧！說他存在過卻又像沒有存在；說他不存在，認真一找又勉強找得出名字來，最怕的就是將來自己成了這種畫家！

針對此，有島先生舉了個例子說，他投考東美那年在美術史的考卷裡，有一題全體考生當中僅他一人答中了，問的是一名納比斯畫派裡甚少被提到的無名小卒，因他的畫幸運讓日本商人買到捐給了東京美術館，又被就讀高中時的有島無意中在角落裡發現，又拿著鉛筆在筆記簿上臨摹過，腦子裡記下這畫家的名字，使有島在這一期考生當中以九十二分之最高分錄取，而美術史一科得了滿分。這畫家的作品將來很可能與高更等一伙人同時進入羅浮宮的收藏，但在美術史的論述中只能勉強附帶提到他……。

「將來有島先生是不是這等級的畫家！我陳清汾又將是什麼樣畫家？會是吊在車尾的『小名家』！……曾經聽人說過顏水龍是藤島武二的拷貝版，最近又間接聽到我是有島生馬的拷貝版之類的話，若連有島先生都成『小名家』，那麼我算什麼『家』！難道這才真正是羅浮宮給予我的最大啟示！」

於是拿起甲板上的酒杯，把剩下的酒一口喝光，即使在這種高溫下把紅酒喝到肚裡，他仍然感覺不到是什麼滋味！

田中貴族為何與大稻埕結親

在海上航行了二十八天後，船到達香港，田中因為要上岸去拜訪他的一位堂叔，決定改乘下一班船回日本，特地前來告別，清汾幫他提行李直送他到上岸的階梯口，放下行李後冷不防學他大喊一聲「再見」，接連用了四種語言，意外的舉動並沒有將他嚇倒，只回頭露出笑臉，又擠了一下左眼就下船去了。本以為這一別不知何年何月才能再見，沒想到回台灣不到一年就有人來說媒，對方竟是田中的同父異母姐姐田中綾子，這門親事又將兩人牽上關係，田中板一夫是否在婚事上出力不得而知，陳清汾也始終沒有機會問起是否他從背後幫忙推了一把。

至於陳清汾的家世是不是配得過田中家族，日本官方當然有他們對台施政上的考量，內情恐怕連年輕的陳清汾本人都未必清楚。至少靠茶葉貿易起家的陳天來家族是全台北城數一數二的富豪則不容置疑，大稻埕街上舉頭所見的洋樓豪宅，除了陳家大院，就只有李春生和辜顯榮所蓋的洋房可以相比，陳天來的大院在貴德街，大正十二年建的三樓洋房，有一年日本親王來台，曾稱讚陳宅為「台灣人模範住家」，何況陳家的企業還有永樂座和第一劇場兩大戲院，以及北台灣著名的酒樓蓬萊閣，足以讓台北人以羨慕眼光看待陳家產業的壯大和輝煌。

居住在永樂町的居民，茶餘飯後常拿三大家族作話題，即使芝麻蒜皮的小道新聞，也被傳言說成什麼不得了的大事。辜家與當今權貴的關係乃眾所周知，其所以致富，民間多從負面角度去談論，日後又編了種種傳奇性故事，形容義盜廖添丁出入辜宅盜寶的事蹟，大稻埕人對這家族一直是抱著敬而遠之的態度。相對之下李春生還是最受尊重的人物，他是商人也是哲人，附近鄰居常見操英語的洋人進出李家，也常聽到李家傳出來的鋼琴聲，在公學校圖書室都可找到一本他出版的英文哲學論述，可見是當時大稻埕最早洋化的家族。因為這樣，外邊對他們這一家人一直是莫測高深。陳天來事業的根據地是錦記茶行，又兼涉娛樂事業，雖然擁有財富，性情隨和，廣結善緣與近鄰交往和善，因此傳出來的都是稱讚的好話。這一家族住的雖是大院，卻沒有高築圍牆與外隔絕，外面的人輕易便可看見家人的起居情形，陳清汾平時在家作畫也被看得一清二楚，與辜、李兩家比較起來，陳家是相當平民化的家庭。

日本名畫家有島生馬因受聘來台評審，隨後在台灣旅行寫生，經人介紹與陳天來相識，又接受陳家邀請替家人畫像，這才促成了陳清汾跟隨有島先生赴法習畫的機緣，引線人是剛下任的民政長官伊東佐賀太郎，他先找過辜顯榮家族不成，又找李春生後代，回答說已經有英國畫家來畫過。最後找到陳天來，一口就答應了，而且為了作畫方便還讓有島搬到家裡住。

初來畫像時，全家大小都好奇過來圍觀，見畫家拿著長長的筆把顏料塗在畫布上，一筆接一筆越畫越像時，不禁發出一聲聲驚嘆，不知這當中到底藏有什麼法術，心裡多少有幾分毛毛地，幾天畫下來，整個人的形影出現在畫布，莫非靈魂也跟著吸了進去！陳天來一開始就顧慮家人的心理，所以由自己先畫，然而才畫不到兩天又因有事到香港去，接著轉往廈門，回來之日遙不可期，正好讓有島利用機會在附近寫生，由最小的兒子清汾當嚮導兼通譯，一連六、七日每天到台北近郊遊走作畫，有島才第一次感受到台灣的人文環境原來如此之美。有島兄弟在九州一帶都是名作家，後來在《白樺》雜誌發表的幾篇文章裡每提到台灣時，總是建議政府不可憑統治階層的優越感，想用自己的想法去改造台灣人原有的人文環境，是這次滯台寫生經驗有感而發的。

有島生馬搬進陳家時剛過完四十六歲生日，他原名叫壬生馬，大正二年出版小說集《蝙蝠の如く》才使用筆名「生馬」。早年因愛好文學入外國語學校習義大利語文，後來出國先到羅馬，進美術學校學繪畫，又到巴黎大茅屋（Grand Chaumiére）進修，這一年正好法國為塞尚舉辦回顧展，不但從此畫風受影響，回國後又接連在雜誌發表文章介紹塞尚及他的時代，是國內研究塞尚的第一人。大正三年與前衛畫家石井柏亭、安井曾太郎等同時退出「文展」，另組「二科會」。「台展」成立應邀來台評審時，已是東京畫壇出色的中堅畫家，且準備好再度赴法進修，替人畫像是為了籌旅費，才由在台友人出面引介而認識了陳氏一家人。

陳天來不在的這些日子，每天由陳清汾陪同出遊，除了對台灣有更深入認識，他又發現剛滿二十歲的清汾，口齒伶俐，思維敏捷，日本話不但流利且沒有一般台灣人的腔調。不過又想回來，他自己在東京住了十幾年家鄉的口音始終未改，沒有鄉音的標準語聽來不僅沒有味道也不親切，他寧可陳清汾不要太聰明，多一點台灣人的土氣，才更合他的味。所以盡量在談話中把九州人的口音表露出來，讓清汾聽到他足以代表自己的語言特色，有時還刻意重覆一遍讓對方聽得更清楚，然後附加說明指出有濃厚地方腔調的語言才能聞出日本文化的芬芳。甚至要求陳清汾把同一句話用台灣人口音說說看，如此反覆用不同腔調說日語，訓練他對語言音調的敏銳度，加上有島在文學上的素養，引導他對文字的運用更能掌握得恰到好處，這短短幾天裡僅日語的學習便有飛躍進展。對陳清汾而言是當初意料不到的收穫。

在這同時有島亦無意中打開了清汾走進美術的大門。有一天，兩人走呀走來到太平町靠近台北橋頭的太平國民學校，就信步走了進去。太平是清汾的母校，七年前才從這裡卒業，東宮太子未登基之前曾經來台視察，特別安排到這學校參觀，為此總督府準備一架演奏用的大鋼琴和德國製造可自由調整高度的坐椅，那天太子就坐在這上面彈了好幾分鐘貝多芬的鋼琴曲，他告訴有島先生太平有三寶，除了鋼琴椅，還有國際標準的游泳池和俄羅斯皇室贈送的雙桿台座，這三樣有島雖一一看過，並未表示任何意見。反而對學校辦公室前的一棵百年老榕樹感到興趣。他看到小朋友們拿著地上的泥土，用小石頭在樹幹上敲打幾下，膠乳從裡面流出來時，把土印上去吸取乳汁，吸過幾回後拿到水龍頭沖洗，等泥土全沖走了就剩下有彈性的橡膠，有島覺得很好奇也跟著小學生學做起來，玩得十分高興。

上課鐘響之後，學生都進了教室，清汾帶他走進教職員辦事室裡，美術老師桌上有一堆學生作業，都是鉛筆畫，他只隨便翻了幾張就轉頭朝他處找別的什麼有趣事物，最後他盯著一幅油畫，問道：「這幅畫的作者，該不會是岡田三郎助……。」說著把臉貼得更近，終於認出：「把南國的色彩充份表現，畢竟是岡田的手筆。你說我是否也該在台灣留下幾幅這樣的傑作！」

隔了好一會，有島又指著玻璃櫃裡的白色大理石雕問道：「真是稀奇，一間小學裡有這樣珍貴的藝術品，可見台北已不是一般的城市！」

陳清汾不知如何回答，把玻璃門打開讓他看得更清楚些，究竟作者是誰，這回他被考倒了，仔細看背後底座的簽字是DSK三個英文字母，難道是台灣雕刻家！此時在他內心的確期待著台灣能產生一位偉大藝術家。

直到這一天在陳清汾腦子裡還不知太平的校友當中有黃土水這位雕刻家，那之前他不過是與美術沾不上邊的普通少年。

回家路上清汾突然想起什麼，問有島：「記得前兩天先生說過，兒童繪畫是最純真最不造作的，但為什麼辦事室裡的學生作品，你只翻一翻就不再看下去，莫非也有你的理由！」

有島先生聽了臉上露出笑容：「好極了！你能問這樣的問題，我很高興！可見我說的話你都聽進去，而且留在腦子裡思考，剛才我只是小小的動作都給你注意到了，才引起你這麼問。好的，針對這一點我們必須花些時間討論……。」兩人正好走到第一劇場門前，旁邊就是餐廳兼咖啡館，於是有島提議進去喝杯咖啡。

「……那些作業，雖然是學生們畫出來的，但卻是老師給他們指定的功課。」一坐下來，只喝下一口端來的白開水，便等不及待要說明自己對小學生圖畫的看法，他的方式是先開口問對方：「小朋友的畫放在桌上你也看到了，記得他們畫些什麼吧？」

「記得，我看到的是兩個蘋果和幾根香蕉，用鉛筆畫在圖畫紙上。」

「沒錯，我看到的大致上也是這樣。」

說著就打開速寫簿，很熟練地把蘋果和香蕉簡單幾筆畫了出來，或許嫌自己畫的線條太流暢，又照著輪廓重新描過一遍，看起來才更像剛才小孩子們所畫的。

「你看，這是怎麼畫出來的，知道嗎？是學生看畫本照描的，顯而易見小朋友一定越畫越乏味，所以才草草交卷，從畫面可以看出小孩子心裡對繪畫已沒有興趣。圖畫課不僅沒有教到什麼，反而抹殺了幼童繪畫的本能，這怎能說是辦教育！所以我只翻了兩張就不忍看下去，日本公學校美術教育不應該這樣糟才對，真令人感到意外！」

「我還是不懂先生的意思，難道這不就是所謂的圖畫！學生如果畫不好，是因為他們還太小，都還是小孩子嘛！」

「你認為只要手拿著筆在紙上畫就是圖畫？你目前對繪畫的認識只到這程度，也不能怪你。我教孩子就不一樣，不能只讓他們用手畫，還要用眼睛畫，更要用心畫，因為有心所以才叫做藝術。如果讓這種教學方法長此下去，我敢預言太平再過一百年也培養不出一個畫家來，你信不信！」

有島越說心裡越有氣，一反往常平和的語調，像是在逼清汾非信他的話不可。聽到有島先生如此堅決作出結論，清汾心裡再有什麼話也不好說出口，顯然他並未完全接受先生的看法，反而心裡在想：如果我因此而決心當一名畫家，將來拿我的成就來反駁他的預言，比今天在此爭論更有說服力吧！

若說就這樣而決定了陳清汾日後當畫家的命運，聽來似乎誇張了些，但他的確從那天起正一步步朝著美術天地走進去，這一點則是不容置疑的，他確實已開始在思考如何當一名畫家。記得有島先生說過：對一個日本人而言，所謂藝術就是把一個日本人的心畫出來，那麼陳清汾的藝術就是把台灣人的心畫出來，「這一點我一定做得到！」陳清汾對自己這麼說，語氣十分堅定。

在今天這種環境下，所謂台灣人的心將如何作詮釋，若拿來與日本人的心比較是多麼微不足道！隸屬日本已三十年，說自己是台灣人同時也是日本人，說者是否理直氣壯！和一個完完全全的日本人站在一起還存在多少差別。台灣人的心就是日本人的心，這說法難道不允許有懷疑，或者還要等待一百年，台灣人和日本人已全然沒有兩樣時，才有相同的心，那時候台灣人是不是還叫做台灣人！

當前台灣人的處境就像太平公學校的學生，非一邊看著畫本一邊畫圖不可，無法明確說出台灣人就是日本人或台灣人只是台灣人，縱使在一張畫紙上也無法明確表露自己是什麼人，所以進入二十世紀之後的台灣文化，充塞著模仿的性格，看著別人已畫好的圖像照描，才是最安全最有保障的做法，一百年後太平仍然沒有培養出一名畫家這句話，或將被有島先生言中了……。

陳天來最後是從天津乘船回台，本來只在華南一帶做生意的他，這次經友人拉線把生意撈過界，進入頂郊人的地盤，處處都遭遇到阻擾，才多耽誤了十天，回來後有島先生赴法的船期已近，必須趕緊把畫像完成，只得辭去不必要的會面和應酬，留在家裡讓有島畫肖像。

畫的時候每次都有陳清汾作陪，隨時想交談也可由他當通譯，況且清汾自己也有很多問題要請教，有時甚至與有島談了好半天，才把大要用台語說給父親聽，慢慢發覺到這孩子對藝術家的生活似乎越來越感興趣，從小受家庭寵愛的陳清汾，已經二十歲了還不知道人生方向何去何從，在美術方面如果真有天份，就讓他向有島先生拜師，隨其前往巴黎，把兒子交由外人調教幾年或能成器亦未可知。

陳家事業的發展是陳天來這一代才開始，以製包種茶的錦記茶行起家，開發南洋市場而獲大利，當選台灣茶商公會會長後全力向總督府交涉，逼使產業局不得不廢徵製茶稅，從此成為茶葉界最受擁戴的首腦人物。陳氏膝下有四個兒子，陳清素是老大，長年在外出任爪哇支店長。老二陳清秀一直在新加坡管理南洋業務，島內的事除自己掌管，還有老三陳清波從旁協助，當台灣社會已進入日語的時代，與當朝權貴的交往只有依賴老三出面周旋，家族的官商關係全靠他在打理，最後僅剩最小的清汾還不知該如何安排出路。這幾天陳天來腦裡一直想著這問題，讓四個兒子全都繼承家業從商，不如其中一人以畫家在文化界出人頭地，對陳家更能建立良好的企業形象，這個想法在他那年代裡應算相當具前瞻性的。所以會這麼想，多少是看到有島生馬的為人修養，還有清汾與他交談投機，所獲得的啟示，致於藝術家的生活，他認為只要願意並不難解決，在自己百年之後該給他的遺產是足夠他下半輩子的生活，可讓清汾放膽當他的畫家，致於未來藝術上的成就達到什麼程度則只有自求多福了。

其實不僅陳天來有這款想法，在同一時間裡他兒子和有島生馬之間也為此正認真討論著。雖然他坐在椅上動也不動，雙眼直望著前方接受畫像，但感覺得出他們兩人談的是一件嚴肅的事情，清汾一度捏緊拳頭不輕不重往自己額頭敲了幾下，有島手中的筆在調色盤上磨了好久仍舊調不出顏色，甚至閉上眼睛認真思考。此時清汾心裡進行的是一次艱苦的抉擇，儘管不懂他們的語言，從表情亦可看出兩人已逐漸取得某種程度的妥協。有島的頭重重點了一下，看似應允了什麼，在色盤上調了好久的那隻筆，並不畫在畫布上，反而往桌上一擱表示要休息片刻。陳天來是個何等世故的人，耐得住性子等待兩人當中誰來開口表明剛才所做的決定。

可是一整個上午過去，竟不見來向老人家有所表示，心裡頗感納悶，午後再畫時，兩個人的對話明顯少多了，只偶而談上一兩句，反而是有島先生有意找話題要清汾翻譯，請教一些地方民俗的事，清汾也只有翻譯，不像往常插嘴說些自己的看法，陳天來依然耐心等待著⋯⋯。

等待中感到時間過得特別慢，一個漫長的下午他老人家有足夠時間回想過去，清汾小時候的事在他腦中又再浮現⋯⋯。

當年依照陳家慣例，小孩出生後，滿週歲之前要抱去城隍廟旁找算命仙看命相，前面三個孩子去看時，回來都只說是大富大貴，令他懷疑在陳家出世的孩子除了富貴難道就沒有別的，人的一生除此還有什麼！輪到清汾出世，他耐不住就親自抱著去找算命的。那天算命先生的手只輕輕摸到清汾就大哭起來，陳夫人搶著抱回懷裡，嘴裡唸著：「乖孩子不哭，不想算那就不算，還不一樣是大富大貴⋯⋯。」

話未說完，算命的打斷她，搶著說了一句：「大貴是大貴卻不見得大富，在我看來這孩子將來沒有數錢的命，未來新社會裡貴人不一定是富人，這孩子有他自己一片天地，憑當前命相雖看得出卻說不出，這孩子命運從一生出來就在手中捏得緊緊地，不必別人擔心。」

算命仙的話藏在天來心裡一直是個謎，也許今天就是解開謎底的時候！果然晚飯過後，陳天來坐在大廳太師椅上抽著水煙斗時，清汾緊緊跟了過來，站在面前卻欲言又止，倒是父親先開口：「有關小時候算命的事，你阿母曾經講過，現在還記不記得？」

「當然記得，我還是不信這些算命仙的話。」

「有一點倒寧可相信，他說『命運在你手心捏得很緊，不必要別人操心』，這句話該值得相信！」

陳天來兩眼直盯著兒子等他回答。

「早上我和有島先生的談話，你⋯⋯聽出我們說了什麼？」

「難道不希望像有島先生那樣當一名畫家！」

「我是這樣想，所以請求有島先生帶我一起去巴黎，阿爸你覺得我這樣做……。」

「就是算命仙說的『大貴』的路，巴黎是多麼遙遠，去了之後，還能回得來？」

「有島先生說，他能帶我去，就能帶我回來，這一點不會讓家人再替我操心。」

「不管怎樣你要好好想過才作決定，這是你這一生的大事情！」

終於陳天來等到了答案，所猜大致沒有錯，這孩子想去巴黎，尋找一條「大貴」的路，既然開口說出，做父親的除了答應已別無選擇……。

以後的幾天，清汾與有島的交談更頻繁，有島不只一次提醒他：「我能教你的只是如何畫畫，而不是如何當藝術家，藝術家是教不來的，要平時就在生活中自我養成，有一種人畫出一手好畫，但他不是藝術家，……即使走進巴黎藝術之都也不見得就是藝術家，要先有心理準備，否則只有空手而回。」

這段期間有島先生說的每一句話，他都牢記在心裡，經常拿來反覆思考。這一生他雖沒有畫出什麼足以傳世的傑作，秉持一個畫家的思維和操守，在台灣畫壇渡過精采的藝術人生，有島先生人格思想的影響則不可忽視。

清汾隨有島先生遠渡歐洲是完成畫像後的第六天，有島為趕在秋季沙龍之前到達巴黎，沒有在台多作停留就從基隆港乘船到香港，再轉搭法國郵輪去馬賽，預訂十月底到巴黎，在香港還有由日本前來的幾名年輕人約好在船上會合，由有島帶著一起到巴黎去，田中板一夫就是其中一位。

巴黎拉丁區距盧森堡公園不遠的小街，有間四層樓的旅店叫里培利亞旅社，近年來幾乎是被日本畫家包下來住，有島等一伙人先透過友人訂好三個房間，一到巴黎就得以安頓。

住在這裡對剛到的外國人最方便的地方莫過於對街不遠就是私立的大茅屋學院，教師群裡全是當代名家，是學美術年輕人最理想的學習環境。再過兩條街就是外籍學生學法語的法蘭西語文聯盟，從里培利亞走過去不到三分鐘，所以聽到鐘響才出大門都還來得及上課。

秋天一到，盧森堡公園的楓樹已開始轉紅紛紛掉落，每天早上從窗外傳來聖修比斯教堂鐘聲，剛離鄉的清汾每一聲鐘響所帶來的是一陣陣的淒涼。這旅社裡他雖是唯一台灣人，從外表看來，不論語言、穿著、儀態和周圍日本人幾無兩樣，連講法語也有濃厚日本口音。

這一年是一九二八年，陳清汾在巴黎開始他人生新的階段，他是第一個到法國學畫的台灣人，幾年當中仍然離不開日本人的小圈子。在日本人的文化氣息下學習當一名藝術家，說來也是台灣近代美術第一代的宿命，以後陸續有顏水龍、劉啟祥和楊三郎前來，二十世紀前半葉的新美術此時已揭開了序幕。

監視一名走在邪途上的藝術家

三年後，陳清汾於一九三二年從法國馬賽乘船回到台灣。

全家人看他帶回幾箱的作品，代表著留學法國的成績，都非常高興，尤其父親陳天來首先想到的就是如何在大眾面前公開展示，才對所有關心者有所交代。

陳天來思考了很久，認為在公會堂之類的公家場所展出，不如就近使用自家現有的場地更方便於運作，就決定在圓環附近由老三陳清波管理的蓬萊閣當展場，舉行陳清汾回國後第一次個人畫展。

蓬萊閣位在大稻埕最熱鬧的地區，離台北後車站最近，門前有個小廣場可停車，這年代台北人出門乘自家汽車的屈指可數，不然就是官廳裡的大官由司機駕駛的公家車，停車場使用的機率其實不大，若能停放一兩部轎車對主人也算擺出了排場，所以開幕當天把停車場佈置得美輪美奐，讓參觀客人一來就能見到陳家的氣派。

為了這畫展蓬萊閣停業五天，由陳清汾親自設計具有法國風的請柬，總督府內各級官員幾乎每個人都受到邀請。很不巧的是開幕當天太田政弘總督剛好卸任要回內地，新任的南弘總督沒有受到邀請，所以第一天幾乎不見總督府的人前來。這反而使得陳家大小在會場上很自在地接受訂購，賣出去的作品在畫框右下方貼有紅布條，寫上購買者姓名和頭銜。買畫者多半因為陳天來的情面，畫價又不是太高的情形下，所以第一天已被訂到只剩三幅大畫，正好由三位兄長每人認購一幅。

次日民政長官平塚廣義等一伙人來參觀時，看到滿場的畫作全數貼上紅條，為之大吃一驚，緊緊握住陳天來的手說：「我確是來遲了一步，想收藏貴公子的作品這回恐怕已經沒有機會，我可不想收藏別人挑剩的……。」

陳天來趕緊回答：「說哪裡話，你先繞一圈看看，有哪一幅特別喜歡的，我就叫小兒照樣畫一幅完全相同的贈送，請長官不要客氣！」

這話說出來經陳清汾的口翻譯時，刻意將「照樣畫一幅」改成「另外多畫一幅」，免得被行家取笑，油畫創作哪能一模一樣再重畫的！然而平塚長官還是十分客氣不願接受對方的贈與。

今年「台展」已進入第五回，因「台展」而培養的畫家和觀眾人口比早年至少多了兩倍，他們都想來看第一位巴黎歸國畫家的旅法作品，會場的盛況可想而知，此時的陳清汾已形同畫壇頂尖新秀，不容置疑是文化界的寵兒。

一個月後，畫展的後續工作已大致結束，某日陳家門前停了一部由穿制服的司機駕駛的高級汽車，下來的是平塚廣義長官和兩名隨從，直接進入陳家的會客廳找陳天來父子面談，先是表達受上層指示要以總督府名義訂購一幅陳清汾的畫作，接著又提出兩項建議，其實說是要求則更恰當，第一項是奉東京的命令來替清汾作媒，對方是日本貴族，田中板一夫的堂姐田中綾子，目前人還在滿州，雖然父親是滿鐵的總技師兼部長，她中學畢業後就不靠家族關係謀職，堅決要從基層作起，兩年多還只是一名普通職員。話中且強調說田中家族的成員各個是學有專精的實力派強人，從不在外人面前誇耀家世，這種性格很適合與陳家結親，希望最近期間男女雙方約在東京面會，口氣聽起來好像已經是決定了的事，不容陳家的人多作猶豫；另一項任務是向陳清汾推銷一部進口的德國製小汽車，本來是供前任某位局長專用，因臨時調職去南美洲，使這部車沒有主人已好一陣子，上級指示必要儘快處理，這回若與田中家族順利結成親家，則陳清汾當然須添購一部新車。畫展過後有筆不小收入，當前法令雖尚未有對畫展售畫課稅的規定，但既然是一項收入，對國家社會理應作到程度的獻納，若能以買下這部汽車來表示回饋的誠意，也未嘗不是件好事，所以說開來他的角色除了媒人同時也是推銷員，使得陳家無法借任何理由推辭。

民政長官能順利將上級交代的任務達成，在他職責內算是功勞一件。陳清汾早在赴法國之前已學會駕車，那天當運來汽車時連同駕照也一並送到，第二天陳清汾威風凌凌坐上駕駛座出現於大稻埕大街小巷，接受小市民的目迎目送。

接著就是與田中家族聯親的盛大婚禮，由南弘總督親臨主持，本來典禮已設好在蓬萊閣舉行，卻被總督府臨時改在公會堂，這樣做像是有意把兩家的賓主地位掉換過來，以維護日本貴族的威望。適逢此時政府正推行皇民化運動的國語家庭及改姓名，婚禮過程每一位上台祝賀的官員，在言語中無不強烈暗示此後陳家與田中家族已不可分開，一但改姓名應以「田中」為當然的選擇。

這場婚禮看在與會的本島人賓客眼中，皆為男方的委曲求全感到不平，本來是娶媳婦，結果反而把自家的姓給嫁出去，往後如何抬起頭在台灣社會上走動！對世事老練的陳天來只好把女方的提議保持不理不睬的態度不予回應。隔了好久，有一天突然在戶口簿上發現「陳清汾」三個字已改為「田中清汾」，其他人依然如故，心裡固然不悅，卻認為這樣也是一種解決的辦法。這孩子出生時算命仙已指出他一生走的是自己的路。除了當畫家，跟從妻姓大概也是人生的路上註定好的，便睜一隻眼閉一隻眼任由他去。

陳家的婚禮在台灣社會上是一樁大事，當然更是台北畫壇的大新聞。等這些都平靜下來之後，美術界裡又傳來消息，另一位留法藝術家顏水龍將在年底之前回到台灣，這下子又有熱鬧可以看了！

顏水龍不同於陳清汾有顯赫家世，出國時僅地方仕紳為後援，尤以霧峰林家多次匯款資助，才得在歐洲渡過幾年純粹藝術家的生活。他的作品接連兩次入選法國沙龍，都有消息傳回島內，畫壇對他的印象是個腳踏實地的實力派，對他回鄉更寄以極大的期待，希望繼陳清汾之後也在台北舉辦個人的旅法美術展，繳出這三年的成績單，讓兩位旅法藝術家公然比個高低，不可否認是一種看熱鬧的心理想替畫壇製造茶餘飯後的話題。

可是等了很久還不見顏水龍在台北現身，直到過了年才陸續傳來消息，說他到新加坡、香港、廈門、福州、杭州、上海、北平、天津、哈爾濱等地繞了一個大圈，本來與日本司摩克商社談好擔任天津分行的設計工作，不知何故竟跑到朝鮮，然後又回日本，遲了至少半年才得抵達台灣。

他終究還是回到台北，美術界友人當然不忘設宴接風洗塵，由林獻堂出面邀請，避開陳家的蓬萊閣而選擇蔣渭水的東風得意樓，這裡是大稻埕有名的藝旦陪酒的地方，然而畫家們最急於想知道的還是巴黎最新的美術訊息，從內地出版的美術刊物得知繼印象派之後有馬諦斯、畢卡索、勃拉克、達利、米羅、魯奧等名家，是所謂的野獸派、立體派、超現實派及未來派等畫派，這些奇妙的繪畫到底怎麼回事，顏水龍旅居巴黎的幾年均親眼看到原作，甚至會見畫家本人，希望從他那裡得知習畫的青年又以什麼樣的眼光看待這些作品。宴席上已有人帶著急切又羨慕的語氣敦請顏水龍把巴黎之所見所聞說給大家聽；還有人喝下兩杯之後問他與拉丁女郎的熱吻滋味如何？問的人十分調皮，顏水龍的回答也很幽默，他說：「個子高的像吃葡萄，矮的像喝紅酒，胖的像咬乳酪，瘦的像啃巴黎麵包，各有不同滋味，到底怎樣還是要自己去品嚐才能體會。」僅這幾句話當然未能滿足大家，又被逼說了許多在歐洲旅遊的見聞，憑他幽默口才講到有趣頻頻引來哄堂大笑，而他真正想說的不是這些，是眾所關心的如何推展台灣新美術的課題。可是談到最後竟是工藝美術及生活美學，使與會眾人一時之間不知該如何接受。

說話時顏水龍態度如此嚴肅，不再像剛才談笑的語氣，他認為如果今天在此還談論組織畫會舉辦展覽，那無異是老生常談，是任何人在任何時候都懂得說的話，若是如此，到法國這幾年也等於白去了，所以特別指出，在台灣推動新美術所遭遇的阻擾莫過於民眾普遍不能接受畫展中的作品，若說他們不喜歡好看的東西倒也不見得，追究起來大眾對美的觀念與畫家之間還有一段尚待跨越的距離，這個差距要如何拉近不是短期內就能做得到。這次從法國回來途中，在輪船上獨自思考，把學生時代藤島武二先生的談話再度回味一番，許多地方確實對台灣當前處境可謂一針見血，台灣社會正處在轉型階段，生活型態才剛走出傳統農耕而進入商業行為作主導的手工業，日常使用的器物就必須隨著發展的腳步做改變，否則便無法協調而與生活脫節，這種生活形式與視覺經驗的不相妥協，如果不能在我們這一代人的努力中加以改變，台灣人對美的素養無法提升，對畫家所作的工作又如何能夠理解，則更加談不上是欣賞，所以他的結論是：目前當務之急在於與民眾生活最密切的工藝美術著手，先美化日常家居用品，而後引導民眾逐步走入純粹美術的鑑賞領域，這才是最實際、最踏實、最有效的推展新美術的一條路，今後幾年內他將身體力行，把時間和精力投注在台灣近代手工藝的研發及推廣，更期望在座美術界人士有志一同參與。

這段由內心發出來的嚴肅話題，結束時雖獲得一陣掌聲，畢竟是曲高和寡，過後並沒有得到畫界人士的苟同和回響，他哪裡知道別人心裡最期待的，除了歐洲當前的美術狀況，就是像陳清汾那樣的旅歐畫展也能夠在顏水龍身上看到。不僅想知道他到巴黎之後在繪畫上達到的造詣，也有意將兩名法國回來的畫家放在一個天枰上比高低。

他們所期待的被顏水龍的這一番話推得一乾二淨，難道他想逃避到手工藝的冷門裡，心裡在害怕什麼，才使他不敢拔出真劍站上純美術的擂台！

餐會最後雖然賓主盡歡，在一陣陣歡笑聲中結束，與會的畫家心裡仍有說不出的滋味，不明白法國文化是如何改變了顏水龍，引導他與純美術的方向背道而馳。

顏水龍的確是個行動派人物，說做就做，其他的人還在猜測他是否做得到時，已開始有行動了。

正如一般畫界人士所言，顏水龍是個有高度執行能力的藝術家，往工藝美術轉進的決心在歡迎會上說出口後，並沒有經過太長的考量及猶豫，已經擬好一份完備的企劃書呈送到民政局殖產部，意外地民政局將之當作重要事項謹慎研判，兩個月後審核通過，由局長親自接見，當局最想知道的是一個法國留學回來的畫家為何不專心於本行而轉向工藝美術，著實不可思議，也令人不能放心。

很快地顏水龍就收到殖產部的掛號信，裡頭有一份聘書和免費乘車証，憑証可搭乘任何公營的交通工具。另外按月由民政局支付十六圓薪金，一切裝備和工作條件齊全後就開始資源調查的行動，從南部起逐漸往北探訪，尋找台灣土產植物中適合於手工藝使用的材料。

起先工作進行並不順利，主要是採訪路線相當陌生，還有就是體能方面，一年前的肝病尚未痊癒，奔走過程中身體很容易疲憊，加上民間對材料的稱呼各有不同，與書上記載的學名相距更遠，必須數種名稱同時寫出來互相考對，為此花費了好多時間，在他的筆記本上寫得密密麻麻地。尤其南台灣的太陽，雖然才入春，頭上烈日已使人難以忍受，種種理由都使他從一開始就無法迅速推展。

有時來到一個鄉鎮正好有相識的畫家住在那裡，就順路前往拜訪，談到藝術的看法，尤其推動工藝的意願，不僅得不到認同，甚至引發爭論，以致不歡而散，這樣下來使他以後一個朋友都不敢去見，寧願獨自窩在簡陋的小旅社裡，也不可能為了節省旅費而借宿友人家中。

顏水龍對工藝美術的基本概念最早來自藤島武二的啟蒙，其次是東美的學長張秋海在學期間回台所作的台灣手工藝調查論文，亦成為這次探查的參考依據。再就是對工藝推展有共同理念的王白淵，可惜此人是個理想家，想的比做的多，與顏水龍之間性格的差異，談多了常引起爭執。好幾回王白淵到他寄宿的旅社談論通宵，顏水龍再有耐性也受不了那空無邊際的道理，最後連這唯一的支持者也無法共事，想到這裡不得不為自己處境感到悲哀。

來到屏東竹田、內埔一帶正好遇到雨天，心想趁此機會有一兩天休息也不錯，便搬進一間木製二層樓房的小旅店，由於來得早，旅社裡僅他一人來投宿。據老板說這季節整個月份幾乎沒有客人光顧，可是才進房間不久就聽到走廊上老板帶著人打開隔壁房門。這使他十分高興為旅社帶來顧客，自己也有人作伴。

奇怪的是新來的客人始終沒有露面，雖然只一牆之隔，竟連他幾時出門幾時回房都不易察覺到。

為何這個人會緊跟著住進來？這種懷疑看來像是多餘的，但仔細回想，近些日子有一種感覺，在好幾個地方常出現有雙眼睛隨時盯著自己，起初總認為是自己太敏感，或因連日來的繁忙身體累了的關係，所以容易疑神疑鬼。接著一天比一天更確定真有那麼一個人在跟蹤，尤其今天才進旅社，隨後就有人住進來，豈不太巧合！使他不得不提高警覺。

直到傍晚才決定到鎮上的大廟口隨便走走，街道行人稀少，這裡的人都還在吃晚飯吧！一個人走在路上的腳步聲聽得很清楚，這時他終於確定有人在後面跟著自己走來，他有意停下來站在一家店舖門前，背後那人的腳步聲也停下來，他出其不意把眼光掃過去，發覺一個人影迅速閃開，是有意躲避不想被發現才有的動作反應！那以後就不再聽見跟過來的腳步聲了。

隔天離開旅社後，想吃早點，就朝市場方向走去，此時雖沒有聽見跟隨的腳步，他還是想試探背後是否有人，走到十字街口時假裝忘了什麼想回頭去取，猛然轉身，那人想躲也來不及躲了。在驚慌之下把頭低下來看地面，樣子顯得十分無奈。

這才看清楚是個短頭髮的青年，像是在哪裡見過有點面熟，但又可以確定絕不是相識的人。最後他認出了那一雙眼睛，這些日子在某些場合中兩人目光接觸過的眼睛……。

此時他腦子裡想到的是軍務局的特高，但為什麼在民政局已批准，而且授予聘書之後，還多此一舉派人背地裡監視，實在令人不解！很快就想起王白淵曾經說過：相類似的調查機構有好幾個，不要以為某機構已交代清楚，哪知道另有其他機構不肯放過亦有可能。有時兩個勢力互搶功勞，剛從這裡放出來，又被另一邊捉了去，這種事在他身上就曾發生過。

在這情形下，憑顏水龍的個性會萌生一種童心想和對方玩一場捉迷藏，讓那小子暫時找不到人，然念頭一轉，又覺何必這麼辛苦，既然來了，大家就當著面說清楚又何妨，誰怕誰呢！

他開始大步往車站方向走去，來到車站前小廣場，斷定對方已跟過來時，才匆忙間向右邊小巷走進去，沒想到這是條死巷，也是註定好兩人要在這裡照個正面，當他轉身回頭走，那人正好趕了進來，果然就是他沒有錯！

看來對方已無處可躲，可是應變得也真快，若無其事地問了一句：「桔仔村派出所不是在這裡嗎？」聽來像是自言自語，只略作張望，轉身就想走出去。

「你說派出所還是廁所！我可以帶你去。」顏水龍不肯放過，從背後追著問他。

兩人同時走出小巷來到廣場，顏水龍指著車站右旁的公共廁所：「就在那裡，我也正想去！」廁所裡顏水龍聽到對方小便聲音十分犀利，顯然憋了很長時間沒上廁所，想不到終於兩人並排站著解決，卻不知對方心裡怎麼想！顏水龍忍不住問他：「怎麼樣，舒服多了吧！」出了公廁，顏水龍主動說：「去吃碗麵如何！我請你。」

對方並沒有回答，卻跟著走來。

兩人同坐在路邊攤小竹椅上，此時還不到十一點，早餐時間已過，午飯又太早，賣麵的婦人正與人聊天，見到客人，連喊了幾聲「坐呀！」就忙著過來招呼。吃麵時，顏水龍仔細看對方的臉，他低頭只顧吃著，用力把麵條吸進嘴裡，發出嘶一聲響，額頭已開始在冒著汗水，十足鄉下人模樣，應該是個老實人。吃完兩人又叫了一碗，也都吃得精光，顏水龍問他：「有事嗎？」

「沒事。」

出其不意的問話，對方竟然回答自己沒事。

「那麼我們坐火車去吧！」

「哪裡去？」

「反正沒事，就一起去走走，今天天氣不錯！」

再看他的臉，應該二十五歲不到，比自己還小兩三歲吧！當他被顏水龍的目光盯住時，臉上露出一陣紅暈，似乎在告訴顏水龍說：我是無辜，不是願意的……。

「你也許誤會我，其實……」他終於開口說話：「我從澎湖到台北找生活……。」

「我了解。」

「我這樣作，沒有惡意。」

「我能理解。」

「他們每天規定要填寫一份，報告上去。」

「這當然。」

「我沒有寫你什麼，直到現在……。」

「我也一直沒做什麼！」

「我知道，你不會做壞事的。」

「我做的應該說是好事才對。」

「我想你是好人！」

「我也不知道是不是，但我是有心人。」

「有心人也就是好人！」

「不介意的話，我就把心裡想做什麼，老實說給你知道，你認為是好事，我們可以一起做，反正你沒有事！請相信我做事憑良心，是一種理想。」

「這些日子我在觀察，你是在找一種藥草，不知對不對？」

「是一種草沒錯，但不是為了作藥。」

「那又是什麼？」

「是用來編織日常生活中的用具，這叫做手工藝，我在做設計和開發的工作。」

「就像桌子、椅子這種生活用具？」

「台灣社會在改變，不知你有沒有看出？家庭使用的東西慢慢地也會不一樣，除了實用也要美觀，而且要普及，普及就是推廣，你覺得這工作是好事還是壞事？」

「這還用說，當然是好事。」

「若你也認為好事，現在我就邀請你加入，一起做這件好事，是非常愉快的事情！」

「你這麼說，只是……。」

「只是你目前的職務。這我可以理解，所以我們要好好配合，不可讓你有半點為難。」

「你說配合，我可以接受。如果是合作，那我只好拒絕，我們的關係又如何談合作！不可害我失去飯碗，你明白嗎？」

「我明白，我只能告訴你這是良心事業，如果有一天能夠賺錢，也是投資的人在賺，不是我們。我不考慮金錢利益，這樣你明白了！」

「現在我有點了解，不過我還是擔心……。」

「對了，我剛剛寫完一份研究報告，可以給你先看，裡頭內容你應該用得到，可抄進你的報告書裡，一方面對我有所了解，另方面也達成你該作的工作，這不是很好嗎？」

「好，就這麼辦。等報上去，看上級批下來時指示什麼，我無論做什麼事是不敢違抗上級的，這點希望你多多諒解！」

「有必要的話，把我帶到上級面前也無妨，讓我親自向他們做報告。」

「這千萬不可，我們吃這門飯的，只能在背地裡進行，能了解多少算多少，一旦什麼都知道，就無事可作了。」

「原來如此，反過來是要我配合你！這就對了，我所要的正是這種關係，這叫伙伴關係吧！」

麵吃完要離開時，那青年主動要付錢，顏水龍也不反對，兩人又坐著聊了好久才離去。

其實兩個人之間對顏水龍而言好像拖了一個影子，不時得與自己的影子說話，這就是他們的伙伴關係！

那以後每週的報告書由顏水龍代筆，出去時若須要交涉就由他出面，如此一來，工作進行得比過去順利許多，對顏水龍無異是一件意外收穫。

這位青年叫蔡進河，從出生地澎湖來台灣謀生，小時候家人都叫他阿迪，全村的人也這麼稱他。小學畢業後在馬公讀了兩年高等科就到高雄找事做，近幾年終於在台北謀得這份差事，由於得來不易當然就特別珍惜，凡事只聽上級命令，不敢自作主張。

阿迪從此跟隨在顏水龍身邊，兩人同吃同住，理念越來越接近，這種日子大概沒有超過一百天，顏水龍就因為淡水的教堂請他製作一面彩色玻璃必須北上，起初也以為可以請阿迪當助手，沒想到他此時也另有任務被調到阿里山，說走就走，從此失去了聯絡。

助手的代號——「島」

來淡水之後的日子，由於沒有了阿迪，一時感到孤單起來，做什麼事都像少了一隻手，十分不方便。

本來台灣的冬天再怎麼冷也比不過東京，可是今年有點異常，進入十一月以來就每天從淡水河口刮進北風，迎面打在臉上時冷得幾乎被凍僵了，好幾個早上還看到稀疏飄下的雪花，在台灣真是罕見現象。

昨天走在街上聽到有人耳語，說這異象是社會有大變動之前的預兆，近日來政府接二連三頒布新的政令，已清楚感覺得出殖民統治者的手在人民身上正開始握得更緊了。

今晨飄過的一陣雪花，雖然落地後就不見蹤影，氣溫卻超乎平常的濕冷。在日本住慣了的顏水龍，本該適應這種冷天，沒想到早上起來竟打從體內發冷，這絕不是一般的寒冷。等開門走出去，屋外的氣溫反而覺得正常得多，今早顏水龍等於是被房裡寒冷的濕氣逼出了屋外，天才剛亮就獨自走在淡水街頭。

走過淡水中學從山坡往下行來時，又想起阿迪，若是他在身旁，至少有個講話對象，說不定這時候他會自動跑下山買一筒熱米漿來禦寒。

離開淡水教堂已有一段路程，再過去就是畫家常到此寫生的白樓，這棟建築從淡水鎮平房頂上高高矗起，配上彼岸的觀音山頂，形成完美的風景畫構圖。繼續往下走，若隱若現已可看出市街蜿蜒爬行的石階小道。

或因為寒冷天氣的影響，沿途人家都還躲在屋裡，只打開小小的門縫。已將近上班時間，整個小鎮看似還沒有甦醒，連小販的叫賣聲都難得聽到，偶而才有懶散散雞啼聲從圍牆背後傳出。快近大街時終於聽得見行人走動的木屐聲，也是懶懶散散地，對今天的生活從一開始就顯得如此不積極！

此時不知哪家收音機放出來的播音，一而再地重覆著戰時流行歌曲。來往行人逐漸增多，顏水龍下山的目的本是為了找地方吃早餐，走了好一段路，肚子的確飢餓難耐，前面市場的十字街口已經在望，腳步跟著也加快起來。

菜市場載貨的手拉車進進出出，此時正是進貨的時段，市場門外好長一排飲食攤位，遠遠看過去整排都是一片白煙，就大步朝冒煙最濃的攤子走去，在他看來那裡應該是最暖和的地方。

然而在寒冷空氣裡從熱鍋蒸出的水氣飄得又高又遠，非得走到近旁不知道賣的是什麼。

此時突然又覺得有人看著他，莫非阿迪回來了，想到此心裡高興得趕忙轉動目光努力尋找，若真的是阿迪，他早該出現在面前才對呀！莫非自己太敏感。

「來坐啦，人客！燒的啦，人客坐啦！……。」

攤販每天這麼喊著，或因冷天受到風寒，聲音嘶喊到已完全沙啞，客人已走到近旁來還聽不清他叫賣的是什麼。

「鹹粥一碗，還有別的什麼嗎？」顏水龍走上前，看到什麼就吃什麼，先叫一碗熱粥再說。

「別的都已賣完，沒有了。」老闆提醒他。

動作真快，客人才坐下，一碗熱騰騰的粥已送到桌上來，仔細看碗裡灑了幾粒葱珠，漂在淡黃米粥上，聞到溢出來的香味，頓時食慾大增，他一下子喝了三大碗，暫時把有人跟蹤的疑慮忘得一乾二淨。看看手錶，還差二十分鐘才八點，正可利用這空檔在鎮上走走看看。此時全身又飽又熱，感覺真好！

想起多年前曾經和劉啟祥、楊三郎一起來此寫生，記得那天三人並肩坐在「紅毛城」樹蔭下，面朝淡水河口，矗起畫架各自取景。畫完時天已接近黃昏，背後來了兩位英國紳士，對楊三郎比手畫腳表示想知道需要多少錢才能買下他這幅畫。正在說不清楚時，其中一人竟露出一口流利法語，因他在巴黎唸過小學才返回英國，那時三個人雖未到過法國，卻已學會幾句法語，還是比手劃腳談得十分高興，帶來一陣又一陣笑聲，就這樣交上了朋友，也談成了交易。

畫完後由於畫布未乾，就三幅全都暫寄在紅毛城的儲藏室裡，約好兩個禮拜再來拿畫，還有楊三郎的畫款。未料他們來時兩位紳仕已去了香港，依約把錢放在信封內交代職員轉給楊三郎。

楊三郎在這一輩畫家當中是少數的寫生能手，尤其畫天空的飄雲和海上浪花最有特色。大家一起寫生，其他人才剛要落筆，他的畫就已接近完成，也不像別人還要帶回畫室再修整一番。因此當場有人想買畫時，也一定首先挑選他的。獲得鼓勵之後，對戶外寫生的興趣更濃，李石樵曾經自稱是個畫室的畫家，而指楊三郎是戶外畫家，因他在繪畫上的成就全是在寫生中疊積起來的。

今天顏水龍應楊三郎之邀，放下教堂彩色玻璃的工作，下山為六硯會學員講授工藝設計，六硯會不同於其他畫會，是以美術教育為目的的教學團體，如果順利的話將來很可能進而成立全台第一所美術學校。目前的基本團隊有楊三郎（西畫）、顏水龍（工藝）、郭雪湖、陳敬輝、呂鐵州（東洋畫）、曹秋圃（書法）、林錦鴻（美術家介紹）、黃得時（評論）等。林錦鴻由彰化北上後就在《日日新報》當記者，每年「台展」一到就被派去找畫家作個別採訪，他的「畫室巡禮」專欄已持續了好多年，聽到六硯會成立的消息，除了自動來作報導，還提出擔任授課的要求，顏水龍看到他如此熱心頗為感動，告訴楊三郎願意出點力，教一堂美術設計，接著陳敬輝和黃得時也前來請願，令原始發起人郭雪湖感激不已，便一個個登門拜訪，送上聘書以示謝意。

顏水龍信步走來，街道盡頭就是淡水河岸，此時被初升陽光照得十分明亮，遠遠望去感覺溫暖多了，偶而刮來一陣風仍然有點寒意，不得不再用圍巾把脖子包住，此刻漁船正在進港，船隻擠塞得水洩不通，亂成一團，在畫家看來反而是入畫的好題材，他打開手中速寫簿就地畫了起來。

漁港裡除了停靠岸邊的船已靜止不動，正在進港及等待卸貨的船隻皆緩慢移動中，畫速寫的手必須快速捕捉，顏水龍全身為之熱了起來，好比與漁船之間正進行一場時間的搏鬥，最後連岸上的人群也都一起入畫，畫出漁港最忙碌的早晨！

突然間他察覺到有個面孔接連幾回在他筆下出現，此人打扮和氣質看來不應該屬於漁港這樣的環境，不是漁夫，不是市場的魚販，不是來買魚的顧客，亦不像附近的居民，到底會是什麼人！好幾次畫到他時，都是朝這邊望著，分明是遠遠地在觀看他的動靜，情況和上回南部遇到的多少有些相似。

手上的筆已把那人的臉畫在紙上，以這距離畫人像的確遠了些，還是勉強畫了四張，連自己也不敢確定哪一張最像那個人……。

當他正端詳著，卻聽見旁邊兩個小孩在對話：「這就是站著的那個叔叔，在那邊，有沒有？我認出來了！」

「哪一個？有戴帽子的那個嗎？」

「就是穿藍色衣服，抽香菸的那個，對不對！」

「對對對，我認出來了，畫得好像他，給他看到一定嚇一大跳……。」

「你過去站在他旁邊，也會被畫進去……」

「不，過去請他來看……，你猜他會不會來？」

聽到兩個小孩子你一句我一句，已認出畫的就是那個人，畫得至少有八分像吧！靈機一動，顏水龍轉頭向其中一個小孩說：「若是你認為像他，就請你拿去給他看，不知他自己覺得像不像！」說著就把最上面的一張撕下，捲成一個小圓筒，交給那小孩。

當小孩跳躍著奔跑過去時，對方已注意到這裡的動靜，有意把頭別開。

不久，小孩不知用什麼方法果真把那叔叔帶了過來，看他跟在小孩後面一步步走來，和顏水龍兩人視線才接觸，那人很有禮貌地彎腰向這邊行了個禮，來到面前又再度行禮，這使顏水龍更加相信他絕不是本地人。

「真是太謝謝你啦，畫得這樣傳神的人像畫還是頭一回看到的，真是令人佩服！」說著又再度低頭行禮。原來他是日本人，近看時比畫像中的他更年輕。

「喜歡嗎？喜歡的話就留下來作個紀念！」

既然是日本人，兩人就以日語對話。

「真的嗎！真是太感謝你啦，這是多珍貴的禮物，太不好意思啦，才剛見面……。」

他口音使顏水龍想起恩師藤島武二，於是問他：「你的故鄉可是鹿兒島嗎？」用的是試探的語氣。

「哇，真是的，你怎麼就輕易聽出我的口音來，其實我離家鄉已經十年，鄉音仍然沒有改……。」

「你說話的語氣腔調，和我的一位老師實在太相像了，所以才猜想你可能也是南九州的人。我的老師是有名的畫家，名叫藤島武二……。」

「是嗎？藤島就是我的姓，從小就聽父親提到藤島武二先生。不知先生你是……。」

「我叫顏水龍，台灣台南人氏，也是畫家，在東京當學生時，受過藤島先生指導，他是我十分敬佩的恩師。」

「原來先生是台灣人，從你說的國語實在聽不出來！」

「中學起就在青山學園就讀的關係，那麼長時間在內地生活，把國語學好這是應該的！」

藤島想說什麼卻又停止，用手抓抓頭，只默默露出笑臉。交談中顏水龍每說一句他就把頭點一下，不知是表示聽進去了，還是告訴對方他完全贊同！

他的頭髮短到幾乎是光頭，像在軍隊裡受完訓隨時準備出征的新兵，這一點與阿迪倒有幾分相似。藤島的開朗，解除了顏水龍對他的疑慮，這樣的人該不會是前來監視的特高吧！何況他如此輕易就出現在面前，對話又可以無所不談，臉上不帶有那種猜疑和提防的眼神……，可是，這個人出現在這裡，如此寒冷天氣裡獨自站在河邊，難道什麼事都不做只為了欣賞水邊景色！

顏水龍每當心裡有解決不了的問題就想到要抽一根菸，從口袋掏出香菸盒，先抖出一根要給藤島，然藤島已經有自己的菸在手上，卻自動劃燃火柴雙手掩住恐被海風吹熄送到顏水龍面前，兩人手勢配合得真好，火柴碰到菸就點著了，一看就知道是老手，不約而同先吸進一大口然後慢慢吐出，動作是那麼一致，吐出來的煙被迎面刮過的風很快就吹散，顏水龍接連三回吸進又吐出，才露出滿足的微笑，說：

「我是畫家，但目前主要的工作是手工藝方面的調查和推廣，手工藝也是一種藝術……。」

「是的，我知道。記得小時候母親從佐賀買來材料，和兩位姐姐一起做編織，她就說這是手工藝。」

「那太好啦，我的話你輕易就能夠懂……，我個人的志向在於設計，希望設計出一種現代人生活中適用的工藝品，不知你母親也是自己設計的嗎？」

「不知道，不知道她有沒有設計，或算不算設計，這方面我不懂。」

「沒關係，我現在做的就是這種設計工作。」

說到此，顏水龍從衣袋摸出一張証明：「你看，這是總督府囑託証書，讓我可以自由到各處作調查……。大約半年前，在屏東的時候，不知哪個單位派了一名青年在暗中監視我，被我發現就主動找他談，結果他很認同我所做的，願意和我合作，我們成了朋友。像這樣的事情須要很多人一起來做，我相信自己是替台灣在做事，也就是替日本帝國做事。」他有意停下來等待回答，但那年輕人卻低頭不語，只偶而點一下頭，也不知道腦子裡想到什麼地方去。

顏水龍心裡猜疑著，若他不是特高那又是什麼呢！這樣的冷天留在這裡一整個早上，為的是什麼？

「至少，至少你能同意我所做的，這點應該沒有問題，很是須要你這樣的人贊同我支持我……，」進一步以試探語氣問他，仔細看著對方臉部表情，今天非找出答案來不可。

「是的，我贊同，我完全贊同，我也是……。」他突然停住沒有說下去。

「是的，為理想而努力的人總比一般人要孤獨，你也是這樣的人吧！」

那青年已經抽完一根菸，丟在地上用腳輕輕踩著，讓鞋底壓住接連磨了好幾下，仍然低著頭。

顏水龍再給他菸時，他無意識伸手就拿了一支，這回是顏水龍替他點火，顯然他已不像剛才那樣靈活。好久才抬起頭來：「你已經知道了！這兩天我在跟著你，這是因為……。」

「我只是猜想，我們畫家較平常人敏感，覺得你一直在我附近。所以心裡頭在想，這個人如果不是敵人而是朋友該有多好！」

「如果能夠和畫家做朋友，對我是很榮幸的事情。……真是對不起，請多原諒！目前我還在實習階段，說我是特高，其實還沒有資格，希望你一定要把我當好人對待，這是我到台灣的第一件差事，能夠在工作中結交朋友，一定是值得珍惜的友誼！」

藤島的態度誠懇，令顏水龍為之感動。

「我不知道你是什麼單位，你也不會告訴我，如果有緣，能夠見面大家就是朋友，希望今後把台灣當作你的第二故鄉，在工作上彼此協助。」

「先生，可以稱你先生嗎？手工藝的推廣，若有我能出力的地方，我會盡力的……。」

顏水龍把手上的菸咬在嘴邊，拿起速寫簿一頁頁翻給他看，每一頁在藤島腦子裡都有記憶，因為他是一路跟上來的，每一景都曾親眼目睹……。

此時有四、五名青年男女提著畫具走過，已經八點過十分才看到匆匆趕來的第一批學員，擔任導師的楊三郎尚未出現。

他繼續與藤島交談著，學員們走過他面前，沒有人認得他是誰，即使拿著大本速寫簿也不被注意到。

「我就是來為這幾位年輕人上課的，但他們還不認識我，這樣倒輕鬆多了。」

「就讓我去通告他們，說老師已經在這裡。」

「算了，反正還有人未到，抽根菸再說。」

「這回輪到抽我的，你知道這是什麼菸嗎？」

他的菸盒設計特別，一打開就聞到很濃的香料味，對一個跑遍大半地球的人並不稀奇，顏水龍一看就認出是南洋進口的，不是印尼，就是泰國或緬甸的特製香菸。

「不，我抽不來這種菸，還是你自己抽吧！」

「我喜歡聞這種味道。可是受訓時教官一知道我抽的是這類的菸，就要我馬上戒掉，因為幹我們這一行的，不管到什麼地方都不可留下痕跡，包括特別味道，容易讓對手捉到把柄。其實我已經好久不抽了，今天到海邊來，海風可以幫我把香料味道吹走，才趁機又拿出來抽。這是我的秘密，告訴你知道沒關係……。」

就在這時候，有人伸手拍在顏水龍肩膀上：「顏君，水龍兄，真失禮，我們來晚了，讓你久等。」轉頭一看，背後站著三個人，除了楊三郎還有郭雪湖和陳敬輝，大概是在車站會合後一起過來的。學員們已到齊聚集在岸邊，由郭雪湖點名之後，跟隨楊三郎沿著堤岸往河口方向走去。在淡水長大的他對這一帶地理十分熟悉，邊走邊講解，幫助學員了解環境，並不忘點醒大家從什麼方位矗起畫架才最理想。

一陣陣寒風襲來，說出口的聲音馬上被吹散，令他頗感無奈，對郭雪湖低聲說：「這樣的天氣，行嗎？」

此時他看到郭雪湖的脖子連同半個臉都已包在圍巾裡，再大聲說什麼大概也聽不見。旁邊的陳敬輝把眼睛眯成一條縫，不知在想什麼！顏水龍瘦小的身形老遠地留在最後頭，態度依然很自在地東張西望。

他已不再考慮，也不找誰商量就領先往教堂方向走上登山的石階。

眾人陸續跟著進入教堂，在教堂裡先由郭雪湖介紹顏水龍，然後他才上台講課，主題是「工藝美術與近代人生活」，這一年裡不知講過多少遍了，隨時都能穿插有趣的話題，讓人聽得津津有味，發出一陣陣的笑聲，這時候他已是畫壇上能言善道的名嘴。

藤島走進教堂時，郭雪湖以為也是學員，指著壁上開關令他把燈打開。他很有禮貌地點頭，小跑步過去開了燈，卻不敢過去與學員同坐在聽講席上。

「請到這邊坐下，讓我看看還有誰沒有到！」

「我是……。」他望了顏水龍一眼，不知該怎麼說好，顏水龍趕緊代他回答：「這位是我手工藝的助手，來這裡幫我的忙……。這樣好啦，你就在後排椅子坐下，一起聽講，有事再吩咐你。」

顏水龍先為工藝美術在黑板上寫下註解：「時代的文化造型」七個字，然後才逐一解釋什麼是美術，什麼是工藝，讓學員對主題有基本的概念。然後分析台灣民俗風情之特質，如何在日常生活中改正不良劣習，再引用產業革命後的歐洲及日本明治維新走入現代化的例子，証明生活用品的造型設計如何隨時代而日新月異，提示我們不可固守舊習，新的社會應創造新的時代造型，工藝美術比任何美術來得更敏銳，所以能更快速搶在先端直接反映一個時代。今天可以沒有畫家、雕刻家或書法家，但絕對不能沒有一流的工藝家，因為工藝是改造一個社會的關鍵性技藝，與社會的關係是最直接最密切的。

接著就順手在黑板上畫出幾樣自己設計的藤椅、竹籃、草編煙盒及包裝紙等圖案，手法圓熟造型奇特，令全體學員看了甚為讚嘆。剛剛他們還以為顏水龍是畫沒有畫好，才退而求其次從事工藝設計，從黑板上這幾筆已證明是個有深厚根基的一流畫家，難怪他敢從自己嘴裡道出工藝家是改造社會的關鍵性人物這種大話。

也讓前來監視的藤島於上過這堂課後，才了解美術的領域如此廣泛而且奧妙，想監視這樣的人若不能進入他內心深處去探究，僅跟著到處跑，都只是表面而無多大意義。但心裡還是十分高興聽到剛才顏水龍介紹說是他的助手，在往後幾個月裡當真成了助手那該有多好！坐在椅子上心裡這麼想著，不自覺露出了一絲笑容。

從那以後，藤島就不用躲在暗處偷偷監視，甚至可與顏水龍並肩走在路上，必要時自動出來當跑腿，一起坐著飲茶聊天，慢慢地顏水龍也發現這青年反應敏捷，有上進心，就把一些新的開發計畫試著讓他去推展，有了更多參與的機會，自然把工藝美術當作是他自己的事，作得和顏水龍一樣認真投入。

有一天他跑來告訴顏水龍，說上司問他何以自稱是顏水龍的助手，由背後監視人改變身份成了助手，哪有如此荒謬之事！令他不解的是，那天在教堂裡顏水龍順口說他是助手，這事何以這麼快讓上面知道，莫非自己又被另一個人所監視！果真如此，是多麼可怕的事情。

顏水龍聽了並不以為意，因他早已知道學員當中有個打小報告的廈門人，楊三郎當時就主張把他開除，被郭雪湖檔了下來，因為開除之後又派另一個人來，我們就很難找出那人是誰，何況所做的是教育工作，就應該接納所有的人來教育他，只要自己小心應付大概不會有事才對，這是作為教育家所該有的風範。

那天在岸邊，當藤島朝著他走來時，那種誠懇的模樣，老遠就行一個大禮，以後每次與人打招呼，也都比平常人把身子彎得更低，不知是鹿兒島人的風俗還是受過訓練後養成的禮貌，禮節周到畢竟更能討人歡喜。

他想起王白淵說過，在上海日本租界的監獄裡和特高睡在同一張床上的滋味，那時候的王白淵是沒有選擇的，而現在他必須拿出比一般人更大的寬容來接納身邊的特高，王白淵曾經憑接觸過的經驗，將該類人的特徵作了概括分析：認為這種人個子向來不太高，看人時頭部不願大幅擺動，單靠眼珠左右飄來飄去，說話時故意壓低聲音，連笑聲都只呵呵呵，不肯提高也不想拉長，笑完眼珠又再來回察視，看旁人有什麼反應，走在路上都是快步行走而甚少跑步，從台北師範到東京美術學校，一直到在岩手縣盛岡女子師範任教，甚至東京喫茶店裡的聚會及上海美專時期，一、二十年之間什麼樣的特務沒有見過，可以說這一生都周旋在中日兩國的間諜網裡，能得這樣的結論無異是從慘痛經驗裡取得，顏水龍聽過之後無一刻能忘懷，每回身邊出現這樣的人，便自然起疑心認為來者就是那種人。

顏水龍和先前對阿迪時一樣，始終沒有問過藤島的家庭背景及所屬單位，認為是對從事此類工作的人應有的寬容，甚至連名字也只叫他「島」（Shima），這種身份本來就不必有名字，僅表面上掛一個符號「島」這就夠了。也不記得什麼時候起顏水龍開始這麼喚他，意外地他竟樂於接受，為了進一步體諒他的辛苦，顏水龍自動告訴他，有必要時可自行放假，過後會將行蹤提供讓他寫成報告，只求在這些日子裡大家合作愉快。

果然「島」不出多久就真的自行放假了，不知在哪裡讀到了什麼書，回來後對顏水龍說：曾經有日本學者在台灣作研究，發現到新的昆蟲或鳥類，以後學術上就以他的名字作命名，所以他也希望跟隨顏水龍工作期間能找出什麼工藝材料的新品種，以後工藝界使用時，便稱它為「藤島草」或「藤島竹」，對他也算是一種肯定，年輕人的異想天開令顏水龍聽得哈哈大笑，想法雖然天真但也絕非不可能。所以再三鼓勵他走這條路若能夠有成就，便不愧此生有緣到台灣走一趟。那以後，顏水龍大可當他是為了「藤島」之留名而努力，不再是來此監視自己的特高。

這是一九三六年冬天的事，約有半年時間兩人合作無間，直到有一天顏水龍從台中回來，一進門就聞到香料味，證明是「島」在這裡抽過菸，那天起「島」真的就不告而別，直到大戰結束後第十六年，才從日本寄來一封信，因他在東京「上杜會」的聯合畫展中偶然看見顏水龍的名字，才打聽到這地址而寫信來問候，還是和以前一樣神祕，信中沒有留下地址也不說目前作什麼事業。

淡水河岸脫逃的媒人

顏水龍除了推廣手工藝，還有一個理想就是創設美術工藝學校。早在旅居大阪時期已擬就方案，一回到台灣就在中南部遍找熟悉的地方仕紳企求支援，可惜受到了婉拒，後來在擔任民政局殖產部囑託期間再度把方案呈上，這時該局雖已無法盡全力於手工藝的推展，還是提撥一筆補助款給他在台南州學甲鄉北門村成立南亞工藝社，以代替原計畫的美術工藝學校，顏水龍後來又在同一地點設立推銷機構名叫藺草產品產銷合作社，與鄉民合作將傳統日用品賦予新造型，以求適用於二十世紀台灣社會的生活，產品如草埔拖鞋、繩編門墊等都在幾個月內就銷售全島，甚至日本內地，僅短短三年已達一百五十萬圓年收入的成績，這使得他對自製的手工藝產品有充分的信心。緊接著研發竹材加工技術，開始製造竹編用具。產品推出後，各地商家看到有利可圖紛紛前來投資，要求合力籌組竹細工產銷合作社，招集當地人士加入為社員，學習製作技法進行生產。

這段期間顏水龍全力於產品的開發，尤其專注在設計新造型，合作社的營利情形幾乎無暇關心，他始終堅守工藝美術家的職志，不曾涉足商業經營領域，這是他離開純粹美術後還能心安理得的最大理由。

不久他就離開北門村來到中部，在南投設置自己的工作室——竹藝工坊，專事實驗性的研發，最多時間用在個人的手工藝創作，這條路走到這裡，世人若以台灣工藝美術第一人以稱顏水龍亦當之無愧。此時他的年齡已逾三十歲，在台灣一直過著獨居生活，所以常有熱心的友人替他尋找適當對象，找機會撮合良緣。

台北大稻埕富豪李春生的曾孫李超然，早年留學德國專修化學，回台之後與杜聰明同在戒毒所任職，後來透過陳清汾的關係和文藝界常有交往，又由於李夫人高慈美是有名鋼琴教師，家中每月定時舉辦餐宴及音樂會，邀請文化界人士相聚，顏水龍回台之後認識的新朋友幾乎都是在這裡遇到的。

有一回，李超然在邀宴的請帖上特別註明這回請的西餐是法國料理，來了之後看到陳清汾一副廚師打扮出現在大家面前，才知道原來他就是今天的大廚，早已傳聞咖哩鴨飯是他近年來自創的一道名菜，還有改良式的法蘭西洋蔥湯和香蒜烤麵包，在當時大都會的台北也都很難吃得到，其實更稀奇的還是透過大稻埕洋行買到的高級紅酒，光是包裝設計就與眾不同。三十年代台北畫家對品酒還很外行，即使把瓶子捧在手上再怎麼看也只是欣賞包裝的美，那天晚上幾乎每個人還是醉醺醺才走出大門。李超然、高慈美夫婦並排站在門前，與賓客握手道別時，重覆說的依然是那句：「多謝你的光臨，歡迎下回再來！」

等握到顏水龍的手時，高慈美把他拉到一旁，特別叮嚀約他星期日前來，因有事情商量。顏水龍答應後，算一算只剩三天，想回南投時間太短，留在台北又太長，已經答應了的事又不便更改，一路為此事正猶豫不決，來了一個人騎自行車經過，一手搭在他肩上：「明天下午我會到南投，辦完事後就去看你的工作室，你不會外出吧！」此人正是王白淵，聽他語氣像是非見面不可，只好答應了，就這樣被王白淵用腳踏車帶著到後車站乘車回南投，等待明天的會面。雖然對理論派的王白淵沒有太大的興趣，但他的出現算是解決了心上一時的困擾。

星期天一早顏水龍乘急行快車北上，到台北時已過午，只好先吃了午飯才去陳家。儘管他並不把高慈美約定的事認為有多重要，一路上還是不停地推算著：那晚這麼多客人就單獨邀我，難道對手工藝發生興趣想做投資！若是這樣那倒是一件好事，當然非去不可。

接著又看到每站月台上貼著各式海報，引起他連想到與設計相關的事，莫非今天要商量的是茶葉銷售海外的包裝設計，據說台灣茶葉輸出南美洲和澳洲市場，當局正大力在開發中，李家是台北茶葉的龍頭，必然想針對該地的風俗民情在包裝方面推出新圖樣，十之八九應該是這件事，想到這裡他心裡已輕鬆了許多。

火車駛過板橋站，突然想起不久前李超然提到有個懂法語的非洲人即將來訪，希望他也一起作陪，也有可能就是這件事吧！據說那人除了賣茶葉還兼做手工藝品的銷售，果真如此更加有必要會一會，這個理由才是他所最期待的。

台北後車站出來後，從奎府町往太平町方向走了幾步，被蹲在路旁的人力車夫見到他這位南部上來的紳仕，搶著過來拉客，幾部車同時擋住他的去路，雖然心裡不悅，還是跳上車被車夫拉著走，每次坐車都是類似情形下未經思考被拉著走，若有再多時間想一想，本性勤儉的念頭可能就阻止他去花這不必要的錢。像在國外時再遠的路也走著去，回台之後環境使他對花錢開始不在乎，儘管每次上了車心裡就會後悔，看到車夫賣力奔跑，想到人家賺錢如此辛苦，又萌生同情，其實從後車站到李家走太平通也不過轉兩個彎而已……。

才進李家大門就聽到樓上有人彈鋼琴在替歌聲伴奏，聲音斷斷續續地，只是隨意在唱和著。樓梯走上去就是兩天前宴客的大廳，盡頭是一面大玻璃窗，前方小舞台上有座演奏用的大鋼琴，圍著兩三個人，主人應該就在那裡。

顏水龍放輕腳步深怕驚擾到唱歌的人，但還是被主人發覺他的到來。

「哇！歡迎貴賓光臨，你來得正是時候，我們剛好在試唱江文也寄來的新譜，作者都還沒有為這歌曲取名字呢！」李超然過來與客人握手，然後把他帶到鋼琴旁邊，對其中一位女士說：「讓我來為妳介紹，這位就是我經常提起的顏水龍君，他是個畫家，也是手工藝專家，很長時間在東京和巴黎進修……」，高慈美接著過來介紹她的朋友：「這一位是聲樂家林秋錦女士，相信進門的時候你已經聽到她的歌聲了。」

「聽到這麼美的歌聲，令我站在門口一直想著到底會是誰在唱歌，唱的又是誰的歌！江文也所作的曲變得這麼有東方味，真出乎我的意料之外……。」顏水龍握住林秋錦伸過來的手，同時還彎腰行禮，一副法國紳仕的模樣。

「起初我只是隨便哼了兩段，沒想到就喜歡得不得了，想停也停不下來，正好被你聽到了！」

林秋錦歌聲嘹喨，說話聲音也大，高慈美受到影響也提高嗓子大聲說話，由於胸腔用力的關係把眼睛瞪得更大，本來已是個大美女，現在更像法國西洋娃娃。

「真是榮幸能夠在此遇到林女士，一個多月前台中公會堂的演唱會上，妳在台上，我從台下看到妳，妳當然看不到我。妳對我是初次見面，我對妳可是再次見面……。」顏水龍在女性面前本能地展現出他的幽默。

「有一次『台展』開幕典禮，我去參加，見到了很多畫家，好像你也在場，上台領賞的幾位當中應該有你，對不對！」這樣說，像誇讚的話卻又不像，似有意讓顏水龍自己來對號入位。

「像這樣的好事情永遠輪不到我頭上來，如果你說在淡水河邊看到有人在寫生，那人可能就是我，或者說看到一幅精彩的畫在展覽會場，妳問是不是我畫的，我也會說是，但獎狀啦，榮耀啦，對畫家不見得是好事……。」

「這是畫家真正打從內心說出來的話。」高慈美緊接著他的話說下去：「你剛才打斷了秋錦的歌聲，我們應該把江文也的歌唱完，才對得起這位作曲家的熱情。」

「他的確是熱情，你知道他在樂譜裡還夾帶一首情詩給我的夫人，要不要拿來朗誦給大家聽！」李超然趁機揭發她的秘密，話中還帶著幾分酸意。

「我們要唱歌啦，你是聽眾，請坐到聽眾席上去吧！」夫人不想讓她說下去，用命令口吻要他上座，她自己則回到鋼琴前面坐下，雙手開始在琴鍵上滑動起來。

顏水龍陪伴李超然坐著當聽眾，聽歌唱者將同一支歌曲連續演練了四、五遍，在顏水龍等聽來已相當完美了，但唱者仍然不滿意，一遍又一遍地自我修正，一而再地與伴奏的人討論！原來幕前短短五分鐘演出，幕後不知花多少心血才有這成就，是表演藝術與視覺藝術的最大不同！

在音樂聲中隱約聽到樓下電話鈴響，隔一會佣人上來在李超然耳邊輕輕說了些話，接著他向高慈美作了個手勢，一等唱完這支曲子，她站起來走到丈夫身旁講了幾句，轉身對客人說：「剛才老頭家來電話，說什麼文件擬好了要我們兩人去簽字蓋章，現在就得去。實在太不好意思，去一下就回來……。兩位想聽音樂的話，這裡有的是唱片。真對不起，我們會盡快回來的，無論如何要拜託你們不可以在我們回來之前走開，就把這裡當作自己的家，我會叫佣人端茶或咖啡上來，要什麼儘管吩咐……。」

語氣充滿萬分歉意，說完就像逃課的小學生溜出教室去，絲毫看不出主人出門所應有的章法。

出了大門，從屋裡帶出來的緊張氣氛還在持續中，兩人你一句我一句地說個沒停：「就這樣匆忙間跑走，人家會不會覺得奇怪！」高慈美一腳跨出大門就等不及開口問。

「這計畫是妳想的，好壞你要承擔，我不怨妳，妳也不可怨誰。」

「沒想到我自己居然比當事人更緊張，他們什麼都不知道反而沒事，只有作媒的人患得患失，還要用騙的方法抽身。有一天被人家知道，成了藝壇上的笑柄，秋錦準拿雨傘來敲我的頭……。」

「我們走得實在太匆忙，水龍才來不到一刻鐘，主人就走了！人家心裡會怎麼想！」

「你這個人真是，應該往好的方面想才對，或許這時候兩人已點燃愛的火花開始戀愛了也說不定，這個媒能作成，是你我兩人的一大傑作，一件大好事。」出了門之後慈美就一直皺著眉頭。

「若真的能成功當然是好事，不成功，就準備挨罵，那時我可以不認帳，妳要負起全責。」說時作出事不關己的模樣。

「我其實是因為聽到秋錦說喜歡顏水龍的畫，才靈機一動，想為兩人製造機會。你說今天算不算是相親？不過，現代的人相親都認為要到『波麗路』才算數！」

「一男一女單獨會面，不管在什麼地方，別人看起來都算數，傳出去不算也不行。」

「今天雙方面反應好的話，我們就安排到『波麗路』，來一個正式的……。」高慈美說到此終於興奮得拍起手來。

「開玩笑，這兩人是何等人物，在那地方一坐，不要一個小時整個台北畫壇、樂壇全都傳遍了，這個大新聞還是妳製造的！文藝界是全台灣最有想像力也最有傳播力的族群，我們是在做好事，也要負起保護當事人的責任……，說來還是我們家才最安全，做成做不成，顏水龍是個明白人，他會感激我們的！」李超然雖非圈內人，對周圍可能發生的事還是比高慈美更進入狀況，認為做好事就應該不要宣揚，默默去做。

隔了一會兒，高慈美又說：「不過，顏水龍在外邊那麼久，會不會已經有女人，或者有孩子了，我對他不太有信心，不知道你們男人怎麼想！」

「就是有，沒有公開也等於是沒有。男人是這麼想的……。」

「噢，原來你也這麼想！那麼請問到底還有多少是你沒有公開的？你老實說！」

「我李超然走到這一步，已無所謂公開與不公開的問題，你說對不對！」

「我知道你這個人，思想開明，行為保守，這種男人可以算是做丈夫的一流品種！」高慈美用力把身體碰了一下丈夫：「但是，今天我關心的是顏水龍。」

「多謝妳的誇獎！我們還是要先想一想，出了家門到現在還不知道應該往哪裡走，不要只顧別人，不考慮我們自己，這兩小時裡該如何安排。」

「那就到『波麗路』喝咖啡吧！」

「哈哈！到『波麗路』，妳真想得出來，他們相親，我們也相親！……。」

「怎麼樣，讓相親的人留在家裡，媒人跑去坐在『波麗路』，才是全世界最妙的事！」

「你不是專做那種妙事的人嗎？『波麗露』廖老闆知道了會感謝你的。」

雖然說要去「波麗路」，兩人的腳步卻沿著淡水河岸朝台北橋走去，與「波麗路」正好是反方向。好久沒有到堤岸來散步，難得替人作媒，自己也分享到幾分浪漫的情愫，夫妻倆靠得緊緊地，好像又回到當年戀愛時情境。

「妳說，我們有多久沒有到淡水河邊散步！」

「不記得了！我只是在想，如果，我說如果，當然不是真的，要是你還單身，有人製造機會讓你和秋錦單獨在一個客廳裡，你說說看，你們會做什麼？你不要認真，我只是說如果。」高慈美會提起這問題，令李超然著實感到意外。可是他也有他的「如果」，他不回答卻反問她：「我也說只是如果，因為妳是學音樂的，我們就拿音樂來作比喻，如果我們是在法國，而我們就像拉丁情侶般妳靠在我胸前，在耳邊情話綿綿。那時妳想聽的是什麼樣的曲子。」

「聽不懂你說什麼，你都還沒回我所問！」

「如果我說想聽俄羅斯民謠，讓我們一起做勞動……。」

「勞動！你不如說一起革命。」

「對，就如文山茶行王添丁所說的，音樂可培養革命感情！只有勞動人民才擁有這種高貴情操……。」

「如果是德意志軍歌，又將如何？」

「哇，我心裡該明白後果是不堪設想，那就乾脆早早投降。」

「難道不想出手打一場戰爭嗎？」說時握起拳頭重重在他胸口搥了一下。

「還是想想自己家裡現在正發生什麼事情吧！把妳的『如果』移到我們大廳裡，關心那邊的情形才最正確！」

「如果顏水龍不主動的話，你說秋錦會主動嗎？」

「如果兩人都不主動呢？」

「就由作媒的你和我來主動……。」

「妳意思是說，由我們作示範，讓他們兩人跟著學，如果可以的話，我願意！」

「還有一個如果，如果他們兩個人同時主動的話！」

「我們現在回去，那就太早了，應該給他們充份時間才對。」

雖然說要去「波麗路」，卻往北走，眼看已經快到台北橋頭。高慈美才開口：「回去看看也好，我還是不放心把客人丟在家裡，這可不是待客之道。」

「回去看結局！說實話，我的確害怕看到結局。到了門口由妳一個人先上去，就說我還沒忙完，不能回來。」沒想到丈夫遇到事情只想躲在背後，令高慈美幾分惱怒，還是不想在這時候表露出來，反而安慰說：「放心好啦！到了家門口，我會先聽樓上動靜，如果聽到秋錦的歌聲，這告訴我們還得再回到河邊走一個小時；如果聽到的是唱片的音樂，有可能兩人正在跳舞，我們仍然得再出門去；如果是顏水龍一個人獨唱，可能大好大壞，我們就趕快進門。」

「還有一個『如果』妳沒說，那就是如果聽到唱片放的是日本軍歌，那一定有狀況，我們完蛋了……。」

「家裡有日本軍歌的唱片嗎？就是有也早丟出去了！」

「好啦，你的想像力確是一流！怪不得有人說，如果你是小說家，實力勝過呂赫若。」

高慈美的腳步走走停停，顯得她已經走累了。

「走到哪裡了，該回家了吧！」聽她聲音的確是累了。

「看我們，作媒作到自己流浪街頭，真是全世界沒有的事。」出門時太過匆忙兩人都忘了帶手錶，看天色也知道是該回家的時候了！

此時心急著想知道結局的高慈美，穿過水門之後腳步隨著加快起來，不到十分鐘已看見自己家的屋頂，才知道走了大半天並沒有走多遠。來到自家門前，抬頭朝二樓窗口望過去，雖然什麼也沒看到，隱約間卻聽見說話聲音……。

進門後再細聽，聲音確是從樓上傳來，到了樓梯口，一男一女的對話聽得更清楚，到底什麼事情值得他們辯論得如此熱烈！

「不會是吵架吧！」慈美似有了不好的預感。

「噓！妳放心，秋錦的聲音本來就那麼大。」

「聽到音樂沒有？」

「好像有，又好像沒有，但願不是日本軍歌！」

「但也絕不會是法蘭西香頌……。」

兩人繼續登上樓梯，樓上聲音更清楚。

「糟了，不幸被你言中，真是在爭吵！」

「阿彌陀佛！」兩人站在樓梯上互望一眼，不知上去好呢，還是該溜走才好。

高慈美用手拉拉丈夫的袖子，說：「有本小說這麼寫著：一對男女經常吵架，吵到最後就從此分不開了，那是莫泊桑的小說吧？希望眼下正在我們客廳裡上演！」

鼓起勇氣伸手推開客廳的門，正好聽到秋錦最後一句話：「……既使是沒有人能改變你的想法，至少我可以否認你的想法。」

這同時，顏水龍回她說：「真理是不容任何人來挑戰的，雖然我畫圖是用手，你唱歌是用嘴，理還是相通的。」

秋錦已發現主人，胸懷開朗的她，剛才還爭得臉紅耳赤，一見主人仍迅速站起來以笑臉相迎。另一邊的顏水龍於一時之間無法適應突然狀況，面對主人只似笑非笑搖搖他的手，也算是打招呼，卻坐著一動也不動。

「讓兩位久等了，真對不起，希望你們有個愉快的下午！」高慈美頻頻行大禮向客人表示深深歉意。

「在門外聽到你們談得起勁，就知道只一個下午是不夠的，下回再約兩位來，我們一起繼續討論……。」李超然補充說，刻意表現一下幽默。

「沒想到會是這樣的一個下午，我回台中去了，忘掉它吧！」顏水龍慢吞吞站立起來，看似相當疲憊。

「當然要忘掉，不然……。」林秋錦搖晃一下她的長髮，若無其事的樣子，兩手握在胸前，望著窗外作出演唱者的姿勢……。

七個和尚一個外交官

離開李超然的家，顏水龍本打算直接往後車站搭車回台中，走過第九水門看到從水門另一邊照來的夕陽餘光，吸引著他朝淡水河方向走去。整個下午進行無謂的爭論，過分激動的心情此時真的是該坐下來靜一靜……。

他想起那一年乘船離開馬賽港之前在坎城與梵冬肯相遇那天，看到的也是今天這樣的落日，一晃已經又四年過去。

為了迎接從台灣來的楊三郎和劉啟祥，他提早到馬賽，先把兩人帶到日本領事館略作休息，等著搭乘當晚十點十六分北上特別快車，預計次日早晨七點正可抵達巴黎里昂車站，那邊已安排好羅萬俥和林攀龍等著接應。剩下還有一週時間，趁機跑到坎城住下來在地中海沿岸寫生，這才有幸在卡斯特羅旅館門前與巴黎畫壇成名的大師梵冬肯相識，幾天相處所受啟發，對顏水龍這一生繪畫的路可謂受用不盡。

未到法國之前就聽東美的師長說，巴黎成了名的畫家都在地中海岸的坎城和尼斯擁有工作室，冬天巴黎太冷時到此避寒，等夏天一到，巴黎成了空城，就來這裡海灘，曬得一身又紅又黑才回去，雖然說是渡假，一生中許多好作品卻都在這裡完成。

當初剛到巴黎在「大茅屋」學素描時，就已看見列澤和梵冬肯等名家在走廊上和自己擦身而過，雖然是這裡的教師，顏水龍卻無緣受他們的指導。

後來他聽先來的日本畫家說，在這地方不可期待老師能教你什麼，倒不如坐在咖啡館找人天南地北來聊天還學得更多，於是就不去「大茅屋」，自己租一間大一點的閣樓關起門來畫畫，這樣渡過了兩年專業畫家的生活。

再次見到梵冬肯是那天在地中海岸坎城的舊街道上。顏水龍照著日本友人給的地址找到古城牆下的卡斯特羅旅社，當他走下石階要轉入旅社大門，恰巧一個中年人提著箱子迎面由山坡下走上來，差一點撞在一起，這時傳來中年婦女的大嗓門在打招呼：「早安，梵冬肯先生，是不是今天就打算要把畫完成？已經忙碌好幾天，也應該休息。你們巴黎人是來渡假的，不是嗎！」

「早安！真對不起，今天看來還不能畫完，還得再等幾天，我有更重要的畫像正在進行……。」

「唉呀，沒說我倒忘了，是梅里米耶夫人的畫像？現在全城的人都知道……。」

「噢喇辣！坎城人真是大嘴巴，前天才決定的事情，已經滿城風雨，我的天呀，這種地方還能住嗎！」

「噢啦，這位小日本先生你又回來了！」她終於看到一直在梵冬肯身邊的顏水龍：「我記得你名字叫伊奧伊歐由——。」

「不，我是他的朋友，是他介紹我來住妳的旅店。」

「那麼就這樣，既然梵冬肯先生這幾天不會來住，就把他的上等房讓給你吧！梵冬肯先生您意下如何？」

「沒問題，你就搬進來吧！」說時攤開雙手，很大方就把他的「上等房」讓出來。

「謝謝梵冬肯先生！我曾經在『大茅屋』學過畫，在那兒見過您，很榮幸能在這裡又遇到您，希望能再獲得您的指教！」

提著行李上來的梵冬肯還不停在喘氣，既然是老師，顏水龍伸出手便將行李提起，說：「讓我來幫忙……，」以為只是提進旅社裡，沒想到對方指著山頂城堡下的一棟白色樓房：「很近，就是那棟房子，先謝謝妳啦！」既然是「大茅屋」的學生，也不客氣就讓他來服務，對顏水龍這才有了接近這位大師的機會。

不過他只把行李抬到白色房屋大門口，由出來開門的佣人接過去，就道別下山。一路上他們還是不停地有對話，他告訴梵冬肯名字叫顏水龍，意思就是dragon d'eau，梵冬肯聽了馬上聯想到西洋神話的dragon du feu（火龍），是他小時候經常憑想像所畫的一種龍。臨走前他又交代了一句：「那房間裡有我的東西佔了空間，所以你付一半房租就行了，就這樣告訴卡默史太太……，這兩天我經過時會來看你的畫，再見！謝謝你幫忙搬行李……。」

原因。

顏水龍走進房間打開窗子，眼前景色簡直令他驚叫起來，這才知道梵冬肯所以佔住這裡不願離開的原因。

旅社位在騎士山丘主要街道的中段，窗口望出去是蔚藍色海洋，遠處兩座小島，左邊可看到古堡的主塔，而山腳下是聖母院哥德式教堂的尖頂，海邊一條長長的綠蔭大道直通到盡頭的海水浴場，這裡不愧是畫家寫生最理想的地方，難怪巴黎來的畫家都想在此擁有畫室！

顏水龍就這樣坐在窗前望著天上白雲和海上帆船，直到夕陽西下。

人的一生中有多少個黃昏，究竟有幾次令你認真欣賞過！今天在淡水河岸和那年在坎城，同樣是黃昏，卻有太大的不同。

想起拿畫筆描繪黃昏，讓顏料追逐著日光奔跑的感覺，在瞬息萬變中緊緊捉住每一時刻。總是在畫未完成之前已完全天暗，好比一齣戲的落幕……。

梵冬肯於幾天後依約來到旅社，顏水龍把油畫靠牆擺在地板上，這些都是梵冬肯畫過的景，兩人談論起來特別有意思。

「你的筆運用起來非常靈活，捕捉正要下沉的落日你已經是拿手，在法國幾年什麼都可能忘記，但你絕對忘不掉在坎城追逐太陽的日子，回日本之後看到自己的國旗還會聯想起地中海的夕陽，日本人怎麼想得到拿太陽作象徵，真是天才！不知你們國人有沒有說：『沒畫過太陽就不是日本人』這句話！」

他繼續看下去，看到最後一幅又回頭來重看一遍，隔了好久終於又開口：「我想起來，日本的國旗除了紅色太陽，其餘的都是白，紅色裡頭有一種叫日本紅，但白色就沒有日本白，大概因為日本傳統裡不把白當作是顏色的一種！」

「我想……，是的。」顏水龍從沒想過這問題，一時之間答不上來。

「這一整天你看到的都是白雲，可是到了傍晚就成了彩雲，我們不談為何這樣，只談兩者的不同在哪裡，你會說是因為陽光才改變了雲的色彩，那陽光到底什麼顏色？雲沒有顏色，陽光也沒有顏色，奇怪得很，兩者在一起之後竟出現了這麼多的顏色。『為什麼？』這句話是科學家在問的，藝術家只想捉住當中最美的剎那，這一來我們就非感激印象派畫家不可，美術史上他們第一個肯定所謂『捉到』的價值，提升了太陽在畫家心目中的地位，印象派畫家應該是高舉日本國旗吶喊的一群才對！我請問你，是先有日本國旗還是先有印象派？不知道？沒關係，我總覺得印象派是日本人的，你們不是有浮世繪嗎？對不對！可惜日本畫家忘了讓光線照在上面，有了光的元素，浮世繪的畫面就完全改變，也改變了人類的美術史，這一來印象派就被擠到角落去了……。」

滔滔不絕說下來，已進入演說的狀態，他的語言跳躍著沒有一定的邏輯，沒有邏輯的談話反而聽來更動人。正好顏水龍的法語也僅一知半解，每一個段落都要憑想像將之連接起來，然後收納到自己的邏輯裡。

關於西洋繪畫中的白色問題，他又斷斷續續地說了許多，這些顏水龍全都聽進去了，當中不見得全是梵冬肯說的，至少一半是他自己的推想，說不定正因為這樣才把理念整理得更清楚。

他又談到關於油畫顏色的使用，指出繪畫經過十九世紀印象主義強調色光語言的洗禮之後，揭發了白色的潛能，不僅與其他顏色在調配時有增進明度的作用，尤其不可忽視的是在白色的輔助下產生的色彩透明度所呈現的層次。等到白色從印象主義者交到野獸派畫家手中，才終於喊出「白色」的獨立宣言，反過來讓其他顏色來襯托白色，使白色有機會成為主角。

這些道理有的是梵冬肯的原意，恐怕顏水龍個人推斷所作的結論，才真正是他對「白」的認知，回台之後的幾年還一直在思考著，直到有一天終於開口對人說：「……經過這麼長時間的實際體驗，是否已解開了『白色之謎』，自己都還難以斷定。」

直到開船當天，才從坎城匆匆趕回馬賽港登船，回程要比來的時候輕鬆多了，三年前他擠在三等火車廂裡，一整個星期奔馳在西伯利亞冰天雪地中，每停下來一站看到窗外穿著破爛伸手討錢的貧民，無法想像這景象會出現在大革命後新建的社會主義國度。自從登船之後，他每天散步在甲板上與人閑聊，躺在帆布椅上仰望藍天，讓白雲陪伴著，這種悠閑的時光一生中的確找不到幾回。

不知幾時船上來了一群年輕和尚，每天才剛天亮就看到他們排成一行雙手合十在甲板上慢步繞行，細看時走路步伐不同於常人，雖然緩慢卻有三、四人合力推不倒之架勢，莫非這也是佛家的一種修行！難得今天顏水龍早起，才走上甲板想作晨操，正逢一行人迎面走來，領先一人年紀略長，看來也才三十出頭，手裡捧著銅碗，每走幾步就用細棒輕敲一聲，在西洋基督教徒聽來難免有幾分邪音！

為了好奇，顏水龍乾脆閃到一旁站著等他們通過，不是佛教徒的他不自覺也雙手合十，對他而言這樣做也是一種禮節，因為不願意讓自己和洋人一樣面對佛教儀式而當一名完全的旁觀者，目送和尚們走過之後，他在心裡問：「這些和尚從何處來，將往何處去？」

以後的幾天，顏水龍的眼睛隨著他們行蹤轉動，唯一的發現是：過午之後就不再出來走動，甚至晚餐時也不再進入餐廳。

有一天，他在散步時意外看見一位和尚和四名旅客在船尾甲板上圍坐著不知談論些什麼，好奇心誘使他走過去，起先只保持距離不敢靠近。

此時和尚已看到他，帶著微笑說：「**我們早上剛見面，你很有禮貌在向我打招呼，我無法回禮，真是對不起！**」原來這位和尚也能說日本話，帶著很濃南島語族口音，聽來滑稽卻又可愛，幾分像台灣的高砂族。

顏水龍不知該說什麼好，只得再以合十示意，這就是他們所謂的「招呼」！和尚也以同樣動作回敬，此時連顏水龍都能明顯看出兩人之間的不同，他只覺得自己是一種合掌的手式，而對方則是用誠心把雙手合在一起，閉上眼睛然後才將手掌慢慢分開，眼睛睜開時又朝他認真再看一眼。

從和尚的動作裡顏水龍看出一個人的修為，這當中包含有一種精神，也是一種信念，使他心裡萌生衝動，也想學和尚再作一遍，這念頭只一晃而過，並沒有真正作出來……。

這時他才看清楚和尚左臉頰有一道明顯疤痕，這種人的一生裡必有許多不尋常的故事。然後發覺圍坐在地上的四人都是東方面孔，應該也是日本人，顏水龍用日語說一聲問候，對方也很親切回禮，便就近找個位置坐下，加入他們的討論。

和尚於是繼續說：「……剛才有人問我取經的事，我們一路走過許多地方其實什麼也沒有取到，終於明白所謂的『經』是取不到的，中國的《西遊記》裡三藏所以要取經，是因為奉皇帝之派遣必須帶點什麼回來，對朝廷才有交代，今天所看到的『經』不過是三藏西遊歸來的一種『交代』，是皇帝要的東西，不過佛教也因為有『經』才得發揚光大。」

「這麼說來，你們這一派的佛教徒是不是因而不再唸經？」顏水龍一時之間看不清楚說話者是誰。

「行走千里，『經』如果有的話，已經存在每個人心中，是無形的，不是什麼梵文，所以不必翻譯也無從翻譯，翻譯是用另一種語言把話重新說一遍，在不同情境下再說一遍的話已不是原來的話，所以我們聽『經』只聽到一般道理，能翻譯的道理是平凡的道理，怎能說是佛經！」

「不知你對『經』有什麼特別的解釋？」問話的是坐在顏水龍身旁一位光禿著頭滿臉鬍子的中年人。

「事實上『經』不是一本書，修佛是漸進修為的路，只因為識字的人已習慣於文字閱讀，除了書他們對什麼都沒信心，這才有人刻意寫來讓他們去讀，這對佛教本身造成一種負荷，即使如此，傳教的工作裡書還是不可缺的工具……。」

和尚的用語從頭到尾是日語，只偶而以英語把說過的話重複一次，他擔心自己的發音不清楚讓聽者會錯了意。

說到此他突然停下來，好一會才又開口：「剛才大家沒有說話時，海也沒有聲音，好靜好靜！這世界幾乎空了，感到一切是在消失中。此時有與沒有之間為了尋找自己的存在，所以才需要有『經』，卻不是一冊冊的那種『經』……。」

他伸手指向禿頭中年人旁邊的空位，說：「剛才有位男仕坐在這地方，我們當中大概沒有人認識他，談話中若有人再提到他，你們說要怎麼稱呼才對？其實不必，只要用手指他坐過的位置，說『這位先生』，大家就明白了，人走了留下的空位仍然代表著他，直到散席所代表的意義才告消失……。」

聽他說到這裡，引起顏水龍的興趣，把身子往前移，與和尚靠得更近。

「針對這個例子，佛家又如何解釋？」有人發問。

「我不會解釋，不可要求解釋。和尚和頌經兩者是不可分開的，把經唸得很熟自然就成了和尚，不可要求他們再去解釋，除非讓他們成了研究經書的學者。和尚與學者是兩回事，卻經常被混為一談。……今天說這麼多的話，每個人聽到的都不會一樣，如果多加一些解釋，那就為自己找解答，我說的若是正確答案，便認定其他說法都不對，這一來我已不再是佛家弟子而是大學教授了……。」

這時顏水龍心裡有話想問，這麼多陌生人面前，話到了嘴邊又吞了回去，卻聽和尚此時已經又開口：「我們七個和尚五天前在塞德港登上這條船，那時我獨自站在船尾，環視四周，朝東看是一座高山的岩壁；往西看到的是港灣的出口，外面就是大洋；轉向南邊看去是船的靠岸，一條很長的市街；北邊正好是停泊在近旁的另一艘郵輪。有了這概念使我一上船就為自己設定所處的方位，此後輪船即使駛向海洋，不論在地球上任何位置，四個方位基本上始終保留原來沒有再改變，直到我到達目的地離開這條船。岩壁、市街、海港、輪船四樣東西，上船時它在哪裡，下船時仍舊在那裡……，若有人問我，從非洲到日本的路是往東還是往西，拿來一個地球儀我可以指給他看，但如果是坐在這裡，我就說往岩壁的方向……，哈哈，問的這個人聽懂多少，你們又能了解多少！同在一個世界，每個人各有自己的方位，一部用文字寫出來的『經』，當拿在不同人手中時已是完全不同的『經』，我寧願要你們去『看』經，而不希望你們『讀』經，看海的時候，海就是『經』；看人的時候，人就是『經』……。」

當中有人突然間低聲笑起來，對自己的失態趕快用手掩住嘴巴，坐在旁邊的友人伸手去壓住他肩膀，不知說了什麼，然後向大家幽默了一句：「他把記憶自我界定在登船時的笑話中，現在忽然又浮現……，因此他笑了。」

錯愕中的眾人終於為之而大笑，然而和尚接著說：「應該是前生遺下來的笑話，上輩子來不及笑，這輩子每到一定時辰便要笑一次，他被笑話綁住了，不像你們胸中海闊天空，無任何掛礙！」

「原來還有這一層意思，一切不必在當下，其實自己心中早已經造成！」

顏水龍最後在他的速寫簿上寫下了這句話。

近日來每當顏水龍獨自散步在甲板上或躺在帆布椅上閉目養神，聽著海上傳來水流聲音，眼裡便浮現一幅少女畫像，是東京學生時代隔壁人家的女兒，已經沉澱到記憶底層的身影又若隱若現出現眼前。

仔細想想那畫像其實畫得並不像，斷斷續續畫下來始終沒法完成，當他要出發前往巴黎的前一天，決定將畫像捲起來放在皮箱裡，準備到了那裡再繼續畫下去。不知何故竟然一筆也沒有動，又放在原來的皮箱要帶回台灣。

畫像的本人雖已記憶模糊，畫裡的少女容顏則印象深刻，是因為他借著隔壁的少女畫出了心中美的女神！

那時他畫室的窗外是一條小溪流，室內安靜的時候可清楚聽到水流的聲音，他為少女畫像心裡想的則是希臘神話中維納斯的誕生，從水中漂來的一座女神。所以又把畫帶到巴黎，希望更接近美神之國度，好好將畫完成，未料竟原原本本又帶了回來，莫非在巴黎他追求的又已是另一種美！

他已無法分辨眼前的是昔日鄰居的少女還是畫像中出自他筆下的女郎，或是希臘神話裡的美神，因這緣故，所以他才以「不像」來形容這幅畫，最後不得不承認自己無法完成，留下來成為一幅永未完成的作品，如果有天想來完成它，肯定就破壞了這幅畫，「原來一件作品在沒完成之前才是最美的！」終於他由心裡發出這樣的感嘆。

他想起那女孩叫美根子，未見面前就常從隔壁屋裡傳來她的歌聲，唱歌的方式和李超然夫婦家裡聽到林秋錦所唱的歌不一樣的地方在於她只是個愛唱歌的女孩，不管什麼地方可隨興就唱起來，聲音高高低低、斷斷續續地將同一段歌詞一再重複，不像那天由高慈美伴奏來練唱的演唱家林秋錦，對自己有那麼多要求，對音樂力求最完美的詮釋。

無意中將兩人的歌聲做了比較，「如果要選擇，我寧可……」本想把美根子名字說出來，只到嘴邊突然停住。自己是個學院出身的藝術家，從學院的觀點再怎麼樣也不可能說美根子是在唱歌，將兩人放在一起比較本就不對，更談不上要去做出選擇！

學院的訓練不是要教人如何為自己唱歌，是教學生如何在大眾面前唱出來感動別人的一種表演藝術。然而這時這一句不可說出來的私話，他還是在心裡對自己說了：「我寧願聽那自由自在無拘無束的歌聲……。」

那天在李超然的大廳裡與林秋錦之間到底為何爭論，以後他從不對任何人提起，也不願憶起那段經過。卻從那時起在心裡產生排拒，對一次次力求完美的學院派演練感到厭惡。正如一件未完成的作品，他需要給欣賞者有自由空間，與林秋錦之間針鋒相對的對話，已失去互相欣賞的餘地，因而才令人感到窒息……。

當他站在甲板上依偎著欄杆欣賞即將消失的夕陽，旁邊一對老夫婦，用法語和日語混合著交談，引起顏水龍的注意，轉過頭用好奇的眼神望著他們，正好老先生回頭看過來，顏水龍脫下帽子很有禮貌對他行禮。以後每回在甲板上相遇都彼此問好，有時用法語有時也用日語，接著開始交談起來，才知道先生是日本人，娶了猶太後裔的法籍妻子，他有個十分奇特的姓叫萬鐵，單名柔，原名為柔太郎，後來因沒有再生弟弟，就把「太郎」刪去，萬鐵柔簡短三個字讓聽過的人永遠不會忘記。近幾年他都在荷蘭及比利時當外交官，這次因職位調動回國述職，有兩個月假期才乘郵輪以渡假的方式回鄉探親。

船上的二十幾天裡，交談中從萬鐵先生那裡學到很多知識。譬如什麼是外交官，這種官在日本一般評價如何，都從他那裡得到正確的解答。他說所有官場職位只有外交官的道德評價可與藝術家相比，是最受尊重的官職，為人品行甚至比藝術家自律更嚴。其他作官的都是位高權重，人民敬而遠之。他又將政治家與藝術家作了比照，說有人若把政治家形容像個藝術家，這話聽來絕對是在誇讚，反過來若說某藝術家像政治家，就多少帶著貶的意味了，這話讓顏水龍聽後在心裡回味無窮，以後每交談一次，回到房間就把談的內容寫進日記簿裡，日後經常拿來翻閱。

萬鐵先生年齡該已超出六十了吧，個子雖小，經常運動的關係身體相當硬朗。從他緊緊咬住的嘴唇擠壓出來的下巴，便可看出性格的堅決與果斷，所以萬鐵夫人說「名字叫柔的他，性格中竟找不到哪一樣是柔的」。

他說過，日本人的政治外交都還太年輕，所以經常用打戰的方法去交朋友，所謂不打不成交，以致軍人的地位提高到可以胡作非為，是日本近代政治史上的恥辱。直到目前雖出了很多會打戰的大將軍，卻不見有功於國家的外交官的名字留傳下來。

幾天之後顏水龍逐漸看出這對夫婦與同船日本人雖然很客氣打招呼，卻避免進一步接觸，唯獨對自己除外，因他是畫家又是台灣人的關係，還有年齡上屬晚輩，能夠無牽無掛地暢所欲言。而顏水龍除了喜歡聽他講話，也常把船上所畫的速寫翻開給他看。兩人一起討論巴黎的畫壇情勢時，意外發現外交官的他對繪畫界的事知道的比自己還更多，以後經常拿美術的問題前來討教，每回交談無異又上了一堂課。

有一回他們在談論美術時，話題轉到台灣隸屬日本當初，政壇上一段少為人知的秘史，那就是以一億日圓將台灣賣給法國的那件事，過去雖似曾聽說過，這次從萬鐵口中才得到証實。

那天他們從美術潮流談到台灣與日本、法國之間思想源流的問題，顏水龍認為台灣畫家對美術的觀念始終尾隨日本，而日本又跟在法國之後，將來一旦有更多台灣畫家前往巴黎，將可盼突破長久在主流思潮間接影響的局面，然而想改變殖民地文化的宿命則不知要等到幾時。於是老外交官開口說：「當年若是日本成功地將台灣賣了，今天已經是法國的屬地，年輕學子往法國學習就像到日本一樣，情形與今天大不相同，往後的歷史也必然改寫。」

這話引起台灣長大的顏水龍甚為驚訝，要求說得更清楚些。萬鐵閉上眼睛認真回憶了一下，像是在思考該從何說起才最洽當，好一會終於開口：「近代的日本政治與歐洲國家相比畢竟還算幼稚園生，因而凡事舉棋不定。打贏日清之戰，一心一意只想討戰利品，什麼都想要，咬到一半的東西，人家要他吐出來，也乖乖地照辦，和老謀深算的俄羅斯比起來，實在是幼稚。與清國打過戰之後領有台灣，在島上還要再打一戰，那時才知道台灣島有它的文化和居民，佔有了土地才發現更大的問題，要台灣人成為日本人和不成為日本人之間左右為難。這是個島不是餅乾拿到手往嘴裡一塞便可餵飽肚子，而是要派人去費心經營，去台灣的日本人與台灣人共同生活必然產生的種族衝突，則是日本帝國未曾遇到過的政治問題，是國內也是國際問題，全世界的國家都在看著，再加上無可抗拒對自然環境的體質適應，都是在馬關條約簽下之後才看出來的麻煩事，伊藤博文把大名一簽就拍屁股走人，他一個人留名史頁，真正辛苦的是隨後登陸台灣的成千上萬的日本人，每一次打勝仗之後都要很辛苦渡過日本政治最亂的一段時刻，所以有人說國際上打贏了，內政上打輸了，最適用於形容日本的近代政治。那時我還只是小職員，有一天外務省突然傳出法國人願出一億購買台灣島的消息，聽者無不興高采烈，把這塊燙手山芋拋給法國人來接，正可化解國內的困境，抱著幸災樂禍心理等著看法國人如何治理台灣。另有一批人對此舉不敢苟同，他們認為這是殖民主義的時代，向海外拓展是時代潮流，帝國能否在國際上大聲說話，先要看手上有多少殖民地，就是所謂外交本錢。在貴族院裡兩派人馬針鋒相對，你知道嗎？日本貴族院第一次因意見衝突而決鬥就是為了出售台灣的這一億圓，是賣台派向保台派下的戰書，及今外界尚少有人知道，連天皇也還蒙在鼓裡，對決者一邊是皇族，另一邊是明治維新功臣，站好了對開一槍，誰也沒有打中誰，就這樣草草了事。那一陣子外務省與巴黎之間公文往還頻繁，法國人說多少就多少沒有還價餘地，反而我們還在猶豫想要加價，這種商人的小氣作風發生在外交上，常被國際傳為笑柄，且為自己製造了太多麻煩，最後台灣是沒有賣成，如果賣成對台灣是幸還是不幸，至少學美術的人可大量湧往巴黎，正如你說的台灣畫壇直接受法國的影響，這點或許是好的一面。不過，若我們拿越南來作比較，被法國殖民那麼多年，美術學習法國的結果，還不如日本和台灣，這該怎麼說呢！話又說回來，如果當年與法國把買賣談成，拿到了一億圓，你猜會當作什麼用途？陸軍和海軍一定認為勝仗是他們打的，等於錢是他們賺來的，所以使用的決定權也在他們的手中，當然是要拿去擴充武器，不久之後又為了北方的領土與俄羅斯發生戰爭，軍方認為如果有賣台灣所賺的一億圓，就有更強大武力把庫頁島要回，滿州也能佔為己有，甚至控制華北，等於拿台灣小島換來亞洲大陸，這是鷹派的狂想曲。另一邊鴿派人士著重在殖民地的永續經營策略，借此在西方列強之前展現亞洲黃種人的魄力和企圖心。如果說前者是殺雞取卵，這就是養雞生蛋，所以才有醫生出身的後藤新平來台擔任民政長官，為統治台灣打下基礎。台灣人應該最了解這個人，他對台灣的貢獻勝過前後幾任總督，因為總督是作官的，後藤才是作事的。將來台灣的學者應該多花點時間去研究他，他的政治手腕可以說是憑感覺而出手，敏銳的神經助他捕捉得住當時台灣的生存命脈，看清楚什麼是台灣進入近代化的關鍵，也為日本治台掌握到成功的契機，對此人我雖然由心裡佩服，但所知道的也只有這些……。」

萬鐵一口氣道出台灣近代少為人知的秘辛，雖然他不曾在大學課堂上授課，每次與顏水龍聊起來，不自覺便把自己當成教授，而顏水龍也樂於成為一名忠實的聽眾。

還有一次，他在談話中提到東京美術學校首任校長岡倉天心，他說：「在政治和美術的共通領域裡有一個人不可忽視，那就是你母校東美的前校長岡倉天心，他是個亞細亞主義者，說正確一點他的思維是以亞洲大陸為中心的亞陸主義者，所推崇的是古老久遠博大精深的亞洲文明，他想利用這些，然後以日本為主導對抗歐洲白種人的文化入侵，在當時有一定的支持者，後來受到反對派的攻擊，被指為文化的野心家。我認為他犯了兩個錯誤，第一是想結合亞洲的文化力量以抗拒西方，因他視西洋文化對日本的影響是一種侵略，這種思考方式是政治的，不是文化的，他受到圈內人士的批判，是否針對這一點就不得而知。第二，他的目光放眼亞洲大陸，卻忘了自己是島國，這點已証明他的理念僅基於個人的狂想，從地理條件應該往南太平洋上萬個島嶼作考量才對，其所以看重亞陸純係讀書人的眼界，從書本上去認知人的文明世界，才產生這樣的文化價值觀。最原始的生命繁殖的能量從何而來，他是完全感受不到的，他的智慧被掩蓋在漢文字的世界底下，而自我隔絕於自然的規律，如果他只是普通的學者那也無所謂，但他畢竟是一校之長，對下一代產生廣泛的影響，如此一來他的思想對日本反而成為一種毒素，失敗是必然的。好在他只看重亞洲大陸而忽略台灣，倒是值得慶幸！我這種長年在外的外交官和國內當父母官的，對國事的思考方式本來就不同，遺憾的是穩坐大位的人向來傲慢，不聽外放官員回國述職所提的建言，這是日本政壇的一大惡習，所以外交官心裡要說的話到後來都留到退休之後才在回憶錄裡說出來，也因這緣故，近世史上關鍵性人物的自傳才在學術界裡佔有重要地位，但為什麼一定要等到快進墳墓才敢把話說出來，那時候說的話才有人願意聽，不是很可悲嗎！」

所說的這些都是顏水龍在任何地方都聽不到的，使得他更想纏在老夫婦身旁問東問西，因老外交家的人生經歷和地理知識已深深吸引著顏水龍。

老外交官說，他的第一個工作是派到巴拿馬的領事館任職，和他同時到任的還有一位東京帝大出身的台灣人叫吳敦禮，可笑的是做了兩個月，兩人都還不知道自己是什麼職位，薪水是直接從外務省用信封寄到他的住處，經常遲了一個多月才收到，那年代日本的外務工作相當粗糙，以他自己為例，工作了好幾年直到派往紐西蘭威林頓才明確知道職位是三等秘書。在紐西蘭期間，看到土著毛利人與歐洲來的白人之間為了土地產權常起紛爭，白種人待人處事絕對性的優越感和政治手段，所謂法律只有他們說的才算數，是東方人所不能及的，這點日本已開始學會了，他說：「這段期間有個意外的發現，一位長年居留奧克蘭的日本人類學家拿他的研究報告給我看，他說紐西蘭的毛利人是四千年前從台灣經過菲律賓、印度尼西亞、新幾內亞、南太平洋列島而後到紐西蘭來的亞洲人種，可見台灣這個島嶼對人類學家是個有待開發的寶藏，基於這點更可証明岡倉天心是錯了，他只看重文字文化，而忽略語言文化和生活文化，尤其是圖像文化，只看地而不看天，因此看不見南島語族海洋文化的存在價值……，當然，你還在學習，到巴黎先尋找西方文明中的前衛思潮，再來發現自己的定位，循這條路去找自己要的是什麼。留學巴黎的幾年一定受到很多啟發，所學的這些西洋東西，回去之後在現實社會中找不到著力點也說不定，那時何去何從就得再面臨一次抉擇，到底是往更現實的實用方面去發展，還是朝更抽象的思維去深入，即使在美術的領域，仍然有很多可能，有了這許多可能才得以找到更多挑戰，有了挑戰人生才更加精彩……。」

這位日本外交官的談話永遠環繞著台灣與美術的話題，雖然他不是台灣人也不是美術家，卻怎麼談也談不完。以後每當一個人靜靜地進入沉思時，萬鐵先生的話就在耳邊響起，雖短短一個月不到的相處，在思想上則一輩子陪伴在他身旁，不斷地擴散開來。

面對眼前淡水河黃昏景色，他開始後悔今天沒帶速寫簿在手邊。但也無所謂，近年裡他已領會到不用筆畫只用眼睛畫的要訣，坐在河岸石椅上靜靜望著夕陽逐漸沉入三重埔的地平線。

他已經將剛才爭論的事忘得一乾二淨，反而是三年前與萬鐵柔的談話一再搶先湧現。當太陽餘光還沒完全消失，他移動身子站立起來，往車站方向走去，清楚感覺到腳步如此輕鬆！

4

草山日出

紫色大稻埕

鄉原古統(1887-1965)
台灣山海屏風一能高大觀
水墨、紙　私人收藏
第四回台展參展《無鑑查》
（審查員）（右為局部）

大稻埕的公社——黑帶道場

大稻埕永樂町唯一的印刷廠是周井田和友人合資開設的和田印刷所，位在永樂町最南端的小公園近旁，由於佔地較大，近年來把房子擴建，樓下仍然是做印刷之用，樓上鋪了四十疊的榻榻米充作柔道場。周井田就讀淡水中學期間參加柔道隊出賽得過獎牌，有黑帶初段程度，離開學校後又以校友身份經常回校擔任指導，當在校生到印刷所找他，看到二樓如此寬敞只當倉庫覺得可惜，建議改為道場可促進地區的柔道風氣，這才買來榻榻米成了道場。

又由於經常替畫家、音樂家印製請帖及宣傳品的關係，結識大稻埕許多文化界人士，每年只要有大型展出活動，不但印刷工作繁忙，道場又成了畫家聚集的場所。道場不同於住家有太多的限制，不論什麼人不管什麼時候來者都是客，在榻榻米上要躺要坐，甚至摔幾下柔道也無人干涉，遂成為大稻埕畫家們常到的聚點。尤其「台展」期間，從中南部送畫來參展的畫家，經友人介紹也都到道場寄宿，這麼大的場地四十個人並躺著睡毫無問題，主人周井田也不見得每人都認識。

東京帝大出身的名律師陳逸松就在這附近開業，性情喜歡周旋於文化界之間，出錢辦過文學雜誌，拍過電影，自己寫了一篇日文小說名叫〈姐妹〉甚獲好評，從此進入文藝界，有空就來找人閒聊，看到這許多人聚集一處的生活，聯想及巴黎公社，便為之取名為「永樂公社」。周井田認為公社太敏感，況且美術界已經取了名字叫「黑帶道場」，是引用明治年間東京畫壇大老黑田清輝所創「天真道場」之名，希望從此成為台灣畫家聚會所及傳授繪畫的道場。

某日，向來極少出現在這裡的陳清汾突然帶一位日本友人來訪，他叫川島理一郎，和陳清汾相識於阿爾沙斯旅行中，回巴黎後兩人繼續交往，居留法國六年期間學的是雕塑，這次於回國途中經過台灣，順便探訪老友，陳清汾知道他是柔道高手，就特地帶他前來，原本只來參觀一下就走，沒想到他一看見有這麼多文化人士聚集，想起早年在東京的情形，便自動要求也能成為其中一員，在這道場住下來直到離開。

正巧第二天石川欽一郎在倪蔣懷陪同下一起上樓來，偶然翻開川島留在道場上的速寫簿，看到他有如此精湛的素描能力甚感驚訝！評斷他的素描相等於柔道五段以上程度，倪蔣懷就問他有無意思在旅居台灣期間開班授徒，只這一句話，讓川島在台灣多留了五個月，促成「黑帶道場」正式開設素描班，成為後來大稻埕美術研究所的前身。

川島一點也不像畫家，外貌看來更像柔道教練，這種人出入「黑帶道場」，來學畫的人一時之間分辨不出他是柔道教師還是教畫的老師。川島的外表雖然粗壯，可是說起話來細聲細氣地，面對著長輩講話時還會害羞，唯有在學生面前提筆示範才顯現出權威的自信，僅用簡單幾根線條就把石膏像型體精確掌握了。可惜只會改畫不懂得講解，學生看他兩三下就把畫改好，卻無法了解其所以改好憑的是什麼。

川島還有個優點，滿腦子是美術家故事，聊天時把故事一個接一個地說，令人誤以為他是個能言善道的人，其實除了這領域，平時並沒有多少話可談。他在「黑帶道場」住了近半年，給人留下的印象只是個會說故事的日本人。到這裡來的畫家常為藝術見解不同鬧翻了天，他依然保持旁觀者靜坐在一旁，帶著笑臉不表任何意見。

周井田與美術界的交往，說來是從陳清汾回國時請他印展覽請帖才開始的。陳清汾從學生時代就很好動，認識周井田之後就常到此練習，直到一年前閃了腰才沒有再來道場，這回若不是為了陪同川島來此參觀，他也不會走上印刷所的二樓。

川島雖是柔道高手，由於在日本時摔碎膝蓋，現在只能作基本練習，不然就是盤腿靜坐，因此這段期間他的朋友還是僅止陳清汾一人。

最多時間他在台北街頭遊走畫速寫，尤其對路旁叫賣的小販特感興趣，每隔兩三天就畫完一本速寫簿，還有就是人物素描，凡出現在道場的不論老幼幾乎都被他畫過，後來要離開時把其中一本贈送給周井田，又送了一本大稻埕老街素描給陳清汾，兩人得到之後由周井田的印刷廠各印了一百本贈送友人，石川欽一郎收到時喜出望外，說半個世紀後這兩本畫集將是最珍貴的歷史性圖像史料。

日治時代台灣美術界為這時代留下圖像記錄應以「台展」的十六本展出圖錄最為珍貴，其次就是畫家出外畫速寫所留下的圖本，這往往被人們所忽略，其實所以叫做「台灣新美術」，應認為是畫速寫的一代所揭開的序幕，他們把眼前所見生活中的景物直接記錄紙上，然後才借此來完成一幅圖畫，和過去文人畫家及街坊畫師之臨摹古畫，創作的基本態度有極大差異，石川欽一郎、立石鐵臣、國島水馬、林玉山、廖繼春、藍蔭鼎、顏水龍等留下無以計數的速寫，都是他們這一代人創作的依據。幾年後周井田又在陳清汾鼓勵下印了《素描大稻埕》，也是一百本，做為過年時給顧客的贈禮。

川島即將離開台灣的前幾天，有一部官方派來的黑色汽車停在道場門前，下來兩名官員說要找川島理一郎。川島從樓上下來，就坐在周井田會客室與訪者交談，不到十分鐘官員匆匆離去，川島什麼也沒有說，也沒人敢問，很久以後才從陳清汾那裡傳出，那天來的人是總督府派來要求川島多留些日子替總督及民政長官塑像，川島竟回答說：我只作貓和狗之類的動物，從來不作人。他的回答把前來的官員全氣走了。

畫家們有了「黑帶道場」為固定聚會所，有事沒事都會前來轉一圈，甚至躺下來睡一覺，畫友相聚閑聊的機會一多，開始有人談及籌組畫會之事，近年已有台灣水彩畫會、七星畫壇、赤島社、春日畫會、栴檀社、黑壺會等，自從更多學畫的人從日本回來，看到東京的春陽會、一水會和三科會等民間的公募展，均由會員親自擔任評審，也想仿效促進畫會功能。不久前岡田三郎助於來台評審時說了一句鼓勵的話：「評審對畫家的眼力是一種鍛鍊，更是一種考驗，評審的結果展現在觀眾面前代表的是評審團的成績，好與壞都由他們共同承擔，評審的機會和參展的機會一樣越多越好，希望台灣畫家自己要努力爭取。」

每回東京來台評審員發表的感言，對台灣美術界都能產生一定程度啟示，尤其岡田先生的這番話，引發台灣畫家們開始思考，是否春天也應該有畫展以補償設置「台展」於秋天之不足。當大家有機會常在「黑帶道場」碰頭，自然會把創設新展當作主要議題提出來一起討論。

新展設置的議題在畫壇上持續討論已有一段時間，最後是在李梅樹從東京回鄉的歡迎會上，大家祝賀他「帝展」入選舉杯相碰時，碰出了火花。

那天相聚一起的文藝界人士，你一句我一句，只聽到有人提起設立民間沙龍美展的意願，就開始爭相為這可能將現身的展覽取名，好像只要有了名字展覽自然就會產生，在餐會上僅為了名稱便已吵翻了天。第一個提出來的是「新台灣美術展覽會」，簡稱「新台展」，是台中來的文學家呂赫若所提，受到多數人鼓掌贊同。隨後楊三郎認為用法國的傳統命名，把展覽改為沙龍，叫「台灣美術家沙龍」，法文為Salon d'artist Taiwan，在名稱上直接與法國藝術接軌，未來台灣美術在實質上也要朝這方向走，才不致間接透過東京才得以與巴黎藝術同步，這個建議也獲得一幫人支持，有了兩派意見，討論更加熱鬧。

接著有人提出獨立沙龍、春秋沙龍、南島美展、太平洋美展、黑潮美展、新造型美展、蕃薯藤美展、蓬萊沙龍、南方美展……。這些名稱都是在肚子裡灌下幾杯酒之後想出來的，每個提案人都有自己的一番道理，但也只為了在會場增加熱鬧，根本沒有誰想在這時候玩真的。

這種台灣美術界的習性，早已視為常態，所以沒有人覺得奇怪。出乎意外，一個星期後李梅樹獨自從三峽到淡水找楊三郎，一見面就對他那天所提的台灣美術家沙龍表示贊同，希望不要放棄，若能繼續討論，總有一天會有成果。

隨後兩人又一起從淡水乘火車到台北，第一個目標是到大稻埕找陳清汾，自從法國回台之後，在台北畫壇上以他的份量最重，凡有什麼新計畫都先找他商量，所以後來王白淵的文章裡才說，這幾年間台灣美術應視為「陳清汾的時代」。

可惜兩人撲了個空，家人告訴他們清汾到廈門參加堂兄的婚禮，幾天之內還不會回來。從他家出來之後才走在巷口，正好碰見郭雪湖捧著幾本厚厚的精裝書走過，是剛從台北圖書館借回來閱讀的。台北畫友一直只把郭雪湖當是國小畢業的程度，眼前這情形使得他們不得不刮目相看，既然找不到清汾，不如就把雪湖約出來共商籌組畫會的事。

三個人往太平町方向走來，本想要到「黑帶道場」去的，楊三郎突然覺得那裡人多嘴雜談不出結果，就朝反方向而行，轉往台北橋走去，走不多遠來到太平國民學校大門前，不約而同走了進去，前庭有六棵椰子樹，樹下有一排石椅，三人就坐在那裡聊了起來。

李梅樹的年齡較楊、郭二人大四、五歲，且只有他是北師畢業，早期的畫會如七星畫壇、台灣水彩畫會及赤島社等都是北師校友為班底組成的，有了這方面的經歷自然要由他帶頭發表意見，從早年的七星畫壇開始談起：

「在七星畫壇裡倪蔣懷表現得最熱心，參加的都是北師的前輩，如陳澄波、陳銀用、陳植棋、陳承藩、陳英聲等，以及石川先生推薦的藍蔭鼎，那時我和幾位同學應邀加入，只展出兩回，陳植棋就遭退學，陳澄波、陳承藩等去了日本，把會長職位交給藍蔭鼎，結果交錯了人，畫會就這樣散了。否則也不必重新組一個赤島社……。針對藍蔭鼎，起先植棋說要將他開除，被我們幾個人勸止，結果反而是把七星開除掉，這才有赤島社的誕生。經驗告訴我們，團體裡頭只要有一個人不同心，早晚就會出問題。」

「赤島社成立時，聽說七星的會員並沒有全部入會，這是什麼原因？」郭雪湖會如此問，因為一九二七年赤島社成立之前，他還只是美術界的圈外人，事後才對畫會的事略有所聞。

「是的，那一年陳銀用和陳英聲兩人由於家庭因素沒有新作品，和藍蔭鼎情況不一樣，而且有了三郎、水龍、繼春等新人，陣容比過去堅強得多。不過在這裡我告訴你們一個小秘密，起初大家只不過是想改組，所以要我寫改組宣言，記得文中有一段是這麼寫的：『住在台北的我們舉頭就看到七星山，爬上七星山往下看去，遍地黃金稻穗，告訴我們台北平原是米糧之鄉，很可惜作為精神糧食的文化，沒有人播種，所以我們這一代青年要趕緊灑下美術的種子，台灣文化才有豐收的一日，為此我們必須團結一起，努力為藝術奮鬥，追求文化向上……。』這段我自覺寫得還滿意，所以再久也不會忘記！」

「後來怎麼沒有改組，變成重組？」郭雪湖又問。

「聽說因為植棋堅決要求解散七星，所以……」楊三郎才回答一半，被李梅樹搶著說下去：「應該這麼說吧！七星是以北師為班底，而赤島社以東美為主幹，可以說是大換血，所以才非重組不可，這是公道話。說來植棋這個人主觀很強，有老大哥的性格，最重要的是他講義氣，雖然年紀比我小，因參加文化協會而被學校找理由退學，就到東京，反而比我早進東美。以後到東京學畫的台灣青年，都受到兩個人的照顧，就是張秋海和陳植棋，近幾年植棋身體開始走下坡以後，好幾次單獨在一起時特別叮嚀說，台灣美術運動的擔子將來就要落在我肩上，希望我回台灣後多出點力。當初準備將七星解散時，他就已提出『赤島社』這個名字，而且有他的一套道理，記得他說『赤』是調色盤上最強的色彩，是有血有肉的藝術生命的象徵，代表在這島上藝術家的心正燃燒紅紅的火焰……，這種話他很會講，反正都是些激昂的語句。接著他還要我提筆寫宣言，連寫了三次都得不到半數人的贊同，因為他們說這等於『赤色宣言』，有左派意識，只有植棋一人在叫好，其他人表決時都投反對票，結果雖勉強用了『赤島社』，但沒有宣言。現在想起來，植棋的確太過激進。畫展開幕不久，日本畫家就直接稱我們『赤』（AKA），這意味我們是左翼團體，造成會員們的困擾，一個美術家的團體以強烈意識型態的名字自稱，的確沒辦法形成凝聚力，這是很重要的歷史經驗。那天餐會上大家都看到了，吵了半天也只知道取名字，我認為完全不切實際，今天請兩位來談，如果重新組一個會應該怎麼作，這個任務也算是植棋在的時候囑託給我的，希望大家一起出力，不論開幾次會，一定要達到目的，你們同意嗎？」

這段剛過去的歷史，對楊三郎來說雖曾經是參與者，因年齡關係當時還只是個邊緣人，致於郭雪湖則完全是局外人，有關繪畫團體籌組的工作兩人到目前為止尚且一無所知，雖有心出力亦找不到著力點，所以只聽李梅樹一個人發表意見。接著又把話題偏離畫會轉到東京畫壇和今年的「帝展」，也是李梅樹一人不停地講著。兩人早聽說過李梅樹的口才和文筆一樣，在這一代畫家當中是一流的，今天終於見識到了。郭雪湖心裡在想，如果李梅樹不做畫家，走政治的路或許有更大的發展；楊三郎則想到將來這個畫會，若倪蔣懷回鄉下從事礦業，陳澄波又受聘到上海任教，那時主導權必將落在李梅樹手中，只有他夠資歷出來帶動新的美術團隊。

在台灣期間李梅樹始終沒有遇到陳清汾，臨回東京之前就把邀請陳清汾出面組畫會的事交給郭雪湖，因此才有在陳家錦記茶行倉庫裡舉辦初次會談的聚會。

「台展」籌備會＝畫家狂想曲

這幾天不停下著毛毛雨，星期天午後雨終於停了，郭雪湖匆匆騎著自行車往水門方向急駛而來，出了小巷來到永樂町，左前方就是香火鼎旺的霞海城隍廟，往前不遠看到新高餅店門前有婦女帶著小孩排隊購買新出爐的麵包，對面正好是永樂市場出口，背向市場口往前直走到底就是陳家產業之一的永樂座正門，永樂座建築約一般樓房的四層樓高，土黃色的外牆，頂上立著四尊女神頭像，從小就看慣了的郭雪湖直到現在還摸不透是純裝飾的還是象徵古神話中的戲劇女神。小時候每次跟隨母親來此看戲，排隊買票時抬起頭就看見這些頭像，看久了也覺得她們在看著他，尤其當中一個和未出嫁的姑媽長得好像，今天看到她仍然是好熟的面孔，然而這回他想到的是圖書館裡世界美術全集的古希臘雕像，便仰首再仔細望一眼，不覺就停在路旁一動也不動地看下去，旁邊來了兩名國校學童，對他的動作感到好奇，也跟著癡癡地仰望，隨後又有人陸續前來朝同一方向一起看著，不知過了多久才驚覺有這麼多人莫名其妙陪著他看天空，低下頭偷偷暗笑一聲，趕緊踩著車子急速離開。繞過永樂座右側小巷朝港町駛來，回頭看時，那群人還一直望著天空，不曾走開。

永樂座後門出去有一條約十呎寬的運河，這一帶的人都稱它港仔溝，與淡水河相通，經常有運貨的小船停泊在此，錦記茶行的後門正對著溝旁。他與畫家們事先約好由進貨的後門走入倉庫，一起在工人休息室裡坐在地板上開會。當初郭雪湖等對陳清汾這種安排十分不悅，已經擺明不把聚會當一回事，隨後又想，自己是受託來求人，至少大家要見一面對李梅樹才有交代，再怎樣也得忍下來。

騎車沿著河溝在雨後初晴的小道行走，路滑不安全，提心弔膽不敢強行，乾脆牽著車步行。來到倉庫後門看見搬貨工人坐在門邊吸煙，只讓兩名不到十五歲的少年有氣沒力慢吞吞把木箱抬到船上，準備要收工了。

進門一看，裡面好大空間沒有燈光，只見盡頭天井照進來的亮光，他一腳跨上自行車想踩著直接通過去，工人的談話聲從遠處傳來回音，卻聽到聲音從另一邊過來，原來已經有人在小房間裡等著他，門一打開好幾個人就地而坐，楊三郎對著他大聲埋怨：「怎麼最後到的會是你！來了就好啦，你看我們該怎麼做，大家說了半天，清汾不答應就是不答應，輪到你來勸吧！」

房間裡已到的有六、七人，被邀請的幾乎全來了。陳清汾雖與郭雪湖算是住得最近，但由於社會階層懸殊，私下甚少有往來，他把剛才的理由又重說了一遍：「請雪湖兄聽聽看，我的理由你應該能接納，照剛才楊君的說法，是打算在台灣組一個像日本春陽會或二科會之類的畫會，我考慮了一下，覺得台灣不比日本，這種公募展由民間團體去辦，絕對是吃力不討好的事。我們幾個人從事繪畫才沒幾年，正當是打基礎的時候，能做的只有像赤島社每年一回觀摩展，已經足夠了，如果衝得太快，反而內在空虛展現不出台灣美術的實力，僅止於表面熱鬧，恐怕不易持久，……你們要衝我不敢反對，但還是希望把腳步放慢先培養實力，再做長久打算……，至少目前我個人還需要學習，這樣說只代表個人意見，同時請諸位多多諒解！」

說到此，很有禮貌地低下頭，為自己提出的異議表示歉意。在郭雪湖等看來，他的態度不能說不謙遜，卻仍然掩飾不了內心深藏的傲氣。

大家還不知該如何應答，他已先露出笑容又說下去：「真不好意思，我說了這些，今天難得大家聚集一起，先喝杯法蘭西進口的波甘地再說吧！」

「波甘地就是紅酒，紅酒就是葡萄酒，是真正的法國酒。」同樣也是法國遊學回來的楊三郎，為所謂波甘地作了註解。

聽到有法國葡萄酒招待，頓時氣氛輕鬆起來，陳清汾和顏水龍兩人為開瓶和倒酒的事忙了好一陣。楊三郎裝出行家姿態繼續講解：「法國人喝這種酒是十分講究的，規矩之多說也說不完，我們藝術家向來不管這些，但也要像品茶一樣地來品酒，不能只管往嘴裡倒進去，這就浪費人家的好酒，來！讓我們一同舉杯，多謝清汾兄，多謝大家！」

說著高高舉起長腳杯，一飲而盡。

其他人也學樣，一口將杯裡的紅酒喝乾。卻見顏水龍還是小口小口地在品嚐，看來像是捨不得一下就喝光，因為他才真正知道手上這杯是難得好酒，喝之前把瓶子拿在手中搖晃了幾圈，看了又看，自言自語：「哇！一九一八，這一年的葡萄製造出來的酒是一等一的，今天大家確有口福，否則一輩子也喝不到這種好酒……。」

說著兩手把杯子捧在手心，閉起雙眼，像是回想起什麼，品酒過程是如此陶醉，他和別人的確不同！

但，並沒有人注意到他，每個人手中雖端著酒杯，嘴裡則熱烈討論近日來「台展」中發生的事情，把籌組新會的議題全都忘了，可見大家心中「台展」還是放在第一位，「台展」的成敗才真正關係個人一生榮耀。

這些年「台展」一再出事，每個人都從個人利害著眼看問題，發出不滿的聲音。「台展」的問題有的可以解決，有的無須解決，不論有無解決，「台展」仍然一年又一年開幕又閉幕，競爭永遠沒有止境。舊的問題過去，看似解決了，新的問題又產生，畫家們的議論也永遠持續不斷，難得今天有法國紅酒相伴，議論的情緒更加激昂。

沒有幾個人像李梅樹能深思熟慮，認識到為了解決「台展」問題才更需要組織一個屬於民間的畫展。最難理解的是，站在同是這時代美術家的立場，為何連陳清汾這樣有理念的人也不能感同身受！而且如果這群人連陳清汾都沒法說服，往後還能有何作為！所以來之前郭雪湖已打定主意無論如何盡最大努力讓陳清汾成為推動新會的主力，對李梅樹才有所交代。

可是剛才陳清汾已說得十分明白，接下來他什麼也不想再說，也不想聽別人說，只一意要大家喝紅酒，巴不得就這樣醉一整晚，明天醒來已又是另一天，誰也說服不了誰，他就算解脫了。

郭雪湖還是不明白陳清汾內心到底想些什麼，何以一再躲避結盟議題，難道過去的經驗令他在這方面產生恐懼症！而過去的經驗到底是什麼？

為了保証陳家的紅酒通大海，任誰也喝不完，他特別表明，錦記茶行的貿易雖以茶葉為大宗，進入歐洲市場之後，有時又可換來幾箱法國酒及罐頭，最近一批才剛進貨，有本事就大家合力一起清倉，把一年的存貨解決，這話不知是真是假，至少是難得聽到的豪氣，莫非因為不談正題，才故意借酒灌醉大家。

郭雪湖雖然懷疑，還是陪著大家一杯接一杯地喝，喝完又一瓶接一瓶地開，最令陳清汾好奇的是，何以郭雪湖開酒瓶的手勢如此熟練，顏水龍也看到了，他的觀念裡能開瓶的人就一定能喝酒，走過來端起酒杯向郭雪湖敬酒，說了一句法語：「Pour Votre Santé！」

郭雪湖雖聽不懂他說的，也不客氣把酒一飲而盡，兩人對飲幾杯之後，顏水龍才發覺郭雪湖的胃根本與酒精絕緣，喝酒就像喝水一般，喝到肚子漲時，往廁所跑一趟，回來又重新開始，天暗了以後連廁所也不用去，打開大門往水溝旁邊一站，解開褲子釦就解決了，最後連釦子都不必扣，這樣來回跑過幾趟，所有人已一個個被灌倒在地，即使沒有醉倒，腦子裡也已經不知今天昭和幾年。

到這裡來的幾乎每個人都是菸槍，只有郭雪湖除外，因他早年得過肺病就沒有學人家再去吸菸，其他人起先抽的是自已帶來的菸，已經是煙霧瀰漫，接下來又聞到一種香料的氣味，也不知哪來的菸才有這怪味，越是奇怪年輕人越想試一試，這一試全場氣氛都變了，本來不醉的也開始昏昏欲睡，看到眼前人影飄忽，每人臉上露出誇張的笑容，傳來的笑聲愈覺響亮，愈覺刺耳……。

「感覺真棒！讓我有如投入表妹懷中，為了表達我的感受，讓心中的美感與大家共享，現在我要唱一條歌給你們聽……。」

聲音從牆邊一個角落傳來，沿著聲音尋去，原來是從頭到尾未發一言的廖繼春，他已開始唱歌，起先聽得出所唱的是「細雪」，不久就唱成了「冰雨」，接下來變成「子守唄」……，然後就不知唱的什麼調，反正只聽到他在醉人醉語。大家本以為他的戲已經結束，未料又從口袋裡掏出一封信向眾人晃了一下，說：「有沒有人要看我的情詩？每回畫一幅畫我就寫一首詩，是寫給我的表妹的情詩，沒有人看過我表妹，只好說寫給我的畫，我愛我的畫，就像在愛我表妹。你們不知道，我的詩寫得比我的畫好，因為我用詩來愛我的畫……，然後，我用生命來愛我的詩……，你們看，我的詩就寫在這紙上，看到沒有？我的詩是寫來看的，用眼睛看，像看一幅畫一樣地來看……。」

顏水龍伸手接過來一看，原來只是空白的一張紙，哪有什麼詩！廖繼春顯然已經醉了！但他還說下去：「我，我剛才說什麼？給你們看我的詩……是不是！沒有騙你們，這張紙寫的是無字天詩，無字天詩懂不懂？是只有表妹才看得懂的詩。」

他是第一個先醉的人！把酒杯端起貼在臉頰，瞇著雙眼，流露出一臉的滿足，看到的人無不感到羨慕，他真的完全陶醉了。此時房裡微弱燈光下，與紅色液體透過來的光相映。他整個人幾乎是在睡夢中，只剩下嘴角一絲絲的笑意，像睡在母親懷裡的嬰兒般安祥，仔細聽時，從他嘴裡依然哼出斷斷續續的童歌，是為自己而唱的搖籃曲！

這一夜，誰也沒有再提起籌組畫會的事，這樣的情境下，沒有人敢說什麼來破壞氣氛。郭雪湖心裡即使耿耿於懷，也只好與眾人一起泡在煙霧中，抽著二手菸，能做的只是大口大口地找人一起乾杯，企圖讓所有人在自己面前醉倒，只有他一人還站著時，他就是最後一個勝利者！

當大家正抽著南洋的進口菸時，只有楊三郎依然從自己口袋裡掏出本土香菸，旅居法國的那幾年，每次家裡寄來的包裹都一定有兩條台灣香菸，他什麼都可以隨時更換，不知為什麼只有香菸離不開台灣口味。至於葡萄酒，他是一到巴黎就愛上了那種從入口的一點點酸而逐漸嚐出甘甜滋味，含在口裡讓酒精漸漸擴散，連整個人的魂魄也豁出肉體軀殼，這種情境不是飲其他的酒所體會得到的。

他把長腳杯抬得高高地，用手心頂住杯底，目不轉睛對著杯中紅酒光澤，仔仔細細地觀賞著……。就在此時牆邊的留聲機放出這群人最熟悉的「波麗路舞曲」，杯中的酒隨著旋律亦有了感應開始搖晃起來，感覺得到自己正在與酒共舞，這種拉丁式的浪漫反而是回到台灣之後才有了更深感受。

另一邊，顏水龍已獨自在場中舞起來了，他找來一張靠椅當舞伴，摟著它隨音樂穿梭在眾人之間，真是個天生的舞蹈家……。

「你看！顏君已變成一隻巴特弗萊了，飄呀飄地好自在的身軀，真是蝴蝶的化身！」陳清汾正在向郭雪湖敬酒，看到從身旁舞過的顏水龍，不禁發出讚嘆，不自覺也讓身體跟著轉了一個圈，才發覺和顏水龍輕盈的身體比較起來笨拙多了。

樂曲進行到中段以後，聲音越來越大，本來郭雪湖還想說什麼，被突然響起的法國號壓了下來，勉強說了兩句，連自己都無法聽見時，只好放棄不說了。

門外突然傳來有人叫喊，緊接著闖進來三個人，手上各提著不同樂器。看清楚原來是陳清汾特地約來湊熱鬧的「大稻埕三重奏」，為首的是山水亭老板王井泉，隨後才是林振生和王百鍊，三人剛進入煙霧瀰漫的房間裡，微弱燈光下看不清誰在那裡，王井泉的大嗓子只顧喊叫：「三郎！清汾！雪湖！……」所有他知道的名字全叫了一遍：「有在嗎？我們來了。」

「咳！我們都在等你，古井兄你們遲到了！」

約古井兄的樂隊前來是陳清汾的主意，其他人並不知情，因此都為此大感驚訝，不知道主人又想推出什麼新花樣。

「看來很熱鬧，有酒有菸有音樂，像是一場慶祝會！組新台展的使命應該順利達成了吧！這回讓我第一個前來祝賀，恭喜，恭喜你們！往後大家共同努力，你們辛苦了！」

古井兄最關心的是傳言中將成立的新台展，所以今天只聽到一點風聲就趕來了，可是他的恭喜並沒有得到任何回應。

「所以我們特地帶著樂器來，就先來一曲『歡樂頌』。」說著就開始調音。

同來的王百鍊剛學會吉他，能演奏的也只有這個曲子，調音的過程拖了很久。聽到了音響，看似已經睡著的廖繼春突然間拍手稱讚：「這才是音樂，由心而發，沒有曲調，彼此相映，這如果是一幅畫，也一定是最出色的作品，不要什麼『快樂頌』，只要音樂就行了！」

此時陳清汾倒好三杯酒端過來：「喂！也要有酒才行，有酒相伴，樂曲才能醉人，來！這是第一杯，我剛才說過，做什麼都要盡情盡興，把所謂的新台展忘掉，什麼台展，根本沒這回事。大家舉杯，一起乾杯歡迎王井泉三重奏！」

「乾杯……。」

「為台展乾杯！」

突如其來的三重奏，大家的反應並不一致，何況廖繼春還沒有完全醒過來，顏水龍的舞也沒有停，郭雪湖忘不了新台展的使命，事到如今已不知該如何繼續談下去。

「歡樂頌」已開始演奏，奏完又重複一回，終於贏來一陣掌聲，王井泉的樂隊這才佔有了場面。顏水龍隨著「歡樂頌」繼續踩著節奏飄舞，來到古井兄身旁，在他肩膀拍了一下，算是打招呼，很快又轉了回去。接著是楊三郎過來，掏出他的土製香菸要請三位來客，被古井擋了回去：「這是什麼？我到這裡來要的是法國菸和法國酒，哪有吃這麼壞的！」說著把頭別開……。

楊三郎明知道有這結果，故意來逗他玩，笑嘻嘻把菸收了回去，請抽菸其實就是打招呼的一種方式。

「那是什麼人？睡得像個小嬰兒！」王井泉指著牆邊已睡著的廖繼春問，並沒有人回答他。

「我最近作一個曲子，還沒有名字，現在就正式取名叫『大稻埕子守唄』，我來唱給大家聽聽看。」

說話的人是與王井泉同來的王百鍊，他天生好嗓子，楊三郎從法國回來後又教他唱法文歌，最近聽說開始作曲，在放送局播放過，已經是開始受注意的新進作曲家，可是他的最大願望是當畫家，希望像郭雪湖這些人在「台展」出人頭地，剛才看到廖繼春睡得這麼甜美，靈感一來想起了搖籃曲，順口說出「大稻埕子守唄」，詞也已經填好了，用這歌名再合適不過，說完就自彈自唱起來，其餘兩人也趕忙拿樂器配合。

一曲唱完雖博得掌聲，唱者卻嫌掌聲太小，一定唱得不夠好，又要再唱，的確這回他針對嬰兒般睡眠中的廖繼春唱出感覺來，熱烈的掌聲把廖繼春吵醒，他似也聽到了歌聲跟著大家拍手叫好。

「這支歌我想學，只可惜是台語歌詞，回去後我把它改成日語，唱給內人聽，她學會了再唱給孩子聽。」

看來陳清汾對這支歌頗欣賞的樣子，馬上就想到自己家人，已看出是個顧家的男人。有人說太顧家就不適合於當藝術家，在陳清汾身上很快就要應驗！

「如果你能唱『拉坎巴魯希達』，我就表演探戈給你們看。」顏水龍的興緻跟著也高昂起來，自動前來點唱。

「可以，你大概沒有打聽，我的名聲就是唱『拉坎巴魯希達』才打響的！好，我來唱給你跳。」

這回顏水龍不再抱椅子跳舞，而改用一條紅色布巾，雙手各捉住一角，上下左右擺動配合著腳步在歌聲中起舞，此時剛剛醒來的廖繼春也加入，顏水龍做什麼動作他就跟著做，學得不像時顯得滑稽卻更可愛，眾人笑聲不絕。

不甘寂寞的王井泉也跳進場中，抱起吉他只彈節拍，要求所有人跟隨在背後接成長龍繞圈子，大聲喊著：「跳舞，跳舞，跳舞，大家都來吧！」

起先也不知跳什麼好，跳了之後竟跳出九州的民俗舞來，雖然沒有人真正懂得怎麼跳，隨著拍子用力踩在地板，身體自然就有動作，雙手一起揮擺，再將手巾綁在頭上，氣勢看來的確有模有樣。

接著又唱過幾首日本民謠，王井泉突然間驚覺為什麼把台灣自己的民謠給忘了，開始在腦子裡尋找有什麼歌可以跳舞的，這時已經有人搶先發聲，唱出宜蘭民謠「丟丟銅仔」，音樂一響在場的人跟著激昂起來，唱得特別賣力，一遍又一遍唱著，氣氛飆到了最高點。

雖然沒有人看錶，但意識得到夜已深，也該散席，沒有聽到誰對著誰說再見，只見一個接一個搖晃著身子走出倉庫大門，最後才由一名看管的工人把門關上。

永樂町的商店已經打烊，郭雪湖手牽著自行車，王井泉肩上揹著吉他，步行在街道旁。兩人從走出倉庫就一直有講不完的話，雖然都說沒有醉，話卻重覆又重覆，一句話講過好幾遍，仍然沒有講完全。

古井最關心的那件事，今天該有個結論才對，怎麼一直到散席整個會場氣氛仍然看不出半點端倪！所以一路上追著郭雪湖探聽，可是舌頭受到酒精麻醉說話不靈光，雖然你一句我一句地沒有停，談的仍然未曾碰到主題。

「喂！你們那件事，結果呢？我要聽你親口說，現在就告訴我……。」古井兄結結巴巴終於問了出來。

「沒有，完全沒問題，要我告訴你，我就告訴你。」

郭雪湖就是喝再多也不會醉，只是現在的他非陪著別人一起醉不可。

「但你不，不可以騙我，如果給我騙，要知道，有什麼後果，山水亭你就不要來了，知道沒有……。」

「我不騙你，我要是騙你，你就會騙我……，所以我只敢騙我自己，絕不敢騙你。你今天來這裡，看得已經很清楚了，不需要我再去騙你，你已經可以不必放心！」

「你不騙我！那最好，我們不談你騙不騙我的事，我們只談陳清汾，他要不要……把這問題解決，就是你們的那個問題，這是全世界最重要的問題！」

「當然是最重要，最重要的問題就要最先解決……，可惜陳清汾還沒有喝就先醉了，而我喝到現在都沒有醉，你沒看到我喝那麼多酒，現在還能牽自行車和你一起走回家。陳清汾的陰謀我終於看出來，剛才你一出現我就看出來他耍的詭計……」

「你說你沒有醉！那我問你，你現在走的這條街，叫做什麼街？說對了，我就承認你沒有醉。」

「這條街是台北州台北市大稻埕永樂町三丁目……，三十，三十六番地，我可以說到準準準，對不對！」

「那麼我就承認你沒騙我，你沒有喝醉，大家都醉只有你沒醉。很好，你真的把陳清汾的事解決了！這我就放心，這個阿舍子，一定要將他先解決，辦事才方便，哈哈！他家那麼富有，台北市一半是他們家的，他不為台灣做事，誰為台灣做事，你說對不對！」

「今天的事我會從頭到尾告訴你，可是，你已經到家了，這是你的家，山水亭，看到沒有！你先進去……，我家還沒到，所以還要繼續走，再五分鐘我也到家，回家以後洗澡睡覺，醒來以後就沒有事了，明天再說，晚安！」

「洗澡，睡覺！不，我睡不著覺，明天，等明天看到大新聞，台灣畫家成立新台展，日本人都嚇一大跳！如果沒有刊，就在山水亭招待記者，告訴他們，台灣人的台展時代來臨，台灣人有志氣，晚安，我到家，你也回家，晚安！」

他家的大門並沒上鎖，手一推就開了，進門之前他又回頭！

「明天，明天！」

「是的明天。」

他們兩人拿「明天」來說再見，但明天一到什麼事也沒有發生，只不過是另一天而已。

甘草人王井泉和張星建之「中央」會談

錦記茶行倉庫的聚會，才隔一天就已經走漏了消息，第二天上午山水亭還沒有開店，電話就不停地響，報社一再地來訊問有關台灣美術界結盟的事，店裡的經理當然一無所知，直到近中午王井泉進來，被告知才發現有些不對勁，如果記者捕風捉影把消息刊在報上，不知會有什麼後果！

草草吃過午飯，其實是他的早餐，就騎上自行車到郭雪湖家來，在五坎仔街找不到郭雪湖，直接就轉往港仔溝陳家洋樓找陳清汾，也不見人影，又沿著堤岸南下，往淡水河上游來到萬華榮町，顏水龍昨晚住在那裡，但已經出門去了。最後只好往最遠的三重埔楊三郎的畫室，如此在台北市繞了大半圈，居然找不到任何一個人。

回程中他越想越覺奇怪，難道這些人全都約好聚集在哪裡開會，但昨晚竟沒有半點訊息透露，令他越覺生氣，多年的交情，在他們眼中自己還是外人！

當他騎過台北大橋時，突然想起一個人，或許這群畫家此時正在他的台北公館聚會，想到此一個「國」字臉充滿威嚴的長者出現在眼前，於是加快腳力往前踩去。此人就是楊肇嘉，每當畫家有任何群體活動，結束後拍一張紀念照，他一定被眾人拱在前排正中央，加上他體型碩壯出現在照片裡永遠是最顯目的，一個人在文化界的重要地位從照片中便可看出來，因此組織畫會如此重大的事情不可能沒有他的參與。

這麼想著就直接踩過太平通，往三線路宮前町而來，快到晴園時，看到大門剛好打開，主人陪著訪客正要走出門，兩人又站著談了幾句才握手道別，仔細再看，那位身材高大的紳仕正是楊肇嘉，而另一人穿著長衫的就是晴園主人黃純青，這位大稻埕的名詩人一派仙風道骨模樣，與穿西裝的楊肇嘉站在一起顯出強烈對照。面對兩位前輩使王井泉心裡有些膽怯，他的自行車越踩越慢，乾脆停在路旁，等到看見楊肇嘉上了人力車，告別離開，這才加快腳力驅車上前，猛力追趕越過十根電線桿才終於趕上，大聲呼喚：「肇嘉先生，是我，山水亭古井仔啦！」

「噢，原來是你，怎會在這裡出現，真稀罕！是路過嗎？」人力車夫的腳步也慢了下來。兩部車終於並排而行。

「可以說路過，也可以說是特地來的……。」

他怕肇嘉先聽到是路過，就說一聲再見，便離他而去，趕緊又加一句「是特地來的。」

「那就是有事找我的啦！」

「是的，是有事找你。」

「從來都是我找你，這回難得你來找我，一定很重要，到底有什麼大條的事情？」

「是這樣的，早上報社打電話找我，在打聽台北這些畫圖的青年要來一個什麼新『台展』，可能今天已經成立，但我以為他們至少會讓你知道，請你出面主持……。就是為了這件事。」

「沒有呀！有人要組新『台展』這是好事，這麼大的事情，怎麼我一點風聲都沒有！沒有聽錯吧！」

「記者在電話中說要到山水亭訪問我，可是我什麼都不知道，又能說什麼！」

「那就把畫家都叫過來……。」

「剛才我在台北市繞了一圈，楊三郎、郭雪湖、陳清汾……，每個人的家都找過了，就是找不到人。」

「有這麼秘密，連我這邊都不透露風聲，到底少年人現在搞什麼花樣！」

「過去有事都到山水亭來談，我也都參了一腳，這回就有點怪，所以才不敢讓記者過來，怕寫出來與事實不符。」

「本來不是有赤島社和水彩協會……，以後這些畫會怎麼辦！真想不通，團體難道是越多越好！我看還是團結最重要。」

「不管他們組什麼畫會，我都是支持的，但一定要成功，不可失敗，不然就讓日本人當笑話看。」

「既然這樣，就都到我草山別墅來，當面問了不就很清楚！他們真有心想組畫會，就在我那裡把畫會組起來，也沒什麼不可以，這事我現在就派下面的人去辦，到時候我會打電話給你，有事需要人手，也會和你聯絡。」

「好，你不打來，我也會打給你。」

「那就這樣，隨時聯絡！」

說著就令人力車夫拉著繼續往前奔去，王井泉等到他的車已經轉彎進入小巷，這才上車朝相同方向以緩慢速度行進。

雖然只一次酒會，也不過是一起唱歌跳舞，第二天外界已傳言紛紛，繪聲繪影說一個新的台展某日在某地創立了，令參與的幾個人百口莫辯。消息很快傳到東京李梅樹耳裡，他高興極了，等不及學期結束就打包行李準備回台灣。

才回家就看見一封霧峰林獻堂的邀請函放在書桌上，第二天就是他五十六歲壽辰，美術家多半受過林家的贊助，林獻堂的壽宴亦等於是畫壇上的一樁盛事，受到邀請的幾乎沒有人不到，所以他相信只要出席壽宴，該見的人自然就會見到。

走進萊園一片喜氣，看到人潮滾滾就到處尋找相識的畫友，好不容易找到幾位卻都是中部畫家，直到接近散席才看見郭雪湖與楊三郎陪同中央書局的經理張星建坐在樹下，正談得起勁，見到李梅樹老遠就揮手。

「那天你做得很好，非常感謝！」李梅樹見到郭雪湖第一句話就連連稱讚又表示謝意。

「哪一天？其實我們被誤會了……。」楊三郎只好搶著作解釋。

「外面的人看一個影，生一個子，往後的路還很長呢！」

郭雪湖面對李梅樹真有一言難盡之苦，就在此時王井泉和顏水龍也過來，大家心裡想講的都是同一件事，張星建於是建議不如就到台中去，坐在中央書局好好談一談。

從霧峰開往台中7號巴士的車廂裡，張星建第一句話就問：「你們進行的事，有沒有讓肇嘉先生知道？」

「還沒有……。」郭雪湖和楊三郎幾乎同時回答。

「那要不要直接去清水，請教他的意見！」

照理肇嘉先生今天會到霧峰拜壽，這麼大的盛宴竟然沒有見到他出席，猜想可能人在日本，現在去找他說不定撲個空，於是馬上改口說：「我看算了，時間也不多，讓我們先有個底案，見面時才知道該怎麼說。」

到達中央書局時天色還沒有完全暗，但已經是晚餐時間，張星建先替每人叫來一碗湯麵，就圍坐在二樓會議室的大桌子前邊吃邊談，李梅樹先把籌組畫會的構想向大家作了報告，其實這些話已講過不知多少遍，他仍然不厭其煩拿來作開場白，認為這樣才比較正式。

「……這是陳植棋在的時候所囑託的，我們也認為的確在台灣畫壇有這必要，所以才招集各方人士討論，請教大家意見，……我人在日本，才把事情委託雪湖……。」

「說來是我們的共同意願，但想法不見得一致，所以只是商討中而已。」郭雪湖的話有意暗示，一切才剛開始，盼外面不可當一個已成形的組織來看待。

「當然，畫家籌組的團體總是困難重重，外界已瞪大眼睛在看，希望不要半途就不了了之！」顏水龍補充說。

「我們四個人私下交換過意見，大家都有很好的想法，可惜不見得一致，譬如以什麼形式推展活動，像『春陽會』有會員、會友和公募進來的作品同時展出的大規模美術展，還是持續『赤島社』的作風，力求會員精英化，諸如此類的問題都還在研究中，因為這是畫會的大方向，非事先拿定不可。」楊三郎在籌組過程中已投入很多，因而講法也較具體。

王井泉最關心的是堅守台灣本位，因此提出：「本島畫家之外，是否也讓日本畫家前來參與，這一點才最重要吧！有了日本畫家恐怕從民間取得的資源會減少很多。」

「過去僅由本島畫家組成的團體，日後出現了什麼難題，先從這個方向研究看看！」張星建說，他和王井泉一樣，不管文學還是美術，一心只想促成以台灣人為主體的團隊。

這問題一提出，每個人各有看法，即使同樣的看法也有不同說法，大家爭相發言，最後顏水龍以更大聲量壓倒眾人：「……就說內地人好啦，程度越高越有藝術素養的畫家，與本島人在一起越沒有優越感，這點大家可以從幾位所認識的前輩中看出來。只有二流畫家才自以為了不起，凡事都想壓制我們台灣人，他們想進來，我們是不會要的，所以原則上必須將標準定得很高，以高標準來拒絕日本人的滲透，不必明文表示我們是台灣人的團體，這樣才不會自找麻煩，也表現出文化人的寬懷氣度。這是我個人淺見……。」

楊三郎接著說：「很好，我贊成水龍兄的看法。接下來就是怎麼做的問題，如何把我們的主張說出去才不致引起誤解，這當中還包括對內和對外兩方面，說法應有所差別。」

「問題就在這裡，只要風吹草動就有人故意造謠，我們什麼都還沒做的時候已經說成這樣，所以誤解是免不了的，也不可因這樣就不敢去做……。」郭雪湖說。

然而李梅樹也有他的看法，他說：「關於這點的確比較難應付，回台灣的船上我就在想這問題，組織一個畫會如果單純只為了藝術上的目的，可能得不到地方人士全力支援，所以必須解釋成以民間畫會對抗官方美術展。可是這一來另方面的壓力必然更大，甚至導致無法辦成。對石川欽一郎和鄉原古統兩位，身份都是我們的師長輩，見面時如何交代，拒絕和接受日本人之間做法上如何抉擇實在太難了！所以我們要先向各方有力人士去說明，取得肇嘉先生及石川先生、鄉原先生等兩方面的諒解之後，才有可能著手組畫會，不要以為這樣做太辛苦、太委屈，若不這樣還能想得出更好的辦法嗎？」

「我常說，政治上的矛盾往往導致本島人與內地人之間情緒上的對立，台灣歸屬日本已近四十年，多少台灣人一生一世為帝國付出貢獻，移居台灣的內地人也已經有第二代出來在社會上工作，本島有眼光的政治家都應該著力於族群間的融合，美術家要帶頭讓本島人和內地人在美術領域裡共組畫會為社會作出榜樣，不管現在能夠做到什麼程度，沒有人不希望有一天內台之間因我們攜手合作而化解對立。當年在歐洲所見到的民族對立比台灣要嚴重多了，但他們的政治家有足夠胸懷與智慧攜手去解決，他們能做到而我們為什麼不能。拿政治權利而言，台灣人也許是弱勢，但在美術領域裡，台灣人已非弱者，因此不必以保護自己的權益作借口處處提防排拒內地人，否則台灣社會永遠不得和諧，所以我們站在一個藝術家的立場就不必再去思考會員是本島人或內地人的問題。」談到此，顏水龍終於把自己的態度表明得更加明確。

「水龍兄的觀點我可以接受，但不完全贊同。」張星建停下來看看大家的反應，然後說下去：「相對於藝術創作者的畫家，我只能算是個贊助者和鑑賞者，這樣的身份必有不一樣的立場，認為藝術創作的對象是什麼人，在畫家心裡必須放在第一位，所以開畫展是給誰看，變成最重要的課題。肇嘉先生時常說，要在文化上展現台灣人的力量，美術展覽當然也是展現的方式之一，讓日本人看出台灣人的文化實力，憑這一點去爭取在社會上平等競爭的機會，先有了平等兩個民族才能真誠合作。論最後目的，我和水龍兄持的是一樣看法，只是在當前階段，我比較保守，不敢過於冒進，台灣人還是要先站在自己這邊設想，才能爭取到發展的空間，這是在下的看法，請諸位指教！」

「不管我們現在怎麼做，不久的將來台灣本島人加入內地人畫會，或內地人來參加本島人畫會，都是不可阻擋的趨勢，過去的民族運動是台灣人的抗日運動，現在的民族運動是民族的融合運動，不可再有撕裂族群的想法和做法，台灣社會要安定才能達到增產報國的目的。當今台灣的大前提要先捉準，我們在二十世紀裡才有可觀的成績單交出來。」顏水龍針對張星建的看法，為自己先前的論點作了補充。

經顏水龍這麼一說，幾位畫家也靠攏過來，楊三郎的性格比較實際，說法也偏向以具體例証為依據：「別人會來要求加入，這表示我們比他們行，如果做不好，自己人看了也會跑掉。千萬不要以為本島人就是自己人，從事民族運動有年，應該體認出台灣人的涵意，是不是本島人並不重要，共同理念才是畫會團結的力量，既然自稱是藝術家，就非得把藝術放在第一位來思考不可，過去『七星畫壇』、

『赤島社』之所以做不好，原因就在這裡……。」

「三郎兄說得對，他所以這麼說是過去參加畫會的失敗經驗所得來的教訓，希望外界能體諒藝術家面對藝術無可違背的信念，藝術永遠是放在最高位階，藝術家該走的方向不管什麼時代必然是一致的。」李梅樹附和楊三郎的說法。

「既然都這麼說，水龍兄的看法已經是一種趨勢也說不定……。」沉默許久的王井泉，又再發言：「可是，站在文化贊助者立場，還是想從背後拉你們一把，擔心衝得太快，不小心會有什麼閃失，說這就是文化贊助者的職責也好，多慮也好，最後還是以你們自己的意見為意見，畢竟畫會的會員不比革命黨的同志，畫家永遠以藝術理念為先，譬如印象派、立體派不一定要法國人才可以參加，誰畫得好誰就是這個畫派的代表，而我只是不想見到你們衝進陷阱裡，永遠爬不出來……。」

於是張星建亦附和說：「這說法我絕對贊同，在中央書局每天遇到的文化界前輩，聽他們的談論，自然而然吸取到許多新的見識，畫壇就像航行大洋中的輪船，開船的是畫家自己，往東還是往西，一定要知道自己的方位，在航行圖上先確認座標，現在我們就是在找方位要畫座標，我這個贊助者在背後想拉一把或推一把，怎樣來使力，使的力才起得了作用，這是我唯一想做的！」

說時他的眼睛不停看著楊三郎和郭雪湖兩人，兩人對望一眼，郭雪湖終於開口說話：「台灣的民族問題在我們心中有個結沒有解開，我想，一時之間也解不開吧！不必急於做這費力不討好的事……。台灣人和日本人，或者本島人和內地人相處四十年，到今天還有這許多問題，真是遺憾！如果我現在就說我們已經是日本人，或者將來早晚都會成為日本人，贊成的人有多少？反過來，說我們是漢人，也就是支那人，永遠也不會改變的，贊成的人又有多少？除了這兩者，我們不要日本也不要支那，只選擇當一個台灣人，贊成的有多少？隨便去問路上的行人，你隨便問他隨便答時，一定會說：我是日本人。這是四十年日本教育的結果，而且還要繼續下去，對自己的所屬，我們這一代當然有許多懷疑，但誰敢保証下一代和下下一代會跟我們一樣！到現在為止，還沒看到有台灣學者深入去研究台灣文化，日本學者反而有幾位，要保存台灣文化，我們非得借助日本的人力和物力不可。從第一回和第二回『台展』已清楚看出民族派人士的搖擺不定，顯然從一開始路線就錯了，接著就失去自己的參與空間，十年來還找不到一支筆可以寫評論為台灣美術作後盾，外界人士畢竟是外行人，光有民族的熱情，對美術推展不見得有幫助，目前在『台展』中台灣畫家的表現看來還不壞，但主掌美術的未來發展是在日本人手中，這無可否認，如果台灣與日本分得清清楚楚，台灣永遠是在後面被人牽著走，只有兩者合在一起，台灣人的力量才能有效發揮，弱者要走進強者之間才是共存之道。既然我們談到文化，文化就是祖先疊積的智慧，日本人和我們一樣要懂得如何應用，近年來看到日本學者用心在整理台灣的文化遺產，怎能說殖民統治者是在消滅台灣文化！你說對不對！這是我的一些淺見……。」

「很對，其實日本人也不見得是用他們的日本文化想改變台灣文化，當前所實施的教育制度是明治時代向西洋學習的近代文明，台灣文化和日本文化都同時在改變中，這就是文化的近代化。」楊三郎補充了郭雪湖的說法：「說實在話，在台灣受到敬重的日本藝術家，對台灣人的確做到最大的照顧，不得不從心裡感激，如果我們還沒有組成一個畫會之前，就已經先討論要不要讓內地人參與，讓他們聽到了心裡一定很難過。所以我甚至有這樣想法，在籌備會上把石川先生和鄉原先生都請來，聽取他們的意見，然後才宣布成立，一定可以獲得很多可貴指示，助大家一臂之力。」

李梅樹接著說：「我想引用一件事來証明楊君和郭君的話是正確的，上次我回台灣時去拜訪過石川先生，他拿出幾本照像簿給我看。現在再回想起來，從舊照片可以看出這幾年與石川先生在一起的是些什麼人，年輕一代的畫家幾乎三分之二是本島人，老一代畫家雖因藝術觀念相距太遠和語言上的隔閡，石川先生對他們也絕對沒有偏見，像石川這樣的內地人我們是可以接受而且應該尊重的……。」

「既然談到這裡，我想可以先告個段落。時間也不早，我們在車上不是說好，要吃幾樣台中名產！

這件事差一點給忘了。」王井泉突然開口，竟然一說就說到吃的，這和平時所認識的古井兄似有些不同，當然也沒有誰會表示反對。

「我記得，郭君想吃的是台中肉丸，楊君要吃筒仔米糕，李君說……割包和扁食麵，現在我就叫店員出去買，很快就回來，請諸位稍等！」

張星建馬上站起來從樓梯口探頭朝樓下大聲喊話：「阿琦仔，過來一下，拜託你，台北來的畫家肚子又餓了，麻煩你跑一趟，到第二菜市仔買十個肉丸、六個米糕、五碗扁食麵、再加十個割包，越快越好，拜託拜託，明天再和你算錢。」

十幾分鐘後走上來兩個人，提的提、捧的捧把大包小包放在大桌上，其中一人大概就是麵店頭家，一開口就要算錢，理由是他年紀大，隔天的事容易忘記，當場收到了錢才放心。

張星建摸了半天口袋，找不出幾個銅板，王井泉看了就拿出兩張一圓紙鈔塞到他手裡，也不拒絕就轉手交給了來收錢的麵店頭家。

王井泉笑著說：「該付的時候趕緊給他，明天再來收錢，記性不好又多了一圓，你就吃虧了！」

三郎君你做錯了什麼？

在前往「台展」會場的路上，楊三郎才跳下巴士，就被一個熟悉的聲音喊住：「楊君，今年你一定有很滿意的作品參展吧！看你這麼慎重的穿著，想是抱著很大的期待前來！」

楊三郎回頭一看，原來是鄉原古統，便停下來很有禮貌地打了招呼：「鄉原先生，沒想到在這裡能遇到您，是參加開幕禮吧！我們都來早了。」

兩人並排走過十字街口，前面不遠就是公會堂。

「自從你和顏水龍君等人從法國回來，台北畫壇很明顯比以前熱鬧許多，至於你個人不知有什麼新的計畫？凡是為台灣美術所做的努力，都值得肯定，不妨說出來，或許我們可攜手來做……。」才說幾句話，已經來到公會堂外一棵大樹下。

楊三郎聽到鄉原說話語氣格外親切，反而感到有幾分不自在，一時不知該怎樣回答才好，猶豫了幾秒鐘後突然冒出一句：「鄉原先生，今天的開幕禮是由你致詞，不是嗎？」

竟說出這不相關的話，連他自己都感到意外，很明顯地是在逃避，心裡似已感到有什麼不好的預兆。

鄉原已察覺到楊三郎的不安，於是決定乾脆把話講出來，當面說個清楚。便直接問他：「時間過得也真快，『台展』已經辦了十回，當然還會再辦下去，將來『帝展』辦多久，『台展』照樣也能辦多久，轉眼之間我來台灣已十六年，最近正打算回長野縣我的故鄉，讓有生之年能全心全意從事創作。想想已到了該離開台灣的時候了，最不放心的是『台展』的將來，它是我和幾位同道全力催生的，好不容易維持到今天，希望它能作為我留給台灣美術界的一件紀念。我走了之後自然就交給你們，不管什麼情形下你們都是要接過去。最擔心的是本島美術家對『台展』的認知有偏差，以為『台展』是官方的，一說到官方就認為是內地人的，這使我不知該如何解釋才好。十幾年來我只努力做份內該做的事情，儘管我的出生是在內地，今天既已來到本島，一個美術教師能做的不外就是這些而已，心裡所在乎的是有沒有把畫畫好把學生教好這兩件事。近日來我突然間聽到傳言說楊君和幾位本島畫家正籌備一個新『台展』，令我感到錯愕，實在無法理解，傳言還說是為了與『台展』對抗，有這回事嗎？……」

「關於對抗的說法是誤解了，我應該作解釋……。」

楊三郎心裡最擔心碰到的終於被他碰到了，既然如此就該說個明白，所以聽到鄉原這麼說，他內心實在按奈不住就急於想辯解，卻又被鄉原所制止：「還是先讓我把話講完，你自然就了解外邊是怎麼在看待我們的『台展』，請耐心聽我說，……當然，到目前為止『台展』還不健全，問題仍然很多，須要大家一起努力才能把它做好，若因為對『台展』不滿，而想另創新的『台展』，以當前台灣的條件絕對沒有能力讓兩個『台展』同時存在，更何況彼此對抗！當我聽到這消息時，心裡就在想，所對立的到底是藝術觀的對抗，還是政治意識的對抗，甚至可以懷疑是在操作族群的對立！如果有新的藝術觀念提出，我絕不反對，而且非常高興在台灣島上有新興藝術的產生，但有嗎？在現階段台灣畫家的藝術理念裡，我大約可以知道不外就是『帝展』和『二科展』的範圍，『台展』作品如此，新『台展』應該也如此，這說法相信楊君不會反對吧！再說政治意識的對立，我只能懷疑是部分有心人在背後煽動，政府每回推出的政策，都被曲解成殖民統治者的手段，連一個畫展他們也不肯放過，要從中搞分裂，實在不明白這些人居心何在！以你們目前的創作傾向來看，即使是第三個新『台展』，也不致於產生社會主義及現實主義等有極端思想的作品，有對立的型式卻無對立的實質內容，這不可說是對立而是分裂。以現在的大局勢看，整個大東亞都要追求統一共榮，何況我們一個小小的『台展』，以我作為『台展』的催生者立場，聽到它即將被人撕裂，我的心在痛，你一定要體會我的心境，所以今天特地解剖給你聽，也等於是把心解剖給你看，台灣歸屬帝國才短短幾十年，台灣在清國統治下有今天日本政府這樣用心嗎？以後還有很長的路要走，如果文化界人士不能帶頭對民族融合作典範，而讓社會無止境對立下去，絕對不是台灣全民之福！在歷屆『台展』的評審過程中我問心無愧，所有的評審員只看畫的優劣，不看作者的出身是內地還是本島，從『台展』特選的名單便可以証實，難道不是這樣！……『台展』是我們大家的，但歸根究底還是屬於你們的，你們這一代起才真正是『台展之子』，是由『台展』陪伴著長大的畫家，因此實在無法理解為何會對『台展』這個培育你成長的搖籃產生敵意！今天所以跟你說這麼多話，因為我實在心痛，絕對沒有責備的意思，聽到有人要組新『台展』的那天起，我整夜難眠，想著自己對『台展』有沒有做錯什麼！我的話就說到這裡，如果你仍然堅信有更正確理由非組新『台展』不可，就儘管去作，也不必花時間向我作任何說明，我只是以一個當年的催生者立場說了這些話。如今台展就要交給你們去養育，總是得交代幾句話，希望你能聽得進去，好不好！我的話到此為止。」

說到此，鄉原有告別之意，伸手與楊三郎相握。楊三郎感到的是一種訣別，心裡激動幾乎掉下眼淚，話也說不出來，只勉強說了兩句：「我，我希望有機會向您解釋，很感激先生對台灣美術的用心，台灣畫家將永遠懷念您，感謝您！」

握住鄉原的手，花了好長時間才把短短幾句話說完。

兩人一前一後走進「台展」會場，不再說任何一句話。進了門各自與相識的人打招呼，然後找位子坐下來。

從會場的氣氛似乎感覺得出這回可能就是最後的「台展」，等明年辦完始政四十週年紀念展之後，內部醞釀已久的改組意願，將促使主辦權交還給總督府文教廳，看他們接收之後如何處理，難道「台展」只辦十年就此消失？這樣的結局畫壇的大老是絕對不允許發生的，更擔心從此交由民間團體日本洋畫協會或栴檀社接辦，「台展」所帶動的台灣美術就此走向衰微之路，楊三郎等本島畫家之所以在這時候籌組所謂的新「台展」，從這一點看來並不是沒有理由的。

早在「台展」開幕之前，有人在東京美術刊物上投稿，撰文嘲笑來台的日本畫家，已有人拿出來傳閱，大意是說：近年來內地京城地區美術人口爆增的情形下，造成在中央畫壇不得志的畫家往朝鮮及台灣轉移的跡象，因此常聽到有人譏諷台灣是東京失意畫家的天堂，意指以台灣美術的程度即使在東京僅二流角色也足以稱霸，日清戰爭最大的獲利者與其說日本，不如說為東京畫壇三腳貓找到了他們的樂園……。

文章讀來像是對台灣美術的侮辱，但也有人認為必須受點刺激畫家們才能重新振作，設使這回「台展」閉幕後「台展」就告結束，不幸被有心人言中，台灣美術的路仍然要走下去。

今天的揭幕禮表面上看來和往昔並無兩樣，然而只要細聽每位上台者的講詞，無不是對未來的走向多表露了幾句關懷，尤其當著總督府派來的代表面前刻意發表政策性的觀點，說什麼「台展」的成就是帝國文化南進的先鋒，堪稱大和精神的標誌等等，從各角度暗示「台展」在現階段的功能，尤其在南進國策中的重要性。

鄉原進來後就坐在後排右邊一個角落，希望不被人發現，以避開被邀請上台講話，但還是有人發現到他，一個穿文官制服的年輕人朝他走過來，當兩人目光交織時，鄉原敏感地以一支手指壓住自己嘴唇，略微點一下頭，暗示不要宣揚，來人體會他的用意，於是又轉身走開了。

剛才他對楊三郎說了許多話，無非也是希望「台展」能長遠存活下去，說話的態度始終保持心平氣和。等進了大廳見到這許多人在台上的發言，不知哪來的火氣開始在胸中滾滾騷動，此時最怕的是上台講話，不知會說出什麼話來連自己也沒法控制，經驗告訴他這時候就必須離講台越遠越好。

偶然間把頭轉向後排另一角落，從窗戶照進來的亮光，他清楚看到楊三郎正與兩個人在輕聲說話，從他的表情不得不懷疑是在找人算帳，質問誰把組新「台展」的事向外洩露，果真如此，三郎肯定沒有把剛才的一番話聽進耳朵裡去，這情景使鄉原不免有幾分失落。

典禮結束正想起身離去，卻見門外一陣小小的騷動，瞬間走進來四、五名軍人，接著出現的是面貌熟悉的貴夫人，仔細看時是現任的總督夫人池田美代子，他馬上想起這回在「台展」評審中，無意間刷下了總督府專程送來夫人所作的東洋畫作，是事後籌辦單位私下告訴他才知道的。

第一夫人的光臨令他頓時緊張起來，等一下見面時若問起作品落選的事不知該如何應對！以鄉原在台灣的身份而將總督夫人的作品打入落選，再怎麼說也不敢有此膽量，可是東京帝國藝術院聘來的兩位評審就不輕易留情面，既已經打入落選想救都很難，評審過後他們像什麼事也沒發生就回了東京，剩下他在台北隨時都可能與夫人見面，有什麼後果便由他一人承擔，沒想到見面會是這麼快，就在這樣的場合！眼前的這一關，不知是該趁機溜走呢，還是硬著頭皮等著夫人招見！

總督夫人畢竟不同於一般人，像一陣風從大廳穿過，眾人目光追隨著她轉去，等到走過好一會，才聽見在小聲紛紛議論剛才的那個人是何許人！

鄉原看她迅速走過西洋畫展覽室，在多名隨員引導下直往東洋畫的專室，大概還不知道自己的作品落選的事吧！鄉原暗自猜想著，所以她能如此自在要走去找自己的畫作。

看到總督夫人態度越自若，鄉原古統心裡越感發毛，一分鐘後她在會場上找不到自己的作品，知道被評審員打成落選，而評審員之一是鄉原古統，當場指定要見他時，這場合叫他如何面對！此時他真想一走了之，逃出會場大門。

可是當他遠遠看著總督夫人走進東洋畫部，突然停住腳，接著傳來一陣清脆笑聲，見她笑得腰都彎了，隨從跟著圍過來，聽她不知說了什麼，他們頻頻在點頭，各個露出討喜的笑容，反而使鄉原異常驚訝，想過去看個究竟，卻又不敢，猶豫了好一會，兩腳已不聽使喚往前移動，急切想知道夫人面前掛的是誰的畫，她此時向身旁隨員說的又是什麼……。

終於聽得到她的聲音，仍然不清楚所說的話，她總是邊說邊笑，用力地在呼吸，像戰場上一名驕傲的勝利者。

「真是謝謝你們不嫌棄！……，讓我有這機會……，真要感謝評審先生們……真是太高興。」臨走之前她向旁邊的人一而再地行禮，最後的幾句道謝的話，鄉原終於聽到了。

等這群人已離去好一段距離，鄉原才帶著急切的心走上前，想知道這幅讓夫人一看再看說個不停的作品是什麼人畫的，最後認出來根本是夫人自己的畫，明明評審那天把這幅畫由工作人員抬到落選組的房間去了，怎麼又被掛到這裡來呢！

他終於想通，肯定是她丈夫的下屬們共同安排好的騙局，若不是這麼做，今天這場面不知該如何收場，想到此，鄉原心中的疑雲才算解開，即使性格再正直的他也不會反對眼前所見的這一場不守規則的遊戲吧！

站在那裡回想一切過程的前前後後，不知過了多久，一位穿文官制服的中年男士帶著兩名工作人員來到身旁，輕聲地喚他：「鄉原先生，鄉原先生！我們實在對不起，先要在這裡向您道歉，臨時出了狀況不得已才這麼作，我們經過一番商討，確實別無選擇……。您一定發現自己的作品被移開，到處找不到而心裡不平……。」

「我的作品！」

「的確是不得已，因您的大作是全場最出色的作品，佈置會場時，第一個被選中掛在最重要的一面牆，就是這個位置……。」說到此鄉原已經明白，帶著玩笑口氣回答他：「難道你們反過來將我的畫落選了！只因為我的畫是最出色的！」

「不不不，當然不是，只是借用了你的牆面而已，等夫人一走，我們就將您的大作移回原位。」

揭幕之前鄉原還一直在門外與楊三郎交談，始終不知道這回「台展」會場裡自己的畫掛在哪裡，經這麼一說，聽起來反而像一場諷刺劇，不久前在門外尚且信誓旦旦對楊三郎說的話，像是打了自己一下耳光，心裡感到難為情……。

「明白了！你們職責之所在，我不怪誰，我走了……」說完轉過身子往大門口走去，那輕飄飄的身影，從此不再出現於「台展」會場。

出門後，他左顧右盼希望能再看到楊三郎：「再見到他，輪到是我該向他說聲對不起！」他在心裡對自己這樣說著，兩個月後鄉原一家人就離開台北搬回故鄉去了。

草山別館的高峰會

草山溫泉區從北投沿著山路走上去，到處可見路旁樹林間露出的灰色瓦頂，是來台的大官和富有人家來此購置的別莊。在半山腰靠近紗帽山下有棟連庭院約六百坪的豪華別墅，是楊肇嘉三年前從日本五金商人那裡買過來的，他常利用這地方招待友人，提供文藝界聚會之用，開完會後就順便泡硫磺泉浴。今天早上八點多鐘就陸續有客人前來，九點不到傳出陣陣的歡笑聲，老遠走在環山公路已可清楚聽見。

為了今天的聚會，楊氏本人從昨夜起就住進了別墅，準備與全島各地前來的畫家在這裡會面，兩天前「台展」剛開幕，這幾天畫家們從送畫參展到結束後運畫回家，至少有五天時間停留台北，凡有重大事情須要商議，這時候是一年當中畫家聚集的最佳時機。

自從與王井泉在晴園門前相遇，這期間雖一直有電話聯繫，都因為楊肇嘉事務繁忙使兩人敲不出時間，於是一延再延直到「台展」揭幕，眼看再不把握這機會，不知又要等到幾時，所以臨時決定通知大家在楊氏別墅聚會。

不同於往常的是今天所談的題目較過去嚴肅，受邀前來的畫家名單也都經過李梅樹、楊三郎等人圈選過，不像過去只為了交誼敘舊，來之前已知道有個議題正待討論，但見面之後那說笑取鬧的習性仍然不改，屋子裡依舊熱鬧滾滾。

直到主人從外面散步回家，傳來狗吠聲，嘻鬧才終於平靜，隨後來了一部出租汽車，王井泉、詹紹基、周井田和陳逸松四人從車門鑽出來，接著這個非正式的會在嚴肅氣氛中，由楊肇嘉發言作了開場白：

「大家早！看這情形該來的也都來了，很高興這個難得的聚會能夠在我的地方順利召開，兩個月前就聽說我們的本島畫家有計畫要組織新的『台展』，我就一直在等待，看誰會來告訴我這個消息，外面路邊聽到的不算，要你們當中任何一人親口說了我才相信，結果等到今天，還是我把你們請到面前來，才有可能聽到一句想聽的話。到底這是一個多大的秘密，連我都被當作外人！你們這樣做必有相當理由，我不計較，這回要大家過來，只是想問一聲這個秘密今天是否可以公開？公開之後我能幫忙作些什麼？不僅是我，王井泉、陳逸松、周井田等人也都在關心，隨時準備為你們的計畫出力。那天在晴園門外聽古井兄告訴我這消息，說你們有個與『台展』一樣規模的展覽就要誕生，我一方面是高興，但另方面也擔憂，高興的是台灣美術界終能集結成一股力量與官辦的展覽抗衡，是我們文化界多年所期待的。但還是要擔憂，憑你們的歷練能否應付得了新局面，對台灣美術也好，台灣文化運動也好，先要認清楚這一步是一次大躍進，如果沒有眾人的力量作出周詳計畫，只草草推出，一但受到對方反擊，想重新來過那就難了，下一次不知道要再等多少年。以我的個性，在今天這場合，不想也不必隱瞞我心裡的不悅，但還是相信這當中必有你們的道理，不便多責怪……，這樣好啦，現在就請你們的一位代表，三郎君，你來說明一下，我知道這種事都是你在帶頭的，從你嘴裡說的應該才是最正確！」

楊三郎被點名之後只好站起來，儘管心裡已知道像今天這場面早晚終將面對，站起來後又兩眼瞪著李梅樹和郭雪湖，像用眼神訊問他們些什麼，一副無辜的模樣，反而是站在另一邊的顏水龍奮勇出來替他解圍：「是這樣的，還是讓我先講幾句，再由三郎君接著說。外界會有這許多誤會，是我的不好……，最近幾次我們私底下的確討論過畫會的事，都表示有意願組個更具時代功能的美術團體，眾人意見紛紛，從沒有過結論，不但這樣，反而越談越覺彼此之間差異性越大，所以起頭熱熱，後來變冷冷，這期間沒有人前來報告給肇嘉先生知道，就是這個原因，我這樣說，不知肇嘉先生能不能接受！」

顏水龍說完，看到楊肇嘉連連點頭，楊三郎才接著說下去：「顏君你不必自責，我們當中誰都沒有錯，大家都是畫圖的人，搞組織這種事情不應該由我們去做，每開一次會就更清楚看出自己的性格和能力在哪裡。有一次不知是誰提出來要組織畫會，就很多人搶著替它取名字，鬧了大半天直到結束，什麼名字也沒有取成功，更不用說具體方案。又一次，我們幾個人約好到錦記茶行邀請清汾出來討論，結果沒有談正題就被清汾的法國紅酒灌醉了。接著大稻埕三重奏闖進來，一起唱歌跳舞，古井兄說這就是慶祝晚會，因為他以為我們已經把畫會組成，才特地前來祝賀結盟成功，實在讓我們心裡慚愧，承擔不起外界對我們的期待，必須在此向諸位道歉！」

說著低頭彎腰對大家行了個禮，站在一旁的郭雪湖也陪著行禮，表示這件事應由兩人一起承擔。

「無人能怪你們什麼啦！如果我怪你們，就是高估了你們，過去在山水亭進出的文化仙仔我是非常了解的，到現在為止，所謂新『台展』還是白紙一張，連一撇都還沒畫，這當然很正常，所以才需要我們來關心，沒有了我們，你們就只有圖畫……，單單只有圖畫，對台灣能有什麼幫助！所以才要我們來出面。」山水亭老板王井泉搶先對楊三郎作回應。

接著開印刷廠的周井田也開口：「現在肇嘉先生在這裡，請畫家把你們的意願說來聽聽，今天就可以在這裡把『台展』成立。不要忘記，過去有過多少的會在這棟房子裡商量籌劃，最後沒有一項不成功，我不相信台灣人連一個『台展』都辦不出來，豈不被人笑死了！」

「對，文學界近年內做了些什麼，你們應該也都看到了！他們出版《台灣文藝》，然後又有《台灣新文學》，用的都是『台灣』兩個字，而你們的『七星』和『赤島』，把台灣形容得又婉轉又間接，『台灣』是具體的，同時也可看成是精神的，捉在手中是有感覺的，可惜在美術界少了這東西，於是做事失去了重心，一開會就意見紛紛，沒有焦點。有人偏向『七星』，有人偏向『赤島』，掌握不住完整的『台灣』，也許藝術家就是這樣，不可太苛責，但還是要檢討，所以今天才請大家一起過來，但願不要像前幾回什麼也沒做就在外面留下一堆流言，我看再請雪湖君針對這件事從他的角度來說一下。」

當楊肇嘉指名郭雪湖時，楊三郎認為剛才的話還沒有說完，未等郭雪湖開口就又站起來搶先講下去：「失禮，讓我先把剛才的話說完，再讓雪湖兄來補充，因我們兩人看法向來是很一致的。……大家都說我們畫家做事沒效率，我不敢不承認，也不敢不誠心接受批評，前幾回與畫友接觸，大家一起聊聊，嚴格說來都不算開會，頂多只拿畫會結社當議題，彼此之間試探性交換意見，相信一旦時機成熟，效率自然就有了。譬如有今天這樣的場面，應該也算是我等幾個人私下談論之後發展出來的。現在又有熱心人士跳出來相挺，算已經是成功了一半，雖然每一次都沒有結果，只要持續沒有放棄，到最後還是出現了結論，過去所做的還是值得肯定……，我話說到這裡，那就請雪湖君……。」

郭雪湖已經站出來等著要發言，手上一本速寫簿，上面寫有幾行講話大要，一邊看一邊講：「那次在錦記茶行的聚會是我約的，主要想邀請清汾出來組畫會，但他怎麼也不肯，口才又比我好，說不過他只好放棄，結果被古井當作是慶功宴，他是在笑我們，我當然聽得出來，後來就討論起會員的名單，只談到西洋畫，除了在場的幾位，還提及林克恭、張秋海、何德來、范洪甲、陳承藩、陳德旺、洪瑞麟、張萬傳等。有人主張必須要求精而不求量，這一來就要花時間考量人選。其次，就是和『台展』一樣以公募展方式展出的建議，或許這緣故，才被說成新『台展』。其實台灣的美術環境即使有兩個『台展』也不算多，甚至認為春、夏、秋、冬都應該有畫展，才展現出台灣美術運動的豐盛。可惜力量有限，目前能辦一個已經不錯了。困難在於和『台展』一樣也是公募展，要有場地和人手，會員除了出品還要擔任評審，辦理收件和退件等事務，想做得很成功實在不易，這是所以拖這麼久不敢公開的原因。至於名稱，一個這麼大的展覽取名當然要謹慎，什麼稱號都想過了，還是得不到多數人贊同，所以需要大家幫忙一起動腦子。我們的情況就是這樣，以上是我今天的報告。」

當郭雪湖發言時，楊肇嘉在一旁頻頻點頭，還不時與旁邊的陳逸松交頭接耳，等郭雪湖講完後，他就站起來說：「聽雪湖君這一番話，大家應該更清楚了，做一個畫家不但要把畫畫好，還要辦很多份內和份外的事，看來像是為自己在做，其實要撥更多時間去為別人做，所以我們以支持者立場也應該站出來為他們做……，現在再聽聽其他人意見。」

一直沒有說話的陳逸松，站起來後擺出律師上法庭的姿態，先調整一下領帶，又清了兩聲喉嚨，才開始說話：「我常常說，和畫家一起辦事，就永遠辦不了事！」說到此，他故意停了一下，看別人的反應，又接著說：「不過，畫家裡面郭雪湖是一流的辦事人才，我們要給他時間，相信一定可以辦得非常之好。所以我說經驗是非常重要的，民間打官司，要聘請上了年紀的辯護士，而不聘我們年輕的，就是因為年輕人缺乏經驗。『台展』初辦時會受到那麼多批評，就是因為沒有經驗，所以今天我們沒有經驗並不是缺點，在這裡我要說些打氣的話，增加大家的信心……。」

當他的話越說越長，而且離題越遠時，便開始有人相約溜到別的房間裡抽菸，楊肇嘉看在眼裡，忍耐了好一陣子，終於站起來打斷他的話：「非常感謝陳逸松先生對我們的勉勵和建議，由於時間有限，即使有千言萬語，也要請他留著等下回再講，接下來應該請古井兄，你來說……。」

王井泉本已站起來準備跟隨其他人到外頭抽根菸，聽楊肇嘉這麼一說，趕快轉過頭來面向眾人：「今天如果沒有雪湖君的解釋，我們還一直相信外界傳言，聽不到內部聲音……，現在我終於都明白了。講一句最實際的話，畫家和一般人一樣都要吃飯，而正好我是開飯店賣飯菜的，所以我能做的是什麼？不用說你們已經都知道，以後你們開展覽就到山水亭吃飯，沒有人敢向你收錢，我的話又實際又簡單，這是飯店老板的特色！」

他的話緊接在陳逸松長篇大論之後，相比之下任誰也聽得出他的簡短是有用意的。

「也讓我表示一下。」說話的人是開印刷廠的周井田：「你們要印請帖可以來找我，以後請帖的事就由我包了，只要有人把設計圖送過來，我就免費替你們印，但不可像上一回，明天要開幕今天才要我趕印，即使神仙也幫不了忙！」

「你們看，有這麼多人關心，這個畫會再組不成，你說台灣美術還有希望嗎！」楊肇嘉說到此，突然想起一個人，便問：「聽你們剛剛說的那位陳天來的小兒子，叫什麼清汾？我會去找他，如果他是那麼重要。但要是為人不合群，就不要勉強，別以為到法國比別人早，就可以搞怪，關於他的問題我了解之後，不是不能解決的……。好，現在接下來有什麼要討論，請提出來！」

靜坐在一旁的李梅樹舉手要求發言，自從擔任地方代表之後，舉手發言已成了他的習慣：「許多事情其實也不必在這地方討論，但有兩件事必須提出來，請前輩出面裁決，就是畫會的名稱和會員名單，我的意思是由前輩們組一個指導委員會之類的，專作裁決工作，向來畫家與畫家之間的地位大家平大，意見一多很難成事，所以需要上級指導單位，才控制得了局面，這個單位是臨時的，等一切穩定後隨時可以結束運作，這是個人淺見，提供討論。」

楊肇嘉針對李梅樹的提案，回應說：「這個意見很具體，如果有必要，我們義不容辭，但還是要多多考量，如果壞處比好處多，我們就不可以草率成立，成立後再要解散，就是自找麻煩……。」

「幾天前我從倉庫裡找出一些舊相片，有關文化團體的，把它都拿出來放在一起慢慢地看，發現兩點特色：一個是照片下方有一行字，寫著團體名稱和日期，那些名稱和台灣土地都有密切關係，像『七星』、『赤島』、『台灣』等，因為台灣美術成長自土地，所以要從我們生活的土地去找名稱，這是很自然很正當的。其次就是團體照通常是兩排或三排，前排正中央坐著的一定是像楊肇嘉先生這樣的前輩，所以剛才梅樹兄說的指導委員會，從這些照片裡就可以找出來，以上，謝謝！」詹紹基在大稻埕開設雅典娜照相館，文化界的活動常聘他任攝影師，他從照片裡看出兩項特色，對大家有相當啟發性。

「紹基君的話很令人省思，也值得我們參考，說到畫會名稱與土地的關係，當初取名『七星畫壇』，以為有七星山當我們的靠山，一定很穩。可是使用了之後就嫌它讀音太長，力道不夠，所以在重組時就有人提議改名，本來商標是越老越好用，誰都不想更改，然而一旦發現不適宜只好另找新的。『赤島』是否更好，不久又出現問題，赤色之島所帶來的困擾不小，很快就被說成左派的用詞，沒有左派之實卻掛有左派之名，得不到左右任何一方的認同，以上是近幾年間台灣的畫會史，在這裡說出來供諸位參考。」

李梅樹針對畫會名稱舉出實例，雖然說僅供參考，卻聽得出對過去在土地上找名稱的作法並不苟同。

楊三郎亦有他對「島」的看法：「雖然台灣是海島，若僅僅是一個『島』，連想起來就成了大洋中的孤島，精神上是孤立的，因此我們要以海洋性特質詮釋台灣文化的精神，將來我們的畫展要在春天舉行，所以不妨考慮用『春洋』畫會，或『太平洋』畫會。」

「如果改成『台洋』畫會呢？」李梅樹說：「日語唸起來和『太陽』同音，代表台灣文化的大洋或台灣人心中的大洋，絕對比『赤島』更有力。」

「若是把『台洋』和『太陽』結合在一起，成為『台陽』，這樣應該也不錯，我們可以考量一下。」陳逸松突然又插進來表示意見，馬上有人舉手贊同：

「九份有個台陽礦業株式會社，是專門在地底下開發金礦的，而我們也用『台陽』，開發的是美的金礦，是精神的金礦，文化的金礦，我非常贊成！」

「對，我們還可找台陽礦主顏國年家族來贊助……。」

「有『台陽展』就有台陽獎，由台陽礦業出錢設置最合適，為產業界塑造好的型像，對兩邊的『台陽』都是好的，所以逸松兄這個提案非常聰明，大家都應該贊成。」

「很好，這一來外界就不再有誤解，認為我們以新『台展』在對抗舊『台展』，或以民展與官展抗衡……。」

「我們可光明正大說：『台陽』是與『台展』平行的畫展，兩者相輔相成，將來在『台展』中有優秀表現者都可吸收為『台陽』會員，兩者是兄弟關係。」

「『台陽』會員照樣可以出品『台展』，為『台展』出力，兩邊和平共存，只有競爭而沒有對立，這是什麼關係？親戚關係，不，是夫妻關係！」

「哈哈！什麼關係都可以，就是不要有曖昧關係！」

「不管是什麼關係，從台灣美術的角度來看，則是一體的兩面，『台陽』這個名稱，讚！」

「我算一算，『台陽』這兩個字應該有百年以上的氣數，像金礦一樣有挖不完的財寶，與台灣永遠同在。」

「那麼，我們就由一個人把剛才說的寫成會章，在創立那天的大會上公開宣讀，就不怕再有誤解！」

談到這裡似已有了眉目，大家心裡頗有成就感，於是場內開始聽得到輕鬆的笑聲。

主人楊肇嘉也跟著眉開眼笑，站起來以主持人身份為今天的會作結論：「很好，現在時間已差不多，會也開得非常順利，就讓我來作結論吧！同時也希望你們當中有人把所談的這些寫成綱要，以後開會時才有依據。這種工作你們過去大概都沒有做，所以每次開的會都沒有延續性。今天我們就當是第一次會議，至少要開三次會才能算把畫會籌備完成，下次在什麼地方，什麼時候舉行，等一下你們就要訂出來。接下來所開的會我就不再來了，希望你們最後能順利達成，讓畫會創立成功！要知道我們不管做什麼，日本人都會看到，做不好肯定被拿去當笑話，這一來全體台灣人都沒有面子，就是有這種心情隨時在鞭策我們，所以不斷要求自己做一件事非做成功不可。同時要拜託古井兄、逸松兄，你們幾位多多協助，把畫家的事當作自己的事，讓任務早日達成。……等一會松井料理店就把午餐送到山上來，下午你們就在這地方輕鬆一下，看要洗溫泉還是泡咖啡聊天，請諸位隨意使用。我現在有事必須趕快下山處理，很失禮，就不陪你們了，但不要忘記隨時我都與你們保持聯繫……。」

楊肇嘉站起來後又邊說邊走，說最後一句話時人已經走到大門外了。司機早在門口等著，見他出來，趕快把帽子和手杖交給他，然後跑步過去將車門打開，楊肇嘉進入汽車之前又回頭看一眼，此時已有人跟著出來，朝著肇嘉先生行禮道別，一排人站在門前看著汽車往山下直駛而去。

鄉原離台只帶走一個紅龜印

由於鄉原古統回日本的船期訂好在七月十六日，郭雪湖和李石樵兩人於前一天就提早到基隆，在海港碼頭附近找一家旅店投宿，以便次日一早為鄉原全家大小送行。

開船時間原先訂在早晨十點十五分，由於同船來了一位重要官員，安全檢查的工作延誤了許多時間，經過一改再改，到接近中午才確定在下午三點正開船，如此一來使兩人有更多時間與鄉原先生相處，便相約到媽祖宮旁邊的料理店午餐。這家餐館叫神田，鄉原先生來過幾回，曾經誇讚這裡的幾樣菜連在日本都吃不到，當地畫家蘇秋東是李石樵的北師校友，過去曾經受到鄉原的指導，也趕來一起聚餐，加上鄉原家人一張長桌子正好坐滿。不管是對鄉原或對郭雪湖等人這是一場令人懷念的惜別會，由於離別在即，席間氣氛凝重。

「我們大家把心情放鬆些，好好來品嚐一下這家廚師的手藝，我說過即使在東京也難能吃到這等級的美食，以後你們還有很多機會到日本來，大家見面的時間多得很，說不定有一天還會搬到內地長住……。」還是由鄉原先開口，打破了沉默。

「是的，郭雪湖和我已在計畫明年初去內地的行程，那時一定會到長野縣拜訪先生。」李石樵把昨夜與郭雪湖兩人在旅館裡未成熟的計畫提早告訴鄉原先生，說話時低著頭，深怕彼此的目光在這時候接觸。

「你們的藝術人生才剛開始，未來還有很長的路要走。到了我的年齡，已逐漸體會出：『對藝術知道越多就越難懂，路走得越遠就越難行，』這句話的道理。成功的一日永遠在前頭，好像在不遠又像還很遠，若不是這樣，它就不是藝術了……。」鄉原斷斷續續地，每一段話都好像想了又想才說出來。

自從他要回鄉的消息傳出以後，每隔兩天就有人設宴替他餞別，類似臨別前該說的話已經說得太多，今天再怎麼說也是重覆而已。

「先生，我們敬您和夫人，以及全家人希望回鄉之後的日子過得幸福愉快，更要照顧身體的健康，請不要忘記在台灣有這麼多學生在想念您、關懷您，我們會常寫信告知這裡的情形。相信您雖然離開台灣，您的心仍舊留在台灣，我們就像您還沒有離開一樣，經常在接受您的指導，在藝術的路上努力走下去……，實在是非常感激，這麼多年的教導！謝謝您！」

郭雪湖領先舉起酒杯對著鄉原全家人一飲而盡，其他人也跟著乾杯，雖然才剛喝下第一杯，神情看來像是已經完全醉了的人，心事重重，動作沉重。

坐在旁邊的蘇秋東也舉起杯子，說：「……我們今後一定以先生為榜樣，認真從事畫業，來日先生再回到台灣，我們一定要拿出好的成績來，絕不讓先生失望，我要以先生的成就為目標，希望能像先生這樣做一位成功的藝術家……。」

「請千萬不可說『成功』這種字眼，尤其對我，不可用成功來形容。」鄉原趕緊阻止他繼續說下去：「唉，最近這些日子來，因為就要離開這裡，結束台灣的這段生活，所以對自己作出深切反省，才發現我不過是一名失敗的畫家，今天能有你們這麼多優秀學生，或許是我唯一成功的地方，那是站在教育崗位上該做到的……。但如果說在個人畫業上的成就，那就沒有理由足以形容自己的成功，到目前為止我的藝術離成功還太遙遠，似乎越來越遠，這一生恐怕無法達到，即使這樣還是要努力走下去，走完自己的藝術人生。所以今天趁這機會要告訴諸位，在這宴席中能奉送給大家的也只有這句話！藝術工作是一輩子的事，要以終身事業來面對，當中絕不可以有雜念，我犯的最大錯誤就是又去當一名教師，現在才知道，即使是美術教學的工作，對一名走在藝術道路上的人也是一種干擾……，盼諸位要切記，除非你已放棄藝術家的生涯，這才可以改行去當一名教員，我就是一個最好的例証。我走了之後，也許就看不見你們的成功與失敗，但至少我會知道每一個人是否堅持走在藝術這一條路上，今天臨別之前，我只有祝福和勉勵。來，我們把杯裡的酒一口氣飲完，乾杯！」

大家跟著一起舉杯，包括鄉原夫人及兩位千金都一口將杯裡的酒喝乾。

蘇秋東把帶來準備送給鄉原的禮物放在膝上，不知該如何開口，小聲問雪湖，好不好將這樣的東西當送別禮物，問了兩次，不得已之下郭雪湖才替他說出來：「先生，剛剛蘇君私下問我，他從鄉下家裡帶來台灣民間作紅龜粿的板模，你一定看過的，就是紅色的那種粿，用模印成像龜一樣……。」

未等說完，鄉原已知道那是什麼，露出高興的笑容：「知道，我當然看過……，真有心，以這樣寶貴的禮物送我，是上等的紀念物，我在這裡先向你致謝！」

聽鄉原先生這麼說，秋東趕緊拿出包好的禮盒，將繩子解開，小心撕去貼好的包裝紙，好不容易取出裡面的板模，鄉原拿在手上，前後反覆看了又看，愛不忍捨，雕琢精緻的花紋甚是少見，然後低下頭行禮致謝：「我非常喜歡，真是太美啦，不是嗎！」說著把它交給夫人，夫人拿在手中又不停點頭稱讚：

「真是上品的禮物，回日本之後，我會放在客廳的櫃檯上，有客人就拿出來讓他們認識一下真正台灣傳統雕刻藝術的美，而且還可以請他們猜一猜，這到底是做什麼用的，真是謝謝您們，非常感激！」

出了神田料理店，一起步行沿著岸邊往碼頭方向走去，平時約十分鐘可以走到的一小段路，竟走了近半個小時。

走在路上時，鄉原突然轉頭問身旁的李石樵：「近日來見到過楊三郎沒有？」

「有，我們見了幾次面，本來他也想到基隆送行，大概有事又取消了……。」李石樵回答說。

「我倒十分期待他今天能來，讓我當著面告訴他，『台展』揭幕典禮那天，我對他說的話，有很多看法必須修正。當時沒有聽他的解釋，是我的不對，實在不應該從頭到尾都是我一人在說話，不過，有關組織新『台展』這件事，我還是希望諸位再多加考慮。辦個展覽有太多雜事要做，『台展』有的是人力物力，若由民間辦的話，什麼都要自己做，這個問題不知有無考慮過！」

已經來到碼頭海關，看見不遠處有一群人朝著這邊揮手，是來為鄉原先生送行的第三高女學生，爭相跑著過來一一向鄉原先生行禮，隨後又來了十幾名沒有穿制服的是已經出了社會的校友吧！歡送的陣容大出鄉原等人意料之外，本以為一家人靜靜地離開，眼前出現這麼熱鬧場面，著實令人感動。

上船之前鄉原先生與學生一一握手，握手時把每個人的名字也喊出來，也許這是最後一次喊她們的名字，這幾年用心教學，臨別前所見的情景，就是他所應得的回報！

走在登上輪船的扶梯，他只朝岸上揮了一次手就不敢再回頭，此時的他已淚流滿面……。

進了船艙後，一家人又再走上甲板，他不忍心就這樣離開學生，也捨不得離開這個島……，「再見」聲中聽到汽笛聲響，輪船已離開岸邊，緩緩朝港外堤岸駛去……。

「鄉原先生，再見！希望您健康！」

已經離開很遠，還看得見碼頭上的送行人不停地在揮手，這群人的面孔是他最後所看到的台灣。

5

第九號水門

紫色大稻埕

李石樵入選第一屆「台展」的水彩作品〈台北橋〉，畫於1927年，用色透明，具英國風。（右為局部）

臥著的裸女有罪?

首回「台陽展」即將開幕前一星期，李石樵才從東京匆匆趕回台北，先在新莊老家住了兩天，打聽好作品已順利運達教育會館，這才放心，打算「台陽展」一過就到台中住下來，專心準備出品「帝展」的製作。

在台中期間經友人莊垂勝的推介，有一間相當寬闊的工廠二樓可當畫室，地點離車站走路不到十分鐘，對這個工作環境他看過之後相當滿意，便決定把全部時間留在這裡創作。

回台的輪船上，他一直想著一件事情：為什麼每次一到台北，總是滿腦子空空地，什麼畫也畫不出來，整天乾坐在畫架前望著白畫布久久無法落筆。必須再回東京的畫室，想畫的題材才擋也擋不住像泉水一般湧出，難道這輩子的藝術家生活註定要在東京渡過！

台中的工廠，感覺上與東京的很類似，空間結構也差不多，所以他一看到就決定以這裡當台灣的工作室，依照東京畫室的模式將它佈置之後，工作很快就進入了狀況，往後停留台灣的日子自然不會平白渡過。

他只知道在台北時受到的干擾太多所以無法作畫，這是他唯一能找到的理由，究竟是什麼樣的干擾，仍然是說不上來。

只有個原因他不得不承認，在東京時是從學生身份逐步轉變過來的，心裡頭總存在著有許多人比自己畫得好的想法，畫壇上能看到的畫都是值得學習的對象，因此一直把東京當成他最佳的學習環境，只要人在東京，他的藝術就在進步中；但到了台北以後，有種心態使他容易目空一切，身邊的任何人在他眼中都沒有自己好，所遇到的事對他都認為是雜事卻又非做不可，於是才覺得不如住到中部少有人認識的地方，或可恢復東京時的創作心境。

在繪畫的領域裡，隨年齡的增長已逐漸往深入思考的方向提升，尤其每當思考問題時脫離不了以畫面為依據，畫布成了他思索的憑藉，在畫面上有形的圖像和無形的思惟相互追逐，每出現這樣的境界，就是他這一天當中最大的享受，可惜在台北的環境下連這起碼的境界也得不到……。

學生時代聽師長說過，法國近代大師在一生中皆擁有兩個以上的畫室。從那時候起，他就在心裡盤算著，將來有了能力就在東京、台中和新莊老家三地各設一個工作室，這樣可以為調整創作的心境輪流在不同地方作畫，轉換個環境讓自己休息之後再重新出發，思考的領域也因而更加擴大，眼看這個願望很快就要實現了……。

有了台中的畫室，返台之前就先在東京作好準備，攜帶十幾幅草圖用速寫簿夾著，打算每一張各畫一幅大油畫。

近年來他愈加確定自己是個畫室的畫家，而且是偏向以人物為主題的畫家。甚至認為在過去的創作中一直是把人物當靜物來畫，反之亦將靜物當人物來畫，不論畫的是什麼以靜物的佈局而後追求物體的人格化。其所以自認是畫室畫家，還有個理由是，在畫室裡可以把同一構圖和題材在幾幅畫布上同時進行，尋找不同的表現方法，推演出各種的可能，他則用「研究」兩個字來形容這種只有在畫室裡才可進行的工作。

所謂推演是以漸進的方式逐步形成的過程，最常出現的是在進行中的一幅畫裡，偶然另有發現，就把新的問題延伸到別的畫面來，在另一幅畫布上又重新開始，如此沒有預期之下，經常在他畫室裡同時擺著六、七幅畫布，所畫的看似不同的畫卻又像是同一幅畫，是一連串延伸出來的繪畫論題，這就是他的「研究」。從這句話得見他對藝術的態度有多少成份屬於實驗性質，因而他的工作室同時也是實驗室，每當有人走進來看到未完成的作品佈滿整個牆面，往往會聯想到他是在下一盤棋，每件作品都是一個棋子。對畫家而言，並不在乎作品完成與否，能夠佈出什麼樣的局才最重要。

雖然這麼說，他還是不停地將作品送進「帝展」，以維持自己的畫壇席位，因而另方面又不得不擺脫研究的領域在一幅大畫布上建構絕對完整性的構圖，以滿足評審員的要求。

從這裡又看到李石樵的創作搖擺在不同的兩極，雖然把畫室當成了實驗室，卻又脫離不開帝展風格的框架，想像得出其內心的矛盾是其他同時代畫家所不易見得的。

那個年代裡，包括巴黎沙龍在內，最不容易通過的還是「帝展」這一關，到過法國的台灣畫家都順利進入法蘭西沙龍，可是卻無法以這樣的實力入選「帝展」，所以李石樵近年來的接連入選，無疑在台灣畫壇已建立最高榮耀。憑他的寫實功力，經常有人來請他去為家中的長輩畫肖像，尤以中部一帶的大地主如霧峰林家和清水楊家等大族。這一來使他又得花更長時間停留台中，以畫肖像賺取生活。

中央書局經理張星建向來以文化事業熱心聞名，在文化界裡所扮的角色是眾所周知的甘草形人物，他手上有份名單，包括中部地區的地主階級、醫師和律師等有錢的自由業者，只要有機會就向他們推銷李石樵、楊三郎、顏水龍等人的畫作，至於肖像則只認定李石樵一人是這方面的高手，這工作幾無人能與之競爭。他對人像畫之造詣，畫來自成一格，憑東美教室裡學來的一流素描，掌握肖像之形似當無問題，著色則以中間色起頭，等略乾後再將顏色加深或加淺來製造明暗層次，屬明治晚年流入日本的印象派畫法，不同於過去市井畫師的慢工出細活，磨了好久才完成的墨炭人像。

在霧峰為林獻堂及老夫人畫像的那段日子裡，雖然老人家動作頻頻，又缺乏耐性，他的畫筆仍然不受影響，照樣順利畫下去。在約定的每天兩小時裡，她頂多只有半小時肯坐在太師椅上正對著畫家，其餘不是要佣人端來人參湯，就是把身子側靠著閉眼養神，或向李石樵問東問西，背後還有個佣人為她搖扇子和倒茶，嘴裡又不停地嗑瓜子，這種情況下李石樵照樣在預定時間內把肖像完成，讓林家上下每個人都滿意，這本事絕非一般畫家所能辦到的。

霧峰林家的企業早在日治時代辜家以暴發戶姿態興起之前，已堪稱台灣中部地區之首富，與板橋林本源一族可相比美。林氏家族於清乾隆年間即由林石率族人來台拓墾，先到大里杙，又遷居霧峰頂竹圍，傳至林甲寅已相當富有，他育有兩個兒子，長子定邦之宅第因位置處於南邊，統稱下厝；次子奠國位處北方故稱頂厝，從此林家才有頂、下厝之分。定邦、奠國從小練武，皆身懷武藝，後來定邦與草湖林和尚發生衝突被殺害，長子林文察為報父仇，殺了林和尚而入獄，適逢小刀會之亂，林文察請願戴罪立功，獲免刑，又於咸豐十一年率台勇破太平軍，因功受封總兵，以後屢建奇功受左宗棠舉薦為福建陸路提督兼領水路提督，同治三年萬松關之役為太平軍亂兵砍死。林家後人以衣冠葬於飛鳳山，後遷葬車籠埔九角坑，追贈封號太子少保；下厝宅第稱宮保第，其子林朝棟於中法戰爭助巡撫劉銘傳打敗法軍於獅球嶺，劉銘傳事後逐以樟腦專賣權授予林朝棟、林文欽兄弟，林家藉此獲利終成中台灣之首富。然由於時代改變，林家後代逐由武功轉為文化上的貢獻，林文欽長子林獻堂在這轉型過程中是建立功勳之第一人，當李石樵入林家畫肖像之際正是林獻堂掌家的時代。林家的宅邸聚落大抵分成景薰樓、宮保第和萊園三處，萊園座落於西北方的火燄山麓，佔地約五甲，與新竹北郭園、台南吳園、板橋林本源邸園並稱台灣四大名園，以江南式庭園為基本格局，園中建築延續傳統閩南特色，後又融入日式和西式風格，其中以木棉橋、擣衣澗、五桂樓、小習池、望日峯、萬梅崦、荔枝島、夕佳亭、考槃軒、千步磴等共稱萊園十景。

李石樵在頂厝五桂樓有一個大房間，平時就在萊園到處遊覽，手拿速寫簿，看到什麼就畫什麼，畫時有人圍觀，興緻來時乾脆要求每個人站著不動，順手將他們描繪下來。有人開口請他畫像，他寥寥數筆以誇張手法強調臉部特徵，表現漫畫趣味讓圍觀者傳閱笑成一團，因而結交了許多朋友，成為最受歡迎的客人。

這些日子他等於是這裡的駐院畫師，需要的顏料隨時開一張清單就有人專程到城裡採購，不但顏料、畫筆、畫布、調色油樣樣不缺，連速寫本、畫紙、粉彩、炭筆、寫生用三腳架、畫衣等，還有每天兩包香菸也都無限量供應。下午三點多，不管他是在作畫還是休息，一定有佣人端著咖啡過來，對他來說是一天當中最美妙的享受，在幽雅的庭院品嚐特別調製的熱咖啡，旁邊還有人侍候，這種富貴人家才有的雅興他終生難忘，日後每有機會就拿來向人誇耀。有一回他在小習池旁寫生，咖啡正好端來，被夫人看到，馬上使喚兩名女佣人，一個為他撐傘、一個在背後搖扇子，這情景令他感動得眼淚都要掉下來。

老夫人與李石樵相處期間十分投緣，開始時稱他石樵仙，熟了之後順口便叫他石樵仔。平時李石樵說話，在幽默中又帶點小調皮，常逗得老夫人開懷大笑，便視他像個可愛小寵物，用「石樵仔」稱他再恰當不過了。

老夫人平時愛抽水煙斗，也叫下人找來一支讓石樵仔抽抽看，先是點火的草紙卷怎麼吹也燃不起來，老夫人教他：「你就把嘴對著火種向佛祖叫一聲『佛』，火自然就降臨。」接連練習幾次果然讓火星點燃，接著就是在點菸草時對著煙斗的嘴輕輕吸一口，這一步他怎麼努力也辦不到，總是連水一起吸到嘴裡，老夫人見他學得這樣辛苦，就叫他改抽雪茄，這種粗壯形的菸，他在電影裡曾看到過，也在校園見過東美一位老師邊走邊抽，派頭十足，姆指一般粗的雪茄初抽起來雖覺味道古怪，但過後真正聞到了香味，很快就令他迷上雪茄。

畫完老夫人後又開始畫林獻堂，尚未完成就遇到「台陽展」，開幕前兩天，他向老夫人請了五天假，老夫人聽說台北有一群年輕畫家將要開畫展，就從櫃裡取出一盒雪茄，想想又叫佣人再找出一盒巧克力，交給李石樵拿去犒賞大家。

李石樵接到手上時又興奮又得意，無法想像這群「台陽人」每人一根雪茄咬在嘴邊將樂成什麼模樣！如果手上再拿一杯紅酒，便可以把自己聯想成巴黎蒙瑪特的畫家，多麼浪漫又多麼過癮！回到自己房間就等不及打開巧克力盒子，意外發現有一張紙條還留在盒裡，從紙上簡單幾個字得知，是林攀龍前年從英國寄來給祖母的生日禮物，人在老遠的歐洲還記得祖母生日，祖孫之情一定非同尋常，更令李石樵疼惜捨不得吃它。

李石樵當天晚上乘夜車北上台北，第二天到教育會館時畫已全部掛好，他很快找到了自己的作品，進門右邊第一面牆，一整排掛的全是李石樵的畫，是最顯目的位置，到底誰的主意把他的畫掛在這裡？其他人將作何感想！心裡當然又高興又感激，卻難免幾分憂慮。

就在此時聽到有人大聲說話，熟悉的聲音從最裡面的房間傳出，隨後看見楊三郎跟在陳清汾後面匆匆走來，經過正廳朝大門口走去，想打個招呼已經來不及了，此時聽楊三郎緊跟在背後解釋說：「……畫是我掛的請聽我解釋。當時我心裡是這麼想，我們在地的畫家如果能退讓幾分，把好位置留給南部的人和日本回來的或許就……。他們老遠把畫送來，如果看到被掛在不顯眼處，即使沒有表示，心裡一定不舒服，當初沒有先與你商量，就自作主張，真不好意思！如果你有意見的話，還是可以……。」

清汾聽到平時霸氣十足的楊三郎跟在後面以這種委婉的語氣解釋，越覺剛才自己表現太沒有風度，口氣頓時溫和下來：

「原來是這樣，真對不起！剛剛以為是會館員工隨便亂掛。……多虧你用心，考慮得周到，……別人該沒有話說才對。……我贊同這樣做。」

聽到兩人的對話，李石樵才明白自己的畫被掛在這位置是楊三郎的安排，本想上前表示謝意，卻反而退後幾步躲到一旁，這時候不管說什麼話都令人感到過於造作，乾脆往裡面房間走去……。

這棟會館建築原本不是做為展覽之用，幾年前總督府招待一位「帝展」大老來台，在此舉辦了茶話會，因看到當時台北尚無適當的展畫場所，便認為這地方或可作替代使用，他的一句話使總督府下令將空間略作整修，設計幾面移動的屏風，場面看來還算壯觀，此後凡是重要的展覽都來這裡借用場地，近年甚至把檔期排到幾個月後，都是有足夠份量的大展，一般個人畫展則很難進得來。且地點在植物園近旁，和新公園的博物館相距有段路，讓這一帶居民亦可就近看到畫展。因為檔期短，僅四、五天就結束，造成觀眾相當踴躍，常見排長隊等待入場的情形。

只可惜它的缺點是會場的動線不佳，某些死角令觀眾順著牆壁看過來，最後還要走回頭路去看另一面牆，無法一路把畫展看到尾。又由於屏風兩面掛畫，亦常造成某面牆被觀眾忽略的情形。再就是燈光照明不理想，加上展場佈置缺乏經驗，這些如果沒有拿東京比較誰也不懂得去挑剔，幾年之後畫家到過日本或到歐洲學畫的日多，看過一流展場的人便開始會批評，常聽到不滿的聲音，以致畫家、觀眾和館方人員爭執不斷，不出幾年只好結束運作，展覽活動就沒有再辦下去。

第二天，李石樵於開幕前提早來到會場，才進門一名帶有很濃關西腔的中年管理員匆匆跑來告訴他一個壞消息，說他的畫出了問題，約半小時前上級主管下樓來查視時，指出李石樵的一幅三裸女圖，其中一人橫臥姿勢有傷風化，要求當場將之取下，已暫時靠牆邊擱在地上，等待作者來處理。

當值的陳澄波和廖繼春也走過來，兩人一籌莫展的模樣，你一句我一句形容剛才情形。說那官員只管把條例唸給大家聽，也不知是真是假就當是法院判決，陳澄波等只好以作者不在場為由，要求暫緩執行，才把畫留在現在。李石樵既然來了，管理員便提出搬離現場的要求。

陳澄波把經過重述一遍：「……是我堅持要等作者本人來到現場，否則就沒有人能夠去動他的作品，因為作品已經掛上去了，依照畫壇的規矩想取下來必須通過一定程序，至少雙方要當面溝通，且要有人裁決。這當然是臨時編的理由，我說這是藝術品，必須從藝術的觀點評斷這畫該不該取下，對不對！所以裁決者也必須是畫壇大老才有資格。若有其他人要否決這個躺著的女人就等於否決這整幅畫，也等於否決這位畫家，同時否決了我們所有的人，因為我們是完整的一個藝術團體，凡事都要同進同退……。你看，我說的對不對！我的態度還是很硬的，你說對不對！可是對方竟認為美術理論只能用在自己圈內，對公眾來說只有法律可以遵守，否則各有說詞，執行法令的人沒有這麼大學問與專家辯論。還有，他又說畫家有意見可直接告上總督府民政相關機構，只要是合理，自然會修改法令，下面的人接到新旨令之後就一定會遵守，不再有檢舉的動作……。」在此時此刻，陳澄波說話難得這麼有條理，連身旁的廖繼春都感到幾分驚奇。

卻令當事人的李石樵一時之間根本無法接受，他氣得在會場上只顧繞圈子踏腳，一刻也不肯停下，嘴裡喃喃自語不知說什麼，畫家在這關頭才知道自己多沒用，一點點小事就已經一籌莫展……。

時間一分鐘一分鐘過去，直到教育會館的負責人從樓上辦公室走下來時，會場上已集結更多人等著看他如何處理。

而他一開口就說，該作品已判定取下，不容有任何更改。面對越來越多的畫界人士，他有些心虛，反過來想以更強硬的姿態壓制對方。便再度強調目前已作好報告，作者本人若有申訴，將與報告書一併呈上，能夠做的只有等待批示。

相對之下，旁邊的人開始鼓動李石樵不必與官員客氣，有話盡管當眾說出來，今天來的人都是他的後盾，趁這機會替作官的他們上一堂美術課。

此時李石樵還沒有完全冷靜下來，滿肚子突如其來的氣一時無處發洩，激動時說的話皆不知所云，幾分鐘過後才終於把話清楚說出來：

「……這是一個美術展覽會，對不對！你們說對不對，我們為什麼有這種展覽？因為東京有，所以台灣才有，我們完全學習東京，我們的畫也學習東京對不對？東京先有什麼畫我們才有什麼畫，我們沒有能力發明什麼跟別人不一樣的畫，所以我這些畫不論題材、構圖、技法等等在東京人家已展過幾百回，我也不過是學習別人而已，你們說對嗎？這位先生說我不可以展這幅畫，等於說我不可以向東京學習，台灣人向東京學習是不對的，是抵觸法令的，有這一條法令嗎？正好相反，政府正推行皇民化，此時誰敢說向東京學習是不對的……。」開始說話時聲音還很小，越說越激昂之後聲音越來越大，連自己都不知道已經是在演說了。

說到此，場上一陣小小的騷動，那官員眼睜睜望著眾人一時無言以對，有些人想插嘴說話，場內嘈雜一團，好一陣子才被李石樵大聲壓下去，他話鋒一轉回到藝術本題。

「……這裡是教育會館，作一個教育會館的上級主管最起碼應該看過東京的『帝展』，不但應該看過，而且要非常熟悉，對裡面展的是什麼畫更加要清楚，對不對！這幅畫去年在『帝展』中入選，在東京當眾展示出來，就在皇宮不遠的地方，根本無人說過有傷風化這種話。今天到底怎麼回事，在殖民地小小的教育會館裡就要被打成落選，情何以堪！」他用最大聲音把最後一句話說出來。

此話一出反而引來眾人一陣笑聲，李石樵激動時臉色通紅，開始陸陸續續有人在為他鼓掌，他的膽子越來越壯，認為最壞打算頂多把畫全部撤走不展了。這地方對一名在「帝展」入選過的畫家並沒什麼了不起，他轉過頭大大方方正對著站在面前的主管。

「美術領域裡這種沒有穿衣服的女郎，我們稱作裸女，被畫的那女人叫做模特兒，不知你聽過沒有？美術學校裡的訓練，一開始就要上裸體素描課，是所有繪畫的基礎，教室裡模特兒擺的姿勢，有站、有坐、有臥、有蹲、有動態、有靜態，說也說不完，我們學了這麼多年，接受帝國的美術教育，畢業出來成為畫家之後所畫的若不能公開展出，又何必上這麼多年裸體素描的課，我們國家又何必要設美術學校教這些！……」

此時他看到管理員正拿著本子作筆錄，知道自己說的這些話沒有白說，便想到不如把話說得更徹底，況且有這麼多人作他的後盾。

「你們大家都在這裡，半數以上的人是美術學校出身的，讓你們來評評看，到底什麼地方或哪一點違反了學校的規定！沒有，對不對！既然不違反學校規定，為什麼就違反政府規定，如果學校規定與政府規定之間有不一致的地方，學校又是官辦的公立學校，不就成了政府自身的矛盾！可是今天誰在代表政府說話？是這位先生，我們希望他說了話就要負起全責，非把它當作十分嚴肅的問題看待不可，我們甚至直接上書文部省，請教當局是要廢除東美的模特兒教學，還是開放人體畫公開展出，因為一個小小的台北教育會館已經衝著這問題發出禁令了，上層單位的文部省還能坐視不管，而不做出明確決策嗎！對不對，請大家來為這事評評理……。我把話都說出來了，台灣美術界不能沒有半點聲音！」

講到此，卻見那官員已臉色發青，指著李石樵咆哮起來：「你，你說的這些話，明明是在威脅我！難道你們這些人都不想展了嗎？我的職位是這會館的主管，有權讓你來展，也有權不讓你們來展……。你看你這是什麼態度，你不過是……。」

「渡邊先生，渡邊先生！」從他背後傳來聲音打斷他再說下去，一看是鹽月桃甫，顯然他已在這裡站了好一陣子：「讓我來說幾句話，可以嗎？渡邊先生！」

「是，鹽月先生！當然可以，我一定聽你的指示」渡邊認得鹽月，覺得有人出面替他解圍，便連連退後了幾步。

「鹽月桃甫就是在下，『台展』中我是評審委員，教育會館後來也聘我當顧問，在本館所辦的畫展裡我算是審議員，據所知，與展覽相關的事照理都要與我商議，可是不知什麼緣故，本館從來沒有找我商議過！所以我一直以為沒有問題，可是今天一看還是有問題，既然有了問題就得請教顧問，也就是這方面的專家來商量。沒有經過商量就決定一件事那是不可以的，你說對不對！我剛才一直站在一旁以為可以不說話，眼看不說也不行，所以才……。算來這是個難得機會，我建議不妨把李君的作品以『三裸女』事件提出來討論，在本館開個有關藝術與色情的檢討會，同時由相關人員一起修定法令，這麼說來今天這幅畫就得繼續掛著，讓大家能看得到才知道開會討論的是什麼，我的用意當然在於使本館的制度更健全，以後才不致發生類似的問題，展出運作才能順利。渡邊先生，還有石樵君，你們說這樣做可不可以？」

從鹽月開始講話以來，站在一旁的渡邊不停點頭稱是，他知道自己在一群畫家包圍的情況下，鹽月的這一番話是來幫忙解圍的，當然就趁這機會趕緊表示同意才得以全身而退……。

李石樵等一聽就知道鹽月先生用意在為對方找下台階，只要他的畫可以繼續展出，那還有什麼不可以的！

於是在廖繼春、陳澄波兩人協助下，不到幾分鐘又把〈三裸女〉重新掛上原位，此時渡邊早已獨自登上樓梯，走回辦公室去了。

1934「台陽人」誕生

台北下了三天毛毛雨，今晨雨勢越來越大。郭雪湖早已醒來卻還躺在床上，聽著雨聲心裡開始猶豫是不是要參加教育會館的首屆台陽展揭幕禮。沒想到八點鐘才剛過雨竟然停了，看到天氣的轉變，覺得老天在鼓勵他，這個盛會非親身目睹不可。吃過飯後就開始換衣服，準備在十點半準時出席典禮。

直到昨晚郭雪湖還對自己說，不如借機會以下大雨港町淹水無法出門，為自己找個缺席的理由，早上雨下得愈來愈大，更令他放心去編造這樣的謊言。沒想才不出一個鐘頭雨居然停了，使得他又改變主意。兩天來，在去與不去之間，他的意向反覆不知已經多少回。

直到空中一道陽光穿透雲層，照在他家的天井，才下定決心，好吧！不管怎樣還是去了才好，來日在任何場合有人問起，免得費神去說明，讓自己一再編謊言……。一切準備妥當出門時才九點半，平時他以步行約四十分鐘可到達會館，看來有的是時間，便決定慢慢散步走去，腦子裡還可以想一想事情，因而故意繞個大圈走向淡水河岸，從第六水門再轉回來進入城內，是他到圖書館常走的路，估計在開幕之前正好到達。

走在港町的路上，不遠處就是陳清汾家的高大洋房，看得見陽台上隱約有人走動，隨後傳來歌聲，唱的好像是義大利民歌，他曾經在唱片行裡聽到過，唱歌的人該不會是陳清汾吧！再近些，另外朝東邊的陽台又有兩人，一人站著左晃右晃用力在刷牙，模樣甚是滑稽。另一人提著水桶在澆花，等快到門前視線反而給高牆擋住，心裡開始在揣測陳清汾此時還在不在家，不知今天會不會出席典禮，最後有沒有答應加入「台陽」為會員！想起前不久才和其他人一起出力拉攏陳清汾，如今自己反而成了局外人，這是他昨夜以來對參加開幕禮一直猶豫不決的原因。

由於下過幾天的雨，水泥路上不但潮濕而且到處積水。出門以來覺得雨後空氣難得淨潔，河岸景色明淨清澈，比平常時更吸引人，使他捨不得因為道路積水就轉身回去。何況今天有的是時間，面對美景可以盡情欣賞，沿著堤岸踱慢慢步而往。

想起當初為了這個畫會全力參與籌備，照理今天應該是創會的會員，情勢來個意想不到的轉變之後，使他不得不靠邊站，讓西洋畫家單方面將台陽美術協會成立，雖然郭雪湖是自動放棄的，卻是在十二分無奈之下作此決定。

自從台灣隸屬日本以來，在文化上一直出現兩民族之間的對立情勢，台灣人自認為東方繪畫中的水墨畫是漢文化擁有的長遠傳統，實力足以與來台的日本畫家在「台展」中較量，可是這種信心竟在一九二七年第一回展遭到徹底摧毀，入選者僅三名初出茅廬的少年畫家，這在文化人眼中是莫大的羞辱，所帶來的影響致使少壯派的洋畫家在畫壇上獨挑大樑成為台灣新美術的主力。近年來「七星」、「赤島」而至今天的「台陽」，以及北師學生組成的水彩畫會，皆為人數眾多的西畫團體，而東洋畫方面由於人數少一直處於弱勢，籌組「台陽」時，雖已意識到有了西洋畫也一定要有東洋畫才足以構成完整的美術展，可惜在今天的台灣畫壇仍然難以找出如西洋畫這樣的陣容。

「台陽」在籌組過程中，東洋畫部的人才除了自學有成的郭雪湖住在台北，同時候入選第一回「台展」的林玉山則遠居嘉義，每次乘火車北上至少要四小時，當天來回辦一件事幾乎不可能；陳氏進是女流畫家，長年旅居東京，僅一心一意要將作品入選「帝展」，少與台灣美術界交往，近來更以未嫁女性不宜在外活動為由拒絕前來的陌生訪客，想邀她入會更難；大溪的呂鐵州移居大橋頭之後，體弱多病的情形下，每年出品「台展」之外再沒有足夠體力參加外界的活動，致使在台北的郭雪湖孤掌難鳴，聽到的盡是西洋畫家的聲音，甚至在心裡感覺到自己處在這當中成了異類。直到那天楊三郎告訴他被鄉原古統質問組畫會的目的在於對抗「台展」，而鄉原先生又是他入選「台展」以來備受照顧和教導的恩師，一方面不敢違抗師長的意旨，另一方面又苦於沒有適當時機當面解釋，眼看畫會創立日期接近，參與意願反而消沈下來。

直到有一天李梅樹來告訴他，由於東洋畫陣容不足，想先由西洋畫家打頭陣，等一切站穩了再邀東洋畫家加入。李梅樹的話等於替他做了決定，事到如今也只好答應了。所以今天他不論以什麼身份出席，心裡頭都有幾分尷尬，若不是天候在突然之間放晴，他已決定躲在家裡不再出門。隨著老天爺忽晴忽雨，心情忽冷忽熱，有生以來從沒有像今天這樣不自在過。

從淡水河岸穿過水門往城內走來，不遠處已見高高矗起的北門城，城門前方就是通往萬華的縱貫鐵道，跨越平交道之後，繞過城牆來到台北郵便局的土黃色大廈，門前上方掛有圓形時鐘，指著十點正，剛才慢步繞了大圈耽誤很多時間，便加緊腳步穿過西門町，走了約十分鐘已到了小南門，知道教育會館就在附近這才放心。

正要過街時，前面兩名年輕人站在十字路口朝著他揮手招呼，看了好久實在認不出是誰，連曾經在哪見過都沒有印象。走近時對方很有禮貌彎腰行禮，他也回禮，到底什麼人還是想不起來，可是對方卻像熟朋友對著他說話：「郭雪湖先生，您是到會館參加典禮？」兩人已走到近旁，看來比郭雪湖又年輕幾歲，態度恭敬有禮，該不會是太平國小的後輩。

「兩位是……，我的確記不得曾在什麼時候見過！」

「噢，真對不起，我們見過你，但你不見得注意到我們，我叫張萬傳，這位是蔡永，木下先生的學生……」

「這麼說那我知道了，蔡君的畫我有很深印象，去年『台展』你是特選的競爭者，可惜只差一點，希望再接再厲。聽說萬傳君的樂器彈得真好，至於你的畫，我還沒有機會看到……，對了，你是不畫東洋畫的……」

「我還沒有確定要畫東洋畫或西洋畫，學生時代我一直受陳植棋先生的關照，將來可能偏向油畫方面吧！」

「原來是這樣，我們就邊走邊談……，對了，木下先生今天應該會到場吧！」

「會的，而且他還替台陽美術協會寄給我請帖，上面寫有一行字，要我一定得出席。」蔡永回答。

「原來是這樣，木下先生真有心！他對本島人在這時候組畫會應該能夠諒解！過去的許多傳言，諸如對抗『台展』之類的，已經不足以取信……」三人邊說邊走往會館而來。

前面不遠就是會館的大門，觀禮者三三兩兩走入會場的情形清楚可見，此時有部人力車停到門前，下來一個人，楊三郎從門裡匆匆跑來，將這位貴賓迎進屋裡。不久又出來，一眼看到姍姍來遲的郭雪湖等，用力朝這邊猛揮手，示意時間不多要加緊腳步。剛才十字街口短短幾句交談，未料竟耽誤這麼久。見面時楊三郎雖還掛著笑臉，卻帶有幾分不悅眼神。

進了大門聽到會場上演講聲音，與會的各界人士已把現場擠滿，三人進來只能遠遠站在靠牆的最後排，隔著好幾個人頭才勉強看到台上講話的人，穿著文官制服有幾分面熟的中年學者，可能就是常聽人提起的台北帝大教務長素木愼太郎博士，只有他是美術場合中的常客。

台上坐著一排高官和紳仕，卻不見木下靜涯在場，鹽月桃甫以畫家身份坐在最邊邊，與平時一樣還是一身和服，只多了一件咖啡色有光澤的無袖外套，最顯眼的是他頂上的禿頭，前額兩旁各一束黑髮，被頭上一頂小帽壓住，猛看像長出來的兩支角。雖然郭雪湖對當今美術界的頭頭認識不到幾個人，從排場已經可看出今天是個隆重嚴肅的大典，心裡對台陽畫家能有如此體面的開場著實感到羨慕，顯然這一代台灣人的美術活動到此已更上了一層樓，想到這裡，他無法掩飾內心的興奮，有這樣的場面自己多少是出了一份力。

他終於又認出台上的志保田校長，有一回「台展」頒賞典禮中，曾經從這個人手中接過獎狀。過後鄉原先生提及志保田校長時曾說：「北師對台灣的功勞已明顯可予肯定，但如果沒有志保田校長恐怕不會有今日的成就。從美術的角度看，沒有志保田就沒有石川，沒有石川就沒有後來的陳植慎、廖繼春、李石樵等這一代西洋畫家。所以志保田的性格中有明治人物的特徵，在台灣歷史上應該歸結為一個時代的開創者……。」

剛才在門外接待來賓的楊三郎不知什麼時候已經坐在前方第二排，仔細一看，這排坐的全是「台陽」會員，由左而右是顏水龍、廖繼春、李梅樹、楊三郎、陳澄波、立石鐵臣、陳清汾、李石樵。原來陳清汾也入了會，而且拉了立石進來，這一段過程郭雪湖都沒有參與，看到這情景心裡不免有幾分落寞。

此時陳澄波回過頭來往後看，像是在找人，可以看到他胸前掛著紅色布條，上面還有一朵很大的紙花。不知看了什麼，不時偏過頭在楊三郎耳邊，像是告訴他會場中有了什麼新的狀況。郭雪湖從背後只看見陳澄波的頭不停地在動，是整排會員當中動作最多最忙碌的一位。

台上又換另一名官員講話，司儀介紹時說是總督府營繕課長井手正禮，乾瘦的臉，嘴唇上一叢小鬍子，他拿著一張寫好的演講稿在手上，攤開來逐句朗誦，聲音混濁像在唸經的日本和尚，僅短短兩分鐘就結束又坐回原位。

最後才輪到民間代表說話，大概沒有事先安排，只見主持人來回邀請了好幾個人，才勉強請到坐在最旁邊的蔡培火上台。他不愧是個演說家，幾年來街頭演講的歷練，不僅出場走步的台風，連講話聲音也帶有感染力，他那台灣口音的日語比起東京腔聽來更動人，雖只是幾句鼓勵的話，結束時博得的掌聲，沒有誰比他更熱烈。

接著才是「台陽」會員代表致詞，出乎意外推出來的竟是向來最沈默的廖繼春，師範學校出身的他，課堂上每天對著小朋友們說話，加上是長老會家庭長大，教會活動更增加他的登台經驗，這是所以被推為代表的原因吧！

一上台他就把台陽美術協會之所以成立，用緩慢語氣，逐條逐句有系統作了說明，他說：「……大家一定想知道台陽美協是什麼樣的團體，在我之前幾位長官和前輩已經說過了，但最後還是要畫家自己表白，所以由我代表畫會同仁上台說明：大家知道『台展』已進入第十回，十年來在台灣美術人口已大量增加的情形下，這個美麗的海島，僅僅在秋天裡有一個『台展』是不夠的，所以我們才會想到春天的台灣要以什麼來裝飾，使她和秋天一樣的美。考慮的結果認為美術家的使命莫過於舉辦一個屬於春天的展覽，終於在志同道合畫友的努力下，把美術協會組織起來，呈現在大眾面前。很遺憾的是，雖僅這麼單純理由，一直以來還是受誤解，說『台陽』是針對『台展』而舉起的一支反叛旗幟，甚至認為是要把『台展』取而代之的所謂新『台展』，我們全體會員必須在這裡向美術界及社會表明，每年春天的『台陽』展和秋天的『台展』步伐是一致的，兩者是並立而不是對立，我們這群畫家屬於『台陽』展，也同時屬於『台展』，將來我們的會員來自各方，不論內地人或本島人，只要有共同的想法，都歡迎成為會員……。」

這些話雖從廖繼春口中說出來，大致內容早在籌組畫會的過程中大家一起商量過，郭雪湖是參與者之一，當中有兩句話還是郭雪湖提出來的，因此聽完廖繼春的講話，心裡無比欣慰，目前的他雖暫時脫隊，出現在眼前的「台陽」並沒有變質。共同理念先由這群西洋畫家賦予實現，在他看來，與自己去完成亦無兩樣。

在全場掌聲中典禮告結束，接著又再傳出一陣陣的掌聲送走與會的貴賓，最後場內只剩年輕的一群畫家三五成群彼此攀談。想見的人都在這時才有機會見到；從台中來的葉火城、王坤南、紀有泉、林金鐘、林錦鴻、鄭安；嘉義的張舜卿、翁昆輝、林榮杰、江輕舟、吳利雄、林玉山、張李德和、林東令、黃水文、盧雲生；桃園的許深州、簡綽然；基隆的蘇秋東、趙聰明；新竹的李澤藩、鄭世璠、李宴芳、范洪甲、邱創乾；台南的方昭然、沈哲哉、劉清榮、謝國鏞等，都是近年才結識的畫友。今天會場上舉目望去，不認識的畫家已屈指可數，「台展」的機緣為郭雪湖帶來的知名度，從會場裡有這許多人來握手招呼便可以印證。

他故意走到前排，站在陳清汾左前方，希望對方先來打招呼，卻等不到任何動靜。反而背後有人過來拍他肩膀，是好久沒有見面的李梅樹：「郭君，這些日子裡辛苦你了，當初據說鄉原先生頗有意見，後來他也不再堅持，而且反過來問幾時才設置東洋畫部！……，所以，我們等你來加入……。」

「他真的是這樣說嗎！我的態度還是該保留些才好，不可因我個人決定東洋畫部的設置與否！」

「事實就是這樣……。鄉原先生回了日本，今天看到你肯出席，我們都非常高興。」李梅樹的手還一直搭著郭雪湖肩上沒有離開。

「還有，我很好奇陳清汾最後肯來加入，是不是肇嘉先生促成的……」

「對，這沒有錯，那天我陪肇嘉先生同往陳家，在車上他又再問我一次：『難道陳清汾這個少年的有那麼重要嗎？』我說：『不管是誰，說他有多重要，那是騙人的，讓台灣囝仔站在一起才最重要，』他聽懂我的意思，就直接上門找陳天來，陳清汾正好在家，當著大家面前父親一聲令下，不得不順從。說來有趣，立石鐵臣剛好進來，清汾一見到他，不管三七二十一提出附加條件：要立石也加入他才答應。以為這可以唬倒別人，計算好不但立石將不願接受，楊肇嘉這邊也絕對不肯答應。萬想不到那天立石毫不考慮就表示願意，肇嘉先生雙手一拍也接納，讓清汾一個人傻在那裡，這齣戲就到這裡，再也演不下去。哈哈！所以今天他非來不可。本來一不做二不休，他還想上台說話，臨時被三郎等人反對，才改由繼春上去講，剛剛你也聽到，他講得非常得體。致於東洋畫部的成立，就得靠你多費神！……」

「剛才我站在後面數一數，正好八個人是『台陽』的創始會員，這個數目真好，將來就坐八仙桌來開會……，如果想再開一桌，找八名東洋畫家，看來是很難湊得齊吧！」

郭雪湖的話才說到此，楊三郎、廖繼春兩人一前一後走來，大家又再熱烈握手，李梅樹從另一邊把陳清汾也拉了來。看到這邊笑聲不絕，另一邊的村上英夫、立石鐵臣、池田敏雄、王昶雄等也先後往這裏靠攏，雖然已告散會，眾人絲毫沒有離開的意思，像是典禮現在才正要開始。

「台陽展」於一九三五年五月四日起八天在台北教育會館舉辦首展，無疑是台灣畫壇上難得的一件大事，台灣《日日新報》接連幾天大篇幅報導之下，從開幕一直到最後一天會場上擠滿參觀民眾，這情形不僅對「台陽」畫家是一大鼓舞，也使得打算要接辦「台展」的總督府教育科大感訝異，無形中與「台陽」之間有了競爭的心理，往後反而是總督府的人開始緊張……。

報社對美術界活動的報導從來沒有像針對「台陽」展這樣賣力，外界一直在猜測，這背後一定是有力人士從中使力，傳言指向楊肇嘉，說報社的人接過他的電話，抱怨「台陽展」消息登得不夠多，而且幾篇專稿也是從楊肇嘉那裡送過來的，這當中除了寫過評論的王白淵、吳天賞、呂赫若和張星建，還有向以小說見稱的楊逵、張文環、龍瑛宗也發表「台陽展」觀感於文藝欄，不管是不是受到楊肇嘉的邀約，文學界的確出了大力為「台陽」打氣。台灣美術中的「新美術運動」也是在他們筆下喊出來的一句口號。

事實上，在背後使力的人大家也只猜對了一半，「台陽展」閉幕好幾個月後，才由當記者的林錦鴻那裡傳出，原來有人在報上以買版面登廣告的方式，要求報社每天要有一篇報導，這個人就是陳清汾的父親，錦記茶行的老板陳天來。他的事業並不僅這一家茶行，在大稻埕還擁有永樂座、第一劇場兩家戲院和蓬萊閣大酒家，長年在報上持續刊登廣告，是報社的大主顧。林錦鴻在《日日新報》當文藝記者以來，從沒有看過報社大老板對他逼得這麼緊，要他每日一篇，而且越長越好，打聽之下才知道老板也是被逼的，報導不過是為顧客服務而已。

將來若有人評論台灣美術必然要指出一九三五年起十年間是台灣第一代西洋畫家的黃金時代，他們冒出畫壇不到幾年功夫，就已經衝到了頂峰，不知內情的後代人必認為是不可思議的一件事情。

帝國美術院畫伯說……

「台陽」成立這一年除了本身畫會的年展，會員在台灣、日本也都有作品在各處展出，各個充滿活力。分析起來這一代畫家之所以一輩子信心十足，無非是「台陽」創立之初共同凝結的能量支持著他們，使持續發展到藝術人生的終點，如此以一代人的氣勢構築了屬於他們的輝煌時代。

這一年來，他們的活動頻繁，楊三郎巴黎歸來後參加日本的春陽會展，受推薦為會友，同時出身帝國美術學校的洪瑞麟亦有作品兩件入選該展。昭和四年從東京美術學校畢業的顏水顏與同級生共組上杜會，每年舉辦聯展，已經第八回，他們這一級進入畫壇之後表現出色，各自佔有一席之地，今年他以〈雪〉、〈顏〉和〈太魯閣之女〉三作參展；立石鐵臣是出生在台灣的內地人，今年應邀參加國畫會，成為該會會友，另有〈多雲之日的河岸〉一作參加東京府美術館十週年紀念展；陳清汾的〈南方花園〉油畫入選二科會及〈相思樹〉出品一水會；李石樵除了歷年參加的「帝展」，今年又有〈編物〉一作入選日本院展；一直獨立發展的藍蔭鼎經石川欽一郎推薦，水彩作品受「日本水彩畫會」接納，展出於本年度之年展；女流畫家陳氏進之〈化裝〉一作再度入選改組後的帝國美術院展覽會第一回展，《朝日新聞》在評論該展時特別指出陳氏進為日本畫壇十二位以人物畫見稱的新秀之一。

以上是台灣美術家在日本的活動情形，至於台灣本土在最近兩年的展出活動亦開始熱絡，年初在台北鐵道旅館舉行成立大會的「台灣美術聯盟」，是以內地人為主包括繪畫、雕塑及文藝創作在內的綜合性團體，不久又擴展到南部城市紛紛成立分部，搶在「台陽展」之前於教育會館舉行第一回展，接著在台中、花蓮、高雄三地巡迴展出；北師校友為紀念恩師石川欽一郎成立了「一廬會」，兩年來均有聯展於教育會館，今年參展人數已超過五十人；另方面從事版畫創作的日本畫家有所謂「創作版畫會」的團體，在西川滿所編「媽祖」月刊推出紙上版畫展；而楊三郎聯合郭雪湖、林錦鴻、曹秋圃、呂鐵州和陳敬輝等六人共組「六硯會」，在朝日會館成立，以推廣美育為目的，設美術講習會，學員二十三人，十月起開課。

從以上所述民間活動，足見台灣美術界已開始起步，一個多采多姿的局面指日可待。相對之下官辦的「台展」顯得危危欲墜，今年九月中旬「台灣美術聯盟」向有關單位針對「台展」提出建議方案，內容包括主事單位、組織結構、評審制度、運作機制等之全面改革，逼使教育會臨時召開「台展」改革磋商會，「台展」多年累積的弊端因此而攤在檯面。

回想「台陽」籌組當初，人們的猜疑是本島人以民間畫會與官展對抗，未料更大危機反而是在台內地人第二代的奪權。表面上看來只是改革建言，明眼人則能看出一隻看不見的手已伸進「台展」裡來了。

「台展」之所以被內地人看得那麼重要，除了競賽中所爭取的榮耀，還有個現實的理由，就是近年來展出的作品可以高價售出；譬如陳清汾的〈林本源花園〉油畫以二千圓和郭雪湖〈戒克船〉東洋畫以一千圓被訂購，對畫家是很大的鼓勵和誘惑。也看出台灣美術的領域已具備足夠的發展條件，使內地來的年輕一代急急於想冒出頭作石川及鄉原等的接班人。

即使石川和鄉原等第一代大師級藝術家的胸襟，未從將本島與內地畫家有過差別看待，卻仍然無法突破做為日本統治者立場對被殖民者的戒心，因此只要本島人有任何行動就引起他們往對立和抗拒方面去聯想，對蠢蠢欲動的年輕輩內地畫家的異心反而不曾留意過，直到「台灣美術聯盟」趕在「台陽」之前迅速結盟，且名單裡找不到一個本島人，接著以聯名方式上書提出「台展」改革案，主謀者背後的靠山呼之欲出時，心地單純的美術大老才恍然大悟，尤其是鄉原古統，直到要上船離台之前，依然為自己那一天粗暴地向楊三郎質問感到歉疚，他總算明白，用心計較與官展抗衡的並非本島畫家而是與自己同屬內地人的「台盟」，有多年台灣經驗的他居然看不出來，不得不為之感到羞愧……。

「台陽展」第二天上午輪到顏水龍來看會場，未料在他到達之前已有人把門打開，不知幾時場內來了好多觀眾，而且廖繼春和陳澄波兩人已經在場，正引導一群參觀客作導覽，其中一位長者看來眼熟，從外表的氣派可以斷定是內地來的美術前輩，正想上前招呼，這一群人剛好走到自己的畫前面，一時心虛又退了回去，遠望著陳澄波比手畫腳不知說些什麼。

然後那前輩指著其中一幅畫，一手遮住自己眼前左邊視線，然後又遮住右邊，說了些話，好像是說：如果沒有這一塊顏色而只有那一塊時，整幅畫又將變成怎樣，諸如此類的批評，在東美時有些老師就是這麼在指導學生。雖然距離遠聽不到所說的，但還是猜得出十之八九，此時的他有如又回到學生時代站在畫前面接受師長批評。

直到眾人恭恭敬敬將那位前輩送出大門，他才悄悄走到廖繼春身旁，輕聲打聽此人是誰，回答竟是「帝展」評審員牧野虎雄。這更使他急於想知道剛剛站在畫前說了些什麼。這時候廖繼春似無暇多理會，只回答最好去問陳澄波，因那時是他們兩人在對話，說完便趕著追過去伴隨那群人繼續往前走，看來牧野先生是應他的邀請才到這裡來的。

不管剛才牧野先生說了什麼，還是十分高興大師肯對他的畫當眾發表看法。此時他已經來到自己的〈白衣女郎〉畫前，心裡反覆想著剛才這一群人究竟以什麼眼光看這作品……。

突然有人站到他身旁，原來是立石鐵臣。

「對著自己的畫發呆！我十分好奇，看呀看，又發現到了什麼？在我看來像是作者正想走進自己的畫裡去！」立石向來就很愛搞笑，尤其與顏水龍等在一起。

「如果走得進去，我真想要進去。……所以只好在這裡站著想剛才牧野前輩說的話。」

「牧野虎雄！他說什麼？」

「我沒聽到，但多少可以猜得到。」

「結果你是在這裡猜他說的話，不是想他說過什麼話。」

「也不完全是猜，因為我看到他說話的手勢。」說時作出剛才牧野虎雄的手勢，比給立石看。

「這很有意思，你認為他會講什麼，比他真的講了什麼更重要，不是嗎！首先是，你的畫引發他說了什麼，然後是他的手勢又引發你猜到什麼，接下來是你說的話可能引發我想到什麼。這當中包括了他所知道的你，你所知道的他，以及我所知道的你和他，這樣的關係必然激發出很有趣的問題來！」為了形容「激發」兩個字，他握住拳頭用力一張，作出炸開的手式。

「我把過程形容給你看，就像默片那樣，他們走呀走就走到這裡來，看著牆上的畫，我發現這幅畫原來是我的畫，於是心裡有點緊張，也可以說有些心虛……，陳澄波靠近牧野身旁，比手畫腳說了許多話，他說什麼當然不重要，一定像他這個人，說了一大堆，整理起來十句裡頭只有兩句真正表達出他的意思。不過，這個人的熱心引起牧野的好奇，對我的畫又多看了兩眼，然後針對我的畫，同時也針對陳澄波的話，比手畫腳也說了一些話。要猜到底說了些什麼話，就得先想想他本人畫的是什麼畫，從畫裡猜想得出他一定很會說話，而且不像陳澄波那麼愛說話，所以不管說什麼一定簡單明瞭，這一來就不好亂猜了。不過，他看過我的畫之後，也許已不記得畫的作者是誰，但對我的畫有深刻印象，這一點倒是可以肯定……。」顏水龍越說越急，越急就越快。

「有意思！的確如你所說，我看了一場默劇。不過，我還想請教……。」

「我還沒說完，也許你想說：有印象是一回事，印象好不好又是一回事，對不對！」

此時兩個人開始搶著爭相發言。

「不對，印象就是印象，總比看過之後一點印象都沒有要好……。」立石好抬槓的脾氣又來了。

「而且，今天的好印象，不見得到了明天印象仍然一樣，即使是壞印象也不見得一樣壞，但也可能會變得更壞。」

「那麼就不去談印象，直接說你的猜想；到底他說了什麼，或者你以為他該說些什麼？」反而是立石不耐煩，逼使對方直截了當把話說出來：

「請不要把我的話當什麼印象派來聽，印象派是客觀的，而我的話絕對主觀，主觀得像野獸派，更像立體派，用我的主觀來猜別人說的話，這一來我怎麼猜他就是怎麼說，你就得怎麼聽，甚至把我的話當後印象派來聽，我所認定的後印象派，基本理念就是反印象派，否則他們在美術史上是不存在的，因為……。」

「好啦，講了這麼多，旁人聽起來還以為是陳澄波講的而不是你講的，更不是牧野講的，……還不如由我先猜你腦子裡想些什麼。這就是所謂『第三者觀察』，從我自己的觀點把你和他連串起來思考，先建立我的思考框架，才讓你走進來自白，不管你天花亂墜說到天邊海角，也不可能太離譜，同意嗎？」

「你總是搶先說話，若我沒說完，你怎知道我要說什麼！好吧，那就由你先說！」

「既然這樣我就不客氣，你的話也好、畫也好，是抽象派而不是你說的印象派，所以我才猜得出來。牧野先生會說：你明明是具象的題材竟然當抽象來畫，實在令人不解！你看，這白衣女郎當然是具象，但為了強調她的白，你就白上加白，最後所剩的居然只有白，成了白色素描，所以那具象的女郎不見了，等到最後發現時你還繼續想用白色把她畫下去，變成是玩弄白的魔術，結果一幅即將失敗的畫被你救回來，令我不得不服了你！真是個魔術師！這是第一點。接著講到第二……。」

可是他的話被顏水龍給打斷：「第二點由我來替你說吧！但我要提醒你，講了這許多也不過是你自己的話，與牧野哪來的關係！……」

「不，還是讓我自己說，我的第二點才真正說到重點，」立石根本不在乎對方怎麼認為，擺出怎麼說就怎麼對的姿態，早已準備好與人瞎抬槓：「……我現在就是他，所以也等於我認為，我認為這個人的畫……這個人是誰我當然不相識，所認識的只有他的畫，就畫論畫，」說到此，顏水龍在一邊不停搖頭，說話的人也不管這許多，繼續說下去：「……你們都看得出作者在畫中找尋的是東方趣味，我認為這大可不必。其實只要是個東方人，而且他無心想抄襲別人，畫出來的不管使用什麼材料必然具備有東方色彩。從另一個角度看，作者是很有個性的藝術家，他不隨便接受別人意見，也不耐煩聽別人長篇大論，是他的優點也是缺點！如果他堅持下去，最後可能呈現很強的個人風格，那時他將是一流畫家；反過來，若他一意孤行，自以為是，必然越陷越深，誰也救不了他……，」說到此他臉上終於露出了勝利者得意的笑容來。

「哈哈哈，你還是知道適可而止！你在批評我也真有技巧，我雖然被批評，還是得說聲佩服！」

「謝謝！可是我的話還沒說完呢！」

「我已經投降了，你還有什麼要說的？」

「我要說的是，你聽了我的話，還能笑得出聲音，該佩服的反而是我才對，你的笑聲逼我不得不承認，演牧野的這齣戲，我失敗了。」

立石舉手行軍禮，表示歉意。沒想到最後是兩個人爭相展露自己的君子風度，誰認輸，誰就是贏家……。

「喂！幹嘛舉手敬禮，到底發生了什麼？」說話的是剛進門來的陳清汾，開幕那天以後他就沒有在會場出現過。

「我們討論天文地理，無所不談，就是沒有談到你，非常之抱歉！」立石笑著回答。

「聽說剛剛誰來了，不是嗎？」陳清汾又問。

「原來你是因為誰來了，所以才來！」

「不，是我來了，才聽到說誰來了，請不要誤會。」

「請問是誰告訴你的？他沒說清楚誰來了嗎？」

「當然說了，但我既然來問你，就是你說了才算數，我在等著你回答！」

「沒錯，是牧野虎雄來了，陳澄波和廖繼春兩人帶來的。」顏水龍見立石回答得不乾脆，就替他回答。

「他看了以後呢？說了些什麼？」

「沒聽到，因為聽不見，所以害得我們兩人才站在這裡猜，如果有興趣，你不妨也加進來一起猜。」立石又想拿他來開玩笑了。

「現在他人呢？去了哪裡？」陳清汾沒興趣陪他鬧，只想知道人在哪裡。

「已經被陳澄波他們帶走，不知道到了哪裡，等他回來一問不就知道了。」

「既然把畫掛出來，總希望有人來看，給我們批評，除了這個難道還有更重要的！」

「那你就想辦法把牧野先生追回來，請他把每幅畫批評一番，這不就達到了我們展出的目的。」

立石又想找他爭辯什麼，使陳清汾有些不悅：「對不起！我很抱歉，畫是看的，不是說的。你們談了大半天，不見得和畫有什麼關係……，不過大家若是沒事想聊一聊，也不反對，反正有的是時間。但先要有所認知，畫本來就沒有對與不對，針對畫所說的話也沒有對或不對，剛才立石君敬禮道歉，到底說錯什麼，這一點令我十分好奇！」

「很簡單，因為我向他認輸，他就向我認錯，其中道理若不是當事人，是不會懂得的。」顏水龍回答。

「你既然有的是時間，我就問你一個問題。」立石突然想到一個人：「假設陳植棋在的話，他的畫在會場上被牧野先生看到，可能會說些什麼？你們來猜猜看。」

「這算什麼問題來的！不過，以不是問題的問題問清汾這種人，可以說再洽當不過，你問得好！」顏水龍舉起大姆指稱讚立石鐵臣，卻又補充一句：「如果清汾回答不出來，需要代勞的話，我倒是十分願意。」

「不必，要你來幫這種忙，我還是陳清汾嗎！你之所以有此問，無非因為大家都認為植棋的畫路與牧野走得很近，就像近年來郭柏川和梅原龍三郎走在同一條畫路一樣。但你更應該知道有所謂的巴黎畫派，雖然植棋終生未到過法國，若是有一天我把他的畫帶到那裡，人們說不定就把它當巴黎畫派來看。你問我，牧野看到植棋的畫會說些什麼？我的回答是：他將發出一聲驚嘆：『哇！我終於在台北看到了École de Paris（巴黎畫派）。』然後問周圍的人這位畫家是誰？他在巴黎住過多少年？他人在不在世？……哈哈，我會這樣回答，你們想都沒想到的吧！」

「想不到，的確想沒有到，也沒想到。可是你說的話並沒點到畫本身的問題，只拿巴黎畫派當護身符就躲過去了，所以還是要讓我替你回答。」顏水龍露出得意的笑容，擺出要說故事的姿勢，瞇著眼睛慢慢地道來：「……就從牧野虎雄看到陳植棋掛在牆上的油畫說起吧！他走過時眼睛突然一亮想說什麼卻又停止，然而腳步不由自主走上前，想把前面這幅畫看個仔細，於是陳澄波過來靠近他輕輕地問：『不知先生對這位畫家的看法如何？』，牧野先生繼續保持沉默，好久之後才終於開口：『都還沒有完成，技法也不算成熟。不過話說回來，如果有人拿一隻筆要我去改它，我也不知該從何改起，作者就是這麼隨興畫了出來，隨興到別人無法再去碰他的畫，也隨興到可以怎麼畫就怎麼對，沒有人改變得了它，也沒有人捉摸得到他將怎樣把畫完成。』不過還得加一句話：『這位畫家簡直就是我的化身，作畫時我只知道一筆緊扣著一筆畫下來，畫到空白的畫布被顏料填滿了為止，他和我一樣就是如此在畫一幅畫！所以看他的畫就像我在看鏡子一般，又親切又驚奇，法語叫修普利！』」

「你也真誇張！牧野先生會是這樣在看植棋的畫，你把牧野當成幾歲的人！」

立石雖靜靜聽完，卻不苟同顏水龍的說法，爭先發表自已的觀點：「對牧野的性格我再了解不過了，從作品便可看出他的果斷，絕不像你說的那種囉哩囉唆的人，所以他看到陳植棋的畫時，只一句話，說：『對，這樣畫下去就對啦！』這才是我所知道的牧野先生，哈哈！」

「本來只一個牧野，被我們三個人說成三個牧野，每個人創造了一個，歸根究底創造的不過是說話的人自己，唉！說到陳植棋，若是還在的話，就不一樣啦！沒有他，畫壇像是少了什麼，少了一種份量吧！」

陳清汾每提起陳植棋，總是有無限感嘆。此時他突然間想談談陳植棋，把心裡的懷念說出來，還未開口卻被進來的人所打斷。

來者是陳家的外交經理卓祥，他前來告知陳清汾老頭家過一會將陪同十幾位友人來看畫，希望畫家們盡量別走開，因已說好來的目的是想訂購大家的作品，特別交待要把畫價訂好，供買畫的人作參考。

聽到這消息，畫家們頓時興奮起來，很快就把全體會員招集在會場門口等候，看得出他們是多麼期待能售出自己的作品。

正在雄辯中的三個人不僅即刻中止，且爭相奔往大門口準備迎接顧主的到來。由於多數人在這一生當中沒有賣過畫，一時之間氣氛變得有些緊張，話也少了，靜悄悄地等候，像在迎接財神爺的降臨。

可是這一次令他們失望了，除了一位住在鼓浪嶼的廈門商人訂購陳清汾的油畫，其他人雖說了許多恭維的話，卻連一個人也沒有要買的意願。後來才知道他們想要的是山水、花鳥之類的傳統水墨或是日本的東洋畫，對目前的西洋繪畫尚無法接受。這使得在幾天後的檢討會上，楊三郎終於說出後悔沒有同時成立東洋畫部的話。

「台陽」之所以迅速與郭雪湖等聯絡，邀請東洋畫家入會，陳天來帶來幾位顧客的反映必有一定程度的影響！

「台陽」邊緣人陳清汾的祕密

陳清汾見父親帶來的人都走了之後，自己也離開台陽美展會場，與立石鐵臣並肩走在回大稻埕的路上，兩人於斷斷續續對話中，把這剛成立的美術團體未來可能醞釀的趨勢，彼此作了意見交換。起先陳清汾只是好奇在問立石：「石頭，我到現在還一直不解的是，那天我突然提出要你加入『台陽』，而你竟不加思考便一口答應，到底當時你心裡想的是什麼，向來我所了解的鐵臣並不是這樣，希望你能給我個滿意解答！」

「你要我解答！可以，不過我也很明白，不管我怎麼解答，恐怕你都不會滿意！」立石似乎不願談論這件事。

「至少我要聽聽你親口說出當時是什麼情況，能夠在沒有心理準備下，迅速作出決定。而我則考慮了一個多月，被你一逼，才跟著答應加入，所以直到現在心裡還很彆扭……。」

「但是，就算說出來，你也會認為那不是你所要的答案，最近我一直在想著田中研一在文章裡寫的那段話，他說：日本美術生態演變的軌跡越來越明顯，同樣情形，台灣畫壇也開始展現自己特有的生態，只要認真觀察便可看出也有自己的軌跡，所以不論什麼事情，其所以發生必然有因才有果，因果是循環的，沒有辦法加以阻止，也不可強求……。今天在台灣會形成『台陽』這樣的畫會，從美術生態或社會生態而言是十分自然的，若有人邀我成為其中一員，是我來到台灣必然遇上的機緣，既然發生就不必拒絕，更無須考慮。你這住在台灣的人相較之下當然不同，每天都有太多機會足夠你選擇，然而『台陽』對你是一件大事情，所以不考慮不行，這就是我的解答吧！但不一定是你想要的解答，哈哈哈！」說完立石自顧笑個不停。

「沒想到！真沒想到你會給我這樣的解答！雖然不是我想要的，既然我是隨便問，你當然就隨便答了……。」

「現在已說出我的解答，那麼你呢！你是除我之外最後加入的一名會員。不，是我先答應然後你才答應的，應該是你最後加入才對，我要問的是：為什麼你會是最後，你一直猶豫的是什麼？比起我這個說加入就加入的更耐人尋味，不是嗎？我要聽你親口說明……。」

「好，讓我告訴你！不過以你的聰明，加上對我的了解，應該早就猜到了，所以還是由你先說你所知道的，然後我再提供正確答案，這才比較有趣，對不對！」其實在陳清汾心裡並沒有足以服人的答案，他這麼說不過想拖延時間，找機會溜跑而已。

立石中了他的計，開始在自我尋找解答：

「那麼就讓我說說看，必須先從你的性格及家世，平時對藝術的態度與美術界的互動，近年的人際關係，未來的發展方向等一起來分析。以你的身份當然不在乎是否加入這樣的畫會，至少不像我這麼在乎，我能在這麼短時間與經營超過十年的當地畫家一樣受到邀請，當然捨不得拒絕。你則不同，台灣是你的本居地，你的地盤，你有時間也有權利選擇。現在先讓我分析你當初如何做選擇，為什麼選擇過程拖這麼久，後來即使口頭答應了，心裡也還沒有準備好要接納『台陽』，對不對！」事實上，他並未整理好自己的想法，才有意這麼問，目的想從對方的反應補捉一些蛛絲馬跡。

「你說得沒錯，我心理上到現在都還沒完全加入，即使畫已經和別人一起掛在牆壁上了，還是覺得自己不過是個靠邊站的人。」

「這是為什麼，你知道嗎？」

「這要請教你，石頭……。」

「因為你雖然是大稻埕的貴族，卻又不是國王的人馬，這意思你懂嗎？」

「不懂。」

「意思是說，你不是北師出身的，因此不是石川欽一郎的學生，他的學生霸佔了台灣的西洋畫界，又多數有東京美術學校的學歷及『帝展』入選的資歷。可是這批北師校友無一人到過巴黎，到過巴黎的四個當中卻無一人出身北師，我的意思是：到過巴黎的是貴族，石川的學生為國王的人馬，這樣說你就了解了吧！」

「這意思是說我身份特殊，立場尷尬，資歷曖昧，造成我對團體活動的畏懼感！去你的，越說越離譜！」

「我自信至少五成猜對了，只是你不肯承認……。」

「說你在猜不如說是在開我玩笑，沒關係，想說什麼就說。」

「即使是玩笑，也是有根有據，難道你不認為！能將嚴肅的問題當玩笑說出來，才是真正的玩笑高手，本人當之無愧！」立石挺起胸膛，裝出得意模樣。

「我承認你有這才能，用嚴謹的心製造笑聲，用嘻皮笑臉來包裝嚴肅問題，用猜的方式在解答疑問，用捉迷藏的手法與人辯論，都是你的專長，是高段的理論思惟，我早就服了你！」陳清汾轉頭看立石，模樣仍然那麼得意，不等對方回答只顧說下去：「你我都已不年輕，再往前踩一步就是生命的中年，如果還沒有能力將人生拿到手上來玩，反過來就會被人生拿去玩，那就很痛苦了。與一個人說話，聽笑聲就知道他是在玩人生，還是被人生所玩，你說說看我對入會的事遲遲不肯表示是屬哪一類人生！」

立石並不回答所問，因他一心想繼續猜下去：「不管屬於哪一類，我對你還是有所批評，所以特別要指出你之所以遲遲不肯加入，莫非是不敢加入！因為你對自己當一名藝術家還充滿懷疑。高人一等的家族一直是你的包袱，除了我之外幾乎沒有人能理解這當中是怎麼回事。我說過：成長的環境決定藝術家的一生，一直以來你要什麼有什麼，要學畫就有人帶你去法國，回來要開畫展就有人爭相買畫捧場。到最後只有一樣，藝術家的真正成就就不那麼隨心所欲。要藝術就有藝術，面臨這一關的時候，突然間信心盡失，卻又不甘承認自己的弱點，沒想到一猶豫就拖延了幾個月。我這麼說當然也是猜的，至少點出了一個人的無奈，你仍然可以把我的話當平常時的笑談。如果覺得好笑，我們不妨當街大笑一場！」

「如果我覺得不好笑呢？我們是不是要大哭一場！剛才你說我這一生什麼都已得到，就只有藝術得不到。但我知道自己什麼都怕，就只有藝術最不怕，這話你信還是不信！」陳清汾被立石的話逼得不得不起而反擊。

「我信，我當然信，本來這就是我的信仰，可是所信的正好與你相反，作為藝術家就是對什麼都不怕，只怕藝術，因為他最在乎的只有藝術。」

「你之所以只怕藝術，因為你把藝術不當藝術看，而當一種問題來解決，偏偏藝術有解不完的問題，使你看見藝術就像看到無底的洞穴，當然要心驚膽戰。」陳清汾終於採取攻勢。

「正好相反，我所怕的就是在藝術裡發覺當中已沒有了問題。對藝術的認知本來就是一個無底深坑，起先以為自己發現問題，認真去解決了問題，才知道它根本不是問題，又重新找問題再去解決它，解決的又不是問題，如此週而復始，永遠是問題在考驗我。如果藝術有生命，它會在問題中鑽進鑽出，鑽到心裡發涼，所以才用『怕』這個字形容我的感覺！」

「太抽象了，還是回到具體一點的課題：講講為什麼當初加入『台陽』，動作如此不乾脆，這才是你要向我解釋的，不是嗎？現在我們都展過了，想想看，我們做了什麼？只有兩件事：把畫掛上去，然後把畫取下來，以後我們每年都要把這兩個動作重覆一次。使我想起百貨店的商品也是這樣，每到一定的季節就上架而後又下架。所以只要有人邀我加入畫會，我先想到的就是要我和他們一起每年重覆一次掛畫的活動，對一個藝術家而言，最沒意思的莫過於這種事，而你們竟認為非做這些事就不算畫家！」

「算了吧！你已進入強辯了。」立石打斷他的話：「既然你都認為參加『台陽』不過是每年一回的掛畫活動，這麼簡單的事，你卻拖拖拉拉到開幕前一週才答應，而且還拿我為交換條件，把我推下水。說了半天，你還是對自己加入『台陽』的過程，沒給我滿意交代。」

「對一個不知足的人，是沒有滿意這回事的，而我偏偏是個不講過程的人，過程有什麼好講呢！所以我只好任由你去找解答，解答裡頭自然包括了過程在內。當初有人來找我，說要組一個對抗『台展』的團體，將來可能取代『台展』成為新『台展』，聽來野心不小，但我認為是在自找麻煩，又不便說什麼，只隨便聊一些題外話，我心裡在想，若是要對抗『台展』就必須先退出『台展』，才有立場去對抗，他們顯然做不到，竟說兩邊都要出品，這就十分矛盾，變成自己對抗自己。後來又遇到另外幾個人，說法略有不同，他們不提對抗只表示要有一個自己的美術團隊，和官展一樣以公募方式由會員當評審，用意在獎勵新進。這樣做雖然是件好事，不過我也不贊同，覺得獎勵的事可由官方來做，像法國的各種沙龍都是畫家提出建議，由政府來做，當初我們『台展』也是總督府接受民間意見才成立的。如果又有什麼新的想法，照樣可以再提建議，何必這麼辛苦，非自己建立山頭不可！」

講到此他停了一下，見立石沒有說話，於是又繼續說：「所以，我們又沒有談成……。壞就壞在我家有電話，外邊隨時可以搖電話進來找我談籌備會的事，他們越逼我就越想逃，一氣之下就約他們全都到我家的倉庫聚一聚，拿西洋菸酒來招待，放音樂給大家聽，山水亭老闆的三重奏也來湊熱鬧，結果被誤會以為是慶功宴，一夜之間就對外傳出新『台展』成立的消息。既已經成立，我反而安靜了一陣子，我每天到淡水釣魚，沒有人煩我真好……。」

聽到這裡，立石突然想起了什麼，打斷他的話：「對了，有一件事要請教你：今年『台展』開幕那一天，三郎被鄉原先生擋在門外，教訓了一頓，進入會場時臉色凝重，找了兩個人算帳，其中一人是不是你？」

「當然不是，三郎雖然霸氣，對我倒還不至於，照你這麼說，鄉原他已出來表示意見了！怪不得雪湖和東洋畫那幫人最後全部撤退。有關這方面的內幕反而是你比我知道得多。這麼說，台灣的東洋畫界的確有個山頭，以鄉原古統為老大，沒人敢違抗他，日本的東洋畫界也這樣，不是嗎！」

「日本人是最推崇傳統禮數的民族，這結果才處處出現山頭，整個社會以各類的山頭建構起來，這就是文化道統的基礎，也是所以萬世一系，皇室受尊崇的主要原因。台灣就不一樣，永遠受制於別人，誰來壓制就尊崇誰，沒有建立過自我的傳統，現在好不容易有個山頭，坐在頂端的也是外來的日本大師，所以有識之士才要籌組『台陽』，這一來說不定有改變現況的可能，難道不算是這一代人的職責！職責既已經落在你們肩膀，為何還想再逃！你生在這裡死也在這裡是永遠逃不掉的，否則一輩子都在逃，逃避的人生是不會好受的吧！以我的立場說出這樣的話，應該不過分吧！」

「不過分，而且很有道理，很有說服力……。除了這些，我還聽出你的野心，原來你加入『台展』的意願在短暫的瞬間就能決定，是因為長年來心裡就有山頭主義存在，所以想都不用想，順勢就往上山的階梯踩上來。相信不久之後山頂的大位就是你的了，那時你要懂得感恩，知道是誰的一句話把你帶進來的！」說著順勢將手搭在立石的肩膀上。

「不管你怎麼說，我都不想反駁。現在為止是你向我跟進，還是我向你跟進，都還搞不清楚……。但不要忘了，我不必考慮就進來，當然不必考慮就可退出，至於你，猶豫好幾個月才半推半就進來，將來也一定賴著不想走，除非有很大壓力。因此，你若離開也必然在我之後，我腦子裡怎會存在有山頭呢！是你多慮了。」

「不錯，我是個多慮的人，多慮是我的性格……，現在你看到前面巷子進去就是我家，進來吧！你的話不是才只說到一半嗎！」

「這裡就是巴士站，我就在此等候，你要陪我嗎？」

「巴士不是來了嗎！還陪什麼。」

「那就再見啦！」說著轉身走向迎面駛來的12號巴士。跳上車後又回頭向陳清汾揮揮手，笑得十分開心。一路上兩人對談，他採的是攻勢，自認為佔盡上風，以勝利者姿態站在車上，心裡何等得意，從上車一直到下車掛在嘴邊得意的微笑，連車掌都看出來了。

錦記茶行的慶功宴

大清早李超然騎著自行車趕到淡水河邊第九水門，他與陳清汾相約八點正在此相會。到達時發現自己來早了，就繼續踩著車子往岸邊曠地駛去。雖然他學的是化學，近年陪伴陳清汾到處寫生，加上留學期間參觀歐洲各地博物館所受薰陶，對美的欣賞有一定程度素養。看到眼前晨霧中的河邊景色，他既聯想到倫敦的霧景和泰納的水彩畫。本能地用口哨吹起「藍色多惱河」，這是他最得意的口技，腳踩踏板順著樂曲旋律一起飛揚起來……。

回憶五年前，與友人乘渡輪遊萊茵河時，遇見一位日本畫家正在船頭畫速寫，聊起來知道是九州鹿兒島人，兩人年紀相若，談話投機，順手用鉛筆為李超然畫了一張肖像，帶回台灣後，陳清汾看了告訴他，才知道此人是巴黎頗有名氣的畫家藤田嗣治，而那天他只用口哨吹了一曲「羅蕾萊」回報。想到早年往事，情不自禁又吹了起來。

等他再繞回頭時，遠處已見陳清汾騎車匆匆趕到，向來最守時的他今天竟遲到了。他並不過來只揮一揮手就掉頭朝永樂町的方向駛去，等李超然趕上時，已經來到城隍廟前，再往南一個街口就是陳家產業的永樂座戲院。與戲院正面相對是永樂市場，大正年間日本糕餅界商人集結在這附近開業，丁字街口有一家店號「新高」的餅店，做的西式麵包馳名台北城內外，一早就有人排隊等著買剛出爐的新鮮麵包，裡頭一名店員叫呂阿川，見李超然的自行車剛停下，趕忙從店裡將昨天訂好的麵包用五個紙箱裝著抬出來交貨。

兩人載著麵包迅速駛向港町，今天在錦記茶行將舉行「台陽美協」首展的慶功宴，由陳清汾作東宴請會員及畫界友人聚餐。因為人數多，為了方便決定以西式餐點宴客，預定三十位來賓每人三個麵包，因此訂了一百個不同的式樣由客人自由挑選，又準備了進口的哈姆、乳酪和青瓜、蕃茄，夾在麵包裡做成三明治。

只是沒有葉類蔬菜，上回有過經驗知道台灣人的想法認為菜園施肥用的糞尿不衛生，多數不敢生吃也就不再準備。飲料就只供應啤酒，是李超然的意思，他在慕尼黑讀書的幾年對啤酒情有獨鍾，遠勝過法國葡萄酒，正好在他家還有兩大箱的庫存，就全部捐獻出來供大家享用。

從九點鐘起兩人整個上午都忙著準備宴席，接近中午客人才陸續到來。楊三郎興沖沖地帶來消息，告訴大家在展出的六天裡有九人前來訂畫，賣掉了十五幅，另有六幅尚未決定。山水亭的王井泉建議不管決定與否先把畫送去，然後由他負責收錢即可。

三郎拿出售畫的清單交給他，上面幾乎每位畫家皆有一件以上作品被訂，最多是陳清汾和楊三郎各四幅，僅立石鐵臣的畫未售出，除了畫價訂得高，他不是本島人也是原因！對此他不曾表示過不悅，在場內向同仁一一握手祝賀。

十一點過後，該來的客人差不多已到齊，有人建議把三張長形辦公桌拼成一個大桌，這樣圍著吃比較像是一家人。

桌上擺著從陳清汾家搬來的西洋式大碗盤，他說這是近年與廈門、廣州做生意時買進來的，然而大家的目光對盤子上各式各樣的哈姆更感興趣。陳清汾表示這些大腸小腸既然擺出來希望大家愛怎麼吃就怎麼吃，藝術家的吃法要有創意，不必照西洋人的傳統方式。但李超然還是率先做示範，教大家如何用刀子刮奶油在麵包上，中間再夾乳酪、香腸和蔬菜，然後大口大口地咬著吃，一時吞不下就喝一口啤酒。他的示範也只能當參考，對這些人，狼吞虎嚥的滋味才真正感受得到吃的樂趣。

本來大家還一直熱烈談論著展出過程中的所見所聞，等到把夾好哈姆的麵包塞進嘴裡，嘴巴一忙突然都安靜了下來。十二點才剛過不久，眾人已酒足飯飽，沒有談完的話才又斷斷續續地開始。此時向來最熱心的王井泉拍拍手站立起來，提議趁這難得機會，請大家發表對台灣美術今後發展的看法。

隨便閒聊的時候大家興沖沖談個不停，等到把場面轉為討論會時，畫家們的臉馬上沉下來，安靜了好一會，王井泉看這情形也只得放棄，他的熱心總是不看場合，覺得是自討沒趣，不多久便以店裡有事為由先離開了。

王老闆一踩出大門，就聽到爭論的聲音又起，而且越來越大，這在美術圈的聚會裡司空見慣，不足為奇。不知是誰突然間以理直氣壯口氣大聲說：「『台陽』和『台展』當然不可能一樣，也不許『台陽』走向與『台展』一樣的路，今天在此如果想辯論，你一派我一派大家來個了斷……。」除了立石鐵臣出席的全是本島人，雖然不必為了他一人而非講日語不可，但習慣性在談話中使用日語的機率還是最大。現在大聲說話的是王白淵，他的日語說得比台語流利，尤其情緒激動時，幾乎開口就是日本話。自從北師畢業後，他在台灣、日本和中國當過教師，言行體態常被看成日本人，剛見面時還有人誤以為他就是立石鐵臣，認識後才知道他的心比誰都接近台灣，處處以台灣人的立場思考，從發表的詩文更看出此人台灣意識多麼堅定，然而這種立場與眼前所看到滿口日語的王白淵實在不搭調。

「原來是白淵兄，難得見到你也有激動的時候，真是好現象，激動的人最可愛，我常對人說，情緒的起落讓人顯得更年輕，剛才大家對討論表示冷淡令我很擔心，原來更有興趣的是辯論，爭論起來才夠刺激！」說話的人是陳澄波，看來他正想要挑起一場戰爭。

面對陳澄波大家總要退讓三分，他天性不是善辯者，卻是個好辯者，辯輸的時候甚至還邊流眼淚邊迎戰。

「今天有『希露桑』在，他絕對不會讓這裡有冷場。」

廖繼春是王白淵和陳澄波兩人從北師一直到東美的老同學，剛才他叫王白淵「希露桑」，也就是白先生，聽說是北師的石川先生替他取的，學生時代他的言論就有點偏激，石川認為這是知識青年的良知所激發的情緒無可厚非，又擔心如此下去恐惹禍上身，正好他名字裡有個「白」，每次見面就故意大聲喊他「希露桑」，一方面提醒他要白一點，不要繼續紅下去，另方面也替他貼標籤，說他是白而不是紅。可是王白淵並不領情，這等於此地無銀三百兩，尤其不悅的是，他家有條狗叫「哭樓」，小黑的意思，而他叫「希露」時不就成了兄弟一對！

「澄波仙，我剛剛說的那句話你聽進去了沒，那麼你的意思呢？」

王白淵把話鋒轉向陳澄波，從學生時代兩人在談論中經常交手，近年沒有機會在一起，隔外懷念，剛才見面還來不及彼此問候，問候的方式竟然是針鋒相對互相挖苦，此時正好拿爭論當飯後餘興。

「你說太多話了，到底是哪句話！你的話，我是有選擇性接受，不該聽的我聽不到，更不用說聽進去。」他嘻皮笑臉兩眼直望著王白淵。

「我對水龍說，『台陽』和『台展』不一樣，也絕不讓它一樣，否則不就成了兩個『台展』，今天我們創立『台陽』就失去意義了。你要我寫篇文章談論『台陽』，我就專門談這一點，題名叫〈台陽人的意識型態〉。」

「原來你指的是這個，這個我聽進去了。」陳澄波裂開嘴笑得更天真：「你擔心會變成兩個『台展』，對不對！更擔心的是：忙了半天，平白替政府獻上一個『台展』，於是我們台灣人吃虧了，是不是！但為什麼不朝另一個方向去想！兩個『台展』，一個政府的，一個民間的，學校也有公立和私立，大家比賽看誰辦得好……。」

陳澄波說得輕鬆，王白淵則滿臉嚴肅，想要反駁卻讓廖繼春搶先了一步。

「現在名稱已經不一樣，主辦人不一樣，展出時間也不一樣，再加上贊助人不一樣，剩下還有多少是一樣的呢！」

接著楊三郎也加進來：「本來我就抱這種態度，先不要確定我們要怎樣，讓『台陽』能順順利利展下去，一段時間之後，性格和特徵自然顯現出來，那時候它怎樣就是怎樣。目前才剛開始，霧渺渺的時候，能持續多久都不知道，實在沒有什麼具體的可拿來爭論。」

他的語氣溫和，反而有說服力，大家為之一度靜了下來。

「三郎畢竟是三郎，三郎說的當然沒錯。不過，我們既已經面對面討論，還是要把看法拿出來說一說，這就是交換意見。」王白淵的語氣也隨之平和了些：「『台陽』能夠成立，聽說三郎出了很大心力，我們都看得出來，這是很不容易的一件事。『台陽』的成就將來等於就是台灣人的成就，當『台陽』已經是全台灣人的『台陽』時，每個人都有一份責任，也應該說出各人的意見，理念不同沒有關係，不同理念能夠溝通才最重要，現在讓我先說……。」

「對不起，還是讓我先說，我的話很短，兩分鐘就說完……。」陳澄波搶先發言：「雖然很短，但我是想了很久才拿出來講，所以很簡單，很容易了解，最沒有耐心的人，像三郎兄也不會嫌我的話長，我只談兩三句，頂多四句，說過了就不想再說。但我要請問大家，一個人的理念，若兩三句就能說完，能不能算是理念！」說到此，已令楊三郎按捺不住，站起來深深行一個禮藉此打斷他的話：「謝謝你，你的意思不用說我們都知道，大家都很贊同，何況你已說了超過兩三句，三四句了，哈哈哈！先喝一口啤酒吧！你可以多喝幾口，盡量喝！」

「不不不……，我還未開始，我說兩三句是開始說了之後算起的。」陳澄波為自己的話被打斷提出抗議，引起眾人一陣大笑。在笑聲鼓勵下他更提高嗓子繼續說下去：

「大家要有耐心一點，台灣人就是缺乏耐性，這樣不好，尤其你們這些畫家，我也是畫家，也曾經沒有耐性，現在已經改過來了！不記得哪一位名家說過：繪畫是一種表現耐力的藝術。初到東京那一年，我在書店裡翻書，偶然讀到這句話，一回到家就趕緊寫在日記簿上，直到現在沒有一天不在提醒自己，作品要讓人看到精神的耐力，耐力也就是一種精神，想表現出一件成功的創作先要有耐力，我要用『耐力』兩個字來形容『台陽』，告訴你們，我很快，簡單三兩句話就可以說清楚，你們都要有耐性：……。」

說了半天仍然沒有開始。他有耐力，但別人不一定有，於是他的話又被人打斷了：「對不起，我只說三句話：第一句，剛才白淵先生在說話時被澄波先生打斷，如果沒有打斷，他現在早就說完了；第二句，澄波先生接下來已經說了很久，竟然說他還沒開始；第三句，我建議由白淵先生把要說的話全講完，再由澄波先生接下去講，這樣聽的人才有頭緒，失禮！」好像準備好的講稿，快速把它唸完。

說完了他就坐下來，但說話的人是誰？陳澄波看了兩眼，還是想不起來，此人年齡比自己略長，說話條理清楚，雖然中氣有所不足，但氣勢已把陳澄波壓下來，王白淵就趁勢起立發言：

「我的話比較長，大家要用耐心加上耐力來聽。因為我不是臨時想到什麼說什麼，而是心裡想了又想才說的，每句話都有根據，說出來提供大家思考：

第一，我們已經是新時代的知識份子，不可像上一代人，聚在一起只是一群文化仙，只說不會做，對社會、同胞不知道關心。結果世世代代要被異族所統治，為了改變自己的命運，凡事要目標明確，才不致力量浪費，時間浪費，精神浪費。

第二，你們在台灣成立『台陽展』，我聽了比誰都還高興，時代走到這一步，很明顯是『台陽展』應該現身的時候，既使不叫『台陽』，也將以別的名稱出現，所以我們不可辜負這名稱，辜負這名稱亦等於辜負了這時代。

第三，『台陽』是肇嘉先生、獻堂先生最支持的台灣人美術團體，所以他們才出錢出力資助這團體，我們美術家自己也要振作，不可令支持者失望。

第四，要認定這是個站在台灣人立場面對台灣美術的畫家團體，不同於『台展』以日本人的立場看台灣美術，不同觀點所詮釋的台灣美術必然造成理念偏差，顯然這十年來是『台展』主導下的美術，台灣人沒有發言權，今後『台陽』是台灣人發聲的所在。

第五，『台陽』早晚要奠立自我的基本信念，是全體台灣人所認同的，以認同塑造文化，這是作為文明國家必備的先決條件。

第六，向來畫家送作品到『台展』接受日本評審員的審美觀點評判優劣，由他們來決定勝負！今後我們把『台陽』確立為台灣的美術展，觀眾都是評審委員，每天都在評審，因此要認清楚出品『台展』與『台陽』之間基本理念是不同的。

第七，作為台灣美術家首先要有所認知，作品不是畫來給日本評審員看，而是給台灣社會大眾看的。『台展』對美的標準由日本學院畫家把關，因此若以台灣人的思想感情創作，必過不了評審這一關，只有在『台陽』裡面台灣人對美的觀點才有自主性，能掌握自己文化的命脈，民族才有前途可言。

以上七點是小弟一時之淺見，希望諸位賜予指示，多謝，多謝，多謝……。」

王白淵的長篇大論說了近二十分鐘，竟也沒有人嫌太長，說完時更博得一陣喝采，畢竟是用腦子在思考的評論家，思路永遠較其他人周密，知道如何全面性觀照美術問題，說完一時之間尚不見有人接下來發言。隔了好一會，才見陳澄波又站起來，帶著幾分歉疚的笑容，一句接一句慢慢說：

「我常常在說，藝術家就要像王白淵這樣才叫做藝術家，不是在這裡才特別誇讚你，在其他地方我也經常說你的好話，一個藝術家的情操要超過一般所謂的知識份子，對土地和時代都要有使命感，明治時代的日本美術所以大步邁進，就是靠岡倉天心、黑田清輝這些有時代使命感人士帶動出來的。今天台灣美術也已經進入新的階段，到底是誰來帶動的呢！我們當中沒有人敢說我能帶動，心裡頭也許會說，是石川欽一郎，是鄉原古統，是鹽月桃甫這些來台的內地人，卻又不甘心承認這事實。所以我說，台灣藝術家多麼可悲，為何在自己的土地上無能為力。總督府設置一個『台展』讓我們每年送畫去比一比，於是我們都算是畫家了，這樣下去，十年二十年之後我們的畫都一直要通過東京畫家的評審，這個土地上還能長出自己的美術嗎！所以感到可悲，真可悲！『台陽』所以要設立，就是為了脫離被東京畫家控制的當別人養子的命運。」說到此，感情向來豐富的陳澄波眼眶已閃著淚水，話也說不下去，終於坐了下來。

全場一陣安靜，才聽到王白淵雙手用力拍出來的掌聲，隨後眾人跟著鼓掌，有人小聲為他叫好，熟悉陳澄波的廖繼春也點頭讚許，說陳澄波今天簡直變了一個人，突然講話變得簡短有力，而且充滿感情，更可貴的是說出精闢見解。接下來場內很快又陷入一陣嘈雜。

「請諸位安靜，拜託拜託！」大家一看發言的人是李石樵，在這場合裡向來很少說話的他，竟然也站起來要求發言，此時心裡必有所感觸：「兩位北師前輩的一番話，使我深深感到『台陽』的創立是一個新階段的開始。剛才兩位都講到『使命』，這是多麼重要的呀！過去我為什麼沒有去想到！所以覺得自己很慚愧，回去之後要好好反省。不過有了『台陽』之後，使我想到些有關創作的問題，就是以會員身份參加展出，把一年當中的製作同時掛在牆壁上，代表的是畫家的研究成果，看別人的成果再看自己的成果，雖然也是在比較，但不是比作品的好壞，而是在比較中檢討自己。這一來在我心裡已沒有評審委員，只有批評家，那時就會想到若有專業藝評家來看我的畫，將給我怎樣的評論，而不再想到評審委員會不會給我入選或得獎這種功利的事，這就是『台陽展』和『台展』對一名畫家在意義上不同之處。我在這裡要作一個結論：我們今後要從戶外的寫生走進畫室，成為畫室的畫家，在畫室裡進行研究，從創作展開有實質表現的『台陽』時代，以上。謝謝諸位！」

說到此，向大家深深行一個大禮又朝王白淵看了一眼才慢慢坐下來，聽到大家熱烈鼓掌，使他感到很不自在，微紅著臉閉上眼睛把頭垂得更低。

此時早已有人站起來等著要發言，一看是廖繼春，他也不是個愛說話的人，不知是什麼力量使得他們一個個站出來發言：「……這話說得非常對，我要補充的是，繪畫的工作就是要一步接一步實實在在踩出去，石樵君是我在北師的後級生，在東美也慢我幾年才進去，但是他在美術上的成就不輸給任何一位前輩，是我佩服的人之一。前年他已入選『帝展』，今年也一定會再入選，他的能力實在驚人，我們為他拍掌……。」

卻見李石樵站起來猛搖手，連頭也搖起來，顯然不願意別人在這種場合誇獎他，但最後還是彎腰點頭表示謝意。廖繼春信奉基督教，從小聽牧師講道的關係，只要對公眾講話無意中也學牧師語氣，說到激動處以最大的力氣講出最小聲的話來表現內心的擠壓情緒，對聽眾很能產生感染力。等李石樵重新坐下之後，他才繼續以同樣語調說：「剛才李君的一番話，提到批評家，這種角色也正是我一直期待的……。」

說到此，他把眼睛閉起來，像是在思考下句話該怎麼說，又像有意借這表情以釀造氣氛，然後說：「目前為止，說實在的，我們台灣的確沒有過專職的評論家，這是畫壇的一大缺憾，因此，寫美術評論的事變成新聞記者在兼工，或者請作家、詩人文筆好的友人來寫介紹，這種文章只能說是評介或報導，助畫家打名氣，沒有學術的實質益處。做為畫家的我，所最期待的就是有人以理性分析來解剖我的創作歷程，把我的優點和缺點指出來，告訴我，當了這麼多年的畫家，目前到底處在什麼一種狀況之下，這是何等重要的一件事，為什麼竟沒有人能出來擔任這個角色！同時我也期待台灣美術界能出版一本美術雜誌，是不是要先有評論家出來寫文章，有了文章才有美術雜誌；還是先有美術雜誌之後，請人來寫文章，才培養出評論家。啊，台灣畫壇如果有這樣好的條件，即使在夢中也會笑出聲來！今天好不容易成立了『台陽』美術團體，除每年一回的畫展，是不是應該思考下一步還可做些什麼！做一名畫家，畫畫是個人的事，不必成群結黨；想發表作品就送去『台展』和『帝展』，也不必自己辦展覽，今天既然結社想以團隊的力量作些事，就必須要想到下一步該做什麼，也就是『台陽』之所以和『台展』不同的地方，否則別人說我們以『台陽』對抗『台展』時，是沒有辦法為自己辯護的。」

「阿門！」聽完廖繼春的話，由於他的語調太像牧師的禱告，幾個人不約而同做出這樣的反應替他的話打下句點，接著才發出笑聲，給予鼓掌。

卻見王井泉此時已高高站著，不知幾時他去了又回來，舉起雙手示意要大家肅靜。但怎麼也靜不下來時，他用力大聲一喊用聲音把會場上喧譁氣勢壓下去，然後才開始以喊過之後殘留的沙啞音調發言：

「你們等一下再鼓掌，現在讓我先說幾句話來表示我的心意，代表個人對繼春兄的敬意。他常常稱讚別人，當然別人也要來稱讚他，相信大家已聽到繼春兄剛說的一席話。其實，他說的也正是我近年來藏在心裡想說沒有說出的，我所以沒有說，一方面因為時機未到，另方面因為怕說出來別人會笑我外行人越權說內行話，所以一直沒有這勇氣。很高興今天看到繼春兄比我有勇氣，除了勇氣，應該說他比我有資格來說這種話，說出台灣美術界共同的需要，也就是美術界對一本藝術雜誌和專業的批評家的需求，繼春兄一語道出我心裡的話，使我感到非常爽快所以要站起來，先讓我單獨為他拍手，接下來你們再跟著拍手……。」

說時已雙手用力鼓掌，眾人跟著也一起拍手。此刻因遲到而坐在牆角小桌子的兩三個人，聽到這邊主場上一陣又一陣掌聲，有人情不自禁走上前來也想發言，前來的這個人站著時身體比誰都直，說話把頭高高仰起，幾分像軍中喊口令的士官：

「好，真好！今天雖是畫展的慶功宴，除了吃喝又能聽到美術界的言論發表，實在難得，使得我獲益匪淺，不得不叫好，更加令人羨慕、佩服、尊敬……。」說話時高高舉起雙手，模樣像是在搞笑，說完一轉身又回到原位。

「這個人是誰？」有人小聲詢問。

「不知道！」在場似沒有人知道他是誰。

「好像和古井一起來的……。」

「對不起，請你自我介紹！」王井泉提出建議，因他聽到有人竊竊私語。

於是把剛才說話的人又請出來。此人在台北文化圈裡雖偶而見到，但南部來的對他還很陌生。

「噢，小弟是周井田，周公的周，王井泉的井，早稻田的田，在大稻埕開一家小小的印刷廠，本人是美術愛好者，也是支持者，請多多指教！其實在肇嘉先生草山別墅裡已經與大家見過面的……，我剛才說到哪裡了，對，我說到我很羨慕你們，這是從心裡說出來的話，我很高興看到『台陽』有個好的開始，便希望它更好。我是一個小小的文化商人，站在台灣人立場，在這裡為大家喊一聲加油，加油！」雖然從頭到尾使用台灣話，講到「加油」時，還是要用日語。

這一聲加油充滿丹田之力，足以振奮人心，當大家為他鼓掌時，其實已經在為自己鼓掌……。又一個人接著說：「剛剛有人提到我們需要專業批評家為美術展寫評論，我聽了很有同感，評論人才比評審人才更重要，不但引導畫家如何畫下去，也教育民眾怎樣看畫，以我的意見我們當中只有王白淵兄最夠資格擔當這個重任。」說著伸手指向王白淵，眾人也一起朝他望去，他則當之無愧的模樣只顧點頭笑一笑。

「還有，更重要的是有關美術的專門雜誌。」此人又說：「將來這些都是歷史記錄，後人寫歷史時，如果連這點起碼的資料都沒有留下，如何寫出什麼來向子孫交代！沒有文字記載的歷史在學術上叫做『史前史』，那麼我們這一代人就是原始人，二十世紀美術史上的原始人，聽來多麼可笑！我們一定都聽說過明治時代的『第一人』，第一個飛行機駕駛，第一個法國料理師，第一個西洋歌劇演唱家，第一個什麼什麼，現在我們也在創造台灣史上的第一人者，如王白淵是第一個藝術批評家，我們還要辦台灣第一本藝術雜誌，『第一』兩個字所代表的是開創者，地位是沒有人能取代的，我們現在都正在創造歷史，你們知道嗎！這是我們的職責，也是一種榮耀。千萬不可就這樣錯過！錯過了之後就永遠追不回來……。」

「讓我來給你補充一項，也是歷史的第一，那就是畫廊。」李超然接著說：「到今天為止台灣還沒有如東京、巴黎那種為畫家舉辦展覽的Gallery，經營者叫畫商，他要有藝術眼光，也要有商業手段，同時對文化事業要熱心，平時到處尋找有才華的年輕畫家，每月提供生活費去養他，慢慢他把小畫家捧成大畫家，有一天畫漲價之後，畫商就賺大錢了。對台灣這是新行業，如果古井兄有時間又有興趣，不妨考慮轉到這一行來，我可以當你的免費顧問，你將是台灣歷史上第一個畫廊的創業者，做得好的話，台灣這一代的畫家都要靠你來養，這是多麼偉大的行業！」

「你不說我倒沒有想到！太好啦！我這就去找地方，我們合作把畫廊開起來，為了創造歷史的新頁！」

「呀！」全場爆出一陣掌聲。

「真的嗎？古井兄你真的就照我的話，說做就做嗎？好，那麼你已經進入歷史了！」李超然看他回答得太乾脆，不得不用話試探他的決心。

「只要我的山水亭還在，就一定可以把畫廊開起來，明天我就去找店面，二樓也可以，畫家就不必找了，你們的畫都由我來賣，顧客名單我也有了，超然兄再提供一些就更齊全。將來王白淵就是畫廊的專屬評論家，每次開畫展就由他寫一篇文章，我付給你一百圓稿費，現在萬事具備，就等著我們一起來寫歷史！」

「好！我們給他掌聲加油！古井兄萬歲！」

慶功宴從中午一直開到傍晚才曲終人散，由於午餐吃的是西式麵包，消化得快，不到三小時已經又肚子餓了。王井泉走了又回來就是想把大家帶到他的山水亭，好好吃一頓店裡的台灣料理以祝賀這次成功的畫展。當地提出邀請時，又再引來一陣歡呼，把已經走遠的幾個人也喚回來，一起朝著太平町的山水亭進軍。

歷史說：沒畫過淡水教堂不算台灣畫家！

時間很快又過了將近一年，眼看第二回「台陽展」就要到來，被推為召集人的楊三郎已開始忙著到處聯絡，或親自拜訪或寫信通知，希望散居各地的畫會同仁把作品準備好屆時送到會場，這是身為召集人所該做的工作。

聯絡的過程中得知陳清汾這段期間雖然留在台北，由於個人在社會上的生活圈子較特別，一年來甚少與「台陽」的同仁交遊；住在三峽的李梅樹因就任地方上的參議員，這段期間經常參加開會，為地方服務的工作在忙碌，作畫的時間相對就少了；李石樵老家在新莊，祖先給他的遺產及替人畫肖像之所得，不愁一家人生活之外，還可以在東京、台中兩地擁有一間畫室，這年代裡能當個像他這樣專業畫家是相當幸運的，相繼入選「帝展」之後，野心越大，一心希望能在東京畫壇佔有一席之地，必要時不惜放棄台灣的活動全力往中央畫壇衝刺。在經濟上支援他的楊肇嘉則再三叮嚀，要他對台灣的新一代多費心提攜，所以一直割捨不了島內畫壇的活動；法國遊學回來的顏水龍，直到現在還日本、台灣兩地跑，在台灣時由於熱中於手工藝的推展，滯留南部的時間較多，他認為台灣新美術的推展尚未成熟之前，必須先從與生活最切身的工藝著手，幾年後民眾對美有了足夠素養，再做純美術的推動就不會像目前這樣棘手了，為此經常和同仁爭論，後來見面時只好避免談這方面的話題；廖繼春任教的私立長樂中學是個教會學校，因此長老會的事務也要他撥出時間協助，在畫友眼中慢動作有名的他，畫布上雖然寥寥數筆，卻只有對美術深入了解的人才知道他的畫是如何費工夫來完成；陳澄波於第一回展出之後，只到台北來過一次，住在山水亭的客房，連自家的棉被也一齊帶來，因自家的被裡才聞得到牽手的體香，睡起來方才安心，後來就遠赴上海任教，這段時間要算他作畫最勤奮，除了在江南各地寫生，還畫了無數課堂上的模特兒速寫。來信表示今年展出恐無法出席，寄回來的畫須請人代為配框送往會場；楊三郎本人家住淡水，在三重埔大橋頭附近的一間二樓平房租有工作室，平時幫忙父親照顧醬油廠，進城的機會反而最多，「台陽」成立後，逼著他非加倍努力不可，自從今年「台展」油畫獲特選，信心更充足，目前幾乎是全職畫家。

從這情形，楊三郎心裡明白第二回展如果想辦得有模有樣，就只有靠自己一人之力做一切該做的事，當初既已接下召集職務，至少要辦好這一回，在這期間他好幾次於不同場合中遇見郭雪湖，雖內心真想邀他加入「台陽」卻又不便開口，因這不是他楊某一個人所能決定。

若雪湖也是會員，至少可分擔一半的工作，將一些實務交他去處理。然而雪湖的入會決定在能否成立東洋畫部，是需要全體會員的共同意願，這當中著實困難重重，做起來恐怕比單獨一人辦好今年度展出還更辛苦。

時而也想到居住台北的陳春德、陳德旺、洪瑞麟和張萬傳，在西洋畫裡是近幾年受到矚目的新秀，應該是接下來要吸收的對象，既然早晚都要進來，不如先一步接觸，必要時或能幫上忙，至少凡事多幾個人可商量。回頭再想，他又猶豫起來，近年多次的交往中發現觀念的差距以致彼此間的溝通存有太多困難，不可只為了找人幫忙，反而帶來額外的麻煩，如果是這樣，一切後果就要他一人承擔，目前還不敢大膽去做。以當前情勢看來，顯然第二回「台陽展」如沒有楊三郎個人的堅持，恐無法在孤立無援下順利展出，這是所有會員心裡都明白的事實。

對三郎的苦心同仁們無不心存感激，外人每提及「台陽」也一定先想到楊三郎，這當中不無原因，尤其一向支持「台陽」的楊肇嘉、王井泉、張星建、陳逸松等，於幾年後在談話中常溜出一句：「當初如果沒有三郎熱心奔走，怎能到今天還有『台陽展』！」

但，從另方面來看時，楊三郎努力替「台陽」奠下基業，不自覺間把「台陽」視為己出，由於天生的霸氣，畫壇老大的姿態不自覺間在他身上流露出來。

這時候美術界裡老大哥性格已成一代典範的陳植棋剛過世沒多久，畫會中每遇到不易協調的大小事，而對楊三郎有怨言時，畫友在背後經常會說一句：「若是植棋尚在，三郎他敢這樣！」意思是說什麼人也服不了三郎，除非陳植棋再世。雖然楊三郎對「台陽」的貢獻沒有人可否認，然而在同仁心中仍然是爭議性人物。

幾年之後，外界的人都看出連整個「台陽」也注入了濃厚的三郎性格，包括了他的霸氣和耐力。當同時代成立的畫會一個接一個無疾而終，在無預警之下相繼消失，唯有「台陽」能維持下去，來日在史家的筆下必將這一切歸為「三郎性格」所使然。雖然用詞誇大，卻印證了三郎對「台陽」之貢獻。

離第二回展只剩下一個月時，「台陽」能否順利繼續展出一直令楊三郎感到憂慮，若因他一人的聯絡工作沒做好而使展覽的事告吹，不知將如何面對會友，以及眾多的支持者！

某日傍晚他從三重埔畫室騎車回大稻埕，想起陳清汾家就在附近不遠，便打算繞過去打個招呼，順便告知展出在即，關心他的製作情形，並打聽與他較常聯絡的立石鐵臣之近況。

才剛從永樂町轉入陳家大宅的巷口，就見陳清汾的背影正走向自家大門，急忙大聲喊住他，沒想到轉過頭來竟不是本人，從外形看來像是他兄弟，那人也停下腳步以笑臉招呼：「是楊先生！我在展覽會場見過你，我是清汾的三哥清波，你是來找清汾？可能他還沒回家。」

「噢，對了，的確我們見過面，開幕第二天，你們來了一群人……。」楊三郎想起陳天來陪友人來買畫的事。

「是的，我父親心裡還一直過意不去，那天同來的都是在廈門有生意往來的熟人，他們的確是想買畫，沒想到要的竟是水墨山水，後來又說東洋畫也可以，可惜你們只有西洋畫，我父親對兩方面都很抱歉！」

「哪裡的話，這回展出還是有很多作品被訂購，同仁們都非常高興，謝謝大家的支持！」

兩人並肩走到陳家門前，清波邀請楊三郎入內等候，三郎才走進來沒幾步，又覺不妥。

「我只是路過，因『台陽』既將開催，才前來探望清汾兄製作的情形……。」

「那就進來看一看他的畫室也好！」

「不了，還是另外再找時間過來。」

「那真對不起！……對了，有件事必須請教你，你們都到過法國的人，回來後應該在美術方面全力以赴才對。可是以我看來，清汾對藝術的熱忱好像不如往前，不知你對這件事的看法怎樣？」

「沒想到你們家人也有這感覺！我會特地前來拜訪也是這原因……。」

「你真有心，台灣子弟到法國進修才你們幾個人，若一回來就放棄，豈不……。」

「是一時的低潮也有可能，再過一陣子或許興趣又高昂起來……。」

「我這樣說不知對不對？藝術的工作如果不能堅持下去，想有成就恐怕很難，家父很希望朋友們多給他一些建議，所以……。」

「這是互相的，外人看來繪畫的事好像很輕鬆，其實比什麼都艱難，若不能堅持到最後，再大的天才也……。」

「其實清汾他自己也說，藝術是一生一世的事，非把全心力放進去不可，說是這麼說，家族的事業樣樣都想插一腳，對自己兄弟總是不放心，我們也覺得為難。」

「這我可以理解，相信許多畫家朋友都有這種問題，藝術的路難走，家族之間取得諒解一樣不容易。」

「你不進來奉茶！清汾那邊我一定會轉告。」

「我不進去了，最遲後天會再來，請代問候清汾君。還有，請他不要忘記展覽的事，再會！」

「再會，請慢走！」

兩天後楊三郎再到陳家，來時才剛過下午三點，家人說清汾早上就到淡水釣魚去了，可是等到五點半都不見回來，他心裡想：「清汾明明知道我住淡水，也知道我愛釣魚，既然是到淡水釣魚，不找我這就怪了！」對此他不僅不解而且有幾分氣憤，何況那天與他二哥說好今天來訪的事，出門時難道沒對家人交代一聲！朋友當中能與清汾相約去釣魚的又是誰，莫非想避開與人見面，才選擇一個半小時以上車程的淡水，若純粹為了釣魚，出門只須五分鐘就是淡水河，傍晚時分經常一排釣客坐在岸邊垂釣，又何必捨近取遠！

楊三郎越想不通就越要等下去，直等到人回來問個究竟，下定決心後乾脆在沙發上半躺著閉眼養神。

牆上掛鐘剛響過六點，從樓下有腳步聲上來，又是前天見面的陳清波，一見三郎就記起兩人的約定，趕緊上前招呼，才知道對方已等待近三個小時，明明那天上樓來就留下紙條在清汾桌上，清楚寫著三郎找他的事，難道會沒有看到嗎！對此他心裡和三郎一樣訝異。

三郎告訴他，聽下人說清汾到淡水釣魚去了，他聽了不經意溜出一句：「別聽他在瞎說，這小子也釣魚！」使得三郎愈加相信清汾是為了迴避才有意不在家。

「既然這樣，我就帶你去畫室看看，所有作品都在那裡，參加『台陽』展的畫是否準備好，你一看就明瞭！」說著就將三郎帶上三樓的一個房間，裡面作品倒也不少，畫布上的顏料卻是乾的，表示近日來不曾動過筆，這些作品都未完成，往後剩下不到三個星期能趕出多少來參展，實在令人懷疑！

他的畫室的確不小，而且特地開了一個大天窗，傾斜的屋頂和巴黎畫室幾乎沒有兩樣。最令人羨慕的是架子上一盒盒油畫顏料，僅僅白色就有十幾盒，地板上五個花瓶插著滿滿的畫筆，兩個橢圓形木製調色板高掛牆上，看得出只用幾回就拿來當裝飾品，畫架旁邊一張特製的活動小桌，桌面可以用來調色，從刮在一旁厚厚一堆用剩的顏料可以看出他作畫的豪氣。更令他好奇的是帽架上十幾頂法國藝術家小圓帽，除了黑色還有紅、紫、綠、白等各色各樣，連到過巴黎的楊三郎都覺罕見。

另一個畫架上擱著一幅裝好框的大油畫，一看就知道那是法國十九世紀畫家的作品，畫風接近巴比松畫派，技術純熟到令人折服。聽說是清汾從巴黎跳蚤市場買了帶回來，書架上還有一尊雕塑十分眼熟，原來是羅丹的〈手〉。「清汾說這是法國的國寶，運氣好很便宜就買到了。」當三郎盯著雕塑看時，二哥從旁插了一句。至於清汾自己的作品，每幅畫都是歐洲的景子，他滿腦子充塞著巴黎生活所留下的拉丁情懷，一直到幾年後，面對著台灣亞熱帶海島的風俗民情，畫出來的依然有揮不去的法國味，難怪他只畫到一半就覺不對，畫不下去了。楊三郎回省自己近年來的油畫，和同船赴法的劉啟祥，都一樣受到西歐文化的感染，卻不知在別人看來和陳清汾有多大不同！

看過陳清汾的畫室，楊三郎無法不羨慕他有這優渥的創作環境，但是以目前情形看，他把心放在哪裡恐怕連自己都不知道。楊三郎走出畫室時又再回頭看一眼，輕輕嘆了一聲，說：「不知他什麼時候回來！可是，他的心是不是也回到這畫室來，那就不知道了！」然後轉向清波說：「對了，我一直忘了抄下你們的電話，『台陽』畫家大概只有我們兩家裝有電話。」

「號碼非常好記，二三二三，正是日語的阿兄阿兄。」

「我記得了。」本想取筆抄下來，覺得好記就又收了回去。

「那就先走了，我會搖電話給清汾，也麻煩你向他說一聲，像畫展這麼重要的事……。」

「一定，上一回真不好意思，請慢走，不送了！」

晚上楊三郎忙著給畫友寫信，把打電話的事完全忘了，陳清汾那邊也一直沒有打來。

第二天一早，楊三郎才剛起床，正打算到郵局把通知寄出，電話鈴響了，馬上想到與陳清汾的約定，提起電話筒連連喊了好幾聲「莫希莫希」，卻聽不清對方說什麼，再更大聲喊叫，終於才聽出果然是期待中的清汾，聲音仍然很小。莫非因為接連兩次拜訪沒有見到，心裡歉疚造成的緊張，中氣沒有通，才發不出聲來！

平時大聲說話的他，電話中簡直換了一個人，雙方交談了好幾句才聽清楚他的話：「……失禮啦！……沒有見面，真是……，有些事，當面說才……，我的不是，一直讓你一個人……。」

電話中對方說話這麼小聲，又是無關緊要的客氣話，楊三郎乾脆打斷他，搶先說：「是清汾君！昨晚本應該搖電話給你，還讓你先搖過來，真不好意思。昨天等你的時候參觀了一下你的畫室，看到你的畫……。」

說到畫的事，又被陳清汾打斷：「是的，我知道，我也正在思考出品第二回展，應該拿出什麼樣的作品，你一定在……。」

「因為時間只剩不到一個月，而我是畫會召集人。」

「我了解，我可以體諒……。你是我們選出來的會長，……聽從你的指揮，才不會出錯。」

「不敢說指揮。那天我也是正好路過，有機會應該多聯絡，是我疏忽了。」

這幾年楊三郎幫忙家裡的業務已有些社會歷練，知道不該強人所難的道理，說話盡可能婉轉不可太直接，所以又轉個彎讓意思含蓄些：「聽說你這幾天到過淡水，是不是有事找我？」

「我的確有事找你，但這兩天到淡水不是為了找你，是去釣魚。」

「釣魚！一個人去釣魚！」

「不，和周井田君同往，他開一家印刷廠，你們應該相識！那天他也來參加慶功宴……。」

「認識，認識好一陣子，但不知道他也對釣魚有興趣。」

「不僅是興趣，簡直是瘋狂。有一天他打電話給我，說發明一種全世界獨一無二的釣法，要我也去試試。這個人很天才，常有些奇怪想法，碰巧這幾天我作畫進行得不順利，心裡好奇就和他一起去了兩天，還準備下週到花蓮港去……。」電話裡他說話已經正常，聲音也聽得更清楚。

「你不是說他發明一種釣法嗎！快說來聽聽看！」

「對了，是他自己發明的沒錯，說出來你會笑死，出去釣魚之前在家裡把麵粉煮熟，再摻大量味素，然後粘在釣鉤上，拋到水裡後慢慢地就溶化，魚都很敏感，馬上朝這邊圍過來，所以他是利用味素在引誘魚上鉤；由於聽都沒聽過有這一招，很好奇，就一起去體驗一下，哈哈！有機會你也不妨一試！」

「原來是這樣，難怪你到淡水沒有找我！但為什麼你們不就近在台北淡水河先釣釣看……。」

「他試過了，淡水河的魚比較聰明，味素對它們是種異味，不肯上鉤，後來才到鹹水的海岸，結果真的釣到了！人家都說大海魚比較笨，果然沒有錯！」

「哈哈！你是說，他實驗的結果發現我們淡水海邊的魚比較笨，你們台北的魚比較聰明！」

「哈哈哈！這是他的結論，有待我們去證實。」

「我想起來，記得周井田有一個提議，他說台灣畫家每個人都畫過淡水，將來歷史學家會說沒有畫過淡水的不是台灣畫家，而且在畫家作品中找淡水風景來鑑定誰是不是台灣畫家。所以他建議我們『台陽』帶頭畫淡水，將來觀音山、紅教堂、白樓，必成為美術史的代表性標誌，你們一起釣了兩天的魚，他有沒有再與你談起……。」楊三郎將話題轉回來，他最關心的還是「台陽」相關的事情。

「有，他當然談了，他已經把這想法當成一件得意傑作，不管到哪裡見了人就講，講到聽的人受不了，受不了的時候只好照著他的話去做……。我覺得這種永不放棄的精神真了不起！」

「也許他找你釣魚，目的就是對你說這件事。」

「這是合理的推測……，他還告訴我，台北已經有人在背地裡稱他『味素』（アジノモト）先生，哈哈哈！」

「台北人真風趣，周井田的確有文化味素的性格。」

「萬一這種人太多時，讓台灣文化成為味素文化，那就不見得有多好，我不希望如此！哈哈哈！不說他了！」

「對，我差一點忘了一個人，立石鐵臣，許久沒有消息，現在怎樣？人在不在台北？」

「這個石頭，我也很久沒有見到。不過兩天前他有電話過來，說去了內地一趟，近日還要再去，可能住一段時間，恐怕來不及送作品參加我們的展覽，電話中我就罵了他一頓……，罵也解決不了問題。當初是我不對，不經考慮就拉他入會，這一來反而害到自己不知如何向同仁交代！」

「你看他的問題出在哪裡！」

「問題實在多得很，私人方面我們管不了，有關團體的，能解決就盡量解決，電話中我費了許多口舌，就是沒能說服他。事實上誰也解決不了石頭的問題，畢意他是個日本人，一旦民族因素成了問題，就不是人力所能化解。」

「起初我也不敢保證讓立石進來不發生問題，只是看到大家都沒有意見，我就不說話了……，沒想到問題是一直存在著！」

「推薦立石進來的人是我，有了問題，該負責的人當然是我。有件事我至少必須對你一個人坦白！當初楊肇嘉先生在家父面前邀我入會，令我一時之間十分為難，以為拉一個內地人陪我入會為條件，就等於是搬一塊石頭來擋路，對方一定不肯輕易接受，大家又得為此事再討論好一陣子，我的事就拖延下去，不必在那天急於決定。當然，你們的誠意我萬分感激，也因為誠意才更不好推辭，沒想到我提出的條件，不但立石表示接受，肇嘉先生也沒有反對，大家都這麼乾脆，我就沒話說，只好點頭了。沒想到這麼快石頭就發生了問題，在電話中我始終叫他石頭，簡直比石頭還硬！」

「我還想到一點，第一回展之後，我們不是都有作品被訂購，只有他的畫沒有人買，這說明『台陽』的支持者在排擠他，雖是一件小事但也可以當大事看，他心裡一定會想，如果是一個內地人的畫會，那麼作品賣不出去的那個人決不會是他，這一點可能就對他造成離心力。如果今年又同時在日本方面有展出，理所當然他就選擇日本……，我說的這些當然只是個人猜測！」

「說實在話這想法我也曾經有過，甚至還提出來問他，談論過後，他承認有，但不是主要理由。你也知道，我們本島畫家在組『台陽』的同時，內地畫家也在籌組台灣美術家聯盟，他們也一度找上石頭。後來石頭加入我們這邊，然而他很在意我們不敢用『台灣』這兩個字，反而被內地人拿去用了，我就知道他心裡的內地人情節永遠解不開。還有一點，本島人有自己固定的活動範圍，不在乎內地人在外面說些什麼，即使說了也聽不到，但立石是內地人，自然會聽到他們的批評，心裡就不那麼好過。有一次，我叫他石頭，他回我說：我是石頭就好啦，可惜我是蝙蝠！他心裡頭肯定感受到些什麼屈辱，從這句話可以聽出來。」

「若從台灣人的立場，看到立石鐵臣有這麼多木刻版畫，都是台灣民俗風物的題材，這種藝術家對台灣的感情又有誰能夠懷疑！可以說比台灣人還更台灣人，他要加入『台陽』，連我都沒有資格反對，肇嘉先生和古井兩人應該都看過他登在《民俗台灣》裡的版畫，更沒有理由不贊成他加入……，說起來，要怪我們對他的照顧不夠，尤其是當召集人的我，所以我認為今天就應該親自去探望他！」

「你說他比台灣人更台灣人，這話我一定會傳給他，相信他聽了一定感到寬慰！在台灣的幾年不管有多少成就，這句話對他就是最大肯定，憑這句話又可以將他拉回來也說不定。他對我說過：一個本島人以委屈求全的低姿態參與內地人的團體，很容易可以做到，也沒人會說什麼；若換是內地人來加入本島人的團體，天生的殖民者的心態，一定要人家尊重他心裡才能平衡，如果受到一點點排擠和委屈他就難以忍受。我想這才是他心裡想說卻又不好公然對大家說出來的理由吧！」

「聽你這麼說，那我非要去拜訪他不可，立石的問題不可當做他個人的事看待，很可能對『台陽』整體都有影響，所以必須去問候，用心處理。說嚴重一點，『台陽』才剛開始就已面臨危機，如果真的發生，我三郎是要負最大責任，成了歷史罪人！」

「責任或許是你要負，但罪人除了我清汾就沒有別人了！那麼今天就讓你跑一趟看看有沒有結果，他住的地方不設電話，只能這樣冒然過去，他應該在家吧！」

「就這麼決定了，不論結果怎樣，我會再與你聯繫。」

「那麼，就這樣！」

在台日本人第二代的苦惱

楊三郎掛上電話，來不及用早餐就騎車來到淡水車站，八點五十九分從淡水開往台北的火車還有十分鐘時間，足夠他喝碗米乳配一根油條，車子快開時他手上的油條還有半根，就帶著跳上車，面對窗外慢慢地咬，一路在心裡盤算該怎麼與立石這塊石頭對談，才不致引起不必要的誤解，甚至順利把他留在「台陽」。眼睛看著淡水河沿岸景色，心裡想的則是立石和「台陽」的事。

剛才電話中與陳清汾的一番對話，除了立石又提到周井田畫淡水的建議，引起他去注意沿途淡水河景緻，可以入畫的實在太多，為什麼台灣畫家一到淡水畫來畫去只有對岸的觀音山、淡水鎮的屋頂、紅教堂及白樓等象徵性的景物，顯然台灣畫家沒有睜開眼睛看過淡水。如果「台陽」願意帶頭畫淡水，確實需要靜靜地在淡水線火車上望著窗外認真捕捉，不可像過去上了車就在車廂內打鬧或聊天，以為畫淡水必須到達終站才開始。尤其近幾年，每說到寫生就做登山裝備，好像非得爬上山頂就不能作畫。從來沒有想到以步行方式從台北走到淡水，拿本速寫簿把淡水河沿岸風景盡情地收錄筆下，對台灣畫家而言，這是發現淡水之旅，絕對是開創性的，這工作應該由「台陽」做起！這一來不得不佩服一名開印刷廠的周井田竟有此遠見。

記得開幕典禮那天，上台講話的人都說，開創美術的新時代是「台陽」的使命，眼前僅立石鐵臣已足夠令人頭痛，說不定接著來的在陳清汾身上又更難處理，「台陽」裡頭盡是畫壇頂尖人物，一個個都是難纏角色，憑他一個平凡的召集人如何召集得來！

美術史上記載的大師，越是具備特殊才華的便越沒有與他人和諧共處的條件，「台陽」的每一成員都是走在個人創作路上飛揚跋扈之輩，誰也沒有可能接受他人的統御，楊三郎的職責只是召集而已，若能順利把第二回展推出，辦事能力可謂已達到甲等考績，這一點他早有自知之明。

「所謂『台陽』到底是什麼一種組合！為何要避過『台灣』，對這島嶼取一個象徵性的代號！若我真能夠辦完三回展出，便算是完成此生不可能的使命！」

對自己說出這樣的話，是他最消極的時刻！從沒有想到過當一名畫家還要挑起如此沉重的擔子，難道這也都算到藝術家該做的份內來！早年選擇做畫家的當初，如果知道有這擔子等著，相信不管誰都情願放棄畫家這條路。

「如果陳植棋還在的話」是這一代畫家們心有不平時脫口而出的一句話。然而今天楊三郎想說的則是：「如果植棋尚在，這個擔子說不定就落在他肩上！」

淡水線在台北下車的地方靠近後車站，下車後必須跨過很長的天橋到前站廣場來搭乘巴士。雖然步行前往約二十來分鐘可到達立石住所，為了趕在十一點之前見到立石，還是決定乘巴士，上車後僅停五站就來到京町，走過去不遠就是分配給中等殖民官員的宿舍。下車後三郎挨家挨戶找到立石的住處來，當中雖沒有因走錯路而延誤，來到門前還是比預計晚十幾分鐘。

鐵臣的父親立石義雄於後藤新平民政長官任職期間受聘來台，職位是台灣總督府財務局事務官。一九〇五年鐵臣出生於台北，七歲那年立石義雄調回東京，全家一起搬回內地，此後他就在東京受教育，進東京畫學校專修日本畫，一九二六年到岸田劉生畫室學習西畫，然後又師事梅原龍三郎，作品接連入選國畫會展、槐樹社展及聖德太子奉讚展，並舉辦油畫個展於東京，這期間與在京台灣畫家開始有接觸，經由有島生馬介紹而認識陳清汾。

一九三三年，在他二十八歲那年重返出生地台北作短期停留，回東京後因作品入選東京府美術館開館十週年紀念展，與同時參展的李石樵相遇，受鼓勵開始作來台準備。一年後終於回到台灣作久居打算，正值第八回「台展」招募，初次出品的油畫〈大稻埕風景〉及〈晴天的淡水〉便獲台日賞，這緣故在「台陽」成立時受邀為會員，如此一步步走進了台灣畫壇的核心，看來在台灣的這段過程確實走來太輕鬆，多少會引人嫉妒。

在台北的這個房子是二十年前立石一家人居住的地方，他父親離職搬回日本後，及今已換了好幾個主人，目前住在這裡的正好是父親當年的下屬紫原慎太郎，由於一直都有聯絡，一聽說鐵臣有來台寫生的意願，特地空出一個大房間給他。這一帶是總督府中級官員宿舍，西本願寺就在不遠，每日晨昏都聽得到傳來的鐘聲。記憶中上小學要走好長一段巷道才到汽車路，圍牆裡的狗每聽到外面走步聲音，就開始以吠聲向路人警告，在他童年留下很不愉快的印象。

才讀完小學二年級就離台的他，對台北只記得總督府大廈，新公園內的博物館及專賣兒童書刊的東方出版社，還有就是菊元百貨七樓的餐廳，坐在窗邊吃咖哩飯時，望出去整個台北城都出現眼底。至於城外的大稻埕對他幾乎全然沒有記憶。

楊三郎才走近紫原家的外牆，正站著在庭院寫生的鐵臣已經隔著圍牆大聲喊出三郎的名字，聽到有人叫他，三郎幾乎跳了起來，為自己能輕易找到鐵臣住處大感意外。

門半掩著，楊三郎手一推就進去了，紫原夫人聽到說話聲從房裡探頭出來看：「是朋友嗎？歡迎，請進來坐！」

「是，謝謝妳！剛走了很長的路，還是坐這裡涼快些。」

立石為她介紹：「這位是畫家朋友，楊三郎先生；這位伯母是紫原夫人，這房子的女主人。」

「歡迎到舍下來！那麼，我就把茶端到這邊好啦……。」

鐵臣還是帶著三郎繞過屋子到後院，那裡有個小几，兩人就坐在樹蔭下聊天。

「抽根菸吧！」立石問。

「好！」伸手接過菸來，想想又說：「不抽了！在這麼清爽的空氣裡，讓我吸空氣吧！」

「那麼這盒菸就放在桌上，有需要自己拿好啦，不用客氣！我也陪你一起吸空氣。」

這時候紫原夫人端來一個盤子，上面是茶壺、茶杯和小點心。

「這麼熱天老遠跑來這裡，一定有要事找我！下個月就是預定的展覽日期，相信大家正為了畫展在忙著！」鐵臣先開口問。

「猜對了，所以才老遠跑過來，我們也好久沒有這樣坐著聊天了！如你所說，我是為了『台陽』的事來找你，很抱歉的是身為召集人的我，沒有更積極做到應該做的，實在真對不起！」

三郎坐在椅上作個低頭道歉的姿勢。

「哪裡的話，說對不起的應該是我，沒有經常主動聯絡，連一封明信片也沒有寄給你，是我的不是……。」

同樣地，也低頭致禮，比三郎的頭還更低。

立石提起茶壺倒茶，把小點心移到三郎面前：「這是紫原夫人親手做的，你嚐嚐看……。關於送作品參加『台陽展』的事，這該怎麼說呢！我有很多困難，一時之間也說不清楚。」

「從清汾那裡已經聽到一些了……。」

「他告訴了你，有關我的事！回台灣之後，就一直在製作，也怪自己太貪心，一有展覽就搶先出品，結果所有作品都送出去，展過的作品又不可以再展，以致把完成之作都留在東京，真後悔衝得太快，製作的進度一時趕不上發表，是我目前的最大煩惱。」

「原來是這樣子……。」

「還有件事必須向你解釋，在東京的那段時間，我參加槐樹社展，遇到也是台灣來的內地人畫家，三、四個人一起過來向我打招呼，我們到喫茶店聊天，他們就開始向我訴苦，說台灣總督府教育局的政策雖以日本文化的提升為宗旨，但所作輔導的主要對象則是本島作家，令他們覺得自己被忽視了，心中很不平衡。近年從東京學成返台的本島畫家活動越來越熱絡，除了官方的贊助，還有民間人士為後援。至於內地畫家只有幾位過境台灣的名家在開畫展時有報紙肯刊出消息，因此以台北畫展受重視程度分析起來：是來自中央畫壇的名家佔第一位，其次是『台展』評審員石川欽一郎等，然後是本島籍畫家，末了才是在台的年輕內地畫家，原因在於一般人認為內地人應該在內地發展，留在台灣的一定是在內地畫壇被淘汰的失敗者，由於有這種偏見，致使他們在台灣找不到發展空間。其實這些人當中很多是在台灣出生長大的，而這種內地人的危機感，現在也感染到我的身上來。他們警言我若是繼續留在台灣，下場說不定就跟他們一樣。這使我好奇想看看他們的作品，的確並不比我差，這一來更增加了他們的說服力，內地畫家有了危機感之後，出現弱勢者心態而更加團結，這結果使他們與本島畫家更形對立……。

回來台灣的這幾天，我都在思考自己的處境，若以內地人而留在『台陽』，又走不出內地人的社會圈，就像一隻蝙蝠遊走在鳥群與走獸兩邊一樣，這心情你應該不難理解！」

「關於你的處境，我承認自己沒有用心關切過，但也不應該悲觀，以目前情形來看，你在內地和本島兩邊均擁有發展空間，不可拿其他人的境遇與自己相比，至少在『台陽』裡面我們都是一視同仁，《民俗台灣》那邊對你也是相當器重，你的木刻版畫在台灣的地位已無人能取代，何況這是你正要起步的時候，希望你一定不要因細故而退縮。」

「聽你說起版畫，我就想到一個可行的辦法，把版畫和油畫分別在兩地發表，也就是將版畫投稿於民俗及文學刊物，油畫送到日本出品重要展覽，這方式應該很適合我！近日來我接連與金關丈夫、西川滿、池田敏雄等人接觸，已經把我的情形告知他們。今天正好讓我把心裡的話也對你說出來，希望你們能支持我，或給我一些好的建議。現階段裡，做為一個在台灣的內地人，處境之艱難是未來任何時代的日本人都無法了解的。」

這一段話，他幾乎是閉著雙眼一句句慢慢說出來的，不敢看到楊三郎的表情，擔心萬一接觸到對方不悅的眼神，自己就沒有勇氣再說什麼。

好在楊三郎此時只顧望著遠方沈思，於是他又把話說下去：「來台老一代畫家，如石川、鄉原、鹽月等幾位我所敬佩的前輩，對台灣美術只有奉獻沒有私心，你我都很清楚。但是，下一代的內地畫家就沒有這種無私的人格，即使台灣僅這麼小小的一個畫壇，為了名利也不惜一切處處想爭奪，如此發展下去造成的傷害將越來越大，雖然你我都不願見到這事發生，但也無能為力，這話在東京時我對那幾個人也都說了，卻不知他們聽進去了沒有。另外，我有家父交代的業務要辦，近日內必須回內地，等再來台北恐怕展覽已過，所以要先取得大家的諒解，尤其要向你道歉！在這裡，我只能說轉換一個跑道，實質上與台灣美術之間並沒有脫離……。」

聽到此，一直沈默的楊三郎動一下身子欲言又止，最後只點了點頭，緊接著又連搖了幾下，看來像是說他本人可以諒解，卻不知如何向其他人解釋。每次在這關頭他都會想起陳植棋和郭雪湖，設使兩人面對這樣的處境，是否也一樣只有點頭和搖頭而已！只恨自己的歷練不足，天生沒有大刀闊斧排解困難的手腕，此時的他真想跋腿就跑，趕快離開這地方！

從紫原家出來時正午已過，這時他的心情只想找個人傾訴，便想起住在永樂町的郭雪湖，走出巷口之後搭上往大稻埕的巴士，在太平町的市場口下車。

南島的四月天，氣溫和夏日幾無兩樣，街上的行人怕太陽曬都走在亭仔腳裡，太平通路上的瀝青在午後陽光下已失去了原來的硬度，每踩一步鞋底就被粘著，非用力拔起很難再跨出另一步。楊三郎下車後走不到兩條街就是永樂市場可以找個麵攤吃飯，但他還是盡量挑有亭仔腳的地方躲在大樓陰影下多繞了一段路才到市場口。

平時車水馬龍的永樂町今天意外安靜，市場裡只看到幾條流浪犬穿梭在麵攤底下尋食。這一帶已混出名氣的流浪漢肖阿菲仔手拿一隻破碗，沿著攤子一家家討飯吃，過去每見到他，三郎都會掏出幾個銅板施捨，久了已認得三郎，從老遠一跛一跛地跑過來，流著鼻涕笑咪咪地伸手要錢，嘴裡唸著：「三郎桑、三郎桑！今天給我錢——吃飯，肚子餓！」

如此大熱天，楊三郎同情他討飯辛苦，本想多給些錢，未料往褲袋摸了好半天，只找出一個小銅幣，手還留在袋子裡，卻聽到前面有人喊他，抬頭一看是郭雪湖的師傅蔡雪溪先生正快步走來，手上的銀幣已丟到阿菲仔的碗裡，解決了三郎一時的窘境。

沒想到住在附近的任瑞堯此時正好路過，也趕緊上前，還沒來得及向三郎打招呼，就先掏出一張紙幣放到碗裡去。

任瑞堯是郭雪湖的師兄弟，一年前才從京都回台，雖然兩人不在雪溪師處習畫已久，卻還常到鴨仔寮的畫坊走動，有好茶葉也會帶來孝敬愛喝茶的雪溪師。

阿菲仔拿到錢高高興興離開了，瑞堯因難得見到楊三郎，就強拉住兩人又走回市場裡，非讓他請吃頓中飯不可，永樂市場的鴨血糕和當歸鴨全島有名，三郎此時肚子正餓，就順其意讓他請客好好吃一餐。

雪溪師為人節省盡人皆知，平時難得到市場裡吃好料，只在有人請客時才盡量點菜，事實上這種攤子能吃到的也不過是些粗菜淡飯。平時自己來只吃一盤阿茂的炒麵，頂多再切盤豬肝下酒，日久也成了阿茂的主顧。今天有人請客，一來就坐在他的攤位上開始點菜，其他魷魚羹、雞卷等就從別處叫過來，吃完後才一起算錢，外人看來像是他在請客。

瑞堯知道老師愛喝酒，已從雜貨店買來兩瓶「金雞」牌清酒，雪溪看到桌上有酒，笑得更開心，手上拿著筷子搖啊搖地等著菜送上桌來。

由於突然間來了三位豪客，令阿茂忙得不可開交，雪溪見點的菜遲遲不來，覺得奇怪，才發覺今天攤上只有這對夫婦，少了一名手腳靈活的年輕人。問了才知道原來是他們家老大，一個月前被徵去當軍伕，目前在花蓮港修建飛機場，說到飛機場還特別把聲音壓低，眼睛瞄一下四周後說了一句：「沒有派到南洋，我已經是阿彌陀佛了！」

時局一天比一天緊張，一場大戰看似不可避免，台灣島上恐怕再也很難平靜。嗅覺敏銳的人已聞到了遠處飄來的煙硝味。

對戰爭消息最憂心的是以華人身份居留台灣的任瑞堯，往後自己一家人何去何從只有聽天由命，戰事一旦爆發，日中兩國成為敵國，所有的中國僑民必然要面臨遣送的命運，從此與台灣兩地隔絕。台灣是他藝術生涯的起步，已有不可分割的感情，如何能做到說斷就斷！中國雖是他的祖國，可是以一個藝術的創作者而言，仍是一個陌生的地方。如此下去不知幾時將告別這群一起長大的藝術伙伴，想到此是他所最疼心的。

他把個人感受說給楊三郎聽，一個鐘頭之前三郎才聽到立石鐵臣說起日本人的難處，現在又由任瑞堯道出中國人的困境，如此聽來似乎作為一個台灣人才是最幸運的！在台灣這土地上，內心認同才令人真正感到踏實，即使是戰爭前夕也沒有那種驚慌和不安，「台陽」能有今天場面，每個人都應該懂得好好珍惜！

看樣子雪溪師早在家裡已經吃過飯，到這裡只顧喝酒，對桌上的菜並不感興趣，兩瓶喝完還要再喝，而且指定是「金雞」，瑞堯只得為他跑一趟雜貨店。

瑞堯耳朵重聽，吃飯時話不多，只重複說著簡單幾句：「請用，請用，請不要客氣……。」表示自己請客的誠意。楊三郎則只顧吃自己的，也的確太餓了，點的菜幾乎全由他一個人吃光，席間並沒有太多的對話，只聽阿茂一人在旁偶而一兩句，述說他大兒子的近況。

雪溪師將瓶裡最後一滴酒倒進杯裡，看瑞堯還沒回來，就對三郎埋怨起來：「這個猴囝仔隨我學了那麼久的畫還不知我的酒量有多大，只拿兩瓶就想將我解決！不知天高地厚！到今天為止台北畫壇論酒量除了我徒弟郭雪湖夫婦是對手，其他人都是我手下敗將。你可知道，酒一進我肚子便直通淡水河，這管道是我多年勤練才打通的，和郭雪湖不同，他們一出娘胎胃就拒絕酒精，兩者關係沒有，所以喝酒和喝水一樣，這種人沒資格與我論酒量，對他而言喝進去的不是酒，沒有茫茫欲仙的快感，沒有醉酒的境界，只糟蹋了人家的好酒……，這猴囝仔一輩子沒資格來跟我喝酒，我這生中只在他夫婦面前醉倒過，但是，那一次不算，我的胃是酒胃，他的胃是阿魯米（鋁）的……，喝酒的人如果他的胃對酒沒有感覺，就像人與人之間沒有感情，兩個木頭人相對等於兩個死人，這叫什麼？死對頭！不，死對頭是會打起來的，他是『死』而不『對』的兩個木『頭』，所以我不再與他對飲，因為我不想當木頭……，你下次見到他就告訴他，我，雪溪師說的，有本事叫他再來，兩人拼個輸贏……。」

瑞堯早已經把酒買回來，三郎看到雪溪醉成這樣，偷偷把酒藏在桌下，瑞堯也已付過帳，拉著三郎到永樂町城隍廟旁中華會館，讓他靠在客廳藤椅上休息，雪溪師不肯放過他們，跟在後面走了進來，嘴裡還喃喃自語，看到桌上茶壺一連倒了好幾杯，一杯接一杯拿起來往嘴裡灌，然後坐在一張藤椅子上，沒有幾分鐘就睡著了。

楊三郎從大清早與陳清汾通過電話就出門，來回奔跑忙了大半天，在雪溪師還沒入睡之前已先睡著，這一睡直睡到太陽偏西才醒來。此時瑞堯和雪溪師已不見人影，另外來了兩位陌生人不知操的是什麼語言正在交談，又像在爭吵。

楊三郎拿起剛才雪溪師喝過的杯子，將茶倒滿，一口氣全喝光，然後轉身走出大門。

實踐與理想的對話

第二回的「台陽」展裡立石鐵臣的作品果然不再出現於會場。是否表示他已經退出了「台陽」或只是暫停出品，外界人士議論紛紛。不知是楊三郎那天回來後沒有來得及向同仁說明，還是他已交代不可對外透露，因而每當有人訊問，得到的回答總是模稜兩可，任由聽者自己去猜，這結果便出現種種不同說法流傳在外。

常聽到的版本不外以內地人與本島人無法合作這種民族性格的差異作解釋；不然就是立石參加展出之後，經不起他周圍內地畫家責難，只得黯然離去；還有人說因第一回展出期間，支持者不肯訂購立石的畫，使他感到被人排擠才默默退會；又有一說，立石自認高人一等，在會員之間態度傲慢，受到李梅樹指責，憤而離去；另有人指出，立石對繪畫的興趣已由油畫轉向民俗題材的木刻版畫，故不再以油畫參加展出……。如果繼續猜測，還有太多理由可以編出來，這些理由其實不管是不是立石鐵臣，如今或多或少已存在於「台陽」每個會員當中。

雖然立石離開「台陽」，他的木刻版畫則繼續每期刊登於台北出版的《民俗台灣》雜誌上，以台灣低階層民間生活為題材，畫面一角刻有個小方塊的「鐵」字，代表他的簽名，這些生活寫照是他藝術創作的時代見證。

看到立石鐵石在這時淡出「台陽」，楊三郎內心不免耽憂有一天陳清汾亦追隨其後要求離開，作為召集人的他不知該以什麼方法給予挽留。當初花了九牛二虎之力把他請進來，只因為他的加入帶有指標性用意，以他是遊學歐洲的四名本島畫家之一，也是「台陽」會員中唯一的台北人，家族的政商關係有助於「台陽」的未來發展，在繪畫上的表現普遍受肯定。然而近年來交遊於台北上流社會，對「台陽」活動的參與一時令人難於捉摸，誰也無法預知他下一步走的是什麼棋。

第二回他所展出的畫作，會員在私底下偷偷議論著，為何陳清汾的作品未曾完成就已送來。對於畫面上缺乏果斷的筆劃，有人斷定出自於畫家創作力的鬆懈，大家都在猜測到底他的心跑到哪裡去了！今天看到的是他的心跑出畫布，明天或許就看到他的人跑出「台陽」，背地裡雖然議論紛紛，卻沒人當著陳清汾的面提起，使他長時間聽不到任何批評。

直到有一天，同是巴黎回來的顏水龍在電話中相約在城內明治咖啡相會，兩人面對面懇談時，話題轉到回台後的創作，才無意中把外界的評語說了出來。起先話題還環繞在留歐時期的回憶，那一段巴黎日子對兩人都有無窮懷念，從第一次走進羅浮宮的那一刻開始談起，到每年一度秋季沙龍及獨立沙龍出品的經過，然後談到對當時法國幾位大師的看法，意外地兩人對野獸派的興起有著極相同的見解。顏水龍說到馬諦斯時，認為只有他的畫出現以後才把法蘭西美術史從塞尚的時代又翻了一頁；陳清汾覺得這句話講到他的心裡來了，巴不得就把自己對馬諦斯的了解全都說出來，兩人的對話難得如此通暢，他說馬諦斯結束了印象派的浮世繪題材，又接受了浮世繪的線描，簡直是把法國繪畫與日本浮世繪的淵源關係倒轉過來，真是歷史性的大手法。顏水龍則說，馬諦斯落筆的那一刻對顏色掌握得如此絕對，色彩的敏銳度即使在法國美術上也甚少見到，看法如此一致在其他日本留學的會友之間實難找到。

相較之下以李石樵為代表的參展主義，認為作品一定要在官展中接受權威的肯定，爭取到獎賞，是作品完成後應該有的程序，甚至展出也是創作的一段過程，兩人對此皆不以為然。因為有了展出的目的，就必須為畫面作打扮，這種修飾的動作對創作理念是多餘的，有時反過來讓裝飾性掩蓋了創作者最原始的觀念，減弱了繪畫內容的說服力。有了這樣在思想上的差距，使得他們在「台陽」團隊中產生離心力，不知幾時已走出「台陽」的核心，於是兩人便開始猜著誰會先一步離開這個團體！

陳清汾把自己近年來對西洋美術史反覆思考後歸結所得，對著顏水龍娓娓道來，回台後難得有這樣真誠聆聽的對象，最後才終於把話題帶回到所最關心的「台陽」展，他說：讀了歷史才了解西洋美術推動的力量在思潮的演進，然而官方的沙龍偏偏就將思潮關在大門外，因此近代以來凡是有影響力的畫家幾乎沒有誰是沙龍裡獲獎的優勝者。他們以畫家的結盟，透過作品將共同的藝術觀呈現在展覽會場，參與者都是沒有入選大展資歷的年輕人，這種前衛的藝術理念始終未能傳入台灣，不管「台展」還是「台陽」，基本上都沒有離開沙龍繪畫的領域。

談到這裡，顏水龍開始有點激動，放在心裡多時的一些話不經意也講了出來：「……有人在說，為什麼陳清汾的畫還沒有畫到完就拿出來展，聽到這樣說，我自然就和他們討論起來，然後談到『完成』的定義在哪裡，我說不是也有人認為畫完之後還要展完，創作才算完成嗎！反過來看，在沒有畫完之前先展完，這和畫完卻沒有展完，兩者有何不同？將來有更多人在收藏作品，是不是要加上被收藏之後，創作的目的才算完成？所以我說：『完』這個字用在創作上是永遠也談不完的，什麼才算畫完，你來說說看！」

顏水龍把話說得十分婉轉，其實是逼著陳清汾針對「畫完」的問題作解釋，令他聽了之後停頓好一會才終於開口：「……說我沒有畫完，我想是對的，的確是沒有畫完……，目前我還不知該怎麼畫完它，這正是我的苦惱。我也可以這麼說，畫家既然把筆停下來就表示他能畫的只到這階段，何必別人為他界定畫完與否，別人只能問：為什麼你對停筆時間點的判斷和我不一樣，針對這個課題是可以討論的，和畫的好不好並沒有關係，這說法你應該可以接受！」

他停了一會，看顏水龍沒有即時回應，又繼續說：「有沒有畫完是憑感覺在說的，和畫家本人的作畫態度認不認真沒有絕對關係。所以類似的說法全是個人主觀，不可視為藝術的批評，聽過就算了。」

雖然這麼說，聽得出來陳清汾心裡多少還很在乎，此時他的話已經說完，只顧望著顏水龍，感激他肯站在自己的立場說話。於是顏水龍趁機把問題談下去：「一幅畫完成與否，得看你要在畫中傳達什麼，傳達了之後，創作的任務便告完成，在這裡我們不妨把畫分成幾類：一種就像剛剛所說的，傳達的工作已經完成，後加的修飾反而畫蛇添足；一種是原本就沒有什麼可傳達，只虛作聲勢，設計些表面的形式，看來完整卻內容空虛：又一種，由於作者太貪心，什麼都放進去，反而不知道畫裡說的是什麼；還有一種，由於作者心不在焉，畫來不知所云，這種畫，說它畫完與沒畫完並無兩樣……以上，大概分成四類。」

「哈哈，你把我歸到哪一類裡去了！」這是陳清汾最在乎的，然而顏水龍之所以一口氣說出了四類，目的不外是要他自己去認領一樣。

「那四張椅子就由你自己找位置坐吧！喜歡哪個，哪個就是你的，如果全都不喜歡，就自己想出一個來給自己！」

「我是屬於沒有畫完也畫不完的那類，如果有人說我心不在焉，不知所云，那我不同意，就像印象派的畫，在浪漫派畫家看來是未完成的，野獸派的畫對印象派的畫家來說也是未完成的一樣，你聽說過莫迪利亞尼帶著畫去請教年老的雷諾瓦，被批評說年輕人沒有耐性，未畫完就拿出來，結果兩人吵了一架的故事！對別人的畫輕易就下定論，連印象派大師都會犯錯，何況一般人！哈哈！」

陳清汾找到美術史上的例証為自己辯解，終於滿意地笑了，似意猶未盡又接著說下去：「……若問『台陽』的特質是什麼？不管是誰回答起來都會說是學院派，因每一個人都是美術學校出身的，受長期基礎訓練才有今天的程度。但也有人會認為這反而是藝術的枷鎖，一輩子固守學院的藝術觀念，拋也拋不掉那教條，所以在畫家口中才有所謂擺脫學院束縛這句話，擺脫時必然要承受一次陣痛，有人承受不起，就找理由說別人沒有基礎。要知道一個畫家脫胎換骨重新形塑自我需要多少時日！這段過程裡，不論畫什麼都難達到絕對完成，因而我的畫之所以未完成是十分正常的。……不知你相不相信，有些人的作品畫到一半時是最好的，再畫下去畫到自以為完成時，因為太完成反而好過頭，於是離好畫愈來愈遠，這是我對這回『台陽』展的觀後感，你不妨回想一下，是不是如我說的這樣？」

所指的是哪些人，顏水龍當然明白，但他另有自己的角度看「台陽」：

「我看到的是另外一面，那就是當我們畫一幅畫時，必有一定用意和目的，譬如說完成後要參加展覽，是沙龍還是團體展，如果目的是在沙龍裡爭名次，沒有畫完的畫是絕對拿不出去的，如果是畫會的展覽，參展的畫由自己決定，只須通過自己的眼睛，拿出去的畫就代表自己的藝術態度和實力，若連自己這一關都通不過，還拿出來掛在牆上，那就是把自己也騙了，這樣的畫家就非常可悲了！」

順著陳清汾的意思說下來，顏水龍話鋒一轉再度指向陳清汾，竟然說得這麼明白連自己也嚇了一跳，不得不趕緊補充幾句：「在西洋繪畫史上也一樣找得出類似的例子，還記得當年畢卡索初到巴黎住在蒙瑪特的洗衣船和勃拉克等作鄰居那段時間，當大家突然間看到畢卡索畫出〈亞維儂的姑娘們〉如此怪異，既不協調又不知道是否完成的畫時，把大家都嚇傻了，以為這個人瘋了，要求畢卡索解釋時，他當然說不出所以然來。在藝術領域裡他是用彩筆探索的畫家，作畫之前還沒準備好理論足以對人說明，即使說了也只是連自己都一知半解的話，這樣做反而騙人也騙己，即使今天看來這幅畫仍然未完成，也不知如何才算完成，但他也因這幅畫而使美術史往前推進了一大步……。」顏水龍掏出菸盒，也不問對方就自顧抽起菸來。

「不管怎樣，我還是要對自己無法畫到完成就展出來的那幾幅作品再做檢驗，的確是這樣！」陳清汾坦誠表現出對顏水龍的接納：「歸根究底我們的展出是一種藝術家之間彼此交心，不像一般藝人站在舞台上的表演，也不是拳擊手在擂台上對打，我們不必期待什麼掌聲，也沒輸贏值得拼命，說來我們比較平和卻又孤獨。你能告訴我別人對我作品的看法，的確感激，回去之後應該好好思考……，事實上在我的畫中已紀錄下長年來的思索過程，『台陽展』讓我看清楚自己，這是我成為會員之後收益最多的，所以我應該繼續留下來，你說對不對！」

「說實在話，對『台陽』不可太苛求，台灣才剛進入近代的手工業社會，民眾的思想則還停留在農業社會，和西方國家比較我們是非常保守的，這種環境下推動新美術，能有多少人跟得上，實在不敢期待。在法國已經有野獸派、立體派、超現實派、未來派、表現派時，我們畫的還只是一種外光派，相當寫實易懂的繪畫，即使這樣，民眾接受的程度仍然有限。你說這該怎麼辦！我認為只有一個辦法，要對民眾從美的教育做起，使他們在日常生活中養成欣賞美的情操，然後才有能力進一步接受純粹的美術作品……。」說到此突然被陳清汾的話打斷。

「這樣的論調已經聽你說過好幾回了，最後要說的就是美術工藝的推展，對不對！其實你已經很有成就，社會早有公論。可是你要求大家共同來做，這就有困難，若你想一個人做，大概沒有人會反對。將來有了成績，跟隨的人一多，事情就好辦了，不論如何對你的工藝理念到目前為止我仍然持贊同的態度，而且認定你是一位勇敢的先驅者，……。」

「一個人要實現理想而沒有遭到困難，這個理想也不是什麼了不起的理想！當初連我自己都還在懷疑如此做下去對不對，等一步步克服前面的阻礙，信心自然產生，終於看到了支持者。起先我每見到人就說，只要十個人裡有一個人肯聽，十個聽的人裡有一個人肯合作，相信天公一定會幫助有心人。你看！現在我做出成績來了，所以敢在你面前多講幾句……。」

「到今天為止我還沒聽過你的整套構想，不如利用這機會講出來讓我參考！」一直以來陳清汾就對顏水龍工作內容抱有好奇心，一有了機會就想多知道一些。

「好極了，近十年來台灣社會如何變遷的這一段我就不講了，只講我的構想，主要是著重在民眾日常生活用品的改造，工作分成兩方面進行：其一是開發本地生產的手工藝材料，其二是設計適合於二十世紀生活用品的新造型，讓近代實用美術先一步走進一般家庭，接著才合力將更高層次的純美術推出來，普及到整個社會，這工作要靠幾代人繼續去努力。我們不能因為困難就不做，不做就永遠沒有開始，我這樣說應該很清楚了！」顏水龍將說過幾百遍的話濃縮成簡單幾句又說了一遍。

「你說得簡單又明瞭，現在我完全清楚了，不知現在進行到什麼程度，情況大概怎樣？」

「目前我已將寫好的方案向總督府相關機構提出，也交給民間企業，試探有誰肯合作。不論結果如何，我已開始進行調查工作好一段時間了，包括手工藝材料和有經驗的技術人才，然後辦講習班請這方面的老師傳出來指導，再聘設計師配合製作，最慢五年就可以看到成績，這是我一生最大願望，希望得到你的鼓勵和支持！」

說完兩手壓在膝蓋上，低頭行了一個禮，表示誠意之餘，也有懇求相助的用意。

「實在不簡單，令人感動！我真想幫你的忙，不過……。」

「這是一樁時代使命，是我們這一代人該做的，不是誰幫誰的忙，我只希望先有這種認知。不過，還是感激任何前來關心的朋友……。」

「聽你這樣說，對你的使命感我完全認同，只是畫家在自己本份內已有他做不完的工作，怎還有餘力兼顧到手工藝的事情！那天陳澄波和廖繼春就在說，既然要當畫家，就先要自己認命，不要說作品沒有人肯接受這種話。畫家的工作就是認真畫出好畫，把繪畫從業餘提升到專業，再發展成一種事業，有不顧後果畫下去的決心，毫無怨言走上藝術的人生，他就是人們所謂的藝術家……。」

「對不起，讓我插一句話！你說的這些道理我一開始都已經想過了，從馬賽登船的回途中，我想的就是這些陳澄波和廖繼春說的話，然後當我進一步思考，又一一推翻了……。好，現在就聽你繼續說下去，然後再來說我的想法。」又拿起一支菸咬在嘴邊。

「我是說，作為一個畫家不可想得太多，尤其是畫外的事，想太多心就收不回來，如果現在因別人不接受就畫不下去，再過一百年也一樣有人不能接受，還是畫不下去，對畫家而言，這種接受的問題不管什麼地方什麼時候都存在的，我可以贊同你的做法，但卻不能認同你的思考邏輯，因為你從來沒有指出世界上哪一個國家有過先例，要等到工藝美術的推展工作有了成績，純美術的創作才受到廣泛接受的事實。藝術文化的發生都有它的先決條件，人都應該努力但不可強求。再過十年，甚至五十年再回頭來看，你顏水龍的成就或許在於手工藝的推展，但不可能因手工藝推展而認定你對現代藝術就有所貢獻，所以我建議你把工藝美術和純美術之間的必然關係暫時刪去，這或許會比較恰當，不知你覺得怎麼！」顏水龍為嘴邊的菸點上火，深深吸進一大口：

「你的建議十分正確，但正確的建議往往不是最好的建議。因為我說的只是一句話，這句話足以幫助我說服美術界人士前來一起工作，這當中沒有大道理，頂多是一句自我鼓勵的話，只要我相信，道理就足以成立，這一點你應該能聽得進去才對！」

「是的，我不否認我們還是有相同的想法，認為對藝術的追求不可以只走競賽這條路，畫家為了參與競賽被逼著在畫面上做些討好的處理，目的只為了得獎，卻不知道作品不僅接受當今的專家來評判，將來也一直有人在評判，而且越來越嚴厲。今天認為不好的作品，將來不一定還認為不好，今天畫這樣的作品是因為有這樣的時代，時間過去之後，你改變，環境也改變，就畫不出同樣的畫來，若問到底是以前的好還是現在的好，一切已經不一樣了，如何比較呢！所以只有評論，沒有人再去比高低。」陳清汾把話題移開，尋找兩人觀念的共同點。然而顏水龍此時對畫家之間藝術觀的差異性更感興趣：

「前一陣子王白淵來找我，整個晚上談他的藝術理念，實在很理想的一個人！如果拿你和他作比較，表面上看來都是理想主義者，他是個把群眾放在第一位的理想主義者；而你是純藝術本位的理想主義者。我則是行為的現實主義者，認為做事情要能看得見成果才有去做的意義，若只是遙遠的理念，做事要等到幾代之後來收成，我是不會做的。而你和白淵都把理想放在長距離來看，以我的性格實在等不及，也就是說要在我手中掌握得住，才有去做的意願，在我體內才有動力去做，這就是我的哲學吧！反過來說，這種實利主義在李石樵身上也看得到，我是現實環境下的實利，而他追求的是競技場上的實利。」

本來打算要和解的陳清汾，聽到又被拿來與王白淵、李石樵扯在一起，認為這下子非把問題拋回去不可：「提到李石樵，他的創作動力在於爭取展覽會中的榮譽，如果失去了這個誘因，作畫的意義就不曉得是什麼！正如你剛才所說，把利害關係放在最近的眼前，伸手捉得到的地方，是最具體也是最現實，把王白淵和他放在一塊比照，就看出一個把社會放在第一位的現實主義；一個是個人榮譽放在第一位的現實主義，雖然兩人都現實，但他們之間是絕對合不來，而我和他們則是相對合不來，我們三個人在一起不論做什麼都可以，就是不能作藝術，是不是這樣？」

聽他這麼分析，雖然有些刻薄，卻覺得所說的話合情合理，緊繃的氣氛又放鬆下來，顏水龍這才說道：「本來，我找你的目的是想打聽你今後的動向，是否會跟隨立石而淡出『台陽』，沒想到談到最後是你在預料我的動向，點出我更有離去的可能，說起來還是你厲害！我心裡藏的什麼被你猜到四、五成，而我到現在還摸不透你的心意，或許這就是理想主義者較現實主義者佔優勢的地方！哈哈！」

「你的來意是想挽留我，對不對！我就聽你的話，一定死守『台陽』，只要『台陽』在我就一定在，我之所以留下來不是想跟誰比較，而是留著與大家作伴。如今既然把話說開了，我反而不想去留你，你是現實的，畢竟有你的理念，不必為了『台陽』這些人的友誼刻意牽就。我反而佩服你走得出去，你是提得起放得下的人，不管走在哪條路上都一樣有成就！」

他的語氣緩慢了下來，很誠懇地祝福顏水龍。

「很好！我找到了一個支持者，沒想到這個人竟是你！還想請教你的是，我該如何在同仁面前表達我的意向，你說我該如何開口向眾人表白呢！」

「就讓我來作壞人好啦！我會先把風聲放出去，讓大家自動跑來問，你再個別對他解釋，最後我會辦一個送別會歡送你離開『台陽』。」

「好，這樣做一定很漂亮，有聚就有散，免得讓外人誤以為我在內部鬧意見，是負氣出走的。」顏水龍說。

「我很了解，不管選擇哪條路都離不開台灣美術的範圍，能為台灣美術找到的路越多，成功機會就越大，美術的領域就越廣，雖然我留在『台陽』，走的還是有我自己的路。我一直認為，走進『台陽』而又走出『台陽』，比進了『台陽』就此躺在『台陽』動彈不得要好得多啦！」因沒有想到自己能說出這樣有哲理的話，一時得意不自覺把頭抬得高高地，左右晃了幾下。

「你這句話給我很大鼓勵！……。」

「即使選擇了工藝的路，繪畫還是不要放棄，因為只有繪畫才能把我們這一代畫家聯結在一起，沒有了畫，我們的關係可能就斷了，千萬要記住！」

「本以為離開『台陽』後我在工藝的路上會感到孤單。與你這席談話，才覺得正好相反，至少你不會離我而去，值得安慰！」

「要記住，用感激的心告別，是最美的！」……。

「三匹烏鴉」啼叫聲

離開陳清汾之後，顏水龍一個人走在回家路上，想起「台陽」第二回展開幕禮當天，會場上沒有再看到立石鐵臣作品時心裡的感受，如果輪到他自己的作品也從這個會場上消失，不知別人又會怎麼想！

那天大家都來向他道賀，因為參展的四幅油畫在全場最受佳評。未進大門之前，遇到陳澄波從植物園公車站走來，一見到他就笑咪咪地招手，要他停下來似有什麼話要說，等走近了，第一句話就問：「看樣子這一年你是很拼命地在畫，終於畫出了驚人的作品來，實在不簡單！」

熱情地捉住顏水龍的手。兩眼直瞪著顏水龍，很佩服的樣子。

「你已經看到我的畫了！」聽到這麼說，他有幾分受寵若驚。

「昨日一整天我都在會場上幫忙佈置，楊三郎和李梅樹也在場，大家看了好久，全場都看過之後，一致稱讚你……一直以為你轉行做手工藝去了，這回實在給我們很大意外！」

「真是這樣！能獲得幾位畫友鼓勵，太高興啦！一年當中由於在油畫方面有點心得，所以多畫了一些，結果畫出興趣來。除了設計的工作，其餘時間都在我的工作室裡畫油畫，正想趁這機會向你請教，畫了這許多年油畫，技法上還沒能完全摸透，實在慚愧得很！」

「我也一樣，藝術是無止境的，所以是一輩子的事情……。」兩人已來到會場門口。

顏水龍才剛走進來，一名年輕人恭恭敬敬向他行禮，用日語自我介紹說自己叫陳德旺，在大稻埕洋畫研究所教室裡見過一面，又對那天能夠獲得顏水龍的指導表示感謝。這一說顏水龍馬上想起，有一回與倪蔣懷相約會面，由於早到一步就隨便走走看看，在一幅畫前面突然停下來：「調子不錯，很有味道！」一不經意有感而發的一句話，讓兩三位年輕學生一起走上來，其中一人說這是他的作品，很客氣地請求賜教。他雖不記得那天說過什麼話，一定讓這名初學美術的青年有所獲益，否則今天不會走過來以這樣誠懇態度自我介紹。上回見面是好多年前的事，近年在「台展」中已經可以看到他參展的作品了。

陳德旺是個皮膚潔白、身材瘦長、兩眼炯炯有神、說話信心滿滿的台北青年。顏水龍一眼便看出是個對藝術有熱誠和理想，且是個十分敏感的畫家，也因此對他在言談中須要特別小心，稍有不慎可能令這年輕人的心受到傷害。

顏水龍問他，那天在研究所見到的幾個現在情形怎樣，是否和他一樣繼續在畫畫？他眼睛頓時亮起來，露出笑容說：「是洪瑞麟、張萬傳和林春生，也都經常出品『台展』，只有春生回宜蘭之後就不再聯絡。」接著他自動告訴顏水龍，楊三郎幾度示意邀他加入「台陽」，目前正考慮中。

「我都想退出了，你還來參加！」不經意說出這句話來，顏水龍馬上後悔，想收回已經太晚。沒想到這青年不同於一般，別人越是反對，他越想要一試，有這種不信邪的倔強個性，顏水龍的一句話，反而把他逼進「台陽」裡去。

楊三郎極力推薦陳德旺，除了近年在繪畫上的表現，還有一個原因是他家住在台北，是大稻埕人，往後畫會的事務有了陳德旺作幫手，自己就不必像過去這麼辛苦，甚至還可以放手交給他來接班。

陳德旺出生於明治四十三年，家住永樂町三丁目，父親開銀樓，在大稻埕算是富有家庭，太平公學校畢業後，成績優越順利考進當時日本人子弟就讀的第一中學，美術老師就是鹽月桃甫，但他卻到校外大稻埕洋畫研究所隨石川欽一郎習素描，在那裡認識了陳植棋，受鼓勵才決意到東京學畫。

那期間正逢「獨立展」會員最活躍的時候，常舉辦演講會，某回在朝日新聞社講堂舉辦有關法蘭西野獸派的藝術理論講座，令陳德旺聽後頗有心得，影響之下改變了他的觀念，對學院教育產生排拒，認為必須在學院外才得以廣泛吸收各家優點建立自我畫風。他先在二科會研究所隨熊谷守一學習，再到津田畫塾就教於安井曾太郎，五年後回台出品「台展」，畫作受到好評，「台陽」終於決定吸收他為會員。

「台陽」有了陳德旺之後，楊三郎本以為這下可分攤自己肩上的重擔，可是很快就覺悟到這想法太天真，起初陳德旺還勉強肯幫忙，接著就開始推辭，說陳清汾在台北閒著，而且有汽車代步，人面又熟，由他去做才合理，接二連三把工作推給陳清汾。

可是三郎對這位富家阿舍在拉他入會時已費一番工夫，而今肯安份留下來就該感謝，何況較大的聚會都要靠他，哪敢再把一些小事去找他麻煩。這一來又和往前一樣，「台陽」的大小事仍然由三郎一人撿來做，由於對陳德旺的失望，連帶也不敢對與他同輩的洪瑞麟、張萬傳有任何期待，於是心裡愈積極想促成東洋畫部的增設，邀請郭雪湖、林玉山、陳氏進、陳敬輝和呂鐵州等人入會，主要還是盼望郭雪湖就近能助他一臂之力。

陳德旺、洪瑞麟、張萬傳三人來到「台陽」之後理念接近，行動一致，以三人行獨來獨往，在畫會裡形同鐵三角，有人將之視為團體中最不合群的「三匹烏鴉」。自從他們剛進「台陽」起就已經在許多場合感覺到氣氛不對，作品展出之後，有一天前來參觀的雜誌編輯中村研一，無意中說出：「從會場上的作品看來，這三個人一點也不像『台陽』畫家，怎會出現在這裡頭！」讓洪瑞麟聽後難過了好些日子，接著就開始思考自己應該出現在哪裡才最合適。

藝術理念上楊三郎與陳德旺之間有一定程度的距離，幾乎所有人都能從作品中看得出來，不過這種差距是在放大鏡下才看到的，若是從久遠的時間距離回頭看時，所謂的距離也不算什麼距離了。分析起來，陳德旺的想法偏向日本的「二科」會，屬於脫出「帝展」之後新興的西畫路線；而楊三郎從法國回來就與「春陽展」掛鈎，由會友進而成會員，「春陽」屬「帝展」體系，所以兩人思想各偏一邊，同在「台陽」而出現不同傾向，這是造成日後陳德旺等出走「台陽」的原因之一。

事實上陳德旺也只能在理論的部分與楊三郎形成對立，以他一個沒有實踐能力的純藝術家，不管什麼道理也只能空談而已。他常對人說，「台陽」和「台展」之間不管風格或形式必須要能夠區分，否則就沒有成立的必要，於是他提出所謂的「台陽精神」作為發展台灣美術的新指標。這言論頗能喚起更年輕的一代對他的認同，然而有實務經驗的前輩們則認為做一個團體的成員應該有分寸，不可言所欲言，我行我素，雖然可以同意他的想法，卻無法贊同他的說法。

第二回「台陽」展過後不久，教育會館連續舉辦幾次「台展」改革磋商會議，邀請民間美術團體派代表參加，楊三郎以自己不適於這場合為由，委託李梅樹和陳清汾兩人出席。因李梅樹是「台陽」裡頭唯一涉足政壇，參與公開場合的發言有豐富經驗，而陳清汾因家族的社會關係，從小周旋於官僚階級之間，兩人都是見過大場面的，認為是最理想人選。

至於內地人的美術團體則以台灣美術聯盟為代表，總共派來院田繁、松本光治、佐伯久、松本宮太郎、染浦三郎等五名成員，並在席上提出「台展改革方案」的書面報告，內容包括組織、評審、無鑑查制度、獎勵辦法、圖錄編印、島內流動展等，很明顯是有備而來。過後才知道所謂的改革磋商是在他們的要求下開催，從發表的言論更看出是有計畫想爭取「台展」的主導權，兩位「台陽」派來的代表在會中幾乎成了陪襯，甚至只是旁聽者。

這一來等到第二次開會，「台陽」裡頭就找不到人肯代表前往。楊三郎想到陳德旺平時談話不管是理論、口才都是一流，且是日本子弟學校台北一中出身，說得一口標準東京腔，在東京的那幾年沒有人懷疑過他是外地來的學生，便想推他前往開會，說不定憑他的機智足以與內地畫家當面一搏。未料陳德旺一聽之下頓時漲紅著臉轉身跑掉，令楊三郎無法理解到底他是懼於那種場合；還是認為別人有意送他到戰地當砲灰；或是對「台展」的未來已不寄厚望，不值得再談改革！這情形下楊三郎只得親自出席，後來得知東洋畫家郭雪湖、蔡雪溪等亦受邀請，這才感到自己並不孤單。只記得會議中教育局長官在結尾時說的一句話：「展覽的制度再如何改革也是外在形式，明治以來改革之議不斷，對美術家而言，本身的作品才足以代表展覽的內容，千萬不可忘記身為藝術家的職責……。」從中聽出了「台展」主辦當局與內地人畫家之間的緊張關係，進而判斷所謂「改革」不過是形式，不必有何期待，也同時才覺悟到「台陽」設置的結果再嚴重也不過是與「台展」表面上的對立，而內地畫家的野心則是取代「台展」，兩者竟有這麼大區別。

不出幾天，陳德旺羞紅著臉拒絕出席會議的事傳到「三匹烏鴉」的另外兩人耳朵裡，於是聯手前來向陳德旺問罪。自從在大稻埕美術研究所相識以來，三人只要有事就約在圓環小吃攤對飲幾杯。不管是誰首先發難，飲下第一杯酒之後就沒事找事對幹起來，這就是他們探討藝術的方式。若有旁觀者在，也一定聽得出「三匹烏鴉」對藝術所發的議論不過是畫壇弱勢者的心聲。

這回還是陳德旺自已在喝下幾杯之後開口說漏了嘴：「……參加『台展』改革會議這件事，相信你們早已經聽到了，當初是三郎來請我當代表出席，這你們就不知到，我不想去，他才自己去的。……沒想到那天他什麼話都沒說，為什麼不敢說！要是我在場，該說的話有什麼不能說的！要是我，一定堅決要求『台展』徹底改革！首先，對入選的件數不加限制，畫家在一年當中有多少作品，就拿多少作品接受審查，然後由評審委員共同挑出最有代表性的幾件來展出。評審時若只看一兩件作品，實無法評斷作者的實力，一個畫家的真面目要在全年度所有作品中挑選出來，才看出他所研究的是什麼。雖然這一來入選的畫家可能減少，這又有什麼關係！我常常在說：一個展覽好壞不在於數量，而在於質地，政務官員根本不懂這道理，『台展』才一直受到批評，前幾天我對廖繼春說過，我說……，」說到此，話被洪瑞麟大聲打斷：

「德旺仔，陳阿德旺！你的意見非常之好，在這裡為你鼓掌……。可是我不懂，這樣好的見解只在我們面前講，而不公開講，我為你可惜，也為大家遺憾！」

「停！」一邊張萬傳立即喊停：「再說下去，兩人又要辯論，辯起來，陳阿德旺就三天三夜講不完，當聽眾的人難道不會無聊！」

「如果，讓你去參加開會，你又能說什麼！」

洪瑞麟的話被人打斷心有不甘，反過來嘲笑萬傳，說：「至少楊三郎會找上德旺仔，證明德旺仔說話有份量，不然為何不找你！可是，我又聽說三郎找德旺當代表，話一出口他滿臉通紅，就跑掉了，不知是真還是假！」

「對對對，我好像也聽到，人家不會亂說吧！」張萬傳緊接下來，語氣越說越調皮：「德旺平常時理論一等一，天文地理無所不知，奇怪的很為什麼聽到開會就臉紅！人家說台灣人沒膽量，只在飲酒時才借酒發揮，初聽時我很生氣，現在想來，沒有錯呀！我憑什麼要生氣！」

「好啦，說別人也得想想自己有幾兩重，對不對！」洪瑞麟看陳德旺不說話，有幾分同情，就把話轉向張萬傳：「這怎能怪德旺，我們都知道他是老鼠膽，不像你，你有老虎膽，但除了膽，你什麼都像老鼠，這還是沒有用！來！喝酒吧！」

「喝酒！酒當然要喝，但你也得把話講明白，你洪阿瑞麟敢問我有幾兩重，我就問你，這個月你畫了幾張畫？有人說，三天沒有畫出一張畫就不能說自己是畫家。你，還有你，誰敢說是畫家，其實你們都是話家，講話的話，哈哈哈！當了話家，不敢出席開會講話，這算是什麼『家』！」

張萬傳被激怒起來，不管三七二十一就左右開弓。

一直沒有再說話的陳德旺，一心想把剛才沒說完的話說完，也不跟誰爭辯，只顧說他自己的：「……還有，關於『台展』的免鑑查制度也不必設立，當初得獎的作品或許真的很不錯，但是成了免鑑查之後如果製作態度鬆懈，誰能保證他不會退步！『帝展』就有過前例，因為後來參展作品一落千丈才不得不廢除。藝術這東西本來不該審查，既然審查，又要免審查，太可笑了！審查也只能審眼前看到的這幅畫，又再預審明年還沒畫的那幅畫，說是免審查，評審的專家誰有這麼大本事！如果我出席開會，要講的就是這一點……。接下來更重要的，『台展』要辦就必須辦到像法蘭西沙龍，不可再把『帝展』當楷模，因為台灣的美術要學就直接向歐洲學習，不可透過日本間接去學歐洲，這樣永遠比人家慢兩拍……，不要以為才兩拍，文明的發展來看，兩拍就等於好幾代呢！這是何等要緊的事情！」

「好呀，重要的都被你一人講完了，剩下的是不重要的啦！謝謝你，這麼好的見解不出去講，留下來對我們講，我們兩人實在感激不盡！……」

洪、張兩人同時鼓掌，聽到掌聲陳德旺露出一臉苦笑。此時，麵攤老板端來三盤蠔仔煎，上面還各打了一個蛋，陳德旺拿過來就想吃，張萬傳阻止他，說：「我們還沒點菜，哪來的蠔仔煎！」

「是那位先生叫的，已經付過錢了。」老板答了話，就轉身離去。

卻見另一個攤子上有個熟面孔朝這裡招手，三個人還沒完全認出是誰，只好也跟著招手，張萬傳還站起身來點頭。

「是誰？你的朋友嗎？」洪瑞麟問。

「應該是德旺的朋友，他講話大聲被人聽到了，才送蠔仔煎表示對他的鼓勵……。」

「蠔仔煎很貴呢！也許人家的意思是要你多吃東西少說話。」

陳德旺不管是誰，只朝那方向說了一聲多謝，拿起筷子夾來就吃。這才輪到張萬傳說話：「我就知道你有一套，不論是畫圖的理論或做人道理，楊三郎絕對比不過陳德旺，你說對不對！可是楊三郎要你代表『台陽』去會議，而你不去，是不敢去吧！連我都覺得沒面子。到底是什麼道理？瑞麟你來說說看！」

洪瑞麟不回答，指著他後面說：「你的朋友要走了，他在向我們招手！」

三個人同時站起來，連連點了幾個頭。陳德旺又問：「真的是認識的人嗎？這三盤算起來不少錢，一定是很熟的人。」

「應該是你的熟人，你的表兄、同學、鄰居，他一定是個大頭家……，算了，吃就吃吧，不必再猜！」張萬傳先指陳德旺，又回頭問洪瑞麟：「剛才我講到哪裡？對了，我要說的是，人家說陳阿德旺是理論家，可是，如果他有理沒有論，怎能叫理論家！到今天為止陳德旺的理論只有兩名聽眾，就是我們兩個人，到底應該感到榮幸，還是寂寞！」

洪瑞麟指著張萬傳說：「有人吵著要退出『台陽』我就勸他多用腦子想想，畢竟這裡是個發言的地方，如果連這場所都守不住，就是到外面再組一個畫會，又能怎樣！」

陳德旺個性雖然倔強，脾氣卻不易發作，任由兩人一再戲弄也只露出苦笑，最無奈時頂多提起酒杯把酒一口喝光，這是他性情中最可愛之處。

他十分了解張、洪兩人是不談大道理的畫家，說話憑的是感覺，談藝術更只談感覺，所以畫也一樣，只要畫面的感覺出來，就自然放下手上的畫筆，他們的解釋是：「有了感覺，畫就完成了！」

說來就是這一點與「台陽」的其他畫家不同，在別人眼中，他們三人的畫中表現的所謂氣氛，寧可說是一股「臭氣」，才有人說他們是「肥料製造廠」，看他們的畫必須退後三尺，然後誇讚一聲：「很有味！」說時還要一隻手壓住自己鼻孔，不管這只是一句調皮或是譏諷的話，三個人始終沒有在意過，還經常借用同樣的話彼此戲弄。

有一次，那是他們學生時代，在東京吉村芳松家裡的茶話會上，陳植棋以玩笑口氣形容三人的關係，說：「他們之所以在一起，是因為互相看不順眼所結下的孽緣。」吉村聽了加上一句：「等他們看順眼，就該分開了，那時候已經都去了天堂。」

王白淵則說：「這三個人的畫，最大特色就是藏有解不開的謎底，不管裡面是什麼，已經被色彩一層又一層包起來，看的人要辛苦解裝，也只能找到那麼一點點東西，還不知道到底是什麼。」這話是褒也是貶，他們聽了還借用這種話形容自己，說：「因為這樣所以才稱朦朧派大師。」

喝酒時洪瑞麟指著陳德旺說：「你這個被理論灌醉了的傢伙，自我迷失在大道理裡頭的小傻瓜。拿起畫筆就巴不得把腦袋裡所有的想法全都畫在畫布，可能嗎？當然不可能，所以一層又一層不停地塗，永遠塗不完，畫到最後什麼都不見了，只看到畫的重量一天天地增加，人卻一天天地消瘦，我真希望有人能幫你的畫減肥，為你的身體加點肉，這使命恐怕只有上帝才做得到吧！」

陳德旺聽了這樣的評語，先是生氣，接著轉為高興，還說這世界只有瑞麟最能了解他。

對「三匹烏鴉」評價最高的是陳澄波，自從東京看過三個人的作品，每到台北就來找他們，既使瞄一眼近作也很滿足。不時在念著：「現在這『三匹烏鴉』不知飛到哪裡了！」他是用「飛」來形容畫的境界，此時三個年輕人也不過是正要起飛的時候。

有一次他對李石樵說，「陳德旺作畫像在手術房裡割除自己的盲腸，自己的手拿刀子割自己，要多大勇氣才辦得到！」

李石樵聽了不以為然，認為這種形容應該用在他身上才更恰當，因此反駁說：「你在德旺的哪一幅畫裡看到過刀痕！即使有也被一層層色料蓋過被包紮起來了，若問為何包它？回答是，因為怕痛。」

對陳德旺的形容，兩人的話都是一針見血，正好一左一右像兩隻針同時扎到德旺的身上。張萬傳每次喝酒，總愛把這件事當笑話。他笑陳德旺時，其實也笑到他自己。

他們就是這樣的畫家，如果沒有什麼新的刺激使三個人受到壓力，也許永遠留在「台陽」不會離開，以喝酒和鬥嘴過日子。

後來真正促成陳德旺下決心脫出「台陽」的關鍵人是他的好友藍運登，說是好友，其實每見面就頂嘴吵架，一輩子爭論不休的「戰友」，敵友難分的知己。

藍運登是苗栗出生的客家人，在那年代裡，客家族群的文藝青年多數朝向文學和音樂發展，且有了相當的成就，藍運登則是繪畫圈裡的少數客家人，天生的語言能力使他在河洛朋友當中不但沒有溝通的困難，與陳德旺早在日本習畫時就相識，由於也是以理論見稱，與陳德旺各持不同觀點而經常交手，沒想到就這樣兩人成了莫逆之交。平時都喜愛閱讀，藍運登讀了書之後經過消化應用在平時言談，因此說話妙語如珠。相對於陳德旺這個書蟲，同樣的理論從他嘴裡道出後永遠只是艱深大道理，一個是把書上的論點更口語化，一個則更經典化，這樣的兩種人以各自的語言和思維多年在一起糾纏不清，打成死結之後任誰也沒法解開，解不開時只好繼續糾纏。

那天他們從討論印象派開始談起，已經很久沒有今天這樣心平氣和在一起交談。陳德旺的腦子一進入思考，菸癮就跟著發作。一根抽完又接一根地在藍運登面前吞雲吐霧，平時最討厭別人吸菸的人，竟拿起火柴替德旺點火，他的意外動作使德旺頗受感動，點完深深吸進一口，然後連連點頭示意，他們之間極少有過這禮數。

「我想要談的是印象派人物而不是印象主義的大道理。為了讓理論像抽菸吸了又吐出去，不要滿肚子留著煙霧，所以特別為你點火！」

近幾年來，藍運登已聽過陳德旺無數次談論印象主義，所以這回他要用點菸來搶得先機開始發言：「這一群印象派畫家，只有在年齡二十來歲時，心中才有一股強烈的畫派意願，想擺脫沙龍形成自我的時代風格，憑這股意願才使印象派得以現身，它是年輕人玩出來的潮流，三、四十歲之後每個人都成大師了，哪還有誰肯玩！成不了大師的就不得不向現實投降，從此大家都長大了不可能與別人攜手走在一起，所以年齡是突破舊階段的條件，研究印象派就非從畫家的年齡著眼討論不可……。」

平時只要說到這裡，陳德旺就等不及要插嘴，因為談話已接近主題，主題便是他的管區。可是他的一根菸才抽到一半，還咬在嘴邊，便讓藍運登繼續說下去：「……如果把年齡和年代對照起來看，法國十九世紀的七〇年代就是當時二十幾歲年輕人的時代，那時代青年人腦子裡想什麼法國就出現什麼。回頭看我們自己，這一代台灣青年到底想什麼？如果僅僅想要多一次展出的機會，『台陽』已達到目的了。再想一想『台展』有十年歷史，年輕人憑這十年的歷史經驗想開創新的境界，必須考慮第二個十年是什麼樣的時代，因為很快又有一批二十歲的青年要出來……。往這方面想的話，你會發現『台陽』只有讓人的思想懶惰，讓人重覆走在前十年的老路，對陳澄波一輩的畫家或許正是思想休息的時候，可是我們剛踏過二十歲的年齡，是莫內從〈日出，印象〉跨出來準備要探索的年代，就不能不全力衝刺，怎能始終跟隨別人而不知振作！當然不可以，不但時間不允許，歷史也不允許。況且什麼叫做畫會，畫會本身就像一件作品，如果沒有進一步的理念，就如作品沒有新的創意。畫會要有屬於藝術性的訴求，不同於政治結社，只希望像雪球越滾越大，越大就越有力。況且畫會的展出和公募展不同，『台陽』很明顯走的是老路，公募展是法蘭西沙龍所以沒落的原因，台灣有一個『台展』已經足夠，你想再要一個嗎？從這方向去思考，你說我們是不是須要一個新時代的美術團隊，用我們的年齡去爭取屬於我們的時代，在歷史上才有我們這一代人存在的意義。」

藍運登越說越激動，一口氣把自己多日來對印象派的研究心得全都說了出來，串成一套十分動人的道理。坐在一旁的陳德旺很少像今天這樣靜靜聽人說話。顯然這回他的心已被藍運登所打動，直等到把話說完，他才連點了幾下頭，手掌用力拍在自己的大腿上，帶著艱苦的表情說：「好，終於讓你把我心中一直想著的話說了出來，藍運登畢竟是藍運登……，怪不得吉村先生稱你『捕鹿』（藍色），真是很藍，而且越看越藍！」

說到此他又想抽菸，他能夠很耐心地等到藍運登把話講完才點上手中的菸！藍運登也安靜不再發言，在一旁等著他吸完菸後針對剛才一番話發表意見，兩人在一起難得這麼安靜。

陳德旺終於察覺到這種靜發生在此刻有些不尋常，突然哈哈兩聲笑了出來，打破幾乎要凝固的空氣：「畫會的組成是人為的，但是畫派的出現看似人為其實有更多客觀條件，這話好像也是你說的吧！台灣到底有沒有這些條件，大家心裡有數，但我們不可因這樣就連一個時代的風格都不敢去思考，想辦法為現時的客觀條件注入主觀因素，這是我心裡一直想著的，這工作看來很艱難，如果我們不去做怎知道做不到！老藍，你真是『捕鹿』！」

聽他這麼一說，藍運登有點受寵若驚，但還是要用話來順水推舟：「今天我們之間很難得有這樣的共識，你該早已了解到『台陽』多一個陳德旺少一個陳德旺並沒什麼差別，但多一個楊三郎少一個楊三郎可就成了生死關鍵，這證明了什麼？證明你陳阿德旺的功能不在『台陽』而在其他的地方，一定要走出來，二十幾歲的我們才有自己的年代……。」

「好！把萬傳叫來，另外一個也叫來，……。」

「另外一個？是瑞麟！」

「我的功能？你說我有什麼功能！頂多是一個人的份量，我的份量不是放在『台陽』的天枰上可以稱的，『台陽』的畫家全是右派，這也是你說的，可是左派沒有畫家，也沒有理論，只有教條和目的，將來的歷史絕對留不下所謂左派的繪畫，這好像也是你說過。二十年後美術史自有定論，那麼我們該選擇什麼派？我認為是激進派，所謂激進，就是要超越。下一步怎麼走，我們就比其他人先走一步，這叫超越……。」

講到這裡，陳德旺又開始說些自以為經典的話，莫非已聽出藍運登的用意，想用激將法逼他出走「台陽」，這一來說話開始有防衛，以免太快上人家的當。

「陳阿德旺，思想行為可以左右兩極劃分嗎？在我印象中你一直是個聰明人，怎麼突然拿一把刀就將台灣畫家一分為二，一邊叫左，一邊叫右，『台陽』叫右，而左邊沒有人！居然賴到我身上，說是我說的。這不像平常時的你！如果你說：革命與反革命兩派對立，這還可以說得通，至少允許不革也不反的一派存在，那麼這三派你是哪一派？……說不出來的話，由我來替你說：你陳阿德旺天生就是革命派，因你的血是滾動的，表示你有正義感，加上你的性格向來容忍不了體制，所以我認為你一出生就朝革命的方向在走……。」

「好了！如果再說下去，你自己就更教條，我們要拋棄革命的口號，才有真正的革命，你多少讀過幾頁馬克斯的人，為何在這點上你連我都不如……，我剛才說了，把他們叫過來，大家來了才能談革命！」陳德旺被說得開始老羞成怒了。

「他們所有的人都說你最頑固，能夠突破你這一關，革命已經成功一半了！」

「革命，到底什麼是革命？印象主義的興起就是革命？產業革命、民主革命之後接下來就是印象主義革命，你沒看到印象派畫家在作品中所畫，已經不是帝王貴族而是平民大眾，這種題材的繪畫在日本浮世繪裡早就有了，到了法國反而造成了印象主義革命。所以我才說：東方人只會造反，不會革命，造反就是做壞事，幹這事的都是壞蛋！搞革命的被認為是做好事，在歷史上不是英雄就是先烈。因此，脫離『台陽』去另組畫會就算是造反，若能形成一個畫派，後人就會說你革命成功了，美術史上就說我們是英雄，你當然要當英雄！」

陳德旺不知不覺又開始談起他的印象派論說，甚至熄掉手中的半根菸要認真嚴肅地談下去，每回在這情形下，非得要到說的人和聽的人全累倒了方才散席。此時看似藍運登的遊說註定不可能有結果，其實不然，他已經捉住這關鍵時刻在陳德旺身上往「台陽」門外推了一把，整個人已站到門邊來了。

第二天，張萬傳、洪瑞麟被藍運登約到陳德旺家裡，一見面就爭相開口問他：「決定了沒有？」

「到底應該先脫出『台陽』再組畫會，還是先組畫會再讓『台陽』把我們趕出大門！」

「這情形看來是不是你還想考慮，還要等待……！」

陳德旺反問說：「我是什麼畫家你們都很清楚，是先有畫稿才製作的畫家，那你說我會怎麼作？」

顯然不想回答所問，事實上也不知該如何回答。

「我就猜對了。這幾年來如何畫你的畫，我們還不清楚嗎？」洪瑞麟有意挖苦他：「起初你的畫是有對象的，畫著畫著就不知不覺脫離了對象，去畫你心裡想的，想到哪裡畫到哪裡，最後呢！你根本不是在畫，而是在改自己的畫，幸好不管怎麼畫都還是你的畫。但我希望辦事情時，你千萬不可這樣永遠沒有目的也不求結果，『台陽』這幅畫憑你一人能改得了嗎？……」

洪瑞麟說話時像在唱歌，故意一句句唱給他聽。

「你說說看，應該怎麼做，你們才滿意！」陳德旺也故作糊塗狀，擺出一切由你作決定的姿態。

「你心中不是早有了名單！不是嗎？明天大家坐下來談，把該來的全部喊來，自然就有結果。」洪瑞麟說。

「這批人，沒什麼大不了的人物，但也得像我在畫圖那樣，先在畫布上塗了顏料，然後再慢慢地來改，我說慢慢地改，這句話不管你是不是同意，但不塗塗改改畫下來就永遠不會有結果！」

「這麼說來，當初你進『台陽』就已準備有一天會離開『台陽』，離開『台陽』後又隨時準備再進『台陽』，進了『台陽』還要……，如此進進出出像在改你的畫，就是你的作風啦！」

「真能這樣倒也好，可惜這個世界沒有人允許你如此來去自如……只有在你自己的畫裡才讓你要怎麼改就怎麼改！」

「所以我們今天非得找出結果來不可！畫了就不要再去改了。」

…………。

直到散會時，誰也不知道這結果算是有結果，還是沒有結果。

6 運動的年代

紫色大稻埕

1937年「台陽展」舉辦南部巡迴展，在台南展出時會員合影，前排左起陳澄波、廖繼春、楊三郎，後排左起謝國鏞、張萬傳。

Mouve Mouve Mouve……

台北植物園近旁教育會館的大廳，今年四月以來接連舉辦了三個大型的美術展覽，先是在台內地畫家組成的台灣美術聯盟的年展；然後是一群脫離台陽美術協會的畫家所組成的「ムーヴ藝術家集團」的首展；接著是資深中堅畫家的「台陽」第五回年展，可以說規模一個比一個盛大，為了觀賞這次全島性的藝術盛會，中南部的畫家成群結隊來到台北，一住就十幾天，在王井泉的山水亭、周井田的大和印刷廠、陳逸松辯護士辦事室及楊三郎的住家，連日來不斷地有訪客寄住，尤其在山水亭餐廳每天要多出一張桌子來辦流水席，前來的食客以南部藝術家為主，再加上作陪的台北文化人，向來性好廣結善緣的古井兄都是來者不拒。這種大拜拜的熱鬧場面，每年春秋各一場，春天裡是「台陽」等民間畫會的展出，秋天就是官辦的「台展」，這情形延續了好幾年直到局勢危急，敵人的轟炸機已飛臨台北天空，每天忙於躲警報時這才中止。

北上的南部畫家看過展覽後，認為機會難得想多住幾天，又留下來到淡水河沿岸及海濱寫生，還有人被挽留等吃過城隍廟的拜拜後才回去，畫家們向來隨興，這期間只要哪裡有地板或長板凳可躺下當眠床，就認定自己可以多留一天。像陳澄波連棉被也都從自己家帶來，對人說：蓋在自家的被裡可減輕離鄉背井的鄉愁，還有一起來的嘉義跟隨他學畫的年輕人，經常停留個把月才回去。這些年在陳澄波等帶動下，嘉義的美術風氣較台南府城和文化城之稱的台中培養出更多畫家，台灣全島僅次於台北的大稻埕。

台灣美術聯盟為了打響名氣，將首展的開幕禮鋪張得隆重盛大，特地把「台陽」畫家全都邀請過來奉為上賓，在會場中央擺著長桌舉辦雞尾酒會，讓和服盛裝的女賓穿梭其間，色彩繽飛把場面點綴得更活潑多樣，尤其會場佈置的巧思顯然是有意想做給「台展」的主辦當局看，對台北人來說是春天以來第一個美的盛宴。

接下來的ムーヴ藝術家聯展，相較之下參加人數就少多了，剛開幕時「台陽」只來了廖繼春和陳澄波兩位南部畫家，是為自己的「台陽」展開幕提前北上，才被王井泉拉著來參加，反而台灣美術聯盟的成員到得很整齊，站成一排出現在會場，好像這場面仍然是他們的，又像是在向ムーヴ畫家示好，告訴他們若是少了我們，你的會場將顯得多麼冷清！這話一點也沒錯，ムーヴ的會員當中洪瑞麟一直到現在還沒有現身，不知還在忙什麼；張萬傳獨自站在門前，卻不敢大大方方上前與賓客握手招呼；陳德旺在自己的畫前面拿著一支筆忙著作最後的修改，看來他的畫是永遠都改不完的。人稱這三位是畫壇的三匹烏鴉，今天各忙各的，分散了之後就看不出氣焰來了。

好在他們安排一位稱職的司儀藍運登，雖然沒有麥克風，說出來的每一句話仍然宏亮而清晰，足以控制整個場面，反而是他才最風頭。

典禮已經開始，台上的長官正在致詞，顏水龍匆匆趕到，才走到門口，聽到背後有人按汽車喇叭，回頭看時原來是陳清汾的私人轎車停在路旁，他已拉開車門向這邊在招手。未料隨後又停下一部車，喇叭響個不停，穿制服的司機氣兇兇走來要求前面的車開走，陳清汾想不通，這裡到處都可以停車，何以非跟他搶位置停在大門口不可，便不理不睬只顧與顏水龍說話。

「後面來了個大官，看來官位還不小的樣子！你還是趕緊把車開走。」

「這裡是畫展的地方，我們又沒踩到做官的人的地盤，何必來這種下馬威！」

兩人有意拖延時間，裝作商量什麼要事，對後面的車仍然不予理睬。

「……我們是辜先生的車，請讓位，往前開！」司機用命令的口氣，說的是日語，聽起來帶著很濃的鹿港腔。

「是辜顯榮先生嗎？沒問題，請等一等，很快就開走。」陳清汾嘻皮笑臉地回答。

兩人依然繼續講話。隔一會，後面的喇叭又再響起，陳清汾乾脆把車門一關，拉著顏水龍一起走進會場裡去……。

不久就看到那司機拿著信封來到簽名處，沒有簽名只交給坐在那位置上的女士，便回頭走了出去。辜先生根本沒有下車走進門來。

「哇！辜某還算不錯，親自送紅包過來，到底是看誰的面子！」顏水龍說。

「為什麼他不進來？這一點就看不出誠意。」陳清汾偏過頭回答。

「太忙，沒有空進來，還是磁場不對，進不來！哈哈！」

「你沒有看到前面坐的是誰？」才進來不到一分鐘他就把場內情形摸得一清二楚。

「是誰！對，是肇嘉先生，兩人王不見王，所以……。」

「但是一個在外面，一個在裡面，誰知道誰在哪裡？難道有耳目替他傳消息！不過，這也奇怪，他怎麼會來……」

「算了，別管那麼多，紅包送到了，人不來反而讓場內清靜！」

台上大人物的致詞永遠長篇大論又臭又長，最後來了一位瘦長身材留著小鬍子，穿文官制服模樣古怪的小老頭，用滑稽的語調，一來就大聲喊出：

「……Mouve　Mouve　Mouve！你們知道這個字是什麼用意？你們聽了作什麼聯想！我想到的是打拳擊（ボックシング）……。」說到此，他伸出握拳的左手連續揮了兩拳，右手護在胸前，身體左右搖晃，十足像個拳擊手上台時的姿態：「雙方對打之際，擂台下的教練大聲喊叫，提醒選手不僅手動腳也要動，不停移動腳步以防被對方所制，受攻擊時更要快步跳開，這就是ムーヴ！大家抬頭看上面寫著『ムーヴ洋畫集團』，我的反應就是Mouve、Mouve……，年輕人無時無刻不在戰鬥中，所以必須不停地Mouve，在Mouve中堅持戰鬥下去，能Mouve才能開創新時代。今天他們喊著Mouve，以Mouve精神踏上藝術舞台，要我們都陪伴著一起Mouve、Mouve、Mouve……！」接著居然唱起了歌來，是他自己編了詞的一支老歌。

沒想到他就這樣喊著走下台階，他那滑稽動作引來一陣掌聲和笑聲。經他這一鬧，把大家從剛才冗長的催眠演說中重新振奮起來，睜著眼睛期待下一位會是誰的演出！

接著被請上來的是東京春陽會畫家中川一政，幾天前他受台灣美術聯盟之邀前來參加揭幕禮，聽到從「台陽」脫出的一群畫家另組新的美術團體，亦將舉辦首展，好奇心使他多留幾天等著看ムーヴ的登場。

台下的顏水龍一眼便看出上台的這個人是他東美的前輩，由於成績優越，畢業多年他的名字還留在校裡不時被師長提起，用以鼓勵後輩。在校時已入選「帝展」的他，目前想必已經是免鑑查畫家。尤其近幾年來在美術刊物上發表的評論，更為他在藝壇上建立高度聲望，今天他來，即使有所批評，應該也是種鼓勵，意義絕對是正面的。

顏水龍繼續往前走了幾步，希望更清楚聽得到聲音，沒想到當他上台的同時，嘴裡學剛才的小老頭也唸著：「Mouve、Mouve、Mouve……！」

停了好一會，以為這樣就要下台去了，然而他的演講這才開始：

「西洋人要把坐在椅子上的人趕走，就大聲喊：『Mouve、Mouve！』是很不客氣的用詞，今天在這裡看到一群畫家不知對誰在說Mouve，顯然是要趕誰走，看來坐在椅子上的人不久就要滾蛋。看得出今天喊著Mouve前來的，確是來勢兇兇的一群。」說到此，他偏過頭看牆上布條寫的字樣，說：「剛才當司儀的藍先生告訴我，這是法文Mouvement的簡略，省去了後面的ment之後唸來才更簡短有力，於是就寫成ムーヴ，是一種聲音，也是口號，唸的時候配合身體一起動，很有創意！太棒啦！如果是電影，一定是武打片……」

講到此，他又突然停下，這或許是他的習慣動作！一直停到有人已覺沒有耐心的時候，才慢吞吞地又開口：「ムーヴ就是運動，ムーヴ運動就是美術運動，它在暗示台灣新美術運動將在此誕生，或者要作出什麼樣的總結，你們誰來說說看，今天的聚會是一個開始還是結局！你們也……。」

未等演講者把話結束，一名青年突然站起來，笑著臉邊拍手邊上講台，他就是大稻埕的常客，《台灣文學》季刊的編輯池田敏雄，一上台就緊接著中川的話說下去，人們還以為他們是照著劇本在演出：

「你們也相信這會是結局嗎？我們應該捨不得ムーヴ就這樣成為終結者，今天的藝術家已不再以傳統的態度從事創作，所以看不到開始，他們的使命不僅是對美術，更要對人生提出看法。塞尚說過：自然是我的第一位老師，羅浮宮是第二位老師，在此我附加第三位，就是一個健全的藝術團隊。我最期盼的是：ムーヴ藝術家們發揮整體的鬥志，達成時代賦予的使命！否則的話，他自己就要Mouve、Mouve、Mouve！被趕走，被接著走上來的人趕走，被時代趕走！果真如此，今天就是結局。」

他說話很快，就像已準備好的台詞，快速把它唸完，然後自己先鼓掌，以掌聲帶起全場的一陣笑聲。還站在台上的中川此時上前與他握手，看來像是老朋友，並不指責他搶出頭，在行為上的魯莽。

接著上台的是鄉下紳士典型的楊肇嘉，他站起來之後再遠的人也看清楚那高大的身材，頭大面四方，非常顯眼，說話聲更是響亮。

顏水龍聽到近旁幾個日本人在小聲對話：

「這傢伙有點滑稽，是誰呀！」

「是台灣的名人吧！否則不會讓他上台……。」

「這人你不可不知道，他是中部鄉下的財主，有錢人，在報上看過他照片。」

「剛才司儀介紹時，說他姓楊，我看他進門時大家都向他敬禮，是個人物，……猜他這回是以主人身份出席，所以最後才出來講話……。」

此時楊肇嘉已開始講了，他的日語帶著台灣口音，這幾個日本人又交頭接耳不知說些什麼。

顏水龍感到心煩，不想留在原處，就移步往前，台上講話這才聽得較清楚。

「……ムーヴ的畫家把他們明朗、活潑、青春的心結合成一個充滿了動力的美術團體，意義非常之深遠。……從作為畫家的立場來看，一個畫會的成立是製造多一次發表的機會，從欣賞者這方面看，是獲得多一次觀賞藝術品的機會，雙方面借著作品的展出在這會場上相遇，值得我們大家好好地來珍惜！」

他那碩壯身軀，表情嚴肅，不怒而威，停下來時雖沒有說話，目光向四周掃射，令所有人都被鎮住，頓時鴉雀無聲，感覺好像很久之後才又說下去：

「在日本畫壇上，有能賣畫的畫家和不能賣畫的畫家，長時間下來歷史會告訴我們，不能賣畫的畫家反而真正是有卓越才華的藝術家，他們只是暫時不為人所理解而已，只要民眾對美的欣賞能力普遍提升，優秀的畫家就不會受到忽視。美術的振興不僅畫家要進步，觀眾也要同時進步，往後台灣只要有穩定的太平環境，我相信一定可以超過其他地區，台灣美術家的成就將是世界性的……。」

說到後來，越說越激動，舉起雙手以平時街頭演說的姿勢和聲調，用台灣話喊出：「美術家的成就是台灣人民最大的期待！希望諸位文化界人士全力支持，爭取新時代的來臨！」

這句結尾不但是個人演說的結尾，也為開幕禮作了總結，博得全場熱烈掌聲，有人起立上前握手致意，記者也圍過來採訪，成了眾所矚目的焦點。

他一走下台，雖然司儀還沒有宣佈結束，賓客中已有多人準備離席，楊肇嘉畢竟是群眾中有帶動作用的人物，剛才陳清汾後面那部汽車的主人不肯下車進來，相信與他的在場不無關係吧！

雖然台下的人已作散席準備，卻見台上還有個人在說話，是ムーヴ成員洪瑞麟，正代表全體參展畫家宣讀規約，除了幾名自己人，此時已沒有誰肯靜靜聽他說什麼。

從台下看過去洪瑞麟整個人縮成一團，與先前大塊頭楊肇嘉相較，場內人的耳朵已不習慣於這樣小的音量，他正在朗讀目錄上印的規約條文：

（1）吾等恆以青春、明朗的藝術熱情，向共同目標勇往直前。

（2）研究的成果，不限時間與件數，隨時隨處由全體或部分同仁提出發表。

（3）展出的作品不論完成與否，只要能代表個人研究心得，就是值得觀摩的對象，皆有階段性意義。

（4）我們堅決反對沒有創意，只為了參加比賽爭奪獎賞的製作心態。

（5）ムーヴ是個無時無刻不以積極態度向前邁進的藝術集團，將來歷史必將肯定我們所代表的時代典範。

（6）不要以慣常的眼光看待我們的畫展，因這是個活動的團隊，觀眾也要跟隨著動起來，作者與觀者才有交集。

（7）Mouve就是Mouvement法文的簡寫，意思是以行動來代表我們對藝術的態度，我們的行為、目標和精神，永遠都在提升沒有一刻靜止……。

洪瑞麟一個人在台上逐句唸下來，場內聲浪越來越大，早已蓋過他的聲音，最後連本人也聽不清自己唸的是什麼，樣子看來好孤單……。

滿州歸來的張秋海如是說

觀禮的賓客開始紛紛離席，有的走到屏風前觀賞作品，有的三三兩兩交談起來，有的已經走到門口即將離去。司儀雖未宣佈散會，洪瑞麟也還在台上，會場情形卻等於已散了席。此時顏水龍反而往裡走去，正好看見楊肇嘉迎面過來，兩人目光剛接觸時，竟被一名匆匆進來的男士攔住，搶先握住楊肇嘉的手，細看此人正是他東美研究所時代的好友張秋海，一直以為他去了滿州，沒想到會出現在這裡！

顏水龍走到楊肇嘉面前恭恭敬敬行了大禮。

「是顏君！」幾乎是同時從楊肇嘉和張秋海兩人口中說出來，楊肇嘉一隻手還握著張秋海，來不及縮回去，就伸出另隻手去握顏水龍，顏水龍偏過頭親切地問：「什麼時候回來？怎麼一點消息都沒有！」

顏水龍想伸出另隻手去握張秋海，但姿勢不對，伸出去的手對方根本看不到。

此時一部黑色車已停在門前，傳來兩聲喇叭，司機走出車門站在大門口，遠遠望著這邊的三個人……。

「秋海回來得正好，你們兩人也好久沒有見面了！應該有很多話要說，過兩天我在蓬萊閣請大家和ムーヴ一起吃飯，希望你們一定來，我會派人與兩位聯絡。張君！歡迎你回台灣！蓬萊閣再會！……滿州就不要再去了。」

說完頭也不回便走出大門，低頭鑽進司機替他打開的車門，隨著車急駛而去。

送走了楊肇嘉，兩人又走回展覽會場，沿著掛畫的牆面一幅幅地看過去。

「……這情形看來，台灣畫壇開始熱鬧起來了！」張秋海露出一句這樣的話，像是在自言自語。

「前一陣子聽說你去了滿州，替阿肥哥哥管理他的產業，這種差事不會很輕鬆的吧！難怪你……。」

「噓——，不要在這種地方講這些事，你想知道，我另找時間再慢慢告訴你。」

「這麼說來，你還打算再去那邊！」

「是的，這次我是帶內人和孩子回來探望台灣親人，也順便把家裡的產業作個處理，對族人才有交代。」

「這麼說來你還會去滿州啦？」

「我準備去北平，記得金永裕這個朝鮮人嗎？他為我在北平藝專找到教職，還說如果顏君願意……。」

「我不去！我在台灣的藝術事業才剛開始，這一條路要長久走下去才看得出成績，否則就一事無成……，想不到金某人這麼快也去了北平！」

「當初只知道他交了個支那姑娘，沒想到就這樣一起去了北平。他信中說：在那裡的台灣人不少，除了畫家劉錦堂、郭柏川、王永男、還有張深切、吳敦禮、洪炎秋、謝南光、林濱南；朝鮮人更多，相處都說日語，和在日本時沒有什麼兩樣。」

「肇嘉先生在蓬萊閣請客，你應該利用這機會向他解釋清楚，我知道他很反對你去那邊發展……。」

「他只是反對我為阿肥哥哥做事，並不反對我去中國，我們的誤會能不能解開，我還是十分懷疑，看來不太容易！」

在東京的那一段時間張秋海與楊肇嘉頗有來往，後來聽說他替阿肥哥哥看管東京市郊的房產，接著又要到大連管理林家產業，肇嘉先生認為畫家涉足這些行業甚為不妥，便以朋友立場加以勸止。當時的滿州及華北都在日本人的勢力範圍，許多台灣人以日本人身份，利用特權從事不當買賣，諸如開賭場當鋪，賣鴉片，從事色情行業，身邊的朋友擔心張秋海受利用陷入其間，吃了虧之後想回頭恐太遲。但張秋海不聽勸告還是去了，令肇嘉先生很不諒解，從那以後兩人就不再往來。剛才在會場內雖有簡短對話，看得出誤會不可能如此容易便能化解。據說最後一次在東京見面，楊肇嘉以老大哥身份勸止，兩人為之爭吵起來，甚至互相動手才被旁人拉開。這一幕顏水龍雖未親眼看到，只要熟知兩人的脾氣，當時情形多少可以想見，再怎麼說楊肇嘉是為了保護他，不想他走入邪途才極力勸止。作為抗日份子的楊肇嘉，很清楚自己族群與中國人、朝鮮人遭受日本欺壓的共同命運，即使不能聯合起來與日本對抗，也絕不願意看到台灣人靠日本勢力為了私利去中國為非作歹，欺負當地人。

顏水龍極想了解當中或有什麼誤解，但張秋海總避而不談，他認為此時此地不是講這事情的時機，越說誤會可能越大。

張秋海的手親切搭在矮他一截的顏水龍肩上，像學生時代那樣，一起觀賞會場上畫作，當ムーヴ畫家過來招呼時，顏水龍一一為張秋海介紹，年輕一輩的這群剛到東京時，張秋海已畢業搬到郊外，以後就不曾回台灣。即使這樣，當介紹時仍有人表示在「帝展」中看過他的作品，陳德旺還清楚道出前後兩回出品的是西洋畫和工藝美術，張秋海聽到有晚輩知道他，高興的笑不攏嘴。

來到洪瑞麟的作品前，與作者握過手互道姓名之後，好像發現什麼，張秋海朝洪瑞麟盯著看了好一會，突然笑起來說：「哇！你這套西裝有夠特別，就好像從我身上剝下來被你拿去穿，大了好幾號……。」

「哈哈哈——！」他發現的沒想到居然是西裝，大家跟著笑得更大聲，讓洪瑞麟很不自在，一副無辜的臉傻傻地望著大家似笑非笑：「西裝是借來的，但不是向你借……。」

他這麼回答，那副老實人模樣又再引起一陣笑聲。

「剛才揭幕典禮當中，那一份規約要有個人上台朗讀，抽簽結果被瑞麟兄抽中了，我就回家把大哥的西裝借出來給他穿，是背地裡偷偷拿來的，要在五點鐘下班之前送回去……。」站在一旁的張萬傳幽默地替他解釋。

「幸好，他站上台的時候，會場觀眾都已準備離去，沒人注意他穿什麼，不然必有人懷疑我們又在耍一場把戲，使結尾更加Mouve Mouve Mouve……！」陳德旺說著伸手在洪瑞麟頭上親切地撫摸兩下，表示對他的安慰。

「這幅自畫像把自己描寫得真是……，真是不知該怎麼講！」張秋海對著牆上洪瑞麟的自畫像十分好奇，一時找不出合適字眼。顏水龍勉強想出一連串形容詞代他說出來：「活現、傳神、逼真、透徹、入骨……。」唸出一大堆，由張秋海自己挑選。

張秋海卻說：「應該這麼說吧！很少看到有人對自己這麼熟悉，他一定經常照鏡子看自己，不知這麼說對不對！」

說著又對洪瑞麟的臉端詳起來。

「哈哈，我想他才不是個愛照鏡子的人，在他房間裡，恐怕連鏡子都沒有！」張萬傳嘻皮笑臉地說，令聽者摸不清他的話是真是假。

「其實，從心理學的角度解釋，一個人不一定要從鏡子裡才能看清楚自己……。」

陳德旺像是要發表他的一套理論，卻被顏水龍打斷：「你們聽說過有人閉起眼睛看自己的這句話嗎？除了眼睛難道沒有別的什麼機能可用來看的嗎？」

洪瑞麟突然開口說出自己的意見：「有心要看的人，他身上任何器官都可以看，若不想看，再大的眼睛也看不清楚他自己，這句話了解嗎？」

他說著的時候兩眼一直盯在張萬傳臉上，好像在暗示什麼，想告訴對方不要以為只有眼睛才能看東西。

接著又看過張萬傳和陳德旺的作品之後，張秋海很客氣地表示自己的觀感，說：「的確是不一樣！習作和研究之作的確不同，未進入狀況之前的摸索叫習作，進入狀況之後的摸索就叫作研究。在兩人的作品中，我了解到一個畫家的創作行為勝過於藝術形式，所以我認為陳德旺和張萬傳兩人要合起來看，畫的語言才能完全說清楚，一個是怎麼畫也畫不完的一種研究；一個是畫兩筆就準備再畫另一幅畫的一種研究。只要將兩個人的畫擺在一起看，意思就十分清楚。所以我說你們兩人在藝術的表現上註定要永遠在一起，想分開都很難。……水龍君，還記得畢業的那年田邊至先生說過『藝術的雙胞胎』這句話！那時我還聽不懂什麼意思，今天在這裡我終於恍然大悟，顏君！讓你來說說看！」

「『藝術的雙胞胎』！有這句話嗎？為什麼我沒聽田邊先生說過！你這麼一說，我也明白了。但，我也要你來說說看，『台陽』和Mouve是不是雙胞胎？」

張秋海還沒有回答，被洪瑞麟代他說了：「藝術的雙胞胎，反過來就是雙胞胎的藝術，如果陳德旺和張萬傳這個雙胞胎代表的是ムーヴ，那麼楊三郎和郭雪湖那個雙胞胎代表的就是『台陽』，合在一起就叫做雙胞胎的藝術。」

「好呀！變出一個很會說話的洪瑞麟來啦！可惜他還找不到誰跟他雙胞胎！」顏水龍一手搭在他肩上，另一隻手一時找不到另一個人的肩膀。

「你們畢竟是Mouve，說話也很Mouve！」張秋海說。

「Mouve就是Mouve，要怎麼Mouve都可以。」

「我想請教，你們這個Mouve是誰取的名字？」

「你會想像不到的，就是剛才台上當司儀的老藍，他叫藍運登。他這個畫家簡直是天才！做什麼事都是天下第一。」

「是藍運登，不是藍蔭鼎……。」顏水龍從旁加以註解。

此時又有來賓即將離開，前來告別。ムーヴ畫家又開始忙著送客，一個個往大門口走去……。

「走吧！我們也找個地方抽菸喝咖啡。」

「好久沒在喫茶店裡替你打火柴點菸，你應該還沒有戒菸吧！」張秋海和顏水龍一起走出了會場。

從教育會館步行往西門町方向走來，不遠的前方可看到總督府的尖塔，台北街上行走的人，不管走在任何角落，只要抬起頭，視線自然就與高高在上的尖塔接觸。這個建築設計得多麼微妙，使得台北民眾心裡總覺得塔裡頭有雙眼睛隨時監視著每一個人。

張秋海已多年不曾有這種視覺感應，終於停下腳步站在路中央仰頭朝高高在上的尖塔凝視，感到被政治的威權懾住了，良久才又將自己找回來，仍然身上殘留著難以形容的不適。

台北城沒有過比總督府更高的樓房，是不可能還是不允許！老百姓從來沒有朝這方面去想過。在東京連天皇住的皇宮都只有一般民房高大，到過東京的台灣人難免會想到台灣總督確實太囂張，登上總督府塔頂甚至可以藐視遠在東京的天皇！

這次張秋海回來才聽說城內新蓋一棟七層大樓叫菊元百貨，是全台北最高的民房，不過老百姓即使站到最頂上，他的頭還不及總督大人的膝蓋，統治者仍舊高高在上。過去他在台灣不曾有過乘電梯登上高樓的經驗，所以特地前來體驗。這裡的電梯只到五樓，然後爬梯走上七樓的平台，在那裡可以俯視整個台北城。東京住過多年的他並不稀罕登高的感覺，今天則不同，所有的房子都在腳底下，鳥瞰故鄉的心情的確親切得多，可以站在那裡細數熟悉的大街小巷，尋回早年的記憶。

他曾登上東京最高的凌雲閣，從十二層頂上看出去，連天皇宮殿也在腳下。畢竟台灣是殖民地，統治者想發號司令，也一定要有棟雄偉的建築物當靠山，雖然沒有坐過飛機，想像中即使在飛機上也不比凌雲閣高多少。

當他站在天台遙望，不遠處松山機場正好有飛機升空，從他們頭頂右前方飛過，這才清楚看出飛機的高度從七層樓和地面所見實無多大差別，恐怕一百層樓高都還不見得伸手可摸到飛過來的機翼。

張秋海似有所感，轉頭向顏水龍問道：「你在法國好幾年，該知道巴黎最高樓有幾層高，他們的總統府比起我們總督府要高多少？」

「巴黎有總統府嗎？我好像沒聽說過，你幹嘛問這個！」

「我只想知道巴黎房子多高，可是，連總統府在哪裡都不知道的人，還算什麼留法的！」

「真的不知道，法國自從沒有皇帝以後，任何人都與平常人一樣，誰也不比誰高貴，即使當了總統也沒有人在乎他住哪裡！」

「是因為你沒有當過法國總統，所以你才借故找到了不知道總統住哪裡的理由。總統府在哪裡是國民的基本常識呀！」

「可是巴黎城內是什麼樓最高我很清楚，除了巴黎鐵塔，就是教堂最高，意思就是上帝最大，任何人都不能大過於上帝。台灣的總督府蓋得那麼高，分明違反天條！……。」

談到這裡，顏水龍似找到什麼可以發揮的論點，準備發表，卻被張秋海的話所阻：「你的意思是台灣沒有上帝，所以總督最大！問題就在於我們為什麼不信奉上帝而信奉總督，如果台灣人懂得拿上帝來壓總督，總督府自然不敢自大，為自己建這座天下第一的高塔，歸根究底是因為我們心中沒有建立至高無上的信仰。我們的神太多，信仰不集中，才使力量分散。如果台灣有好幾個總督，而神只有一個，情形就不一樣了……。那時神住的房子代表的是至高無上的地位，其次才是總督府，總督的權威被壓在人民所信奉的神底下，他們再怎樣也不敢囂張，所以日本人提倡廢除迷信，其實就是反對台灣人的神，於是天皇和總督變成了神，一樣也是迷信，台灣人從此乖乖做他們的信徒，不管他們說什麼都是對的都得順從。」

「對，我在法國的時候就已……。」

顏水龍也有意見，可是才開口又被張秋海的聲音壓下去：「你看！我們站在這裡看得最清楚，所有台北市平民百姓的住屋都在總督大樓之下，可以想見若站到那高塔頂上看下去，街上走動的每個人就像一隻螞蟻，發號施令的總督當然就不會把人當人看待，一隻腳踩下來便可壓死不知多少螞蟻，他們就這樣養成了高樓心態，從一開始就自我塑造成傲慢的統治者……，說來台灣人真可悲，怎麼還有那麼多人去當忠貞皇民，以能夠進出這棟高樓為榮……。」此時的張秋海有太多的感慨，尤其是在老友顏水龍的面前。

「所以昨天我一到……。」

「等一等，我還沒說完！這棟樓，你看，從正面看過去時，你說它像什麼？當一個男人躺下來，把褲子脫掉，珍寶向上挺起，儼然就像這棟台灣總督府造型。當年建築師是誰且不去管他，搞一個這東西放在台灣人面前給我們看，分明在對台灣人說我藍鳥比你大，就是這心態想出來的設計圖，目的是在羞辱殖民地的子民。真可惡！我越想越疼恨！」

「………。」顏水龍開口想說什麼，又自動停下，站在張秋海面前連說話都少了幾分信心，擔心對方又插嘴。

就在這時候，張秋海看到了什麼，指著遠方：「那邊！你看到了沒有？是你們法蘭西國旗，紅白藍三色旗，怎麼出現在這裡！」

顏水龍隨著他指的方向看了好一會，還是找不到那三色旗，只回他說：「那又怎樣呢！」

「就是要你看而已，我還想問你看了以後感覺如何？如果你在法國期間生活過得好，對這面旗子就有親切感，小小一面三種顏色的旗子就足以說明一切，無須用驚人的大廈威嚇民眾。好的政府在哪裡辦公都一樣，沒有信心的政府才需要高樓大廈當靠山，這種話講給你這種跑過幾個國家的人聽最能了解，對不對？現在就來聽聽你的意見。」

「對，你說的沒有錯！」此時不說「對」也不行：「你站在這裡望著總督府這麼久，有沒興趣畫一幅油畫？」

「開什麼玩笑！我剛才講那麼多，難道你沒聽懂！還要我提畫具爬這麼高來畫珍寶！不是在說笑吧！」

「不是笑談，只是想知道，你將怎麼去畫它。」

「你在考我？我不上你的當，你先說自己怎麼畫它。」

「我之所以問你，當然心裡有了準備，我要你……。」

「你等一下……。」張秋海又搶過來先說，因他已經想出個好點子：「你既然問了，我就回答你，這幅油畫要把台北盆地都畫出來，把總督府出現在這一大片土地上看它還大不大！結果，相對之下，那珍寶不見了，將這幅畫若到『帝展』，讓全日本民眾都找不到台北的總督府，最後縱使找到了，也只有那麼一點點，他們將發覺沒有總督府的台北市才更美，這幅畫印在展覽圖錄上讓台灣人也都看到，知道它在東京美術館展覽過，全日本的人都知道在畫家心目中總督府是多麼微不足道。也告訴仰望總督府過日子的台北市民，這根東西沒什麼了不起。早該閹掉它，怎麼樣，我說的不錯吧！」

才說完就得意地大聲笑起來，望著顏水龍等待他來稱讚。

「……如果在該畫總督府的位置上，畫了巴黎鐵塔或是自由女神，以這種超現實手法來表現，這樣的一幅畫夠諷刺的吧！」顏水龍不僅沒有誇讚，反而提出修正。

「如果你將總督府移到淡水河裡，河水把總督府淹到一半時，總督大人爬到尖塔上呼救，大喊：『搭死K德──』！讓油畫當成漫畫來畫，送到『帝展』裡展出來，你猜猜看這效果如何！」兩人的對話越來越漫畫……。

「還有，我還想畫一幅……。」

兩人你一句我一句笑聲不斷，拿總督府在話漫畫，直到太陽完全下山，天也暗了才轉身走下六樓找食堂用晚餐。

沒想到門前已排成長龍，店裡更擠滿了人，顏水龍沒有耐性站著排隊，看到對門正好是唱片部，想起在日本時常受張秋海照顧，這回難得在台灣見面，不如買張新唱片作見面禮，就拉著他走了進去：

「很久以前就想買個禮物送你的日本夫人，現在終於知道要買什麼，我這就買兩張唱片讓你帶回去。」

「你根本不知道我們喜歡什麼唱片！」

「當然知道，其實我不必管你是否喜歡，只管我想送什麼就夠了，等我找出來你自然知道！」

說著就往櫃台走去，向那看來像是老板的中年人說了幾句話，那人一轉身很快就找出兩張唱片交給他，顏水龍看了看覺得不怎麼滿意，老板又找出幾張，最後挑選的還是早先那兩張，拿著就到櫃台付錢，張秋海趕緊上前，想知道究竟買的是什麼，拿來一看，一張是拉威爾的「波麗路舞曲」，另一張是「思相枝」恆春調，果然都是他喜歡的，不愧是知心老友！

走出唱片行，食堂門前排隊的人更多，想起好久未曾去過的圓環，電梯也不搭就沿著階梯下樓而去。

我是台灣人，也是日本人!?

從太平町通往圓環的這段路上，靠左邊有棟三層樓的建築，是大稻埕眾人皆知的蓬萊閣，門前的小廣場經常有五、六部人力車停在那裡等客人，偶而看到一部黑色小轎車，就知道今晚來了貴賓。

傍晚時分小廣場一下子停了三部汽車，其中一名司機穿白色制服十分顯目，另一名穿國防色青年裝，戴的是改良式軍帽。還有一部型狀別緻，沒有司機，是這酒家老板陳天來的小兒子陳清汾自己駕駛的。

大門前掛著紅布條，寫有「慶祝ムーヴ美術展成功，歡迎張秋海先生學成返里」兩行大字，旁邊幾個小字是「宴席設在三樓左廂永樂廳」，熟悉的客人一看就知道這是陳清汾親自訂的席，因樓下有四棵大榕樹擋住二樓窗口視線，所以每回他都選擇三樓，打開窗子可看到天空，尤其美術界的宴席，常有人喝得爛醉就躺下來睡到第二天，三樓在主人特許下備有帆布床可用以躺著過夜。

本日客人出席出乎意外準時，七點不到四桌宴席已經坐滿，主人楊肇嘉看這情形就命經理提前出菜。

雖未刻意分配桌位，來賓還是憑直覺各自選擇輩份適宜的位子，楊肇嘉因自己是主人不便搶先就座，但向來的習慣都會把主要的位置空下來留給他，這次也不例外，他的身旁就是教育局長官村上義雄和台北師範志保田校長，還有「台陽」畫會的畫家們；另外由陳清汾和顏水龍陪伴張秋海和ムーヴ的年輕畫家圍成一桌；還有兩桌是木下靜涯為中心的東洋畫家和王井泉、陳逸松等之文化界人士，每一桌是什麼樣的組合，從穿著便可辨識出來。

今晚由於有師長和前輩在座，向來喜歡製造熱鬧的畫家們只好約制自已，直到敬酒時才站立起來放膽說幾句幽默製造氣氛。

村上長官和志保田校長接受大家敬酒，隨後又再回敬，第三道菜端出來不久便因另有應酬先行離去。接著楊肇嘉亦表示明天一早要趕回清水，不能陪大家到最後，把主人的位置交給陳清汾也告辭離開，此時才九點不到，賓客酒興最濃，對於年輕的畫家們是這時候宴席才真正要開始。

今天的主客之一張秋海，過去一段時間台北畫壇有傳聞他在滿州替人管理產業，當中還包括某種特殊行業，回台到現在還沒有人當他面前提起過，大多數人只聞其名未見其人，對他的出現感到好奇，都想打聽他在滿州的見聞。

張秋海是看過世面的，馬上指著身邊小老弟顏水龍說：「這尾小龍又瘦又小，就是我店裡鴉片部的主顧，有問題他都會告訴你！」

另一桌有人開口說：「這裡也有位鴉片仙，應該也是你店裡的常客……。」是張萬傳想把陳德旺拉出來與顏水龍比瘦，將陳德旺氣得指著他罵，不管罵什麼也都被笑聲蓋過，看他咆哮的樣子更引人發笑。

可是，眼前這一群畫家裡稱得上鴉片仙的不僅陳德旺一人，除了顏水龍、還有陳春德、洪瑞麟、呂鐵州、藍運登、郭雪湖等，全都看來營養不良的鴉片仙！在這物質欠乏的年代裡，張秋海更可以証明自已離開台灣是正確的選擇：

「看來不見得在鴉片間裡才有鴉片仙，這次回台灣一看，還有那麼多不吸鴉片的鴉片仙，這些人到底每天吃下什麼毒品！從我回台之後，最好奇就是這個問題，難道台灣已成了鴉片間！在這裡我非向大家請教不可……。」

正好郭雪湖從另一桌過來，只聽到「鴉片」並沒聽清楚他說什麼，便開口問：「聽說台灣人在滿州很活躍，所以很多人從日本轉到那邊作投資賺了大錢，真有這回事？」

「活躍！大概沒有一般人說的那樣。不過，那邊的人對台灣人的表現，風評並不好……。」張秋海回答。

「前幾年我一到唐山，就有同鄉好意勸我，最好不要隨便說自己是台灣人……。」顏水龍接著說。

「不說台灣人！難道在那邊還說自己是日本人！」

「不，台灣人很聰明，大家都看情勢在說話。初見面時都說自己是蕃薯仔，等到大家熟了，無所不談時才自稱台北人或台南人。不過一旦跟那邊的日本官方接觸，還是要說我是日本人，至於平時在街上與當地人交往，就改口自稱福建或廣東人，等見到真正福建人就說是漳州或泉州人。台灣人隨時可以改變身份和國籍，在亂世裡作為一個台灣人只好這樣，這要責怪誰呀！」

「我們的人到海外，不論做好做壞代表的都是台灣，千萬不可做壞事！台灣人出了台灣而不敢說自己台灣人，這當中必有問題……。」

「台灣人出外能做什麼壞事！大不了吃喝嫖賭，難道還有誰會在官場上當一個貪官被起訴，到山上當山賊被殺頭，或是把中國賣掉當漢奸！反而是台灣先被中國賣掉才對。」

「台灣人不當台奸就好了，還能當什麼漢奸！在海外做壞事丟台灣人臉面的，正確的說法就是台奸，其他什麼奸都是假的。」郭雪湖作了回應，也像是給大家一個總結。

此時眾人的眼光朝張秋海看過來，顯然是他的身份最敏感，不得不趕緊辯解：「你們是不是想知道我在滿州靠什麼生活？今天如果不在這裡說個明白，等我回了日本，有人就會亂猜，把我說成什麼奸都有可能。」

為了自清，他的聲量開始增大，借此表現自己的理直氣壯：

「當初阿肥哥哥在東京郊外有棟別墅，看我學校畢業又不急於回台灣，就問我要不要去看管他的房子，順便替他的事業作帳。正好我打算和現在的妻子香子結婚，她在娘家時就很會作會計，為了求一個安定生活，對方提的條件我都答應了……，這時候我還不知道他的事業不但龐大而且複雜，等各地的帳簿拿來一對，把我嚇了一大跳，香子也向我表示憑她的能力確實不勝負擔，這一來我才開始後悔，想辦法離開這間房子。但是要怎麼離開呢？既然知道大頭家到處有事業，而且都交給台灣人管理，除了貨品進出口，還做一些有的沒有的，我在這期間多少聽了一些，頭家的觀念是不管把資金拿去做什麼，只要賺到錢就是你的本事，賺不到錢就換人去做，反正是養一批人替他賺錢，他說資本家只是個出資本的人。後來我有機會被派去大連，因他想和那邊的台灣人合股做煤炭生意，派我當代理，去了大約一年多，我就覺得不對，很多台灣人靠日本勢力做事太黑心，令人看不下去。雖然做的只是煤炭，誰知道每天還是有事發生，糾紛不斷，我只好連夜坐火車到北平，投奔東美的同窗姓金的朝鮮人。他帶我去見豐原人鄭明祿和南投人張深切，由他們三個人一起推薦我進北平藝專，這才決定留在京城。我和你們一樣只是個畫家，做不來什麼壞事，在那邊交往的人都是些學界人士，像張我軍、林冬桂、鄭炳松、江文也、劉錦堂、洪炎秋等，生活都很單純，可以靜下心畫一些想畫的。我與日本女子結婚，她是保守家庭出生，事事要求我和她一樣規矩，你想想看，有這樣一位夫人在身邊，我有機會做壞事嗎！所以希望大家放心，也謝謝大家關心，以上是我的報告。」

說完，低頭向眾人深深鞠躬行禮，也博得眾人一陣掌聲稱讚。

張秋海說話時，其他桌子的客人也圍過來，靜靜聽完他的自白，才各自回到座位。把問題又帶回每個餐桌，開始議論起來。

聽張秋海這麼一說，過去的許多風風雨雨不攻自破。郭雪湖回到座位上之後，頗有感慨地說：「如果秋海這次沒有回來，畫壇上的傳言就成了事實，你看謠言有多麼可怕，說他開妓院，私賣鴉片又設賭場，早已經不是畫家了。可是三年前他的手工藝作品還在『帝展』裡入選，所以他這次來見這一面是對的，應該感謝肇嘉先生做這樣的安排。」

坐在一旁的李梅樹頻頻搖頭嘆息：「表面上這是個人的遭遇，其實應該與整體台灣人的命運放在一起來看，台灣人在中國說自己是蕃薯仔，在台灣說自己本島人，對在地蕃說我是漢人。但我清楚聽到中國人說，台灣已歸屬日本，台灣人就是日本人。曾經在教堂裡聽一位牧師說了一句話，我非常贊同，他說：只要不因為你當了日本人就反過來欺負台灣人，或當日本走狗欺負中國人，今天的台灣在沒有選擇的情形下做了日本人，不是我們的錯。台灣人即使要當一名完全沒問題的日本人，事實上也不是那麼容易，首先日本人就認為你祖先來自福建，和唐山的血緣沒有斷，對帝國的忠貞永遠受到質疑，所以台灣歸屬日本已四十年，還處處提防台灣人，台灣人又如何對日本保証自己的忠誠？不管怎麼做，人家對你仍無法完全相信，這就是台灣人！」說時始終顯出一臉沉痛表情。

「我倒有個建議，想在這裡做一個測驗……。」一直保持沉默的陳春德提出了他的想法：「我們要憑良心說話，日本治理台灣四十年，如果由這四桌的人一起來打分數，然後平均起來，你們說會有幾分？……，這樣好啦，我先說八十分，認為應該在八十分以下的人請舉手！」也許他聲音太小，遠桌的人沒有聽見，所以舉手的人只有陳清汾和顏水龍兩人，其餘的都還在猶豫……。

「來來來，大家聽好，陳春德出一個題目要大家回答，用舉手的方式表示意見。」是楊三郎站起來，大聲說出陳春德的建議：「春德君，接下來就由你自己說！」

「其實也不是什麼意見啦……。」他的聲音仍然太小，有人圍過來想聽他說什麼，他先清清喉嚨，再說時聲音還是小，而且有幾分膽怯，於是楊三郎乾脆就替他說了：「春德君的意見是要大家替日本治理台灣的成就打分數，他自己先打八十分，如果有人認為八十分太低，應該再加分，就請你舉手，以這方式調查大家對日本政府治台政績的滿意度，這樣說大家明白了沒有？明白的人舉手！」

看到大部分的人都舉手，楊三郎趕快補充說明：「我只問明白我的意思的人舉手，不是認為八十分太低的人舉手。請大家要聽好！」

說完舉手人數仍舊未變，而後才又說：「現在就讓我們以舉手方式表示意見！認為打八十分給日本政府太低的人請舉手，也就是說應該打八十分以上的把手舉好，不要只舉一半，舉半隻手到底代表幾分……，到底怎麼了！認真一問，舉手的人又縮了回去，這表示日本治台不及八十分，那麼應該幾分？難道只達七十分、六十分？……哇！大家都沒意見，還是不願表示意見！……我看春德君你的民意調查方法不對，讓每個人的意見沒法清楚表達，好吧！就算是一場餘興節目，大家趣味一下也無妨。但我要問春德君，你打了八十分算是很高分吧！能不能把你的理由說出來給我們聽？為什麼你打八十分。」

「是這樣子的……。」陳春德站起來仍舊有幾分不自在，先調整一下聲音然後說：「……日本仔統治四十年，我們不可否認這期間台灣社會環境有很大改善，也讓我們這一代得到新的知識，因有了知識才懂得批判，所以才想到要針對日本治台的政績來作評分。如果現在仍然由清國統治，你們想想台灣會是什麼情形？……今天我們至少有能力比較，日本人對台灣所用的心這一點我們不可否認，所以我先打了八十分，再由諸位來加或者減。今天我們看得到西洋畫、東洋畫和雕刻這種多元化的台灣畫壇，就必須加以肯定。是誰使我們這一代畫家的時代角色更加明確，這絕對是好的一面。不管將來台灣如何，至少我們的美術是註定要與日本不可分開，最大的特色就是在急速改變中成長，不論你願不願意都非接受不可；不論你是抗日還是親日，每個人身上都已經出現時代的烙印，所以我認為給日本政府打分數，就是對我們自己打分數，為我們的時代打分數，然後也為我們共同的美術舞台打分數，沒想到竟然諸位如此客氣，實在令我感到意外！不過也不能怪大家，因為我的提議來得突然，心理上沒有準備好之前總認為是件大事情，無法下評分，如果還有機會，再重新來一次，甚至每隔幾個月就有一次，每一次不一定只看結果，讓我們在舉手之前對新的局勢再檢視一次，這是我所以想到要打分數的理由，多謝大家，多謝！」

整天來一直默不作聲的陳春德，一站起來就是大道理，想法又這樣新鮮，啟發大家作新的思惟。他所學雖然是美術設計，寫的文章散見於幾家刊物，文筆不亞於呂赫若、王白淵等人。就他所提論點，在今天的會場氣氛下，一不小心很容易挑起一番辯論，尤其有酒助興，說不定就一發不可收拾……。

聽他說完這一番話，除了給他掌聲，底下已有人紛紛在議論：

「這個人是誰，是畫家嗎？」他認為能說出一番大道理的應該不是畫家。

「他的論點雖然新鮮，漏洞還是難免！不過他這種思考，不像是一般畫家。」

「剛才三郎叫他什麼？」

「春德君。」

「對！有這個人，在『台展』看過他的畫。」

「……。」

「沒想到春德的國語能說得這麼棒，沒有看到本人，還以為說話的人是東京的……。」

「王白淵的國語也相當標準，娶日本妻的，喝日本口水，講得好是應該。難道春德也娶日本人！」

「可是陳清汾的國語比起我則好不了多少，人家也每天在喝日本口水。」

「張秋海不是一樣，師範畢業的國語不標準實在不應該，何況又有日本夫人每天作陪……。」

「會不會有這感覺，國語講得好的比較親日，講不好的比較反日！」

「有關係嗎？那麼王白淵呢！他還被捉去關過。」

「或許換個角度來說，國語講得好的比較風流，這說法成不成立？」

「也不成立，你的國語講得不怎麼樣，但你很風流呀！而我正好相反……。」

「這我不承認，當年我還代表學校參加演講比賽！」

「我們這一代講的國語比上一代好，說我們這一代比較親日或許講得通，但是說我們比上一代風流，這就完全不通。」

「如果我們這一代比上一代親日，下一代又比我們這一代親日，繼續下去，有一天已不是親日，而是同化於日本，這個推論成不成立？」

「不管是成立還是不成立，對台灣是好還是不好才最重要。」

「不能以好與不好看問題，同樣是日本還是有九州、北海道、關東和關西的不同，台灣與朝鮮即使同屬日本還是有區別，往後發展的步驟不可能相同。再看看日本的維新運動，努力往西化推進，當時有人怕被西方文明所同化，結果並沒有，反而在西洋文化刺激下造成傳統國粹的復興，我絕不擔心日本化之後會受到什麼傷害，今後一個共同目標就是現代化。進步的社會就是要隨著時間與各地區同步發展，如果有同化的問題，那就是今天的社會被未來社會所同化，你說是不是這樣！」

「……。」

類似問題的討論都是因張秋海而引起的，論題永遠是台灣與日本或文化與政治的統一與對立，同樣站在台灣人的立場，依然有爭論，於是台灣人的認同在今天的宴會上，被提出來展開一場熱鬧的討論。

另外一桌並沒有畫家，只算是美術運動的後援者或文化界人士。話題也是從剛才陳春德的一番話所引發。

「……剛才那位年輕人說得沒錯，直到最近幾年，台灣人才知道在文化上要強調自我價值，重視文化、歷史、語言等等的保存問題，這種認知還不是因受到外來新知識的啟發，而新知識的輸入與日本殖民台灣不可分開，這麼說來，台灣被殖民反而才學會重視固有文化，所以在我看來受日本統治固然失去了自尊，從另方面看，得到的或許比失去的更多！」

「這就要看你把價值放在哪裡來評估，幾百年裡台灣人之所以沒有自覺，是因為沒有事情使他們產生危機感，自從外來者入侵之後，尤其日本人有計畫而且全面性在控制台灣時，才體會出前所未有的危機感，安全受到了威脅，自然有一種本能想要抗拒，所以你說台灣人的自覺來自日本的鼓勵，我只有程度上的贊同。」

這時候張秋海走過來向這一桌人敬酒，又被留下再乾一杯，便有人拿問題向他討教：「……我們剛剛討論一件事，正好向秋海先生請教，因為你在台灣出生、受教育，又到東京升學和居留，現在到中國去，可能就長久住下來，你的眼界比誰都開闊，如何看待台灣人的認同問題，未知有什麼看法？」

聽到有人針對他的處境提出問題，張秋海不免懷疑在向他挑戰。回台灣之後，除了顏水龍找他談過之外，第一次在這麼多人面前被問起認同的問題，心裡雖有些緊張，還是強作鎮定：

「關於認同的問題，讓我先談台灣的未來。依我的淺見，目前只有兩條路可走：一條是順其自然的路，必須承認台灣在日本統治下的事實，同時亦可以說是在日本保護下，否則台灣這個小島任何大國都可能來佔領。當我們無力自保時，只有希望由一個文化習俗較接近的國家來統治。世界上這麼多的強國，當中由日本來殖民是不是最有利於台灣？今天日本國力日漸強盛，一切都在進步中，台灣屬於日本勢力下的一部分時，台灣當然也跟著在進步，台灣若能夠跟隨日本走向未來的五十年或一百年，在近代化的過程中對台灣是絕對有幫助的。我這樣說並不表示台灣人要去當順民，正好相反，這期間台灣人在各個行業裡要努力爭取出人頭地，包括體育、音樂和美術在內，尤其是政治上的人才要充份發揮所長，不可以說某人作官就是靠攏統治者來壓制自己台灣人，如果因為這樣就去打擊他，我們的力量就自相抵消。所以要讓任何一條可以發展的路盡量去發展，化抗爭為競爭，這種政治哲學我是向楊肇嘉先生學的，而且肇嘉先生還告訴我，他是從每年『台展』的競賽中體會出這種道理；至於第二條路是更積極的一面，台灣人要向海外去發展，就是凡事要有國際的眼光，作事不是只做給自己看，或做給統治者看，而要做給國際人士看，這樣台灣才能走入世界，成為世界中的台灣，讓統治者對我們不敢輕視，這種政治哲學我是從杜聰明博士那裡學來的。他在寫博士論文的時候指導教授告訴他，每一篇學術論文都是寫給全世界的人看的，要有這種雄心寫論文才有意義。這告訴我們做任何事都要面對世界，才能使自己在世界中站立起來。統治者自然就不敢小看我們，也不敢再用強硬手段統治台灣。我提出來這兩條路線，請你們大家來說說看，這一代的台灣青年該走的是哪一條路！或者兩條路可同時並行。」

「難道沒有第三條路！」顏水龍從背後走來，一手搭在張秋海肩膀上，用開玩笑口吻問他，張秋海頭也不回就回答他：

「不管有什麼第三條路、第四條路，最後還是歸結在兩條路線裡。我說的路是台灣青年要爭取的路，如果不爭取，那就沒有所謂的路，雖然所有路線都歸結在這兩條路線，但做法卻有千百種，做法不同並不等於路線不同，過去台灣人總是誤將做法當作路線，彼此視為異己而相敵視，製造內部派系，始終不能團結，消耗太多的力量，你不覺得可惜嗎？過去農業社會裡知識不普及，只有一兩個讀書人有意見，大家就聽他的，於是變成了當然的領導人，抗爭運動的路線因此比較單純。受新式教育的知識份子多起來以後，每個人都有主見，誰也不聽誰的。我只說兩條路，馬上就有人提到第三條路，接著一定又有第四條路、第五條路，路一多就等於沒有路。古人說無為而治，我們改說成有為而被治……。哈哈！我說到哪裡去了！你們剛剛問的是我個人的認同，結果被我說成了兩條路線，真是的！好，關於認同，在這裡我說自己是台灣人，到了北平還是台灣人，這一點是不會變的，當了日本人之後還是台灣人，不由得你願不願意，生來你就是台灣人……，不過我也只能為自己這一代作決定，致於下一代有他們的想法去選擇自己的認同，我的話只能說到這裡，請指教！請指教！」

在場的文學研究者黃得時聽了頗為感概，以緩慢語氣、低沈的聲音，說出心中簡短感言：「看到這許多畫家，聽到許多不一樣的見解，實在高興！我一直在想，畫家的世界觀應該是從圖像中建立起來的，外人以為畫圖的人只知道與色彩顏料生活在一起，其實當他們拿筆畫的時候就像和尚那樣正在修行，因此作畫也是修為的一種，才有如張秋海先生這麼令人驚嘆的見地，卻不知是他一直都在思考這個問題，還是臨時即興說出來的話。這種思考是文學家所沒有的，對我而言是很稀罕，對我作文學研究的人很有啟發性。像剛才這樣的討論，以後要找機會經常舉辦，意見的交流對每個人都有所啟發，刺激我們的腦子去想問題，認真看事情，這個……就是這樣，沒有了。」

王井泉默默地聽著，突然間想起了什麼，用好大的聲音說：「對，前幾天筆嘉先生才這樣說過，他的意思大概是說：畫家本來就是畫畫的，要畫一輩子的畫才是畫家，但也不可只顧畫自己的畫，也要在思想上與人交流。他還說在日本時有很多讀書會，回台灣之後應該持續辦下去才對，不要因為出校門成了社會人士，思想的交流就不重要了。」

「讀書會！有些畫家喜歡讀書，有些畫家不讀書，在讀書會裡交流！恐怕有困難！」沒想到有人說出洩氣的話。

「我聽張萬傳說，他們現在不叫讀書會，已經改名叫做飲酒會，酒一喝進肚裡，沒有學問的人也變成有學問，與讀書不讀書一點關係也沒有……。」陳逸松說。

「飲酒的時候在酒精刺激下，現實生活中受壓制不敢說的話，像水找到了缺口湧出來，這些酒後說的話總被認為是酒話，隨便聽聽就算了，不會去注意當中道理，其實所謂的讀書會就在這時候才開始。每一次喝了酒回家，在路上我總是不斷回味今夜誰說了什麼，打算回到家就把它記錄下來，可惜一進家門就睡倒在床上，第二天醒來什麼都忘記了。」剛才大家以為已經醉得眼睛睜不開的詹紹基，突然間開口說話，說出了一番道理：

「……你們講的話我全都聽到，只是把眼睛閉起來而已，不要以為這樣就是睡著了。所以要趕快發言表示我的存在，即使是睡著也有講話的權利……。現在要說的是關於讀書會，如果飲酒會也算讀書會，就由我開頭來辦，以後每逢初一和十五辦一次，有興趣的人接著辦下去，沒有人要辦，再交回給我辦，這樣大家才有定期的聚會，也就是讀書會，意義和肇嘉先生說的完全一樣，凡是讀書心得、作畫心得、台灣問題，個人戀愛觀盡量發表，爭論起來也沒關係……，就這樣決定，先在山水亭讓我辦一次，如果滿意，再由其他人辦下去……」說到此，有人把手壓在他的肩膀，看似想說什麼，其實只是來敬酒。

是從別桌晃呀晃踱過來的陳清汾，才開口說不到兩句話就被另一桌傳來的歌聲打斷。張秋海見大家陶醉在歌聲中，站起來也跟著大聲唱，唱完他帶著激動的口吻大聲說：「我實在真想留下來不走了……
……。」

此語一出，全桌的人一起鼓掌叫好，其他桌上的也都轉過頭看著張秋海和陳清汾，好奇想知道發生了什麼事。

「真太好啦！那就留在台灣參加『台陽』畫會。」陳清汾大聲回應他。在嘈雜的歌聲中怕別人聽不見，一隻手又再重重拍到張秋海肩上來。

「多謝，真是多謝！過去在日本時心裡懷念著台灣，回台灣後心又開始想著日本，做人就是這樣，這叫作被情所困，永遠放不開……。」

「所以有時要喝幾杯，幫助自己把心情放開，放得開才沒有牽掛。」

「可是人總有身不由己的時候……，不管怎樣還是要當著大家的面，把今晚個人參加這酒會的感想說出來……，請大家不要誤會，我絕對不在這裡向諸位說沙喲納娜。」

隔壁的歌聲終於停下來，本來只想對這一桌人講話的他，重新又調整站的方位，這樣其他桌上的人也都能聽到：「趁這個機會，我張秋海想在這裡把心裡的感受說出來，……今晚和大家在一起只短短兩三小時，感想可以說一言難盡，尤其聽到諸位的談話，看出近幾年台灣美術家已找到一個出口，可以把心裡話吐露出來的管道，通過聚會的方式，作品的發表，雜誌的撰述，彼此間有多方面的交流機會，這是我過去在台灣時沒有的，所以那時候學美術的青年都跑到日本去，而且留在東京不回來，現在台灣的情況已經不同，畫家活動的條件比以前優厚得多，實在是令人羨慕，譬如剛才說希望有個讀書會，馬上就有人表示要由他來起頭，只要想得到就能做到，將來不管由誰來作東，希望一定要把讀書會辦下去……。我希望很快就會再回來，不論你們在做什麼，不要忘記算我這一份，我在你們當中與你們在一起，永遠在一起，不管我在海外或在內地，都一樣沒有忘記與台灣有切不斷的情……，我喝下這杯祝福的酒……。」

說到這裡，見他閉上眼睛把頭仰起，強忍著不讓眼眶裡的淚水流出來，最後的幾句話只斷斷續續說了幾個字，就已說不下去，眼淚終於還是掉了下來，以淚水代替了他的結尾。

當他已不再有聲音時，全場才終於響起一陣掌聲。

台灣藏有佐伯祐三畫作之謎

不久張秋海就離開台灣經日本到北平去了。

第二年春天，再過五天「台陽」即將舉辦年展，這時從日本來了三位美術史學的專家，目的是為了鑑定在新竹出現的十六幅近代畫家佐伯祐三的油畫，突然之間挖掘到近代大師的遺作，這件事在畫壇上居然一直沒有人知道。

受邀來台的三位裡頭，主要的是京都的收藏家名門建次郎，陪伴同來的兩人是東京都美術館的典藏部主任和早稻田大學文學院教授，三人皆有油畫創作經驗，歐洲留學期間與佐伯相識交遊，手中均收藏有佐伯作品，這次來台是應總督府總務長官齊藤秀樹之邀，只聽說台灣出現佐伯遺作的消息，就自己買船票趕來。

齊藤氏是現任總督長谷川清海軍大將的重要部屬，東京帝大法學部出身，精通英文。依照台灣歷代武官總督慣例，民政方面的事務向來全權交由總務長官掌理，所以是當時大權在握的一級殖民官員，公餘他又是個美術愛好者。從祖父起就已經是千葉地方有名擁有大量美術收藏的大家族，到他父親時偶然購得俄羅斯畫家列賓的小幅油畫，受其高超寫實技法所吸引，開始對西洋美術發生興趣，著手研究。起先有人介紹給他東歐中世紀的宗教偶像畫，推銷者以此畫能替收藏的家族帶來好運為由推薦給他，後來當真帶來了好運，於是信心加倍，只要是來自東歐的繪畫，不論名家與否都加以收購。直到他就讀東京帝大時，家中珍藏的藝術品已不下千件。就在此時他與佐伯祐三在中村彝畫室相識，接著又收藏他的作品，遂開始有了自己的收藏方向，很遺憾的是佐伯在巴黎的晚期畫作還來不及收藏就聽說他已病逝他鄉，所以對佐伯在巴黎的作品此時會在台灣出現真是欣喜若狂，甚至不惜重金聘請三位專家前來鑑定。事實上他真正聘請的僅名門建次郎，另兩位聽說有機會到台灣一遊，就以鑑定專家名義一道過來，有機會亦希望能搜集到明清年代的台灣書畫及島上土著的木雕。

這批佐伯作品的發現，經過是這樣的：新年初二齊藤帶著家人到新竹遊覽，順路到東大時代的同學高橋義重家作客，高橋的父親高橋守雄是前任的民政局長，不久前才過世，談話中義重提到父親遺下一個大皮箱，一直沒有打開過，當年父親說過是某位朋友寄存的一批油畫，引起齊藤的好奇心，鼓勵他打開來看，高橋義重也認為有位官員在場作証，私下打開別人寄託的皮箱應該不算犯法。沒想到裡頭竟是佐伯祐三晚年在巴黎所作的油畫，一時看得兩人目瞪口呆，不敢相信真的會是佐伯的作品，雖然齊藤與佐伯相識，亦不敢斷定是他在巴黎期間所畫的風格，心想若是真品無誤而能將之納入公家美術館的收藏，也是一件不小的公德。

於是下決心於新年休假過後，上班的第一天就撥電話到東京公論社總部，打聽西洋繪畫方面的鑑定專才，因而才輾轉找到名間建次郎等三人。鑑定的結果，當然是真蹟無疑。

據說這些畫並沒有被帶回日本，原因是長谷川總督於得知這件事情之後，就打算在公會堂舉辦公開展出，讓台灣民眾亦有機會欣賞日本名家的作品。有了上層插手，齊藤秀樹和高橋義重只好依照指示將畫運到總督府，就此不敢自作主張。未料時局一變再變，展覽的事被拖延下來，接著局勢緊張便沒有人再追究作品下落，恐怕那些畫直到日本統治政權撤出台灣，始終都沒有離開過總督府大廈。

昭和年間偽造假畫假古董的歪風在日本已非常盛行，後來連當代西洋畫家的作品也有人假冒之後透過管道打入台灣民間，借用不起眼的場地舉行所謂名畫欣賞展，以普通價格向地方仕紳拋售，由於過去很長時間台灣人尚不知有假畫這種事，只認為一幅畫的功能不外是用來掛在牆上裝飾客廳。尤其大正以來台北民間紛紛建造新式洋房，內部的佈置以油畫較適合房間的格式，於是只要有人前來推銷，說是對畫家的贊助，能力所及都願意出錢買畫。最常見的是醫生診所裡皆掛有一幅油畫在牆上，除了裝飾也代表自己的文明素養。關於美術品的偽造，大概只在東京、京都、大阪等大都會的收藏家才懂得去提防。

齊藤秀樹由於家族的淵源和後來個人在這方面的接觸，深知收藏美術品是一門大學問，所以才動用公家資源從內地聘來專家作鑑定。據後來透露，這批畫作有六幅之多沒有簽名，其餘的雖簽了名卻出現三種不同簽法，這情形專家的分析認為：沒有簽名的部分若不是畫家本人尚未當作完成作品，就是簽完名之後又再修改，無意中名字被後加的顏色掩蓋了；至於其所以出現不同簽名，用筆大小或筆毛多寡都會使簽名的人改變握筆的方法和寫法。另外畫家也常對畫作依自己滿意度分類，而後以簽名方式作記號，把自己認為上等之作以一種特別簽法來表示。畫家在年輕時代裡，風格尚且搖擺不定，每一幅畫都還在摸索中，這時不開畫展也不賣畫，就把簽名的用意給忽略了，直到有必要動筆去簽名，可能已是好幾年後的事，所以簽名和畫的完成多半不在同一個年代。以此推論像佐伯祐三這種英年早逝的畫家，他有這許多未簽名之遺作是很正常的。反而每幅畫都規規矩矩以同樣筆法和顏色簽名的，才是有意造假。所以鑑定者必須在這些錯綜複雜的情形下找出偽造的可疑點，然後才敢指出這件作品是否真蹟無誤，因此這種鑑定工作，當中藏有很大的學問。

當初佐伯的畫作出現的事僅少數幾個人知道，只因為高橋夫人在台北第三高女任教，上課時偶而聊起一些題外話，把家中發生的大小事情拿來對學生閒談，據說那陣子每一班學生都聽到有佐伯的畫經高橋家轉進總督府這件事。只是學生裡頭並沒幾個人會當作什麼重要事情聽進耳朵裡，也就沒有理由因此而傳到外界，使之成為一件大新聞。

三位鑑定專家回去已過了將近半年，某日陳清汾單獨坐在波麗路沙發椅上等待一位約好見面的友人，隔壁正好坐著五名穿第三高女制服的女學生，你一句我一句吵鬧不休，起先陳清汾感到有些心煩，偶然間聽其中一人提起佐伯祐三，還有從巴黎到台灣之類的話，才引發他的好奇心。只是她們的話顛三倒四，想把耳朵貼近聽清楚，話題已又轉到別的去了。

「很對不起，剛才聽到妳們提起佐伯祐三，是一位畫家吧！」陳清汾忍不住轉過頭去問她們。

「嘻嘻，是她說的，你問她好啦！」其中一人回答，把手掩住自己的嘴，笑個不停。

「不是我說，是她說……。」被指的女學生又指向另一個人……。

「我只是想知道妳們在什麼地方看到佐伯的畫，我也很希望能看到，因為我是畫家。」見她們嘻笑的樣子恐問不出所以然，便以較嚴正語氣，表明自己是畫家。

「是高橋先生在上課時說起佐伯祐三這個畫家。」

「高橋先生教我們英語，很喜歡說故事，所以……」

「那一陣子她常提起佐伯，還說她們家有很多他的畫，是油畫，但後來被總督府派人來搬走了……。」

「她說從內地派來三個人，看了好久，認為是佐伯的畫，這才搬到總督府去的。」

「她說這事情一直對外保守秘密，不可讓人知道。」

陳清汾聽了才露出笑臉，接著又問：「真有這回事！到底是多久之前的事情了！」

「上個學期吧！」一位女學生閉上眼睛想了一下才說，但馬上又否認：「不不，是我二年級的那年，高橋先生教英語時，是……。」

「是啦，是二年級，不過才去年的事情，怎麼就忘了！」

「可是，高橋先生在學期初的時候講過，學期尾也講過，我姐姐那一班也都聽過，就不知道那到底是什麼時候！」

「照這麼說來，應該有一年了，對不對！」陳清汾聽她們說了半天，只好自己作推斷，然後又問：「高橋先生有沒有說總督府拿去這些畫之後，是不是想拿出來展覽，讓我們都能看到？」

「她沒有說，只說自從總督府拿去之後，她們全家都鬆了一口氣。」

「為什麼呢？」陳清汾趕快追問。

「我也不知道！」

「我知道，高橋先生說這些畫是別人寄放在她家的，拿走了之後，她先生就不必負責替人保管了……。」

「噢！原來如此，謝謝妳們！」

這時相約前來的朋友也正好進門，是郭雪湖和曹秋圃兩人，計畫在台北成立美術研究所，想與陳清汾商量，希望獲得協助。

進門之前兩人已經一路為籌辦細節爭執著，坐下來之後也不顧有陳清汾在場，還繼續爭論不休，陳清汾不管他們談的是什麼，滿腦子還念著剛聽到佐伯留在台灣的畫作，那位高橋先生既然在第三高女任教，應該不難打聽到……。

想起從法國回來後有一回在李超然家看到書房掛有一幅佐伯祐三的素描，印象中好像是佐伯從自己的素描簿上撕下來送他作紀念的，如此說來兩人照理有相當交情才對，若是佐伯到過台灣一定會與李超然聯絡，甚至住在他家，滯留的幾天也會介紹給此地的畫友相識，可是從來就沒聽超然提起過！

當年在蒙巴納斯的咖啡廳裡，進進出出的東方畫家有幾位是他印象特別深刻的，裡頭確有個叫佐伯的沒有錯！逐漸又在記憶中想起來那瘦弱的模樣，臉色蒼白兩眼炯炯有神，頭髮太長時就拿剪刀自己隨便剪幾下，讓參差不齊的一頭黑髮垂直掛在頭上，講話時想是因為口乾就先把舌頭微微露出，在唇上舔幾下，才發出微弱低沉的聲音把話說出來，那時他幾乎完全不懂法語，有人譏笑他像一隻巴黎老太婆手中抱的小貓，所以給他一個別號叫「貓咪」〈Neko〉，如果記憶沒有錯，應該就是他。此時他在日本畫壇的名氣如何，陳清汾還沒有去注意。近幾年才有幾本雜誌大篇幅討論，算起來他的成名也是過世之後的事吧！不管怎樣，佐伯的畫清汾是十分欣賞的。

到底佐伯幾時到過台灣，難道不是為了畫展而另有目的！或許他根本未曾到此，只是作品被帶來而已，可是為何幾年後才又從高橋手中轉入總督府，那麼總督與他又是什麼關係！想到此，他突如其來的衝動想跑去高橋先生家問個清楚。雖然心裡這麼想著，還是沒有立即行動，五個女學生不知幾時已離去。這件事看來像已結束，沒想到過不了幾天，台北的報紙竟刊出「佐伯佑山」的遺作在台北出現的消息，到底是誰走漏消息給記者，又把名字誤為「佑山」，弄得陳清汾滿頭霧水。對這消息似乎後來也沒有再追蹤，有可能被總督府把新聞壓下來，從此不見有誰再提過。

曹秋圃等二人的爭論終於告一段落，有閑情正面與陳清汾對話。曹氏是地方上頗負盛名的書法家，與陳氏家族算是世交，永樂町的商行匾額包括陳家的「錦記商行」，都是曹秋圃親筆，十幾年來已成商店門前的金字招牌。陳清汾的父親陳天來略懂詩文，在地方上喜好以文會友，結交各地來的文人雅士，為人頗受好評。到了陳清汾這一代由於興趣在西洋美術，與曹秋圃等傳統書道不在同一個圈內，因而素無交往，雖然如此，這回有事還是想到把陳清汾請出來協助。

籌辦中的美術研究班西洋美術講師人選，他想都不必想就說陳清汾，然而郭雪湖的第一人選則是楊三郎，為此而爭論了好一段時間，最後協定是先找陳清汾，若不成才找三郎。正如曹秋圃所言：論藝術領域的知識和素養，當前在台灣尚無人能與清汾相比，然而在繪畫技巧的修為，尤其戶外寫生的功力，三郎應在清汾之上。如果今天想推出一人參加美術比賽，理所當然應以三郎為代表，但所要找的是一位美術教師，傳授美術知識的工作應以清汾較適宜，曹秋圃就以這句話說服了郭雪湖。

郭雪湖雖然沒有再說什麼，但心裡仍然為自己沒有把三郎拉進來感到過意不去。兩人來波麗路與清汾會面之前，一路上雪湖還期待著清汾會婉拒，那麼三郎就有機會了。因近年來多次的合作經驗，三郎每做一件事情需要幫手時，很自然會想到雪湖，認為雪湖才是他合作的伙伴，雪湖也一樣，不管什麼事都先想到三郎，對清汾就沒有這麼大信心……。

果然在談話中清汾一再推辭，雪湖也不想使全力去說服，曹秋圃的口才雖好，單憑一人的努力實無法說動性情孤傲的清汾，雖然說他是美術界有名的阿舍，但他的理念相當清晰，為人有原則，一但認為不可行之事，任何人也說不動他，所以明白兩人來意後，第一句話就問：為何不先找三郎。因他認為這類基礎美術的教學，三郎才是最合適的師資，說法恰恰與郭雪湖相同，而且從他嘴裡說出來的道理比雪湖有說服力多了。儘管曹秋圃一再表示三郎理論不足，思維不周到，清汾卻說藝術不同於科學，沒有從嘴裡說出來的理論才是真正的理論，繪畫教學必須要實際經驗的傳授，學員才有所得，尤其三郎為人熱誠，一旦成了老師必然巴不得把一生所學都掏出來給學生，這種人才是一流的美術教師。此言一出終於把曹秋圃給說服。即使這樣，仍然嘀咕不停，說清汾如此能說善道，誰也說不贏他，這樣的高手上了講台是難得的一級教師，不肯出力實在是可惜……。嘴裡這麼說著，聲音卻越來越小，最後就像在喃喃自語。

雖然陳清汾沒有接受，但盛情難卻還是擔任了督導一職，然而一整天裡佐伯祐三畫作的事始終留在他腦海中盤旋不去。臨離開時由於心裡的歉疚，自動表示願代為尋找授課場地，然後一人騎著自行車往港町方向駛去。

洋行所見盡是野獸派

回途中當陳清汾騎車駛進永樂市場旁的小巷口，聽到背後有人大聲用日語稱他「田中君」，回頭一看原來是剛認識的加拿大神父，猜想他是從雙連天主教堂往回家路上騎車過來的，停下車時看他上氣不接下氣的樣子，一點也不像回家的輕鬆心情，更像另有要事在趕路。

「田中君，我是蘇利文神父，對不起得很，我想請教你。」說話時還喘呼呼地：「在你那麼許多的油畫作品裡，一定有些關於歐洲寫生的題材，如果有的話，不知道我們的教堂有沒有榮幸擁有一幅你的大作？我們一定會付給滿意的報酬，關於這件事情，我們可不可以認真商量一下，我很誠懇地向你請求……。」接著又連點了幾下頭，態度是那麼誠懇，這位說法語的加拿大神父，所說的日語比陳清汾的法語好多了。

突然間聽到有人來問他買畫，又是教堂的神父親自開口，這情況下實在不知該怎樣回答才好，只見他望著神父露出一臉傻笑。

他的反應令洋神父頓時摸不透到底心裡想的是什麼，是沒有歐洲風景畫，還是捨不得把畫讓給他人，於是趕緊接著說：「這樣好啦，你先考慮看看，給你時間想一想，是不是有我所說的那種歐洲風景，過幾天我再聯絡你，請相信我，關於畫的事情是很高的誠意，你可以了解嗎？……我現在要去港町那個地方，為教堂的慈善活動看一看場地，沒想到才幾天時間就有這麼多熱心信者願意提供，我一得到通知就趕著要去拜訪他們，然後決定哪一個場地才最適合……。」

聽神父提到「場地」兩個字，本來不知該如何回話的陳清汾頓時眼睛一亮，趕緊回答：「原來是這樣！蘇利文神父，你真是太客氣！我也正在為朋友尋找場地，不知能不能請你幫忙。你想收藏我的油畫，回家之後我會好好考慮，請放心！」

陳清汾故意把速度放慢，跟在神父後面，由他帶路往前行。神父亦加緊腳力作出帶路的姿態直驅向前，一前一後兩人大聲對話，引來路人側目，清汾對自己能順利達成借場地的許諾，心裡確實無比興奮……。

一連看過兩處的場地，雖然大同小異，他較中意的是有二樓洋台，一度是德國商人住過的舊院，幾年前有一對小情人在走廊上懸樑殉情，此後就一直沒有再租出去。後來乾脆用來做公益事業，前不久文化協會張維賢的劇團借此排演過話劇；導演林博秋和王井泉、張文環合組厚生演劇研究會，也利用過這地方。後來拍「嘆煙花」影片，許多鏡頭都是這裡取的景，借用期間晚上在此過夜，有人把這裡的殉情故事告訴他們，聽後甚為感動，就把故事寫成了劇本，叫「錯戀」的電影就是這麼拍成的，也算替這一對苦命情侶向世人伸怨。

近年來因局勢改變，拍電影的事被當局嚴加管制，這裡才終於再度空下等著有人來使用。清汾所看中的是那別緻的陽台，從陽台朝西看就是第九水門，而陽台正好高過堤岸，能清楚看見淡水河的夕陽。畫家站在這裡從腦子裡升起的第一個念頭就是找一天豎起畫架好好地畫幾幅油畫。

次日一大早陳清汾騎車到郭雪湖家敲門，告訴他這個好消息，把剛拿到的鑰匙交給他，表示自己不負所託，把任務順利達成。

郭雪湖一聽到有這麼一個好地方，尤其是面對著淡水河可以觀賞夕陽的陽台，當天就約來台北一帶的畫友結隊前往。

下午四點過後，郭雪湖依照地址到達現場，已見兩名畫友等在門前，登上樓梯走出陽台一看，情不自禁發出讚嘆，有人說這裡看到的是馬諦斯在凡爾賽宮前所畫的陽台夕照；又有人說是杜菲畫於尼斯的

「窗前」系列，如今都在這裡重現！再想一想連畫冊中看過的馬爾奎、波納爾和希士列等人作品，似乎都有相類似的取景，每個人心裡萌生要畫一幅世界名畫的慾念，興致勃勃巴不得馬上就擠出顏料，將之呈現在畫布。

兩天後，陳清汾約好郭雪湖、楊三郎、陳敬輝等所有能約到的人同來港町勘查場地，剛到台北的陳澄波帶著兩名學生也跟著來，還帶著棉被準備好今晚要在這裡過夜。

幾個人一站出陽台就開始討論，針對眼前景色如何構圖而交換意見，看到這情形，令陳清汾不得不讚賞藝術家的衝勁，自嘆隨著年齡增長和環境改變，對繪畫已不再有這種熱誠！

從剛見面時郭雪湖和楊三郎的對話，聽來業已敲定籌備會時間在星期日上午，而三郎已應邀加入了教學的行列，陳清汾這才放心自己可以順利脫身。

不久黃及時、得時兄弟也出現在樓梯口，是郭雪湖邀請過來的。接著才是年齡最大的曹秋圃，因為路不熟繞了好幾圈才終於找到，所有的人此時正擠在陽台欣賞日落。

太陽完全下山後，他們的籌備會才正式開始，主權者是曹秋圃，今天出席的人也以他最年長，順理被推為主席。一開頭先說明個人對創設研究班的構想，四年前他受聘到廈門講學，是民間創辦的一間講習所，和日本一樣起初也稱為研究所，後來規模壯大時改名專科學校，其實不過三、四間教室而已，他在那裡講授的是書法和詩詞。回來後就積極邀約同道們合力促成，只要找個適當場所便可掛牌招收學生……。

他的理念獲郭雪湖認同後，兩人就開始籌劃，已進入聘請講師和尋找校址、編列教材的階段，郭雪湖拉來楊三郎，兩人成了搭當之後，聘講師和編教材之事就私作決定，不再徵求曹秋圃意見，郭雪湖辦理行政是他的專長，非曹秋圃所及，無形中籌備過程曹秋圃已漸靠邊站，雖然心裡不是滋味卻也無可奈何！

直到今天，一切看來還順利，使得郭雪湖等信心十足，更打算把文藝界人士一網打盡聘任講師，組成一個理想的教學陣容：除了台北的「台陽」畫家，又考慮到吳天賞、王白淵、呂鐵州、林錦鴻等各方面的專才，幾年後說不定就發展成台灣第一所民間的美術專門學校。

當初曹秋圃之所以堅持找陳清汾參與此事，當然有他的打算，因自己沒有學歷，在東京書畫展中獲一等賞之後才算是受到藝壇肯定，後來應聘台北帝大擔任書法指導，又到廈門美術專門學校當過講師，這就是他現有的資歷。與他合作的郭雪湖也只是國民學校畢業，並未受過更高的美術專業教育，才擔心以兩人的資格若想進一步創設專門學校恐不足以服人，於是想到朋友陳天來的兒子陳清汾，擁有法國美術學院的証書和入選法蘭西國家沙龍的資格，必要時可扶他出任校長，如此未來的美專才有足夠份量。儘管這麼想，嘴裡卻不能現在就說，何況清汾是台北有名的阿舍，對公益事業向來不熱心，至於他的藝術觀點，曹秋圃更是捉摸不著，不管是年齡還是思想都有相當差距的兩個人又如何能夠共事！不過，那天在離開波麗路之後，肯主動奔走找到了教學場地，還是令人感動的。雖然婉拒了邀請，算來第一個出力且有具體成果的，應數陳清汾功勞最大。即使楊三郎聽到把尋找場地的事委託陳清汾去辦時，也十分懷疑他真的能做到，但偏偏他就有這種突發性功能，誰能料到若不是那天半途遇到洋神父，說不定回家之後就把剛剛答應的事忘得一乾二淨！

美術講習班有了場地，緊接著台灣北部的幾家刊物如《台灣藝術》、《新文學》和《台灣新民報》等就出現大篇幅的廣告，令所有同仁無不感到意外，起先郭雪湖和楊三郎都以為是曹秋圃利用個人關係刊登的，因為廣告中以他為主位，把他的名字放在最顯目的地方。後來証明不是他時，又猜測可能是陳清汾出錢登廣告來祝賀，打電話問了也說不是。那到底會是誰呢？事隔一年之後，才從李石樵嘴裡說出來：某一回在清水為楊肇嘉家族畫像，聽到他說：「有人要辦研究所我很高興，這一代有了成就，就應該栽培更年輕的一代，這樣台灣美術才有前途，我能做到的是出錢登廣告幫忙宣傳……。」可是每回見到楊肇嘉卻從沒聽到他提起，也沒人敢再問。

雖然召開的是籌備會，事實上所有該做的事早在楊三郎加入之後與郭雪湖合力完成了，所以今天除了郭雪湖當眾作報告，就沒有什麼好討論的。接下來閒聊中談的都是風花雪月，然後每人吃一碗湯麵就告散會。走在路上，陳清汾主動邀請郭雪湖到他家坐坐，曹秋圃聽了也跟過來，其實他早已是陳家的常客，進門後就見陳家的佣人前來與他親切打招呼。

這回他難得肯帶朋友走上頂樓來到他私人的小書房，最令雪湖感訝異的莫過於牆上貼了一張拳擊比賽的大海報，上面印有六張照片，都是穿運動衣的拳擊手出拳攻擊的姿勢，其中一人竟是陳清汾本人，名字下方寫的年齡是十八歲，體重一百三十五磅，身高一百六十四公分，對手是一名菲律賓青年，樣子比他矮，但身材很健壯，卻不知兩個人對打起來勝負如何！郭雪湖忍住不敢問，萬一陳清汾是輸的一方，且被擊倒在地，這樣不體面的結局讓他回答實在不好。

曹秋圃見雪湖對著海報出神，走過來告訴他，這是陳清汾中學快畢業那年參加校外拳賽的海報。十六時他被家人送去京都唸中學，住在宿舍裡，不知是什麼機緣讓他愛上打拳，而且打得如此投入。學校老師說他是個憤怨少年，每次套上拳套不顧死活對著人就揮拳過去，沒有一回打完後沒有受傷，在擂台上肯賣命的人，只要打不死，最後總是他贏，所以參加校際比賽能節節勝利，直打到東京都總決賽，這件事他家人全然不知情，若不是決賽時與一名黑人混血兒對打，左眼被打破流血送進醫院才通知監護人，轉告台灣家族，否則繼續下去以一名拳擊手揚名日本也說不定。不過打拳也只能打到二十幾歲，往後該怎麼辦，還是不如當一名畫圖的有前途！

對陳清汾的情形，曹秋圃如此清楚，讓郭雪湖大感意外，尤其是他的這一段拳擊生涯：

「打拳的人，在他性格裡有一種難得的韌力和爆發力，他可以忍平常人所無法忍受的壓力，且發作起來亦不是平常人所抵擋得住，這恐怕是郭雪湖等所沒有看到的陳清汾，他一連打贏了十場只輸掉一場，以十勝一敗成績結束拳擊生涯，說起來成績是蠻亮麗的……，可是他認為自己只輸一次就放棄，別人會笑他輸不起，從此不敢對外人提起打拳的過去。我倒很欣賞他練拳時那種硬幹的蠻勁，用來做任何事情相信都會成功的！」

「沒想到你對清汾了解這麼深入，令我覺得十分好奇，你與他之間的關係到底……。」

「其實我也只是天來的朋友。清汾開始打拳時，正好我到京都參加書道講習，有空就過去探望他，偶然間看他正在練拳，看得出已經涉入很深，我自動替他守秘密，所以天來一直到最後才知道，……其實看他打拳反而讓我學到了東西，活用在我的書道裡，這才真正是一大收穫！」停了好一會又繼續說下去：「這次我所以堅持要他參與教學工作，一方面是對他的了解和欣賞，另方面也認為他應該對生涯有個長遠的計畫，只要他父親肯支持，將來想辦一間美專都不成問題，當初我不便說得這麼白，現在講出來你總該了解我的用心！」

「其實現在請他加入也仍然來得及，不必明言邀他參加，也不給他任何職務，像今天這樣什麼都沒說，他就來了，慢慢地就當他是我們的一員！」

「你說得也對，我怎麼沒有想到這一點！法國回來之後，他的確風光過一陣子，不久就沈寂下來，什麼事都漠不關心。他父親問我該找個事讓他去作？看他每天陶醉在自己的世界裡，享受咖啡、菸斗、紅酒和音樂的生活，不然就是捧著厚厚的一本書翻來翻去，平時有幾個朋友都可數得出來，與外界幾乎沒有往來居然也自得其樂，他父親擔心往後恐越來越孤僻，我看是因為不能適應台灣這個社會吧！前一陣子家人常看到他不時出現一種動作，不管是坐或是站著，頭部左右擺動，用手架開接連揮過來的勾拳，再襲出兩個左拳，一個右勾拳，給對手致命一擊，他並不真正出拳，只是意念上在與人決鬥，配合出拳的力道把肚裡的氣吐出來，這是少年時代練拳時養成的習慣。我也是學過拳術的人，所以從眼神便可看出站在他面前有一個『敵人』，必須緊緊瞪著對方，防備隨時揮過來的快拳，躲過之後便迅速出擊，他體內的氣很足，只是找不到溢出來的缺口，而我從一開始就認定清汾是個可用之才，這點應該沒有錯……。」

不久陳清汾上樓來請兩人到飯廳吃點心，原來在這段時間裡他是騎車到永樂市場買了好吃的東西回來，剛才只一碗麵的確沒有讓大家吃飽。

籌備會中本來要討論對外募款的事，大家列出募款對象的名單之後，應該如何進行都還沒有談就認為這是郭雪湖一人該做的工作，接著麵攤老板已將一碗碗的麵擺在桌上，這情形無異告訴大家籌備會到此告一段落，所以郭雪湖為今天開會的效率深感不滿，回來的路上還一直在發牢騷，埋怨主席最後一句：「那麼就由雪湖君先擬出一個募款方案，把募款的方法寫出來，我們就朝這方向去做。」說完大家就沒事了。

今天的會沒有談出什麼就草草結束，陳清汾和郭雪湖一樣感到不滿，因此他才建議郭雪湖將來自己要辛苦一點先把紙上作業寫好，開會才有效率。

自從陳清汾法國回台，雖然什麼事也不想管，還是看得出郭雪湖的才幹，將來的台灣畫壇必須特別倚重於他，這種話他已對李超然說過不知多少次。今晚特地請郭雪湖到家裡來，當然不只為了告訴他擬出募款方案，而是另有目的，希望郭雪湖能透過台灣總督府圖書館的管道，找出這批佐伯祐三的畫目前存放在什麼地方，以便請相關人士領路前往觀覽。因郭雪湖曾以使用圖書館研究有成而獲賞，在館內一定有些熟人可以打聽，這樣的大事情，郭雪湖只能說盡力而為。

臨走前陳清汾建議先找中部對文化最關心的財主募款，若有不足再就地找大稻埕的醫師和辯護士，最後他父親那裡也可要到一些，希望兩人不必為經費操心。

台中出錢，台北人辦學校

郭雪湖不愧是行動派人物，走出陳家大門，就即刻說要到台中跑一趟，曹秋圃聽了也只好奉陪，當晚兩人就搭夜車南下，在台中過一夜，第二天大清早第一個目標是清水楊肇嘉。來時大門還鎖著，不敢上前敲門，就找個樹蔭在石板凳坐下來，從九點等到過了十點鐘才見門打開，走出來的正是肇嘉先生本人，手牽著兩隻大狼犬準備要出外散步，兩人趕緊上前打招呼。

過去在畫展的場合裡已見過面，且在餐會中同桌吃過飯，雖然不曾單獨交談，還是一見就認得兩個人，且看出已在大樹下等候多時，定有要事前來相求。於是把狼犬趕回籠裡，再將客人請進客廳。楊氏體形碩壯，聲音宏亮，講話時習慣翹起嘴唇，每句話說完就咬住牙根，表示對剛才說的話有絕對保証，顯然是個對自我有極度信心的人。這形像在別人眼中就是一種權威，而且是個以社稷為重，不存私利，有大氣度的長者。

兩位客人進屋後尚不敢坐下，等主人再三示意方才上坐，並且把腰挺得筆直，隨時準備再度要站立起來。

「這麼早就到我這裡，是不是近日來台北美術界有什麼大事情發生？或者你們正進行什麼新的計畫！」

楊肇嘉一坐下就以長者語氣直截了當問起二人來意，卻很技巧地從美術界發生什麼大事問起。讓來客不致感到唐突，即使這樣更令兩人因來意輕易就被識破而感到不安，頓時不知該如何開口。於是肇嘉先生又問：「台北畫壇近日來的確十二分熱鬧，敢問又有什麼人想組織什麼美術社團，或者有雜誌就要發刊？雖然我屬企業界的人，還是看出要以『台陽展』為基本陣營號召本島畫家才能把實力集中，若是社團太多各走各的，力量一定會分散，又如何與人家對抗，這道理你們一定比我更了解，對不對！」話中的「人家」指的當然是日本人。

「是，肇嘉先生所講的道理我們都了解。」曹秋圃回答時雙眼直視，嘴角還微微發抖，才說完一句便不知如何接下去，郭雪湖趕緊接著說：「是這樣的，有件事情想向肇嘉先生請示，也想請你協助，我們幾個人商量後決定走不同於以前的路，就是說想辦一個講習所，像日本的研究所，用以培育下一代的美術人才……。」

「我早就這樣說過，這就是我的理想。」未等郭雪湖說完，楊肇嘉已明白來意，搶先表達他的看法：「很好！你們有這想法，我非常高興，培養下一代才是最重要的，不要認為自己好就好，要下一代比我們更好，一代比一代好，對整個台灣美術才是好的。你們肯犧牲自己的時間辦教育工作，非常難得，我一定支持，今天你一大早從台北來清水找我，不會只是想聽我的意見，問我贊不贊成而已！你們還需要更多實質上的幫助，不用說我也明白……。」

「我們是，是這樣的，到目前為止，籌備工作已進行差不多，譬如場地，陳清汾負責找到了。講師有陳敬輝、呂鐵州、楊三郎、黃得時、林錦鴻、顏水龍和我們兩人，招生的工作比較生疏，還不知道有多少人會來，開學日期最好是在今年四月中，萬事都是開頭難，我們力量有限，總要先有經費才能辦事，譬如……。」

「那當然，這我很清楚，我能夠出力的也是經費，就這樣好啦，第一期的經費我這裡拿出來，先做做看，若不夠的話，再請你們隨時來找我拿。第二期就等第一期開班後，收學費的情形才決定需不需要贊助，我會幫到底，請你們放心，卻不知道這一期要多少才足夠？」

「來的時候，在火車上我們商量過，大概一佰圓，另外我們再到其他地方……。」他的話馬上被打斷。

「一佰圓！辦一個學校，我楊某人捐助一佰圓！要是傳出去，別人會怎麼說？這樣好啦！再加一倍，兩佰圓，你們就不必到處去找人募款，很費時間……。」話未講完人已起身回到房裡，從客廳可聽見他喚佣人拿信封來，每回有人募款，他習慣把紙鈔放在信封裡才交給對方。

郭雪湖與曹秋圃對看了一眼，露出意外驚喜的笑臉，表示這一趟並沒有白跑，回去對所有的人都有交待。

楊肇嘉出來時果然手上拿著一個信封，交給曹秋圃，曹秋圃雙手接在手上想一想又轉交郭雪湖。

「既然這麼遠跑來台中，今天就到處走走看看，拜會朋友也好，到台中公園划船也好，晚上我在春明閣約幾位文化界朋友作陪，請兩位吃一頓飯，乘最後一班車回台北不會太晚吧！到時如果怕找不到春明閣，先到中央書局，自然有人負責帶路。」

他說話的語氣從來不管別人反應，說出來等於決定了。尤其要兩個年輕人在台中逛一天，隨便跑幾個地方，七、八小時輕易便可渡過，所以他一點也不擔心。

或許他們腦子裡已有盤算，中部地區該找哪些人募錢，剩下的幾小時足夠兩人去奔走，又特別提到中央書局，莫非在暗示那裡也是該去的地方！

告別主人走出大門，兩人急忙往巴士站走來。下一個目標預定是梧棲的蔡家，最後一站才到台中找中央書局的張煥奎。運氣好的話，能再募個兩佰圓，講習班第一期的薪水就不怕發不出來。想到此，走在路上的腳步比來時輕鬆了好多。

然其他人並沒有楊肇嘉來得慷慨，好像彼此約好的，每一家捐款的數目都只四十圓。傍晚到達中央書局，張星建經理雖然熱誠，也贊同講習所之作法，但卻是個地方本位的人，一開口就明言若是到中部來辦，這邊的經費他願全數承擔，且由中央書局提供場地，台北的講師原班人馬南下教學，也由他負責招待。還說台中人的作風不論如何絕不會讓美術家辦個學校還跑這麼遠去募款。接著又批評台北人對文化事業的冷漠，誠意遠不如台中人，台北的有錢人都只抱暴發戶心態，不知文化是百年大業，眼光短視永遠看不見文化的重要，台灣文化之前途只能寄望於台中，往後文化人應看準這一點遷來中部謀求發展才對。從黃昏說到太陽下山，持台中主義的論調侃侃而談，來募款的兩位畫家連插嘴的餘地也沒有，最後仍然收到一個四十圓的紅包。臨走之前，張經理慎重邀約兩人年底到中央書局分別舉辦一次個展，借此表示台中人的誠意。

走在春明閣的路上，張經理繼續述說這一年來中央書局贊助文化事業的情形，最值得驕傲的是中部的一支田徑隊，參加全台及全國性比賽都有很好的表現，特別提到他弟弟張星賢在日本全國競賽中獲得優勝，如今已經是二百公尺短跑的國家選手，可望參加即將在柏林舉辦的奧運會。台中師範的運動場每天五點半學生放學後就是田徑隊員的訓練場所，幾乎風雨無止。此外拳擊隊、橄欖球隊和乒乓球隊也加入一起練跑，所以中師的大操場每天到這時候就非常熱鬧。

郭、曹二人由張星建帶領特地繞個大彎來到中師的操場，雖然天已經快黑了，仍然看得見正在慢跑的黑影，整齊的腳步聲聽得十分清楚，當繞場的一隊人靠近他們時，張星建朝兩人將手一揮：「**我們也一起活動活動吧！**」就跑上前加入慢跑行列。郭雪湖向來就有晨跑習慣，在台中人面前當然不認輸，不假思考就跟上前去，曹秋圃略加猶豫終於也追上去，他跟隨唐山師傅練拳多年，跑起來姿勢有點怪異，卻不愧是健步如飛，兩人的表現絲毫不丟台北人體面，這樣一起跑了五圈，反而張星建先離隊走出圈外，郭、曹兩人又多繞了一圈才下來。運動過後雖汗流滿面，卻是全身適暢，正好是該去春明閣的時候。

春明閣位在柳川旁，從台中師範走去僅十幾分鐘路程，台中人的好習慣就是守時，一路上張星建擔心遲到，催著郭、曹兩人趕路，到達時滿堂賓客幾乎全到齊，多半是郭雪湖相識的文學界，只有陳夏雨和張錫卿是美術家，兩人默默坐在一邊喝著大杯的汽水。意外地看到楊三郎和陳春德竟然也出現，回家路上有了二人作伴，郭雪湖興奮之餘，把他們也拉來同坐。

楊肇嘉一開始就對大家介紹來賓，特別說明楊三郎是他早上打電話從台北請來的。文藝界人士來了江燦琳、張文環、林錦鴻、林越峰、楊貴、陳垂映、何基明、莊遂勝、甘得中、陳虛谷、張聘三、張耀堂、張信義，巫永昌、何集璧、張星賢、許乃邦、周定山、吳天賞、吳坤煌、林鶴年、施學習、賴明弘等，中途又陸續有藍運登、張深切、林雲龍等匆匆趕到，由於楊肇嘉好久沒有與中部文化界相聚，看到這麼多人肯應邀前來，興奮心情明顯表露在顏上，站起來說了很長一段開場白。有關近日文學界左右兩派分裂的事他已略有所聞，因此在談話中特別提及，但也僅止於暗示而已，他說自己是個地主階段，又是個民族主義者，對農民生活的照顧要靠有良心的地主，不可期待異族統治者來施恩，在今天這樣的環境下，台灣人不但要內部團結，打消階級對立，而且還要與中國、朝鮮兩國同在日本帝國壓迫下的人民聯合，不分階級立場才有足夠的力量自救。又提到不久前來台中演出的朝鮮舞蹈家崔承喜，她的舞在台灣不論左右兩派都同樣受到感動，真正好的藝術是超國界也超階級的，這樣的藝術就須要有寬大胸懷，沒有國籍偏見，沒有思想對立的藝術家才能創作得出來。

崔承喜來台灣演出掀起了一陣旋風，經過那麼久時間還有人一再提起，是她自己都沒有料想到的事，今晚楊肇嘉無意中又以她為例，未料竟而再度引發一陣爭論。

是「崔雪姬」還是崔承喜？

「那一篇小說是你寫的吧！」莊遂勝一坐下來就問坐在他左邊的賴明弘，因聽到崔承喜而想起剛在刊物上讀到的一篇小說。

「哪一篇？我寫那麼多小說。」賴明弘的確不知他問的是什麼小說，近日來他用許多筆名，怪不得有人會這麼問。

「女主角崔雪姬的那篇小說。」莊遂勝乾脆把角色的姓名說給他知道。引起賴明弘笑出聲來……。

「原來說的是這一篇，作者就在我旁邊，你可以問他！」他的另一邊就是林越峰。此時他正與吳坤煌、張文環兩人小聲不知在討論什麼，聽到有人談起「崔雪姬」，只回頭看了一眼，便又繼續談論他的。

莊遂勝看林越峰沒有回應，只好又問賴明弘：「我總覺得小說裡的崔雪姬就是在影射來台表演的崔承喜，你認為呢？」

「這篇小說雖然文字說明得太周到，也太過寫實，但我仍然喜歡它，不愧是篇寫實的好作品。」

「你也是寫小說的人，我得請教你有關這篇小說的結局，作者讓女主角就這樣自盡，對讀者未免造成太大遺撼，我讀了心裡一直不舒服，難道不能讓她的遭遇為人間多留點希望！」

「我當初也這麼認為，後來發現她有個兒子，是個聰明勇敢的小孩，作者已強烈暗示將來會繼承她的遺志；另方面告訴我們，爭取民族獨立不是靠一代人就能獲得如此這麼簡單的事，所以她的死只代表第一代的結束，第二代必然要起來接棒，而且還有第三代……，想解脫被殖民的命運是不容易，才越覺得珍貴。她的犧牲絕對是有代價的，小說在結束之前交代對第二代的期待，讓讀者看到了希望是最成功的地方。」

「你們在談我小說中崔雪姬的死？有關她的結局我想了又想，才認為用死來作故事的結尾，力道才更強。刊出來之後自己再讀了一遍，又覺得並不盡然，正好在這裡請兩位多多指教！」林越峰不知幾時已注意到這邊的談話，突然間轉過頭來回應。

另一邊張文環也加進來討論：「我認為這是一篇本年度最富爭論性的小說，看法分成兩極，有人說它說明太多過份瑣碎，也有人說他分析清楚思維精密，這是我最常聽到的說法。其實這不過是個人風格的一種，文筆如果寫得順暢就沒有人會嫌它瑣碎，台灣人在日文的運用方面還待努力，這是時間可以解決的事，重要的是作者究竟提出什麼過去沒有人提過的問題，今天我們應該討論的是這一點……。」

張文環是這一代文學作家裡日本語文掌握得最暢順的一人，所以他閱讀他人的文章首先注意到的就是文字技巧，其次才是小說內容有什麼不平凡的地方。

這篇小說題名叫〈長在雪中的蕃薯藤〉，作者明凡，也許這是莊遂勝誤以為作者是賴明弘的原因。

文章發表已半年多，這期間有人為文評論，有人寫詩來呼應，還有畫家郭雪湖的一幅〈沙古流的背影〉、楊三郎所畫〈大地之舞〉發表於今年的「台展」，至於「崔雪姬」是不是崔承喜，由於與她的真實境遇全然不同，除了好奇已沒有人單獨拿兩人的名字來議論。

故事情節大抵是這樣：朝鮮女舞蹈家崔雪姬來台巡迴表演，與前來幫忙的山地青年沙古流在工作中相識，被他體內散發的原始能量及源源不絕的原創力所吸引，崔氏因編舞的需要在沙古流陪同下到山地見他的族人，為了研究原住民族的歌舞，隨後又來來去去奔跑於各族之間。某日走在半途中因饑餓偷採了山地人家種的蕃薯而被捉到，把沙古流送去派出所關了一夜，值班的日本警員看到牢外的崔氏是朝鮮人，同行的男人又是山地人，認為好欺侮便動起邪念將崔氏強暴，幾個月後發現已懷孕不敢再回朝鮮，就在台灣教舞維生，十六年後孩子已長大。母子兩人和學生一起在公會堂演出時，遇到侮辱過她的警員，從此每天前來找她糾纏，屢遭拒絕後竟出手將她毆打，正好被兒子看到，憑他碩壯體格把警員壓倒在地，發狂揮拳搥落在他頭上，為了自救警員大聲喊出：「不可以打我，我是你父親！」這才使他停手，帶著激動情緒奪門而出。第二天回家來時竟發現家裡兩具屍體，一個是警員被人用菜刀砍斷頭頸，一個是他母親崔氏上吊身亡。隨後他被送去警局，訊問了兩天之後才釋放，這許多年他一直以為身上流的是沙古流的血，沒想到自己的生命來自於母親的痛苦受辱，這使他從心裡強烈排拒父親是那日本警員的事實，就這樣家也不回，毫無目的獨自往山上走去消失在山林中，故事到這裡就結束了。

作者之所以寫這篇小說，與先前崔承喜來台表演絕對有關，要想個方式把她留在台灣，未料竟然以受辱懷孕的理由才回不了朝鮮，接著還要將侮辱她的人所留下孽種養育成人。作者花了很多工夫借用女性的思維去描寫這種心裡的矛盾，是近些年台灣小說中所少見的。將小說重點放在日本警員強暴平民女性的情節，在當時的政治環境下作法是相當大膽的。尤其故事的角色是朝鮮人、山地人、日本人及混血兒四種人，裡頭無一人為台灣漢人，這也是當時台灣作家筆下不曾觸及的領域。無怪乎引起那麼多人的注意，造成這麼長時間的議論，但一直沒有人想像得到作者會是豐原戲院裡當辯士的林越峰。

小說的文筆在張文環等科班出身的文學家看來不免有些生澀，對情節的處理也不盡理想，是小說生手難免的毛病，開始時不厭其煩地認真描述，寫到後來只好草草結束，小說結構的鬆散是他最弱的地方。崔氏和日本警員是在什麼情形下死的，她的兒子最後往何處去，遇到這麼大的家變，內心的打擊與衝突應該是大費筆墨去挖掘才對，未料竟將之丟給了讀者自己想像，說這是作者的偷懶亦不為過，不管怎樣，任何事情發生都可從正反兩面來探討。從整年度在台灣藝壇發生的大事看來，先是崔承喜來台演出造成的轟動，接著下半年則是「崔雪姬」小說所引起的爭論，無異也是崔承喜的後遺症帶來的另一場轟動。

亦有人從台北的觀點刻意指出小說作者於看過崔承喜的舞蹈之後，心裡想要崔氏留在台中以帶動中部的舞蹈，實際上又辦不到，所以才移情到小說，編出一個故事來滿足個人心願。這樣的評語林越峰聽了並沒有反駁，至少有部分是說對了；接下來又從林的小說看出台中人本位主義心態，把過去所寫的一一翻開來看，凡是小說中提到的人物都在台中成長，即使主角不是台中人，故事的關鍵性人物也一定是台中人，批評者將之形容成一種信念，又稱之為台灣中心主義，說到最後竟歸結為個人的地方主義，所以他的小說不論什麼樣的故事都要從台中開始，把台中形容成一個文學的主要舞台，從地理上將台中與殖民統治的政治中心台北畫出界線。以台中人的價值觀將台北與台灣劃開，對台北人而言則認為脫離了台北就等於脫離了台灣，持台北觀點論林越峰，因此才有太多的意見，造成了「崔雪姬」的轟動。

今天當楊肇嘉聽到郭雪湖等有心創辦美術研究所，雖然馬上拿出兩佰圓來，但內心裡一定想著，為何只在台北而不到台中來辦。雖然沒有開口說出，卻好幾次提醒他們：「若是台北辦不成就移到台中來，隨時歡迎你們！」

剛才楊肇嘉會在致詞中提到崔承喜並非偶然，想必是近日來常聽人談起「崔雪姬」，在他腦子裡便不分虛實都當作一個人來看。像他這樣忙碌連報紙都只能隨便翻翻的人，更不用說有時間靜下來讀書，這麼多年他的知識不外是從文化界友人交談中吸收得來，把不久前別人對他說的話搬來對另一個人說，才令人訝異以為他讀了這麼多書，腦子裡有如此豐富的新知識。沒有時間閱讀的人，把聽來的現買現賣，這也是一種本事，日久之後或許忘得一乾二淨，但又不斷有人把新的知識提供給他，這就是他所以喜歡與文化界交遊的原因吧！

宴席上郭雪湖等台北來的畫家感覺得出台中文學界比起台北來要強勢得多，每個人的發言都帶幾分批判性，而且防衛心較強，聽到有人把台中拿來與其他地方比較，就擔心被比下去而緊張起來。所以一個晚上說話十分小心，否則無法全身而退，何況今天是來拿台中人的錢去給台北人用，態度更加要謙遜。

有關「崔雪姬」小說的談論看來已告一個段落，接著大家想聽聽郭雪湖說明籌辦美術研究所的構想，未料剛從台北趕來的楊三郎聽到「崔雪姬」也以為就是崔承喜，便起來發表高論，像他這樣的畫家能發表如此專業的見地，聽者馬上認定他是在不久前聽哪位舞蹈家的分析，如今又原封不動搬到台中來。

台中人還是有一定的風度，靜靜地讓他講到一個段落，才有人很客氣地問他：「這些話我好像在什麼地方聽到過！對了，是許清浩先生那裡，那天你也在我也在，我們已經不是第一次見面，剛才聽你把他的話又說了一遍，真佩服你有這麼好的記性！」

楊三郎回頭看一眼說話的是誰，卻想不起來在哪裡見到過，是個瘦長身材，近三十歲的青年，黝黑的膚色留著短髮，最特別的是在室內還帶著墨鏡，說話時清楚看到有顆金牙閃閃發亮，這模樣令人意識到是個不好惹的角色。一定是看到台北剛到的楊三郎一來就口若懸河，有意要給點顏色！

郭雪湖聽了特地從另一桌走過來，把手壓在三郎肩膀上，擔心他會發作，帶著笑臉對全桌的人說：

「三郎是油畫家，他說的話每一句都是從調色板裡調出來的，剛畫好的油畫，顏料還沒有乾之前，我們最好別用手去碰它，碰了會把手弄髒，也會把畫弄壞，我的意思你們都明白了吧！」說話時壓在楊三郎肩上的手指頭還輕輕地做著按摩，讓他舒服些，三郎得到訊息後知道自己不該再說下去了。

「上回在台北聽到有人說崔承喜是紅的，我倒是想知道這女人到底紅在哪裡，有多紅！」張深切本來是在另一桌，看這邊熱鬧也擠過來，說這話像是針對著某人。

「我在美術學校的時候，教畫的老師從來不對學生說，這裡畫紅的，那裡畫黃的，若是這麼說，學生一定要問是什麼樣的紅，什麼樣的黃！所以只有外行人對色彩沒有概念才說這種話，即使說了也只是隨便說說，深切君大可不必管他。」林錦鴻手中拿著杯子，本想找張深切敬酒，一來就聽他說些紅色之類的外行話，酒也不想敬反而說了他一頓。

郭雪湖已聽出說崔氏是紅的那個人是楊三郎，趕緊辯解說：「誰說崔承喜是紅的，我偏要說他是紫的，你們有沒有注意到太陽下山時，天空一片金黃色，那時什麼地方是紫色？遠方的山是紫色，只要是畫家，想畫一幅黃昏，就必須用到紫色……，崔承喜要離開的那天，我們送她上火車，雖然不記得她穿什麼衣服，在我記憶中她全身是紫的，這是因感覺而留下的印象，有人說她紅的，我說她紫的，好，你叫他來跟我辯論，如此一來，兩人辯到鬍子白了還得要辯下去。」

郭雪湖從小好辯，不愧是強辯高手，他這一說令眾人一時沒有話可回應。就在這時候，突然聽見楊肇嘉宏亮的聲音從另一桌傳過來：

「哈哈哈！你們又在討論崔雪姬還是崔承喜啦！這個女子真了不起，來台灣捲起一個旋風，到現在風尾還掃個沒完，真是厲害角色！一個小小的朝鮮妹子，離開已那麼多日子，還有人為她是什麼顏色起爭論，我楊肇嘉該自嘆不如呀！」

楊肇嘉忽然插嘴，他也對色彩感到興趣，令人有些意外，認識的人都知道，一個有絕對信心的人物，對任何事物隨時都可以表示興趣，他這種突發性格在越多人的場合裡就越表現出他的權威。他只停頓了一下，很快又繼續說下去：

「有人說她是紅的，雪湖還說她是紫的，對不對？如果我說她的顏色隨時都可能改變，你們相不相信！為什麼我這麼說？讓我來告訴你，雪姬還是承姬她在舞台上穿的永遠是一件白色舞衣，台下觀眾看到的她不管什麼顏色，其實都決定在舞台燈光，什麼顏色的燈，她就是什麼顏色。換句話說，對一個人我們用什麼顏色的眼光看她，她就是什麼顏色，看到的其實是自己的顏色。居然還有人拿來辯論，讓那朝鮮妹子聽見了不知笑成什麼模樣！左派的人說階級，右派的人談民族，兩樣東西都一樣不可背叛，舞蹈家表現的是不可捉摸的動態藝術，我們在她身上只看到光，一種有色的光，僅止這些就代表她了嗎！三郎的油畫有很多顏色，從來沒聽誰說過三郎是紅的還是綠的。還記得學校老師上物理課時，把七種色光合在一起變成白光的實驗，才知道原來白光透過三菱鏡也會出現七種不同色光，但是把三郎調色盤上的七種顏料混在一起，結果就變成黑暗顏色，所以我的結論是：不管用什麼顏色去代表這位朝鮮舞蹈家都是偏見，也小看了一位藝術家深厚的內涵。不過政治家就不一樣，因為搞政治要成群結黨，你是什麼色彩的就永遠是什麼色彩，變了色就是背叛，就是不忠不義，最後必受到眾人唾棄，永不得翻身……。」

沒想到楊肇嘉對「色彩學」真還有一套，大家心裡都在猜測，這幾天一定和陳清汾或顏水龍有過深談，很快就在今天宴席上發揮出來，再怎樣畢竟值得令人佩服，尤其借用的手法之靈活，分析事論之清晰，加上長者的威望，每回談話告一段落，便習慣把杯子高高舉起：「大家一起喝下這一杯，讓我敬大家，為台灣文化的向上，自由民主早日達成，盡量喝，喝到暢快為止！」

大家都知道楊肇嘉的汽車裡不管什麼時候都放著一打以上他所最愛的樹林酒廠釀製的紅露酒，每逢宴席他還會多準備一打，讓客人不致因為酒不夠感到掃興，這家酒廠的主人是黃得時的大哥黃逢時，對楊肇嘉這位多年主顧特別關照，每釀出品質特優的好酒，就自動運來幾十箱，到了年終才結算一次，有了酒廠源源不絕在供應，楊家的紅酒可以說通到大海，永遠也喝不完。

幾乎已喝醉了的楊肇嘉，散席後臨走之前依然不忘郭雪湖和曹秋圃兩人口袋裡懷有捐得的鉅款，所以特地派自家汽車送他們回台北，自己則留在台中過夜，因明天一早在這裡還有些業務上的會議。

上車後，除了司機，郭、曹兩人加上楊三郎、陳春德雖然醉得昏昏欲睡，酒話還是一路說個沒完。

對這次南下募款出現這樣的成績，的確有些意外，車內郭雪湖一再表示對陳清汾的感激，若不是他的建議也不會想到來台中跑一趟，才剛開始就能獲得肇嘉先生的大力支持，確是值得欣慰。看到台灣美術教育的推動已有好的起步，車上四個人在睡夢中也該偷偷笑出聲來！

「到底，你們兩人今天募到多少，可不可以說來聽聽……。」汽車已過了新竹，楊三郎在半睡半醒中以含含糊糊的聲音向身旁兩個人發問。

「……。」並沒有人回答。

於是他自言自語：「不過，你現在身上的錢，不管多少都是台中人的錢……，就這樣坐人家的車要帶回台北去，我心裡很那個，你知道嗎？……難道說，在台北找不到人出錢！清汾家不是有錢嗎？他拿出多少來？沒有，沒有拿出來，就要你到台中去要台中人的錢……，台北人真無面子！郭的，你說說看，為什麼清汾叫你去台中你就去台中？為什麼？我想知道今天你怎麼向肇嘉先生開口要錢，他怎麼答應給你錢？為什麼你覺得他應該給你錢？……如果，他想到台北還有那麼多有錢人，一定會問你，他們拿了多少錢出來，那時你怎麼回答？你回答沒有半個人拿錢出來，是不是很丟臉？是不是？……。你們都睡了！好，我也要睡，睡著就什麼都不必管，你們很聰明，醒來時已經到台北，錢也一起到了台北！……。但這是台中人的錢！」

7

飛翔在波麗路的天空

紫色大稻埕

陳清汾　淡江孤舟　1964
油彩畫布　為19屆省展
西畫部評委作品（右為
局部）

阿猴師咖哩鴨試吃大會

廖水來的波麗路咖啡廳今天正要舉行三週年慶，一早門前就有兩排大花圈，從亭仔腳一直排到大街旁。從裡面人員忙著佈置的情形看得出今天是波麗路的大日子。

幾天前文藝界人士都已收到請柬，是王井泉和廖水來聯名邀請的，接到的人都甚覺訝異，王井泉開的是山水亭，廖水來才是波麗路老闆，為何兩人一起列名發函，還特別註明請畫家帶來畫作以便義賣，然而義賣之用意為何，也不曾註明。既然是古井兄出面，大家自然相信帶來的畫賣了之後不會讓畫家們吃虧，因此幾乎每個人都手提一幅小畫前來。

早上才又傳出消息，說波麗路新聘一位大廚叫阿猴師，準備推出一套新的菜色，配合週年慶活動邀請文化界前來品嚐，共同為這道菜命名。

不久前，台北放送局的節目裡，最受歡迎的「黃昏笑談」主持人宋非吾，講到大稻埕名人時，提及富商陳天來的小兒子陳清汾到法國學美術，學了四年回來後，父親發現他最有心得的是學會一手作法國料理的好廚藝，以行行出狀元稱讚自己的兒子。這話被波麗路老板廖水來聽到，對這位經常在店裡進出的貴家阿舍有這等手藝大為訝異，想盡辦法也要吃到他作的幾樣私房菜。

其實陳清汾的咖哩鴨飯在文藝界裡已經聞名很久，表面看來做一道這樣的料理似乎只有咖哩和雞鴨，如此單純的材料。若是從頭到尾看完整套的過程，這才了解做一道名菜所下的工夫並不亞於畫一幅油畫。開始時他十分得意有這麼多人欣賞自己的手藝，久了之後遂成了一種負擔，以陳家的排場每月至少有幾趟大小宴，當中必有一道菜指定由四少爺來作，於是帶著幾名傭人忙了一兩天，只為了博得一聲稱讚。最令他不悅的是，來客各個只知誇讚他做的菜好，根本忘了他是有名的畫家，從未聽過誰說一句牆上掛的油畫如何，這是他最不可忍受的。

畢竟他還是個藝術家，對自己的畫家身份受人認定與否是最在乎的。便放出風聲說要把廚藝傳授給一家餐廳的廚師，以後有人想吃他的菜就盡管到那裡吃去。正好波麗路離陳家最近，廖水來在收音機裡聽到消息，第二天就帶著剛到沒幾天的阿猴師登門拜訪，就這樣把陳清汾最拿手的咖哩鴨飯全套學了過來。

話雖這麼說，陳清汾做菜和他作畫一樣，腦筋不時在轉動，過程充滿著創作性，因而每回做的雖都是咖哩鴨卻不盡相同，令來吃的客人無法捉摸這回吃到的將會是什麼口味，於是很難猜測那天傳授給阿猴師的是哪一種咖哩鴨。今天陳清汾前來波麗路時，在路上還一直想著自己這樣教人到底對不對！心裡自問：「我的鴨是活著的，而傳授之後進廚房之前就已經死了，做出來的菜便不可視為是種手藝！」所以那天廖水來告訴他，要把這道菜取名叫清汾鴨時，被他斷然拒絕，因為取上這名字之後「清汾」也跟著鴨子死在廚房裡了。

阿猴師一度是瑞芳九份山大王顏國年的大廚，素有「南海第一廚」之稱的福州師，顏老板過世後，他的後代吃不慣他做的菜，一氣之下就下山來，以為憑其名氣和資歷至少可以到江山樓當一名大廚，沒想到因門派之見任他怎麼說也不肯收留，最後只能找到波麗路來，且要改行做西餐，向法國回來的一名畫家拜師，正是所謂虎落平陽被狗欺，為了生存如今也只有忍耐遷就，老板廖水來還不顧他面子要借週年慶名義請文藝界前來試吃，借此把招牌菜咖哩鴨飯對外宣揚出去。

阿猴師本姓侯，腦筋靈活，喜愛嘻鬧，說話帶著很濃福州口音，每說完一句就自己先笑，吱吱笑聲像極了動物園的猴子，從小鄰居幼童就這麼叫他，進入這一行之後由於學得快不出兩年就升為主廚，於是獲得「阿猴師」的尊號。當初要推出咖哩鴨飯時，他信心滿滿要求把這道菜取名「阿猴鴨飯」，想藉此打響自己名號。試作了幾回，看似沒有太大把握，就不敢再提起命名的事，今天邀請眾人前來品嚐，對他的能力又是一大考驗。

早上十一點不到郭雪湖就來敲陳家的門，兩人手裡各拿一幅畫，從港町走向太平町才只三條街之遙，半路就遇見南部上來正在迷路中的陳澄波，他揹著大小包裹，還提著兩幅裝了木框的小畫，已經在太平町來回繞了兩圈，沒想到跟著兩人走只跨過太平通右前方就看到「波麗路」的招牌。

進門來，裡面有專人正在牆邊掛畫，由於是作者自己選擇牆面，因此弄得有點緊張而且慌亂，每個人都爭先搶著好位置。可是廖老板卻說掛在牆角最不起眼的幾幅已被內行人先挑走了，有心想買畫的人，眼睛對好畫是一幅都不會漏掉的。

廚房裡頻頻傳出阿猴師大聲指揮的呼叫聲，急起來時福州話都跟著冒出口，連外面也聽得十分清楚。這是阿猴師唯一在大稻埕顯本領的機會，怪不得會緊張，他的能力馬上就要受到行家的考驗，成敗就在今天。

餐廳裡客人陸續到來，有人捧著花束，有人提著圖畫，又不斷地由花店抬進來花圈花籃，一見面就與主人大聲招呼交談，除了當年開幕時的盛況，波麗路好久沒有這樣熱鬧過。

門口已經有一排人等待簽名，桌上舖著一張紅色布條，可以看到簽好名字的有陳澄波、郭雪湖、陳清汾、李梅樹、黃得時、楊雲萍、陳德旺、呂泉生、張文環、范倬造、高玉樹、呂璞石、洪瑞麟、李石樵、陳承藩、廖繼春、蔡永、陳敬輝、黃早早、黃新樓、蔡雪溪、林玉山、顏碧霞、王白淵、顏水龍、辜偉甫、李超然、高慈美、陳逢源、王昶雄、陳火泉等，從這名單可稱得上是北台灣文藝界的大會合。

近中午，一部黑色汽車停在波麗路門前，車門打開前，未知有意還是無意，司機按了兩響喇叭，驚動了屋內的所有人，尤其是主人，他好像一直在注意門外動靜，儘管餐廳鬧轟轟地，耳朵對門外訊息仍然十分靈敏，趕緊拉著身旁的楊三郎和廖繼春：「肇嘉先生來啦！快出去看看！」大家才轉身，門已經被外邊的一隻手推開：

「鬧熱，真鬧熱！恭喜你，廖老板水來君，今天是咱大稻埕文藝界的好日子，再忙我也非來不可，小弟蔡培火，向諸位問安！」

本以為前來的大人物會是楊肇嘉，未料竟然是甚少在大稻埕走動的蔡培火，為全場帶來一陣驚喜。他左手提枴杖，右手捧著剛從頭上取下的紳仕帽，以笑臉與眾人一一打招呼，廖老板等人爭相上前與蔡前輩握手。相差兩分鐘不到，門又被推開，進來的人是太平町山水亭的王井泉，因他從對面大街老遠就看到汽車裡走出來的蔡培火，便加快腳步趕過來，這位貴客原來是他邀請的，必須由他親自介紹，沒想到進來一看，蔡培火已被圍在眾人當中。他還是不肯放棄，提高嗓子大聲宣告：

「諸位！讓大家以掌聲歡迎蔡先生，蔡培火先生的光臨！他今天到這裡參加廖水來君的咖哩鴨試吃大會……，失禮，這個名是我取的，因為還不知道有別的正式名稱……。」

這句話引來眾人一陣笑聲，有人也想插嘴說什麼，卻被他的大嗓子壓了下去：「其實呀！其實什麼名義並不重要，重要的是能看到眾仙在此齊聚一堂……，還有一件事想對大家報告的，文學界朋友所辦的《台灣文藝》雜誌已經出刊第二期了，的確不容易，值得我們為它鼓掌！也多謝大家的熱心支持！」

他的話博得一陣掌聲叫好，掌聲未停他已接著說：「當初很多人懷疑台灣人要辦一本文學的雜誌沒那麼容易，頂多只能辦一期，有錢印也不一定有人寫，有人寫也不一定有人買，有人買也不一定拿去讀，連對台灣非常關心的前輩也說這種話，對台灣文學這麼沒有信心，我聽了之後，覺得一定要替文學界出一口氣，更加激勵自己非辦下去不可。有第二期，就有第三期、第四期……，只要大家合力支持，台灣文學永遠不會中斷，請大家一起給它勉勵！」

說到最後語氣突然加強，聲音更大，幾乎是用全身的力喊出來，再度博得全場喝采。就在此時一名年輕人插嘴想發言，還是被他壓下去：

「我們當中有大家所敬愛的長輩蔡培火先生，等一下一定要請他來講話。今天我看到波麗路這麼熱鬧在做三歲生日，心裡實在感動，以前台北文化界只有山水亭可供文人作聚會場所，現在又多了波麗路，在摩登時代裡知識青年須要喝咖啡吃西餐，於是它適時出現在我們當中，過去有代表鄉土文化的山水亭，也要有可供接觸西洋文化的波麗路，所以兩年前開幕當天我把店裡一台老唱機抬過來，連帶送給他一張法國作曲家拉威爾的波麗路舞曲唱片，希望聽這曲子對台灣文化人有所鼓舞，聯手一起隨著音樂一步步提升再提升……，於是我們一起為這個店取名『波麗路』，來這裡的每一位都是波麗路族的舞士，也是武士，我們不僅要起舞，也能戰鬥。好，現在我們以掌聲歡迎遠自宜蘭來的蔡前輩向大家發表演說！」

蔡培火已經開始發言，由於剛才王井泉的聲音太響亮，一下子大家耳朵沒有調整過來，好一陣子才聽清楚他老先生說的話：「……發表演說，這不是時候！馬上就有好吃的午餐，這個時候演說是最惹人討厭的，我不是那種不識相的人。我們這位古井兄，我一時之間還沒有認出來，後來聽他講了一段話，這麼熱心的人，在台北市除了他還有誰！這種真情為台灣的人，將來歷史一定會留下他的名字。剛才他一直在替別人拍掌，現在我們要反過來給他拍掌才對！」

經他這一說，終於帶起一陣叫好的聲音和掌聲，蔡培火很有耐心等到掌聲停止才又接著說：「……過去這麼長時間，有這麼多人出錢出力從事民族運動、政治運動、社會運動、人權運動等等，整體看來，出十分力得不到三分功效。我們經一次又一次檢討之後，才發現原因出在文化沒有提升，這証明台灣知識階級對文化的覺醒比其他國家，包括中國和朝鮮要慢很多，這是文化協會諸君必須反省的。今天小弟特別來此與諸位文藝朋友見面，除了說出心裡的話，再就是來此向廖老板祝賀，佩服他勇於趕上時代，尤其聽說有藝術家的圖要義賣作為文藝雜誌的後援，我更加要出席……，實在失禮，很多人都是初見面，我的話就講到此為止，感謝，感謝！」

話末說完他的左手拿著紳仕帽壓在胸前，在四面八方傳過來的掌聲中，很有禮貌地從右到左朝大家輕輕行了幾個禮。又好像突然想起了什麼，靠近身旁的古井兄問道：「肇嘉先生來過嗎？我們約好等一下在馬場町會合，難道……」

此時大門被推開，可是又令大家失望，進來的人不是所期待的肇嘉先生，而是紳仕派頭十足的大稻埕有名辯護士陳逸松，他東京帝大出身，娶基隆礦業鉅子顏家的女兒為妻，交遊甚廣，尤其是文化界的場合他一定出現，由於與蔡培火是宜蘭同鄉，進來後見到前輩，一臉喜色高高舉起右手打招呼，手上也是一頂紳士帽和一根枴杖，這副打扮是明治年間西化過程中普遍被日本人仿效的摩登裝扮。畢竟是剛轉型的新品種，動作遠不如蔡前輩老練自如，這點差別連沒有渡海去過日本的在地畫家也都能察覺出來。

本來蔡培火的話已告結束，不知何故一見陳逸松進來，臨時又有話要說，抬起頭望著遠方作出演講的姿勢：「真失禮！請大家再聽我說幾句，只短短幾句……，這個場合本來就是文藝界人士的場，政治界、工商界不該佔權講一大堆的話，只因為場合難得，我情緒激動，話也多起來。我要講的是，想利用這場合規勸大家，眼睛睜開一點，要把為台灣做事的人和為日本人作事的人分辨清楚，這樣才不會吃虧被利用。古人所言害人之心不可有，防人之心不可無，這句話的意思相信大家都明白！」

聽了這話全場頓時鴉雀無聲，又正巧陳逸松才剛進門，有人不自覺朝他方向瞄了一眼，無意的舉動又令人懷疑這句話指的難道是他！

「台灣人一定要團結起來才有能力自救，當今統治台灣的殖民政權手段越來越高招，無時無刻不在分化咱的團結，台灣人最大失敗就是敗在警惕心不夠，太容易受分化，但是文化的實體是無從分化的，就好比放送局播出來的電波，政治是長波，文化是短波，短波可以不受干擾傳到很遠，長波就容易受阻擾被切斷。有了這個認知，我們開始要學聰明，當他們統治的手段改變時，我們抗爭的方法也要調整，轉為文化作主力來對付殖民者，希望在座的諸君，大家協力達成時代交給我們的使命。感謝諸位，真感謝！」

由於把話拖得太長，許多人已無心聽下去，說完時掌聲零零落落，遠不如先前熱烈。

蔡培火正講話當中，又有人陸續進來，因年紀較輕沒有引起注意。剛到不久的一位青年走來在蔡培火耳邊輕聲說了些話，兩人耳語幾句，蔡培火點了點頭就往大門走去。此時唱機的音樂又再響起，蔡培火與同來的幾個人一起走出門時，眾人以為就會回來，沒想到再也沒見到他們。

來賓演講結束後，廚房的門打開，門內的動靜清楚可見。

等待廚房上菜的這段時間，一直有人還忙著為自己的畫找地方掛上牆壁，再晚到的就只得把畫靠著牆放置在桌上，如此又多增加了一排，使場面更壯觀。

可惜想看畫的並不多，每個人都忙著找人聊天，正中央站著五、六名看似美術界的年輕人，大聲交談著，不時傳出陣陣笑聲，王井泉靠過來，把手搭在其中一人肩上：

「難得，難得！今天這聚會實在難得。第一次看到有這麼許多作品出現在西餐廳，讓人連想到自己是在巴黎蒙馬特，如果是在巴黎，那你就是馬諦斯，你是達利，你是莫迪利亞尼，你是尤特里羅，你是普魯東，你是……，而我是什麼人？你們來說說看，我該算哪一個！哈哈哈，我只能是哪一家酒店的老板！」

「如果你是畫家，那麼你就是畢卡索的鄰居勃拉克。對，你長得至少五分像他……，」有人為古井找到一個角色。

「什麼『勃拉克』！有這個人嗎？你不要戲弄我！『勃拉古』在英語是黑的意思！我有什麼黑的地方被你看到了！你們說說看，有這個畫家嗎？」

雖然這麼問，心裡還是希望法國蒙馬特真有這個人。

「他沒有騙你，真的有勃拉克，他住在蒙馬特山丘的『洗衣船』，與畢卡索作鄰居，專門在學畢卡索的畫風，差一點就比畢卡索更有名！」

「他學畢卡索！是畢卡索學他才對。最早的立體派是誰畫的，把時間對照一下就知道了，我認為應該是畢卡索受他影響才有立體派。」有人提出異議。

「好啦，不管誰學誰，至少你們都證明有勃拉克這個人，『勃拉古』不如說是『苦樂』，否則就變成一隻狗。有人會懷疑我在佔古井兄的便宜，我怎麼敢！」

「那就暫且相信有個勃拉克，住在蒙馬特，是畢卡索鄰居，畫的也是立體派，此人就是我，以後你們就用這名字叫我！」古井兄終於欣然接受。

「可是，到底是畢卡索學勃拉克，還是勃拉克學畢卡索，這個問題我們還沒有解決！」

「那裡有電話，你就搖過去問，自然明白！」

「自從成名之後他們已不再住『洗衣船』了，現在他們在尼斯曬太陽，你找不到的！」

「找到了也沒有用，畢卡索一定會說勃拉克學他，而勃拉克也說是畢卡索學他，到底誰學誰，我們自己判斷，畫畫的人應該各有主觀見解。」

「我家書架上有一套西洋美術全集，回家從頭到尾翻一遍，找到有勃拉克這個人，那麼我就承認，他就是我！」

「如果我說兩個人都學塞尚，有沒有人反對？」

這時候從廚房傳來的咖哩香味越來越濃，餐廳裡人聲更加嘈雜，每個人都心急等待著廚房送出來的咖哩鴨飯。

王井泉轉頭向四周掃瞄一眼，皺著眉頭，把頭探進這一伙人裡，像在說什麼悄悄話：「你說怪不怪，今天這麼多人，竟然沒有一個抬頭看我們的畫！這証明什麼？証明人要先把肚子填飽了，才有心欣賞藝術，包括畫家在內，沒有誰是例外。」

本來坐著的陳澄波，聽到這麼說便站起來：「因為這裡是餐廳，是吃飯的地方，肚子餓的人才進來，哪會有人把畫掛到吃飯的地方說是開畫展！畫家們還不是看在你古井兄面上，收到你的邀請才送畫過來。好啦，接著怎樣就看你的啦！」

此時古井兄突然發現蔡培火已不見人影。

「剛才蔡培火先生明明還在這裡，怎麼讓他跑了呢！真是，肇嘉先生還沒來，這種場合他是一定出席的。希望咖哩飯一上桌，他就出現！拜託，拜託！」

終於廚房的門大開，一排服務生站在門前等待一聲令下就將午餐端到桌上來，空氣裡已瀰漫著濃濃的咖哩味，大家的肚子真的餓了！

「出菜，上桌！」這是廖老闆的聲音，期盼已久的一聲命令終於喊出來，隨著出現一陣歡呼。

六名穿白色制服，腰下圍著一條紅藍相間腰巾的服務生，頭上傾斜戴的是紅色小帽，一看就知道是經過一番精心設計的，十分帥氣。不過已沒有人會去欣賞這些，目光只顧盯住端上來的料理，一下子工夫每人桌前已擺好一份圓筒形的鋁盒，接著由服務生把盒蓋打開，又將鋁盒上下兩層分開來，一邊是白飯，上面兩片黃蘿蔔，另一邊是冒著煙香噴噴的咖哩鴨，只聞到味道已有人忍不住自己開動了。

「波麗路舞曲」的樂聲越來越響亮，對於吃咖哩鴨的人有助興作用，講話聲音此時已暫時停止，隔了好一陣子才斷斷續續聽到有人開始說話：「到底是哪一國的咖哩，怎麼不辣，而且還有些甜！難道是清汾帶回來的法蘭西咖哩！」

「這是鴨嗎？我覺得更像雞肉，難道是法蘭西鴨！」

「聽說試驗了好幾回，又請陳清汾親自到廚房來指導，看情形還有很大改進空間，第一次就想過關沒那麼容易。」

「你吃過陳清汾作的咖哩鴨，到底特別在哪裡？」

「最大的特別在他的用心，像畫一幅畫那樣令人感動……。」

「對，有人形容他做這道菜時，就像畫一幅油畫，全副精神都放上去，而且是用感覺在做他的料理。不管做的是雞還是鴨……。」

「畫油畫要有創意，所以他作咖哩鴨也是種創意，作法隨著當時情境經常在改變，這種創作性的料理，一般廚師怎能說學就學得到！所以他的料理是一種藝術，不能作為餐廳裡的一道菜。」

「真妙！你的意思是說，清汾的鴨是創作出來的藝術鴨！每次作出來的都不一樣。」

「那麼今天波麗路的鴨是什麼鴨？」

「是商品鴨……，是廚師鴨，哈哈！」

「不對，這是鴨不是雞！」

「好比商業廣告畫和畫家所畫的油畫，就是有這麼一點差別！」

「在飯店吃東西，吃的不外就是一般性的公眾料理，和清汾的鴨是不能比的！噓……小聲說話，被廖老板聽見啦！」

「清汾有多年的經驗，在巴黎受名師指導，加上他的態度如此專心，價值就很難評估，普通餐廳的顧客怎出得起這價錢……，偏偏開餐廳的目的是把賺錢放在第一位。」

「所以今天要請大家發揮想像力，就當作是清汾作的咖哩鴨，說不定就……。」

「你們說什麼？我聽見有人一直在後面說我清汾這個清汾那個……。是清汾得罪你們啦！還是咖哩鴨不合你胃口！」

前來問罪的竟是清汾本人，剛剛說的都被他聽見了，幸好所說都是稱讚的好話。

「請問諸位大師，有什麼批評指教？今天想聽的就是批評和指教！」

廖老板此時緊跟著走過來，要求大家發表試吃感言，一時之間竟沒人敢說話。一方面才只吃到一半，還沒有嚐出滋味來；另方面不是什麼食評家，就算想說幾句好話也說不來。主要的則是陳清汾就在此，要說也由他先開口才對，幸好廖老板只打個招呼並不當真，隨便問問就走開了。

「的確還有很大改進的空間，做不好那是可以諒解的，因為一下子要做給四、五十人吃，而且全部是白吃的，真是不容易呀！」陳清汾還是不忍心批評，莫非「不容易」就是他的評語，也是結論。

「我們都在懷疑你沒有將真工夫傳授出來，師父教徒弟永遠是暗藏兩招，這是天經地義的，已見怪不怪！對不對！」

「所以呀！真工夫會失傳，就是因為師父的本領沒有全部傳給徒弟！」

郭雪湖和蔡永一起圍過來，你一句我一句聽來像有意在責備陳清汾，然陳清汾也不示弱：

「人的修為靠的是自己，大師門下是沒有大師的，想成佛只靠燒香還是不夠！像你們已經快吃完了，是雞是鴨還分不清楚，不知到底是廚師不會做，還是食客不懂得吃！哈哈哈！」

「唯一的解釋是一時之間要做這麼多人的份量，難免手忙腳亂……，可是聽說大廚叫阿猴師，過去是顏國年家裡特聘的廚子，在圈內相當有名，再怎樣也有一定水準才對！」蔡永接下來說。

「他有水準？反過來就是吃的人沒水準！」

「哈哈哈，這是你說的……。」

眾人說的話雖然貶多於褒，還是把桌子上可以吃的全吃得精光，然後開始起身走動，終於有人站到畫前面瀏覽起來。

王井泉知道自己的使命還沒有完成，便趁此機會朝眾人喊話：「牆壁上的這許多名貴的油畫，是用來義賣給《台灣文學》雙月刊作基金的，請晚到的朋友到這邊來參觀，喜歡就每個人買一幅帶回家，過幾天再由我親自到府上致謝，順便收款，畫款的三分之一是給畫家的材料費。多謝諸位的支持，請大家到這邊來看畫！我們台灣的確須要一份文學刊物……。文學也好，美術也好，要靠有心人來支持！」

古井兄因有求於人，態度難得像今天這樣謙卑有禮。此時正好看到起立準備離開桌位的太平町開業醫師林佳冬，趕緊拉住他：

「佳冬兄，你不再多聊聊，吃飽就要走了嗎？那就順手挑一幅帶回去，我早就發現在你診所裡缺少一幅這樣的油畫，你們說對不對！」

「我有了，已經有了，你那天來的時候還問我作者是誰，你自己忘了！」說話的是一位瘦長身材，頭髮斑白的中年人，雖然拒絕，仍然溫文有禮地回答。未料郭雪湖在此時從一旁給他補上一句：

「令千金就要當新娘了吧！近來不是每天有人在說親事，總要先把嫁妝準備好，醫生人嫁女兒，油畫一兩幅是不可少的。」

「還早還早，我的算盤打得很精，到時候把請帖一寄，前來吃新娘酒的畫家自然就有人送畫來，可能一收就好幾幅，所以最不擔心的就是畫！」他回答得真是輕鬆。

「可是，自從『台陽』成立以來，協會自己訂了一個法令，禁止台灣畫家把自己的畫當禮物送人，每個人都收到通知，不信你問問他們……。」顏水龍以開玩笑語氣編造了個法令，目的是想逼他買幅畫，說完連他自己也笑個不停。

「父親為待嫁的女兒買一件藝術品是很高尚的事情，尤其是在今天這種場合更加有意義，台灣的美術和文學要靠全體民眾合力去推展才有前途，像你這樣有心的高級知識份子如果不肯贊助，又能找誰來贊助呢！為了台灣文化，還是要拜託你多出一點力，我們都非常感謝！」最後王白淵出面用誠意來說服林醫師。

「好吧！看來我是逃不掉的，既然已在諸位英雄當中陷入重圍，也算是我的榮幸！」雖然這麼說，對個人權益的爭取還是不放棄：「關於以畫當賀禮的禁令，是不是對我可以不受此限！」

「那當然，你買越多，他們就送越多。對不對！那麼就請挑一幅喜歡的，我明天會親自把畫送去，在此先向你道謝！」王井泉再次向林醫師行禮致謝，從來沒有像今天這麼多禮過。

這時候陳逸松走過來，把手重重搭在林醫師肩上，看來他們早已是很熟的朋友，帶著嘻笑語氣：「不夠，不夠，只買一幅怎麼夠呢！我們的情形是一樣，我都準備買兩幅的，你怎能只一幅。住在川端橋下的那個小的，在一起已經好久了，送一幅圖畫，讓她的房間看來更有文化，不是很好嗎！她高興起來就替你再添一個貴子⋯⋯。」

說到此，林佳冬已不敢聽下去，轉頭就往掛畫的牆壁走去，陳逸松也緊跟著過來，難得像今天這麼熱心，半彎著腰唯唯諾諾向他獻殷勤：

「美術這方面我比你內行，讓我效勞替你挑選，保証讚的。」可是未等他動手，林醫師已指定要郭雪湖的〈淡水暮色〉想想又要了陳清汾的〈巴黎近郊〉，兩幅都是6號的小畫，走時交代說：「明天不行，我休診不在家。大後天早上，越早越好，這一點要拜託你！」說完又覺有什麼不對，改口說：「不，還是讓我自己過來，我會自己來取畫！」

林醫師帶頭訂購之後，前來赴宴的律師和醫生每人都被指定配給一幅，算一算若畫款全部收齊，再扣掉畫家的三分之一，募得的款數超出兩千元應無問題。雜誌社有了這筆資金，往後更有信心可以把刊物長久辦下去，古井兄當然是第一功臣。雖然說今天是試吃咖哩鴨，直到現在才明白原來是另有目的！

餐宴已近尾聲，王井泉等人心裡還一直念著，何以今天文化界的最大支持者肇嘉先生遲遲沒有現身！

已有人開始要離去，廖老闆快步趕到門口送客，出了門的客人仍然捨不得就走，一堆人還擠在亭仔腳你一句我一句地。此時從店裡跑出來一名服務生，請廖老闆接電話，講了沒幾句話又由古井兄接過聽筒，近旁的人很快就察覺到似有大事情發生，都圍了過去。

「壞了壞了！肇嘉先生跑去馬場坐什麼飛行機，出了事故，摔在地上，電話中說也說不清楚，不知到底怎樣，我們趕快，快到馬場去，你們哪一個和我一起坐車。快搖電話給車行，派車過來。其他人騎自轉車趕過去。快！現在我滿腦子亂糟糟，也不知該怎麼對你們說……，希望他不要有事！」

廖老板在王井泉聽電話時，已先告知大家電話中聽到的消息，王井泉掛上電話後，補上一句說：「情況還不很明朗，我們先去了再說，現在就出發。希望不會有事！」

聽古井兄這麼說，一直默默坐著的李石樵跳起來就往門外跑，也不顧別人反應，一個人叫了部人力車就往馬場町趕去。聽到背後有人喊：「等一等，我也上去，怎麼一個人就走了！」這聲音分辨不出是誰。他轉頭過去大聲回他：「兩個人太重了，車伕跑不快，還是各人叫各人的，失禮了！」說完又不斷催促車夫找最近的路盡量跑快。

坐在車上一路指揮車夫奔跑的路線，唯恐他繞了大圈。街上的人看到一部人力車以異常快速往前奔跑，都好奇轉過頭來。

好不容易來到北門口，朝淡水河水門方向轉彎時，突然喇叭聲就在背後響起，一部汽車從後面很快就趕上來，車內擠滿了人，廖老板從窗內伸出手朝他不停揮舞，接著聽到車內的人齊聲在喊加油。令他後悔剛才出門時走得太急，何不等著一起乘汽車！

其實也沒有慢多少，到達跑馬場時，前面的小汽車也剛停下，從車內陸續鑽出來的人還在找進場的入口。已可聽到裡邊人聲嘈雜，廣場中央一大群人正議論紛紛。其中戴紳仕帽高大身材的中年人，看來像是肇嘉先生本人，李石樵等快速跑步上前，再仔細看果然沒錯，先來的人早已認出是他，一起蜂擁而上與他握手，說了許多探候的話，他們的過度熱誠關切令肇嘉先生感到幾分訝異，電話中一時誤傳造成大家一陣緊張慌亂，也在握過手之後終於放下了心。

大家已經看出來肇嘉先生臉上難過的表情，不停轉頭躲避記者的採訪，經一再逼問才勉強回答一兩句。他身後不遠處高高翹起的機翼，幾個消防人員正合力想將機身扶正。原來這是飛行練習場的意外事件，前兩天報上刊出第一位台灣人在日本飛行學校拿到文憑的飛行士楊清溪進行鄉土飛行訪問的消息，這架亞武羅504K型飛機據說是楊肇嘉與地方人士出錢從日本買來讓他駕駛的，本打算環島飛行一週，讓全島民眾看到我們台灣人也能飛上天空，構想實在用心良苦，未料竟在試飛中機身栽下墜毀，目前尚不知飛行士情況如何。

李石樵、郭雪湖、李超然等知道楊肇嘉平安無事，眾人已完全放心，一起站在一旁看著他忙於應付前來關心的各方人士。隨後又見蔡培火也在場，在人群當中他的身形遠不如楊肇嘉顯目，原來他離開波麗路就是趕來這裡觀看飛行的。

王井泉等人在場內四處走走看看，聽到現場觀眾裡流傳各種說法；有人說，當時正好一架大飛機低飛經過，捲起了一陣風把剛起飛的小飛機煽落，連地上站的人也幾乎被吹倒；又有人說，他看到媽祖顯靈，在機翼旁邊扶著想幫助機身平安著地，支持了好一陣子，還是救不了它，命運註定今天台灣人想飛也飛不起來；又聽到說，這是一陣螺旋風，三十年才只一次，上天不讓台灣人出頭，違抗天命想登上天必遭天譴；更有一種說法，認為日本人看到飛行機起飛，恐怕因而激起反抗意識，派人躲在隱密處開槍射擊，把飛機打下來；還有個小孩說，他親眼看到一隻大鳥正好飛過，被螺旋槳打到，飛機突然間一個大旋轉使駕駛失靈才掉了下來……，諸如此類什麼說法都有，不知到底誰說的正確。不過自從他們來了之後的確感受到這裡的強風威力，似乎已告訴人們風才是真正兇手！

為了保留失事現場，警方在附近圍起了繩子，把看熱鬧的民眾隔得遠遠地，有人覺得已沒什麼可看，就開始來回走動打聽內幕。

「飛機上的人後來怎樣了？」

「早已經被救護車送到赤十字社急救，聽說抬出來時還有氣息，就不知道能否救活……。」

「飛機上坐的是一個人還是兩個人？」

「好像兩個人，而且都姓楊，另一個應該是他的徒弟，是在機上當副手的，內行的人都說要有個人坐在後面以增加重量，飛起來才平穩。命中註定要結伴一起去……。」

「所以人們以為另一個坐在機上的是肇嘉先生，才有這麼多人趕過來關心。」

「他這人頭大面四方，是福大命大絕不會有事……」

「……也許由他坐上去，這回就沒有事了！」

「報上說，飛行機是他從日本買來的，如果試飛成功，他就要親自上機繞行台灣一週，激勵台灣島民士氣必定有很大作用，可惜才起飛就摔下來……。」

「是呀，這種事一發生，不知道又是什麼徵兆，台灣人受到這一次打擊，實在擔心幾時才能再振作起來！」

此時出現穿制服的工作人員，在警察指揮下開始清場，吹哨子催趕圍觀民眾離開。接著又見幾名記者趕來要求拍照，與警官正大聲交涉中。

吹哨子的警員帶頭將民眾領向出口大門，人群跟著朝那方向移動，由於動作實在緩慢，便有警員跑在背後吆喝催促。

走出大門之前李石樵回頭又看一眼場內，卻見肇嘉先生孤單身影依依不捨伸手扶在飛機殘骸不肯離去。一名記者匆匆趕過去搶鏡頭，第二天報紙刊出的就是這張照片，旁邊寫著一段他說的話：「這只是起頭，有朝一日台灣人一定要成功飛上天！」

「維特先生」黑板畫權利金

王井泉在大稻埕以「山水亭」為店名開的台菜館，位在第一劇場對街的巷口，為人海派，廣交文化界的朋友，當初取了「山水」，意指開餐廳目的在於廣邀全台文化人前來話山水，果然開張以後，文藝界的人到了台北幾乎無人不到此接受他的款待。

不出多久廖水來見古井兄能自立門戶，也到處籌錢終於兩年後在第九水門往太平通的小街找到店面，為了店名他請教過王白淵、呂泉生、呂赫若和陳逸松等人的意見。某日，偶然聽呂赫若嘴裡哼著一支曲子，覺得好聽，就問是什麼歌，回答說是「無禮樂」，王井泉在旁拍掌叫絕：「太好，這名字無地找，我就每天帶朋友到『無禮樂』話『山水』！」名字便這樣以日文的片假名寫下了「ボレロ」（波麗路），也看出它與「維特」（エルテル）之間的淵源。

大正年間歌德的小說《少年維特的煩惱》從德文譯成日文之後，很快成為青少年最受歡迎的讀物，平時言談甚至能背頌書中的幾段，和那年代古賀政男的歌一樣，在中學校園當中風靡一時。

本來楊肇基所開的維特是喫茶店，為了轉型擴大營業才聘請王井泉和廖水來兩人分別掌管台菜與西餐兩部，沒想到因而成為台北大稻埕首屈一指的カウヱ（酒家）。一開始他就對前來捧場的文藝界表明「這酒家是為你們『文化仙』開的，當你心裡苦悶而無處可消透時，這裡的姑娘是傾吐心聲的好對象。」當初大家也以為是這樣，來了之後才知道一攤喝下來的消費並非一般文化人所能負擔得起，從此沒有人膽敢登上「維特」樓梯，幾年後王井泉和廖水來相繼離開，各自開業，才有了山水亭和波麗路，台北的畫家終於有真正屬於他們的聚會場所。

某日，李超然邀約幾位畫家在波麗路茶敘，陳清汾和王白淵正巧路過也跟著進來。才剛找好位置坐下，就見一名未滿二十歲的年輕人闖進來向客人宣告他的樂團將在永樂座辦演奏會的消息。由於來得突然，講話口齒不清，有幾分滑稽，陳清汾忍不住打趣說：「到底在永樂市場還是永樂旅社，或是永樂座門前廣場？演奏是賣票還是不賣票，如果像巴黎路旁讓過路人隨意丟錢的藝人，就到這裡來也行！」

年輕人聽了滿臉的不悅，轉頭便走了出去。看他這態度，就有人問起：「這是誰呀！大稻埕的少年人是這樣的嗎？」

「管他是誰，不認識的年輕人到了這裡，我們就稱他『維特』先生。」櫃檯的那位婦人輕鬆回答所問。

過不久，那維特先生又推門進來，手上提了一支吉他，遠遠坐在角落裡，邊談邊唱起來……。唱完，在場沒有誰肯給他掌聲，卻有人問他唱的是什麼歌？他把頭抬得高高地不甘不願回答，說是「少男的復仇」。

此時王井泉匆匆進來，走向「維特」，說：「果然在這裡唱歌！以為你出來找人決鬥！你愛唱，那就唱吧！」

「好！那我就唱一條『走在決鬥路上的男人』，全台灣島只有我一個人會唱……。」態度仍然裝得那麼傲慢，分明是故意在賭氣。

唱完王井泉領先為他拍手，其他人才勉強隨著附和……。

古井兄突然間想起店裡的廖老板，問櫃檯那位中年婦人，她很調皮地拿西部片小生伽利古柏的名字形容他正在腹瀉，這句妙語令王井泉為之笑個不止。傳出去以後，來波麗路的友人找廖水來時，就直接稱他「伽利古柏」。日久反而很少人知道他的姓名，他也欣然接受了這個外號。

正當「維特」在彈唱時，另一邊王白淵拿起一支紅色粉筆把他畫在白牆上，以漫畫筆調將造型畫得更誇張。看到的人為之讚嘆：

「這個不就是電影裡的榎木健嗎？簡直像極了！」

全場的人都轉頭看過去，又再爆出一陣笑聲……。原來昭和以來日本有名的諧星，在台灣已經無人不知，國民學校裡只要班上有個專會搞笑的同學就被取這樣的別號叫「エノケン」或「アチヤコ」。

王白淵的妙筆把剛才的感覺視如一隻裝腔作勢要決鬥的竹雞畫了出來，其他畫家認為僅一隻太孤單，決鬥就必然有對手，又上來畫了好幾隻，頓時讓畫面成了鬥雞場，甚是壯觀！

少年「維特」只遠遠望了一眼，不知看清楚了沒有，一點也不生氣，唱完提起吉他一聲不響走出大門。晚上快打烊的時候他來了，一句話也沒說就在牆上畫起來。細看時，原來他把別人所畫的「雞頭」全改成人頭，且用諷刺性的詼諧筆法把在場聽歌的人畫上去，有幾個被畫得特別像，一看就知道是誰，莫非他先在家裡準備好草稿，是有備而來的。畫完又站著看了好久，才吹著口哨走離現場，在他看來，這下總算完成了復仇大業！

演奏會如期舉行，地點在大稻埕最大的表演廳永樂座，是陳清汾家族產業之一，事前早有人送來花圈，都來自山水亭古井兄的親朋好友，十幾個大花圈五顏六色一字排開確是氣派。晚上前來捧場的聽眾，真正音樂愛好者屈指可數，除了常在山水亭吃飯的食客，還有就是店裡的員工家族，場面仍舊辦得熱鬧滾滾。而王井泉則自費替《台灣文藝》雜誌社定了一個特大號花圈，來向自己祝賀，也替雜誌作宣傳。

今天四名演出者當中王井泉本是主要的吉他手，演出結果到了最後風頭還是被「維特」先生搶了去。當節目結束，台下的觀眾大聲喊「安可」時，已經沒有曲子可再演奏，只有他敢站出來作即興演出，使出各種舞姿，連頭也晃動起來，五十年後再回顧時，他不就是台灣第一位的搖滾歌手！因他的瘋狂表現，當晚的音樂會才終於有了最吸引人的熱場。

被說成伽利古柏的廖水來遲至第三天傍晚才在波麗路出現，雖然早已有人告知壁上塗鴉的事情，當他親身面對時才真正被這幅眾畫家合力完成的巨構所震撼，連連發出讚嘆：「天才！真是不可多得的傑作，波麗路終於有了這件鎮店之寶！」隨後轉身對旁邊的人說：「打電話把『雅典納』請來，說有一幅傑作要拍照，現在就過來。馬上，搖電話過去聯絡……。」

所指「雅典納」就是雅典納照相館的詹紹基，「台展」以來他就經常為畫家的作品拍照，是隨叫隨到機動性很高的攝影師，近年來報社用的圖片幾乎都從他那裡取得。電話中聽到有這麼一幅畫家的集體創作，當然不肯放過，不到一小時人已經站在波麗路店裡為牆上畫面調節燈光，進行拍照了……。

這件事很快就在文藝界裡傳開，來店裡的熟人也都想討一張照片回去，廖水來靈機一動想起不如大量印製以贈送顧客。「維特」先生聽到消息後很快就跑來，廖水來以為是想討一張照片留念，未料對方一開口不僅要照片而且要求付給一百圓的創作權利金，這名堂從來沒有聽說過，一時不知如何回答。

正巧陳清汾帶朋友走進餐廳，廖水來馬上請他過來評評理，多年海外的經驗肯定了解所謂權利金怎麼回事。

陳清汾看那少年人很臉熟，是那天在這裡一個人又彈又唱的「維特」，就問他住哪裡？因為古井兄處常有人寄宿，若是住他家的客人，事情就好說，沒想回答竟是：「住哪裡不重要，重要的是一個藝術家的權益，必須懂得爭取，你不是藝術家當然不明白，我要求一百圓，難道過份了嗎？」

此人分明不識陳清汾，才出言傲慢，雖然心裡不悅，陳清汾還是打算與這年輕人講道理：

「那麼你就是藝術家啦！藝術家的創作是權利也是義務，這裡提供地方給你創作，就該知足才對，還想要什麼權利金，那麼義務金呢？創作時已經讓你享有夠多的權利了，不是嗎！處處談金錢只有玷污藝術家崇高的靈魂，一百圓不過是商人所爭的小利，若你承認自己是商人，我倒可以好好地與你算個帳！」說完就向廖水來說：「把算盤和帳簿拿出來，我們結算一下，看是誰欠誰的。」

「維特」聽了臉上一陣紅一陣白，知道遇見難纏的對手，勉強說了一句：「這不是金錢的問題，是原則問題，為了藝術必須堅守原則……。」說時緊握住拳頭，不停地擠著眼睛，眼眶含著淚水，話也說不出來，看得出此時的他又氣又緊張。

「很好，那麼我們來談原則，不談金錢……。」

「不行，金錢是藝術家的麵包！」他的臉色變白。

「也可以，就用我的原則來談你的金錢，行嗎？」

「行，我拿人的錢是絕對有原則的！」

「太好啦！首先要算的第一筆帳是：你那天在人家開業作生意時自己跑進來，沒有受到主人邀請對不對！」

「……。」他只張開口，並沒有回答，還不停地擠眼睛。

「你來這裡連一杯咖啡都沒有點，所以你不算顧客，沒有徵求店主允許，帶著自己的樂器又彈又唱，請問你有沒有執照？在營業場所演奏要什麼條件你知道嗎？你唱歌是為了麵包，希望顧客丟錢給你買麵包，可是你別處不去，偏偏要來這裡。你是利用這裡人多想為自己的演奏會作宣傳，又不經主人同意就發傳單，主人可以把你趕出去，可是並沒有，他對你實在太通融了！」

「在日本時，他們的音樂家來了就演奏，根本不打招呼，自由自在，才是有文化水準的都市……。」

「我在日本住得比你久，音樂家與店主在事先已經都談好了條件，是你沒有看到！接下來我要算的帳是，你拿了店裡的粉筆在牆上亂塗，並沒有得到東家允許……。」

「別人也在塗，為什麼別人可以，我就不可以！」說到此他心有不甘，眼淚忍不住已經流出來。

「別人當然不可以，如果他們也跑來要權利金，那也一樣要同他算賬。現在是你來了，所以只算你的賬……。我問你，你那天花掉幾根店裡的粉筆？這都是錢買的，不是嗎！所以花掉的粉筆你要拿錢來還才對，這個賬你是賴不掉的，接著你把別人所畫的雞頭擦掉，改成自己的人頭，分明侵犯了他人的權益，如果你是藝術家，應該瞭解改別人的作品是多麼嚴重的過失，人家可以要求賠償，你賠得起嗎？不但賠而且要道歉……。」

陳清汾得理不饒人越講越是理直氣壯，站在一旁的「維特」不知是氣憤還是羞愧，已淚流滿面，突然間吶喊起來：「不要講了，我不聽，我不聽，你沒道理！」

顯然「維特」是個不善言詞的青年，他的口才已無力自衛，廖水來一路看下來，反而對他感到同情，便出來打圓場，說：「這樣好不好？我請兩位坐下，叫兩杯咖啡過來，慢慢地再談……。」

這話不說則已，反而逼使「維特」轉身往門外就跑，喊也喊不回來。從門內還聽到他在街上大喊一聲，不知是什麼語言，在陳清汾聽來像是法語的「沙漏」，這話未知他從哪裡學來罵人「髒東西」（Salaud）！

「本來我只是調解人，就因他說了藝術家的權利，才覺得既然自認是藝術家，就必須讓他了解何謂權利和義務，現在想想，或許我把話說重了，壓著他喘不過氣來，心裡一定很不好受。少年人雖有才情也不可太魯莽，說不定哪一天會再出現我面前，但願回去後會好好自省！」

廖老板感激陳清汾替他解圍，便說：「今天多虧有你！吃什麼盡量點，由我來請客。」轉頭對服務生交代說：「這一桌的賬單就交給我好啦！」

以後陳清汾一直沒有機緣再碰上那少年，倒是有一回在城內新公園的獅子咖啡（カフエ・ライオン）剛走出門，看到王井泉迎面從露天音樂台那裡走來，打招呼時語氣不同於往前，話也不說就擦身而過，又回頭補了一句：「那天承蒙教訓，真是感激！」便跨著大步走開，令陳清汾站在那裡想了好久，能夠猜到的只有在波麗路發生的與「維特」算帳那件事，本來只是從中調解，卻不知他回去後把經過說成怎樣，造成古井兄的不諒解，才出現今天這種態度。

廖水來本打算把雅典納拍好的照片印在菜單上，讓這幅圖畫和波麗路舞曲同時成為專屬的代表性標誌。如今已不敢這樣作，有了一次教訓不得不擔心又有麻煩會再找上門。過不了多久畫在牆上的色粉開始剝落，最後終於消失不見了。

這個事件隨著圖畫的消失總算告一個段落，可是「維特」所提藝術權利金則始終在他腦海中打轉，往後想長久周旋在藝術家之間，該如何避免類似不必要的麻煩，想到此不得不佩服古井兄多年來在這方面的本事。

於是他把牆壁上殘留粉跡徹底清洗，無異想把這不愉快陰影擦拭乾淨。

「下港人」眼中的台北美人

波麗路座落在太平町東邊，這一帶聚集好幾家的茶行，所有的茶棧、翻莊、茶館和舖家都散落在這幾條街，所以走過亭仔腳常看到婦女圍繞著竹編的大籮筐在揀茶葉，遠遠地便已聞到清新的茶葉香。

北師的石川欽一郎教諭每學期都會帶學生來此寫生，學習補捉大稻埕人的生活百態。那一天，他們來到波麗路附近，正好在此看到揀茶葉的婦女，就命學生以她們為題材畫速寫。

不久來了一名警察，本想趕走擋在人行路上的學生，看見穿制服的石川教諭，鼻子一摸頭也不回就走開，又隔半小時，他帶來階級更高的巡官，沒想到一來就向石川大聲打招呼，原來他們是朋友，然後只在石川耳邊說了幾句話便迅速離去。

此時波麗路店門剛開，石川又把七、八名學生帶進裡面，讓這些台灣各地來的學生能嚐到西洋咖啡的滋味，與剛剛聞到的土產茶葉作個比照。

咖啡已經上桌，正當學生們依照石川先生指示以英國傳統規矩品嚐咖啡時，門外走進來三名操日語的中年人，其中一人手提一包東西，還沒坐下來就問店裡的服務生能否把這茶葉替他們泡一壺茶，一看便知道是從對面茶行買來的，或許因為不放心茶葉品質，所以想當場試泡一壺；也可能知道這是名貴的一等好茶，心急著想馬上喝到它，就來找店裡的人商量，泡一壺茶不管多少價錢都可以照付。可是新來服務生從未遇到過這種事情，一時不知該如何應付，推說他們的店只賣自己的咖啡和紅茶，外面帶進來的恕不能代勞。想泡台灣茶可以到附近的茶棧，他們才是泡茶的行家，這都是實話，但客人就是聽不進去。

他們的對話聲雖然壓得很低，不想干擾別人，依然是被石川聽到，起身想作個協調人，交談之下才知道其中一人是東美出身的，有了這層關係就更好說話，石川以老實話相告：即使有好茶葉也不可隨便找個人就能泡出好茶，買來的這包茶葉再怎麼上等，交給了這裡的服務生以三等的手藝泡出來的茶，實在太可惜了。日本人本來就很懂得茶道，這樣一說很容易就明白，其實服務生是一番好意，不敢隨便糟蹋珍貴的茶葉，只因為語言上不善溝通，這才造成僵局。

「既然是喝不成這裡的茶，就陪我們一起喝杯咖啡吧！波麗路的吧台是經過訓練的。」

石川為了使氣氛更和諧，讓遠來客人不致感到失望，主動邀請喝咖啡，等要付錢時收賬員無論如何都不肯收錢，因為電話中已告知廖老闆剛才發生的事，所以交代下來帳單要由老板自己付。

有關石川先生解決「泡茶」風波的故事，以後廖水來經常拿出來對人說起，每講一次就加上一些新的，到後來竟變成石川親自調製咖啡招待日本友人，由於味道特別，傳到了東京又被說成台灣的「石川咖啡」，是波麗路在戰爭期間最受歡迎的咖啡之一，吸引了許多東京客前來品嚐。

雖然近日來報上每天有戰爭的消息，但是在民眾心中，戰爭仍然十分遙遠，大稻埕的居民和往昔一樣過著太平日子。

從淡水河岸走過的人，常看到上空有軍用機列隊進行作戰演練，這情形過去甚少見到。台北大橋近旁也多出了兩個碉堡，頂上架著一支大型機關槍，有士兵持槍站崗。曾經幾次在沒有預警下，把第六到第十一水門全部封閉，轉眼間進駐好幾卡車的武裝部隊，沿著河流兩岸進行軍事演習，站在靠河邊的民家從二樓陽台清楚得見士兵以作戰隊型奔跑的情形。

這消息很快就成為大稻埕文藝界人士議論的焦點，每談到這方面的事，人們都自動警覺把聲音放低。不管是在波麗路還是山水亭，已能察覺出過去沒有的低氣壓，平時喜歡高談闊論的文化人臉上明顯已少了許多笑容，像往昔大聲狂笑的情形今已不多見。

為了配合即將施行的全民防空演習，當局鼓勵女性要改穿「蒙貝」，也就是一種馬褲。不久之後，向來穿裙子的高女學生，每週規定有幾天要改穿「蒙貝」上學，於是在波麗路座位上的女學生出現新的裝扮，初看起來很不習慣，或許她們自己也覺不好看，坐下之後便很少起來走動，遇到熟人還會把手掩著嘴，低下頭偷笑。

波麗路的生意仍然天天滿座，這裡早已是全島文藝界知名的聚會場所，從南部北上的人士一定會到這裡來喝一杯咖啡，或點一客咖哩鴨飯吃了再回去，說不定還能在這地方見到心儀已久的藝壇人物，如顏水龍、楊三郎、呂赫若、陳進、李石樵、陳清汾等名人，而後在南部的地方報上發表短文，談台北坐咖啡廳的所見所聞所思，刻意將之與遙遠的巴黎連想在一起，有如到拉丁區走了一趟回來。

在台北人使用的語言裡南部來的都稱「下港人」，因看到他們性格忠厚，思考不像台北人拐彎抹角，對時局缺乏敏銳度，腦子裡對戰爭的想像，的確與台北人之間有太多不同。

當下港人來到台北進了城內，看到統治階級的大和民族氣派十足模樣，相形之下更覺自己鄉下人的卑微，即使是本島人聚居的大稻埕，在波麗路坐著時，聽到四周的人講著流利日語，常認為他們是內地人，可是往往都猜錯了。

台北人的國語，尤其是從高女學生嘴裡講出來，讓下港人聽來很難分辨是東京人還是台北人，大稻埕到底日本化到什麼程度，只要到波麗路來坐上一個小時，就大略可看出來。可是令他們難以理解的是，波麗路是台灣新文化運動精英最常出入的地方，不得不懷疑台灣人的文化運動也在不自覺之間日本化了！

台北人通常不說「下港人」，而說「下港仔」，這多少帶有輕視的意味；同樣地他們稱宜蘭地區來的人「宜蘭販仔」，意指挑貨到城裡賣的販子，是小生意人的意思，至於遠在後山的花蓮和台東的居民，不管哪一族人，甚至是漢人也一概視為「蕃仔」。在形容一個人不講道理時就說他「很蕃」，把「蕃」字當成形容詞用，這不難看出台北人的地域觀念，顯然台灣是台北人帶頭下以台北觀點走向所謂的「新文化」，在下港人看來這和皇民化分不出有多少差別！

台北人對待日本人的心理是矛盾的，一方面因羨慕而認真在模倣他們，背地裡又罵他們「狗」，不想說得太直接時就轉個彎說成「四腳仔」，然後把投靠日本的台灣人剁掉狗的一條腿，罵他「三腳仔」，意指一個人偏要去當狗，置身在人狗之間，向四隻腿的討好聽命，對兩隻腿的施壓欺詐，已成二十世紀台灣的特定名詞。

反過來，日本人則一概把台灣人說成「清國奴」，而叫山地原住民為「生蕃」，表面上當局一再要台灣人學習成為帝國的臣民而施行皇民化，養成隨時為天皇奉獻犧牲的精神，然而法律上的地位仍然是二等國民，每當警察在訓誡民眾時，脫口而出的就是「清國奴」，像是提醒他們連作個日本國的奴才都不夠資格，這話在下港人聽來，又像在警告台北人，不管你日本話學得再像東京腔，衣著打扮再像日本人，祖先是奴隸的事實是永遠不會變的。

今天波麗路又來了兩位下港人，在台北知識份子的用語裡稱為左派文人的吳坤煌和楊貴，前者向以梧葉生筆名發表文章，參與左翼活動招致入獄，三十年代初在東京與志同道合共組「文化サックル」（文化圈）及「台灣藝術研究會」，辦過一份《福爾摩沙》雜誌；而楊貴則參與實際抗爭行動多次入獄，從日本返台後就加入農民組合推展農民運動，以楊逵筆名發表文章，短篇小說《送報伕》獲東京「文學評論」雜誌之小說賞，自己在台中辦有《台灣新文學》刊物。這回兩人到台北是接到總督府警務局傳令，來北署接受訊問，從昨天下午起問到今晨天已大亮，才讓兩人躺下來休息，離開北署後楊貴不想就此回台中，約吳坤煌一起到波麗路來，說不定還可以在此遇到舊識。

兩人對台北的路都不熟，邊走邊問沒想到過了靜修女中有條大路直通太平町。經過江山樓時，吳坤煌想起「南音」和「先發部隊」時代的同仁郭秋生就是這裡的經理，便說要進去打招呼，但楊貴看到裡頭的男男女女，才到門口就不想進去，吳坤煌看他如此，只好放棄，就直接往波麗路方向行來。

吳坤煌才進門剛坐下就急於向服務生打聽呂石堆，楊貴趕緊補一句，呂石堆就是呂赫若，用日語把名字唸了兩遍，服務生似記起了什麼，回頭快步走向櫃台，然後回來，說：「很巧，那位女士和呂先生有約，稍等他就會來。」同時朝左邊不遠的桌位上瞄了一眼，兩人也隨著看過去，是一位台北的摩登女郎，正低頭翻閱一本厚厚的精裝書，大概是剛買來的，包裝紙拆開後還放在桌上，從上面印的商標約可認出是文化書局的書。

確是個美貌高貴的婦人，應該有三十出頭的年紀。兩人癡癡地望著，被她的容貌所吸引，看著她從手提包裡掏出香菸，點火的動作還是剛學吸菸沒多久，接連劃過兩根火柴仍然沒有點著，看得這邊兩位男士真想上前去幫忙……。

就在這時候一位穿白色西裝的紳仕推門進來，一眼便認出是呂赫若，然他進門後就朝那貴婦人座位走去，兩人親切地握手，呂赫若還在對方伸出來的手背上輕拍兩下，這就是台北人見面時的禮數！

「好浪漫的調情聖手！」吳坤煌像是自言自語，又像在對楊貴說：「畢竟是台北，新時代的女性！」

坐下來後一男一女親熱地交談著，使本來已站起來想上前招呼的二人只好又坐下來，開始猜測這位摩登女士是什麼人！

遠遠看去，雖然手上拿著菸卻沒有人聯想到風塵女郎，何況桌前放著一冊像翻譯小說厚厚的精裝書！慢慢地又看出她吸菸的模樣有些滑稽，用大拇指和中指夾住菸枝，每次要接連吸進好幾口，隨即又將煙吐出來，讓白煙彌漫在自己臉上，然後閉上眼睛揮手把煙煽開，顯然她的菸抽來不是很享受，不抽的時候只顧把菸枝往煙灰缸上彈個不停，她這動作看出來是個相當神經質的女人，尤其講話時左手不停地揮動，當發現菸上的火頭已燒到自己手指，這才丟到缸裡，就此不管，任它自然熄滅，不知道已抽了多少支菸，座位四周白茫茫一片，遠遠看去，此時的她早已是霧中美人！

一個成熟的女人配上這種生疏動作，不但不覺她幼稚，反而更加迷人。楊貴有意無意中自問：「如此罕見的美人，她會是誰！」

雖是無意識中說出口，已被吳坤煌聽見，他回答時也像在自問：「謝雪紅？當然不是……，你見過大姐頭吧！她會到這裡來嗎？也有可能，她和呂的思想一致，太平町的國際書店是她的，我不懷疑她會出現在這裡，難道不是她！」

「我當然見過她！她老了，但是個老美人，因為她懂得捉住身邊的愛情，戀愛中的女人不會變醜……。」

「我沒見過她，但只要她出現在這裡，我一眼便可認出是她……，可是女人也真奇怪，只要把髮型一變，換一種裝扮，就像是另一個人，即使見到也不敢去認！」

說到此，楊貴也想抽根菸，只摸摸口袋，並沒有掏出菸盒來，因他知道吳坤煌是不喜歡別人吸菸的。

「不是她，難道會是李香蘭！哈哈，把天下美女全猜過了，還是猜不出她是誰……。」

「不，這不是笑談，這一陣子李香蘭可能到台灣來！」

「她若出現在這裡，一定是天大的News，門口早擠滿新聞記者了。哈哈！」楊貴終於抽出一根菸咬在嘴邊。

「最近一度風聞她為了拍一部電影要到台灣，是劉吶鷗的劇本，但可能只是傳說……。」

「不，這是事實，劉吶鷗此人頗有文才，可惜是個大右派，滿腦子只有『超現實』。在日本的時候一起上過法文課，我們都是法國迷！」嘴邊的一根菸只咬著，並沒想要點火。

「到底他是親蔣，還是親汪？死得不明不白……。」

「這不重要，重要的是他的思想，要不得的大右派！」

「他有個理想，只希望拍一部自己的電影，誰給他電影拍，他就是誰的人！不像你那麼堅持，所以才一事無成。」

「他的法文已到能夠翻譯的程度，後來研究超現實是從佛洛伊德的潛意識分析著手，台灣人當中算是第一人者。接著他又想研究馬克斯，因為第二次超現實主義宣言提到馬克斯主義，可惜上天給他的時間太短了些！」

「他被暗殺的那天，就是在友人的宴席裡中途離開，趕往李香蘭處談電影劇本，走到樓梯口就被埋伏的特務開槍擊倒，現場劇本散落滿地，兇手逃走時腳踩在稿紙上摔了一跤，留下手印，所以很順利就破案……。李香蘭對這案情一定知道不少，若她真地來到台灣，說不定就將內幕全盤托出……。」

「既不是謝雪紅，又不是李香蘭……，還有誰！台北城還有什麼美女！對，我在東京時聽人說過，立石鐵臣在台灣結婚，娶的是台北城內第一美女，台北帝大教授工藤好美的妹妹，叫工藤壽美，你說會不會是她！」

「你想到哪裡去了！不過剛才聽到她說的是東京腔，難道不是本島女性！奇怪，呂的雖風流，但從不交內地女孩……，令人猜不著！不猜了，不猜了，管她是誰！」

「我想起來了，聽逸松說『エルテル・カウエ』（維特酒家）有個叫美珠的才女，雖然只有國民學校學歷，寫的文章投稿在《南風》雜誌上，很受好評。到『維特』去的文化人都一定點她坐台，最近聽說要嫁人，對象是她們店裡的小使，傳出來已成大新聞。去年底我在『維特』門前看過她一次，正要上人力車，我注意到時，車夫已拉著車子開始起跑，別看她是煙花界的，若今天出現在這裡，還是有人會猜她是什麼貴夫人……。」

此時有人推門進來，一看是大個子張文環，他本是嘉義梅山人，自從日本讀書回來就住在台中，竟然也會在這裡出現！以他的派頭出門西裝領帶是很平常的裝扮，只是頭上的白色紳仕帽及手中提的枴杖，遠看讓人聯想到藍蔭鼎這位草地紳仕。進門後他就朝貴夫人的那一頭走去，才坐下三人就像在開會不知談論什麼。

過了好一會張文環才抬頭像是找人把視線向四周掃瞄一遍，終於看到面朝門外坐著的楊貴，先是一臉驚訝！便伸手拉起呂赫若走了過來，這種反應使得楊、吳兩人甚為感動，趕緊起立頻頻點頭，態度仍舊有幾分不自在。在呂赫若眼裡這兩位稀客不但是多年文友而且是思想接近的戰友，近日更風聞兩人被當局傳訊的消息。

「怎麼會到台北來呢！還是頭一回在這地方見到兩位。去年在南投承蒙吳桑請客，真不好意思！今天就讓我替兩位付帳好不好，請不要客氣！」呂赫若握手時特別提起去年的事。

張、呂二人也是中部人，這些日子一直留在台北，晚上就睡在王井泉家的客廳，遇到楊貴等就如同見到同鄉，一開口就搶著說要付賬，不改學生時代豪爽性格。

「今天是不是到……。」張文環對兩人的事略知一二，想問又不敢直問，留著下半句，看身邊的呂赫若會不會接著把話說完。

「是的，你們怎麼都知道了，是到北署來的……。」反而是吳坤煌直截了當回答：「事實上他們都已查得一清二楚，根本不用我自己說，要我們來此不過印証一下，看我這個人老不老實而已，若被他認為誠實度不夠，就打算拘留也說不定，所以我乾脆全面配合，反正做的也沒什麼大不了的事情，……從這裡看出他們辦案的手法。」

吳坤煌才說到半途，呂赫若便自動拉開椅子在他身旁坐下，對他的事顯出十分關心，等待吳坤煌接著說下去：

「……從我當年在東京和朋友辦《福爾摩沙》，組文化サツクル到台灣藝術研究會，所有的過程，連我如何把王白淵從靜岡拉到東京開會，自己都忘了的細節，他們竟然一一當著我面講給我聽，你說我不承認行嗎？我雖然承認，但並不認為這樣做有罪。我不懂的是，他們能掌握得如此精密，不知花多少人力物力，只為了控制幾個手無寸鐵的文人！」

楊貴順著他的話說下去：「當年在東京讀書的台灣學生裡，有幾個被收買當了三條腿的，回來之後，我慢慢地終於查到，問起來都說有不得已苦衷，不管他們為何這樣做，都已經傷害到自己人，想來也真可惡，有人在責命為台灣爭取人權，竟有人為個人利益出賣同胞，今天他們可以判我們有罪坐牢，未來歷史的審判則是要他們終生坐牢！」

「三條腿這種敗類，在我們南投人當中有好些個，曾經在高砂寮當場捉到，大家圍過來連揍了幾拳，吭都不敢吭一聲，抱頭就跑。後來想想，這種人不過是為了一個『貪』字，可憐！」吳坤煌說到氣憤時，捉緊拳頭狠狠往桌上搥了下去。

「當初我們擔心冤枉到好人，怕因此傷害感情，製造更多敵人，一直三心兩意不敢馬上揪出來，結果反而害到自己這邊的人！」楊貴受到吳坤煌情緒感染也滿腔憤慨。

「起先我擔心的也是這個，可是那一次當場捉到他，所做的也有人指證，錯不了的。他還是死賴不肯承認！這人學的還是文學，他能寫出好文學來嗎？天曉得！」

呂赫若最關心的還是兩人在警署裡受到了什麼待遇：「回到剛才說的，在裡面他們問你什麼？請說詳細一點來聽聽，好不好！」

「我們呂桑最想知道的是，有一天他自己進了警署，會有什麼遭遇，讓他事先有個心理準備……。」張文環很了解呂赫若此時心裡想什麼。近年來朋友一個接一個被請了進去，早晚會輪到他。

吳坤煌繼續說：「其實，他們早就查得很清楚，可見當三條腿的為數不少，才取得到這麼完整資料。情形不嚴重的像我們兩人，就等於調去警告一下，把事實擺在眼前來嚇你，暗示你絕對逃不過他的手掌心……。不過，這次的經驗告訴我，他們還是遵照法律在行事，沒有越法為難我們，他們就像台灣的算命仙仔，先向你說些五四三的，讓你從心裡對他折服，然後不管說什麼，你只得乖乖就範，因為心理上已經被壓制了。警署當然比算命的更可怕！」

「然後呢？說下去好不好，你們是一起問話的嗎？我說是不是同一房間裡……。」這才是呂赫若真正想知道的。

「算是這樣，但是在一個很大的房間，一個人一邊，離得很遠，我雖然聽不見他那邊說話，卻不斷聽到傳來的怒吼及鞭子抽打的聲響，以這樣來逼迫我喪失抗拒力。我還一直以為楊貴受到刑求，出來後，他也問我同樣的話，才知道是假的，這是他們的手段，訊問之前，我們在那張椅上已經坐了近一個小時，這期間他們演一齣戲給我們看，在一個房間裡有人坐在椅子上痛苦呻吟。不，是哀嚎呼叫，他們做得很輕鬆，只吊一個水桶在頭頂上，久久才滴下一滴水，看似沒什麼，一段時間後，我就看到受刑的人幾乎被逼得要發狂了，他們讓我看這鏡頭，然後告訴我頭上也有一桶水，這樣來威脅我，顯然是下馬威，事實上從頭到尾什麼也沒做……。」吳坤煌看呂赫若如此渴望想知道，乾脆把實情全盤告訴了他。

「是刻意安排，用來表演給你們看的逼供手段。」張文環說。

「真厲害！根本不傷人半根汗毛，而能達到目的，好不好！我認為這一套是亞洲最古老的手段。」

「那麼，怎麼樣！在裡面他們還問你些什麼？詳細一點好不好！」呂赫若又問。

較之楊貴，吳坤煌的個性固執一點，儘管呂赫若急著想知道更多，他偏要把講話內容簡化，讓呂乾著急卻得不到答案，因為此時他最想知道的是那邊坐的貴夫人，呂赫若居然吝嗇到連介紹都不肯，只一意想打聽警署的訊問，便想還以顏色盡快將他趕回座位：

「讓你離座這麼久，真不好意思，這樣不會對不起你同座的朋友嗎？要不要也一起過來？」

楊貴也附和說：「對啦，不然就請你們都過來，反正帳單是你付的！坤煌君可以慢慢將細節說給你聽……。」

此時張文環已經又回到原來坐位，和那位夫人正認真談論著，看似三人之間有什麼祕密正在進行。這邊呂赫若仍然不肯放棄，想辦法將話題轉向北署的問訊，卻又不肯把朋友帶來一起坐，而這邊的兩人偏不肯就範讓他得逞，心想這傢伙也夠龜毛，既然帶著女朋友坐咖啡廳，還有什麼不可介紹的！這時聽到那邊傳來呼喚聲，張文環正朝他招手，大概是講到關鍵的話題，非他不可，便起身走去，臨走前還表示很快就過來。

呂赫若一離開，兩人就批評起他，對他不肯介紹那夫人表示不滿。

「剛才我聽張文環說了一句『交際家』什麼的……，指的不知是她的名字還是外號！台北上流社會裡頭有這號人物嗎？」

「這傢伙風流倜儻，說他是社會主義者鬼才相信！」

楊貴只顧搖頭、不發一語，吳坤煌還是不肯放過呂赫若：「這個石堆，不過是一堆石頭有什麼了不起，頭殼和石頭一般硬，既然是『交際家』更應該過來交際才對呀！」呂赫若本名石堆，只有從小就認識的吳坤煌還這樣叫他。

「既然你認為這樣，就主動過去交際一番，有何不可！」

楊貴露出不耐的語氣，催他過去問個明白：「剛才還聽到一句，也許是關鍵性的一句『高砂民族』，如果她是高砂族的公主，去年到東京接受昭和天皇召見的蕃仔公主，叫什麼茉莉子，報上刊出的照片也是非常端莊美麗……。」

「不管是與不是，就當她是，我們今天的談話才有個結論，然後編個故事說蕃仔公主在波麗路與張文環、呂赫若會面密商一部影片拍攝，帶回中部也是個大新聞！」吳坤煌則意猶未盡一心想興風作浪。

「好個大新聞，但大眾的興趣在於結局，免不了有人追問結果怎樣，所以你還要編下去，才能滿足大眾口味。」

「再編下去！可能就是另一個劇本的開始！永遠沒有完。」

「不管戲怎麼演，劇本怎麼寫，我只當台下觀眾，就已經很滿足了！」到此地步兩人也只當一場戲來看這三個男女。

「把眼前所見的真實戲劇化，這是文學的特權，而且無限制提升，這才懂得拿文學作享受。」

「可是，只在文學創作中求滿足，好像不是一名社會主義者應有的本份！」楊貴不但是社會主義者而且是現實主義者。

「好傢伙！你又想捉我的把柄了！……。」

餐廳不斷地有人進來又有人出去，可惜都是些生面孔，本來所認識的台北文藝界友人就不多，被喚去訊問的消息傳開後，恐怕連認得的也會盡量躲開，呂、張肯前來寒暄，不僅要有膽量，也要有一致立場才如此關心。兩人在這裡已坐了一個多小時，想想再下去恐怕不會有什麼新發現，楊貴便說：「去櫃台看看，他真的付了沒有，不然我就先付，本來今天是該由我來請的！」

說著就往櫃台走去，回來時滿臉笑容告訴坤煌：「有人已經付了錢，而且訂了兩客咖哩鴨飯，好像是呂赫若要慰勞我們的。」

「真是不好意思！他那麼渴望想知道傳訊情形，而我們偏不告訴他，未免太不大方啦！」

「他自認為早晚會被叫去問話，所以想打聽進去北署之後可能發生的，其實北署捉人的事，以當前的呂石堆還排在最後面。但也不可以怪我們，誰叫他不介紹自己朋友來相識！」

「據說他從來不介紹身邊的女伴與朋友相識，何況他不曉得我們是這麼渴望想知道那女士是誰，如果照實向他表明了，他不會那麼小氣吧！」

「還是我們這邊的不對，又做錯事情了！」

這段時間，看到進進出出的客人裡，三人當中至少有一人與呂赫若打招呼，但並沒有人坐下來加入他們的談話，頂多只握過手之後就另找桌位，更特別的是那位女士連別過臉看人一眼都沒有……。端來的是咖哩鴨而不是雞，早就聽人說過，波麗路的咖哩飯裡頭是雞鴨不分的。不管是什麼，肚子餓時不在乎是雞是鴨，吃起來一樣津津有味，畢竟是剛從北署放出來的人，吃相難免與人不同。

剛吃完正在擦嘴，終於有個熟面孔的人推門進來，一眼就看到他們兩人，原來是王白淵。他出現在這裡並不稀奇，因為波麗路是他尋找資源的地方，進門後過來與兩人握過手，話也沒說幾句，就轉頭往左邊桌位走去，顯然與呂赫若等約好了在此開四人會議。

到底他們正進行什麼大計畫！兩人已經疲倦，懶得費神去推測，寧願讓這一切就此留下不解的問號！

朝鮮舞蹈家崔承喜旋風

一連幾天，前來波麗路的文藝界人士都在議論紛紛談論一件大事，一年前在歐洲表演受到佳評的朝鮮女舞蹈家崔承喜受台灣藝術聯盟邀請即將訪台，於台北、台中、台南三大城市巡迴演出。多日來成為重要的話題，對她的到來無不寄以期待。

禮拜天楊三郎不知從哪裡得來的入場券，約郭雪湖到波麗路會面，交給他五張，請代為分給六硯會同仁。正說著，顏水龍和陳清汾剛好進來，聽到「崔承喜」三個字，便捉住他問，這回她能順利來台到底是誰出的力？因去年幾度傳聞她到中國表演之後有意前來台灣，均遭到阻擾無法入境。年初又到歐洲演出，日本內地報紙大篇幅刊出消息，台灣和朝鮮對她的報導反而少之又少，以她在國際上的聲譽，文藝界應該視為亞洲人的榮耀，然而三番五次受阻無法入境，若不是哪一位有力人士出面協助，這回是不可能過關的。

這樣的問題當然不是楊三郎所能回答，大家圍在一張桌前只憑個人所知做種種的猜測。其實到目前為止，對這位成名沒有幾年的崔承喜所知尚且有限，雖然這樣，還是以她為話題聊了整整一個上午，直到接近中午呂赫若突然出現，捉住他追問，想從他口中得到較完整的答案。

此時正值午飯時間，就臨時決定轉移陣地到山水亭，他們知道有關崔承喜來台之事，王井泉老板必然比誰都關心，更希望在她來台期間這一伙人都能出一份力，表現出台灣民間對她的歡迎。

到達山水亭時，看見一張餐桌上已經擺好一盤雞卷和豆腐皮壽司，還有大鍋的冬瓜湯，五個人一坐下就吃了起來，以為接著還會端出什麼好料，吃光了之後，廚房裡就不再有何動靜，接著由服務生來收碗盤，分明這一餐就這樣告結束，又久久不見王老板出面，令大家甚感訝異，這分明不像古井兄的作風！

不一會王井泉從外面氣呼呼走進來，手提兩大包不知是什麼，往餐桌上一放，指著呂赫若就罵：

「不是在電話中約好要到波麗路的嗎！你又跑到山水亭來，這是在跟我玩什麼把戲！」

的確他們相約在波麗路見面，可是呂赫若才進門就被郭雪湖等拉到山水亭，接著七嘴八舌問他崔承喜的事，起先他還以為波麗路到山水亭就是單純一條路，途中必能遇到前來的王井泉，不知何故竟彼此錯過，說什麼還是自己不對，只好連連道歉。古井兄的脾氣發過之後，就像什麼事都沒發生，親自到廚房裡做幾樣菜又重新開桌。

進門時放在桌上的兩大包東西原來是山水亭的割包，楊三郎見所有人站著發呆，便領頭重回餐桌，大家也跟著圍過來，所謂聚會現在才算真正開始，聆聽呂赫若講述崔承喜獲准來台的前後過程：

「……本來透過江文也推薦，台灣文藝聯盟從去年春天就一直在交涉，希望邀請崔承喜到台灣來。你們都知道，好不好，這些年不論文學、美術、戲劇和音樂在台灣都已經在起步中，僅舞蹈界還很少活動，所以需要更多外來的啟蒙。正好江文也給高慈美的信中提到崔承喜，才知道他們之間有交往，林錦鴻聽到了想寫一篇報導就來問我，於是他把我講的寫出來發表在報上，引起聯盟幹部的興趣，更加積極進行邀請，那時她在印尼表演，很快就答應要順路經過台灣，可惜最後只有入境這一關被擋住，當局找了很多無聊的理由要她先回日本再重新申請入台，以後就不再聽到消息。好不好，我在猜想，台灣總督府已經掌握她的資料，知道她一直與左翼人士有交往，在日本倡導社會主義的藝術團體也邀她參與活動，大概就因此被貼上紅色商標。好不好，去年之所以進不了台灣，與她的商標有絕對關係，好不好，……這回突然又說可以來台，我去問過後才知道是台灣藝術聯盟的文藝部出面，經由桑田喜好和古川義光等與教育局的關係才打通關卡，古川這個人很有野心，植棋在的時候提起過幾次，只是我們不注意而已，他還一直自認為是石川先生的接班人，憑他在政界的關係想利用這機會表現自己的影響力，目的是想放長線釣大魚，好不好，這一點我已經看出來，所以須要小心！」

「你說江文也在給高慈美的信中提到崔承喜！那麼他認識崔承喜本人啦？」王井泉所以這麼問，是對台灣藝術聯盟出面邀請，來台後由他們安排行程之事頗不以為然，因如此一來本島藝術界想與她接觸的機會就沒有了。

「據我猜，他們之間互相認識應該沒有問題，因為江文也在工業學校的時候，晚上到山田耕作那裡學作曲，而山田耕作與石井漠之間常有音樂和舞蹈的合作關係，好不好，崔承喜是石井漠的學生，她和江文也都很優秀，兩人會相識甚至交往都有可能。你們看，好不好！這兩個人有名氣之後都堅持不改姓名，顯而易見在意識上是很接近的，所以江文也才希望她來台灣進行交流，對台灣舞蹈界必有所啟發……。」

「你這一說，我又想起來了。」王井泉想到了什麼，突然插嘴說：「去年文化協會的幹部在這裡聚餐，曾經有人提到一個朝鮮舞蹈家，問我聽說過沒有，我說沒有，就不再問了，很可能文化協會也有意邀請，只是不太積極……。」

「如果崔承喜來台之後造成朝鮮文化界與台灣的結盟，問題可就大了，當局一定不允許的，這回是古川在主導，他們才放心。台灣藝術聯盟一插手，台灣人這邊的線就斷了，他們畢竟厲害！」陳清汾在這方面的理解比任何人都清楚，故能一語道破。

顏水龍突然想起一個人：「你們有沒有印象，肇嘉先生年初來的時候提起過一個人，是台南的女孩子也到東京學舞，好像是在石井漠和石井綠的舞蹈教室……。」

「聽說過，就是台南群英會館老闆的女兒，姓蔡，從年齡看來，好不好，她入石井漠舞蹈教室時，崔承喜該已經自立門戶到處去表演了。」

「說不定她就是未來台灣的崔承喜，把她請回來與崔承喜同台表演，這樣對她或許有幫助！」郭雪湖提出他的建議。

楊三郎也有看法：「近代舞蹈在台灣起步較晚，不妨利用崔承喜來台表演，加以大力宣揚，鼓勵年輕人到日本讀書卻還不知自己要學什麼的就去學舞蹈，讓他們知道這也是很有前途的一條出路，所以我們應該利用崔承喜的訪台來教育民眾。」

還是王井泉比較實際，他要先知道對方的實力，因而問呂赫若：「到底崔承喜的舞藝如何？還是請呂君給我們講解，然後再討論，你們看法呢！」

「好不好，就我知道的說來給大家作參考好不好！崔承喜的舞如何，雖然及今我還沒親眼看到過，但以最近在巴黎演出而能獲得Jean Cocteau的佳評，應該是不錯才對……」

接下來就不知該說什麼，他所知也僅此而已，沉默了好一會。拿起一支菸含在嘴邊，又不急於點火，等王井泉替他劃了火柴，才用力吸進一口，見他慢慢吐出白煙，然後才又開口說：

「我這樣說，好不好！石井漠是日本早期在東京帝國劇場舞蹈組裡表現很出色的舞蹈家，和女舞蹈家高田勢子在當代舞蹈界齊名。近幾年因青光眼不能上舞台才不再有新的創作，就把舞蹈班交由女弟子河井內恭子，算起來那時他才不過五十歲上下，就這樣退到幕後，雖然可惜，畢竟教出幾個出色的接班人。他的專長不只是舞藝，好不好，對新舊樂器也都很拿手，早年他還一度是帝國劇場管弦樂團的一員！他的舞聽說是從一個叫羅西的義大利人那裡學的，成名後，因他主張東方人的舞蹈發揮到最後必有獨特的肢體語言而自成一種風格，得不到羅西的認同……。」

「那麼崔承喜呢？我比較想知道的是有關她本人的事。」郭雪湖等不及追問。

「對不起，我能講的，好不好，其實也只有這些，介紹她的老師石井漠給大家作參考，至於本人如何，要等看過演出之後我們再來討論，這比較適合，好不好，你說對不對！」

郭雪湖不肯放過，又再追問：「那麼，山田耕作和石井漠的關係呢！」

「對了，你問得好，石井漠所以和羅西理念不合，山田的出現也是原因之一。我聽說過，那時山田剛由歐洲遊學回國，看過石井的舞之後給了他一些批評，也提供他不少當前歐洲的舞蹈訊息，就這樣，好不好，大大打開了石井的眼界，他才知道舞蹈不僅僅是在舞台上跳舞而已。那時候在東京文藝界曾經流行一句話，說攝影不僅僅是照相，文學不僅僅是寫故事，同樣也可用於舞蹈，好不好！沒想到會影響到他與羅西之間的關係，導致他被逐出帝國劇場。但回頭看時，反而該感謝羅西，因為真正有創意的作品都是在他自立門戶之後才出現的。在我未到東京之前就聽到所謂的『舞踊詩』，是石井漠受山田耕作的啟發後所創的，正好東京又有一個新劇場，年輕人新嚐試的作品都在這裡發表。風格有別於帝國劇場，從此日本舞蹈界出現新舊兩條路線。顯然，崔承喜是繼承了當時的新舞蹈又加上朝鮮的民族特色，才形成她的風格而受到國際肯定。」

經呂赫若這一番講解，雖然所說都是石井漠，有關崔承喜僅只點到而已，至少已經讓在場每個人對她更增加幾分期待，除觀賞演出也希望有座談會可交換意見，使台灣舞蹈界振作起來。

果然七月中旬台北的報紙終於刊出崔承喜來台演出的消息，其實她抵台已經兩天了，台灣美術聯盟雖然是內地人的組織也仍然擔心她的行程受官方的干擾，因而遲了一天才讓她公開露面，緊接著在同一天向公會堂申請場地，又臨時改在大世界館，連彩排都來不及，就在第四天上台演出。由於一切過於匆忙，雖然有國際知名度的舞蹈家為號召，前來的觀眾竟仍然不到六成，不過由於來者都是舞蹈的愛好者，謝幕時的掌聲超乎尋常，接連幾次帷幕落下後又在掌聲中再度升起，從台下清楚看到舞者在答禮時頻頻擦拭著眼淚。

那天晚上顏水龍和其他「台陽」會員坐在台下的貴賓席上，落幕後他和其他熱情的觀眾一起就往後台擁來，想與崔承喜握手道賀，才剛站起來，就看到布幕下有個熟悉的面孔，戴一頂國防色運動帽，仍然認得出他就是藤島，已經好多日子沒有見到他，今晚突然出現，不知是為了繼續對他跟蹤，還是新的命令轉移目標去監視崔承喜！

曾經一度把藤島當作得力助手的顏水龍，見他突然出現眼前，就如看到自己親人般滿懷喜悅，想起在臨走之前，他告訴顏水龍自己也遭人監視，對自己的忠誠度受懷疑而感到心寒，之後藤島就不再前來，以為就此永遠消失，沒想到今天又出現眼前。

顏水龍此時的想法認為不去和他碰面免得為難，本來已經走到台前，再一步就登上舞台階梯，又轉身與擁上來的觀眾逆向而行，往大門口走去。

才剛踩上門外石階，突然有人從背後一把捉住他手臂，回頭一看，是個故意把頭壓低的年輕人，不會是藤島吧！短小的身材一點也不像，此時他突然抬頭「哇！」一聲來嚇人，這小子竟然是流浪日本多年的張義雄，不知幾時又回來，這種人只有用倦鳥歸巢來形容最恰當。

前幾年，石川欽一郎在台北時，每次見面最愛伸手去打他的頭，叫一聲「阿義」（ヨシチャン）。不知什麼時候起顏水龍也學了這一招，拿打頭當作見面禮，常打得他氣呼呼地掉頭逃跑。這回他已先有準備，顏水龍動手連揮了好幾下全被躲過去，跳開幾步之後嘻皮笑臉地回頭挑逗：「再來呀！頭就在這裡。」看來他的手腳誠然靈敏多了，在東京的日子不知練了什麼功！

此時楊三郎、藍運登、郭雪湖、陳春德、鄭世璠等接踵走出大門，正好看到顏水龍追著張義雄要打他的頭，甚是滑稽，當場哇哈出聲大笑……。

大世界館正門出去就是一個小廣場，左邊有個噴水池，後面圍著一排椰子樹，今晚七月中旬的月亮，照在水池上吸引了許多走出來的觀眾。楊三郎等不自覺也朝那方向走來，快到時才發覺穿白色西裝的呂赫若已坐在那裡，旁邊還有一位女仕，本來不想打擾就裝作沒看見直走過去，不料卻被他喊住了。

台北文藝界幾乎沒有誰不知道呂赫若不論到哪裡身旁總是有個不知名女仕陪伴，而且不論出現任何場合遇到任何熟人也從不介紹他的女伴，對此大家已經習慣，不再有人會去怪他。好像今晚有些不一樣，楊三郎等既然被喊住，也只好過去，圍繞在池塘各找位置坐下。於是呂赫若開始問話：「怎麼樣，諸位的觀後感如何？義雄由你先說出來聽聽看，因為我老遠就看到你是第一個跑出來，好不好，你說！」

「好，我說，我的心被她的舞蹈捉著一起跳了一整夜，已經快喘不過氣來，最後我是完全投降，才逃了出來，沒想到被你看到。你竟然逃得比我還快！」出乎意外他以這方式回答呂赫若。接下來更意外的是，他起身走到眾人前面，嘴裡大聲哼著「波麗路舞曲」，倣效剛才舞台上的動作，在水池旁空地上獨自舞了起來，像是要把心裡的感動用肢體語言述說給大家知道。

可是他的動作讓藍運登看了直搖頭，以教練的口氣從旁加以指導：

「……把手往前用力推出去，推出去然後再拉進來，接著馬上轉身，再轉身，動作要快要自然，要乾脆，把頭抬高，更高……。不可拖泥帶水，好，再重覆一次，用力往前推，把壞的東西推開，好的東西拉進來。強悍的敵人就在眼前，被壓迫的人們站起來，跳躍起來，共同抵抗侵略者的欺壓，我們已經無可躲避，團結一起，向前衝衝衝……，把全身力量使出來，對，這才有力量，你成功了！」

他一邊發號令，一邊借著手勢作出自認為正確的動作來示範，最後在激動時把口號也喊出來。

接著呂赫若又問陳春德的觀感，回答時有氣沒力，只說：「我呀，我從她的肢體動作看到的是，弱小民族無奈的心境，不管怎樣，還是要活下去，不斷地對自己說只有活下去民族才不會滅亡。只看到這裡，我就忍不住眼淚都掉下來了！不要以為她只一個人在舞台上，有許多無形的共舞者，我們沒看到也應該想像得到！」

話一說完，引起旁邊鄭世璠的同感，不等呂赫若指名，就自動發表看法：「你看，我是帶著速寫簿來畫速寫的，結果只畫了幾張就沒有再畫下去，為什麼？因為我已發覺用手能夠畫的只是表面的動作，捉不到她心裡內在的情感，所以接下來就用文字把感受寫出來。剛才我又再讀了一下，發覺並沒寫出什麼來，這才明白，舞蹈畢竟是舞蹈，沒有辦法用別的來代替，張義雄所以站出來跳舞就是這個緣故，藍運登從傍加上註解，反而令人感到多餘……，對不起，我只是把一時感受說出來而已！好吧，還是聽聽其他人的看法。」

「德旺，對於崔承喜，你是怎麼來解釋的？」

「我是把它當成朝鮮的現代舞蹈來看，受當代西洋現代主義思想的啟示，一方面她拋開芭蕾舞屬於歐洲貴族的華麗高雅的形式，回到古希臘簡樸的肢體敘述性語言，這一點大概是從石井漠先生那裡學到的對舞蹈藝術的基本理念，然後因本身是朝鮮人的關係，無可避免地會流露地域性文化的內涵和民族主義舞蹈的特色，她把民族性融入現代形式，也就是意識型態的特徵用時代性的共通語言表達，做出了十分成功的表現，這是我最讚賞的地方，我再次為她鼓掌。」

「三郎，你的看法一定又不一樣，說出來給大家聽聽！」

「我有我的角度來看崔承喜，雖然這麼說，其實說出來也許只是一般角度。今天晚上的演出，很清楚看出她在舞蹈中強調的是個人的和朝鮮人共同的運命，所以我贊同藍運登為她所作的註解，本來已經很清楚可以不說，說出來也許反而成了口號，不過既然是討論，那就要說出來……。看她的舞，我心裡想的是台灣，於是在我的視覺裡起了共鳴，才有這樣的感受，原來台灣與朝鮮兩民族有這許多共通點，但我們的舞在哪裡，她讓我想到我們也可以從傳統戲劇中發展出時代性的舞蹈。要知道只有我們這一代人才能創出屬於這個時代的風格，不可等待下一代人來替我們做，因為下一代所創的已是下一代的風格，那時我們這一代就落空了，你說，我們可以允許這種事情發生嗎？當然不可以，這是我最大的感慨，以上，請多多指教！」

「好，你們講的給了我很大啟示！好不好，這在文學界裡恐怕是聽不到的，只有美術工作者的諸君才有這樣深刻的感受。請允許我好不好，借你們說的話寫成文章，發表出去讓更多的人能夠讀到。」說到此，呂赫若乾脆站起來向前跨出幾步，轉身面對著大家做出街頭演講的姿態，繼續說：「關於崔承喜，我又查了一下日本雜誌上的報導，有一段評語是：她的舞是從朝鮮的民間舞、僧侶舞、巫婆舞、宮廷舞、藝妓舞吸收融合形成的現代式民族舞蹈，好不好！崔承喜的成就，應該從她的民族特色作評價，當我想到崔承喜以二十六歲的年齡就有能力把朝鮮的舞蹈推向國際舞台，這是對我們的最大鼓勵，正如三郎君所說，她能做到，為什麼我們台灣人就做不到，她的來台給我們的啟示不僅是舞蹈，好不好，她啟發我們在文化領域要作全面性的反省……。」

呂赫若越說越激動，一而再勉強忍住自己的情緒，停頓了一會，才繼續說下去：「好不好！今天晚上開演之前，放送局派人來採訪，我也在那裡，聽到她這麼說：『我的舞蹈如果不能從民族意識裡，將本來就貧瘠的文化凝結累積，進而透過階級的悲慘命運表現出力的美，那就和一般人的表演沒有什麼兩樣！』這句話在我聽來的確說出了技巧以外的，一個舞蹈家，作為藝術工作者的智慧，我們可看出在她藝術裡頭有個十分堅定的民族性精神內涵，好不好，這就是她能夠感動人的地方。……最後那位採訪者作了一個結論，他說：『短短幾分鐘的訪問，已讓住在台灣島上的我們體驗出朝鮮與台灣的共同處境，她用舞蹈來鼓勵台灣的文藝工作者今後要如何去創作！』……沒有想到，台北放送局裡有像他這樣有意識的採訪者！所以訪問結束後，我就自動找他說話，向他要名片，他說從來沒有印過名片，只口頭告訴我他叫林越峰，我對這名字倒有點印象，你們當中有誰知道他是什麼人嗎？」

說時他帶著期待眼神望著前面的聽眾，馬上有人回應：「有呀！在雜誌上看過好像什麼越峰寫的文章，是中部那一帶的人。」鄭世璠搶先回答。

接著是顏水龍，他作了更詳細的介紹：「越峰是豐原人沒錯，大約小我四、五歲，可能更多，經常在文化協會的大眾書局出入，參加林碧梧的讀書會時，我們見過一面，眼睛小小的，說話很大聲，在台中出版的《台灣文藝》裡參與編輯，他的職業是擔任豐原座的電影辯士，近年來已成為豐原街上的名人，豐原座的生意完全靠他一個人。他還將《三字經》改寫，加入社會意識來教小孩子朗誦，是個很有心的青年。」

「這位越峰兄，相信往後還有很多機會見面，那時再好好去了解他。好不好！另外，還要向諸位宣佈一個消息：就是在她接受訪問過後，我遞給她名片，同時向她提議在台中及台南的演出中增加一個節目，由我在現場唱台灣歌謠，從我的歌聲來引發她身體的律動，事前她不知道我唱的是什麼歌，我也不知道她用什麼方式來配合，反正我的聲音一出來，她的舞也跟著出現。好不好，當我向她提出來時，心裡還擔憂會被拒絕，沒想到她一聽就答應了，真是少見的豪爽！是個很果斷的女性，我想這就是她所以成功的原因……。明天我就回台中，後天晚上在台中座演出，希望你們每個人都能來，好不好！給我掌聲鼓勵好不好！如果效果好，我會臨時增加一支高砂族之歌。入場券方面我會想辦法，請不用耽心，歡迎大家一起來，為場面造勢好不好，先在此向諸位表示謝意！多謝！」

說完深深行了鞠躬禮，博得眾人一陣掌聲：「好呀！現在就提前給你掌聲！好不好！」

「我也有話要說……。」張義雄又想發言，這一次他講了很長很長的話，由於實在太長，只講到半途就在眾人一陣掌聲中草草結束，他又不甘心，離開後還向身旁的人邊走邊說。

歌與舞的夢幻對決

兩天後，幾乎所有台北畫家及文藝界人士聚集在台中，依過去的慣例來台中的畫家都會到中央書局報到，就好比來台北要去山水亭一樣。台中是「台灣文藝聯盟」的大本營，自從一九三四年在台中小西湖咖啡館舉行全台文藝大會時成立「台灣文藝聯盟」以來，海外的「台灣藝術研究會」，台北的「台灣文藝協會」和中部的「南音」雜誌社很快就串聯起來，使台中成為全島性文藝活動的重心。

崔承喜離開台北之後，「台灣藝術聯盟」就把接待的工作移交給台中的「台灣文藝聯盟」，也就是從內地人手中交到本島人文藝界人士手裡來，近日在媒體不斷報導下，台灣民眾對她已有相當程度了解，知道她是到過美國和歐洲巡迴演出的國際知名舞蹈家，一早台中車站門前事先僱好十幾部人力車在等著，歡迎的隊伍每人手中拿著旗幟和布條以盛大陣容準備迎接一代巨星的光臨。

十點三十分台北開來的火車進入台中站時，月台上「台灣文藝聯盟」的幹部已拉起歡迎布條，當崔承喜一腳踏出車門，樂隊即開始演奏一曲才剛學會的朝鮮民謠「阿里郎」，迎接的人群從月台一直擠到車站門外的大廣場，較幾天前她從基隆港乘火車抵達台北時，同樣是走出火車站的場面，這回不知風光多少倍。「妳知道嗎！台中才是台灣典型的文化城。」有人在耳邊輕輕告訴她。

一行人走出車站由十幾部人力車從站前廣場出發，駛向大正町時又見好幾部車隨後接上來，才轉個彎已見好長的遊行車隊，沿街引來好奇市民圍觀。來到台中神社鳥居前，人力車夫在前頭領隊的指揮下突然停止不前，車上乘客陸續下來朝著石階走去。只見崔承喜動也不動仍坐在車上，有人上前與她說了幾句話，然後又到前頭與帶路的人交談了一會，才見下來的人又一一登上車，繼續向前行，本已安排好到神社參拜的行程，在她的堅持之下全被打消。

緊跟在歡迎隊伍裡的呂赫若，回頭向他後面一部車上的張煥圭，舉起一根大姆指說：「你看……

……。」因距離遠，街上太吵，說了半天一句也沒聽見。

張煥圭是大地主林獻堂的女婿，中央書局大老板，今天他以在地主人身份接待崔承喜。向來台中文藝界裡他以說話聲音宏亮有名，馬上回應呂赫若：「……朝鮮女人使我想起古書上樊梨花移山倒海的氣勢，台灣人欠缺的就是這個，要學習的實在太多！」

坐在人力車上一前一後沿街大聲說話，路上行人聽了都轉過頭來，反而兩人之間的對話自己本人聽不到幾句。

車隊從台中神社很快就來到新富町，這裡是商店街，駐足圍觀的民眾向崔承喜揮手歡迎，更有人從人群中大聲高呼她的名字。不知是誰安排的，突然跑出兩名穿洋裝的小女孩前來向她獻花，她一高興跳下車把兩人輕輕一抱就又回到車上，讓女孩陪伴她遊行直往台中州廳，那裡又有更多人等著向她獻花，停留好久才繼續前進。車隊轉向台中最繁華的榮町，行人的裝扮也較洋化，沿街有人跟著車隊跑步歡呼，車上的她張開雙手做出向大家擁抱的姿勢以相呼應。

走完榮町又回到車站廣場，靠近綠川傍邊有座高貴典雅的日式木造建築，深藏在濃密的松樹林之間，是崔承喜今晚將寄宿的千代屋。過去凡是什麼重要人物來到台中，多半被招待在這裡過夜，是一座大正年間仿江戶時代貴族住的大院所築造的旅社。

來到千代屋前，車夫才停步，未等將把手放落地面，崔承喜已率先躍下，旁邊一排穿和服的迎賓行列，以整齊動作向貴賓行九十度鞠躬禮，接著就在眾人蜂擁下踩過長長的碎石園道進入旅社大廳。除了幾位有份量的人物，其餘的全被擋在大門外，包括呂赫若和尾隨而來的新聞記者。從台北趕來的文藝界人士於人力車隊出發時留在車站大廳，沒有多久就自動解散，各找自己的去處，等待第二天的演出。

次日中午之前崔承喜等人先到台中座勘察場地，台中座位在榮町，是昭和時代新建的水泥建築，看過舞台之後，她對台中有這麼理想的表演場所頗感意外，為了有更好的表現臨時決定利用開演之前幾小時先作一次彩排。前天在台北演出時，雖只是單純的白色布幕，燈光的效果卻沒有做好，在舞台上的她仍能感覺出照明的流動感不夠暢順，打燈的手法太僵硬，以致影響舞者的心情。

但她認為這不是技術的問題，而是雙方未能做到充分配合，如果有過一兩次合作經驗，可能就不再出現這問題。所以一整個早晨都耗在舞台上，重覆地作著練習，甚至原先所作的舞蹈設計也因新的場地而重做修正，不僅舞台燈光在操作上有很大調整，自己本身的要求亦更嚴厲，舞台幕後工作人員為了配合她的嚴格要求，直忙到午後一點鐘才收工，而兩點半就要正式演出，為此每個人不得不繃緊神經拼到底。

此時在崔承喜心裡還擔心著一件事，就是昨日匆忙間答應了台灣歌唱家呂赫若的要求，為他所唱的歌起舞表演。回想起來，這樣做未免太輕率了，尤其是在公眾的舞台上演出，萬一失敗則一輩子無法補救，直到開幕前幾分鐘依然在懊悔著。

下午兩點不到，中央書局的兩名職員一男一女就站在台中座大門前，等著文藝界人士前來領取入場券。

早來的觀眾開始陸續入場，顏水龍、郭雪湖、李石樵等昨晚借宿在台中江燦琳家，吃過午飯後才一起步行過來。快到戲院門口，顏水龍看見一個像是藤島身形的人在收票員背後，低著頭獨自來回踱步，接著又看到他手上拿著速寫簿是當助手的時候顏水龍給的，卻不知他今天用來做什麼？這麼多日子裡難道還持續畫著速寫！若真如此，顏水龍心裡應該感到寬慰。不過他可以肯定這次藤島在此出現，是另有任務，監視的工作已經轉移新的對象，說不定就是今晚的主角崔承喜及她周邊的跟隨者。想到此仍然不免為自己少了得力助手而感遺憾，若是因為崔承喜來台才把藤島調離他身邊，過些日子是否還會回來？要是現在就當面問個清楚，藤島會把未來動向說出來嗎？若從另外角度看，或許自己已經失去了被監視的價值，想到此反而感到幾分落寞，這種心理是多麼矛盾！

來到收票口，藤島早已不知去向。清楚聽到裡面楊三郎的聲音，正與負責招呼的服務員說話，一位女士的聲音說：「『台陽』是不是？跟我來，在最前面第五排，這位置是中央書局訂的……。」顏水龍等一行人跟在後面直接往前走去。

節目開演之前，顏水龍坐在椅上還不死心又左顧右盼尋找藤島，看到一個青年提著一大捲電線走向後台，模樣很像剛才的藤島，可是等了好久不見他再走回前台。

兩點三十分時燈光慢慢黯淡下來，之後聽到一陣電鈴響告訴觀眾節目就要開始。這時候顏水龍身邊座位來了一個人，輕聲與他打招呼：「水龍兄，我是楊貴……。」

「噢！好嗎？」

「好，我剛從後台下來，燈暗之前正好看到你旁邊位置空著，就走過來。」

「你到了後台！」

「是的，呂赫若正在唱〈一隻鳥仔哮啾啾〉給崔承喜聽，聽得她很受感動的樣子……。」

「不是說要唱〈望春風〉！」

「大概臨時又改變了。」

今天的節目與台北的演出略有不同，共分成三部，第一部是史特勞芬斯基的「火鳥」，第二部是「石窟庵之菩薩」、「劍之舞」及「祈求解放的人們」，第三部是呂赫若現場主唱的〈一隻鳥仔哮啾啾〉，由崔承喜隨歌起舞。

本來答應呂赫若的現場演唱已是大膽的做法，又拿它殿後，當全場的壓軸更是冒險，但崔承喜不愧是有膽識的藝術家，她一聽過呂赫若唱完，馬上作了決定，相信絕對能夠引起全體觀眾的共鳴，為演出製造最後高潮。

果然沒錯！一切都在她預料中，當呂赫若的歌聲停止，鳥也應聲倒地，沒想到又掙扎著站起來展翅飛起，這動作為觀眾製造出意外驚喜，是舞蹈家靈機一動的即興演出，隨著當時情緒發展，觀眾的心也一起飛上天際！

頓時全場寂靜，隔了近十秒鐘後台下才終於爆起掌聲，接下來此起彼落的「安可」，本來呂赫若是留在台南那一場的「高砂族的歌聲」，臨時徵得崔承喜同意，兩人商量了幾分鐘就決定提前推出。

由於是臨時插進來的，舞者根本不曾聽過這歌，在東京時已有過舞台經驗的呂赫若，知道如何利用節拍傳遞訊息給對方，起先他以近乎是吶喊的聲音，從這邊山頭往那邊山頭呼喚，然後出現踏板的腳步聲，是人也是動物在奔跑，逐漸地踩出了與舞者共同的節奏，燈光亮的時候歌聲開始出現，崔承喜接受他的訊息，像一隻受傷的動物從暗處走進探照燈下，觀眾於一時之間捉摸不出是歌聲在帶引著她舞動，還是隨著她的肢體韻律而配以歌聲，五支短歌接連唱下去，她也隨之轉換五種不同舞步，最後歌聲與舞步在同一時間停止，兩人配合得幾乎天衣無縫，舞台照明緊跟著暗下來，雖沒有事先彩排過，竟有這樣的默契，連自己都感到意外，全場觀眾掌聲如雷，有人大聲尖叫，在興奮中帶出一陣陣激動的吶喊。

呂赫若牽著崔承喜的手在台上謝幕，從台下清楚看到他們眼睛含著淚水，兩個人都哭了！

主持人上台要求崔承喜對觀眾說話，此時的她根本說不出話來，好久才開口，她的話十分簡短，只說：「起先，我只聽到台上一個男聲的吶喊，感到凄涼，結束時，我聽到的是台下群眾的吶喊，台灣人民的心聲，我感動得流下眼淚。自從上台演出以來，這是第一次觀眾的回應感動到我自己，是我難以遺忘的一次演出！……。」

情緒的激動使她無法把話繼續下去，於是呂赫若站到麥克風前面，替她接下來說：「……同樣地，也是我最難忘的演出，相信台下的諸君，也一定留下深刻印象！明天，我們會再度在台南上台，崔女士將再次以肢體為我的歌作詮釋，不同的時空不同的情境必有不同的表現，希望大家相約到台南，好不好，明天，我們在台南再會！」

幾天後，崔承喜已離台返回東京，呂赫若把當晚的演出寫成感言，發表於《台灣民報》，特別提到最後的安可曲（舞），描述他如何以歌聲與崔女的舞蹈對應拉鋸的情形，在舞蹈進行中隨時出現意想不到的創作，很肯定地說：這種感覺相信崔承喜和他一樣是這生中從未有過難得的經驗。

永樂町茶葉大亨的壽宴

崔承喜的七月旋風過後，餘波整個夏天還在台北藝壇上蕩漾，尤其美術圈裡，每逢聚會時就聽到有人以崔承喜當議題，因她而引起的爭論持續到年底才漸漸平靜下來。

十月初陳清汾向文藝界廣發請帖，在大稻埕自家開的蓬萊閣辦酒席，為他的父親陳天來慶祝六十歲大壽，除了「台陽」畫家，還有經常在「台展」中露臉的知名人士都在邀請之列，是台北文藝界難得的一次盛宴。

壽宴在中午舉行，蓬萊閣三樓大廳的十五桌酒席全被陳清汾的賓客所佔據，主要是畫家、文學家和音樂家，愛好文學藝術的醫生和律師，山水亭的王井泉、波麗路的廖水來、雅典納相館的詹紹基、印刷廠的周井田等也都受邀前來。

整個飯店的三層樓都擠滿時正好有五十桌，此外在門外停車場又增加了十桌，以湊滿六十桌祝陳天來的六十歲壽辰。

陳清汾所以特地將自己的朋友安排到三樓，是為了讓他們有獨立的空間與其他客人隔離，這一來便可以隨心所欲盡情嬉鬧。在六十桌的盛大場面裡，這十五桌的客人只是少數，然而整個餐宴過程中卻是聲勢最壯大的一群。

這時候靠近樓梯桌位上的客人突然間紛紛站立起來，這舉動使得其他的人跟著朝那方向望去，上來一位頭髮斑白的長者，一看就知道是這裡的主人也是今天的壽星，一身唐裝打扮滿臉笑容，跟隨上樓來的是他的另外三個兒子，緊陪在身邊。本來就在樓上的清汾趕緊過去與兄弟站在一起。

主人看到所有桌位上的人全都跟著起立時，趕快舉手招呼，示意大家坐下，這同時大兒子清素已先開口：「諸位貴賓，家父前來向大家敬酒……。」

聽到這麼說，剛坐下的客人又紛紛站起身，傳來一陣椅子推動的響聲。

「在敬酒之前，還是先讓我說幾句答謝的話。」陳天來雙手握拳向眾人先行拜禮，接著把話說下去：「真感謝，真感謝！感謝諸位藝術界、文藝界人士的光臨，天來在這裡向大家致謝……。」

從說話的聲音聽出年已六十的他身體狀況仍然硬朗，講話中還一再有人舉杯遠遠地朝著他敬酒。

「先讓我說幾句話表示謝意，說完大家再來喝酒……。才上樓來，馬上就能感受到青年人的活力，所以我常說青春就是寶，青春裡又再充滿藝術氣息，這尤其可貴！這就是你們送我的生日禮物，我就不客氣把禮物收下來帶走了！」

他的幽默引來眾人一陣笑聲，然後陳天來拿起酒杯讓身旁的清波在大家面前把酒倒滿，高高舉起朝著賓客一飲而盡，全場客人也都站起來此起彼落說了許多祝賀的話，然後陪伴著一起把杯中的酒乾了。

接著清波再為父親倒上一杯，他手拿著酒杯只顧繼續說下去：「再次向美術界朋友表示深深感激，小犬清汾這幾年承蒙諸先輩的提攜和鼓勵，才有今天這種場面，作父親的我一直沒機會向大家說謝，就以這杯酒來敬大家，表示內心的敬意，我喝乾，大家也一齊喝乾……。」

話才說完就將酒往肚裡一飲而盡，身旁站成一排的四個兒子也陪伴父親乾杯。

「天來不過是大稻埕的普通茶商，何德何能有這麼大場面為自己辦壽辰，確實要感謝眾友人的抬愛，自從清汾歐洲回鄉，在美術上看來已經是全台灣有名，他畫的圖到底有多好，我看了好像沒有什麼，反而家裡有貴賓時，他就自動下廚房，做得一手好料理，吃過的沒有人不讚美，有人說：看不懂他的美術沒關係，吃過他的料理之後自然就看懂了！是不是這樣，你們一定比我更了解……。」

陳老先生的風趣帶來一陣笑聲。接著說：「可是，我對他的美術就是看不懂，又怎麼解釋？有人告訴我，不一定要懂，清汾的美食就等於美術，一道菜就像在畫一幅畫，都是一種創作，誠心誠意畫出來的畫和做出來的菜一樣，絕對是好的。我完全接受他說的話，因為我相信只要有誠意必能夠作好一件事，所以對清汾的畫，做父親的也不敢說他不好，現在我就喝下這一杯，相信以誠意喝下的酒一定是好酒，所以我在這裡要大家陪著一起喝。」

陳家兄弟排成一排，舉杯陪伴父親把酒喝乾，清波又再倒酒在每個人杯子裡，出其不意天來拿起來就往嘴裡倒，然後像突然驚醒過來，哈哈大聲笑，裝出一臉的無辜，說：「這到底是怎樣！真的我醉了？要敬客人的酒，我竟然拿在手上就自己先乾，難道美酒當前受不了誘惑！你們來說說看，如果西施來到身旁，男士們將會怎麼做？哈哈，說不出來，是不是？每個男人都只有一個答案，所以不必說，我的酒已經喝到肚裡去了，現在輪到你們……。美食、美酒，再加上美女，總共喝下三杯，三杯輪番下肚這一生就沒有遺憾，我要下樓去了，最後再度感謝諸位光臨，以後要時常來，多謝，多謝！」

陳老先生下樓之後，留下一陣喧譁，開始有人跨桌來敬酒……。

即使是這樣，仍舊一而再聽到有人提及崔承喜，這個高麗女子在台北文藝界裡竟陰魂不散，簡直不可思議！

關於崔承喜來台演出的過程，宴席上不知什麼時候起已經談論了好一陣子。

「……民族的苦難，我們看到的是，由一個小女子單獨挑起來承擔，無論如何於心不忍，莫非這就是大家所以感動的原因！」餐桌上某人談到崔承喜時說了這麼一段話，馬上引起另一個人的回應：

「你談的是一種觀點，讓我也談我的看法，相對於你所提的民族意識，她在舞蹈中還有階級意識，是一般人沒有注意到的，她這樣的年紀，居然借著舞蹈藝術而帶出如此深沉的階級觀念，多難得！除了舞蹈，她到底還受過什麼樣的訓練！」

「你聽到從她嘴裡說出階級意識這個字眼嗎？我認為那不過是寫文章的人加給她的一句話，不見得就是她所表現的。既然談論她的舞蹈，一定要回歸到藝術本位，否則就是各說各話……。」

「不錯，但既然有人要寫文章，當然要想出些有的沒有的來寫，這才有所謂『依筆者之見』什麼什麼之類的說詞。」

「寫文章有個人觀點並沒有什麼不可以，但不能替他人說話，人家只跳跳舞而已，你就解釋成什麼意識之類的，未免太牽強！」

「若真的如一般所說，以一名二十幾歲的女孩，意識上有這樣的境界，背後必然有高人指點，那又是誰呢？」說到此，有人走過來要敬酒。

「向全桌的貴客敬酒，我先乾了這杯，諸位請隨意，謝謝大家！」

「說高人，高人就來了！這位就是高人。」敬酒的人一走開，馬上有人指著他說是高人。

「這麼說來，敬酒的都是高人，不是高人不來敬酒！」

「當然我只是猜測，因當年在日本的時候，有一種讀書會，年輕人聚集在一起，定期討論思想相關的問題，也邀請專家前來指導，這當中就有很多高人，足以作思想上的指點……。」

「我在東京時也參加讀書會，讀到後來變成在喝酒，就改名叫飲酒會，哈哈……」未說完自己就先笑起來。

「這麼說來，是崔承喜運氣好，參加了有高人的讀書會，若她參加的是飲酒會，那就沒有今天的崔承喜了！是不是？」

「不管她的思想是怎麼來的，認定崔承喜是紅的，應該沒有錯！如果她跑到飲酒會裡去，早就被酒洗得白蒼蒼地了！」

「我倒認為馬克斯也是種酒，喝下去沒有一個不醉，我們這裡就有人每天都在醉。」

「你們畫家嘴裡說的『紅』這個字，和其他人應該不一樣吧！調色板也好，色列表也好，屬於紅的系列可以找出不知多少種，你說她是什麼紅？讓畫家來說說看。」

「有一種油畫顏料叫『庫沙卡貝』，印了一份產品色列表，在材料店裡都看得到，紅色系列總共有十六種……，只知道一種紅的畫家，他不是畫家就是色盲！」

「對呀，你說崔承喜是紅，到底什麼紅？至少在呂赫若看來，她永遠屬於粉紅！好不好？」

「粉紅也是紅，調了白之後不論什麼紅都叫粉紅，視覺上的色彩和心理學的色彩必須分別來看，今天只要大家把『紅』當一種商標，就不在乎是什麼紅了，平常人對紅有了概念之後已經成了習慣語，但是對顏色特別敏感的畫家們就難以接受，不是嗎？」

「雖然我是畫家，但並不斤斤計較紅的品種如何，也不想在喝酒時為顏色辯論，我們每個人身上或多或少都有點紅，也有點白，再加一點黃就是肉的顏色，思想也一樣，哪一個人是紅白分明的！」

「關於所謂的思想色彩，最好不要打迷糊戰，還是讓我先說清楚了再去辯論。紅白之分在思想上的確有百分比的成份差別，但是從思想而發展到行為的時候，那就比較明確可以看出一個人的立場。對崔這個女孩子，我們若從思想層面來看，是看不出什麼來，頂多只是朝鮮人的民族性格，所以我們還是以她的行為作判斷，才能看出他的色彩。」

「她的思想有色彩？她在談話中什麼也沒說；她的行為呢？只是在舞台上跳舞，這樣就說她是紅的，這說法也真奇怪！有人說語言就是一個調色板，的確沒有錯，是說話的那個人本身有色彩才對，他什麼顏色，擠出來就是什麼顏色。」

「對，為什麼沒有人說她是白或是黑！因為白色只要參雜一點點其他顏色就不白了。但如果將它放在黑色旁邊，對比之下即使不白也變成很白。可是紅就有那麼多種，隨便一種紅都可以當商標，這一來就註定要製造出很多問題，不得不承認它是二十世紀最可怕的色彩。」

「好啦，說到這裡，我們就把紅、白和黑都調在一起，你們看會變成什麼顏色？這就是我們大家的共同顏色，誰也拒絕不了的顏色！」

「會這麼說的人，表示你沒有畫過畫，所以沒有想到調色時使用的成份，如果百分之九十九是紅色，百分之一是白和黑，出現的顏色仍然沒有人會說它不是紅色。彼此在辯論時你們舉出馬克斯說，我們就只好抬出馬諦斯說，這一來，就可以讓大師對大師代替我們爭論！好，不說了，還是喝酒吧！……對，我們也可以拿酒當例子，你看，到底純的酒好喝還是雞尾酒好喝！我認為紅酒才最合我胃口，說來說去我對紅還是有偏愛，哈哈，這只是笑談，請莫見怪！」

「我明白了，以後對畫家說話，就不可以拿色彩概念舉例子，要形容崔承喜就直接說她是什麼黨或什麼派，這樣才不會出錯，所以我乾脆就說這次受邀來台的崔承喜是左派進步人士，這麼說再沒有人不滿意了吧！」

「當然有，做為一個人，只要有思想，自然就有他的意見，不是某個人說了算，所以才有派系，認真說起來，我們每個人都有自己的一派……。」

「好啦，談了這麼久，只要談到意識型態，大家就開始為那幾個名稱爭論不休，反而主題不見了，這難道不就是知識份子的通病，多傻！」

「的確如此，直到現在還沒聽到誰真正說出崔承喜的舞蹈……。」

「既然你這樣說，那就讓我來講崔承喜，她是朝鮮人，她的舞蹈基礎是在日本養成的，老師叫石井漠，是明治以來第一代受西式教育的舞蹈家。崔承喜的成就，和所有日本一流的舞蹈家不同在於她不是日本人。這一點非常重要，台灣人不如朝鮮人的地方就在這裡，反而經常自嘆，我之所以失敗是因為我是台灣人，受到日本人歧視所以不成功……。」

「對，你說到了重點……。」

「失禮，我的話還沒講完。……我們如果說自己不是日本人，你說，那時候就不知道到底該是什麼人？和朝鮮同樣是日本屬地的台灣，卻不敢說自己是台灣人，是不是沒有勇氣面對這塊土地當一個台灣人！只好勉強說是日本人，那麼就必須承認屬於日本文化的邊緣這個事實，我們的藝術就等於日本主流分出來的一個支流，眼睛永遠看著主流，思惟也永遠跟隨主流，如此一來台灣又如何產生像崔承喜這樣的人物！她以朝鮮人走進世界，而我們一心只想通過日本而後進入世界，這才是問題的重點……。」這話一出，馬上就引起回應。

「推理倒是非常清楚，令聽的人無法不接受你的看法！但我還想再補充一點，因我認為僅僅民族意識是不可能使她的藝術產生這麼強的震撼力，人們只有在受到欺壓時，因民族意識激發出來的同仇敵慨，對她的舞才有感動。但真正重要的還是被忽略，那就是長久以來存在的社會階級間的矛盾關係，有了這種矛盾才能產生有力的創作能量，如果沒有階級立場就沒有真正的藝術創作可言。如果有也是為資產階級服務的，與人民大眾無關，甚至是對立，所以崔承喜給我們的不是民族意識的感動，因為她是朝鮮人而我們不是，我們之所以感動是由於感受到共同的迫害，這一點沒有人願意講，到底是不知道還是有意迴避！」

「所以呀！我說她是紅的，現在又再度證明我說的沒有錯。舞蹈家不必一定要拿起紅旗揮舞表示鮮明立場，我只建議文化協會諸君趕快拿起你們的筆，為崔承喜作詮釋，幫助平民大眾從舞蹈的表面形式觀察深藏底層的精神內涵，讓她更紅，紅到燃燒起來……。」

「這叫做別人吃米粉你在喊燒，你說對不對！你們幾位的思想傾向不用說我都非常了解，我也絕對沒有資格反對，但我就不明白，每次談藝術總是不能把藝術本身放在主要位置，而故意讓意識的東西牽著走，結果未能就藝術談藝術。崔承喜的舞如果那麼好，究竟好在哪裡，她舉起一隻手，你可以說那是為無產階級而舉的，也可以說為資產階級而舉，憑什麼說她有意識就是好。我也有意識，於是我就出來跳幾下，表現我的意識，這就是好的舞蹈，可以這麼說嗎？所以必須回到藝術本位，在藝術的領域裡把問題挖個澈底，這樣大家可同意？如果沒有反對，那麼我們來乾一杯，來！大家舉杯。」

「好，乾杯就乾杯！飲酒是沒有意識型態的，醉的時候說出來的酒話永遠不再有對立，這是為什麼要跟好朋友喝酒的原因。聰明人要懂得如何和酒一起爽，爽到了最高境界就是藝術，有了藝術然後才有感動，再乾一杯，乾了！」

「飲下去，誰先醉誰先贏，誰懂得醉誰就是藝術家。」

「有一句話我沒有說出來，現在是時候，可以告訴你們；那天我看崔承喜的舞，看得我都醉了，後來又發現她也醉了，原來是她先醉而後我跟著醉！現在才知道醉就是一種創作，是一種欣賞，也是一種享受。」

「好吧！你要說的不外是：要享受就先懂得欣賞，要欣賞就先讓自己醉，來！這裡有兩瓶紅色的酒，不喝光不許離開這張桌子，大家聽到了沒有！紅色的酒，足以讓所有人染成紅色。」

「失禮！今天竟然讓我在你們藝術家面前臭彈！真失禮！我要走了，在走之前我先乾杯。」

「知道失禮，你就給我醉倒在這裡，明天我會來帶你回家！」

「明天就明天，今天回家明天回家一樣都是家……，」

分組列隊行走在街頭的台北畫家們

當他們走下樓時，壽宴不知幾時已經結束，所有賓客早已走光，這群人從三樓走到一樓的階梯又要走上半個小時才走完。然後也不知道是誰帶的路，三三兩兩走在往台北後車站的柏油路上，說是要送楊三郎搭火車回淡水，竟把一群人全帶著走過來。

顏水龍和洪瑞麟並肩走在最前頭，兩人喝了酒又曬在南國十月天的太陽下，滿臉通紅，眼睛幾乎已睜不開，互相搭肩踩著醉步努力往前行。陳春德從背後趕來，兩手扒在顏水龍肩上，在耳邊小聲說了悄悄話：「剛才我們那一桌有人談到你的事，到底是真是假，得當面找你証實，由當事人親口說出來才最正確，你說對不對！」聞到了陳春德的一身酒味。就知道他今天喝得比誰都多。

「噢，你聽到了什麼，最近我忙工藝的事，耳朵一直是最清淨！」

「既然這樣就當我沒有說，不想打擾你的清淨。」

「你已經打擾了，不說也不行！」洪瑞麟從旁逼他把話說清楚。

「也是聽別人說的，他說有人在問，顏水龍是不是來這裡監視崔承喜，到底是誰派他來，是什麼目的！」

「我在監視人家！真是太好笑，應該說我被人監視才對，你們同桌誰會說這種話？笑死人了！」

「你最好去問別人，我們同桌的人都聽到了。」

「我知道是誰，是三郎對不對！」

「別亂猜了！他常說自己在被人監視，這種話，他經常這麼說的。」

「會說這種話的除了三郎還會有別人嗎？他心直口快聽到什麼就說什麼，雖不是有心害我，但已經傷害我了。」本來不在乎的他，已有了幾分氣憤。

「你既然說沒有這回事，我當然就相信沒有……。三郎只聽到傳言，目的是為了闢謠才這麼說。」

「這種無心的話沒什麼好澄清，也永遠澄不清，話已說出來，相信的人不管有沒有澄清他還是相信，不相信的人不用我去澄清他還是不相信。說這話的人為何不用腦子想一想，我顏水龍有沒有可能幹這種事，然後才對外說。只要他一說出去對我就造成了傷害。說什麼一時誤會之類的話，已經太晚了。

這道理你會不懂嗎？我們一直還是朋友呢！」顏水龍開始認真起來。

「喝酒說的話最好不要聽進去，算了，別去理他！」

「你既然懂得這麼說，又何必跑來講這些，難道只為了証實！」洪瑞麟也責備起陳春德來。

「『台陽』開始在鬧是非了！參加美術團體本來是很單純的事……。還是你們Mouve的團體可愛，每天罵來罵去，罵久了大家都免疫，有是非也變成沒是非！」

「也不能這麼說吧！」洪瑞麟聽了並不苟同：「其實不是罵來罵去，只是有話直說……。」

「對對對，有話直說，不敢在同一桌上說，跑到別一桌去說，這作法很傷人，也傷『台陽』團體的名聲，讓人在背後偷笑！」

「剛剛你說Mouve可愛，要不要轉過來？明年起就到我們這邊來呀！」

「不管是罵來罵去還是有話直說，在性格上直接而且透明，是你們的優點，我喜歡這種草莽性格。」

「其實陳德旺早就說過，認為你的性格較適合Mouve，『台陽』是畫畫的人參加的，Mouve是討論藝術的場所，與畫不畫沒有絕對關係。」

「要是你們允許我拿出手工藝品參展的話……。」

「允許，當然允許，我現在就正式向你邀請，不像『台陽』要開會決定。」洪瑞麟為自己作出的決定感到得意，搖晃著頭，露出天真的笑臉，只等待顏水龍的答覆。

「難道不必回去問其他人的意見？」

「當然不必。」

「你單獨可以作主？三隻烏鴉裡頭另外兩隻呢？」

「如果不能，我們就不叫Mouve，也不叫烏鴉了！」

「那我明天就來參加！」

「今天參加，你今天就是Mouve會員。」

「現在我就參加。」

「對，這就是Mouve精神的表現……。說來就來，說去就去。」

「完全是機動性的，春德在這裡作証人。」

「沒問題，我是見証人。」

陳春德又走到兩人背後，兩手各搭在一人的肩上，說：「上帝面前，我在此見証，今天顏水龍在洪瑞麟邀請下，加入Mouve為會員，永不後悔……。」

緊接著後面跟過來的有五個人，是「台陽」的廖繼春、陳清汾和Mouve的陳德旺、張萬傳，另一位矮小的年輕人是張義雄。

「Mouve就快有展覽了吧！」廖繼春走在前頭，突然轉身過來順口問了一句。

「有沒有新人加進來？」陳清汾緊接著也問。

可是沒有人回答……。

「義雄君，你參加沒有？」廖繼春走到張義雄身旁，兩人並肩走著時個子一般短小，看來更像難兄難弟。

「我！參加了什麼？」張義雄故意反問。

「……參加畫會。」他想說Mouve，到了嘴邊才改說「畫會」。

「畫會，畫會有那麼容易參加嗎？『台陽』高高在上有嚴格規定，要先得獎幾次之後成了會友，並且平時要聽話，這才有可能受邀為會員，年輕的新人都要慢慢爬樓梯，也不見得能爬到和你們平起平坐！」張義雄答來雖有幾分怨氣，卻是難得心平氣和。

「原來如此。所以你就一直跟在我們後面走，莫非也是『台陽』定的規矩？」廖繼春開玩笑說。

「『台陽』像是個大企業，規矩定了之後一輩子通用，連走路也要有先後。哈哈！我只是說笑而已，請莫見怪，繼春兄！」

張萬傳忍不住終於開口，陳德旺緊接著又說：「看來現在有兩個團體任你去挑選，想加入哪一邊都受歡迎，那麼你還有什麼怨言！對不對？」他問張義雄，又像在問兩位「台陽」的大佬，這話使張義雄聽來著實很管用，說話大聲起來：「一個大，一個小，如果兩邊都要我，我就大小通吃！」

「那麼你說哪個大、哪個小？」有人追問他。

「目前為止，Mouve的畫家還不會否認『台陽』比較老大，是不是？」張義雄說到此停了一下，覺得話只說到一半，便又繼續說：「我只是剛出道的小子，哪敢挑食，對不對？有人收留就要偷笑！」

「你變得很會說話，這也是一種進步，義雄君，我們都是看著你在成長的！」

廖繼春很親切把手搭在他肩上，像對待小老弟般讚許他：「往後可以發揮的場所越來越多，我對你是看好的。你性格上與別人不同，有少見的怪異，直接表現在畫裡，很自然就出現自己風格，不管你加入什麼會，將來都是成功的。」

張義雄已好久沒有聽過人家以這種語氣說他，一時之間聽得眼框都紅了，強忍了好久，淚水終於滴下來，這才伸手去擦拭……。

他們的後面還有幾個人，是李梅樹、李石樵、陳澄波、藍運登和王白淵。

一路談的都是嚴肅的問題，李梅樹雖走在最後，由於聲音宏亮，說話連前面的人也都能清楚聽見。

然而，話說得最多的卻是從事文字工作的詩人王白淵，他剛回台不久，看過今年的「台陽」和Mouve之後，有太多感想，在剛才宴席中已發表過批評，走出大街後意猶未盡還想繼續講下去。

「吃飯時，那個誰，陳什麼……，對了春德君，他問我對Mouve展的觀後感，當時大家正在敬酒，來不及回答。……其實說到感想就一言難盡，大可寫成文章發表在雜誌上賺稿費。當然，也只代表我個人看法，現在大家一邊走我一邊說，還想聽你們的意見，看有什麼指教……。」

陳澄波馬上插嘴問他：「聽你說過『Mouve是縮了水的台陽展』這種話，恐怕很多人有意見，但這話很有代表性，不妨再說清楚些！」

「我這樣說過嗎？真是這樣說過！那就太大膽了！Mouve的朋友心裡一定不爽。也沒關係，希望不要誤會，我的話是站在批評立場說的，不要為這事想用拳頭來修理我……。」

「那你就說吧！這裡沒有Mouve的人，你可以慢慢地說，我再挑好聽的轉述給他們，不但會接受而且還感激你。」平時與陳德旺交情最好的藍運登從旁鼓勵他，希望能聽到幾句真正的批評。

「既然這樣，那我心裡怎麼想嘴裡就怎麼說了。」王白淵於東美畢業後到靜岡縣女子師範任教，娶了學生為妻，說日語已成了習慣，尤其談論文學藝術，更是非日語不能達意：

「ムーヴ剛成立時，大家對他們的期望一度很高，對不對？我應該沒說錯吧！他們提出一種異於往前的展出理念，不像一般畫展只當是作品陳列或美術比賽來看，更不以賣畫為目的，只強調將現階段的研究心得與外界交流，這種思考對我相當新鮮，更加好奇想看看到底他們是用什麼方式來展出。在規約裡還說，不一定每年一回，每回幾件，也不必每個會員非參加不可，尤其是展出的作品無所不包：油畫、水彩、速寫、圖案、攝影、文字記錄、工藝等，不論什麼材料，什麼手法，不在乎大小，也不管作品完成與不完成，都可以參展。於是我就開始想像，這種理念呈現在展覽會場將出現怎樣一種情形！要知道我是抱著多大期待前往觀賞！甚至我還認為人類美術史上還沒有人提出這麼大膽的理念舉辦過畫展……。」

講到此他有意停下來看看每個人反應，正好要走過十字街口，他不想讓後面來的另一組人聽見，因此刻意等過了街道，才又繼續說：「為了看ムーヴ我還把回日本的船期再延一班，你看，我多麼有誠意！抱多大期待去看他們的展出！可是，我看到的僅不過是縮水之後的『台陽』，只好以看『台陽』的標準看ムーヴ，這一來就被比下去了，所以我寫的評語是：『台陽』說的和做的一致；ムーヴ說的與作的不一致。對一個說與做不一致的展覽，觀眾會說一句話：『我受騙了！』。本來我以為ムーヴ和『台陽』之間至少如東京畫壇上『二科』和『春陽』的差異，看過之後令我聯想到它是『台展』的草圖，『二科』的落選作，也同時印証了這群畫家對藝術的鬆懈，對創作的敷衍，對觀眾的戲弄，對現況的妥協，對現實的逃避……，難道他們脫離『台陽』所代表的是藝術家心態的墮落，而不是邁向更高境界之前的藝術冒險！那天我去看他們的畫展，起先是滿懷期待走了進去，出來時心裡空無所有，連一點點疑問也沒有帶出來，不像當年參觀『二科』展令我出來時滿肚子疑難又滿腔憤慨。從作品我看出作者創作的心境和我走出會場時是一樣空虛。請問老藍，在東京時我都一直這樣在叫你，我們即使再好的朋友，也該為此感到悲哀！請你照著我剛說的話，挑好聽的轉告他們，如果挑不出好話，照實說了也無妨。批評本來就是為他們好，為台灣美術好，只擔心這樣下去台灣美術該怎麼辦！他們是現階段台灣美術最有代表性的新生代，新生代就是新希望，非加以鞭策不可，你說對不對！」

王白淵的長篇大論總算講完，停了好一會藍運登才終於有回應：「無論如何我會把你的話轉告，至少要講給德旺聽，但你不是說要寫成文章嗎？如果要寫那就不必再轉述，你大可挑好聽的寫，他們自然也會看到，都會感謝你的。」

「像這樣嚴厲的批評，當今也只有你一個人敢講，在台灣畫壇還沒有建立批評制度之前，這種批評方式我還是認為沒有到應該寫的時候，不知你覺得如何？」

李梅樹看陳澄波、李石樵都默不作聲，這才開口表達自己一點點小意見。

藍運登覺得剛才的話未完全把意思說出來，便繼續講：「我相信德旺仔自己也已經看出來，知道Mouve的表現和理念相差有段距離，內心很矛盾，不知Mouve今後何去何從！第一回展出過後就表現得不那麼積極了。」

「像德旺這麼敏銳的畫家，往後該怎麼做，相信他自有拿捏……。可是他不是個說到做到的人，你不認為這才是最大問題！」

「如果一個畫會成立之後僅展出兩回便草草收場，一定很不體面。你們看來是否有重組的必要？希望獲得諸位的指教，我一定代為轉達。不管怎樣他們會感激你的！」藍運登之所以這樣說，顯然把王白淵的話聽進去了。

其他同行一路只當聽眾，至於陳澄波或許喝了酒不勝酒力，否則他難得像今天這麼安靜，從頭到尾不發一言。

走在最後面的只有楊三郎和郭雪湖兩個人，一路邊唱歌邊說笑，只差沒有當街發酒瘋，是他們一群人當中最快樂的一組！

「台陽」好不容易才設立東洋畫部，邀請到郭雪湖、林玉山、陳進和呂鐵州等「台展」中表現突出的畫家加入，不僅聲勢壯大，楊三郎也因郭雪湖的參與而增加一位得力幫手，這一來「台陽」與「台展」的規模已不相上下，兩者間就只剩民間與官方之差別。

本來兩人想把「台陽」的家務事留在餐會後只剩自己人才提出來商談，沒想到所有人走得太快，一會工夫全走光了，跟著趕過來時已經落後好遠。兩人帶著醉意，踩著節拍邊唱邊走，仔細聽時，是把同樣一支歌反覆又反覆，唱詞是小學時代學會的「走啊，走啊！從南走到北，從東走到西……走啊，走啊！……。」

唱完了不約而同發出一陣狂笑，令前面的李石樵和陳澄波不時回頭投以羨慕的目光，難得有人酒後這般快活！

「雪湖，你說說看！」突然間楊三郎喊了雪湖一聲，問一個意想不到的問題：「你認為以現在情形看來，台灣美術有前途嗎？」

「當然有前途，而且非常光明。」雪湖回答得絲毫不猶豫，尤其是現在這種氣氛之下，正是三郎心裡頭最希望得到的答案。

「不過……。」也許回答得太肯定，使三郎不敢就這樣全盤接受過來。

「沒有什麼不過，就這樣走下去，絕對是沒錯的！就像我們唱歌，唱下去不要喊停，這就對了，又何必胡思亂想……。到底今天怎麼了！你向來是個果斷的人。」

看到楊三郎一副沒信心的樣子，擔心影響到自己，便大聲指責，為自己壯膽。

「我一向是很有信心的，不過今天他們談起一個問題，其實是存在很久的問題，外界都在批評我們，把畫畫得再好也沒有一幅能像文學作品說出台灣人的內心，將來歷史不知對我們會作出什麼樣的批判！」

楊三郎剛才在餐廳裡與幾位文學界的朋友同席，一定聽到了什麼，對自己突然懷疑起來，想不到在雪湖眼中台灣美術竟然一片光明。

郭雪湖極不願聽到這種洩氣的話，便想開口教訓他：「文學和美術怎能隨便拿來比較！美術作品創作的目的是為了出品一個展覽，是要接受許多評審員的審查，有強烈的競爭過程，可以說是千錘百鍊才得來的成果。展出之後在公開場合裡每回有三、四千以上的觀眾，出品『帝展』甚至有數萬人前來觀賞。寫小說的文學家怎能跟我們比！出版一本雜誌頂多只有兩百本，在自己人當中傳閱，所以張文環才自稱是同仁刊物，寫給內部的人看的文章尺度當然不一樣，我寫你高興看的，你寫我想讀的，你說他們的讀者在哪裡！沒有讀者又怎能說有群眾，更談不上大眾路線，是因為雜誌根本流傳不出去所造成的結果呀！不管寫什麼對社會都產生不了作用的文學，將來歷史上只有美術運動沒有文學運動。他們不在我面前批評美術界則已，要是敢在我面前說這種話，我就把難聽的話全都講出來。不過有一天我還是要講，否則將來後代的人以為美術太軟弱，沒有抗爭的力量，只有文學才有。因為他們只看到留下來的圖畫和文章，看不到當年作品與群眾接觸時的互動關係。如果歷史這樣誤解我們，對我們的傷害就太大了，我們的努力也白費了，所以應該阻止它絕不允許這事情發生，以後再有人拿一本沒有讀者群的文學雜誌在你面前批評美術，你就直接反駁回去，千萬不可心虛。……我還記得一年前張文環與我說過這樣的話時，我們有過一番討論，且熱烈爭論過，後來他說什麼你知道嗎？他終於承認要檢討的反而是文學而不是美術，我看他這個人確是有改革者的性格，凡事都著重於實踐，一定要做到才算數，否則就是空談。他批評文學界寫的文章是自我滿足，情緒的發洩，根本找不到著力點在哪裡，所以叫做書架上的革命，是書生在造反。三郎，我給你保証這條美術的路走下去，一定能夠走出屬於我們的時代，請你千萬不要懷疑也不可三心兩意，如果連你都動搖了，其他的人怎麼辦！」

「好，看到你有這種開朗的心，我也開朗起來，剛才唱的歌正好代表了我的心情……，走啊走啊，從南走到北，從東走到西，走啊走啊！」於是他又唱了起來。

對郭雪湖的長篇大論，楊三郎以歌唱來回應，只唱了一段又突然停止，因他想起剛才文學界的另一句批評，在心裡一直很不舒服：「還有，還有一句話令我很不爽，他們說：我們這一代的台灣畫家少年得志，恐怕經不起時間考驗，你對這種話有什麼意見？」郭雪湖對這種掃興的話，已經冒出火氣來。

「當然有意見，沒有也要有！我們根本不必等時間來考驗，每天都在自我考驗，每年都要接受評審員和觀眾的考驗。不要以為七少年八少年就拿特選，叫少年得志，要知道一不小心跌下來時不死也半條命，所以沒有一天不處於戰鬥狀態。就好比相撲場上的橫綱，表面看來很神氣，一不小心輸掉一場，尤其輸給才升上幕內的新進，是多難堪的事，若不小心再多輸兩場，就得考慮要退休了，那時他也許三十歲不到！這些稿文學的人只看到別人得賞風光的一面，創作時辛苦的那一面即使沒有看到也應該想像得到！我們一走上美術的路就註定承受緊逼而來的考驗，在輸不起的情況下只有不斷努力。說來是畫家的宿命，不值得神氣，也不必怨嘆，我對這一代的美術成就有十足的信心！你呀，你是帶頭的人，你的信心就是大家的信心，千萬要記住！」

「好呀！雪湖兄畢竟是雪湖兄！你的鬥志提高了我的信心，今天不管做什麼，怎麼做都問心無愧。來吧，讓我們繼續唱下去……走啊走啊！從南走到北，從東走到西……。」

這群藝術家，儘管有人說他們多得意，一路走過來在街上行走的這麼多人，哪有人知道他是誰！也沒有人管他要作什麼，往哪裡去，只轉頭過來看一眼，當他們是一群喝了酒的醉漢，沿街瘋瘋癲癲走過的，一天裡不知有多少人！

門前的觀音山也是富士山

台北公會堂的展覽廳正舉辦北師校友的一廬會水彩展，是紀念授業恩師石川欽一郎所組成的畫會，凡該校的校友都是當然會員，因此從一開始聲勢就相當浩大，可惜程度參差不齊，只能說是一種聯誼展，所以並沒有「台陽」那樣的吸引力。

陳清汾收到邀請函之後遲了兩天才到會場參觀，繞了一圈只看到幾個北師學生和一名修理電路的工人正在聊天，不見相識的畫友在場，就想要離開。臨走之前先走進洗手間，沒想到站在旁邊的中年人竟是木下靜涯。

「是你呀！田中先生。」木下以田中稱呼他，因為自從與日本女子田中氏結婚之後，便隨妻姓，在畫展圖錄上列名的都是田中清汾。

「噢啦，是木下先生，怎麼這樣巧在這地方碰到您，近來身體好嗎？」

雖然下面還撒著尿，面對長輩仍然恭恭敬敬彎腰點頭表示敬意。

「那天蓬萊閣豐盛的宴席，非常之感謝！尤其看到令尊大人身體健朗，實在太高興！」

「父親的壽辰那天沒有好好接待您，真是對不起！請多諒解！」

「我知道你們把年輕畫家安排到三樓，目的是讓他們更自由自在，從頭到尾我都沒有見到他們的人，想起來也真可惜！」

「他們都留到最後才離開，下樓之後，一、二樓已經沒有人了……。」他聽出木下口氣帶有責備的意思，所以趕緊解釋，出了洗手間，木下對田中說：「你沒有到過我淡水的住所吧！記得去年曾經口頭邀請過，可是始終不見你來訪，你是個很忙的人！」

「不，請不要誤會，失禮的地方請多原諒！我們現在就約定，這個星期五中午之前到府上拜訪，不知這時間方便嗎？」

「好，這算是我們之間廁所裡的約定，在這種特殊地點約好的事情是不會爽約的，這次不來的話，下回不知幾時才能在廁所裡見到你！」

「三天之後就是星期五，我一定記得前來拜訪！」

「好的，我們全家都等著你的光臨。」

只過了兩天，星期四大清早，就接到郭雪湖電話，原來木下先生也約了他，所以特地來打聽，如果是開車，他也想搭便車同往，理由是他還沒有坐過清汾的汽車，本來清汾並沒有打算開車，經他這麼一問不好推辭，便答應駕車前往。

這條從大稻埕通往淡水河出口的公路，在清汾還沒學會開車之前就與父親走過幾趟，早已不陌生，近年來幾經拓寬改道，路線雖已變了不少，但沿著河流右岸行駛，只要順著水的流向就一定沒有錯，大可放心開車不會迷路。

星期五早上九點正，兩人相約在城隍廟前庭會合，聽說木下愛吃台灣的紅龜粿，永樂市場有家阿文的粿類最有名，郭雪湖已先去買五個，包好了準備帶去當禮物。

汽車駛在河邊公路上，郭雪湖東張西望，他看的不是窗外風景而是車內的裝備，每樣機件在他看來都覺十分好奇，還試著問清汾更換位置讓他坐上駕駛座……。

駛到竹圍時，突然想起這裡街上的魚丸湯，從前陳天來每次路過這裡，一定買了帶回去，口味及今記憶猶新，便又駛進舊街在市場口找到魚丸攤，兩人先各自吃下一碗，然後才包了帶走。

到了淡水，陳清汾把車開到自家商行的倉庫前，隨後沿著山路步行上山，中途遇到基隆來的村上英夫，也是受邀前來，手上也是一個大布包，不知帶的是什麼禮物。

木下的住家在半山腰，一條筆直的石階正好經過門前，不知幾時蔡永已站在石階前方等著客人。

自從「台展」創辦以來，蔡永每回皆有作品參展，出品時用的是藝名蔡雲岩。由於同是大稻埕人，與郭雪湖、陳清汾早已相識，是木下先生在台唯一的弟子。雖已是「台展」中的常客，由於始終未獲特選，名氣方面尚不如郭雪湖。木下先生也不曾因自己是評審員而替他爭取名次，這緣故及今甚少有人知道木下與蔡永之間的關係。

今天木下夫婦和兩個就讀小學的女兒都已盛裝在家恭迎貴賓，而夫人還以自認為拿手的炒米粉要招待大家。進門後兩個女兒看到郭雪湖帶來的紅龜粿高興得尖叫起來，顯然是他們期待多時的小點心，靜靜等待母親從廚房切好了，分得每人一塊才迅速跑到庭院裡去。

今天看到有這麼多客人來訪，夫人一時高興話也多起來，告訴大家：「家裡難得像今天這麼熱鬧，上個月裡我家先生一出門就十幾天不知去向，回來後又關在房間作畫，接下來的日子像是等不到今天，每天盼望著你們到來……。」未等說完，自己掩著嘴先笑起來。

木下夫人是個性情開朗的女性，做事動作敏捷，把家整理得井井有條，只有木下的工作室她從來不敢動它。她說每回只要打開那扇門，看出裡外儼然成兩個世界時，真叫人不知那裡面還是不是自己家。

吃飯前主人要求客人朝外坐成一排，然後命兩個女兒從中間把正前方的門向兩邊徐徐拉開，眼睛一亮出現對岸的觀音山，像一個橫臥婦女的臉部，山的下方是淡水河出口和岸邊的一片紅樹林，從石階走下去，山腳就是淡水小鎮，俯視看到的市街，近處有紅色教堂的尖塔，左邊稍遠就是所謂的白樓，眼前這一幕是近年來台灣畫家幾乎沒有人不曾畫過的風景畫，已成為台灣美術的標誌。

面對著這景色，不管是誰都想坐下來與好友共飲，慢慢地欣賞。這時夫人端來剛溫熱的清酒，為每人倒上一杯。

「現在先讓我以這杯酒歡迎諸位光臨舍下！」

木下舉杯一口把酒飲下，說：「景色很好是嗎？這對你們一定都非常熟悉，幾乎每一位都拿它作題材出現在你們的畫裡，但這並不是我所以挑選這裡當住家的原因。真正的原因是我小時候住的地方，一打開這扇大門就能看見富士山，簡直像極了屏風裡的一幅圖畫，來台之後很幸運找到這房子，我被觀音山的景色吸引住了，定居下來就再也不想搬走……。」

說到此，他又為每個人倒上一杯，這回他並不急於喝它，只端在手中，繼續說下去：「你看，對你們來說，這當然是觀音山，而我經常當富士山來看，不同的季節，不同的時辰，景色變化常出人意外，令人誤以為是仙境。為了找人共賞美景，我向清汾君邀請了三次，到第三次才從洗手間裡，兩個人並排撒尿的時候，他大概有點害羞吧！才終於接受我的邀請，哈哈！我這樣形容是否正確，清汾君你說呢！」

眾人轉頭向著清汾哈哈大笑起來，然而木下的話還沒有說完：「不知哪一天，說不定我們回日本時，心裡想念台灣的淡水，我又會把富士山當成觀音山看……，人的心情就是這麼矛盾，在這裡的時候想念那裡，到了那裡又想念這裡，身上永遠帶著割捨不掉的鄉情。你們當中有沒有誰與我同樣感受！對了，清汾君應該有吧！當你看到台北的總督府高塔時，會想起當年巴黎每天面對的艾菲爾鐵塔，是不是！」

大家又再度把視線轉向陳清汾，他的確不願回答這樣的問題，然而此刻又不得不回答，臉上露出無奈，最後還是回答了：「感覺是不一樣的，我看總督府和看巴黎鐵塔時的心情不同，總督府的高是我永遠達不到的高度，鐵塔的高我隨時就可以爬上去，所以看鐵塔很多人出現情人約會的回憶，很是羅曼蒂克，總督府只令人聯想到大門前面拿槍的衛兵……。」

「讓我再補充一樣：艾菲爾塔是透明的，總督府永遠是密封的，應該沒有任何理由可將兩樣東西放在一塊聯想！」村上亦有他的看法，木下聽了亦頻頻點頭稱是。

「到過巴黎的藝術家從此把巴黎當作他的藝術故鄉，在鐵塔底下的日子何等自由浪漫，離開後有一種深藏內心綿綿不絕的思念，的確沒有別的什麼可拿來相比！」

陳清汾說著就把杯裡的酒一口喝乾，其他人看他這樣做，也跟著舉杯把酒喝下，這樣做不異是對他的話表示贊同！村上手拿著杯子只在嘴邊碰一碰並未喝它，他有話想問木下：「先生，近日來我在想一個問題，不知方不方便在這時候請教您？」

他一副惶恐的表情，以誠懇的語氣向木下先生請教。

「請說，今天邀大家來此，就是要你們講話，讓我來聽，好久沒有認真聽年輕人說話了，是我一直感遺憾的事。今天機會難得，我該好好地把握。你的問題是……。」

「是這樣的，今年暑假我留在東京一段時間，那裡的畫家聽說我是台灣來的，就問我在台灣有多少日本去的畫家，然後告訴我有人在雜誌上寫文章，說什麼台灣畫壇是日本畫家的避難所，到台灣去的都是些失意的東京畫家，不知道先生您有沒有聽人這麼說過？」

村上說話時聲音盡量壓低，唯恐說出來後會觸怒了木下前輩，結果正好相反，他不但沒生氣，反而笑出聲來：「這文章是什麼人寫的我早就知道，編輯在刊出之前向鄉原先生請教過意見，不久他就在信中全都告訴了我。寫文章的這位先生來台灣想出品『台展』，結果接連兩次都落選，才又回東京去。所以應該說：『回東京的他是台灣畫壇一位失意的畫家，東京是他的避難所』才對！哈哈！」

這話引得在座大家都笑了起來，但木下的話還沒說完：「不過有一句話倒是被他說對了，他說：『台灣是失意畫家的樂園』，我們當然不是什麼得意畫家，也不必太得意，但也不因此就是失意畫家，然而台灣對畫家來說的確是樂園，所以我認為這句話並沒有錯，鄉原先生也因為這樣建議雜誌社將文章登出來，不管得意或失意歡迎都到台灣來。」

「沒想到先生和鄉原先生都不反對他以這種方式形容到台灣來的畫家！」

「這一類的話，說與不說都沒什麼意義，我們都知道從巴黎跑到南太平洋小島大溪地的高更；逃到南法蘭西阿魯去割掉耳朵的梵谷；回去艾克斯畫聖維克多瓦山的塞尚，如果有人說他們是巴黎的失意畫家，的確沒錯，他們也從不反對人家這樣說，而且說大溪地、阿魯、艾克斯是他們的避難所，這話不但正確，特別是失意畫家的樂園可以說是絕句，就是因為能夠找到他們的樂園，這才終於造就三位了不起的畫業。你們說對不對，尤其清汾君，你應該最清楚的。」

說到此他仔細察看每個人臉上反應，都以一副認同的表情等著他說下去：「與之相類似的話經常都能聽到！我認為他不過是在替自己的觀念打結，每說一句就打一個結，最後一生一世都解不開，是很痛苦的事情！……最近又聽到有人把台灣的畫家分成城內畫家和大稻埕畫家，而不再說內地人畫家和本島人畫家，對這類的劃分法你們覺得怎樣？」

木下這麼一說，使陳清汾想起當年法國美術界的情形：

「這應該說是以活動的領域來為畫家分類，當初還在巴黎的時候就曾聽說有巴黎畫家和尼斯畫家的說法，畫管巴黎畫家也到尼斯渡假，尼斯畫家也來巴黎看展覽，兩地的畫家裡頭什麼國籍的人都有。但如果以藝術成長的泥土、空氣和養份來區別，像巴黎和尼斯那樣把台灣畫家分成城內和大稻埕，還是有他的道理，我不反對。」

「說到這裡，我又想起來了。」郭雪湖也有他的看法：「去年李石樵從東京回來，在『台陽』美協的履歷表寫上『東京畫家』，說這就是他的籍貫。我問他為何這麼寫，他說因為他是在東京畫壇活動，所以是『東京畫家』。還說，東京已經是個獨立於日本之外的畫壇，和國內其他地方完全不同，和畫家是不是東京人也無關，他認為自己在東京土地上吸取東京文化的養份，跟隨東京的美術潮流，這樣的畫家不叫東京畫家是什麼畫家呢！雖然籍貫是台灣，但另一方面他找到了美術的籍貫是東京，這說法和剛才清汾所說的不謀而合。」

「每個人都有自己的說法，非常難得，你這麼想所以就這麼說。」木下為郭雪湖作補充，其實是為他的話下了註腳：「每人都努力在尋找自己的座標，為自己的所屬定位，你們儘可去為自己找認同，但不必替別人作歸類。巴黎、東京都是國際性格明顯的都會，有超越國籍的文化特色，但是台北還是特定族群聚居的城市，屬於地方性的文化，所以比較單純，不能與巴黎、東京相提並論！不過若問未來怎樣，那就很難說了。」

郭雪湖又再舉李石樵為例，因他的話還沒說完：

「關於李石樵，他是個自信心很強的年輕人，這幾年他全心放在東京畫壇，尤其專注在『帝展』，已慢慢不在乎台灣的畫壇，連巴黎畫壇他都不足一顧，所以才敢自稱東京畫家，甚至說他自己是『帝展畫家』，別人也不能說他不是。只因為在台灣有人願意作他的後援，所以才時常回來，替人畫像賺取生活。至於參加『台展』或『台陽』在他看來只為了人情，不想讓別人就此忘了他，當今本島人裡大概只有黃土水和他能作到把全部心力放在東京，他絕對不是台灣畫壇的失意者，可是東京又的確是李石樵的樂園。」

「我還有件事必須向諸位說明，前些日子幾位朋友在分析本島畫家時，在場的立石鐵臣君特別提到兩個人，就是李石樵和顏水龍。」村上英夫緊接著郭雪湖的話題，發表對李石樵的看法：「他認為兩位都是有遠見的藝術家，李石樵受到民間政治領導者楊肇嘉的鼓勵和後援，楊肇嘉的政治哲學是：台灣人不管任何行業都要拼出足以稱為全日本第一的人才，為全台灣的本島人建立信心，也讓內地人知道本島人的天賦才能，進而為台灣人爭取作為國民所應有的地位，李石樵基於這一點，拼全力也想在『帝展』出人頭地。顏水龍走的是另一條路線，他受到另一位地方人士林獻堂的支持，主張全民生活的提升要從工藝美術作起，只要基層的平民階級對美有基本的素養，再來推展專業美術，那時就容易多了。他們兩位不管別人贊同與否，對文化的大方向都有具體的看法，最值得佩服的是身體力行，而且做出了成績來，最後立石稱李石樵是沙龍美術的個人英雄主義者，顏水龍是平民工藝美術的拓荒者，對台灣美術都有一定程度的貢獻。我覺得立石的分析十分客觀，不知木下先生的看法。」

「說到這裡，我也想利用這機會講出我的情形，向大家請教。」木下還來不及回答，一直未發言的蔡永搶先開口：「說來台灣歸屬日本已四十多年，台灣人是不是日本人，在很多人心裡還有存疑，我的家庭就是個例子，從小我對父親就很順從，只有觀念上遇到台灣人是大和民族還是漢民族時，就與他的看法出現分歧，只要引起爭論，父親就拿他的權威來壓我，我雖然不甘心，不過想到他的生命歷程和我有二十年的距離，也只好承認這點差異是無法改變的，到底兩代之間應該怎樣協調！不知你們有無這問題，想在這裡請教各位！」

作為內地人的村上英夫對他的處境頗有所感，看看沒有人說話，就試著想替他找尋解答：「當我在日本時，其實我已經有不少台灣友人，到了台灣，奇怪得很，台灣朋友反而不見了，只剩下你們幾個人，這是什麼原因？想了很久終於找出來，姑且算是答案吧！因為內地的日本人對待台灣人，把他們當是新領養的孩子，想辦法與他親近，接納他，善待他，所以只要有心，與台灣人交往是很自然的事。也因為這樣我才想到要來台灣，到台灣住下來之後，不但沒有進入台灣社會，反而關進以內地人形成的社會圈裡，高人一等的階級很難與不同階層的台灣人接觸，台灣人也不敢與你接近，一看自己穿的住的都比台灣人好，國語也講得比他們流利，社會關係也比較特殊，自然與在地居民成了兩種人。以致多年下來對這塊土地始終感到陌生，心情一直沒有落實，有了這種土地和人民的疏離感之後，自問我到底是個觀光客還是居民，不得不承認這已對藝術家的創作造成了傷害。作為一個在台灣的內地人，到最後反而是外地人，看來我的問題比蔡永君的還難解決。今天我更想知道清汾的意見，你的家族這樣特殊、複雜，在這問題上應該比任何人都來得深入……。」

「我呀……，我個人在新的局勢下一步步轉變過來，倒感覺不出，也的確沒有認真想過有什麼太大問題，與日本人結婚之後甚至改姓田中，平時在家裡只有吃飯時才和父親以台灣話交談，其他時候已習慣於使用國語……。說一個笑話給你聽：經常我作夢醒來時，想了好久想不出夢中講的是台灣語還是國語，也可能法語！不可否認的是，今後使用國語的機會將越來越多，相對地使用台語就越來越少，總有一天我的家庭會把台灣語言全忘了，到時候為父親掃墓都不知該如何溝通，曾經幾次在我們兄弟之間談起日本和台灣在自己身上的份量，大家不必思考都認為應該說是台灣人同時也是日本人，這當中百分比如何大可不必管它，可是對父親那一代人，只能勉強將自己說成日本國籍的台灣漢人，到了我的下一代，看來連台灣都不必提，毫無疑問地就是日本人了。我經常看到父親為了這件事憂心，而我的想法則順其自然，至於我兒子就巴不得家裡不再有人講他聽不懂的台灣話，到了我孫子時說的是什麼國語，那時我已經管不了那麼多了！」

「兩位這麼說，我完全明白當前你們的處境，作為一個人，會去思考自己是什麼人，日本人或台灣人，這是很自然的事情。不過，如果太過在乎自己是什麼，就等於刻意要把自己與別人作分割，影響到社會的凝聚力，不見得是好事。所以我們還是要找出一個足以作為人的共同基礎，就是要先做到語言的統一，看現在地球上說什麼語言的人最多，大家就去學那種語言，百年後世界大同必然在一種語言底下得以實現。」這雖然是郭雪湖的謬論，卻深得木下先生的贊許，好一陣子沒有發言的他，終於想要為剛才大家的談話作結論：

「哈哈！如此說來，我們日本話絕對不是理想中最適用於全人類的共通語言；日本文化也不是最有利於帶動其他民族發展的優秀文化，舉個例子說：南太平洋的紐西蘭有一種類似我們高砂族的土著叫毛利人，我在那裡看到他們的雕刻和建築，在歐洲人前來統治之後，與歐洲文化互相扶持下，雖迅速發展，仍然不失其傳統特質。這使我想到日本人統治台灣，無法對高砂族文化有任何幫助，而任其日見衰微，如今也只能成為人類社會學者研究的對象。也就是說弱勢文化與歐洲文化的接觸，可吸取其養份繼續成長，然而與日本文化接觸之後便枯萎而失去生機。當年在紐西蘭看見毛利人雕刻藝術受歐洲影響下不但愈精緻化，而且氣派更大，不像我們的高砂族雕刻短短幾年就成了工藝品。對此我不得不自嘆日本文化包含量的不足，每當與其他弱勢文化碰在一起就急於想併吞；有一天與比自己強勢文化相遇時，肯定就被人吃掉，顯然日本文化沒有妥協的餘地，不知如何與人和睦相處的文化就不足以作為郭君所說的大同世界的基礎。……我們的知識界不知自我反省，還一直在宣傳吹噓自己如何了不起，恥笑他人如何不行，難道他們不知道文化只有異同的問題，沒有優劣的差別！文化的演進有時是一種加法有時也是一種減法，依靠政治和經濟力作後盾對外擴張，這就是文化侵略，人類史上許多古文化所以消失無蹤，研究起來就是發生在這種文化侵略中互相併吞的結果。我們可以想像一個民族文化從形成到長大要幾百年到幾千年時間，結果僅一場戰火就化為烏有，你們看，人類因文化而獲得教養，又讓慾念操控政治使人類又變成野蠻。我們作畫家的看了只有無奈和嘆息！……我如果不住淡水，而住在台北城內，那種氣氛底下如何能夠靜心思考繪畫的問題！台北對我而言是慾望之城，東京尤其可怕。你們不妨仔細看看『帝展』中的爭奪戰，到了最後必發現當中只有政治沒有藝術。……剛才你們談到李石樵君，他若是個真正藝術家，最長五年，一定要脫離『帝展』的糾纏，否則他的藝術終將睡在『帝展』，而致死在『帝展』。所謂的獎賞起初確是獎勵，後來就成了麻醉劑，是藝術創作者的毒藥，石樵君的未來性怎樣，就要看他對『帝展』的功名能否想得開。相較之下，顏水龍君對文化的認知更徹底，他真正了解到文化的建立要從基礎做起，同時要長時間持續去做才有成就，這個人的確有心想創一個屬於台灣的新時代，他是個時代性人物，歷史必將記下一筆。致於李石樵，他有野心想把自己塑造成了不起的畫家，然而一個畫家的偉大與否要有個與時代配合得來的場域，台北這地方留不住他，他才到東京，但願在那裡能夠達成他的意願，不然的話還是要回來台北，那時台北不見得是他的樂園，說不定這話讓他聽了會洩氣的……。」

說到這裡，木下夫人走到他面前，輕聲輕氣在耳邊提醒他：「米粉已經炒好了，必須趁熱吃，冷了就不好吃了！」

此時木下意猶未盡，還想說下去。但其他人聽到夫人這麼說，已作勢要站起來，米粉的香味在誘惑著每個人，即使肚子不是那麼餓，也已刺激到強烈的食慾，站起來不由自主朝米粉的方向走去……。

木下只得邊走邊說，非把話說完才肯罷休：「……久居淡水之後，我每天看山看水，最大好處就是心情平靜，能夠對藝術人生更深入去思考……，剛才大家說起台北畫家或東京畫家，在我看來一樣是都會畫家，在城市裡紛紛擾擾中作畫的人，從作品不難看出內心的浮動，又如何追求得到美的最高境界……。」

「真好吃的米粉！感謝木下夫人！」從一再傳來讚美的聲音，知道有人等不及已經開動了。

「炒米粉要炒到人人都稱讚的程度，這當中必有很大學問，現在我終於才知道！」每吃一樣東西，蔡永都有他的一套哲理。

聽到客人的對話，木下感到幾分洩氣，領會到自己再講下去就不識時務了。

「剛炒出來，熱騰騰的米粉，的確好吃！」

聽到讚賞，夫人更加高興。木下的場面於是被搶了過去，大家圍著木下夫人問東問西，其實說的都是些感激的客氣話。

「先不要這樣子誇讚我，其實我的米粉和你們大稻埕永樂市場麵攤上賣的還差遠哩！你們三位都住市場附近，一定吃慣那裡的米粉炒，不知為何，比較起來我炒的米粉就是差那麼一點點，到底什麼地方不對！有一回蔡永君特地帶我去請教他們，回到家裡再炒一次還是不成功，你們畫畫是不是也一樣？不僅要照方法，而且要有感覺才行……，最近有位鄰居奧桑來家裡教我，說油蔥要現炒的，肉要三層肉，還要烘乾的蝦米，火候要控制得當，炒的時候手要敏捷，這些我都認真學了，多做幾回或許就有進步。來台灣這幾年台灣話沒有學會，能學會炒米粉也不錯，希望我學的是正宗的，哪一天我們搬回日本，請客時端出台灣米粉當我們家的招牌菜，客人吃了永遠難忘，這是我的最大願望！」

夫人一開口就是說個沒完的米粉經，確實為這道料理下一番苦心，如今更感到有足以自豪的成就。

聽完夫人的一番話，客人已在底下竊竊私語：「永樂市場有什麼米粉？我倒沒有發現！」

「是呀，這幾年只吃山水亭的米粉，不知道永樂市場也在賣米粉！」郭雪湖和陳清汾兩人一問一答。

「連你都不知道，我哪裡會知道！我父親老遠從竹圍買魚丸湯回來，就從來沒見他從永樂市場買米粉回家，反而要木下夫人來告訴我們！」

蔡永插嘴說：「其實我家的米粉炒才天下第一，下回找個機會把我母親帶來這裡，現場炒給大家品嚐，也示範給師母看，把過程一步步說給她聽……。」

「現在我終於明白。」夫人突然又開口：「炒米粉在台灣是這麼普遍，每個家庭主婦都會炒，所以最好吃的應該在普通家庭裡才吃得到，對不對！今天大家來這裡捧我的場，真是太謝謝你們了！」

「師母說的雖然沒有錯，但我們家裡還是好久都沒有吃到炒米粉了呀！」

盡管木下夫人很客氣說自己炒的米粉還只是在學習中，年輕人各自捧著一碗在手仍然吃得津津有味。今天他們才知道住在台灣的日本主婦最想學的第一道台灣菜就是炒米粉。除了「米粉」這句台灣話好像並沒有學會說第二句。

到了圓環才知道誰是真正「大稻埕人」

結束木下靜涯的家庭餐宴，告別木下一家人，走在下山的石階時，陳清汾主動邀請三人一起乘他的汽車同回台北。

郭雪湖從年輕時候就爬山鍛鍊身體，對淡水到台北的後山道路十分熟悉，建議回程時改由三芝方向繞過草山，經北投返回台北。大家聽說先走海岸再駛山路，讓行程有變化而備感到興奮，雖然繞一個大圈，年輕人一起說說唱唱，觀賞窗外風景，誰也不嫌路途遙遠。

上了車之後，大家又把今天與木下先生的對話拿出來當話題，先是村上英夫針對木下近幾年進行的名畫臨摹提出看法，雖然在批評，語意卻十分婉轉，他說：「剛才，我上廁所時無意中打開木下先生畫室的門，看到裡面很多名家作品，他特地走來告訴我，這些全是他的臨摹，我認真地一張張看過去，雖是臨摹也確實有深厚的功力，實在佩服他的用心！可是看遍整個畫室，真正的創作反而沒有幾幅，這就令人納悶，以他現在的年齡應該是忙於創立風格的時候，居然還在臨摹前人之作，我不明白為何他沉迷於臨摹！蔡永君，對此你有什麼看法？」

「木下先生為人隨興，是大家都知道的，然而創作態度卻相當謹慎，每每一幅畫在心裡醞釀好長一段時間，一年當中真正完成的作品實在不多。我每星期上山來拜訪他一次，看他隨時發現有趣的就拿筆畫下來，對他而言這只是筆記或習作，這類作品是我最喜歡的，可惜並不輕易示人，難得有機會看到。

只有臨摹的畫他都掛在牆上，自己可以經常觀賞，外人來看也不拒絕，相信這麼做必有他的用意！」追隨木下先生多年的蔡永，即使嘴裡這樣說，當然更希望能聽聽別人對老師的意見。

郭雪湖接著說：「我知道有一種畫家終其一生都在研究，不斷地練習，不斷臨摹別人，在我們台灣畫壇這種人要成名幾乎不可能，因他很難在『台展』中出頭天，尤其在台灣除了『台展』就不再有別的出路。但歷史不見得因此漠視他的存在，因為將來的人還是要看作品，不管留下多少，作品是會說話的，木下先生就是這樣的畫家！」

「我們不妨從另一個角度看木下先生，他在摹寫一幅名家作品過程中到底獲得了什麼？他是不是用臨摹的方式來達成欣賞的目的？還有，他想擁有一幅好畫，卻又得不到，就借回來臨一張，久了成一種習慣，摹寫功夫也越來越好，就陶醉在摹寫裡也是一種享受，幾年後便有這麼多臨摹的作品留下來。這樣解釋不知對不對！」村上說。

「過去聽到的是，把臨摹當一種學習，現在你又把它解釋成欣賞的一種方式，非常之新鮮。不過等到有一天木下先生不在世以後，這些摹寫的作品該如何看待？他連作者的簽名也都臨了不是嗎？」一直默默在開車的陳清汾突然發言：「將來不知道的人就照著畫上的簽字，把臨摹當作真蹟看待，你說這該怎麼辦！對畫壇有什麼影響？」

「東方人對這種事已見怪不怪，不知道歐洲那邊的人如何看待，他們應該也有不少作品是臨摹的！」蔡永對臨摹所產生的影響開始感到好奇，所以這麼問。

「你的問題，可以這樣來解釋。」郭雪湖搶著回答，因他在學習過程中有豐富的臨摹經驗：「畫家的畫不管創作還是臨摹，都有存在意義，對後人研究他的繪畫是非常重要的，難道不是嗎？畫家不在之後，子女如何處理遺作，就好比人死後家族處理財產，自己是管不了的，所以不必去想這些。我的作法是每臨過一幅畫，我會在上面題字，將臨摹心得寫上去，百年後不論是誰擁有這畫，從題字便知道是怎麼來的，為何畫它，除非……除非臨摹當初就有意想騙人，那就叫做造假畫，所謂偽作就是這樣產生的……。」

「對了，你說的沒錯，大家心裡想的大概就是這個問題吧！」村上英夫終於把話講得更清楚。

「你說除非！其實有太多太多的除非。」陳清汾心裡頭想的是他所知道的有關油畫真偽的問題：「除非台灣像法國，把美術收藏視為國民普遍的文化行為，有很多人要高價收買藝術品；或除非台灣有人專以賣假畫為行業，才擔心臨摹的畫被拿去當真蹟賣；還有除非台灣成立了美術館，沒有錢買到原作就以臨摹的畫充數，久之就真假不分……。但請你放心，至少百年之內這些事都不可能發生，到了下一世紀，人類欣賞的恐怕已不再是畫，而是用機器變出來的藝術品，這樣說雖只是隨便說笑，但也不是不可能的！誰曉得臨摹的畫有一天會產生多大後遺症！」

「我不介意你說這麼一大堆的『除非』，除非已經到了下一世紀，在什麼都是未知數之前，我們在心裡的罪惡感未免產生得太早些。……作為畫家而花大半時間在畫別人的畫，就好比一個詩人在抄別人的詩，不管是簽上自己的名字或簽原作者的名字，這種努力都與藝術創作的原創性有一段距離，長久下去難道不覺得是在……，我實在說不上來，只是越想越不對……。」村上不但把話說得更清楚，而且也更堅決。

「但我也要說一個『除非』，那就是除非台灣社會的經濟發展到了普遍有人買畫，而買的對象又是名家作品，一般畫家為了生活只好假冒名家的風格筆法，仿他的筆跡簽字，目的是為了養家活口，這樣作若有不得已苦衷，是不是應該原諒！至少不該視為罪大惡極！」郭雪湖是從一個臨摹出身的畫家立場看問題。

「說得我心裡都沉重起來，我們還是脫離現實一點，談談一百年後的事，考考大家的想像力！」陳清汾提議轉移話題。

「一百年後這世界如何，很難想像。不如就一百年後的台灣好啦，這樣的範圍大家就比較熟悉，談起來也確實一些。」有人如此建議。

「既然這樣，我就要說，百年之後台灣畫家不怕沒飯可吃，為什麼？因為那時候大家已經不吃飯了，哈哈……。」

「還是讓我先猜。不，不能說猜，因為猜就有猜對與猜錯的問題，應該說是發揮我的想像力，而且是往好的方向去想，一百年後台灣將會是什麼情形，甚至說我希望成為什麼情形。一個必然的結果會出現，就是所有島上的居民都只會說國語，內地人和本島人不再有差別，包括種族的差別和政治地位的差別，大家已融合成一族，這是我們共同的夢！」村上搶先把話題往現實面作引導，因他擔心過度想像的結果會說成太空世界。

「百年之後，語言的標準也許就改變了，剛剛木下先生說將來大家都只說英語，我反而認為能說越多種話的人才越有能力。一個人在一生當中能說三、四種語言是很平常的事情，根本不必在語言上多費心去作統一的工作。」有人提出相對意見。

「我是個大融合主義者，民族主義只有製造事端，對未來發展不見得有好處，一百年的時間在人類共同努力下足夠把中國、日本、蒙古、朝鮮、台灣都結合在一起，那時候就沒有所謂的台灣問題，只有大亞細亞共同的問題。科學會把人類價值思維帶向全球性，一百年後不管大小問題都是地球的問題，台灣只是一小部分，其中之一……。」陳清汾一心只想把問題放得更大來看，談起來才有挑戰性。

蔡永於是作了呼應：「不是很多人預言二次世界大戰就要發生！而且還有每二十年就有一場大戰的說法，這樣推算下去，二十一世紀之前地球上將發生第五次世界大戰，每打完一次戰爭，輸的國家遭人併吞，如此一來，百年之後這世界上只剩一兩個強國，結果當然也不再有台灣，更沒什麼台灣問題的存在，既然這樣我們還有什麼好猜的！」他想說什麼，又臨時轉彎，只停不到兩秒鐘。又繼續說下去：

「聽說有一種新的發明，可以將砲彈從美國飛過太平洋直接打到台灣，如果真是這樣，我們每個人頭上都有顆炸彈隨時會掉下來，不是麼？這一來不管是不是已經發生戰爭，隨時有炸彈會在身邊爆炸，這個地球上再也沒什麼太平日子，那時誰的科學發達誰就控制整個地球，人類的腦筋只知道用在這上面，再下去最後人類只有走上毀滅的路。」

陳清汾很高興自己的建議為大家引發一場高談闊論，聽到「毀滅」兩個字突然笑出聲來，情不自禁想出來作個總結：

「看來人類的智慧使物質文明進步的結果，最後是繞地球一圈又回到了原點，等於一點也沒進步，這就可以看出精神上的進步才是真正的進步，最後必然要仰賴宗教和藝術。……如果一百年後文化藝術還沒有多大成就，能為人類作出貢獻，永遠只被科學帶著走，這結果一定很慘，小學時候老師告訴我們『人定勝天』，人就是科學，天是宗教和藝術，你們等著看吧！人類強出頭的結果，總有一天帶來災難……。」

這時候汽車已漸離海岸轉進山路，朝著大屯山方向繞山而行，到了一定高度再回頭看映在夕陽下的海面，光線從雲層露出金光閃閃。美景當前，四個人同聲驚叫起來，可惜黃昏的太陽落得特別快，汽車才兩個大轉彎，景色已完全改變，除了天空還有一點亮光，山路已漆黑一片，單靠前方車燈照射在公路上，勉強沿著山路徐徐繞行。

每個人都累了，又不願看到陳清汾一人辛苦操作方向盤，就輪番發出點聲音，為他提神。

「今天，木下夫人的米粉，你說好吃不好吃？」郭雪湖雖然這麼問，並不希望誰來回答。

「不錯是不錯，只是豬油放太少，忘了放胡椒。」清汾隨口回答兩句，並無心想批評。

「走原路回去，從箕里岸、竹圍回台北的話，現在該已到家了吧！」蔡永喃喃自語。

「大概快到家了，可是就看不到剛才的夕陽！」

「你說，木下的畫和鄉原古統比起來，如何？」村上問。

「你說呢！」不知是誰回了他一句。

「雪湖君，你說說看！這兩人你是最了解的。」

「誰比誰好，這種話不應該是我說的……。」

「那麼我換一種問法，兩人誰比誰更像藝術家？」

「兩人都像，但鄉原先生更像教育家。」

「那麼石川欽一郎和鄉原呢？哪一位更像教育家？」

「這兩位的比較，我應該說石川先生更像政治家。」

「那麼……，對不起，我問最後一個問題，你把鹽月桃甫和石川欽一郎放在一起，如何作比較？」

「鹽月桃甫，哈哈，他更像……。」雪湖一下子說不出口來，停了好久，終有人替他說下去：「更像鬼王。」是駕駛座上的清汾說的，難道他真地把鹽月當鬼看待！

「什麼樣的鬼，請說清楚！」雪湖問。

「不外就是桃太郎帶著猴子、狗和竹雉征服鬼域後捉回來的那種有角的。」

「反過來問你一句，你覺得誰是桃太郎？」

「我們四人當中就有一個桃太郎。」

「這麼說來，另外三人就是猴子、狗和竹雉啦！」

「哈哈哈！有意思極了，桃太郎！」

「唱歌，唱歌……。」村上英夫一聲令下，自己已領先唱起來，唱的竟是幼稚園裡學會的「桃太郎」。

進入台北城時已是萬家燈火，本打算送村上去台北車站搭車回基隆，當車子經過圓環時突然聽到蔡永大聲喊停，說想請大家到圓環裡吃了東西再走，村上高興極了，來台灣之後從沒有被本地人帶去吃過路邊攤，這回難得機會，連車站也不想去了，陪著大家一起下來。他曾聽人說過，台灣路邊小吃的吃法是沿著攤位吃過去，有什麼吃什麼，吃到最後一攤才告結束，簡直太過癮了！

車子剛停下，便有一群孩子圍上來，對車子上每樣東西都覺好奇，陳清汾回頭過來大聲吼叫，其實只是鬧著玩並不想真正將之驅走，孩子們以為他是日本人，只回頭遠遠望著不敢再靠近。

雖說郭雪湖和陳清汾都在大稻埕出生長大，家住離圓環不到十分鐘路程，卻很少到這裡吃東西。說來與各人家境不無關係，郭雪湖早年喪父，單靠母親扶養長大，是貧苦家庭出身，節省已成習慣，從小捨不得花錢買零食，連圓環都難得來一回；陳清汾正好相反，由於家境富裕，想吃什麼有什麼，反而很少有機會來這種平民化的場所與人圍在一起端著碗吃這吃那。蔡永的家境則在兩人之間，中等家庭出身的孩子才能無拘無束地進出圓環，成為一名吃圓環攤食長大的孩子，唯有這種人最具大稻埕的性格！

尤其進了圓環才發覺幾乎每攤位都有蔡永的熟人，不是他童年玩伴，就是小學同窗或是鄰居長輩，從小到大蔡永是他們的老顧客，從中午到現在才終於看到他真正威風的時候，此起彼落一直有人喊他的名字。又由於他的「永」日語唸起來正好是台灣話裡的「矮」，從小鄰近小孩玩在一起喊他「阿矮」已成了習慣，盡管他一點也不矮。

「你看阿矮在那裡！帶了客人來，是日本人！」

「阿矮，帶朋友來吃飯！坐坐坐，過來這邊坐！」

「阿矮，來坐啦！我請你，免錢，這裡有坐位了。」

才走進來就到處聽到歡迎的聲音，他只好頻頻點頭招手，一時之間不知該先吃哪一家。

「阿矮，你到底是怎樣啦，怕我收你的錢是不是？過來就過來還怕什麼！」中氣十足的阿仁賣得是肉丸和雞卷，大聲一喊把蔡永喊了過去，其他三人也一起跟來。從太平公學校三年級就與阿仁同班到畢業，若再不過去捧場實在太見外。坐下之後，很快每人桌前就端上一碗肉丸和一盤雞卷，接著另有人把魚丸湯和蚵仔煎也送過來，還有炒豬肝和豬腰，美食當前每個人等不及已動筷子開始吃起來。到了半途又送來米糕和芋圓，吃到最後已撐在那裡一動不動時，聽到對面老婦人，開始大聲為他作宣傳：

「阿矮在公學校時，讀書從後面數過來第一名，畫圖是前面數過去第一名，全班只有他拿兩個第一名，後來到處去比賽畫圖，哇！拿了好多獎狀，是學校有名的圖畫選手，畫起圖來又快又像又好看，他是我們這條街上最有出息的少年家，他的畫掛在公會堂……。」

「姨婆仔，人家現在是有名的畫家，你還在講什麼公學校的第一名！每年在樺山小學的畫展都掛了蔡雲岩的圖，蔡永就是蔡雲岩，今年去看了才知道他畫了好大一幅，來看的人好多，每天人擠人在看畫，聽說連總督都跑來看，總督你知道嗎！是總督府的頭家。」

「阿矮，你的朋友都是畫家嗎？哪一個畫得最好，請他替我畫一張，把它掛在這面牆上，以後來這裡吃飯吃麵不算錢……。」

「你們都不知道，阿矮有一幅老鷹，畫得像真的，比真的還像。有一天我到他家，看了以為老鷹飛進來，連聲音都聽到，把我嚇一大跳，才知道是畫的。」

「他的畫要買的話，多少錢知道嗎！五百圓還不願意賣呢！叫人家畫一張送給你，不要想！」

「聽說，現在到淡水大屯山上拜師學藝，師父是個很老的日本畫家，住在一棵大樹下，每天畫圖修行，將來就是土地公……。」

「土地公也畫圖，你在說漫畫！」

這裡一句那裡一句說個沒停，每回蔡永一來就聽他們重覆說一遍。

蔡永等四人只顧吃著，無暇回應，聽得好笑時只陪著笑一笑。中午雖吃得很飽，晚上胃口仍然不差！當他們聽到說「住在一棵大樹下」時，每個人都笑出聲來，原來指的就是「木下先生」，他的名字竟被故事化，郭雪湖把意思轉述給村上時，開玩笑說：「哪一天你也收徒弟，那就是在村莊頂上授徒！」

蔡永站起來正準備要付帳，又見從對面攤位端來幾盤不知是什麼，四個人雖已沒法再吃，卻坐著不肯離去。背後不知幾時站著七、八名圍觀的民眾，他們對桌上高高堆起的碗盤，好奇的眼光看著四位不知哪來的大食客。

蔡永攤開手笑著向大家介紹今天帶來的朋友：「首先向你們介紹這位是內地人畫家村上英夫先生，他在基隆女中教圖畫，是畫圖先生，第一回『台展』他得特選，是第一名的意思，那一年全台灣的東洋畫沒有人比他更好。隔壁這位先生叫做郭雪湖，是大稻埕五坎仔街的才子，第二回『台展』輪到他第一名，是苦學出身，值得我們敬佩的藝術家，報紙上登過他很大的照片，不知你們看到了沒有！最後這位就是陳清汾先生，他的父親就是錦記茶行的頭家陳天來，全台灣第一位留學法國的名畫家，他畫的是油畫，是西洋人的畫，外面那一台黑頭仔車就是他駛的……。今天真高興見到大家，這麼熱誠接待，真多謝，真多謝！」

聽到陳天來大名，所有人瞪大眼睛，轉過頭來「哇！」一聲，有陳家公子為座上賓，無不引以為榮，付錢的時候推辭了好一陣不肯收下，他們不要錢卻只要蔡永畫一幅來贈送。作為內地人的村上英夫，來台這麼多年今天才感受到本島人的熱誠，過去的經驗中民眾對高高在上的日本人持敬而遠之的態度，原來是自己太見外不肯放下身段與人套交情，交往範圍只限內地人圈子裡，與台灣的接觸自限在視覺上的山川景物和街上來往的行人，對這土地上的風物人文無法深入，只當自己是觀光客，作為藝術創作者又怎能在這島上創作傑出作品！

他想到同是內地人的立石鐵臣卻能走入民間與大眾親近，有了深刻生活體驗，他的雕刀才刻出了足以傳世的版畫。

這些年「台展」縱使有優秀內地畫家參展，在帝國藝術院聘來的評審員眼中，多半沒有好評價，這到底是什麼偏見造成？近年他一直思考這問題。不記得哪位評審員這樣說過：「從本島畫家的畫面感受到一種有如山野中長出來的綺麗花朵，而內地畫家的畫面看到的是市場裡任人挑選的花束。」初聽時心裡的確難以接受，今晚這種心情下終於不得不承認這話的道理。

離開圓環時被大群人擁著送上大街，四個人像喝醉了酒蹣跚走向陳清汾的汽車，村上突然表示要徒步走去車站，蔡永和郭雪湖聽他這麼說也不想乘車，就這樣四個人在此分道各自回家。

駛往基隆的車廂裡，村上靜靜望著急速後退的窗外景物，眼前出現的是剛才圓環所見的幾張面孔，尤其是蔡永，這一整天裡他的話最少，可是進了圓環之後整個人活了起來，感覺出他是真正屬於圓環的一份子，這種如家族親人在一起的場面，村上已好久不曾有過，相對於蔡永，這個社會與他太陌生了！

另一邊，陳清汾獨自駕車回家，從圓環只轉兩個彎就駛進陳家大院的小巷，按兩響喇叭，沒有人來開門，只好自己下車開鎖進去。

進門一看客廳全是人，是二哥清波受聘貴族院議員連任的慶祝會，出現在眼前的賓客與剛剛在圓環裡熙熙攘攘的人們儼然兩個世界，而自己到底屬於這邊還是那邊！穿過大廳時他只顧低頭從眾多客人身旁走過，好像自己是這個房子的外人。

上了樓梯進入畫室，腦子裡浮現剛才吃過的一碗碗圓環小吃，背後圍著一張張好奇觀看的面孔。當蔡永介紹到他時，這些人發出一聲驚呼，是因為陳家在他們心目中有不得了的家族聲望，和蔡永同是大稻埕出生長大的自己，人際關係出現這麼大差別，他能與近鄰稱兄道弟打成一片，而自己走在路上即使熟面孔也不打招呼，尤其羨慕蔡永畢業這麼多年後還有小學同學親切喊他「阿矮」！靠著家庭財力老遠到巴黎進修的他，沒想到回來還關在陳家大門內，與近鄰如此陌生……。

他把畫過的畫布又一幅幅翻開來看，畫中街上路人個個是陌生面孔，他們面無表情行走在畫中，在巴黎時聽有島生馬先生說過：「凡是走進你生活圈裡來的，都應該走進你的藝術裡去，成為畫中的一種活力。」初聽到這話時，還認為這些人進他的畫裡比進入他生活圈要容易多了，直到今天，他才終於了解有島先生話中道理，圓環所看到的蔡永才真正屬於大稻埕，應該比自己，甚至郭雪湖更能深刻表現大稻埕的內涵，他才是最有資格畫台北的畫家！

蔡永備受鄉親讚揚，是因為從小看他長大，對他學畫的事特別關心，而有所期待；還是在「台展」中看到他的作品而由心佩服；或聽到外界佳評，在親友之間傳頌，認定是個有成就畫家！不管是什麼理由，令陳清汾羨慕的是他的繪畫名聲落實在自己生活圈裡，所有近旁的人皆以他為榮，這種從周邊人的稱讚所感受的榮耀，比任何一種在報紙版頁的誇讚真實多了。

然後他試著將自己放在蔡永和村上兩人之間作比較，發現和村上的距離反而更近，他的家族在短短幾十年當中從商場晉升上層社會，又以社會關係將家族推進官場，再往前一步就是向統治者靠攏而同化，這樣下去不就是對同胞的叛離，此時的他說自己是皇民或許還心安理得，若勉強自稱大和民族又難以啟齒，身上流的血騙不了自己，只有在往後幾代不斷與日本人通婚，逐漸沖淡台灣人的血緣，才得以讓這個家族變成完完全全日本人，在不斷自我改變中穩固在日本社會的地位，然而這都與他探討藝術的路背道而馳，若滿腦子想的都只是這些，那他早已經不是藝術家了。

才一天的工夫，在圓環小吃攤短短一小時就把自己與蔡永這個畫壇上不起眼的畫家距離拉近，甚至以他作借鏡尋回迷失的自我……。

直到夜已深，人還躺在沙發上，菸一根接一根抽著，白煙已瀰漫整個畫室，他無法克制自己繼續去思索，生在這個富貴家庭，走的竟是平凡到令人窒息的路，在什麼都有的時候，突然發現原來這一切不足輕重，誰能忍受得了這見不到底的，無止境的虛幻，他喃喃自語：「蔡永啊蔡永，你到底是誰！我每一樣都比你強，為何全部加在一起時，竟然會比不過你……。」

8

大將軍的畫像

紫色大稻埕

李石樵　大將軍　1964
木板、油彩　畫家自藏
（右為局部）

五桂樓裡聽來的「耳學問」

台陽展開幕禮結束後，第二天李石樵就回到霧峰，到林家繼續他的畫像工作。聽說近日有貴賓前來作客，林家上下忙著接待，本來安排李石樵在五桂樓的陽台畫像，客人來的那幾天把畫具全搬進一個小房間裡，今早林家佣人又恢復了原狀，然後才把他請過來。一進門已見林獻堂一人坐在陽台欄杆前等著，從見面第一眼的笑容看得出他今天的心情比往常要好多了。

剛開始時他們事先約定，在第一次畫過後就不必對著本人，等最後到了完成階段，才讓本人親自來擺姿勢。早上送走客人，突然空閒下來，雖然只畫到半途，林獻堂還是前來等待畫像，令李石樵見了感到意外不安。

其實有個主要原因，就是這幅畫受到剛走的那位貴賓的讚賞，所以主人一早就跑來站在畫前，想好好端詳一番，好像看出了什麼心得，就坐著等待李石樵前來。

林獻堂心情一好，話也特別多，過去曾聽人說，他除非討論具體的實際事務，不然總是坐著靜靜聽人講話，頂多在必要時提出問題，否則自己寧願當一名好聽眾。有人稱林獻堂的學問為「耳學問」，是一句日本話，形容一個人善於把聽來的當自己的學問又轉述給別人，林獻堂每天忙於政務，又有那麼多應酬，哪來的空閒閱讀，只能經由耳朵吸收各方的知識，他懂得挑選有智慧的話，收納到自己的智庫裡，最後都成了他的學問，這樣的能力使文化界的朋友都不能小看他。

李石樵開始動筆時心裡有些緊張，因他看到林獻堂突然出現，以為今天就得把畫像的工作結束，而且在林獻堂的面前畫下最後一筆，簡直無法想像那一刻到來時，將如何開口說：「好，這幅肖像完成了！」這類肯定且帶有結論性的一句話。

沒想到林獻堂臉上始終掛著輕鬆的微笑，像已經看出他的不安，有意想化解他心裡的緊張。

「你們年輕的這一輩，專門學畫的已經有相當數目了，對不對！」林獻堂突然開口問。

「噢！……。」李石樵一時之間不知如何回答，以他的標準，學畫不見得就準備將來當畫家，當了畫家也不見得就是藝術家。

對方接著問下去：「那麼多人裡頭，你最佩服的是誰？」

「陳植棋。」這回他不經思考就說出名字來，連林獻堂都有點意外。

「為什麼？」

「因為他也佩服我。」

「所以你才佩服他！」

「是的。」

「這麼簡單？」說時帶著笑聲。

「還有，……他已經不在，過往了。」

「原來這樣，這才是理由！」

「是的，不過也不完全是……。」

「但，你怎知道他佩服你？」

「有人對我說的，他親口告訴那個人：李石樵是將來台灣畫壇最可怕的人物。」

「意思是說他怕你！」

「因為，因為他把我看成對手，而且還不一定會贏。」

「但你說他佩服你，是不是你也怕他？」

「以前的確很怕，現在不怕了。」

「為什麼？」

「因為他已經死了！」

「死了你就不怕？人死了不見得就沒有競爭，百年後歷史對你們的藝術還會再作評判。」

「……。」李石樵一時答不出來，沒有想到林獻堂能講出這樣的話，對他有這種歷史視野不得不心服。的確，藝術比的不是在生一時的勝負，還要更長遠地看史家的筆如何評斷，這麼說來與陳植棋之間的競爭並沒有結束，此時他終於真正感到陳植棋的威脅。

記得陳植棋生病時，在自己畫布背後寫著：「生命短暫，藝術才是永恆」。環視近旁這麼多畫家裡頭，有些人的生命還沒結束，他的藝術生命卻已結束了，只有陳植棋這樣的畫家，雖然生命已經結束，藝術仍然令競爭者畏懼……。

今天整個早上林獻堂心情特別好，一直是談笑風生，只有李石樵被自己的話所困，心情怎麼也釋解不開。

十點半剛過，司機跑上樓來告知林獻堂，說清水的楊先生來訪，林獻堂聽了只皺一下眉頭，仍然動也不動，轉頭告訴李石樵說：「這位是阿章，我的汽車是他在駕駛的，他吹口哨聲音是全島一流，要不要請他吹給你聽？」阿章聽了便走上前來，那自信的模樣顯然覺得主人的稱讚當之無愧，但還是很客氣地問：「不知道你們想聽些什麼？」

「你就吹剛學會的新歌『莎廣之鐘』吧！」說著又轉過頭來對李石樵說：「這是原唱者李香蘭前兩天才教他的，真了不起，他一學就會，很受李香蘭的誇讚。」

阿章的哨音的確美妙，李石樵的心情聽到如此的音樂隨之又開朗起來……。

聽完一曲，林獻堂站起來，作小小的肢體運動，張開雙手拉一下筋骨，臨走前還很輕鬆地說了一句：「……終於對你有更深了解，你這個人嘴巴很ケッチ（小氣），說話又很「コッピ」（滑稽），這是今天我為你作的結論，僅作參考……。」

說完就走下樓梯，通過庭園朝前院匆匆走去，從樓上欄杆前可聽見他快速的腳步聲，邊走還一邊交代司機今天該做的事情。

一個星期後李石樵結束了在林家畫像的工作，回台北前先到台中市區的中央書局翻翻書架上看有沒有剛進口的美術書籍，店裡的張星建經理一見到就拉著他往辦公室裡跑，看來像是有重要的事要相告。

「如果不忙著回日本的話，倒有個差事想介紹你去作，……。」才進辦公室，李石樵還沒找到椅子坐，張經理已等不及要告知他一件好「差事」。

「可是，我實在是剛忙完林家的畫像，打算開始我自己的製作計畫……。」

「你先聽我說，前天肇嘉先生去萊園拜訪獻堂先生，看到客廳牆上有畫家為林家的人畫的肖像，很感興趣，也想請人去畫他的家人，今天你來得正好，我想介紹你去替楊家畫像，你看如何？」張經理一口氣把想說的話匆匆說完，深怕中途就被打斷。

「好是好，只是帝展很快就到了，必須回東京趕作品。」

「就這樣吧，反正也沒限時間，你暫且先接下，幾時畫完幾時交件，畫不完，東京回來後再畫，畫人像你是最熟手的不是嗎？」

「也好，你既然這樣說，不過與肇嘉先生面對面很有壓迫感，必須要有很強的抗壓能力……。」

「哈哈，這個我明白。一般畫家見到他都像老鼠遇到貓，敢在前輩面前你一句我一句的大概只有你，所以你是第一人選，這筆生意就這樣說定了！」

「就這樣！可是……」

當晚李石樵就留在台中友人莊垂勝家過夜，等候張經理的消息，次日下午再到中央書局時，張星建交給他一張照片，一看竟是林寫真館拍的全家福，數一數全家大小總共有七個人，後面掛的是台中公園涼亭的佈景。

令李石樵看得又好氣又好笑，後悔昨天不該答應得這麼快。

接著張經理又給他楊家大客廳一面牆的尺寸，說指定這幅畫要掛滿整個牆壁，算一算比200號還要大些，不知這位鄉下土紳士的腦子裡在想什麼？連商場上打過滾的張經理也拿他沒辦法。

李石樵的臉色頓然變得十分難看，使張經理一時不敢把昨天與楊氏談好的價錢說出口，只安慰說：

「你就當作替電影院畫張看板好啦！不當油畫作品來畫心裡就輕鬆一些，不是嗎！」

這句話的確產生了作用，誘導李石樵以較輕鬆的心情應付，勉強應允下來。

張經理的行動力強人盡皆知，不到兩天工夫就把應有的顏料買齊，也釘好畫布，商妥彰化銀行的倉庫當臨時工作坊，然後親自前往台北把李石樵請到台中來。他所以這麼熱心辦事，主要是因欠了楊肇嘉一份情，兩年前他母親生一場大病，必須及時開刀，中部的醫生都不敢動手術的情形下，只得透過楊肇嘉的關係把台北醫院的一位著名外科醫生請來，這才救了一命。為了報恩，那以後只要是肇嘉先生的事就是他的事，這回雖然嘴裡說要李石樵把畫像當電影看板來畫，心裡仍清楚對方是個懂得自重的藝術家，再怎樣也不敢將不滿意的作品簽上名字拿出去，所以即使當看板來畫也絕對可以放心。

雖然李石樵在十分不甘願的情形下接受委託，來到台中後看見一切準備得這般齊全，尤其有這麼大場地當畫室，心情頓時開朗起來，尤其佩服張經理辦事細心負責。

電影看板上的楊氏家族

起先他的確只抱著畫電影廣告的念頭，準備以大筆刷的方式想在幾天內就將顏料塗滿整張畫布，接著只須三兩次修改過就可以交件了。沒想到才動筆刷出後面的背景，整張畫的調子就順利掌握，接下來人物的部分更加順手，令他越畫越得意，終於對作品的創作開始有了認同感，把當初的「看板」當成自己的作品認真畫到完成。

由於工作順利使他一路盤算著，若是將它送去參加帝展，別緻的題材和構圖，入選的勝算究竟多高，出現在會場上能受到多少人注目……。

只花了六天工夫畫面已大體成形，完成一幅200號的大畫，這樣的速度著實驚人，但若是畫一面電影看板，花六天時間是賺不到飯吃的。第七天一大早，他正面對著畫不知該結束還是繼續時，楊肇嘉突然來訪，雖然曾經滿心期待過，希望能讓肇嘉先生早日看到，如今真的出現面前反而帶來莫名緊張，連自己越看越覺這幅畫尚未完成。

從楊肇嘉看畫時的表情，顯然沒有預期中的滿意，幾次訊問李石樵離完成還需多少時日，當聽到回答已快畫好時，他淡然發出一聲驚嘆，表示不敢相信。

兩天後從張星建那裡傳話過來，有意無意間暗示那天看到的這幅畫離他的理想有段距離，並不是他所想要的，莫非由於畫得太急促，以致筆劃過於粗糙，希望繼續再用心畫下去，年輕人要耐心一點，時間上並沒有限制，如果需要用錢，可以先付一半或全數付清。

下午張經理又過來，交給李石樵厚厚一個信封，上面工整地寫著「壹仟圓」，還有幾個感謝字樣，並說：「這回肇嘉仙的確有很高誠意，願意把酬勞全數付清，且不急於馬上交件。」

李石樵接過信封，一句話也不說就丟在桌上，轉身又面朝畫布繼續畫他的畫。看得出他臉色微微發紅，張經理不明白這樣的反應到底表示什麼，是因為太感動了，一時說不出話來，還是收下錢後心裡頓時有了壓力，感到緊張！

其實沒有猜對，每當李石樵在生氣而又不得發洩時，臉部就漲得通紅。哪知道此時他正對一千圓的酬勞不高興，因他剛收到為林獻堂畫的20號肖像畫款兩千圓，然而楊肇嘉這幅畫不只200號，論面積大了十倍，人數也多了七倍，竟然只收到一半酬金，且還當著畫家的面對畫表示不滿。可是，對方是人人敬畏的楊肇嘉，再怎樣也只好忍受下來。突然間他萌生一個念頭，若能將這幅畫順利送進帝展，有了帝展的榮耀，由日本一流名家來肯定，到那時任何人都沒話可說。他這麼想著，很快就將不愉快拋到一旁，決意以帝展為目標照著自己的意思把畫完成。

當場他就把這想法告訴張經理，起先確實令對方嚇了一跳，緊接著似已想通了便為之拍掌稱許，說只要有自己的目標，肯定能夠畫得更好。雖然這麼說，心裡還是不敢相信這幅畫也能打進帝展，但有勇氣送去碰運氣亦未嘗不可，更重要的是幸運能掛在帝展這樣的殿堂，肇嘉仙不知將有多麼高興，為此他愈加鼓勵李石樵以帝展為目標畫好這幅畫。

接連兩年李石樵入選帝展，他都在東京親自參加揭幕典禮。今年因工作繁忙恐怕無法脫身前往，作品完成後便由張經理負責打包直接運往帝展收件處，評審過後的入選通知也就寄到台中的中央書局，因此打開信封第一個驚喜的不是畫家本人而是這裡的經理張星建。

不出所料這幅以〈台灣楊肇嘉家族〉為名出品的畫作果然入選了，一收到通知張經理馬上打電話將喜訊告知楊肇嘉，當場楊氏表示將在開幕那天親自到東京出席典禮，便吩咐葉秘書到船公司把船期往前提早兩週。

沒想到出發前三天，竟獲船公司通知，商輪臨時被軍方調用，不僅無法趕在開幕前到達，且還得等閉幕之後才能到橫濱，頂多只在退件當天前往把畫領回家去。

即使只是到會場搬畫回家，在不得已之下也只好接受。那天一出東京車站楊肇嘉等人就僱用小貨車來到退件處，當他把領據交給辦事員，那人一眼看到領的作品是李石樵的〈台灣楊肇嘉家族〉，又見出現眼前正是畫中那位大頭大臉的人物時，接連問了兩次：「楊肇嘉先生是你本人？」其他人聽到了也一起擁過來，各個瞪著大眼睛看他，令楊肇嘉等一時不明白究竟發生什麼事。其中一名職員接著才告訴他：

「開幕第二天東京的報紙登了好大您的照片，難道都沒看見！對了，您大概是剛從台灣來的……，事情是這樣，帝展開幕那天，天皇陛下親臨現場，來到你的畫前突然站立看了又看，問旁邊的隨從：『台灣楊肇嘉！你們知道是誰嗎？』一時之間無人能回答，天皇沒有再問就離開了，可是第二天的報紙除了有天皇參觀帝展的消息，還刊出一則楊肇嘉小傳和照片，表示已經替天皇找到了答案……。」講到此，他停了一下，又接著補充說：「後來我們帝國美術院的主管單位對那天沒能給天皇滿意回答頗感失職，很快就收集到您的資料和照片，連同剪報一起寄到皇宮裡去。」

旁邊的另一位接下來說：「報紙介紹您的時候，特別提到有關台灣議會設置的事，您還是請願團的領袖，又是台灣文化協會的主要幹部，新美術運動的有力贊助人……。」

「又提到您當年在早稻田與兒子一起讀大學，十分讚賞你好學精神。」

圍觀的職員你一句我一句轉述給楊肇嘉，所說的一切都出乎他所能想像！一幅畫掛在帝展的一面牆壁竟然發生不可思議的連環效應，如今連天皇都知道他了，此時心裡的興奮當然非筆墨所能形容。

到底後來李石樵又把畫改成怎樣，那天站在油畫面前的不悅，如今已一掃而空。畫家的一幅作品在政治運動中產生的作用，勝過於他自己出錢出力對民族運動的貢獻，藝術的潛力難道如此深不可測！

當天楊肇嘉等人不顧勞累把畫直接就運到輕井澤的別莊去，將原來掛在客廳主要牆面的宇田荻原所繪〈祇園之雨〉取下，改掛李石樵的大作。這個秋天他就住在輕井澤每天望著自己家族的畫像，直到天氣開始轉冷時才搬回台灣。

第二年台灣的議會設置請願團由楊肇嘉領隊再度來到東京，由於去年台灣飛行士謝文達在測驗飛行時脫軌飛向東京市區，從高空灑下大量傳單，替台灣人的請願作了最有效的宣傳，所以今年請願團再來，東京當局早已有了戒備，一路都在監控中。

來東京之前楊肇嘉等就努力思考尋找新的招術，好讓請願行動有所突破，到了遊行的前一夜，剛進旅館大門，聽到有人在櫃檯前訊問他的名字，一眼便看出是警方派來的特高，隱約間有句對話：「……他到底是誰，為何受到你們的關心？」

「他不是一般的普通台灣人，聽說去年天皇陛下看過他的畫像，十分欣賞，想召見他……。」

偶然聽到的這句話給了楊肇嘉一個靈感：「明天我就自動去讓他召見吧！」雖然只是在電梯裡一時的念頭，但他是個行動派想到就作到的人，當天晚上立即召集幹部共商次日的行動。

原定計畫是朝帝國議會的路一邊呼口號一邊發傳單遊行過去，於出發不久在楊肇嘉的指揮下前面帶頭的人突然轉往皇宮方向，來到二重橋前隔著護城河停下來，將昨夜準備好的白色布條左右拉開，上面有毛筆字寫著：「台灣楊肇嘉為議會設置請願」，希望住在皇宮裡的天皇偶而望出窗外或許就看到了布條上的幾個大字，不久前帝展中那幅畫在天皇腦中應該還有印象，有了這層關係，但願議會的請求能被當作一回事，受到關心。

天皇陛下萬歲！

本來這個行動只計畫在平靜中以最低調的姿態進行，不想驚動皇宮裡的任何人，沒想到布條才拉開，橋的另一端傳來吹哨聲，十幾名看似警衛的人員像一群蜜蜂朝著這邊奔跑過來，氣勢兇兇，一看就知道是前來制止的。遊行隊伍有人見狀開始慌亂，前排的人紛紛交頭接耳不知該怎麼辦。

此時從隊中閃出一名青年，大聲向著隊伍說：「大家跟著我喊，來……。」說著就喊了起來：「天皇陛下萬歲！大日本帝國萬歲！」

這一喊，士氣又來了，很快又影響到趕來的警衛們，見狀只得停下腳步，自動列成一排隨之也同聲喊起「萬歲」，這情形看似莊嚴，又有幾分滑稽，直等到隊伍離開皇宮廣場，大家這才忍不住笑出聲來。走遠之後，楊肇嘉才想起來問剛剛領頭喊萬歲的是誰？原來是台北師範來東京學美術的林秋梧，由於去年有作品一件入選帝展，楊肇嘉早就注意到這個人。

「畢竟是藝術家！在此緊要關頭才表現得出應變能力！這麼多的政治人加起來終究比不上一個畫家！」

他回頭想去找他，隊伍已拉得太遠，只好又繼續往前走。林秘書走到他身旁，說：「剛才蔡培火說這是歷史性的一頁，在萬歲聲中化解一場衝突危機，相當戲劇性！」

「是的，這作法就叫作政治藝術吧！政治的目的由藝術手段來達成，這一陣子我才更深體會到，台灣人的民族運動應可以因此再往前推進一步。」

回來台灣之後，他們開始巡迴演說，到各處向地方上的支持者說明請願經過，演說中楊肇嘉一而再強調一句話：「畫家能把作品掛在帝展殿堂的一面牆上，在台灣人爭取民主運動中勝過我們在街頭十次的政治演說……。」且不忘把皇宮前一名畫家臨陣機警站出大聲喊「萬歲」的經過，說來讓大家哄堂一笑。

就在巡迴演說中，經過台中霧峰時偶然聽到林獻堂請李石樵畫肖像每幅付給兩千圓的酬勞。想起自己只付一千圓，而且是200號以上的巨幅大畫時，使得他心裡頭久久過意不去，一直想辦法希望有一個適當時機給予補償。

一年過後他有機會在清水公會堂接受新任總督長谷川清大將的召見，總督是為沙鹿神社的揭幕式前來，因聽說地方人士楊肇嘉有幅畫像在帝展中受到天皇讚賞，也想觀賞一下到底是什麼樣的藝術傑作，可惜這幅畫留在輕井澤尚未運回。便問畫的作者是怎樣一位畫家，楊肇嘉聽了捉住這機會加以鼓勵何不也請他畫一幅肖像，正好總督亦有此意，關於畫酬他自動說：「如果付給三千圓，不知會不會太少了？」

這個數目把楊肇嘉也嚇了一大跳，便自作主張把工作接了下來。一回到家馬上搖電話給中央書局張經理，交代他去聯絡務必達成，如此總算對李石樵有了回饋，心裡這才鬆口氣。

電話中張經理聽到三千圓的數目就開始擔心不知如何向李石樵開口，才不致於在相比之下覺得楊肇嘉的一千圓給得太寒酸。可是等見到李石樵，把消息轉告了他，才知道畫家只在乎帝展入選與否，價錢的事早已忘記了，反過來向肇嘉先表示謝意，讓張經理感到自己掛心是多餘的。

但李石樵仍然猶豫了好一會才敲定作畫日期，因他今年又再出品帝展，好不容易買好船票，不久就可以看到即將揭幕的大展，若答應了恐怕又因此而再度錯過，但三千圓畢竟是很大誘惑，令人捨不得放棄！

帝展在李石樵這一生中何等重要，自從時局日漸緊張，基隆到橫濱之間郵輪一票難求，好不容易才購得一個艙位，就這樣放棄，明年是否還能看到帝展實難預料，雖最後還是選擇替總督畫像賺取三仟圓，但看帝展的事在他心裡還是耿耿於懷。

另一邊，楊肇嘉也特地交代張星建必定在近日內開始動工，他總認為大官經常起先是興沖沖，情勢一變不見得就肯認賬，所以想賺他的錢就越快越好。

那天幾乎是由張星建親自將李石樵押到總督府大門，看著他走進去才放心離開，否則李石樵還沒有膽量走向總督衙門的警衛。

在警衛室裡翻了厚厚一冊訪客名單，確認有李石樵的畫家，才令他提著畫箱繞到旁邊的側門，那裡早已安排好一名官員站在門前等著，領他走上樓梯來到一間寬暢的會客室裡，那人便轉身出去把門關上。他坐著等待時，外面的聲音仍然很清楚，仔細聽時，是長官正大聲訓誡下屬，這種緊張氣氛使他愈加不安，那發脾氣的長官該不會就是將見面的長谷川總督！

隔不久，外面的聲音已停止，只聽見腳步聲來回走動，卻不見有誰推門進來，此時他越覺心急，開始胡思亂想，照片裡看到的歷任總督各個尊貴中帶著威嚴，一副不可侵犯的模樣，這種官僚貴族的氣質，以他目前的功力著實難以掌握。不過，這是少有的經驗，以後恐怕再沒有機會能為這種萬人之上的大人物畫肖像……。不知又過了多久，終等到有人開門向他招手，站起來定神一看，招手的不是別人正是總督長谷川本人，在這情形下突然見面，一時不知該如何應對，然而看到的已不是想像中那種嚴肅面孔，而是笑容相迎的中年男士。

「讓你久等了，石樵君！現在就讓我們到隔壁房間，討論如何開始工作。」

說完轉過頭就往隔壁房間走去，看樣子他的人雖然和善，卻又不慣於與人點頭或握手，莫非他的禮貌僅止於望著你笑一笑而已！

跟在總督後面還有個官員，看來階級並不小，搶在李石樵之前迅速走進來幫忙把畫箱和畫架提起，帶進總督的辦公室。

他從來沒看過這麼氣派的辦公桌，尤其桌子背後一張古典洋式的大椅子，全台灣也只有總督這種高官才配坐在這上面，後頭牆上有個圓形彩色玻璃窗，乍看起來像是日本國旗，被支架瓜分成十幾塊，構成一種花式圖樣，越看越像坐在這大位者的一面護身符，這一切都讓李石樵打開了眼界。

長谷川對畫肖像的事顯然很重視，這之前已事先安排好自己要坐的方位，背後剛好是一幅世界大地圖，代表作為一名海軍將領應有的廣闊視野和氣度。當他看到進門來就東張西望的李石樵，心裡暗笑這個畫畫的年輕人，要看就任由他看個夠，沒有去理睬，直到自動把視線轉到總督身上，才開口問道：「第一次到這裡來的人，沒有一個不像你這樣，對房間裡的任何事物都感好奇，現在對於怎麼畫我這樣的人已經有些概念了吧！」見李石樵沒有回話，又接著說下去：「有意思的是，這種心理和我學生時代走過東京美術學校一樣，真想知道這裡面的學生，每天畫著沒有穿衣服的女郎，上課的氣氛與念軍校的我們有什麼不同！」

「是嗎？」李石樵聽了忍不住想笑，又不敢笑出聲來：「我們是隔行，其實只隔了一道牆，翻過牆就什麼都知道了！不過，留著自己想像更加美妙。」

「說得好，能講出這種話，證明你已沒有拘束了，趁心情輕鬆時開始工作，效果一定最好，這是我的經驗。」

李石樵終於看出總督平實的一面，說不定還是個搞笑的能手，走進總督府時心裡的重壓頓時減輕了許多，開始準備把畫架矗立起來，整個人漸漸進入創作的狀態中。

另一邊總督大人把桌上海軍官帽輕輕捧在手上，靠近嘴邊用力吹去帽緣的灰塵，這只是他的習慣動作，然後慎重地往頭頂一戴，目的不外是想展露帝國軍人的英武氣概，一步步走向大地圖前面的靠椅，坐下來等待李石樵開始動筆。

這樣兩人相對過了好一會，總督忍不住終於又開口：「氣氛太嚴肅了吧！我問你一個問題，在美術學校上課，每天畫的都是沒穿衣服的模特兒，如今再來畫我這種英武的男兒，會覺不習慣是嗎！」

說時露出一絲詭異的笑容。

「我當然不習慣，不是因為畫的是英武的男兒，而是有一個地位崇高的總督坐在面前……。」

李石樵說時把臉朝著天花板，故意不想去看他。

「噢，原來是總督我坐在你面前要比裸女更令你感覺不自在！」

「這是我的感覺，如果能順利把感覺畫出來，這幅畫就成功了。」李石樵臉上頓時得意地笑開來。

「但這是第一次，要將第一次畫總督和第一次畫裸女，兩者比較起來看才有意思，難道你第一次畫裸女就成功了！」

「其實當年面對裸女，我只是看而已，並沒有畫；今天第一次畫總督是我的工作，不能只看而不畫，雖然兩次一樣都不習慣，但這次又多了一層壓力……。」

「那麼就說說看，我怎樣才能幫你解除壓力，說出來，我照作！」

「我也不知道，但是在畫之前畫家要用心先仔細地看，看到眼前出現一幅畫，想把這幅畫畫出來時，才開始動筆，所以請總督先生就這樣坐著。謝謝您！」

「好呀！那你就看吧！」說著他乾脆自己把雙眼合攏，擺出看也好畫也好隨你去的姿態。就在這時候，李石樵的筆開始在畫布上動起來……。

這樣又過了好一陣子，總督才開口說話，然而眼睛仍然是閉著：「我看到一個非常美麗的長頭髮女孩，從我年輕時候聽到的故事中走出來，直走到我面前……。」

說到此突然停下來。

「然後呢？請說下去！」李石樵等不及問道。

「可惜男主角不是我，而是另有其人，這是我不願說下去的原因。」

「何不把故事改編，轉換一個鏡頭，把最美的部分歸自己，其他的分給別人。」

「你說得對，我怎麼就沒想到！編故事我是專家，何不自己來編，好讓可愛的都到身邊，可恨的離我遠去。」此時總督的眼睛睜開了，也聽到了他的笑聲。

可是有說有笑之後，身體動作大起來，這是李石樵畫肖像時最憂心的。

「接下來那長髮女郎怎麼啦？」李石樵還是忍不住想知道他的故事怎麼編下去。

「其實不必去編，只要靜靜地想，故事自然而然演下去，但不可說，一說情節就連接不上……。」

「畫家的故事可以用畫的，圖畫也能用講的，畫家最信賴的還是圖像。」

「畫家信賴圖像，那麼軍人信賴什麼？讓我來考你。」

「我知道，您信賴腰間那一把軍刀。」

「只對了一半。」

「信賴必勝的意志力。」

「太抽象了。」

「信賴權力。」

「權力是亂源，帶兵的人常因權力而迷失自我。」

「相信神（Kamisama）……。」

「算了，不用猜了！我信的是這個……。」說時把手指向胸前的兩排勳章：「它代表軍人的榮譽，十幾年來它從一個變兩個，從一排變兩排，掛在胸前越來越有份量，於是感覺自己是在進步，這樣你能不相信它嗎？」

李石樵還不知如何回話，總督大人又接著說下去：「你知道我相信它什麼？相信它是世界上最有吸引力的裝飾物，它是最性感的，每當女人走近我身邊來，第一個就是吻我胸前的動章，然後才來吻我，你看，動章這東西多麼令人嫉妒！我完完全全服了它。」

「哈哈！這使我想畫另一幅畫來。」李石樵笑容令人感到莫名詭異。

「一幅畫！什麼畫？」總督發覺這個畫家是個調皮角色。

「如果，當然只是笑談，這一幅畫只畫胸前的幾排動章而不畫你的尊容，如此一來可能最符合您的感覺，可以這樣說嗎？」

「私底下在我面前當然可以這麼說，但你敢這麼作嗎？不過，如果你正正經經畫好了我的肖像，還想畫一幅，那時你要怎麼畫就怎麼畫，沒有人會再干涉你，而且那幅畫不必一定是我，只稱它是〈將軍的動章〉，是藝術家由心而發的創作，畫得好我給你最高肯定……。」此時，李石樵的緊張心情完全解除，即使是面對著林獻堂和楊肇嘉兩位前輩也沒有今天畫總督先生來得輕鬆自如。

兩人不自覺又沉默了好一段時間，李石樵的筆快速在畫布上刷著，這樣子用大筆來回地刷，看在總督眼裡實在猜不透到底在畫哪裡。

「難道靈感一來，就這樣瘋狂亂掃！」心裡雖這麼想，嘴上反而用輕鬆的話問他：「現在我突然又想到那個長髮女郎，啊！是在寺廟裡，跪在一尊佛像面前，等待一名老尼姑來為她剃度，是多麼令人不捨的一幕！」

李石樵聽了並沒反應，只是把筆刷放慢了些，由上而下畫著，看來像在為即將變尼姑的長髮女郎梳最後一次頭髮，看出總督的表情已由衷萌生幾分傷感。

「終於看到剪刀剪下第一束長髮，大滴眼淚從她臉頰滑落下來，為此後不能再梳自己的頭髮而傷心。我看到了，看到不應該看的，她伸手捏起一把掉落地上的長髮，偷偷塞進衣袋裡，這是為什麼？」

李石樵沒有回應，他的筆已停止，整個人聚精會神緊瞪著畫布看，難道他已經把畫畫完了！

「……原來的長髮女郎如今已成了尼姑，獨自一人在幽暗的房間裡，我看到她手中捏住一把長髮，另一手拿起梳子，像往昔的動作輕輕地梳著。……然後，翻開小木箱的蓋子，拿出一疊信封，打開其中一封大聲唸起來，像唸經一樣唸著自己的信，拿梳子的手繼續梳著長髮，那節奏像在敲木魚……。你說說看，她到底出家了沒有！」

李石樵停下來，把筆交給拿調色板的左手捏住，閉上眼睛，臉上只露出一絲絲笑容：「我現在也看到她了，剃了光頭還是那麼美，我說的美和您的不同，您看到她把頭髮捏在手中，證明您念念不忘她的長髮，認為只有長髮才是美，我則看到她全身光溜溜地一根毛都沒有，像一座雕像，女人的軀體這時已經美得不能再美，美到我的畫筆會發抖的程度，這麼美的女人只出家一次是不夠的，應想辦法讓她再繼續出家。」

「我的辦法向來很多，就是不想用在讓女人出家，我實在無法忍受一個尼姑看著我的那種眼神，對我這樣的男子用無慾的目光，我恨不得世間有一種水可灌溉使她的心又活過來。我要的不是可入畫的女人，而是抱在懷裡會騷動的女人！」

「……。」李石樵本想回他什麼，突然停止，開始又專注於畫布上的工作，房間裡於是沉默下來。

這當中只知道有人過來替他倒茶，又有人進門不知與總督輕聲說什麼。此時的他已漸進入狀況，畫筆集中在某些細部慢慢地描著，連呼吸都快停止了。

「哇！尼姑的光頭長出毛髮來了！這時候，她打開一扇門正要走出來，轉身關門時她低頭擦拭眼淚，可憐的她曾經流著眼淚走進這道門，又要流著眼淚走出去，她的心永遠是放不下，你知道她為什麼哭？因為想到不知什麼時候還會再進來，對命運的重演心生恐懼。……你知道什麼叫做軍人？不要以為軍人是拿槍打仗的人，而是必須先把生命交出去然後踏步向前的一條事業的路，從此以後就不許再回頭，把死亡當作最美的結局。所以軍人最看不起老將軍，其所以能活這麼老，是因為在緊要關頭想辦法閃避，結果伙伴們都戰死，而他活下來回去接受勳章表揚。有一天他剃髮遁入空門，也是個掛滿勳章的和尚，哈哈！世上真有這麼滑稽的事情，你非相信不可！」

又有人進來倒茶，在總督身旁輕聲說了幾句後走了出去。

「今天應該累了吧！你到底把我畫成什麼模樣，不必看我也想像得出來，至少不會畫成什麼勳章和尚！很好，我們有個愉快的開頭，等一下會安排人送你回家，到總督府來的貴賓都是坐著汽車出去的。我走了，你留下來慢慢收拾吧！」

話才說完，未等李石樵起身，已經站起來大步走出辦公室大門，從走廊上傳來逐漸遠去的鐵釘鞋踩著木質地板的腳步聲，以及士兵元氣十足向他「敬禮」的號令。

收拾工具的十幾分鐘裡已有人等在門口，然後陪同走下樓，一起登上汽車，是個與自己年齡相若的文官，車內兩人敲定下回的時間，他表示最近一週事務繁忙，總督只在午飯後一個半小時有空坐下來畫像，希望全力配合，又說如果尚需要些什麼顏料，可開出清單來，將代為購買。這是李石樵最期待的，局勢緊張以後油畫顏料明顯短缺，尤其幾樣特別色彩有錢也買不到，他當場就寫下十幾種色料名稱，註明每樣各兩支交給對方。車子直開到新莊住家門前，陪同的官員親自下車替他開門，才一下子工夫鄰近孩童全都圍上來看熱鬧，此時李石樵就像戰場歸來的英雄，在眾人蜂擁之下走進自家大門。

總督畫肖像，尼姑也瘋狂

第二次再到總督府時，門口警衛已認得他，不必有人帶路就任由他直登二樓。坐在會客室等候時，裡面的人告訴他總督剛從草山下來，將較約定時間遲幾分鐘才到達，上回所交代的顏料則已經買齊。在總督未到之前，由一位官員帶著先去一間很大會議廳參觀牆上掛的前十七任總督肖像，每幅都出自內地來的名家手筆，只有他是唯一台灣畫家受邀替總督畫肖像。知道之後令他越覺責任重大，就好比在帝展中的競賽，遭遇的全是日本一流對手，作為唯一的本島競爭者絕不能認輸，這麼想著愈加激起他的鬥志要把肖像畫畫好。

進總督辦公室時已看到一箱顏料放在畫架底下，他高興極了，急忙拆開拿在手上愛不忍捨，「林布蘭」是荷蘭製造有百年歷史的名牌，即使在東京也不易買到，一般畫家是出不起高價購買這麼昂貴的顏料使用，他輕輕轉開鉛筒的蓋頭，擠出一點點在手指，然後反手塗在調色板上，雖未發現什麼特別之處，能夠擁有心裡已經滿足了。

不管這幅畫需要什麼顏色，他已等不及就先擠到調色板上。憶起在東美當學生時田邊至先生說過：「調色如果不得要領，再好的油畫顏料也是徒然。」這話使得李石樵又心虛起來。畫了十幾年畫，對顏料性質的認知尚且有限，這是台灣畫家的通病，日久顏料起了變化，五十年後這一代人的作品不知道將以什麼樣貌與後代人相見！

長谷川總督足足遲了二十分鐘才跨進辦公室，看到李石樵已端坐畫架前調顏色，一而再為自己無法準時表示自責，他說：整個早上都在草山與台北仕紳懇談，是時局日趨緊張的情形下政府對民間所應該作的溝通，未料竟然談出了很多的問題。究竟什麼問題，他並沒有說，卻問了幾個人的名字，由於都不是文化界人士，僅周百鍊、黃啟瑞、高玉樹、黃及時和陳清波等年齡相若的幾位有數面之緣。但說到陳逸松時，李石樵馬上表示不但很熟而且經常一見面就吵架，彼此也算是朋友。

長谷川總督聽後亦有他的看法：「此人精明自大，發言之前總是先自稱東京帝大出身，是某某教授的學生，與某某中央官員是同窗，又與某某企業有深交，借此抬高自己身價，我雖相信他說的全都不假，但又何必多此一舉！來這裡就是發表意見，好的見解別人自然佩服，如果沒有，再高學歷又有何用，看來他的頭腦在台灣人當中也只是中等而已！他自己說與文化界關係密切，沒想到與你的關係更加特別，此人可曾收藏過你的作品？對了，言談中他還暗示一下，自己娶了一位金礦大王的女兒，既然這樣，應該也是個收藏家才對！」

「我不認為他的頭腦是中等，應該是上等，我們在一起意見總是不合，但極少辯得過他，這種人當辯護士是走對了路。他家裡掛了些畫，僅這樣不知算不算收藏，但我不相信那是買的。有一幅我的淡水風景，是別人買來送給他的，也不明白是什麼理由會送他畫！」

「對，這是標準東京帝大的性格，這傳統來到台灣仍然如此，而且變本加厲。」

李石樵開始試著使用他的新顏料，畫在布上兢兢業業十分捨不得，一點也不像往常之瀟灑揮毫。尤其在作畫時談論陳逸松，心裡上產生干擾在所難免，又好奇想知道今天究竟發生了什麼事。

「難道他今天有什麼表現才讓您印象深刻！」

「……有些關鍵性的問題，他很機警地避重就輕，看得出他心裡有很多話，就是不肯在此時此地說出來，甚至還低著頭不願與我的目光相碰，剛進會議室時那種意氣風發的樣子，等開會進入議題則全都不見了，今天會場上只有陳逸松最知道保護自己，以最低的姿態去扮演漠不相關的角色，無視於眾人……。」

他這麼說，李石樵仍然聽不出開的是什麼會，發生了什麼事，顯然長谷川和陳逸松屬同類型的精明和機警，才這麼想著，卻聽他又繼續說下去：「其實，我只問了一個簡單的問題：假設，只是假設而已，美國軍隊有一天登陸台灣島來，在座的諸君將站在哪一邊，與皇軍一起抗拒外敵，還是順勢倒向美軍？我只是隨便問問，沒想到在場的許多人臉色發青，陳逸松更是頭低得快碰到膝蓋……。後來我很後悔問了這話，把會場氣氛搞壞。但是作了五十年帝國子民的台灣人，尚且無法堅決回答這樣的問話，到底誰的責任？當然，首先責怪的是我的努力不夠，不可以怪台灣人，老百姓是被動的，我不該怪陳逸松……。」

總督終於忍不住透露出一絲訊息，以激動語氣把今天發生的事大略說出來，滿足了李石樵的好奇心。

前次畫在畫布上的顏料已幾乎全乾，李石樵一來就依照自己方法上第二層顏色，才下筆便可看出學院基礎加上多年經驗，使他對人物臉部的掌握在技巧上的駕輕就熟，唯一感困擾的只有將軍胸前閃閃發亮的動章，畫冊上常見古人所畫鐵甲鋼盔和刀劍利器，這些金屬的東西不曾在他筆下出現過，況且將軍眼中的動章幾乎比生命還更重要，等於這幅畫的主題，如何表現勳章的光芒才是畫的成敗關鍵，其次是畫出一個配得上這兩排動章的尊貴容臉，想到此他終於發現雖只有25號的小畫，接受的挑戰則遠超過為肇嘉家族而畫的200號群像，何況每次面對的又是號令全島集威權於一身的首席高官及功勞不可一世的大將軍。

「這幾天，我還一直為剃成光頭的長髮女郎感到憐惜！有關她後來的故事，我幾乎每天都要為她編一小段，看來是永遠編不完的……。喂，你們藝術家有的是想像力，這不就是最好的創作主題！」

聽到肩負全島重責的總督竟然念念不忘著一名虛構的「長髮」尼姑，不覺為之笑出聲來，乾脆起身退後兩步，瞇著雙眼像是在畫中尋找什麼。

「看來越是虛幻的越是值得關懷，不知你又為她編出什麼奇妙的人生，然而，最令我感興趣的莫過於軍人的想像力和藝術家究竟有多少不同！想像力能否成為一場戰爭決勝的關鍵！」

「想像力之於藝術家如此，對軍人也一樣如此，未知你聽說過有一種像藝術家的軍人，也有一種像軍人的藝術家！當然有更多軍人只是軍人或藝術家只是藝術家，通常『藝術家』是用來形容人的志趣和氣質，所以我寧願是個像藝術家的軍人，卻不希望你成為像軍人的藝術家，畢竟藝術才是人生最高的境界，藝術就是藝術，不必像什麼，不管什麼行業，若有人認定他像個藝術家，就表示在他身上看出不同於常人的氣質，再沒有比這句話能表示更高的讚許，有一天你了解我，而又以藝術家形容我，這將是我最大榮幸。」

李石樵只默默望著自己的畫，隔了好久才終於開口：「……當你能想像出一個長髮女郎使之變成尼姑，然後又每天不停梳她被剪掉的長髮，並且把自己多年來寫的情書當佛經朗誦，創造出這一幕已經足以令你成為一流的藝術家，不是嗎！」

「多謝你的恭維！老實說，如果我不當軍人，或許就是一流的藝術家；如今既然當了軍人，就應該朝一流軍人的方向努力，你說是吧！」

「在你的誘導下，我對長髮女郎也產生了幻想，初看之下長髮象徵一種純情。對成熟的男人而言，長髮最能引發兩性間的情慾，所以長髮有時又是一種情色象徵！」

話未說完他又坐下來，動手調顏色準備繼續畫下去。

「說的不錯，當長髮女郎的形影反射到我身上時，自覺愈加激發我的男性氣魄！這難道是所謂性的誘惑力。不然你還有什麼更好的說法！」

「總督先生，的確是個藝術家，已具備一流的想像力，遠勝過於一般畫家！」

「……每天當她手拿梳子梳著那束剪下來的黑髮，你說我想到什麼嗎？我只想到尼姑在手淫，嘴裡喃喃自語，情話綿綿唸著自己寫給自己的情書。另一隻手摸著自己的光頭，可以想像那光頭正如何在騷動。……她有太多作不完的夢，因為深藏內心底處的慾念只能在夢裡發洩，她夢見自己在深山河谷洗澡，一邊左右甩動引以為傲的長髮，一邊尖聲高歌，直到力竭停下來時，突然間聞到菸草的香味，原來在岩石頂上有個老和尚正抽著一根長長的煙斗，她害羞把整個身體沉進水裡，和尚也把頭埋到岩石背後，兩個人就這樣子躲著，你說該怎麼辦，要是劇本由你編時，將怎麼寫下去！」

「男的不是勇士而是和尚，女的不是淫婦而是尼姑，兩人之間的距離因此永遠衝不破，一男一女之間隔絕在『和尚』和『尼姑』的兩端，這個劇本實在難寫。」

其實是他不想寫，因他的心除了畫已不想兩用。只聽總督繼續說下去：「我想起一本古老的書裡這麼寫著：『大將軍不外就是雙手各抱一個蕩婦的大勇士，從這兩隻手看出，有企圖心的男人如何獲取最大滿足的氣魄。』所以所謂大將軍不外就是凝聚所有慾望而後付之實現的大勇士。」

李石樵手中的筆畫到勳章的亮光部位，兩眼便越貼近畫面越費神細心去描繪，看不出他是否將總督的話聽進去了。即使只他一個人是聽眾，總督仍然不想停止要說下去：「……我又看見她在水中忽左忽右摔著自己的長髮，想把頭髮上的水摔出去，但怎麼也摔不乾，就像她摔不走人生的苦惱。坐在岩石上窺視的和尚，看似欣賞她擺動的長髮，其實更貪戀的是她胸前晃動的乳房，這是作為將軍的我站在藝術家的角度所能看到的最美的一幕。」

「她不是剃頭當了尼姑，為什麼還有那麼長的頭髮可以在水中左摔右摔地，承受摔也摔不乾的苦惱！」

李石樵突然冒出一句話向他質疑。

「聽說她一度在某個滿佈星辰的夜晚偷溜下山去，躲起來又將頭髮留長……，故事這樣編法，你能接受嗎？有一天她還是會回到廟裡來，請老尼姑再剃度一次，像她這樣的美貌女性，三番兩次受落髮之苦，這並不足為奇呀！」

聽總督這麼說，李石樵抿著嘴笑一笑，知道他很勉強在自圓其說，即使是總督大人也有理不直氣不壯的時候。

此時一名年輕的軍官已站在門外靜靜等候著，長谷川總督不愧是個軍人，能夠不改姿態一坐就兩個小時，侃侃而談連茶水也不喝一口。他終於站起來，年輕軍官馬上向前拿出行事表給他看，不知低聲說了什麼，只聽總督回他一句：「我早已有安排，沒問題，就去通知他們……。」

接著對李石樵說了一句與上回幾乎相同的話，隨後拿起桌上茶杯大口往嘴裡灌下之後，頭也不回就走出了大門。一陣馬靴踩在木質地板的聲音，以及士兵連聲對長官的「敬禮」，他已逐漸遠去，留下李石樵一人在辦公室裡收拾畫具。當他再站起來時，無意中看到桌上一封毛筆書信，是長谷川總督未寄出的家書，驚覺一名武官能有如此深厚的書法根底，雖是受西式教育出身的軍人，身上的傳統文化素養仍然令人敬服，忍不住又探頭往桌上多看了幾眼。

等候派車的幾分鐘裡，把今天畫的再審視一番，就畫布上所塗顏料來說，的確有了進展，整張畫布已經塗滿沒有留白，他用色向來很省，先淡淡地一層，等乾了再上一層，製造上下兩層顏色的重疊效果是他善長的技法，看到整幅畫的色調，他皺了一下眉頭，或許由於尼姑的長髮產生干擾，畫面的調子不知幾時竟失去原先佈局好的陽剛之氣，他只輕嘆一口氣，然後跟在前來的官員背後走出辦公室。

台北第一高塔上有一雙眼睛

一路上他回想了一下，覺得奇怪，為何畫像進行過程中，總督從沒有走過來看一眼。兩次都是匆匆來又匆匆離去，難道他連自己被畫成怎樣這種好奇心都沒有嗎？

幾年前讀過一本油畫入門的書，寫得淺顯有趣，不僅指導技法也附帶著一些相關故事，談到人像畫時曾舉例說：多數畫家有打底色的習慣，在人像臉部塗成紅一塊青一塊地，令被畫的人十分不悅，只看一眼便轉頭走開，從此不再回來，這位畫家學乖了之後，畫像之前就事先說好，要求只看結果不看過程。以這例子說明怎麼畫並不重要，完成後才是他的畫像，或許總督早已知道這道理，因而從不探頭看究竟，始終只顧閒聊，大將軍畢竟不同於常人，行事皆有自己風格。

第三次畫像時，總督一坐下來就急急於修正上回在匆忙間所編的「偷偷溜下山，躲起來等待頭髮自然成長」的那段杜撰情節，他說：「……軍人的思考不應該是這樣，那天說的話必須更正，你想想看，一支隊伍進入深山實行任務，幾天後所帶的糧食用完了該怎麼辦？找到什麼就吃什麼來維持生命，對不對！他們絕對不會去種菜、種米或養雞鴨，因為軍隊是隨時有任務要行動，所以作為軍人所編的故事不應該把剃光頭的女郎描述成躲起來讓頭髮留長這種消極的作法，這要浪費多少歲月去等待！我應該說，她被剃掉頭髮之後，就在自己身上到處尋找，只要有毛不管長短都可當作代用品，若以畫家的思考方式，只認為毛要長在頭上才叫頭髮，一定要看見了才算數，這叫做視覺引導下的思維，和軍人的訓練有天地之別。那天我一離開總督府就發覺自己錯了，今天必須馬上來向你修正。」

畫肖像到了第三回合，對李石樵而言是進入決戰關頭，非得全神貫注特別用心不可，對總督的話從頭到尾只回應一兩句，沒有心像上回那樣去發表意見，更不想針鋒相對互相抬槓，所以今天任由總督一人自彈自唱，即使如此總督大人也表現得不亦樂乎。

畫像過程中，李石樵從長谷川總督臉上察覺出意氣風發的高傲中存在著難以掩飾的孤寂，到台灣任職以來，地位高處不勝寒，幾乎再沒有誰能像李石樵這樣可以想說什麼就說什麼的人，即使僅僅短暫相處也不可多得，所以利用畫像的時間他盡量放鬆自己，好好地享受，發揮想像力去衝破周圍充滿虛假奉承的環境。

長谷川清今年剛過六十，十年前曾以日本全權代表海軍中將身份出席日內瓦裁軍會議，更早曾追隨兒玉源太郎將軍打過日俄戰爭，在日本海重創俄國艦隊屢建奇功，從此受到重用，到台灣之前已晉升海軍大將，這回穿著白色海軍制服接受李石樵畫像，前後十八任總督當中堪稱是最瀟灑的美男子，近年來風靡一時的「支那の夜」影片，與李香蘭搭檔演出的男主角長谷川一夫，有人認為因與長谷川總督同姓才特別受台灣觀眾歡迎；還說如果長谷川清不當總督改行演電影的話，必能成為當代最紅的影星，說不定這些話他全聽到了，對自己有極高自信心的人，當什麼像什麼，且必然是一流的。

李石樵這支筆今天畫來特別順手，終能將長谷川總督精明跋扈的眼神捕捉表現在畫中，信心滿滿自認肖像的任務已達成十之八九。歷任總督當中能像長谷川這樣帥氣的實在太少，不是一頭白髮就是禿了半個光頭，或戴老花眼鏡留著鬍鬚裝派頭，難得像他只要讓白色制帽蓋著頭髮，有毛的地方就只剩那兩道眉毛已足夠展現大將軍的威武。今天心情特別好，李石樵畫畫時不自覺哼起了古賀政男的「綠色地平線」，沒想到不知幾時長谷川也加入一起哼起來……。

和先前一樣，到了一定時間那位軍官就打開門，然後安靜地站在門邊，告訴他們畫像該結束了。總督站起來時嘴裡還一邊哼著，像是非把「綠色地平線」哼完，這場聚會就不算終結。然後轉頭簡單打個招呼，就匆忙離去，不同於往前的是，多了兩名隨從各提著一具沉重的布袋，吃力地跟在後面，今天不知又要忙些什麼！

約隔了一個星期，總督府才派人來通知下回畫像時間，顯然近日來總督府裡比先前又更加忙碌。進來時看到辦公桌上堆滿公文和書籍，這種零亂的樣子過去從未有過。

總督已經坐在椅子等候，才見面就問：「今天是否可以把肖像完成？」語氣雖然溫和，聽起來則像是命令，看這情形今天非結束不可！

開始畫之前，李石樵把剛買的顏料不管用不用全都擠一點在調色板，在視覺上十分壯觀，這也是畫家替自己打氣壯膽的一種方法。

總督今天的態度與先前略有不同，不再開口編造什麼長髮尼姑的故事，兩人只在沉默中渡過漫長的時間，才聽到總督清清喉嚨開始說話：「真是一件有意思的事，想想看，你是美術學校出身的畫家，我是海軍兵學校卒業的軍官，因為機緣使你來替我畫肖像，更難得的是我們能夠平起平坐，甚至你一句我一句在語言上交鋒，彼此啟發，在各方面雙方都有獲益，論地位我今天是高高在上的台灣總督，你的未來亦無可限量，成為世界知名畫家都有可能，全台灣大概只有你坐在我面前而不覺心虛，彼此不相畏懼才能成為真正朋友。有件事一直想對你講而沒有講，就是規勸你有點錢之後就應該到巴黎滯留一陣子，那裡是時代思潮的中心，沒到過巴黎的畫家就好比沒上過戰場的軍人，到了那邊才得以發現帝展中取得的榮耀不過是一場虛設的騙局。……我最近認識一位叫陳清汾的畫家，他的作品雖然並不怎樣，但交談之後，慢慢地會欣賞他的那種性格，畢竟是巴黎歸來的，行為受法蘭西自由思想感染，因而不守本份，加上台灣環境使他不肯腳踏實地走自己的藝術人生，說不定有一天整個人泡沫化，說這是藝術家的悲劇吧！另一位也是到過巴黎的顏水龍，我不知道他到底在逃避什麼，不敢面對上天賦給他的藝術天職，居然找藉口去作那些花花草草的工藝品。不過，在某些地方我認同他的見地，認為藝術屬於文化的領域，既然文化不可用來比高低，那麼藝術也不能拿來作比賽，一個真正優秀的畫家根本不用在比賽中再讓別人來認定他的優秀，一旦沒有了比賽，他的藝術人生為之失去了著力點！……在東京時，我已看出越是在比賽中取得好成績的人越害怕到巴黎接受考驗，在比賽場合裡他取得將軍頭銜，等到他走在巴黎街上身份與一般平民無異時，他只是個外國遊客或朝聖者，感到孤立無援……。你們這一輩的應算是第一代受西方教育的台灣畫家，和明治時代的一批日本畫家一樣，很容易就被排在第一順位，所謂第一並不等於最好，而是最早，千萬不可為此而得意，往後還要接受時間檢驗，未來史家的筆一代比一代嚴苛，不小心就遭淘汰，一切歸零之後比賽又重頭開始，那時是另一套標準在審查，就好比打仗一樣，小戰場打贏了，大戰場打輸還是輸了……。」

今天的心情使他一來就滔滔不絕，像是準備好的講稿一講就是半個小時，每句話都重重敲到李石樵心坎裡去，幾次相處雖已看出他不是簡單人物，聽過這番話更加佩服他對事物觀察的敏銳，每句話除了批判還有善意的勸導，雖非美術界人士，對繪畫的見解比起一般畫家更透澈，尤其以他獨特的語言說出來更加動人。一名海軍軍官而能擔得起台灣總督大任，必是萬中選一，沒有特殊才幹又怎敢前來負起這個重職！

他再三表示，該結束的那一刻到來時，這幅畫就不再畫下去，這話就像是說，當軍令喊一聲「停」時，李石樵就得停筆，然後在畫上簽名，肖像的任務於是宣告完成，兩人一起上樓把這幅畫掛到屬於第十八任總督的牆面上，每一動作每一步驟都像在軍隊裡。

「難道他從頭到尾都不看一眼，直到把畫掛上那面牆！」李石樵在心裡感到疑惑，只是不敢表露，以這樣的態度面對自己的畫像，這回是第一次碰到，的確是令人難以捉摸的謎樣人物！

過後李石樵才終於想出理由替他作解釋，莫非這就是作為將軍的他待人處事的原則！軍旅人生喊停就得停，連畫家替他畫像都在掌控下，時間一到就得停止行動，他則以最高統帥的地位只驗收最後成效而不管進行中的情節，所以他只顧現身讓你畫而不管你怎麼畫，他知道畫永遠是畫不完，所以藝術才被認為永恆，想在一個最具意義的時刻劃下休止符，只有靠智慧，在畫布上表現出智慧來，這就是所謂的藝術吧！可惜他還沒有到這境界，只好憑手中掌有的大權，發出命令，結果休止符只代表一道指令，要藝術服從於他，說什麼也只是一種遺憾！

儘管出現在李石樵眼中的長谷川總督是個不平常的人物，仍然從他身上又找出了這麼一點點的遺憾。因而畫像工作一結束，回到新莊的自家畫室就急於想重畫一幅，把真正自己內心的將軍畫出來，沒想到這一畫竟然畫出了七幅，後來取名作「將軍族系列」。

第一幅畫的是總督府〈高塔上的將軍〉，記得有一回總督對他訴說用望遠鏡在那高塔頂端巡視全台北市的經驗，把許多他所該看的和不該看的都看到了，雖然屬於他管轄下的百姓，但是所看到的這些沒有一樣是他能管的，雖然高高在上，但自己仍然是人而不是神，於是帶著望遠鏡默默走下高塔，以後就只有修復的工人才有機會再登那塔頂。李石樵想畫的是手拿望遠鏡，顯出寞落眼神的大將軍，畫完之後雖然滿意，但還是要通過一番說明，否則以為是沙場上指揮部隊的司令官看到軍隊敗退時露出敗軍之將的傷情。他又繼續畫著，不管別人怎麼看他畫的「將軍」，畫中有批判和諷刺，滑稽和笑料，都是針對總督而開的玩笑。

到了東京之後，他又緊追不捨繼續畫下去，把輪船上畫的草圖花了兩個月時間完成另外六幅油畫，盡情地利用圖像來表達他的幽默，不可否認有許多地方是與長谷川將軍對話中激發出來的。先畫了一幅〈跳傘下來的將軍〉，從跳出機艙到著落地面，這位將軍竟然嚇得鬍子全都白了。然後又畫〈風呂桶裡的大將〉臉孔像極了長谷川清，頭上的海軍官帽仍然不肯脫下，借此表示將軍對榮耀的執著；〈老樹下沒有將軍〉畫的是將軍回到故里與小時同窗一起話家常，大家不分高低無話不說，是長谷川多年來嚮往的情景；〈菩薩與大將軍〉出現在畫面的是兩尊偶像，看來不知是將軍在參拜菩薩還是菩薩參拜將軍；〈老將軍〉裡畫的是老得不能再老的大將正講述他的英雄往事，最怕的是人家問起「為什麼別人都死了，只有你沒死？」；最後他畫〈倒下來的將軍〉，並未交代是切腹自殺還是被敵人所殺，在墓碑上所刻「壯烈殉職」字樣比「將軍」二字更值得後人敬仰。

看來像在述說一個軍人的一生，畫中出現的卻是樣貌不同的七種人，莫非是李石樵從長谷川清身上觀察出七種不同的人格！但他也的確分辨不出這些「將軍」該不該全都算在長谷川清一人身上。搬回台灣那年，他決意將這六幅留在東京，他認為戰爭過後將軍全數戰死沙場，剩下的也該切腹殉職，這畫應該留在日本，因為是以日本大將長谷川清為原模塑造，日本人後代有權利知道所謂「將軍」究竟怎麼回事。於上船的前一天將六幅油畫綁在一起交給房東太太代為保管，告訴她有一天會親自回來將它打開。

回到台灣，剛從基隆碼頭登陸就已察覺出瀰漫的戰時氣息，所到之處軍歌四面響起，沒想到短短兩個月裡時局急轉直下，一切改變得如此快速，走在最熱鬧的太平町已不見舊時繁華市街的燦爛燈光，只偶而聽到巷口小販的叫賣聲，家家戶戶每一格小窗玻璃都貼上打叉的長紙條，以防轟炸時爆風將玻璃摧毀造成的傷害。屋內的電燈也用黑布套遮著不讓燈光外洩，整個大稻埕就像將落幕的舞台，逐漸暗淡下來，本來應該從台下響起掌聲喝采的時候，竟然靜悄悄地什麼也聽不見，告訴他大稻埕人的戲已進入尾聲，哪一天帷幕重新拉起，站在台上的角色將是另外一群人吧！

從台北城北門的屋頂正好看到總督府高塔，朝著它遠望不自覺腳步跟著停下來，說不定此時「大將軍」正坐在塔裡，手拿望遠鏡對準著他看，向他招手。於是他也舉起了手，向老友揮手招呼，心裡默默地說：「再見啦！你說我們真的能再見嗎！」

9

黃金山城歲月

紫色大稻埕

洪瑞麟　採煤圖　1956
水墨（右為局部）

造型主義宣言

大稻埕太平町最熱鬧地段的兩家飯店山水亭台菜館和波麗路西餐廳，近年來就像台灣美術的溫度計和風向球，只要有一點風吹草動都可能在那裡測探出來。進入一九四〇年代以後的台灣美術界，較之過去已顯得更加多彩多姿，由於赴日學美術的年輕人陸續回來，加上在台之日本畫家的積極參與，除了台北都會的活動，在全島各地也都組成社團舉辦畫展，活躍情形較之日本內地東京以外任何地區已無遜色。前來這兩家餐廳光顧的畫家，是大稻埕在地人、南部上來的下港人，台北城內來的內地人或剛從東京回來的新鮮人，很容易就可以從他們的言談及打扮分辨出來。

那個時代台北盆地的區域劃分，以城內、萬華和大稻埕三個地段有較顯著的文化特色，城內是日本人大量移入之後，才在清領時期建構的基礎上拆掉了城牆改造成明治仿西洋近代形式的市街，居民以當時所謂內地人為主，是總督府及各行政機構之所在地，僅街上的建築已處處展現著統治階層文化的氣派，重要的美術展覽也都在這裡的公會堂和教育會館裡舉行；萬華位在淡水河的上游，由於開發較早，到處可看到台北最有歷史的古廟宇和傳統商店，由於河岸港口淤積，外來船隻後來只能停泊在下游的第九水門，商機已不如往前，生活卻還保留漢人移民之初的文化傳統，故民風保守，往後很難能有更新的生機；比照之下，大稻埕則是台北的新生地，太平町是一條筆直的全新街道，從北門直通台北大橋與淡水河平行，這一帶曾經遍地是稻田，收割後處處都是曬穀場，因此而得名。後來新的移民由萬華湧入，到了清末劉銘傳更有計畫引進外商，建造洋行帶起商機，人文環境有新移民的開放性格，從所經營行業如電影院、劇場、酒家（カウエ）、西藥行、醫院、書局、西點麵包店、旅館、西餐廳、咖啡館、婚紗店、玩具店、鐘錶店和銀行等，可看出他們的經濟活動已開創了全新的景象，便有餘力把下一代送去日本學習新知識，學得寬廣眼界看待自己社會，有心想推動社會革新，大稻埕於是成為二十世紀初拓展新文化的搖籃。他們從巴黎、東京帶回坐咖啡廳談論世事的習慣，波麗路西餐廳和山水亭應運而生，很自然地成為文化人聚會的場所。

這個年代學習西洋畫的多半是北師出身的，到日本讀過幾年書，回來後談起藝術滿口國語，交談中十句裡聽不到兩句台灣話，即使說了台語也還有些許日語腔調。年長幾歲在日本領台之前出生的一代，未推行國語之前他們已成年，到大稻埕走動仍然說台語，或許他們是為了說台語才到大稻埕來。同樣是台灣話，大稻埕和萬華人說的各有自己口音。萬華人操的泉州腔，較接近中部的海口腔，不同於大稻埕的漳州口音，自從上一代人在「頂下郊拼」時打了一架以來，兩種腔調的人在台北還一直是對立的。

每逢大型美術展覽，全島各地湧來大批畫家，參展前後從送件到取件，滯留台北的幾天都聚集在大稻埕，有如美術界的一場大拜拜。儘管展覽場所是在城內，一但走出會場，就自然朝北走出北門，沿著太平通來到山水亭或波麗路，這幾天的吃住都在此接受招待，卻甚少看到有朝南往萬華走的，也因此而看出大稻埕的魅力。

民間的台陽美術協會是三十年代以來最具規模的團體，多年的歷練使畫會性格更成熟，組織越來越繁瑣，會員之間因入選及入會先後出現輩份和層級，繼而以大老為中心形成各自勢力的小山頭，新進畫家不肯接納收編的，往往無法長久留在「台陽」，不然就以非主流勢力而形成一股離心力，先是自我邊緣化，接著只好脫隊而另結新黨，一個明顯的例子就是一九三八年出現在台北的Mouve美術家集團，成立當初曾一度被畫壇所看好如二科會之於東京畫壇，認為是台灣新美術的另一股在野勢力。

然而，不出多久，它竟然比「台陽」更快就出現了問題而無可挽回。分析起來是被自己的規矩所害，是定太多規矩到後來亦等於沒有規矩，以致失去了團隊的向心力。從藝術創作者的角度來看，它的基本精神不外是創作的自由；若從現實面來看，團隊過份自由則無異是對團員的放任，失去了集體的功能。才剛展出第二回，連局外人陳清汾和王白淵也已看出有如鬆了發條的機器，沒有人能把發條再度拉緊，於是只好任其停擺。

這時候如果宣告解散，必然被台陽的畫家們看笑話。會員之間私下檢討，認為當初所訂規約，其中兩條太理想化，無法產生約束力：（1）吾等恆以青春、熱情、明朗為首要目標，互相研究。（2）研究作品之發表，不限時間和回數，隨時隨處由全體或部分同仁舉行之。這樣的規約簡短有力，雖受外界的稱讚，但並不具體，尤其一年過後更發覺規約的存在與否沒有實質意義時，竟沒有一人肯承認該規約是他參與擬寫的，把責任推得遠遠地。

直到有一天，洪瑞麟說動顏水龍來加入他們的團體，眾人看到他前來才為之所感動，一個鬆散而缺乏向心力的畫會竟有人願來插一腳，而且又是台陽的大老，到底抱有什麼想法！便有人趁機主張改組，洪瑞麟順勢提出改名「造型美術協會」的建議，想借此替畫會找到方法以求解套。

洪瑞麟提出「造型」這個名稱時，起初幾無人肯舉手贊同，看這情形正當考慮是否放棄，剛好顏水龍推門進來，他在門外已聽到裡面的談話，所以一進門就以「台陽」老大身份開口發表意見：「好！造型好，造型就是法語的スチィール，十年前我剛到巴黎，就聽說有人發表造型主義宣言，是蒙德利安等一群人，和達達主義、未來主義、超現實主義宣言一樣，是本世紀重要藝術思想的表白。既然是當代的潮流，怎能說造型不好，當然很好，為什麼不要！……『台陽』是地域性的名稱，『造型』是時代性的名稱，代表的是台灣美術的一座里程碑，……。」

由於來得太突然，一時還不見有人回應，於是他又繼續說：「在東京不是有アクションaction）、MAVO之類的組織，也發表宣言，為日本新藝術發出聲音，我看了他們的展出雖然不覺得怎樣，但我佩服他們的勇氣，敢於跟著西洋人屁股猛追，這樣下去，真有一天會追上，他們可以這樣做，我們為什麼不能？對不對！」

他停下來，等待在場所有人的回應，別人卻在等著他說下去：「……對這些新潮流，一時之間我們還不太了解，但藝術不是了解之後才創作，往往先創作而後了解，有的創作甚至不在乎了解與不了解……。」說到這裡，意外地有人站起來打斷他的話。

「多謝！在這裡我要先多謝你的贊成！你的建議還是得徵求在場所有人的意見，大家的意見如何才是最重要！這樣好不好……。」洪瑞麟站著環視在座的每個人，這時有人對看，有人低下頭沒有回應。

「當然是要贊成的，你們說對不對！」在場以顏水龍年齡較大，說話便依老賣老：「今天除了造型，就找不到更有代表性的時代名詞，造型、造型……，大聲讀出來，史祭奴！寫出來就是『スチィール』多麼有力！」

這個時代裡藝術上的用詞是用日語念的，因此畫家們很自然就認為用台語念「造型」兩個字，就不如日語那樣合乎現代。

「造型，好，造型就造型。」陳德旺兩眼瞪著洪瑞麟好像在逼他表態：「造型是你提的，不是嗎！怎麼反而沒話可說！」

「除了造型，本來我又想了幾個名字，還沒有說出來，水龍兄就已經進來發表他的高論，原本想說的那些也被他……，所以……。」洪瑞麟看一眼顏水龍，又看看大家，滿臉的無奈。

「那麼，你們誰有打算為造型寫一份宣言？那就舉手。」陳德旺問大家，可是他的手已先舉起來了。

「不，造型就是造型，用不著再依賴文字表達自己的主張，所以文字宣言不重要。但如果有人能以造型來為『造型』做宣言，畫出來給大家看，我絕不反對。」陳清汾搶先回答。此時還是「台陽」會員的他，聽口氣好像比任何「造型」會員還更造型，莫非已決意出走「台陽」！

「我想請問，日本的造型美術協會是怎麼回事，是不是請誰來講解一下？」坐在一傍始終沒有發言的藍運登，話中雖沒有指定所問的是誰，兩眼卻直盯著顏水龍。

「看來你是在問我！」顏水龍也望著藍運登，右手用姆指指向自己的鼻子：「突然間問我，實在令人無從答起。關於名稱，我們就取名台灣造型美術協會，即使日本早已經有人用過，也不致於造成衝突，被認為重覆。」

洪瑞麟忽然想到了什麼，也站起來發言：「記得MAVO展出的時候，編有一本小冊子，裡頭提出一個奇特的新名詞叫什麼構成主義，不知我們當中誰還記得，能夠解釋一下？」

「這大概是翻字典找出來的新名詞，沒什麼大不了的意義，我們不必費心思去解釋。何況一些新的語言要怎麼解釋就怎麼解釋，十個人有十種不同說法……。」陳清汾說。

「我想起木下秀一郎，十多年前組成三科會，全名就叫三科造型美術協會，把當時的MAVO、ACTION、DSD統合起來，成為日本畫壇的最前衛，妙的是在一次畫展中創造了一天內零觀眾的紀錄，哈哈哈！」說到十年前的笑談，洪瑞麟不禁大笑起來，全場竟然沒有人隨他一起笑。

只聽到藍運登緊接著這話題，說：「對，我要告訴你們，我在德旺家裡看過一本叫《造型》的書，小小的一本，應該算是造型展的圖錄，隨便翻了一下，裡面寫的是什麼你們知道嗎？寫無政府主義、普羅思想、獨立沙龍，反對帝展、拒絕評審、無產階級美學……，我們盡管不贊同他們，但必須承認，他們才是真正有心想顛覆正統的在野派，與現時體制對立的反對派……。」

「你什麼時候在我家裡看到這本書的？」陳德旺急於問他，非常在意的樣子：「我特地藏到角落裡，害怕被別人看到，竟然也被你翻出來，你還看過我畫室裡些什麼書？書裡面夾著紙片你也看到啦！」對藍運登瞪著大眼，還想罵什麼卻一時罵不出來……。

「沒有啦，正好被我一抽就抽出這本書，隨便翻翻而已，何必那樣緊張！」

「算了算了！你們兩人，看來一天不吵嘴日子就不好過。」不知是誰在旁邊打圓場。

「獨立沙龍，聽說是一種無審查的展覽，不知道水龍兄你對它有什麼看法！對我來說是很難贊同的。」有人提出問題請教。

針對這話題，好一陣子沒有說話的顏水龍想了又想才解釋說：「主張無審查出品，目的在反對審查委員的絕對權威。這些年來許多人搶著當審查委員，就是想取得畫壇的權威地位。這一來，必然有人反對，不讓這種權威繼續存在，所以就出現對立與矛盾，為了統一矛盾化解對立，便有人設計一種展覽，只要送作品來便可以展出的無審查展，這樣畫壇上就沒有審查與被審查的相對關係，沒有了對立就不再有矛盾和爭端了，……不知對不對，這只不過是我個人的解釋。」

「可是，這一來反而沒有人要看，証明人們還是相信傳統，嚮往權威。獨立沙龍的無審查並沒有做到所謂化解對立……。」

「所以帝展越辦越有氣派，証明他們的權威足以服人，沒有錯，人們還是嚮往權威！就好比宗教信仰，被崇拜的人一定要先自我偶像化。」

「直到今天仍然沒有一個展覽能取代帝展，這是事實，如果當年獨立展只是一種實驗性質的展覽，實驗結果發現到什麼？發現這條路行不通。不過，雖然失敗了，從整個歷史發展來看他的意義，仍舊不可忽視這種失敗經驗的價值。最近我讀了些歷史書，才慢慢體會出如何在歷史中找出畫家個別的特定座標，而歷史的眼界也一定要先設定時代的焦距，這才看得清楚自己，對我們今天是最重要的課題。我建議下一次再來討論這些，一個畫會不可以只知道展出作品，更需要在討論中尋找問題。」陳德旺似乎有意為剛才所有人的發言作出結論，以示這個會到此可結束了。

但陳清汾卻意猶未盡，又冒出了一句話想引發新的議題：「每一個時代都會產生許多時代議題，……在我記憶中二十年代裡一直有所謂『造型』的名稱出現，把造型當一種議題，有時又把造型當口號，十年過去了，並沒討論出什麼來，今天我們有必要再追隨嗎？」

「有，絕對有，設使今天不追，將來必然落後更遠，想追隨也已經脫節太遠了，雖然說藝術創作講求的是原創性，這點大家都知道的，但今天的我們除了追還能做什麼！追到就是你的，不追就什麼都沒有，原創是非常好聽的用詞，如果不知原在哪裡，又能談什麼創！難道不是麼！」

最後還是顏水龍的這段話才為大家作了總結，「造型」就這樣被眾人所接納。

整個過程中洪瑞麟一直提心弔膽，從提出「造型」到最後受接納，會如此順利，的確出乎他的意料。過去的經驗裡，只要是這樣的場合，到最後必吵成一團，這回竟然保持理性對話，難道這是好的開始，要感謝的應該是顏水龍，他一進門就發言支持「造型」，誘導大家從歷史回顧中一步步走來認同了「造型」。

只見大個子張萬傳一人還喃喃自語，不知唸著什麼：「這不行的……，會出問題，一定會……太天真啦！實在……難道不知道……社會主義……用過……。」長方形的大臉，運動家般的體格，聲音低沉丹田有力。一整天雖發言不多，卻又不停與旁邊的藍運登低頭私語，時而搖晃一下他的頭，讓脖子筋骨在彈動中發出聲音，這些動作裡不時參雜幾句自言自語，他的話永遠沒頭沒尾，也因為這樣，常出現令人叫絕的幾句妙語，被同伴稱為預言家。

已經散會了，三三兩兩幾個小組又繼續談論著，沒有人理會張萬傳的反應，今天他特別有耐性，只把話含在嘴裡說給自己聽。

此時洪瑞麟走過來一手拍在他肩膀上：「哈哈，我直直在注意著你，『造型』兩個字若是連你也贊同，就沒有人會反對啦。我很清楚，反對的人永遠在反對，贊成的人永遠會贊成。當初藍運登提出『Mouve』時，也是你在反對……。」

「反對歸反對，反對不代表我不贊成。反對的人到最後舉手贊成，這才是真正的贊成。你會想到提出『造型』，卻不懂得辯證。你還要學習！」張萬傳說話的速度和呼吸一樣急促，似有很多話想說，一時之間只能說出這些。

「就像打橄欖球，衝衝衝，氣喘呼呼地大家撞成一堆……，只懂得把對方絆倒在地。這動作在球賽不代表什麼，一定要能夠搶到球才算數。這話是你說的，對不對！現在我也學會。哈哈！反而是你自己忘記了。」

此時洪瑞麟心情特別好，開始說話來逗人笑，笑時一幅滑稽相，兩人互相看著對方的模樣，笑得更開懷更大聲。

「哈哈，我就說過，團體裡出一個小丑，是大家之福……。而我們竟然出了兩個！」

「大頭！你終於開心了。」洪瑞麟伸手想打他的頭，被他一手撥開，自己的頭反被捉住，像一個橄欖球。

「說我大頭！看你，什麼都小只有頭不小，我畫了一張你的速寫，看到的人都說頭太大，比例不對，哪裡知道本人就是這模樣呀！」

「大頭拱寶珠！大頭才好呀，頭腦裡面裝的是智慧和知識……。」陳清汾突然插嘴，看似前來排解：「科學家的報告說，火星人的頭比人類大八倍，所以文明比地球進步三百年，你們信不信！」

他一邊仔細觀察洪瑞麟的頭之所以大，到底是什麼視覺上的錯覺，終於發現原來那頭顱下面的頸子太細，才有支撐不住的感覺，每當身子一動頭也隨著左右搖擺，出現搖搖欲墜的樣子。想到此不覺竟大聲笑了起來：

「有意思，真有意思！終於有了發現，原來是這樣！是造型上的問題。」

「什麼有意思？」旁邊的兩人同時轉頭問道：「造型又出了什麼問題？」

「造形有意思……。」到底是洪瑞麟的造形還是「造型」，說了又覺得失禮，趕快改口說：

「造型兩個字法語剛才顏君已經說了，叫スチィール（style），以後我們就自稱スチィール，不可念

成『造型』，否則沒有世界觀，不能與潮流接軌，反而讓人誤以為在說一個人的身材。」他看到兩人的頭，忍不住又想笑，終於還是強忍著，繼續說下去：「……推動近代美術，一定要能喊出自己的稱號，越簡單越好，代表本身的精神，スチィール簡捷而有力，スチィール！」越說越激昂，終於喊起來。

這些話聽在洪瑞麟耳裡有點不自在，明明是「造型」又變成了スチィール！剛才隨口說出來的「造型」，沒想到引來長篇大論，此時顏水龍又有意見：

「還記得那一天，當瑞麟邀我加入Mouve時，我爽快答應，但有個條件，允許我展出工藝造型設計，當時他想都不想一口答應，沒想到現在連名字也改成「造型」，好像專為我而設的，不得不對他表示感激！」

以為演說已告結束，只見他吞下口水，便繼續說：「他們都說素描是學畫的基礎，其實是古早人的說法，現在要說造型是基礎才對。スチィール的範圍很廣，包括哲學領域所謂形而下的所有一切，而造型的思考是往形而上的美學提升，並不僅限於紙上描繪的炭筆素描。我不客氣地說，今天的台灣美術，素描代表『台陽』，脫出『台陽』之後追求的是造型，所以造型是今後スチィール的目標，拋開畫素描的『台陽』，我們是スチィール……。」

「瑞麟兄，你過來一下子，要找你商量一件事。」這時候藍運登似有事想帶他到一旁說話，又覺無此必要，乾脆當著大家表示：「剛剛討論過，我們的『造型』今天算是正式成立，你認為呢？……。」他怕夜長夢多，再拖幾天造型又不見了。

「我要更正，我們不說造型，要說スチィール這才正確……，如果用造型，就不知道要用台語還是日語，這樣很容易混亂，スチィール就是スチィール，沒有其他讀法。一個團體的精神是喊出來的，不是寫出來，這才符合群眾心理……。」顏水龍提出更正，裝出一副權威者的模樣。

「好，スチィール就スチィール，現在成立了。要有一位總召集人，剛才問了幾個人，都認為瑞麟最合適，那麼請大家拍掌表示贊同！」

聽到掌聲之後等於一致通過，洪瑞麟再怎樣不願意也推不掉，於是成為第一任的召集人，亦就是會長。

顏水龍安慰他說：「第一任召集人其實只是形式，只要人緣好就好辦事，反正什麼事都大家一起做。」

「開幕當天你只要穿西裝上台，我們都會給你鼓掌的。而且要記住，不要把スチィール唸成造型就沒有錯！」陳德旺又再開他的玩笑。

就這樣在半推半就下，洪瑞麟當上了相等於會長的召集人，本以為只是穿西裝上台的差事，萬想不到以後什麼事都要他一人來扛。何況他的能力遠不及「台陽」的楊三郎和郭雪湖，僅這一點便已斷定スチィール往後的命運。

起初會員當中一再有人提出設定規約的建議，就像東京的前衛藝術團體如MAVO、ACTION、三科等都有自己的章程、綱領或宣言，這建議馬上受到陳德旺大力反對，認為當年就是受規約所縱容，才無法維持畫會運作而減低會員的參與意願，終於導致Mouve不得不改組。但亦有人認為只要能擬出合理的規約，經全體會員同意，仍然可以接受。話雖這麼說，也不見有誰自動負起擬寫規約的差事，直到首展已經在台北推出，此後再也沒有人重提規約的事。從頭到尾在無人可幫忙下，身為召集人的洪瑞麟任勞任怨事事一個人撿起來做，展覽會靠他一個仍照樣舉行。

雖然說召集人一職由眾人公推，洪瑞麟本人也不曾拒絕，但卻不認為自己是接受了，這種矛盾持續下去，直到最後都無法解套。他的功勞在於把顏水龍從「台陽」拉來投靠及提出「造型」為團體命名，憑這兩點就有資格當上召集人，未免太過隨便。這群帶有草莽性格的藝術鬥士，任何人都無法駕馭得來，何況洪瑞麟，召集人的位置自始至終他都不敢好好地坐穩。

這段期間他經常想到楊三郎和郭雪湖，心裡不得不佩服。即使藝術理念上有分歧，繪畫才能也不見得令人信服，但是放在召集人一職的平台上一秤就不得不認輸，這些日子在他心裡常為此久久無法適暢。

如今成立，Mouve形同解散。從此進入スチィール的時代！

發現美術運動的第二支筆

第一回展於一九四一年三月一日在台北教育會館，展期三天，與府展和台陽展最大不同除了是純會員的作品展，再就是它多了范倬造和黃清埕的雕刻及顏水龍的工藝作品，洪瑞麟也拿出他的廣告畫。十幾年來看慣平面繪畫展覽的民眾，對這群藝術家的展出，除了好奇免不了有種種的議論。

另方面，由於媒材的多樣性引起了報社記者的興趣，認為有題目可以發揮，連日來不斷出現長篇報導，令洪瑞麟等人為之大感意外。發表的文章多數著重在歷年少見的木雕作品和工藝設計，甚至借此批評台陽展的保守和自限。不過也有文章借題諷刺スチィール像レパート（百貨公司）之琳琅滿目、應有盡有，觀眾走在其間目不暇給，忘了自己是在欣賞藝術品還是在採購貨品。

更有人捉住「造型」二字作文章，翻出一九二七年東京造型美術家協會的行動綱領，作者本無惡意，只為了突顯兩者的差異性才列舉當年的兩條綱領：我等將充份使用美術的機能，以期達成無產階級解放運動的積極使命；我等堅決反對美術家生活受制於支配階級的政治權利，以期爭取在政治上的人權與自由。寫這文章的作者目的只想借此宣示二〇年代瀰漫在文藝界的左傾幼稚病已隨著時代成了過去，如今「造型」已讓藝術還原本來面目，為台灣美術帶來了春天。這篇文章發表在小報上，幾乎沒有人注意到，且事情已過了近一個月。有一天，洪瑞麟突然收到台北州教育局公函，他這時正要出門，等不及拆開就興沖沖帶著信騎自行車趕來波麗路與同仁們相會，在他想來裡頭寫的肯定是些嘉許的話，每年台陽展過後不是收到類似的信函嗎！所以才想到要親自交給陳德旺他們，當著眾人面前朗讀，這樣也算是個不錯的安排。

波麗路的門面不寬，裡面空間卻是縱深直入有如一道長廊，他推門進來後就往裡走，一路聽到服務生在親切招呼「歡迎光臨」，座位上男男女女有老有少，一看就知道是父母陪伴來此相親的，這樣的座位多半聲音小而對話簡短，聽不到嘈雜聲，他迅速走到最裡間，才終於看見陳德旺和顏水龍兩人靠在椅背上閉目養神。

他調皮地把手上的信亮在他們眼前：「噹噹！」故作電影配樂的音響來引起注意，想借此製造驚喜……。

看見信封上印有「台北州教育局」字樣，顏水龍一把搶過來順手拆開，本想高聲朗誦，沒想到只讀到兩個字聲音突然間低沉下來，又唸了兩句就停了。陳德旺覺得不對，接過來看了一眼，馬上丟給洪瑞麟。

此時顏水龍的臉色已變得很難看，接著便發起火來：「要你們用スチィール，你們就不聽，非要用『造型』不可……。」

他突如其來的咆哮，引來鄰座好幾雙好奇的目光，才把怒氣強忍下來，雖壓低聲量卻仍然忿忿不平：「這下子好啦，出事了，責任要誰擔！擔得起嗎？才剛展過第一回，難道就這樣結束。スチィール多麼好聽，偏偏要用『造型』，我實在不懂……。」

顏水龍本來已經為了所提的スチィール沒有被採用而心裡不悅，如今更加生氣。

洪瑞麟認真讀完信中的每一個字，才心平氣和向顏水龍作解釋：「這一點我要請老兄諒解。三年前為Mouve展設計請帖時，我們考慮過要用ムーヴ還是法文的Mouve，一直沒有結論，才有人主張用漢字的『行動』。想想也不對，恐怕有政治的敏感性，便又回頭來使用法文，再加上片假名。可是就因為是外國語而被警告了，所以這回改用漢字，以為『造型』總是比『行動』要溫和，沒想到一樣又出問題！」

「這不能怪誰，會出問題再怎樣也要出問題，誰叫我們生在這個出問題的時代！」陳德旺開口安慰兩人。

「人家『台陽』就不一樣，不管什麼時代都能過關，安安穩穩走下來。郭雪湖和楊三郎實在有本事，令我不得不佩服。」洪瑞麟心裡頭不管什麼時候一直存在著這兩人。

「說實在話，Mouve會員的配合度從一開始就很低，已經到了不得不散的程度時，正好以名稱受到警告為理由趁機改組，要不然就很難對外自圓其說。我們之所以急於另組新團體就是這原因，若今天不照實說出來，水龍兄恐怕不會了解。」陳德旺接下來作了補充，其實這些理由顏水龍早已猜到了。

「既然這樣，等一會他們來了，有關教育會來函的事就不必再提，免得有人想太多，這事就只讓我們三人知道，就這樣。」顏水龍的話像是主席的最後裁決，說出來就要大家一起遵守。

將近下午兩點鐘時，台南的謝國鏞第一個趕到，一來就埋怨，有人告訴他從後車站出來會省很多路，沒想到出來之後反而迷路，平白浪費二十分鐘。

謝國鏞告訴大家黃清埕已回日本無法出席，藍運登還留在屏東，范倬造久久不出現，無人知道他的行蹤。最後張萬傳才匆匆趕到，來時手上帶著一本剛出刊的《台灣文藝》季刊，要大家傳閱。

本來今天聚會目的在為展出作檢討，可是教育會的信函影響到先來幾個人的心情，以致與後來者談論無法交集，不自覺間成了風花雪月閒聊，整個下午笑聲不斷。

不過也談到一個重點，就是在會員當中要有一支理論的筆，把大家的理念總合整理後在雜誌上刊出，聲音才能借文字傳播出去，這議題引起了熱烈討論。

「……所以我最近常說，自己越來越佩服楊三郎，這麼多畫家裡頭只有他知道怎麼用人，當年台陽展需要一支寫文章的筆，他就拉王白淵、吳天賞、呂赫若，現在又來拉陳春德，兩下子就被拉走了，而且是從我們這裡拉去的。春德的離開，我們沒有人感到可惜，因為我們還沒有體會出理論傳達的重要。」談到陳春德的出走，謝國鏞不但不怨楊三郎，反而佩服他有眼光，每做一件事都是具體而實際，反觀自己的陣營，最缺乏的就是三郎這種實幹的人材。

謝國鏞接著說：「能寫文章也要有內容，上次展覽過後，我經過台中停留兩天，見到楊啟東、陳慧坤等人，發現他們的書架上滿滿地都是書，有空就閱讀。後來我想到德旺，你也是愛讀書的人，如果肚子裡有東西又能夠寫出來，不是很好嗎！」

「他只會講，不會寫。藍運登或許還有可能，最近他讀了很多書，德旺家的書每一本都被他讀過，所以德旺常常在怨嘆，自己愛買書，買回來一放在書架上就被藍運登借去，讀舊了才還給他。」張萬傳大口大口地抽著菸，燈光下整個人籠罩在霧中，聲音透過煙霧傳出來，話裡還不忘挖苦陳德旺。

「我還是最欣賞陳春德的文才，他的短文寫得像詩一般，可讀性高，引人入勝，現階段要傳播理念，他的文筆是一流的，可是你們居然留不住這個人！真是。你們這些人！」顏水龍先是低聲讚許，越說越憤慨，聲音逐漸大了起來。

「小聲一點，不要激動！我記得很清楚，楊三郎為了拉攏陳春德，把自己一套半新舊的西米羅送給他，這種事我們當中有誰做得到！」陳德旺說。

「也沒那麼簡單，陳春德的人不是那樣容易收買吧！」

「本來我們都想留他，勸他不要去『台陽』，後來才知道這事和感情有關，已經是留不住了，只好放棄。」

「與感情有關！」顏水龍愈加好奇。

「現在講出來大概沒有關係吧！我可以講嗎？」洪瑞麟問大家，竟不見有人回答。

「話已經說到這裡，就講出來也無妨……。」又停了好一會，洪瑞麟方才說：「陳春德很早就偷偷愛一個人，是他同學的妹妹，她姓……。」

「姓劉，我看過，長得很甜。」張萬傳搶著替他補充。卻又加上一句：「和你愛的那位什麼英，長得真像！屬於人見人愛那一型的。」

瑞麟沒有理他，繼續說下去：「她到日本去讀書，他也跟著去，沒想到她考進了女子醫專，出來要當醫生的，而他想學美術，又沒有考上東京美術學校，覺得自己配不上人家……。」

「就這麼簡單理由才加入『台陽』？」顏水龍還是不明白。

「如果這樣簡單就好辦了，他為這女孩子每天寫信，卻沒勇氣寄給人家，只好在日記裡說給自己聽。」

「後來陳春德生病，吐血，台灣人說是病相思，想娶人家更加不可能……，」張萬傳插進來補充：「是肺結核，其實並不嚴重，但他這個人就是那樣，容易失志，每天悶悶不樂，對愛情又那麼堅持。」

「我常說他沒志氣算什麼男子漢！」

「他只是暗戀，可能人家根本不知道。不像瑞麟，看上了第二天就請人去說媒……。」

「我看她是知道的……。女人多半很敏感。」

「後來當然知道了，因為他最後下最大決心，把沒有寄出去的情書和日記包成一包，親自送到她家裡去，人還沒有見到，就跑了……。」陳德旺加進來說。

「其實這前面還有一段，有一天他聽到那女孩子要訂婚的消息，又聽說對方是個畫家，也沒考上東美，而且和他一樣吐過血……，你看，這一來他的心有多懊悔！這才知道他什麼都沒有輸，只輸在自己膽小。」

「這當然要怨自己當初膽小，失志得太早。一開始就向命運低頭……。」

「所以鼓起勇氣把幾年來寫的日記和信送到她家去，這是最後關頭不顧一切的做法。尋找一個最美麗的方式為這一段愛情作結束。」

「結果呢？」顏水龍問。

「不必去管他什麼結果，因為我們談的是為什麼他會跑去加入『台陽』展……。」

「聽你講到現在，我仍舊不了解，這和加入『台陽』一點關係都沒有呀！」

「說出來你自然就了解，因為，這個與那女醫生訂婚的畫家，是我們スチィール的會員。」陳德旺為顏水龍揭開了謎底。

「原來如此，有這回事！」說著看看謝國鏞，又看看陳德旺，像是在問，那個人是你還是他？

「你看，要是繼續留著不走，每見面一次就心疼一次……。所以陳春德絕不是為了半新舊的西米羅變節，他是多情人，不可冤枉他，我把故事說出來，就是為了替他洗清別人可能有的誤解。」

「不過，瑞麟說的沒錯，我們還是要佩服楊三郎，他能看準這時機把西米羅送過來，帶走了陳春德，真是有心人！」顏水龍說。

「三郎是救了春德，替春德的心情在這個關頭找到出路。」

「不過病還是沒有好，大概……。」

「那時候如果沒有『台陽』，晚年一定更孤獨，我們這邊又因為他一下子出走，有所不諒解。」

「最後他在美術界裡的朋友也只有三郎！」

「還有鄭世播。」

「回想起來，春德還是有太多太多的遺憾！時間過去之後，再怎麼努力也救不回來。他對藝術很有感覺，應該是個一流人才……。」

「我們失去了一支筆。應該得到一些教訓，否則Mouve同仁不就有了更多遺憾！把這遺憾一輩子留下來……。」

巴黎是藝術的戰場

近些年，表面上看來張萬傳、陳德旺和洪瑞麟正積極加入台灣畫壇的活動，其實熟悉的朋友早應該看出他們的心已遠渡重洋到巴黎去了，這才真正是Mouve的團體所以不能長久，最後草草結束的原因！

尤其洪瑞麟已籌得足夠旅費，與旅居巴黎的藝大同學取得聯絡，書信往還中對法國情形已有程度上的了解，而且訂下行程表，等第一回造型展結束就辭去召集人一職，買船票離開台灣。

目前最擔心的是歐洲政局的變化，為此他不得不每天認真閱讀報紙上的國際新聞，只見戰爭消息不斷傳來：一九四〇年五月德軍在歐洲發動西線攻勢，以閃電戰術進攻荷、比、盧等小國，接著進軍法國領土，長驅直入首都巴黎，眼見很快就席捲整個歐陸時，他還一度暗自高興，認為戰爭必可速戰速決，和平的日子不久將來臨。接著九月中旬德、義、日簽訂三國公約，洪瑞麟知道後更加樂觀，有了公約德軍佔領下的巴黎亦等於給了日本人方便之門，往後在巴黎進出可能連護照都不需要。

他又想起帝國美術學校就讀期間，有幾位老師是留法回來，在法國時正逢第一次歐戰，他們不都也平安渡過了嗎！想到此他更加放心。可是他這種天真的想法很快就被畫友們潑上一盆冷水，有人告訴他近日來報上常有日本人在巴黎被法國民眾偷襲的消息，即使在德軍佔領下，日本政府亦有撤僑的打算。

這時陳德旺赴法的心意早已動搖，張萬傳更拋下遊學歐洲的計畫，專心在台北求發展，他們看到洪瑞麟執迷不悟，三天兩頭往法國領事館跑，就約同留法的顏水龍前來勸止。

「如今巴黎已經是戰場，子彈滿天飛的城市，我們實在不想看見你肚子被穿個洞躺著回來。但你又非去不可，只好前來看你最後一面……。」陳德旺經常一見面就用話來挖苦。

「多謝你好意關懷！自古沒有勇氣的人哪來資格當畫家，我早說過：願為藝術而死。而且藝術是無所不在的，就是人留在台灣，藝術也可能在我肚子上打一個洞，不必一定到巴黎。怕死不敢前往的人，就請……。」洪瑞麟回答得更刻薄。

顏水龍忙著解釋：「今天我們來，就是想帶給你最新消息！巴黎美術館於一星期前都已關閉，重要美術品分散到隱密的地點藏起來了。美術學校也都關門休學。那些藝術家們，越有名的越怕死，早就逃到對岸的英國，尤其猶太人怕被德軍送進集中營，都已移居美國，連科學家都去了。所以報上說，這下子美國賺到了，人家在打仗，而美國等著接收高級難民的一流智慧，戰爭結束後美國就是一等強國，不信大家等著看好啦！」

洪瑞麟聽了雖然略為心動，卻不肯服輸：「……話雖這麼說，子彈還是有打完的一天，子彈用光戰爭自然會停，戰爭一停藝術自然再度現身。吉村先生說過：政治是假象，戰爭是假象中引來的一道火花，文化才是真實的存在，而藝術是真實中開放的花朵。我不會死的，就是死也要死在巴黎，將來歷史寫到我，也會說我是第一個為藝術葬身巴黎的台灣畫家，在我看來才是無上榮耀！」他的話雖然調皮，卻充滿自信和哲理。

「但是，打仗並不是贏的一方永遠贏，輸的一方永遠輸，不信你回去翻歷史就明白，兩軍對峙來來去去好幾回，一片屍體，沒有誰真正的贏，但真正輸的是老百姓，被毀的是文化藝術。」張萬傳也插嘴。

「所以，你洪瑞麟到巴黎等於是上戰場，你到底想當藝術家還是打仗的軍人？」陳德旺附合說。

洪瑞麟還是有話抗辯：「吉村先生說過，當一名畫家首先要敢於衝出身邊的小圈圈，到外界看看天地有多大，越早越好，三十歲以後就太老了，這話你們都聽到的，那天德旺還激動地說：三年之內如果沒有把腳踩在法國土地上，誓不為人。也許你忘了，但我比誰都記得清楚！」

「畢卡索說：鳥為什麼叫？因為牠是鳥所以會叫！我為什麼這樣說？因為我是人，人總有激動的時候；但有時也需要理智些，如果你這一生根本沒有三十歲，哪來的太老！」陳德旺反駁他。

「不要以為歐洲打仗，亞洲就沒有戰爭。那邊打完就輪到這邊打，不信你就等著看……。我現在出發，到達巴黎正好碰上停戰。那邊一停，這邊開打，最後是我在當藝術家，你們在當打仗的軍人，人的命運誰能預料！」洪瑞麟略停了一下，又繼續說：「今天剛收到那邊來的信，說住巴黎的日本僑民雖被集中看管，卻受到特別待遇，每日配給麵包兩條，牛乳一瓶，比在台灣吃的更好……。」

「這種話你也只能半信半疑，不必太認真。歐洲人哪分得清楚是日本人還是支那人，你一個台灣人去那裡，法國人把你當日本人，而德國人當你是支那人，走在巴黎街上隨時有人會丟石頭打你，比子彈危險不知多少倍！」顏水龍再度提出警告。

「話是這麼說，那邊固然危險，這邊難道就不危險！太平洋戰爭一旦爆發，全日本的文化活動被迫停止，我們還能做什麼！能做的只有出國去。」洪瑞麟說著，表情顯得有幾分得意，接著又說：「你們該聽說過，站在塞納河岸一眼望去，每座橋樑都是藝術傑作，每棟樓房都有歷史典故，公園裡隨處可見名人紀念銅像。教堂本身就是藝術品，走進裡面，神與藝術同在，漫步在大街小巷可聽見音樂家的演奏，每想到自己將置身當中，作夢都笑出聲來，你們竟然也反對！……今天為止，德軍不敢在巴黎丟過一顆炸彈，誰敢當歷史罪人破壞這座幾百年建造的藝術之都！你不敢，我不敢，希特勒也不敢，所以與藝術同在是最安全的。今天你們勸我不要去巴黎；反過來我勸你們一同去巴黎。還是那句話，與藝術同在，不管多麼危險，永遠沒有錯。」

「不錯，瑞麟對巴黎已經有相當程度的了解，說的話就像已經到過巴黎。看來你是非去不可，誰也勸止不了……。不過，我想提供給你一些參考，了解法國歷史的人都知道，法國人的戰爭總是先輸然後才贏，英法戰爭打了一百年，法蘭西一直敗退，都快亡國了，突然出來一個聖女，說是神的化身，騎在馬上舉起大旗，成群老百姓跟隨後面，從法國南部往北打上來，就這樣收復了失地。所以法國人比誰都相信『最後的勝利是屬於我們的』這句話，說不定瑞麟到達法國時，正好碰上德國軍隊舉白旗投降，哈哈！當然這是笑談，但也是有歷史根據的。你要在這時候到巴黎當一名戰區的難民我們都十分不捨。他若執意要去，後果就該自行承擔！朋友的意見只提供作參考……。」

畢竟顏水龍是過來人，說話慢條斯理，洪瑞麟則在心裡暗罵：「你自己去過巴黎，就不希望別人也去！」

顯然洪瑞麟意志已決，再怎樣也不肯認輸。諸如此類的口頭戰爭，在他們之間永無中斷，也永無結論，每個人心裡都知道已不可能將洪瑞麟留在台灣，於是便等著什麼時候到基隆港替他送行了。

「造型」也是一種藝術形態

日子一天天過去，大家耐心等待洪瑞麟來通知大家赴法的日期，卻始終得不到訊息，到底有了什麼變卦！

他們準備以一面「造型」的大旗在基隆碼頭飛揚為洪瑞麟的出航造勢，借此替奔向歐洲戰場的藝術同志鼓舞吶喊，肯定比歡送楊三郎、劉啟祥出國時更大的陣勢，再度掀起藝術界赴法的風潮。

「到底洪瑞麟躲在哪裡？」美術圈的人都在問，也沒有人敢去敲他家的門，難道就這樣去了法國，怕別人勸止悄悄溜走了嗎！

六月中旬，從橫濱出發經過香港開往馬賽的法國輪船遲了兩天開航，陳清汾聽到這消息，沒有直接去找洪瑞麟，反而跑到陳德旺家裡來。

來時陳德旺正站在門前樓下，仰頭望著對街第一劇場新掛的一面電影看板。

「瑞麟走了沒有？」說時把一隻手搭在陳德旺肩上。

陳德旺猛然回頭：「是你！我說何必老遠跑去法國，你看！這部電影映的就是十八世紀的老巴黎。」

「哇，看來有幾分像梅樹的畫，不愧是看板的高手……。」

電影看板上寫著〈駝背的男人〉，是好來塢從法國十九世紀文學家雨果小說《巴黎聖母院》改編電影劇本拍成的，剛剛才把看板掛上，這麼大幅的畫面對太平町街上走動的民眾還十分新鮮，過路人皆投以好奇眼光，望著上面畫的駝背醜男和吉普賽美女，兩人的強烈對比在劇中製造的情節一定很吸引人，猜想得出將是一部造成轟動的巨片。

「最近有一班郵輪去法國，所以才來問你，瑞麟有沒有上船，你應該有他的消息。」陳清汾急於想知道的是洪瑞麟的動向。

「你問我，那我要問誰呢！」沒想到陳德旺語氣竟如此冷淡。

「你們是Mouve同仁，不問你還有誰？」

「現在已經沒有Mouve，早已改朝換代了。」陳德旺聽到提起Mouve心裡就煩，從口氣可以聽出他對洪瑞麟的不悅。

「現在叫スチィール是不是，改名的那天我也在場，我當然知道。如今三隻烏鴉少了一隻，心裡不好受是嗎？是哪一天為他送行的，居然沒來通知我！」

「送什麼行！我早說過他跑不掉的，行李還放在家裡，人卻不見了。別以為只要把人躲起來，讓其他人找不到，就等於出國去了，哈哈，真傻呀這個大頭！」話裡有幾分幸災樂禍，但也確定瑞麟並沒有乘這班船出國。

「原來他在鬧失蹤，越來越有趣了，你所知道的他，這些日子能到哪裡呢？」

「他妹妹說了一句很有意思的話，說這些日子他都在做出國演習，所以才躲起來不見人，哈！」

「既然這樣，也只好讓他去，不必再找啦！」

「演習一結束，自然就現身，用不著擔心他。」

「那我走了。」

「好，過幾天請你看電影，第一劇場的〈駝背的男人〉，讓你再度回到巴黎……。」

「可以，一言為定，可不能讓我久等！再會。」

這些日子洪瑞麟從台北失去影蹤，原來受倪蔣懷之邀到瑞芳礦區渡了幾天難得清閒的假日。

那天在台北與顏水龍等人爭辯時，他的話聽來振振有辭得理不饒人，其實內心裡存在的負面理由比別人口中說出來的更嚴重不知多少倍，朋友的話只是勸他暫時不去法國，而自己內在的阻力則是拉住他的心無法走出去。一個人到千里外的歐洲，該有的準備都沒有做好，幸虧在辯論中顏水龍沒有捉住重點為難他，譬如語言的問題，除了台語和日語，到了那邊連普通會話都說不上幾句；還有旅費的問題，帶在身上的錢足夠在法國生活多少日子也全無概念，出國去只為了遊學，而沒有為這期間作任何規劃，一心一意想去看看，看多少算多少，老遠跑這一趟未免太浪費。這些問題才是勸說他把出國願望暫緩實現的最實際理由！諸如此類的矛盾，在台北找不到人可投訴之情形下，只有坐火車花兩小時的旅程找倪蔣懷，希望從前輩那裡得到鼓舞，增強出國的勇氣。

沒想到這一去竟住了五天，臨走時身為礦場頭家的倪前輩還贈送一份大紅包祝他順風。

回到台北，一進門就看到大廳的神明桌上放著一封總督府民政局的公函，已經有過上次經驗，拆開時感到自己的心猛然跳了幾下，接著反而出現奇怪想法，若真的這回有什麼意外，就當作是不能去成法國的理由，多日來心裡的負擔便可借此放下，未必是件壞事！

仔細閱讀來函內容，文句寫得相當客氣，絲毫不像一般公文，只說請收信人到民政局內務部的警務課茶話，並且還有兩個時間任由選擇，第一時間在兩天前已過了，第二個時間就在下午一點半，離現在只剩二十分鐘，這麼短的時間內，幾乎什麼事也不能做，便匆忙騎上自行車往城內奔馳而去。

過了北門，一心一意朝總督府方向駛來，過了東方出版社眼前不遠處就是總督府大廈，才發覺自己根本不知民政局在何處，大廈前面一排衛兵持槍站著，不敢稍停片刻，趕緊踩踏板往前直行而過，來到法院門前停下，已經滿身是汗，定神環視四周，原來民政局就在正對面。

洪瑞麟坐在民政局走廊長板櫈上，一名年輕人從辦事處出來把他手上的公函取走，不到三分鐘就帶著他到另一個長廊，這裡沒有板凳，只能站著等候。隔了好久還不見那年輕人出現，就在走廊上來回踱步，隔著玻璃窗可以看到裡邊的情形，甚至聽得到那青年正與辦公桌前坐的中年人對談……。

「照理，這類通知……我們經手……，有專受理文化思想的……，認為應該……。」

「……不再處理文化團體案件！……只說明情況，……難道又。」是那年輕人的聲音。

「我明白，公函是……，是一個藝術協會……，了解一下……。」

「那就請……派人，……如何！」說話突然放低聲音。

接下來又說了什麼已聽不清楚，然後兩人一起走到裡面房間，像是打了電話後才回到原來坐位，低聲交頭接耳說了好一會，年輕人匆匆走出來，帶著洪瑞麟往走廊另一端走去，向右轉個彎又是條長長的巷道，掏出身上鑰匙打開其中一個門，雖然沒有開燈，憑外邊照進來的光，房間裡已十分明亮，一眼望去首先看到的是一套高貴的沙發椅，安排在這樣的地方面談，著實令洪瑞麟受寵若驚。

像貴賓一樣請洪瑞麟坐在沙發椅上，又親自倒來一杯熱茶，好幾次洪瑞麟找機會與他交談，對方僅露出臉上一絲笑意，看來友善卻又冷漠，令人捉摸不到究竟這樣的安排代表的是什麼，帶到這地方又有什麼目的，此時的他到底什麼身份！

有人來敲門，年輕人走出去與他交談，從裡面偶而聽見一兩句：「……長野先生說：何必自找麻煩。」另外那個人答說：「何不自己承辦……，對不起！」「只是轉告……，不，也不能同意……一些畫家，」「不只一次……，像什麼……無根無據的，簡直是……。」「我也認為……丟回去，的確……懂美術的，好……，開個玩笑！我們？也忙著呢！……要派人出來……。」「也要半小時……，慢慢等吧！……。要不然帶他去打手印也行……。」

隨著門外腳步聲，這兩個人已經越走越遠，最後什麼都聽不見了。

洪瑞麟獨自坐在房間裡環視四周，最令他好奇的是左邊牆掛著一面超大的鏡子，再怎麼看也找不出什麼情況下才有使用大鏡子的必要，右邊牆上則貼著壁紙，掛有一面橫幅，用毛筆寫著「不自欺」三個大字，左下角署名有個「儒」字，看不出是什麼名家的手筆，此外就是一台西式的古董櫃，上面一隻花瓶應該也是古董，沒有插花。奇怪的是竟然房間裡連一張桌子也沒有，熱茶一直都捧在洪瑞麟手上。

「為什麼把我請到這地方來？」洪瑞麟心裡自問。

從收到民政局的信函起，已一個多小時過去，才終於靜下心好好思考，自己所以來這裡，到底是什麼情形走進來的！

慢慢地釐清之後，又為自己所以被請來這裡找到兩個理由：一個是與他要去法國有關，莫非是因為有任務要交給他！若是如此，他寧可不去。過去讀過的小說裡曾有過以畫家身份作掩護從事間諜工作之類的情節，果真如此該如何拒絕，他開始擔心起來；還有個理由，就是造型美術協會的「造型」兩個字與過去左翼美術團體在名稱上的雷同令當局起懷疑。這一點比較不必憂慮，只要從實說出命名的前後過程，大概不再有問題。何況自己只是臨時被推舉出來的召集人，什麼事都沒有開始做就要負起責任，也未免太難為他！一切可以擺在陽光下來說話。

約一小時後才有人推門進來，一看是個似曾相識的面孔，卻記不得什麼地方見過面，匆忙走來向洪瑞麟伸出一隻手讓對方主動來握它，而自己絲毫不用力氣，這樣的手洪瑞麟曾經握過，馬上就想起那一天Mouve展的開幕禮，有個人站在一邊背靠著柱子，不與任何人打招呼，只冷眼觀看整個過程，初以為是某報的新聞記者，臨走時，洪瑞麟站在門口與他打招呼，他伸出手讓洪瑞麟握住，就像今天這個情形這種感覺。

此人身材短小，是個小胖子，頭髮朝前額散落，蓋過半個左眼，像是只用一個眼睛在看人，說話聲簡短低沉，說不到幾句，話也沒講完就以呵呵笑聲作結束，一聽便知道不是從心裡發出來的。這種咧嘴強裝的笑臉，王白淵曾經說過，那就是典型的特務，他憑自己的敏銳和多年經驗替特務作了分析和歸類，這種笑臉是最淺顯易辨的一種類型。

坐在面前的小胖子，正忙著翻閱膝上的資料簿，看似很專心的模樣，卻不時把眼珠掃來瞄一眼，像是擔心有誰突然上前揮過去一拳。再仔細看時，他的造型讓人連想到一種長得像小豬的狗，台北城內常見日本婆仔抱在懷裡撒嬌，見到生人就害羞躲起來的玩具狗。

洪瑞麟盯著他看，他抬起頭來當兩人視線接觸時臉上一陣紅暈，趕緊低下頭，像極了日本婆仔懷裡的狗寶貝。

看到對方這模樣反而令洪瑞麟膽子壯起來，然而馬上想起小時候聽人說過，有一種表面上縮頭縮尾的人，最後現出原形時原來是隻老狐狸。眼前這個人即使是隻玩物般的小狗，亦不可輕視。他靜靜端詳對方，心裡一直盤算著……。

日本人定的刑法有拘留二十八天一則，即警察捉人最長不可超過一個月，難道今天就是他被拘留的第一天！如果因此而以有案在身被註銷護照，這一輩子恐永遠去不成巴黎。當年陳植棋未能與顏水龍等同時期到法國，早年的不良記錄，令民政局不肯放行是主要原因吧！

為達成出國願望，最好的辦法是，不論問什麼都照實招來，百分之百地配合。如果問到Mouve的由來，為何使用這個英文字，就告訴他，這是法語不是英語，當場找來法文字典翻給他看……。

對方還是沒有動靜，越是不出聲越讓人感到深不可測，反而從心底升起一絲絲的寒意。

小胖子終於取下眼鏡，把厚厚一本資料檔案合起來，抬頭正對著他，露出笑容，從笑容多少看出幾分誠意：「真抱歉讓你久等，我是台灣創元藝術聯盟成員古川義光，請多指教！」

「我是洪瑞麟，造型美術協會，請指教！」

「兩年前在Mouve的揭幕典禮和你握過手，有過簡短交談，不知還記得否？」

此時洪瑞麟緊繃的臉隨之放鬆下來，也露出了笑容：「剛剛才想起來，是在台北教育會館門前！」

「……我也是臨時被他們請過來的，這一堆檔案是來了之後才交給我，不得不先了解一下，讓你久等，真是……」

「這是哪裡的話，我只是等了一會……，不知你們要了解的是……，我當然會做到充份配合，不會有什麼大問題吧！」

「一些是與你相關的文字資料，還有是你們團體的檔案，從各方面收集過來的……。」說著將整疊文件放在腳邊地板上。

「我的資料！就已經有這麼多了！」他不禁發出驚嘆。如果這些是不好的記錄，豈不已經身陷黑名單裡，此時雖看不見自己臉色，卻可想像不會有多好看。

「是的，這一堆豐富資料可証明這裡的人員不是白領薪水，很認真在工作。」小狗臉上的笑有幾分詭異，眼睛瞇成一條細縫躲在頭髮背後看他。

「我個人也有收集資料的習慣，幾年下來僅收集到薄薄的一本，看到你手中有關我的部分就有這麼厚一疊，令人感到羨慕。」說到「羨慕」時把頭低下來，幾乎碰到自己的膝蓋：「如有可能，真想借過來……，只是私下心裡這麼想，請莫介意！」話才出口就覺得自己說錯了，趕緊改口。

「其實，這裡面大部分資料是參考性質的，是些過去在內地出現過以意識形態引導的社團，尤其是美術社團，只用來參考而已，雖然厚厚一疊，相信和你是沒有關係的，呵呵！」

「東京的美術團體或美術展覽，台灣畫家雖都希望能參加，但也沒那麼容易，到目前為止只聽說有人出品二科展、春陽展、光風展、一水展……，就這些而已！」

「這都沒什麼問題，請你來此，同時把我叫來，目的只是了解一下，隨便聊聊，呵呵……，沒什麼大不了的，……。」

「原來是這樣！」說著點頭表示了解。

「『造型』是你們新成立的團體，基本上還是延續過去的ムーヴ（Mouve），主要幹部是沒有太大改變，他們在『造型』這兩個字旁邊劃有一道紅線，要我來了解……，呵呵！」

「『造型』是我提的，這份資料裡應該有。當時只是想什麼就說什麼，提出來時有人反對，我正想再提別的，這時候顏水龍進來，一進門就說『造型』這個名字好，講出很多道理，大家被說服了。後來他又說，要用法語的讀音スチィール，因他在東京時看見很多新的摩登事物都用外語，這建議也沒有人反對，但展覽會場上因為方便仍然是寫成『造型』。我雖然是召集人，其實做的都是沒人想做的雜事。『造型』！你剛才說『造型』被劃上紅線？這不知代表什麼？」

「聽說過以前也有『造型』這名稱的團體吧？你在東京好幾年是不是？呵呵！有沒有聽人提過造型美術協會之類的？」

「這倒沒有，那天我順口說出『造型』來之前，沒有聽過別人用這名稱，所以當時我還很得意……。」

「在這機關裡面工作的多半對美術外行，今天才打電話要我來，因為……大約十年前，有一群聽說是意識形態左傾的藝術家，組織了類似造型美術協會的團體，提倡無產階級的普羅美術，被政府禁止了，這回看到你們也用『造型』，所以就……呵呵！」

「我明白了，是的，我了解。」

「對，這些檔案我翻了以後，發現有關顏水龍的比較多，然後是黃清埕和藍運登，他們還在內地的時候有和支那方面的學生來往的記錄，而且認真在學習北京話，這裡都寫得很詳細。其他人，包括你，都不是很重要，還沒有受到注意……。」

說到此，他的話突然打住，是怕「重要」和「注意」兩個字反傷害到洪瑞麟的自尊！

「『造型』會有意識型態，實在沒有想到！」

「但的確如此，你看……」說著就把手中的檔案送到洪瑞麟面前：「你看這裡，大正十三年十月，三科造型美術協會結成的記錄，資料還不少。他們出版機關誌叫《造型》，利用唯物史觀詮釋藝術，這就很明顯是思想問題！隔了一年日本普羅文藝連盟成立，你看，美術部的村山知義、木部正行都是東美出身的，曾是三科會成員……。再看這一頁，大正十六年『造型』第一回展，地點在銀座松屋，附有剪報和請帖原件……，在日本橋及上野公園展出，積極從事活動。就在發展到最高峰時，突然普羅藝術聯盟分裂，這事沒有多少人知道，我也是後來才聽說的，連剪報都未能找到，卻找到一小段以青野季吉所主導的勞農藝術家連盟成立的消息……。你看，這些報導，是他們來台灣時登出的新聞，照片上的是蕭天福和蘇新……，遠處的可能是連溫卿和楊貴，他找的人與美術根本無關，可見在台灣還沒有所謂的勞農藝術。這一頁是昭和二年的資料，你再看這個，這不就是造型美術家協會的行動綱領！另一頁是新羅西亞美術展覽來東京展出時的評論，刊在《普羅美術》月刊。還有，這個『造型』是後來的，有《造形美術》不定期刊物，一下子好多宣傳品都出籠，活動得非常兇。昭和三年的時候，東京有無產者美術團體協議會，『造型』、『勞農藝術』、『大眾時代』等左翼團體都派代表參加。這不是廢話嗎！哪一個藝術工作者不是無產者，報上竟然刊出這麼大篇報導……呵呵！這些已經是歷史，在你去日本之前早就結束了，呵呵。」看過厚厚一疊檔案，洪瑞麟幾乎目瞪口呆，呵呵的笑聲無異是針對著他說：「資料都在這裡，記錄得清清楚楚，沒有誰能逃得過我掌心。呵呵……。」

洪瑞麟故意翻到最後一頁，問：「然後呢！還有沒有？」表示他已看出興趣來，還想再看下一集。

「還想再看？呵呵！接下來的是超現實藝術的領域，日本受法國普魯東超現實主義宣言的影響，與當時無產者的左翼美術並無絕對關連，剛才我把它全都抽出來了，呵呵！」

「對，資料上有的都是昭和三年以前，離今天約五年到十年，又是在東京發生的，與我們實在牽連不上，他們會查到我來，也真是！」

「你們的展覽我都看了，起初以為與二科展的前衛室作品相類似，比較之後，說句不客氣話，你們的創作還不算成熟，也可以說是思想的不成熟，所以很容易受外界影響，這緣故當局才特別要注意。呵呵！如果是台陽展就很放心，他們屬於比較規矩的一類，也是屬於學生作品，不過他們懂得配合國家政策因此才不出問題。這回也只是讓你過來了解一下，呵呵，沒別的意思，呵呵！」

「我們的『造型』就只是造型而已，很單純的社團，由愛好藝術的年輕人所組成。不同於你說的那種『造型』，剛才所談的，應該有助你的了解才對。」

「好的，我們的談話就到此為止，我已完成今天的任務，這不算在調查或審問，你不會覺得不自在或不好受吧！請不必擔心，但還是要小心，時局極不穩定，戰爭一觸即發，我們還是守本份專心當畫家。那麼……」

伸出手軟綿綿地等著洪瑞麟自動來握它。

「那麼，再會啦！」

看著他走出大門，洪瑞麟又坐回到原來的沙發椅上。等待下一步驟不知他們還有什麼花樣。

以為已交代完成，只要辦手續就可以回家去。十分鐘後又有人進來，拿了一疊原稿紙和兩支鉛筆，帶他到裡面的小房間，有張書桌和小台燈，一句話也沒說就走了出去。

不久，牆壁上掛的電話鈴響起，等了好一會才終於決意拿起聽筒，原來就是打給他的：「是洪君嗎？你的談話我們非常滿意，接下來有件事麻煩你做的，就是寫一些資料給我們作檔案，把你們如何組織『造型』的過程記錄下來，越詳細越好，一絲不苟地要寫到大家都滿意為止，寫錯了不要劃掉，作個記號就可以，你明白了沒有？原稿紙和筆已經送過去了，等一會我們再送飯團和熱茶給你當晚餐，該做的我們一次把它辦完，很快你就可以回家了！好，就這樣。」聽到那邊電話掛下的聲音，他的心又沉了下來，本以為已經結束，沒想到還得留下來寫自白書，今晚能否走出這大門都還不知道！

用鉛筆寫在方格子稿紙上，他以工整的正楷一個字一個字地寫，從五歲起就在父親督導下練習毛筆字，入學以來他的字向為學校師長所稱讚，已經好久沒有這樣認真寫過字，今天他似有意展現自己的筆跡，不僅字體整齊，文句也力求典雅通順，盡量使用漢字想借此唬倒這些日本官員，沒想到一寫就寫了十七張紙，寫完已近清晨兩點。整排的辦公室裡早已空無一人，他就走到原來的那間客廳，躺在沙發上，這一夜就這樣在這裡渡過。

鹽月說：「三天不畫畫，不可說自己是畫家！」

近日來洪瑞麟先是到瑞芳找倪蔣懷，然後進民政局過一夜，前後加起來已從台北消失一星期，這段期間造型美協的畫家臨時決定在台南望鄉茶室舉辦一次素描展，勉強算是該會成立以來的第二回展，之後就不再對外有活動了。

素描展是由謝國鏞安排下倉促之間展出來的，因黃清埕的未婚妻李桂香是東京女子音樂學校主修鋼琴，兩人正好回台省親，好友們想聽她的琴藝，特地在望鄉茶室舉辦演奏會，謝國鏞等看過場地後，覺得幾面牆壁空著太可惜，趁機把現有的畫掛出來以增添會場的氣氛，對外則說這是造型美展。

這個決定傳到台北，陳德旺認為讓美術成了音樂的配角頗感不悅，又礙於「造型」才剛成軍，不宜有不愉快的事發生，便從畫室牆上撕下一張未完成的速寫交給藍運登帶去南部。雖然如此，在台北放出來的消息反而是：第二回造型展南下舉行，開幕禮當中請來李桂香女士演奏鋼琴助興。報上這樣寫是為了顧全畫家的面子，只有召集人的洪瑞麟還完全不知情。

這期間以內地畫家為主的創元美術協會於台北、台中展出後，也南下巡迴到了台南，該會是從洋畫十人展的基本會員擴展出來的，已將近五年歷史，相當於日本人在台灣的台陽美協，成員除台展評審員鹽月桃甫，還有飯田實雄、立石鐵臣、山下武夫等十六名洋畫家，不乏當前府展中的常客及東京二科會會員，代表在台內地畫家的主力。

素描展開幕當天，從茶會到演奏會鹽月等人均全程參加，鹽月咬著煙斗，菸草味混合著咖啡香令會場裡氣氛額外溫馨。幾名年輕畫家跟隨在他身旁，除了演奏會進行的那段時間，他是最受注目也是最忙碌的一位貴賓。

今天他的穿著與平時一般怪異，過去常見的那頂泰雅族圓筒帽這回並沒有戴在頭上，卻見前額發亮的大禿頭加上兩旁翹起的髮鬚，襯托著炯炯閃爍的目光，猛看之下令人驚以為由天而降的精靈，他聲音低沉而沙啞，與人對話時若不貼得很近，實難聽清楚從他嘴裡說出的每一句話。平日追隨他的一群學生最怕的是自己的視線與他正面接觸，電光一般閃動的眼神加上輩份的威嚴，使站在面前的每一個人只敢看著自己的腳聽他說話。

他的服裝尤其特別，說他身上穿的是衣服實在太勉強，認真說來也不過是一塊阿拉伯地毯裹著身體而已，然而腳上踩的居然是日本的傳統木屐，這種特異服飾和行徑創造出聞名於台北畫壇的鹽月風格。

同來的立石鐵臣雖還年輕，近年的表現已受到肯定，他曾經參與台陽美協的創會，後來因回內地而休會，不久前才剛回台北，相比之下他的形象樸實多了，甚至可以用「平凡」來形容。站在鹽月近旁，一身淡灰色休閒裝，頭上的散髮蓋了半個前額，秀氣的臉上一雙驕傲的眼神永遠望著遠方，不說話時嘴唇翹得高高地，像是用來証明自己是個能言善道的雄辯家。最引人注意的是那對兔子般大耳朵，當他認真思考時，清楚看出耳根微微在抽動，像是在收取遠方隨時會傳來的電訊。

離他約半步遠的後方，站著一位穿洋裝的高貴女士，是新婚不到一年的立石夫人，台北城內頗受稱讚的美女立石壽美，她二哥工藤好美是台北帝大教授，向來與美術界往來頻繁。結婚之前他在東京片山穎太郎私塾學鋼琴，片山先生正好是李桂香在音樂學校的指導老師，這緣故兩人早已相識，平時她只稱桂香為「カツ」，是「桂」字的日語讀法カツラ的簡略，而桂香也把「壽」コトブキ簡略成「コト」，這是少女之間較親密的稱呼。這回聽說桂香回來，無論如何她都要到南部見一面，何況還有她的演奏會，加上創元美展在南部舉行，正好利用這機會把桂香介紹與立石認識。

在東京時黃清埕曾為壽美塑過頭像，是短短兩小時就完成的速寫作品，在這次造型展裡與平面的紙上速寫一起擺出來，信中已答應展完之後將送給她帶回台北，基於這理由更使她非到台南來一趟不可。

台灣美術界裡，立石鐵臣與台北城內第一美人成親的事早已傳到南部，她的光臨使場內所有人的眼睛為之一亮，尤其進門時她捧著很大一束鮮花，準備演奏結束時獻給桂香，有了鮮花陪襯，形像越顯得亮麗動人，連鹽月也轉過頭來盯著她看。和台北人比起來，台南人還是鄉下氣一點，對美女不僅用眼睛看，而且比手畫腳當眾開口稱讚。

立石壽美停留會場的時間不多，在丈夫陪同下只沿著牆繞行一周，又到自己塑像前觀覽片刻，就被帶到裡間休息室與桂香相會，從外面仍然聽得到兩個女人見面時興奮尖叫的聲音。

鹽月先生一直在會場中與一群年輕崇拜者交談。遲到的張萬傳匆匆趕來，走到鹽月面前恭恭敬敬行了一個禮，小聲說了幾句問候的話。

「三匹烏鴉來了！唉，怎麼才來一匹，還有兩匹飛到哪裡去呢？」鹽月總是以「匹」來數烏鴉，指的就是陳德旺和洪瑞麟。

當著眾人張萬傳依然嘻皮笑臉地回答：「一匹烏鴉飛錯了方向，另一匹飛到半途體力不繼降到樹林裡休息，只有我這匹飛來了。」

鹽月聽了伸出大姆指：「有句話說路遙知馬力，而今天被你改成知鳥力啦！」接著又說：「不錯，你出品十六點，可見近來你相當認真！不知你聽過我常說的一句話？」

「我知道你要說的是：三天不畫畫，就不可說自己是畫家，這句話吧！」

「今天畫了沒有？」鹽月指著他問。

「沒有……。」

「昨天呢？」

「也沒有。」

「明天再不畫，就不再是畫家啦！」

「尤其是好畫家。」張萬傳回答得有幾分調皮。

「作烏鴉也要作好烏鴉，對不對！所以說三天沒有飛就不可說自己是烏鴉！」

「我了解。」

「另兩匹烏鴉真的來不了啦！」

「我想是的。但還是飛得很拼命……。」

「實在遺憾，印象中台南大概沒有烏鴉，這兩天你一定非常寂寞！」

「看！那裡來了好幾匹。」

門口進來的是謝國鏞，跟著來的有劉啟祥和張啟華。

「是嗎？總算看到你的同類，恭喜你！」鹽月對他的話似乎不認同，但還是向他道賀。

謝國鏞今天以主人身份盛裝前來，當初他所以參加「造型」是黃清埕和藍運登兩人從中牽線，每次有畫家到南部來都受到他殷勤接待，在他家一住就好幾日，台南畫家也受邀前來陪伴，讓南北兩地畫家得以打成一片。

這些人才進門就看到鹽月的怪異打扮，雖然鹽月不認識他們，但他們早已知道鹽月，便烏鴉一般圍了上來，一一與鹽月握手。

握手時鹽月開口哈哈大笑：「果然是烏鴉沒錯，有你們在，台南美術界可就熱鬧些！」

張萬傳很得意地為他們作了介紹，會場上以鹽月為中心，傳來不絕笑聲。

望鄉茶室的老板叫謝清河，是謝國鏞的堂叔，在這地方辦演奏當然比不上正式音樂廳，但還是有個小舞台和一架大型的鋼琴。這在當時台灣的私人場所甚是少見，雖然不收門票，仍舊派人守在門口，演奏中不許有人進出，這規矩是從台北公會堂裡學來的，然而在台南真正實行起來仍困難重重。

記憶最深刻的是去年朝鮮女舞蹈家崔承喜來台南時，安排在這裡舉行茶話會，同時做示範表演。從頭到尾人潮進進出出有如觀賞廟口野台戲，讓外地來的賓客留下極壞印象。

這一次不得不作防患設施，請來五名中學生在門口站著，每當一個曲子演奏完時，就把門打開讓聽眾入內，即使這樣，演奏進行中仍見有人進來，坐在前排的黃清埕和謝國鏞此時就故意轉過頭盯著他看，他們認為看也是種抗議，直看到那人自覺過意不去坐下來為止。但如果他們只是為了看畫展而來，觀賞畫展向來隨時可以進場，誰叫你在這當中插入演奏節目，如此一想究竟誰的錯就很難說了。

演奏結束時，立石夫人上台獻花，在全場掌聲中兩人擁抱在一起，這場面使兩人都感動得滿臉淚水，拿起手帕互相擦拭。桂香穿的是白色禮服，看來有點蓬鬆，和立石夫人的緊身打扮正好對比。桂香雖掛著笑臉，淚水還是一直流著，立石夫人看著不忍又上前把她抱住，抱得比先前更緊，誰也想不到會有這樣的場面，本來坐著鼓掌的人全都站起來，掌聲更加響亮。

最後所有親友都上台拍合照，可是鹽月大師，今天的第一號貴賓此時竟已不知去向。過後許久，人也都快散了，才見他獨自從門外走進來，他說因肚子餓才溜到サカリバ吃了兩碗肉羹。了解他的人對這行徑已見怪不怪，遺憾的是全體合照中唯獨缺少這個難得的大人物。

南部畫友們仍不肯放過機會，把鹽月大師圍在中間，聽他談論藝術話題：

「台灣話說這叫做『開講』，是不是？日本話裡就找不到這麼恰當的形容。到台灣的這些年，語文方面確實學到很多，南島語族是很有智慧的民族，哪天回到日本，我一定想辦法讓那裡的人了解真正的台灣，談南太平洋文化就非從台灣談起不可……。」眾人以為他要講的是廣泛的文化議題，沒想到話峰一轉又談起剛才的演奏：

「不曉得是何方神聖的設計，把速寫和鋼琴曲放在一起來欣賞，哇！這真是太棒，從我的個人經驗體會出畫速寫就好比彈鋼琴，彈鋼琴也像在畫速寫，指頭動作有如魔術師的手法，畫也好、彈也好，最後變出多麼奇妙的藝術。……精神上我已經很飽了，相對地我的肉體開始飢餓，不得已之下偷偷跑出去吃了兩碗肉羹……，這樣才取得了均衡，人的一生中不這樣也很為難呀，說出來讓大家見笑。」

果然引來眾人一陣笑聲，才又繼續說下去：「別看我有大把年紀，其實我一直都在飢餓中，我們是生在精神及物質都十分貧乏的時代……。」

有人突然發言打斷他，提出另外的話題：「鹽月先生，很不禮貌打斷你的話，但我實在很急於想請教你一個切身問題，今年府展的西洋畫部，不知你參加評審之後有何感想，這是我們南部畫家所最關心的。」

原本滔滔不絕談笑風生的鹽月，並不因此感到不悅，但碰到了現實問題，一時之間不知從何說起，沉默了好一會，才開口：「從『台展』起，一直到現在的『府展』，過去都是北師學生的天下，到了最近才略有轉變。美術教育普遍的結果，學畫的人不僅限於台北一隅，這對美術的整體發展是好的。但我還是認為出品畫展是個人的行為，不可使成為地區性的競爭，譬如說南部和北部，內地人和本島人，東京派和京都派之間的對立，存有這種心態，對一個藝術家絕不是件好事情。畫畫的人在心裡只想到你是畫家，其他就不必多想……。」講到此突然停一下，似乎發覺自己答非所問，卻不知如何接下去：

「你說『府展』是嗎？『府展』我一直是評審員，每回評審過後我都將感想寫在日記裡。近兩回不論東洋畫或西洋畫都出現了以時局為題材的作品，而且這類作品在評審員看來與過去稍有不同，比較有創意，有創意的作品入選機率較大，慢慢地變成一種風氣。等幾年之後，回頭看時又看出是老套，所以題材是一時的，風格才是永久的。你們不要看東京來的評審員每次只來評一評就到處去遊覽，對台灣美術沒有實質貢獻。其實他們非常專業，對『台展』提出的建言都非常好，『台展』能夠越辦越好，他們才是功勞者，這一點我給予肯定。」

「想請教鹽月先生，在『府展』的評審中，你看過南部畫家的作品之後有什麼感想，能否請你批評幾句，多給我們指教。」

「那當然，既然大家已經坐下來，就好好地討論一番，但也要讓我先認識你們每一位……。」

謝國鏞一聽，自動就站起來，從左邊身旁開始將南部的在地畫家逐一介紹：薛萬棟、蔡媽達、張玉堂、鄭炯南、方照然、鄭獲義、高均鑑、黃連登、許錦林、潘春源、趙雅祐、蔡草如、沈哲哉、劉清榮、張啟華、劉啟祥等，遇到北部下來的張萬傳、藍運登、范倬造、黃清埕等就跳過去，被點到名的便站起來恭恭敬敬朝鹽月前輩行大禮，而鹽月只坐著招手回應。台南畢竟是文化古都，這裡的禮儀不同於台北，有過而無不及，兩天來他已深有感受。

「薛萬棟、蔡媽達兩位的作品我印象深刻，今天第一次見面，很高興！」鹽月指的不外是「府展」評審留下的印象，接著又指出：「還有方照然、張啟華、劉清榮、鄭炯南……，從『台展』以來就常看到幾位的名字和作品，印象一樣深刻。若我現在就閉起眼睛，很快就能從腦子裡找出你們的作品來。畫家對畫面的記憶比較強，看過之後就不會忘記，多年來在我頭腦裡已形成畫片的圖書館，隨時可以抽出自己所要的，因此對這功能要善於利用，有助於日後的創作和研究。」

「謝謝鹽月先生！剛才先生提到我的名字，不知能否對我的畫給予指導？」穿教師制服，理平頭的青年舉手發言，果然鹽月一看就認出他：

「鄭君，鄭炯南，是不是！」最後一句說得特別大聲，因他對自己能馬上叫出名字來感到得意：

「你善畫南台灣的廟宇和老街，把寺廟的屋頂表現得相當有性格。台南畫家喜歡畫孔子廟，就好比台北畫家愛畫淡水觀音山，這種地域性標誌，將來也就是台灣美術的標誌。希望你們更加專注去畫它，畫過一百幅之後自然畫出特色來。鄭君雖然畫過孔廟，畢竟畫得太少，畫出來和其他的廟大致一樣，所以要多看，有時站在那裡看一個小時再提筆，有感覺才畫，然後一畫再畫，從量來提升自己，量就是多畫，畫得多，質就顯現出來。……畫家對大自然，要不斷去接觸才能投入，投入了才有所發現。不管用筆用眼睛都是接觸的管道，借此來醞釀藝術的境界。當然，在這裡我們不談個人才華，只談後天的努力，才華沒什麼可談，能談的只有後天養成的部分。」

「不知先生對我的畫有什麼看法，我畫了很多孔子廟，也希望得到您的指教！」方昭然的年紀較輕，比誰都心急於獲得前輩的指導。

「有時候覺得不可太苛求，又有時認為一定要嚴格，我心裡還是很急，希望短期間內在諸位身上看出成績來。我的要求是，每個人都要拿出專業藝術家的態度來畫一幅畫，不可老是以學生身份在畫畫，先要把創作者的心建立起來，才能產生真正的作品。以我為例，我是個美術教師，如果我作畫時還想到自己是個教書人，那絕不可能畫出什麼好畫，因我會想到畫些什麼給我的學生看，無意中把教學方法都參雜在裡頭，有了這念頭就不再是創作啦！今天我在這裡與諸位座談，還是把大家當作是我的學生，下一回再來時，如果有機會像這樣坐下來談話，我就要當諸位是藝術家，這是我的期待，也是尊重。因為今天之前你們還一直把自己當成美術學生，我只好以學生來對待；今後當你們藝術創作者的態度建立起來，有了藝術家的思維，我還能以學生去看待諸位嗎？當然不可，所以極希望我們有下一次，也就是藝術家對藝術家的對談……。」

「很抱歉，想再請教鹽月先生，『台展』的評審員在審查的時候，是把所有作品當藝術家的作品，還是只當學生的作品？」提出問題的是年齡較長的蔡媽達。

「哈哈，這是很有趣的話題，你很懂得捉住重點問問題！我該怎麼回答你比較好……。先說石川先生和我，在台灣這麼多年，知道每個人的背景，有些人甚至是看著他長大，一不小心就會當自己的學生看待，評審時就比較通融。可是內地聘來的評審員完全不同，態度非常嚴格，他們認為每一件送來的參展作品都應該是藝術家的精心製作，一絲絲的缺點都不允許存在，由於太過挑剔的緣故，經常一開始就把作品刷掉所剩無幾，才又回來從裡頭找出好一點的，這樣來來去去地搬動，我和石川先生也只好尊重。有一回評審結束時成績已經出來了，竟然聽到一兩位評審員說：『我一開始就認定是最好的，結果一幅也沒有選入前三名！』這是什麼道理？是評審制度在影響評審結果！本來是為了公平才設定制度，然而制度是一種方法，藝術則沒有固定的方法，這結果讓有特殊風格的作品得不到所有人的肯定，反而一般四平八穩之作容易得到最高票。哈哈！我這樣說你們若還不懂，等到有一天你們當了評審，那時自然明白了。」

「我們將來都有可能當評審嗎？」有人這樣發問，引來一陣笑聲，笑他別傻了，評審哪輪得到你。

「當然，當然有可能，每個人都有可能，這是藝術成就達到一定程度之後人人應該有的責任，是一項沉重的工作。每回我評審過後心裡總是自責好幾天，一再自問我為某件作品投的那一票是否做對了？甚至懷疑如果重新評一次，結果會不會是這樣。所以每一個人都可能當評審，但想當一名公正無私的評審則難之又難！」

「再請教鹽月先生，以先生多年的經驗，認為『台展』最不公平的地方在哪裡？」一直沉默中的張啟華，終於開口發問。

「最不公平的地方在自以為公平的人心中。」鹽月說出這話之後頗為自己作出的回答感到得意，場內的反應聽不出半點聲音，像每個人都被他這句話懾住了。

「不，這是笑談。不過，也是真理。」隔了好一會他才又開口：「人的私心是最可怕的，評審員對認識與不認識的畫家以不同眼光看待，總是難能避免，但卻沒有人肯坦白承認，這心態十分要不得。所以日本才一度仿效法國舉辦獨立沙龍，沒有評審也不須獎，送來的作品全都展出。到了後來又因為沒有競爭而感到乏味。就辦不下去了，以不評審來表示公平的展覽最後還是無法存在。人的天性畢竟要以競爭來尋求滿足，在公平裡頭挑出它的不公平，又從不公平裡重新探求公平。唉，人生有如舞台上演的戲，如果沒有評審也不須獎，哪來好戲可看，所以我們要學會欣賞不公平，而且要懂得容忍不公平，可惜到現在連我都還做不到！」

「聽先生這麼說使我想起一句話，說有競爭才有進步，所以製造競爭是求進步的方法之一，但如果永遠做不到公平的競爭，也就沒有真正的競爭。是否因這樣『台展』才設免鑑查制度？但最近聽說又廢除了，不知道先生你對這制度的看法如何？如果在『台展』中有優秀表現的就以免鑑查來獎勵，幾年後絕大多數人都升為免鑑查，而不再接受審查，使『台展』變成獨立沙龍，這點實在令人不解！」謝國鏞提出他們南部人的觀點，其實對南部人而言離免鑑查還是十分遙遠。

「這的確是一個問題，尤其從南部人的角度看得更清楚這問題的嚴重性……，讓我想想看，當初是什麼情況下設立這個制度的……。」說時閉上眼睛低頭沉思，右手握拳在後腦輕輕敲打幾下，然後像是想起了什麼才繼續說：「對，和『台展』改制改名為『府展』有關，會議中有民間團體前來參加，提了很多建議，那時我就覺得他們的意見都站在個人的利益作考量，不是很贊同，以後我對這個會議的參與意願不高，就很少出席。所以謝君問起來，我一時不知怎麼回答。……有些新成立的民間團體，尤其是內地人畫會，向來特別看重『府展』，一直很積極在參與，免鑑查好像也是他們所提的。起初我覺得這意見不錯，不像謝君想得那樣……，謝君提到，若把時間往前推幾十年來看，全台灣的畫家一旦都有了免鑑查資格，『府展』的制度和功能不就因此而破功，今天我們或許會笑當初多麼愚蠢，不過當時觀念上的侷限性，若不說給大家知道，就很難作評斷……。」

說到此又再進入沉思，或許對他而言，免鑑查確實是令人頭痛的難題。

「……『台展』的末期，從東京來的評審員於評審結果出來之後，還會問一句：獲賞的幾個人是否去年也得過賞？如果是的話，就有人主張要換個人，目的當然為了獎勵更多人，商量之後往往就順從他們意見換新的人獲賞。外來的他們只要把獎做到合理分配，根本不理會制度面的問題。等他們走了，展覽也結束，檢討會裡就有人主張把這問題制度化，加上民間畫會的爭取，這才制定免鑑查的制度，讓多次獲賞的人有比賞更高獎勵，叫免鑑查畫家資格，地位僅次於評審委員，雖然不是賞，卻是一種榮耀，所以剛制定時我們都十分滿意，以為就此解決了一個大難題。消息傳出之後引來中堅畫家，也就是有資格當選免鑑查畫家的人的抗議，因免鑑查是不接受評審的，也因而失去爭取獎賞的機會，尤其在乎的是特選的獎金，經他們一鬧我們也都亂了方寸。不僅這樣，由於東京習畫回台的青年愈來愈多，實力不輸於得過賞的前輩，很快便看出免鑑查畫家資格雖高，作品卻是中等而已，因他們已放鬆自己不再有競爭的鬥志，此時免鑑查資格或許救了他們，為其無法上進設了下台階；但也同時害了他們，使其藝術在無競爭情形下不再有進步。不管怎樣，他們一意只知道抗議，抗議的行為其實只為了爭回一點面子。站在我們的立場，出面公開說明也不對，不說明也不對，你們說說看，若由你來辦『府展』，該怎麼做才最好！」

接著又有人問道：「我們政府的文化政策向來就重北輕南，以致南部美術界不論質與量都比不上北部，針對這一點，我有個想法，『台展』可否考慮輪流在南北兩地各辦一回，以這方式來平衡雙邊的落差！」

「從我的觀點，也就是說像我這樣的一個在台的內地畫家、美術教師、『台展』的評審以及五十歲年齡輩份的人，所看到的情形，南北的落差並不顯著。還是請萬傳君來說說看，南北兩地究竟有多大落差！也許因為今天有人從北部下來，與南部畫家面對面交換意見，所激發出來的相對關係引導了你有這種思考。在這裡，我們不妨從另一個角度看問題，就是台北師範在台灣美術中所佔的份量，多年來石川先生在校內校外都很用心教導學生，並鼓勵他們參加『台展』，給人一個錯覺以為『台展』的參與者多屬北部人，其實應該說是北師的學生在參展才對，北師畢業後分發到全島各地任教就沒有多少人會留在台北，即使台北有較多的畫家，也因為其他的因素所造成的，並非『台展』在台北舉辦或台北畫家有什麼過人之處……。不過你的建議我會考慮，在下一次『府展』的會議中提出來討論看看，或許有可能實現，把南部美術界與『府展』關係拉得更近，只要是對台灣美術有益的事，我都願意去作……。」

這時有人把門輕輕推開，走近來三、四名穿高等學校制服的青年，一看就知道是鹽月桃甫的學生。他們的突然出現，打斷了鹽月的談話，才發現牆上的鐘指著下午六點差五分，顯然學生與老師之間早約好了今晚的節目，雖然鹽月高談闊論正在興頭上，也只好準備結束：

「時間過得真快，這樣好啦，再接受一個問題然後就結束，好不好？雖然我極願意聊下去，一直聊到明天，但不能讓學生們站在這裡等到明天……。」鹽月對今天的討論雖仍然意猶未盡，也不得不提出最後一個問題的要求，是對著大家說，其實是說給前來會他的學生們聽。

謝國鏞很快就舉手，搶到最後一個發言機會：「我今年第一次參加造型展，十分感激北部同仁給我這機會，讓我的作品能在台北展出。回台南之後，聽到南部畫家對『造型』的許多意見，又拿『台陽』

與『造型』作比較，聽了之後頗奈人尋味，所以有幾個問題請教鹽月先生……。」

「你要注意，剛才不是說最後一個問題嗎！」鹽月看他發言太嚴肅，故意幽默一下，製造笑聲讓全場又輕鬆下來。

「我的幾個問題，其實只有一個問題，不過是分開來問而已。首先，有人把『台陽』說成右派，把『造型』說成左派，不知先生你贊不贊成？其次，如果真有左右的分別，『台陽』與『造型』並存，且實力又相當，出現這形勢是否對台灣美術更有利？最後，有人說我們日本已走向軍國主義，不論左或右，最後都要在軍國主義的基本國策底下，美術不得不為政治服務，你認為這情形可能發生嗎？你希望我們的美術應該怎樣才最理想！」

「哇，你的問題十分精彩。」說到此他情不自禁鼓起掌來：「所以我的回答也一定要精彩才行，謝君，你給我出了大難題！令我感到陷入一種危機，碰到這問題不管是誰都不敢亂開口作答，說些自以為是的話，我真想說我不回答了，就這樣走掉。如果真的走了，你們都會在背後笑我不是日本男子漢，我也從此不敢再來台南。……你說，『造型』和『台陽』被人形容成左派和右派，這是很理想化的說法，我們都希望如此，可惜事實不是這樣，因『台陽』不夠右，『造型』一點也不左，台灣的文化環境大概也只允許這種不左不右的團體存在，所以思想上沒有多大衝突，起不了花火，於是產生不出偉大時代！」

突然他停止不再說下去，所有的人都靜悄悄地等著，一切在靜止中，過了不知多久，這段時間說有多長就有多長，才終於聽到他再度開口：「拿我個人來說吧！左派說我是右派，右派說我是左派，左派右派不像南部人和北部人從講話口音就可以分得那樣清楚，何況左到了極端往往就繞一圈回來右派這一邊，右派走到極右，最後碰頭的說不定是極左，兩個死對頭意外又碰在一堆不知該打起來還握手言和！」他把話越說越急，終於停著喘了口氣才說下去：

「我們不如換個角度談問題，做個假設，若有人要求『台陽』向左邊靠，你說有可能嗎？答案絕對是否定的。反過來問『造型』有可能向右靠嗎？答案不論是肯定還是否定，都得想半天才回答得出來，兩者的差別就在這裡。這証明『造型』的可能性較大，可左可右，但左的形象對它比較適宜，如果不說左或右，改用體制內和體制外來形容，那麼『台陽』如果屬於前者，『造型』就是後者了，這或許就是我的回答，在你看來不知算不算回答？……你的第二個問題是！」

「台灣畫壇有左有右是不是會更好？」

「更好！當然更好。」鹽月答得十分果決，接著就反問對方：「問題是左右又如何來分辨，我能說得清楚嗎？不說還好，一說又要爭論，十幾年前馬克斯思想在日本讀書界盛行時，左派人士說自己的思想是進步思想，反對他的是落伍思想，雖然我不曾反對他們，但他們還是認為我落伍，落伍的人當然不配與人談論意識型態……，到目前為止，台灣的左翼思想還沒有滲透到文藝界來，因他們尚無暇關心文藝，而文藝也只是一群有閑階級幹的事。左派人士的運動要先從工農領域著手進行，當前工作的急迫性也確實如此，從現實的客觀條件看，文藝的領域還不包括在左派運動的範圍之內，『造型』當然不例外，不能與左派路線結合也是很正常的，又如何能說自己是左翼團體！我的理解是這樣的。最後一點你問的是……，對了，關於軍國主義，這和政府國策有關，我有點害怕談到這問題！奇怪得很，為何你別的不問，偏偏在我臨走之前來問這問題。我認為軍國主義屬於國家大方向，操在執政高層手中，不可否認他們是極右派的代表，不同路線的早晚被壓制了下去。我簡單說一段歷史給你們聽：二十年代裡，有過所謂無產青年的普羅文藝，短短兩三年之間成立了美術協會、出版刊物、辦美術學校，搞得如火如荼，可惜不到十年就煙消雲散，被外來的超現實主義所取代，一九二三年普魯東在法國發表的第二次超現實主義宣言，明白將佛洛伊德和馬克斯兩個思想體系糾結在一起，令人搞不清是左是右，本來兩樣東西沒有一個能單獨成立畫派，但加起來發生化學變化，居然出現藝術的因子，不僅出現畫派，而且發表宣言。……現在軍國主義一枝獨秀，唯我獨尊，槍桿子已上了子彈，勢必以開戰來解決問題。我雖然主張和平博愛，有時也承認打仗不見得是壞事，思想上解決不了的問題就靠武力來解決，否則人類沒有出路。……算了，談到人類的出路，我的理論反而碰到瓶頸，談呀談自己又碰到牆壁，再也談不下去了，你說該怎麼辦，唯一的辦法就是宣布結束討論會，哈哈，我們就解散吧！」

不約而同響起一陣掌聲，雖然對鹽月一個下午精闢論點意猶未盡，卻都知道他的話說到這裡是結束的最佳時機。今天台南畫家才真正看到過去對鹽月所不了解的一面，他的思維敏銳而靈活，與說話四平八穩的石川全然不同。也不像石川愛以長者語氣對年輕人說教，至於鹽月的藝術成就，多年來人們的看法見仁見智，經過今天交談，至少讓所有的人都想進一步多了解他，因此在鹽月離去之前，謝國鏞代表南部文化界向他邀請，希望近期內來台南舉辦小型個展，得到了鹽月首肯。

鹽月每次南北奔跑總喜歡搭乘夜車，享受單獨在車廂裡過夜的樂趣，當晚與高校學生聚餐之後，就乘十點二十七分夜車北上，到達台北時是清晨六點過五分，在車站餐廳用過早餐後趕到學校，剛好操場上全校師生正在國歌聲中升起國旗。

「左派」護送他進了礦坑

「造型」在台南望鄉茶室舉辦三天的速寫展，結束後應主持人要求把作品留著繼續展出，會員就各自搭車回台北。第二天一早張萬傳到第一劇場近旁的巷裡找洪瑞麟，人沒有找到卻碰到藍運登，也是來看洪瑞麟的，兩人撲了空門心有不甘，就一起穿過菜市場往陳清汾住的大宅院走來，認為大清早這位阿舍應該還沒起床才對！

沒想到此時洪瑞麟正與陳清汾一起走在淡水河岸第九水門步道上，是才剛天亮洪瑞麟就把陳清汾從床上拉起來帶出門的，張萬傳等遲了一步還是沒有找到人……。

近年來傳說陳清汾以藝術理念的差異太大為由，有意隨顏水龍之後出走「台陽」，接受「造型」的收編，可是又看到「造型」欲振乏力，有氣數將盡之慮，最後還是留在「台陽」當一名邊緣人，這樣至少可以不讓自己脫離美術領域。「台陽」畫友之間陳清汾的言談批判性強，常當著眾人說些大道理不時引起爭論。只有在「造型」這群小老弟面前，他的批評被視為前輩的指導，所以他與「造型」的交往反而更自在融洽，情誼也更深。

這些日子來，所有的畫友都在關心洪瑞麟的境況，想知道他是否順利去了法國，而洪瑞麟在這關頭不找別人，竟然來找非「造型」會員的陳清汾，應該不只因為兩人是太平町最近的鄰居、太平國民學校的先後期同學而已！

走路的步伐看來洪瑞麟似有些疲憊，但臉上掛著淡淡的傻笑顯得如此輕鬆。

陳清汾見洪瑞麟沉默不語，就順著石階爬上堤岸，朝著台北橋方向而行，後面洪瑞麟也隨著走來，堤岸左邊是淡水河，右邊是大稻埕市街，靠近堤岸的一排是有陽台的古老洋樓，視線穿越屋頂看過去正好是陳清汾自家的二樓窗口，早上的太陽已從他家屋頂升上天空。

射過來的日光有些刺眼，他們不敢再往右看，偏過頭望著河中的船隻和盤旋上空的一隻飛鷹。

走在兩層樓高的河堤上，洪瑞麟雙腳開始往上浮起，感覺頭重腳輕，每當視線朝地上望去，就覺一陣心寒腳也發軟，這就是懼高症！不敢再往前走，便就地坐了下來。走在前頭的陳清汾看這情形，只好回頭走來陪著坐在他身旁。

此時洪瑞麟的臉朝向大稻埕，陽光正射在他臉上，陳清汾斜坐著面向淡水河，閉上眼睛好像什麼也不想再看……。

只聽到腳底下人行道上賣冰的販子低沉沙啞的叫賣聲「冰啊，冰啊！」有氣沒力，知道堤上有兩個人時，找到顧客似地：「少年兄，涼的，交關兩支好嗎？」提高嗓子問道。

「只要你肯送上來，我就給你買！」本來只是一句開玩笑的話，未料他當真抓起兩支冰棒，繞過遠在百多公尺處的石階，送到兩人面前來，兩支才一錢，臨走時又補一句：「包你們會想吃第二枝，到時喊一聲，隨時送上來。我會一直在下面等著！」說完就跑到河堤下方坐了下來。

這麼大熱天在太陽底下曬著，其實也不需要等，過不了幾分鐘賣冰的又被喊上來，這回手上拿著三支，一支咬在自己嘴裡，陳清汾看到，付了三支的錢給他。

「哇，讚！這時吃一枝涼的，真爽啊！」洪瑞麟沉默到現在，這才開口說第一句話。

「アイスケンレ——（冰棒）在這時候才是最有效的良藥！」

「我知道你要說什麼……。」

「讓不說話的人開始說話的良藥，對不對！」

才說不到兩句，兩人手中冰棒已經吃完，把剩下的竹枝往岸上丟去，被賣冰的看到了。

「再來一枝！」雖然沒有回答，他也不管，拿了兩枝就跑上來了，這回陳清汾拿出五圓大鈔要他找，讓他又跑下去，隔了好一會才出聲說要等最後才一起算。

「糖水結成冰就能賣錢……。多麼傻呀！這些吃冰的人。」陳清汾說時仍然望著河上的那片天空。

「唉！聽人說，到北警署就等於進了地獄，我這回真去了一趟，也不過如此。」

「什麼！北警署。」陳清汾幾乎不相信自己耳朵聽到的。

「我到民政局調查課，聽說是辦大案件的機關……。」

「真有這回事！難道去法國的事出了問題。」

「民政局自從後藤新平當長官以來，給人一種崇高的錯覺，其實魔鬼住過的地方，會變成天堂才怪。」

「開口就地獄，看來你是被嚇到了！」陳清汾轉過頭，盯著洪瑞麟的臉看，想從他臉上找到答案。

「地獄在哪裡？我說地獄在心裡，地獄是無形的躲也躲不了才最可怕……。你聽說過讓人怕到口舌都乾了這種感覺沒有？不過，今天又體會到另一種感覺，怕的時候咬一口冰棒可以去驚，哈哈！」

「你驚什麼？站在這頂上說心裡害怕的事，我就認為你有懼高症！」

「說得對，站在這裡比進入調查課，心跳更厲害。」

「進過民政局出來之後，的確思想進步了，說話變得更深奧，令人意外吧！」

洪瑞麟此時已起身，往回走去，陳清汾跟在其後，兩人同時走下石階。賣冰的笑咪咪走過來，手裡拿來兩支冰棒，再把剩的錢找給陳清汾時又補上一句：

「箱子裡只有最後五支，都賣給你們，你住在哪裡，我送到你家去……。」

兩人懶得理會，自顧往北朝台北橋方向走。

「這幾天大家都沒見到你……。」陳清汾說時，抬頭望著天上白雲。

「所以當我想見人時，第一個就找你。」

「他們也都去找過你吧！」

「應該會，……我知道他們到台南去了。」

「你也知道！結果怎樣？我說的是到民政局去了之後怎樣。」這才是陳清汾所關心的。

「他們叫我寫一篇文章，寫完之後，第二天就出來了……。」洪瑞麟嘴上笑得有幾分詭異。

「寫文章！什麼文章？」

「就像出題目給小學生作文……。」

「什麼題目？」

「造型。」

「還是『造型』？」

「我很認真寫了一個晚上，是故意的。」說話時洪瑞麟臉上微笑始終都沒有改變。

「『造型』在三十年代以前代表的色彩是『紅色』，這你們應該知道呀！」

「我只知道『造型』是視覺上的形，若改成『白色造型』就沒有問題了！我是這麼寫的。」洪瑞麟臉上終於出現調皮的笑容。

「看來是太遲了，即使改名叫『無形』，也已經有形，往後想繼續恐怕都很難。」反而是陳清汾的雙眼掛下了愁眉。

「到民政局去的事，只有你知道就好，讓那些人聽到，不出兩天全跑光，沒有誰敢再來見我……。」

「看來『造型』的氣數已盡！你覺得呢？」

「『造型』也算是我取的名字，顏水龍只是跑來舉手贊同，然後就不再有人反對，有這結果又能怪誰！」

兩人繼續走著，不再說話，也不知要去哪裡……。

「還想去法國嗎？」

「不知道，但早晚一定會去的。」洪瑞麟回答得十分堅決。

「還有一條路就是回到『台陽』去，楊三郎和你的關係不錯，我也會繼續留下來。只是，時局不知會變成怎樣……。」從陳清汾的話中，已聽出他心裡最消極的想法，認為戰爭一發生，什麼都不用說了。

「聽說……現在乘船去法國，船一進入地中海就等於到了戰火圈，想起來還是怕怕地。」

「那你就回去『台陽』。」

「難道就沒有第三條路！其實我還可以到礦區去。」

「礦區！挖金礦？」陳清汾認為他是在說笑。

「挖煤礦。」洪瑞麟卻是一副正經模樣。

「開什麼玩笑，憑你這樣子能到礦坑裡挖黑炭，笑破人家的嘴！」清汾握拳頭作勢想揍他。

「這是我的第三條路，最後不得已還是要走。」

「不是說笑吧！你哪有可能轉入這行去作挖礦的工作！」

「前些日子到基隆找倪蔣懷，在那裡住了幾天，他勸我暫時到鄉下躲一躲，太平以後再出來活動。他真的很關心我，說話很有誠意，我信得過。」

「對，他是煤礦世家，這建議好是好，不過……。」

「他的煤礦場在九份山下，叫做內瑞芳，那裡住的多數是礦工。我想起荷蘭礦區傳教的梵谷，能夠過梵谷一般的生活，很有傳奇性的，不是嗎！」

「說不定還可在那裡畫很多畫，聽說坑內的礦工都是脫光光地，正好是畫裸體的題材。」陳清汾說時眼神裡帶著幾分羨慕。

「倪蔣懷就是因為這樣才叫我去，但他說還要看我有無本事，所以今天也想聽你的意見……。」

「說不定，礦坑生活就此改變你的人生，把你塑造成另一種畫家。人的轉變很多時候是被動的，所謂時勢造英雄。將來你成了英雄，可別忘了當前的情況是如何在造就你呀！至少創作的題材對你已經是一大誘惑。」

「就好比大溪地造就了高更，我洪瑞麟經過礦坑生活的磨練，就像死了一次又再活過來……。」

太陽已經高掛在天空，早上兩人都是匆忙間出來沒帶手錶，感覺到肚子餓，應該已接近中午了吧！想到吃飯，不約而同穿過水門走進市街。不遠就是永樂國民學校後門，這一帶都是老街小巷，經過小戶人家的廚房門前，聽見裡邊炒鍋聲音，傳出一陣陣香味，使得兩人腳步加緊，沿著學校運動場外牆來到永樂町，這一帶有的是菜館和麵攤，但前方的陳清汾偏偏朝太平通的方向走去。

「現在我們該往哪裡走？」趕在身後的洪瑞麟問道。

「山水亭。」

「山水亭！吃個中午飯也到山水亭！」

「你不是說要到礦場去當梵谷嗎？難道不該讓古井兄好好請吃一頓飯！」

「去就去吧！吃了山水亭的飯，我還可以不去煤礦場……。」

「我們歡送你，誠意做到了。你不肯走也沒有人能對你怎樣。」陳清汾看到洪瑞麟態度緊張，越覺有趣，語氣裡越想逗他。

不到幾分鐘腳程，前面就是太平通，遠遠看見山水亭招牌底下，有個人兩手高高舉起張開大嘴，使勁打著起床後的第一個哈欠，連聲音幾乎都聽得見。

那人已轉身過來，正好望見路上走著的兩人，揮一下手像是招呼，又像在發號令，遠遠地便已經感到江湖老大的霸氣。

進了餐廳，一聽說洪瑞麟打算去瑞芳開礦，笑得他差點站不住腳，伸出拳頭重重搥在洪瑞麟胸前：「大頭仔瑞，法國就不去算了！但這到底是你自己的選擇，還是有人在逼你？如果是自己選擇，我支持你去；如果有人逼迫，你就不必去，我支持你不去！」古井兄看著瑞麟長大，小學時代見他頭大就認定他將來一定好命，每次見面喊他大頭仔瑞，一喊就喊了二十年。接著一邊摸他的頭一邊說：

「我常說，你們當畫家的欠缺世間的歷練，玉不琢不成器這句古人的話你該懂吧！不管你懂不懂，現在是吃飯時間！到我這裡不外就是要我請吃一頓飯。不錯，開飯館的不怕人吃，任何時候過來我照樣請得起。……中午這一頓算是我給你餞行，附近還有誰全請過來，我這就去聯絡……。」說著轉身躍上幾十年老舊的自行車急駛而去，這就是他聯絡的方式。

古井是個說做就做的人，本來猶豫不決的洪瑞麟，從早上開口向陳清汾表白，接著發生的事情有如一隻無形的手正一步步推著他邁向礦坑的路，想逃都逃不掉。

眼看吃過這頓飯，礦坑這條路將非走不可，從心裡升起莫名的焦慮。多年朝思暮想的巴黎，竟出現急轉彎把他送進暗無天日的洞穴，從此要過礦工的生活，想到此又一陣心酸，本來就愛哭的他，眼淚幾乎當場流出來，趕緊起身往洗手間跑去。

不知過了多久，對著鏡子看看自己竟然一滴眼淚也沒真正流出來，聽見外頭說話聲愈來愈響，陌生的聲音參雜在幾個熟人的對話當中，令他急於想出來看看，到底來了哪些人。

走出洗手間的門就聽到張萬傳與藍運登的大嗓門不知爭論什麼，另一邊張義雄與林金生又是一對也在爭吵，聲音雖小卻鬧得更兇，陳清汾從旁替兩組人調解。桌前靜坐著兩位女士，是第三高女剛畢業的黃早早和黃新樓姐妹，都是鄉原古統的學生，在學中已入選「台展」，一來就遇這種爭論不休的場面，兩人臉上無奈中還帶有驚訝和尷尬。

另一邊幾位男士，他只認得其中叫王添燈的中年男士，是大稻埕文山茶行的老板，近年來由於在各類運動中熱心參與，所以住在大稻埕的人對他並不陌生，與他一起的幾位經介紹後才知道是楊貴、趙港、蕭來福等，印象中應該是從事農運或工運人士。楊貴就是以《送報伕》小說成名一時的楊逵，是警署監獄的常客，這種理念和實踐一致的人向來令洪瑞麟佩服，坐下來後便睜大眼睛看著前來的幾個人，到底是何等人物長年來把坐監禁當家常便飯，走在外面又如此輕鬆！

同時對方一樣以好奇眼光往洪瑞麟望過來，心裡一定也在猜想究竟受誰的啟示，才使一名畫家想到礦區裡去過生活，這期間不知將產生什麼樣令人期待的作品，替社會低層勞動的工人階級發言。這樣的藝術家不知該以什麼方式來鼓勵和支持！在初次握手時，幾位社會主義者內心的熱情，透過手掌的力道使洪瑞麟深深感受到了，尤其在誠懇中帶有幾分浪漫的眼神，為洪瑞麟所深深感動，幾乎想整個人貼上去擁抱，這種衝動是在他與文藝界交遊中不曾遇到過的。

「這回到礦區去，不管有多長時間，多麼繁忙，一定要有動人的作品帶回來在『台展』中與大眾見面。我們都抱著極大的期待，拜託！」

握住洪瑞麟的手，楊貴以激動語氣，說時眼睛裡含著淚光。

站在身旁的趙港也伸出手來，握住他的另一隻手：「從知識份子的立場，你是走進礦坑裡去的第一支畫筆，台灣的歷史對你必有一定程度的肯定……。」

他的語氣愈加激動，雖然想再說些什麼，已經說不下去了。王添燈接下他的話說：「到那邊雖然遠離城市，其實我們之間距離反而更近。」他指著蕭來福和蘇新：「這二位經常到那邊去工作，有什麼困難多與他們聯絡，凡事千萬不可因為一點點苦就退怯。」

楊貴又接著說：「我們台灣的文藝不久將會有工農文學和工農美術，你肯定是開創的先鋒，在台灣以工農為基礎的社會裡，設使沒有真正工農美術，也就等於沒有美術……。」說話時一隻手緊捉住洪瑞麟的手背。

「在日本看到那麼多畫展，在法國只能說是沙龍美術，沒有從深沉的精神內涵反映最底層的社會問題，所見的那些作品都是浮面的表象，形式與技巧也都屬西洋的舶來品，是日本人的手所表現的西洋美學，只知以資產階級的立場思考，這種美術已經落伍了，所以展出的作品是些行屍走肉，沒有意識型態作為靈魂動力的圖像。」王添燈越說越激昂。

「……所以你到了那邊，真實體驗到礦區的工人生活，一定可以畫出有血有肉的，有時代意識的好作品，我們都非常期待，要好好加油！拜託。」趙港再次為剛才沒說完的話作了補充。

「瑞麟君，很早就聽人說，你在高砂寮附近和一位修女學法語，後來我也去那裡學，很不巧彼此沒有碰到面……。」一直沒有說話的蘇新，終於找到機會開口：「我到日本是顏水龍前輩帶我去的，第二天就見到陳植棋，他提起你，說有機會要把我介紹給你認識，可惜直到現在才見面，在學法語的那段期間，有幾位同學對巴黎公社很有興趣，因這緣故我與他們一起學習馬克斯，並且認為公社的構想在台灣比在法國或任何地方更有條件，不知道你在這方面有沒有特別看法！」

幾位熱心的社會主義者見到洪瑞麟似有相逢恨晚，你一句我一句恨不得把心裡話都說出來，他們雖有理想家的浪漫卻毫無防人之心，除了熱情卻一點也不像是個有歷練的社會運動家。

洪瑞麟才踏出洗手間的門就被這群熱心人包圍，一時受到感染也激動起來，往礦區工作的心意更加堅決，卻又不知從何開口表達自己此刻的心情，一句話也沒說，只能用眼神和笑容來回應……。

王井泉老遠地從櫃台大聲催促眾人上桌，洪瑞麟才終於有機會轉頭面對大圓桌，與已經就位的張萬傳、藍運登、范倬造、黃得時等打招呼，唯獨不見他所期待的顏水龍和陳德旺。

藍運登站起來，以不知幾時學會的法語：「乾媽達累慕」向他問候，讓洪瑞麟心裡有幾分不是滋味，已去不成巴黎的他，任何一句法國話對他都有難言傷感。

「懵酒，懵酒磨朽！」張萬傳也以法語問早安。卻站起來向他行一個軍禮，這舉動不知代表的是什麼！

「準備好要走進法語世界的人，忽然間說要到礦工區裡去過生活，這到底什麼情形改變了他，明天說不定是台北畫壇最大條的新聞！」

黃得時舉起大姆指，讚賞洪瑞麟的果決行事，又像在問他心意的大轉變到底怎麼發展過來的。

「剛剛才聽古井兄說，你要去倪蔣懷的會社上班。發生得太突然，簡直不能相信，所以大家都跑來，看看是真還是假！」張萬傳始終菸不離嘴，說話變得慢條斯理：「……你先去吧，住得習慣，我就跟著來，你做什麼我也做什麼，要挑要挖要敲都願意做，等到時局安定下來，我們一起坐船去弗蘭斯！」說到法國時，他想了一下才把自認為最標準的法語「弗蘭斯」說出來。

「洪的，去瑞芳之前先在台北開次畫展，我當你的後援，幾年後回台北，把礦區所畫的再公開發表一次，我仍然當你的後援，你回去準備一下……」王添燈提出建議。

「對對對，這建議我贊成，我們這就成立後援會，身上要帶些錢出外才放心。」王井泉馬上附和：「後援會裡，我一個人負責推銷四幅，其他的請諸位多多幫忙！」

「千萬不可以，現在非同平常，我……。」洪瑞麟聽到後援會，開始心慌，一旦去不成又如何交代，更何況對巴黎還沒完全死心。

「這你放心，後援會的事由我來做，你只負責拿畫出來。」王井泉安慰說，他的語氣聽起來這事已經就此決定了。

「出發去瑞芳的日期隨時來通知我，你就坐我的車去，多帶些行李，長久住下來才有成果。」陳清汾故意在眾人面前表示願擔任運送工作。

「好，太好啦！」王井泉鼓掌叫好：「現在大家都上桌，不要客氣！」卻見洪瑞麟仍舊站著遲遲沒有坐下。

台北來的「紅頭兄」（ANIKI）

本來只是倪蔣懷無意中說的一句話，順口向洪瑞麟表示去不成法國不如到礦場來任職的建議，並不期待他真的會來，洪瑞麟聽了也只報以一笑，未曾深加考慮，這種不經意說說就算了的對話，不管什麼時候都發生在美術界畫友之間。早上與陳清汾閑聊，也是隨便把礦場工作的事重提當聊天的題材，短短不到半天竟然演變到令人欲罷不能的程度，這種緊湊過程著實超乎大稻埕人的常態，看來他已經沒有退路可走。

回家之後如何把這意外的決定告知父親，又是一件棘手的事。當母親聽說他要去的地方是比基隆更遠的山區，就聯想到如同往南洋當軍伕，不知何年何日才能回家見一面，只顧流淚一句話也沒有說。

此刻最能說服家人的莫過於到礦區服務，就不必去南洋打仗的理由，在民間有類似的傳言，譬如下鄉當教員或記者是逃兵役的方法之一，因此父親不僅不反對，還希望越早離去才越讓家人放心。晚上母親到他房裡把積蓄多年的首飾包在布巾裡交給他，萬一時局緊張無法過生活還可用來變賣。臨走前父親又給他兩根金條和一套自己的舊西裝，雖然乘車僅不過兩個多小時車程，從家裡帶走的幾乎不比去巴黎少。

坐在陳清汾的汽車裡，憶起那天在山水亭王井泉為他舉辦的惜別宴，幾小時內情況就急轉直下，從倪蔣懷口中不經意說出的一句建議，再經不知情的眾好友鼓勵，使洪瑞麟不由自主走進半輩子的礦區生涯，人的命運到底掌握在誰的手中，他更加糊塗了。本來隨時準備前往藝術中心當一名國際畫家的他，沒料到僅幾小時的餐宴，一群人的手就這樣將他推向與當代藝術完全絕緣的角落。

這一去，對他的藝術生涯，可用瞬間的抉擇造成一個人命運的大改變來形容，他的礦工生活從戰火下的青年期，而戰後陌生政局下渡過的中年，直到老年退休，回到台北已經是一個新時代的大都會，這時候巴黎藝術對他而言，又是另外一種意義了。

來到瑞芳礦場沒幾個月，洪瑞麟就碰上台灣罕見最嚴寒的冬天，一個多月來整個海島幾乎籠罩在又冷又濕的天氣裡。

每天出門上班，門才打開，一陣冷風刮過來，整個人又被吹進屋裡去。坐在床沿幾乎再不想走出門，等出了大門，來到小巷口，才發現也不過綿綿細雨的天氣，風雖不大，雨打在臉上卻冰冷刺骨，這是在礦坑生活頭一個承受的艱苦考驗。

洪瑞麟被安排住在一棟礦區典型以混合材質建造的平房，利用在地採集的石塊為地基，靠著山壁砌成一面牆，其餘的用紅磚和木材併合。大門正面的牆，從地面上來約兩尺高，用的是磚塊，再往上才是木材，左右兩邊各一個窗子，小到只能探出一個人頭，據說這種房子的好處是冬暖夏涼，大熱天還會從岩壁裡冒出水滴。可是今年冬天一點也不暖，房子裡陰冷的濕氣，讓台北長大的他渡過有生以來最難受的嚴冬。

礦物會社配給他房子時，是倪蔣懷特別交代，才得到這間比一般職員大出一個房間的家庭式宿舍，可用來作畫室，唯恐他來此之後荒廢畫業。

這裡的房舍，除了大塊石材是它的特色，還有就是黑色的屋頂，從山上往下望去一片漆黑甚為壯觀。傳統造法是先以木板蓋在頂上，再舖幾層厚厚油紙，最後漆以黑色瀝青，每次修補時只換油紙，然後再上幾層瀝青，必要時連木材也上瀝青，所以這一帶的村落可說是以黑為主調，對過去不善用黑顏料的洪瑞麟，作畫時是一個大挑戰。

這段礦區生活裡，他在戶外矗起畫架畫風景的機會已不多，由於經常進礦坑內用水墨描繪人體速寫，使用的墨黑反而多得多，沒想到從此黑成了他一生中的代表色彩。

以前洪瑞麟當學生時，在教室裡畫人體，所畫模特兒有女有男，對人體動態已能掌握。到礦區之前，就聽說工人在坑裡幾乎全裸，心理上早準備好利用工作之便借礦工的健壯體格畫成素描。剛進行不久就發現工具的携帶問題必須改進，除了毛筆和墨，頭上一頂用來照明的小燈帽，都需經過一番改進，使之更適用於在黑洞內捕捉人體動態。

這段日子裡最令他難堪的，就是回家路上常遇到下班的工人，老遠就大聲喊他：「紅頭的，晚上到這邊來喝幾杯！」對此他不知該如何應對。起先工人都叫他「洪的」，自從知道他是老板的好友，便有人稱他「頭的」，兩個加在一起又變成了「洪頭」，不知道的人以為是「紅頭」。隔一陣子又聽到有人喊他「尫仔頭」。從小他就知道自己不夠資格稱美男子，他的頭又大又圓，卻配上小眼小鼻小嘴巴，還有細長的脖子，一直到長大都無法長成一個堪稱挺拔帥氣的男人，「尪仔頭」的尊稱對他一點也不相稱，但仍然樂於接受。

這裡的人除了喝酒猜拳，似乎沒別的事好做，天暗以後就躲在房間裡玩小牌賭錢，從外面幾乎聽不到任何聲響，一個月來洪瑞麟關在屋裡只聽見窗外風雨聲，一盞十五燭光的燈下，閱讀兩三頁台北帶來的日譯本法國當代小說，眼睛一疲倦蒙在被裡就睡著了。山區即使早睡早起，躺在床上睡十小時，第二天仍然連連打著哈欠，沒想到礦區的生活竟然是睡大覺，若是讓無產青年社會主義者知道了，不知作何感想！

星期日早上，濛濛細雨仍然持續著，房子裡陰濕得令人難耐，穿上厚厚的毛絨衣，戴上運動帽，鋪好信紙準備向台北寫家書。忽然傳來敲門聲音，從裡面小房間聽起來以為是附近鄰居的訪客，沒有想去理會，隔了好一會才聽到有人喊著「紅頭」，原來是會社的小使，說部長有事要他這就過去。

兩人撐著傘一前一後，風雨中小使在高高低低石階上跳躍著前進，洪瑞麟雖年長幾歲，畢竟是台北來的都市人，再怎麼追趕還是落後一大截，為了取捷徑，又沿著輕便車的小鐵道行走，可直通會社辦事室門前，再往右爬上十幾個石階，一棵百年大榕樹後面就是礦主的大宅院了。圍牆大門已打開，看來像有不少訪客，走進去裡面玻璃門也半掩著，帶路的小使用手一推人就鑽了進去，已聽得見客廳裡傳來陣陣談笑聲，認得出至少有楊三郎和陳德旺兩人，精神為之一振拔腳奔了進去。

果然是楊三郎和陳德旺，見到洪瑞麟進來，兩人一擁而上又拍又打，接著又熱烈擁抱，動作雖有幾分調皮戲弄，仍可看出彼此間的多年友誼，三個人一見面就在大廳裡鬧成一團。

「甘苦無人知，甘苦無人知！」這是洪瑞麟來了礦區後每天在心裡對自己說的，終於可以對著老友說出來。

「好啦，好啦，現在甘苦有人知，可以放心了。」陳德旺安慰說。

「就是知道你的甘苦，所以特別來慰問你。」

「你看，這是台北送來的慰問袋，都是你愛吃的……。」

「大稻埕的名產。」兩人你一句我一句。

「名產？大稻埕有什麼名產，還沒聽說過！」大稻埕長大的洪瑞麟的確想不起來有什麼名產。

「反正是好吃的，打開就知道是什麼！」

「閉起眼睛，鼻子湊上來，吸一口氣，聞到什麼香味，說對了就給你吃。」

「雞卷，對不對！對我來說勝過山珍海味。好呀，真正是我的好兄弟！哇，有雞卷可吃，來來來……。先讓我咬一口！」說著就想動手解開慰問袋，翻開來一看：

「哇！怎麼是……魚丸湯，對，是福州嫂阿布娘的魚丸，卡附、卡附！」見到魚丸湯說話也隨之改成福州腔台語，頓時三個人的對話變調成了福州發音。

大稻埕每條街都有一兩家福州人開的店，繡戲服和雕佛像，還有就是賣福州餅和魚丸湯，來台灣久了都能說流利台灣河洛話，只是那福州口音無論如何改不掉，鄰近小孩聽久了也學會他們的腔調，平時就雜在對話裡製造趣味性。

洪瑞麟樂極了，邊吃著邊喃喃自語，說的都是福州台語，魚丸湯裡清脆的馬蹄、蔥珠和胡椒混合著在嘴裡咬的感覺，勾起了無限鄉愁，淚水已不自禁流了出來……。

「好辣，好辣！」為了掩飾一時脆弱的情緒，嘴上不停喊著辣，好讓眼淚更放縱，要怎麼流就怎麼流。

「可憐啦！才一個多月不見，整個人竟然變成一隻餓鬼！」楊三郎邊說邊搖頭，看著洪瑞麟的淚水不知該用什麼話來安慰，反而以「餓鬼」調侃他。

不知幾時這裡的主人已進來坐在大廳一張藤椅上，或許因洪瑞麟的吃相使他只想在一旁靜靜地看著他們的戲……。

終於，他吃夠了，滿足地擦擦嘴又摸摸漲起來的肚皮，這才發現大老板坐在眼前。

「看來很好吃的樣子，大稻埕專送過來的美食畢竟不一樣……。不過，中午我還是要盡地主之誼請三位上九份，吃一餐金瑞園酒家的料理，比比看金仔山的酒席和大稻埕小吃哪一邊的才是上品。」

雖然這麼說，洪瑞麟並不後悔，他自信上山之後想吃多少照樣能吃多少，這是少年家的本事，也是本錢。

「雨已經停了，若沒有再下，我們就步行上山，沿途找幾個景讓你們畫スケッチ（速寫），也讓洪君肚子裡的魚丸、雞卷早點消化。現在大家準備好，十分鐘內出發！」北師畢業當過學校教師的倪蔣懷，再怎麼也改不了帶小學生的作風和語氣。

「奇怪得很！台北還在出太陽，火車一過暖暖就變了陰天，瑞芳下車時已經下雨了……。」

「所以有句話說『路過暖暖天就晴』，指宜蘭人出外謀生，過了四角亭來到暖暖，日頭就在那裡等著你，地名就是這麼來的！對基隆人來說，出外的宜蘭人統稱為『宜蘭販子』，暖暖河就是一條分界線。」說這話時，仍然是講台上教書人的口氣。

出了大門，走在前往九份的路上他還繼續說著：「九份酒家做的菜為什麼是最上品，你們知道嗎？因為酒家多競爭大，若問為什麼酒家這麼多？因為整年都下雨，男人沒地方去只好上酒家，為什麼這裡的男人有錢上酒家？因為白天鑽進礦坑裡，聞的都是男人的臭汗，晚上就想聞女人的香汗，就大方把錢花在這上面，這道理你們明白了吧！」

「哈哈哈哈！」雖然不算什麼笑話，為了禮貌大家還是出聲笑一笑來捧他的場。

他這麼說，好像告訴台北來的兩人，今後洪瑞麟過的就是這樣令人羨慕的日子。

可是，白天在地底坑洞，晚上出了地面又跑進酒家，終年見不到太陽，這對於以印象派繪畫起步，踩著日光走進藝術世界的這一代畫家，心裡有多大無奈，不得不擔心將來重返台北的洪瑞麟還是不是畫家。

雨已經完全停了，四人改用手中雨傘來當枴杖，沿公路往九份方向繞著山坡行走，翻過一座山前面就是海洋。

陳德旺走到洪瑞麟身旁，小聲問他，語氣帶著幾分憐惜：「這樣說來，你放棄巴黎了！」

「誰說放棄！巴黎一定要去的。」倪蔣懷搶先代替洪瑞麟回答。陳德旺聲音雖小，還是被聽到了：「這一生當中一定有機會，說不定哪一天就像今天這樣每人手拿一支雨傘登上蒙瑪特山丘，在酒店裡……。」

「對啦，有件事情……。」楊三郎突然想到有關石川欽一郎與倪蔣懷之間的往事：「是聽人說過：關於當年你想到日本進修，受到……受到石川先生的勸止……。」

「我明白你想問的是哪一件事，你們都已經聽到了！……北師畢業時我回到基隆的國民學校服務，第二年就準備去日本，跟你們一樣想進東美學畫。可是我父親年歲已大，等著我來接管家族的產業，就去請教石川先生。我先把情形分析給他聽，再請他作裁決。本以為他一定會支持我去東京，沒想到竟然要我留下來幫助父親的產業，當初聽他這麼說，我感到幾分失望，但最後我還是被說服了……。」

「外邊的傳言，說是……。」德旺和三郎幾乎是同時發問。

「你聽我說下去。那時候我已成親，有了孩子，所以憑我一個人要做丈夫、父親、老師、頭家，然後還到日本當學生，回來又當畫家，這麼複雜的身份，我非常頭疼。把這情形向先生請教，那天他說得很坦白，先分析自己在藝術上的成敗，甚至坦白說他的藝術人生還沒有開始，這說法令我很是惶恐。接著又說，日本的畫壇有一個石川和沒有石川，情形有何不同，要我回答，我不敢說，我實在不知該怎麼說呀！於是他就替我說了，很乾脆一句話：有沒有石川，日本畫壇不會有任何改變。接著又問我，台灣畫壇有石川和沒有石川會有什麼不同？這問題我馬上就知道怎麼回答，當然有很大不同，對我的回答，他感到滿意。接著就開始說到我，台灣畫壇有沒有倪某人這個畫家，情形有何不同？我當然要跟隨他剛才所說的，回答說沒有任何不同。接著又問，倪氏家族和家庭事業有你和沒有你有何不同，回答是肯定有很大不同。他說既然是這樣，已經很明白，那你還去日本做什麼！最後石川先生又說了一句更重要的話，他認為如果我肯拿家族產業的財力來資助台灣美術運動，絕對比我個人去當畫家對台灣文化的提升更有貢獻，他的話我銘記在心，這一生無論如何會遵照先生的話去做。」

講到此他突然沉默下來，接著停下腳步，其餘三人一語不發，靜靜只等著他說下去：「……石川先生對我們北師學生而言，就像父親對兒子，不管說什麼都等於父親的一道命令，誰也不敢違抗。說某某畫家在台灣多一個少一個對畫壇沒有什麼影響，這種話只有石川先生才講得出來；也只有他講出來我才聽得進去，他很肯定認為以我家的財力贊助美術運動，貢獻將無人能比，這句話如今已成我這一生的座右銘。你們看，他已經先替我在美術史上指定一個角色，只石川先生一人對我的人生能起這麼大作用……。」

話雖越說越激動，到了最後卻是有氣沒力。兩腳踩在石階上，一隻手插著腰，另一隻拿傘撐住身體，雙眼直望著遠方，像是忍住不想把下面一句話說出來。

「對，我想起有一天經過基隆運河，朋友指著岸邊一棟二層樓房，說那是你的房子，將來可能改建成美術館，不知真有這回事？」洪瑞麟問。

「是有那麼一棟房子，但不是我個人的，如果你們都認為適合於建造成美術館，我可花錢買下來，但也要等到有足夠收藏品，這還要請諸位多多幫忙！」

「也是聽說的，說你已收藏很多石川先生的作品，連他在英國買的水彩畫也轉到你手裡來。」洪瑞麟又再問。

「是的，他們說的沒錯，先生一直在鼓勵我收藏，他說收藏不但要花錢，更要花時間和精力，可惜我三樣都不足，所以不敢對外宣稱自己是收藏家，這些事你們既然知道了，我要更加努力才行，免得讓外面的人笑話！」

陳所長的囑託——聖戰美術

遠處已出現九份山城在朦朧霧中，爬了好一陣子山坡路，繞過三個山腰，每個人都已有些疲倦，不約而同停住腳觀賞山城在雲霧中的美景。

倪蔣懷年歲略長，此時已支持不住坐在路旁岩石上，兩手扶住胸口很辛苦地呼吸，但當大家掏出菸來抽時，他也不認輸伸手過來要了一支。邊吸菸邊指著山城一棟有白色磁磚牆面的樓房，說：「這棟白樓是九份唯一的旅館，今晚就招待大家在此過夜，那裡的經理姓吳，一再叮嚀有朋友來此必須帶去住宿，算是照顧他的生意，四個人睡一個統舖，等明天一早才趕下山去上班。」聽他這麼說，才知道雖然來訪得突然，主人的接待卻絲毫不馬虎，直到明天上班之前的行程都已經有了安排，不愧是個掌管大事業的人。

公路是彎曲而狹窄的石頭路，從瑞芳繞過九份、金瓜石可通到水湳洞，有巴士通行，四個人走了半天才見一部巴士駛過，車子爬山時辛苦喘氣的聲音，加上搖搖晃晃的模樣，看來隨時都可能滾到山底下，難怪倪蔣懷不肯搭車，雖然辛苦也要徒步上山。

又翻過一層山，在公路轉彎的地方俯視已更清楚看得到山下海岸，霧才剛退，太陽偶而射出一道光，照在傾斜山坡大片的蘆葦上，閃閃發亮甚是壯觀。公路沿著山勢蜿蜒而上，每轉一次大彎，出現在前方的山城就往前推近了一大步。

終於來到山城底下，一路有熟人與倪蔣懷照面打招呼，顯然礦業開發的盛況並不受時局影響，三三兩兩走在石階上的多半是穿土黃色工人服的礦工。

來到派出所前，倪蔣懷問一名過路工人：「陳所長今天上山來了沒有？」

「一早就看他坐在辦公室裡，剛剛聽到第八番坑出了事，趕去處理，很快就會回來吧！」

「啊，對啦，你就是跟隨林朝棨先生的那位蔡阿潭，我想起來了。」

「是呀，我好幾次到過倪先生的礦場。現在會社已經配給我宿舍，就在這山坡底下。」他指著從石階走下去不遠的兩排日式木屋，隱約可以見到黑色屋頂，從那裡的小廣場傳來小孩子玩耍的嘻笑聲。

此時四、五個穿西裝的中年人從公路另一端邁步走來，其中一人就是陳所長，比手畫腳大聲說話，正討論著什麼，仔細再看更像是在爭論，滿臉的不悅，令倪蔣懷不知該不該這時向他打招呼。

可是當其中一人朝這邊望過來時，已認出是倪蔣懷，馬上拋下其他人只回頭說一聲「再談！」就迅速走了過來。

「畫家先生，難得上山來，真是太好啦，我也正想找你！」說時人已走到近旁，兩人熱烈握手拍肩膀，看到洪瑞麟等三位，又問：「都是你的畫家朋友吧！歡迎到九份來，來這裡就是我的客人，由我接待，請！」

看來陳所長是個豪爽的人，倪蔣懷替他們介紹時，每個人都被他有力的右手握住，左手再伸過來在肩上拍了幾下，這動作讓對方感到被對方當成自己的兄弟般看待。

「你知道我找你什麼事嗎？」這話看似對倪蔣懷說，又像對所有在場的人說：「這事只有你們能幫上忙。前兩天收到海山郡皇民奉公會來函，要我們礦場主動邀請文藝界人士前來體驗生活，然後為礦工以勞動支持聖戰為題材製作文藝作品，首先當然是圖畫，大家都看得懂的美術，……你看，今天是什麼神把你們送上山來，分明是要你們承擔這神聖的任務……。」

他邊說邊伸手捉住倪蔣懷手臂，好像暗示所交下任務非由你完成不可，說完獨自哈哈笑起來，笑時明顯看得見嘴裡的兩顆金牙。接著又說：「太好了，這裡景色好、空氣好，到處可以寫生，既然到了這裡就留下來，會社有專門招待所，想住幾天就住幾天。吃住的事情由我安排，畫畫的材料我們也會準備……。」

「所長你真會說笑，人家來拜訪朋友，是我的貴賓，怎能一見面就派工作！」倪蔣懷趕快指正他。

「你看，我又說錯話了，真不好意思！當了所長以後，每次說話都有人來糾正。內人就經常罵我，的確要自我檢討，不可讓人笑我職位越高越不懂禮貌，哈哈，我們已是多年老朋友了，你盡管指教，我應該……。」

「你應該先套交情，大家做成朋友之後什麼都好說，對不對！過去你沒機會結交藝術家，我不怪你。今天就看你如何接待我的客人！」

「對對對，我們山頂人不識規矩，失禮之處多多包涵！中午由我們會社請大家吃飯，再讓我慢慢介紹這裡的景色。剛剛說的那些就暫時忘掉它！」說話時陳所長不停地點頭認錯，看來的確有事相求。

「那我們就先到處走走，中午時在金瑞園會合，接受你的款待！」倪蔣懷也不客氣指定要去金瑞園。

所長不知還想說什麼，此時事務所的窗子打開，有人大聲喊「所長電話！」，只應了一聲，陳所長頭也不回就跑下去了。

倪蔣懷領著三人登上往九份國民學校的石階，是整個山城主要的街道，由公路停車站筆直通到山頂上的國小操場。

陳德旺突然開口問倪蔣懷：「這位陳所長很臉熟，是不是台北人？如果沒有錯，可能是我太平國校隔壁班的班長，叫陳新枝。」

「沒錯，他就是陳新枝，大稻埕人，小時候住在第一劇場後面，本來在台北的台陽會社上班，為了急於升官，才自動請調到山上任職，這個人很能幹，手腕又高明，看來做到退休應該沒問題。」倪蔣懷把腳步加快走在前面帶路。

「說話一聽就知道是台北人，來到遙遠的礦山，鄉音還是改不掉。他這個人好像我也見過，大稻埕長大的孩子，總會在什麼地方碰過面……。」洪瑞麟附和陳德旺的看法。

「這一來你們更親了，有須要幫忙的，你能不管嗎！」

「這裡倒是可以住下來作畫的地方，只怕……。」

「怕什麼？」未等陳德旺說完，楊三郎搶著問。

「天氣，下雨天很麻煩。」

「我倒無所謂，只要不是颱風，什麼天氣都打不倒我！」楊三郎是典型的寫生畫家，對任何氣候都有適應能力。

「不管外邊氣候怎樣，只要鑽進礦坑裡，一切沒什麼兩樣。」洪瑞麟提醒他，還有個選擇就是走進礦坑裡去畫人體速寫。

「礦坑裡畫畫！不是很危險嗎？」楊三郎不以為然。

「梵谷當年就是自願去煤礦區傳教，到坑裡陪伴礦工一起生活，有這種精神才有這樣的作品。」

「在坑內所畫的，說不定像魯奧的畫，黑暗中透露一絲亮光，在日本還找不到這樣的畫法。」陳德旺說。

倪蔣懷聽了三人的對話，忙插嘴說：「聽你這麼說，好像已找到表現的方法，留下來作畫大概沒有問題了吧！」

「答應得太快是不可靠的。」洪瑞麟最了解陳德旺的性情，經常說變就變，永遠捉摸不到他，對他的「答應」還是抱著懷疑。

「其實也不必太認真，邊走邊談與坐下來談是兩回事情，走路說的話，走到哪裡說到哪裡，沒走到哪裡就說不到哪裡，結論是在那條路的終點才知道。所以決定事情一定要坐下來談，在桌子上敲定才算數。我父親沒能教我畫圖，他教我處事的道理，我一生受用不盡，從他那裡學會凡事要談到最後才敲定，一旦敲定就不可變卦，是我們楊家為人的基本道理。像這樣邊走邊說，在路上說的都是道聽途說，就是道德家也可不認帳。」楊三郎雖也是畫家，他是有原則的，「台陽」之所以能長久持續，他的這點原則產生的作用不可忽視。

「哈哈！我就知道你唸的是生意經，要坐在酒家桌上談才算數。這個我懂，我能懂的事，陳所長當然也懂，等一等就坐下來談，談到醉倒了為止。」倪蔣懷談到酒家開始嘻皮笑臉起來。

「也得先知道他所要的是什麼畫，也讓他知道我們能畫的是什麼畫……。」

「難道會是什麼聖戰美術！」

「管他要求什麼！我們只各畫各的……。」

「本來就是來這裡畫畫，想畫什麼就畫什麼，不必因為所長而改變。」

「最好是畫礦工的生活。」洪瑞麟建議。

「我也認為這是最好的題材，用速寫的筆法表現，將是台灣有史以來最早的，從沒有人畫過的礦坑畫。」倪蔣懷接著附和。

「還有，所長不是說要提供顏料和畫材嗎！我們就趁這機會畫幾幅大油畫，難道不行嗎！為什麼只想到速寫呢！這未免太沒有企圖心。當一個藝術家要有開展的心胸，到九份來就是要看大山大海和大天空，我最遺憾的就是台灣美術缺乏西洋人那種大氣度，針對這一點，我們就值得住下來好好畫一陣子，不要管是不是聖戰美術，只顧畫你自己的感受，畫好了簽上名字，就代表你自己……。」楊三郎用說教語氣鼓勵大家接受所長的邀請。只要有畫的慾望就值得留下來畫。

「我們的心胸並不小，更加期待能畫大幅畫。但這地方有夠大的空間嗎？」洪瑞麟回應。

「如果有呢？你會來畫嗎！」倪蔣懷反問。

「只要會社出得起材料，我絕對留下來，把顏料畫完了才走。」

「你看！藝術家畢竟也有現實的一面！」

「什麼叫現實？現在是非常時，所以要特別『現實』。」

「這麼說你就是決定接受陳所長的邀請啦！」

「都還沒有坐下來談，哪有所謂的決定，一切要等坐下之後，談的才算數，三郎不是這麼說的嗎！」倪蔣懷仍然堅持坐在酒家裡面談的才算數。

金瓜石童話

終於在金瑞園酒家的餐宴即將結束之前，陳德旺與楊三郎兩人喝完三瓶金雞酒之後，半醉半醒狀況下高舉雙手表示接受陳新枝所長之邀，從今天起就留在九份把礦區所見，在兩個月內畫出來交卷。唯楊三郎須回台北向家人交代，將平時雜務安排妥當，盡速趕來報到。陳德旺則說留就留，他的性格連一天也不必耽擱，明天一早就從鉛筆速寫開始畫起。

倪蔣懷以中間人立場向陳所長提出要求，由會社先支付部分款項，託楊三郎在台北採購畫材，直接寄到會社辦公室，其餘較輕便的由他親自帶上山。另外每人每天一圓零用錢，雖然山頂上的生活不需要花錢，但每天有進帳對工作的人心裡比較踏實，每日三頓則在會社食堂與員工一起吃。楊三郎表示到了台北之後可能多約幾個人上來幫忙，這念頭說出來後被倪蔣懷反對，因他不願讓陳所長覺得畫家都是這麼隨便，只需一點點好處就老遠從台北招來一群人，這樣畫家身份容易被看輕。他了解楊三郎性格，喜歡帶動眾人一起熱鬧，可是這回不同，雙方關係建立之前，必先顧全本身尊嚴，也只有社會經驗豐富的倪蔣懷才考慮得周到。

兩天後，楊三郎由台北回來，揹的提的帶回好幾箱，令人意外的是在裡頭有兩支口琴，他解釋說：未來在山上的日子一定有無聊的時候，必須吹口琴來解悶。洪瑞麟原本就有一支，三個人一起練習，來日必有機會用得上。

以後倪蔣懷每兩天來探望一次，並特准洪瑞麟只上半天工，吃過午飯便可上山，讓他有機會使用這批顏料。陳所長與陳德旺相認是太平國校隔壁班同學之後，又增加一層關係，相處起來心情更輕鬆，沒事就過來看畫家作畫，找些相關問題問東問西。

表面上倪蔣懷精神開朗，經常臉帶笑容，很難料到自從獨立掌管家族產業，付出大量心力，每日進出礦坑巡視，身體終究不堪負荷，前不久到醫院作檢查，外界只知道他狀況不佳，卻都認為是小病而已，生性好強的他仍然支持著與平時照常作息，直到洪瑞麟來了之後，才有個可信賴的幫手，將部分事務由他分擔處理。

楊三郎寄自台北的繪畫材料陸續運到，眼前這許多幾乎用不完的顏料，三個人一生中從未有過今天這樣，暢所欲為把顏料擠到調色板時絲毫不覺手軟，第一次有了成為大畫家的感覺。

於是開始合力繃畫布，利用晚上在燈光底下將畫布靠在牆邊，把顏料大筆地刷起來，洪瑞麟比任何人都貪心，在同時間裡四、五幅畫並排一起畫，畫時的氣慨像嘴裡哼的軍歌一樣，只有用「所向無敵」才能形容。

白天他們和一身灰塵的礦工擠在一輛輕便車上進入礦坑。看到兩人一組抬著木箱過來，形狀像是火藥箱，放在腳邊，三個人看到了心麻麻地一動都不敢動。下了車隨嚮導走進坑內不免提心弔膽，以為隨時可聽見爆炸聲，甚至發生天崩地裂，都市長大的他們無時無刻都處於礦坑意外的威脅中。這回終於讓洪瑞麟聞到火藥味，感受到戰火真正燃燒到身邊來了！

倪蔣懷雖然事務忙，身體常感到不適，還是經不起誘惑，一有時間就抽身上山，陪伴楊三郎等作畫。只是不去鑽礦坑，一個人在臨時畫室裡坐著從窗口朝外望去，左邊一道筆直的石階，是進入九份的主要通道，兩旁是沿著山坡建造的樓房，從山下往上看，每棟樓都有四五層高，黃昏以後萬家燈火的景象，更展現出山城的繁華，因而有小香港之稱，是他幾年來就想畫的景色；右邊窗戶看到的是台灣島北端，海岸線曲折蜿蜒，近海有個小島叫基隆嶼，形狀與宜蘭龜山島極相似，也是入畫的好題材。右前方有座高山，居民皆稱雞籠山，想是因山形而得名，但若是從金瓜石的角度看過去則形狀完全改變，更加險峻，充滿山岳的靈氣，聯想到台灣島的外形有如一條鯉魚，這裡就是這條魚的嘴。

每個窗戶看出去都是一幅好畫，使他一來就想畫，直畫到最後一班公車快到時才匆忙趕去。

洪瑞麟從學生時代就善於用素描捕捉人體動態，來瑞芳之後畫得更勤，這幾天裡與楊三郎等一起，大家都看得出他運筆精練，回到工作室不到一小時就照著速寫轉畫成二、三十號的油畫，不須費工夫修改，一口氣就把畫完成七八成。

至於楊三郎，人體畫非他所長，若僅以海景作題材，其速度則不遜於洪瑞麟，畫布上了畫架之後，一口氣只刷三兩下就把顏料塗滿，根本無須加以修改，多年訓練的技法已都在掌握中，有時為了配合所長的要求，在畫中寥寥數筆補上穿工服的礦工，雖然還是風景畫，有了勞動中的人群，一座礦山的景象便充份表現於畫面。

陳德旺的興趣和作風與兩人不同，幾天來他一直畫著速寫，其實寫來一點也不速，一天當中頂多僅四、五張而已。他之所以有此豪爽的決定願留下來作畫，無非因看上這裡海岸在黃昏時的光線變化，他用鉛筆在紙上輕輕地磨，想磨出當時光影的奧妙，其實多半沒有成功，他也無所謂，慶幸自己終於在畫中找到了台灣的濕度。接著就取出口琴吹了起來，讓沒有畫完的部分用吹的方式來完成。來來去去吹的不外是〈白色富士嶺〉、〈濱邊之歌〉和〈藍色多瑙河〉，這些曲子他也只吹好前半段，有時吹到後來忘了曲譜，就胡亂編造，竟然吹得有模有樣，比照著譜吹的更有感情。楊三郎在一旁聽了還稱讚他是作曲家，洪瑞麟也說，如果他的畫能像吹口琴無拘無束，必然是一流的傑作。

有一天，大約是來九份的第一個禮拜天，陳德旺單獨一人肩上掛著簡單畫具，邊吹口琴邊走，沿著公路朝雞籠山方向漫步而行，來到山腳下，再往前走繞到山的另一邊就是山的側面，抬頭看雞籠山時發現形勢全然變了樣，簡直是另一座山，尤其最右側的大岩壁，山勢之雄偉險峻是台灣山岳所少見，情不自禁就地站在路旁張開紙畫起速寫。此時，晨霧正沿著傾斜的山形緩慢滑行，把山的凹凸造型和層次分割得更清楚，他想起那支歌〈白色富士嶺〉，從袋子裡取出口琴速寫也不畫便開始吹起來，他想用這支歌來讚頌山岳之美。吹完後心裡有點後悔，作為畫家而無法以畫筆讚美一座山，反而靠口琴奏出音樂表達內心感受，對此應該感到羞愧才對！念頭一轉又拿筆重新再畫，沒想到這一畫接連畫出十幾張紙。

回到工作室，大家看到他難得豐收，甚為好奇，雖說畫的是雞籠山，竟呈現這許多不同樣貌。剛到不久的倪蔣懷見了頗為感慨，自責沒好好地介紹過這座山，於是決定找一天親自當嚮導帶大家往雞籠山下徒步繞一圈，深入體驗一座山不同角度的變化和氣勢。

好不容易等到那一天，洪瑞麟還躺在床上，陽光剛從窗外照進來，一見是難得好天氣，他擔心倪蔣懷忘了自己說過的話，特地在上班之前跑來礦主公館，想提醒他今天下午就可以上山。

佣人阿章開門後，等了近半小時才出來一名十幾歲少年，帶他到二樓房間，倪蔣懷坐在靠椅上胸前蓋著毛毯等著他，滿臉疲憊，一看就知道他又在生病。

「今天好天氣！你是來告訴我遊覽雞籠山的事，是不是？我精神雖好多了，但還是不好出去……。」接著他指那少年介紹說：「他叫瑞坑，名字和你只差一個字，算起來他要叫我阿叔，也愛畫圖，參加過學校的展覽，從小就在這附近到處跑到處玩，我看今天也只能由他帶路，說不定還更合你的意！」

告別走出大門，外面是難得的大晴天。瑞坑的笑容一直掛在臉上，有機會帶領畫家出遊，無法掩飾心裡的興奮，輕盈腳步踩在石階上不停往前跳去，為了快速趕到九份，抄捷徑沿著輕便車道上山，洪瑞麟不肯認輸緊跟在背後，兩人幾乎是跳躍的腳步上山而來，不到二十分鐘已到九份山城下的派出所，會社的藍色屋頂就在眼前，方才把腳步放慢，兩人開始有對話。

「你姓蔣，是嗎？」洪瑞麟先開口。

「是，是蔣介石的蔣，我阿叔也姓蔣，不知為什麼又加一個倪，變成兩個姓，我們祖先從漳州來大概有十幾代，和蔣介石這支那人當然沒有關係！」

「剛才聽說你也愛畫圖！」

「我喜歡，隨阿叔學過，但他沒有耐心教我……。」

「唸中學沒有？」

「瑞芳公學校高等科，我還想再升學。」停了一會，接著又說：「目前在礦場做事，什麼事都做，一直想到日本學畫。」

「太好啦，只要有決心，總去得成。」

「……在台北的畫展裡看過你的畫，我看不懂，但很喜歡，阿叔的畫很規矩，不適合我這種人。」

「還喜歡誰的畫？」

「石川欽一郎，他的畫我喜歡。曾私底下畫過石川的水彩，就是學不來，奇怪，看來很好畫的樣子，畫了以後才知道不簡單。畫好了帶給阿叔看，他說石川畫的是英國派的水彩，……阿叔到過日本，也買過那邊人畫的水彩回來，我都看過，但沒有一張比石川畫得好。阿叔非常節儉，很少花錢買東西，是受到石川影響才肯買水彩畫，油畫比較貴他總是買不下去……。」

「他看來身體很弱，好像生病了！」

「他常常生病，所以沒有到日本唸書。最近還向我父親建議，要我留在礦場做事，我父親雖答應，但我沒答應。我看得出他很信任你，須要你協助他……，他常常請醫生來家裡注射，每天都要吃藥，雖然家裡有錢，還是健康最重要，對不對！像你這樣最好。」

「今天由你來帶路，走哪條路知道嗎？」

「沒問題，有時候阿叔還要我為他帶路。」

「是這樣！真是太好了！」

「上回也是我帶路，阿叔才第一次爬上雞籠山，沒想到中途就下起西北雨，他轉身就跑，醫生說他不能受寒，到了山下才只十五分鐘真快！不過，他知道的要比我多，金瓜石的事情只有他才會為你們講解，其實他知道的那些，還不是聽阿公說的，我也都聽過……。」

洪瑞麟看這少年人很健談，對他已有好感，便說：「如果你想學畫，晚上可以來找我們！」

「哇，那太好啦！我要喊你先生，你叫我阿坑。」

「等一下我們開始畫了以後，你也一起畫，晚上就……。」

「阿叔說，晚上有人請喝酒，他生病恐怕去不成，本來說要帶你們一起的。在礦坑裡做工的人每個都喝酒，不喝不行，也不知道為什麼！喝酒的人都說：酒可以有病治病，無病強身，肚子疼喝下酒後，細菌被毒死了病自然會好。牙齒疼喝口酒含在嘴裡，細菌死了，牙齒就不再疼，你信不信！」

「當然不信，這是酒仙仔說的話，愛賭錢的人也說賭錢可以發財！」他們開始沿石階往下坡走。

「……前面就是陳新枝的會社，張萬傳和楊三郎兩位先生都在，是不是？能認識你們真高興！」

「張萬傳沒有來，來的是陳德旺。」

阿坑搶先把門一推跑了進去，又轉身出來，不停搖頭：「不在，裡面一個人也沒有！」

「事先沒通知，大概去寫生了。沒關係，走在路上或許就碰到他們。」

順著公路蛇行上坡，途中有好幾處崩塌正在修復。來到雞籠山下，阿坑指給他看登山的路口，果然有一條小道可直通山頂，但阿坑說天剛剛放晴，山路還很滑，今天不宜登爬。

阿坑才停下來不到兩分鐘就繼續往前走，是個急性子少年，他一心一意只想把洪瑞麟帶到前面的台地去觀賞全景，可環視四周從九份山頂看到新山小村落，然後從金瓜石直看到水湳洞，今天該看的便一目了然。為達到這目的，他認真奔跑而洪瑞麟只好加緊腳步在背後追趕，偶而發現什麼想停下多看幾眼也不可能……。

才轉個彎他又自顧往山坡走下去，通過一個十幾戶人家的聚落，便開始穿梭在小巷道之間，甚至還踩到人家的屋頂。領路的阿坑突然回過頭來，頗得意地說：「九份的路是永遠沒有絕路，以為到了盡頭，仔細一看，又發現有小路，再小的路只要人能穿過，它就是路。不要擔心，走過去一定有意想不到的小路，就是人家後門也一樣可以穿過，阿公常拿來教我們人生的道理。你有沒發覺，九份人的頭腦就像他們的小巷，看得到就走得通，因為這樣阿公說九份一定會出偉人。可惜到現在也沒有看到！」

這裡的房子都是靠著山壁建造，雖無整體性的概念，卻又存在一點設計想念，因生活所需而延伸出來的牆面，當中必留下一條小路可讓路人穿透，因此出入其間不為起居所阻礙，公有和私有空間自然取得協調，因蓋房子而擋路的事從來不會發生在這裡。所以九份的行可用「四通八達」來形容，洪瑞麟終於摸清楚九份人生活的特質。

「有路盡管走，能走就能通，這叫九份路，不論什麼地方十份裡頭都留有一份空間讓人過去。」

走在前面的阿坑，不時轉過頭來說一兩句，都是他阿公說過的話！

不久洪瑞麟就發覺他們已在原地團團轉了好一陣，好久沒有開口說話的阿坑開始著急起來了，九份路太暢通還是會走出問題，顯然已找不到那個凸起的台地。突然間阿坑發現了什麼拉住洪瑞麟衣袖，指著遠處右前方山腳下：「那兩人不就是張萬傳和楊三郎！」

「不是張萬傳，是陳德旺，張萬傳沒有來。」

「噢咿！噢——咿！」兩人一起接連幾聲呼叫，仍不見對方反映，只好放棄。

阿坑已不再趕路，更不想找什麼台地，大概累了，就站在原地不動，洪瑞麟終於有機會好好環視四周，出現在正前方的是一排高山峻嶺，看來一山比一山高，在雲霧中層次分明，最近的一座山可清楚看見大岩壁上刻有正楷「金山」二字，左邊另一山頂隱約可見一塊巨石形似金瓜，想必是所以命名金瓜石的由來。阿坑則說它更像一隻水壺，是當地最突出的自然地標。山嶺底下有幾根大煙囪，阿坑說剛才走路時聽到的汽笛聲是這裡放出的信號，那時洪瑞麟忙著跟在後面趕路，根本什麼也沒聽到。阿坑又說這裡是台灣唯一金銅的產地，指給洪瑞麟看更遠山上的神社鳥居，是台灣東北角海拔最高的黃金神社，從地面走到神社頂端整整兩千六百個石階，當初是為日本開國紀元二千六百年而建的。

越往前走，視野越寬廣，洪瑞麟心癢癢地想動手畫速寫，當場駐腳攤開速寫簿就畫了起來，阿坑不知走多遠，見後面沒人跟來就自動回頭，也並不曾閑著，他仍繼續執行嚮導任務，嘴裡不停地看到什麼說什麼，他這年齡懂得的常識，不是道聽塗說，就是自己編造，說的是些五四三不盡可信，在洪瑞麟聽來仍是津津有味，他的故事越說越得意：「……金瓜石有一間很大的日本房子，天皇曾在這裡住過，有一天他出外打獵捉到一隻金狐狸是公的，另一隻銀狐狸是母的跑掉了，天皇看到金狐狸流眼淚向他求情，很受感動就放牠回山裡，兩隻狐狸為了報恩，那以後這裡的人終於挖到了金礦和銀礦。」

「哈哈，這到底是誰亂編的故事，不可信，不可信！」

「不然金瓜石怎會產金子，別地方沒有，只有這地方有，總有個理由吧！」

「雖然我不信，但我還是很喜歡。還有沒有別的？」

「故事很多，我只講給相信的人聽，光喜歡不信，我不想講。」

「那麼我就告訴你，我相信。好嗎！請講！」

「……一百年前，有個英國人叫耶穌，坐著降落傘從天空下來，好巧被掛在這裡一塊大岩石上，不能下來，他就大聲唱歌，山下居民聽見後都趕來看，正好看到他用五指按在岩石上，射出很亮的光，把村民全都嚇跑。第二天有人偷偷跑回來看時，耶穌已經不見，岩石上留下『金山』兩個大字，你信不信！」

「信是信，但請問你怎麼知道那英國人的名字叫耶穌？他到底向誰說過話，報過名字，有誰懂得說英國話？」

「他，他可以說日本話，所以才能寫『金山』兩個字。寫了之後，我們這裡就開始產金了，信不信！這裡的金子就是耶穌所賜的！」

「信，當然信！還有什麼再說來聽聽。」

「再講一個，這是最後一個了。……很久很久以前，我們都還沒出生，唐山的船帶來了九個兄弟，在台灣登陸，從海邊打獵一直打到山上來，獵物有時多有時少，多的時候大家搶著要就打架，少的時候不夠分也打架，反正九個兄弟每天都為吃的東西打架。有一天其中一人想到一個辦法，到瑞芳街上張貼告示，說有誰若能替九兄弟的獵物公平分成九份，就是他們的主人，願一輩子做他的奴隸。從基隆來了一個人叫顏國年，看到告示伸手就撕下來，跑去見九兄弟，提供一個連小孩子都懂的辦法，告訴他們每次打獵回來，不管打到多少都分成九份，然後用抽籤決定哪一份是什麼人的，果然從那以後就不再有爭端了。直到現在我們都還稱這辦法叫拔虎鬚，九個兄弟自從做了顏國年的奴隸，什麼都聽主人的，吃的也是主人給的，根本沒有機會去打獵更不再拔虎鬚。而顏國年利用九兄弟挖金礦，變成台灣金礦大王，於是才把他的地盤稱為九份。完了，沒有騙你，這是真的故事，你信不信！」

「原來九份的地名是這樣來的，不管信還是不信，我都接受，給你拍手叫好！」

「再說一個，這回真的是最後一個，但你不一定會喜歡。」

「這不行，要說就說我喜歡的……。」

「這樣好啦，我先說一半，如果你喜歡，我就繼續說；不喜歡，就不說了，可不可以？」

「好的，請說！」

「從前有一個人叫蘇東坡，是九份地方上有名的大富翁，總共娶了六個妻子，都是美人，老大是從唐山和他一起過來的，老二是後來遊安南時娶回來的，老三是在蒙古娶的，老四是滿州娶的，老五是台灣娶的，老六是日本娶的，六個人每天都在吵架，吵到屋頂都要掀開來。有一天，他覺得很奇怪，怎麼突然這麼安靜，反而令人不自在，就把她們都叫過來問，原來施行皇民化以後，六個女人都成了日本人，過去每個人都為自己國家在爭面子，現在已經是同一國就沒有什麼可爭的了。」

「好！這個好，我不但喜歡，而且完全相信。」

「你可以把故事畫成一幅畫！」

「對，這個建議太好啦，畫出來後獻給愛國奉公會，政府一定須給我動章，你簡直是天才！」

「人家也都這麼說，……從小聽阿公講孫悟空的故事！就認為我是孫悟空轉世，功夫好能七十二變。」

「你認定孫悟空就是自己！」

「阿公說的故事，我聽了有時也認為那不是真的，阿公就說書上寫的怎會是假的，一氣之下就不再對我說故事。後來變成我來對他講，他反過來說我的故事不是真的，因為書上沒有寫。我說將來這些都寫成了書，你就非相信不可。阿公卻說假的就是假的，怎能亂寫！」

邊談邊走已經來到離金瓜石不遠的路口，一排排整齊的木屋非常顯眼，是典型的日本宿舍，中央有一道筆直的石階，兩旁植有高大松樹，這麼幽雅的環境不用說一定是日本人來此開發金礦之後聚集的地方，是金瓜石最高級的住宅區。

「從小我就在作夢，希望有天能住這樣的房子，過日本小孩一般的生活……，你看這麼好的房屋只要當中有一間是我家，我這一生就很滿足……。」

阿坑的話越來越多，突然阿坑像發現到什麼，指著前面一棟土黃色建築，開始解說起來：「你看那裡就是日本人的小學，全島才那麼幾間小學，在這偏僻山頂上就有一間，表示這地方住了相當多的日本家庭。台灣小孩唸的是東國民學校，在山腳下較低的地方，校長和老師都是日本人。……還有，你看那國民學校旁邊，有一排一排的房子，矮矮黑黑的像營房，那是誰住的你知道嗎？我看你絕對猜不出來的，我告訴你，是溫州人住的，不知從哪裡來的，講話完全聽不懂，小孩子也都不上學，好像他們是另外一國，每天看到他們排隊出去，排隊回來，像是去礦場做工，但手裡空空地什麼都沒拿。有一次他們看到我阿公，還會打招呼，阿公說他們是清朝人。對，有一個特別日子，這裡每一家都插國旗，一條一條好幾種顏色的旗子，比我們的國旗好看。也常常聽到他們在打架，吵得非常大聲，他們一吵警察馬上就來……，你知不知道溫州人是什麼人？」

「溫州人，應該也是一種支那人，支那地方大，人種多，講話都不一樣，有時這裡的人做皇帝，有時那裡的人做皇帝，是個很雜很亂的地方，不像日本萬世一系，才真正像個國家……。」只講到這裡，他的話又被打斷。

「還有，你看那裡，就是這棟房子再過去，有個高起來的平地，看到沒有！那裡有操場和兩排營房，你猜那是什麼地方？」

「當然不是。」

「那是兵營，又有點像工寮，不會又是溫州人！」

「對，我知道。是俘虜營，聽人家說過。」

「你猜對啦！」

「不是猜對，是我已經知道。」

「我也是最近才知道，一位在警察局做事的同窗告訴我，因政府擔心敵機來轟炸，特地將戰俘關在這裡，然後放風聲出去，利用他們來保護礦區，辦法確是相當聰明，戰爭時這裡就安全了。」

「沒想到一個礦區竟然是全台灣人種最複雜的地方，你說有日本人、溫州人、英國人和我們台灣人，說不定還有別的什麼人……。」

「還有，從宜蘭搬來一批會講國語的高砂族，和基隆來的不會講國語的福州人。還有台灣的下港人，也講台灣話但是有下港腔，說不定也有客人……，你，你是不是客人？」

「不是。」

「我也不是，先知道比較好，萬一說錯話……。」

「你說話這麼快，我看很有可能……。」

「走，再帶你到另一個地方！」

說著又踩著輕快的腳步，迅速往山谷走去。跨過一條小溪然後又上坡，不到十分鐘前面就是國民學校的大操場，遠處教室裡傳來小朋友唱歌聲。走進校園的感覺真好，不管是誰都會有許多甜蜜回憶。

經過學校門前沿著公路繼續前行，是九彎十八拐蛇行而下的碎石路，阿坑說直走下去可通到海濱。洪瑞麟情不自禁地唱起歌來，阿坑也跟著唱，在歌聲中踩著大步並肩行進，就像小學生的遠足只差沒有手牽手。

邊走邊唱過了好一陣子，阿坑又開始說話：「前天在礦坑裡聽阿來師說，他家的濟公託夢給他，說台灣有一天會化成一條鯉魚，鯉魚的嘴就在這山口，金瓜石是他的眼睛。濟公說這裡的金很快就被挖空，一旦沒有金表示台灣當朝的氣數已盡，接著就會改變朝代。回家我告訴了阿公，他說阿來師的嘴很靈不可不信，他是劉伯溫的十三代弟子，日本人快來之前，他說過台灣島要換旗幟，果然沒有多久家家戶戶插起了日之丸，阿公每談起他，就把他講得像仙一樣。」

「那麼他有沒有說這個仗打起來，日本會不會贏？」

「不是說台灣會換國旗！」

「皇軍如此強大，日本的民族性這麼盛，無法想像有誰打贏得了我們軍隊！」

「……。」

又沉默下來，公路轉一個大彎，出現眼前是另一個礦場，比金瓜石更大，阿坑忙解釋說：「我們已經到水湳洞，如果你想回台北，可從這裡搭小火車，叫五分仔車到八斗仔，然後轉大火車去台北，正好是繞一大圈。下回你要帶朋友，走這條路線最省時間。」

又聽到低沉的汽笛聲，且頻頻傳來遠處金屬碰撞敲打聲音，沿途有穿土黃色工服的礦工在路上來回穿梭。工廠依山而建，彷彿一座中世紀城堡，想像中裡面工作的人一定不下千人，從這距離看過去有如螞蟻世界，是難得一見大型的人間勞動營。

這才是陳所長期待中的畫面吧！洪瑞麟停下腳步，心裡承受著一個罕見大場面的震撼，不知如何下筆。

「你不想把它畫下來嗎？」阿坑開口催他。

「不畫了，用眼睛畫也是一樣。」

「用眼睛畫！我知道，你想記下來，回去再畫。我也這樣畫過。」

「這樣畫過！你真聰明，你不是一整天都用眼睛到處看嗎？到哪裡看到哪裡，已經印在腦子裡，回家後從記憶中一張張掀開來看，找出好的畫面就畫出來。」

兩人張望了好一陣子，眼睛像相機鏡頭不停地拍攝，別以為他們站著已經看呆了，眼睛裡其實比誰都忙碌。

「我們就在這裡等巴士吧！」

已經站著看了大半天，這裡的天氣說變就變，不知幾時開始下起毛毛雨，洪瑞麟看到附近的站牌，知道回金瓜石最方便的方法是搭乘上山的汽車，然後步行趕在下大雨之前回到九份。

阿坑臉上露出笑容，不表意見也不直接回應，卻說：「只要你的功課作完，我的任務也達成，早上出來時阿叔給了我兩圓，我們乘車直接回九份，找到張萬傳和楊三郎，再一起到市場裡，每人吃一碗什錦麵，切一盤豬肝、四個滷蛋、四根雞腿，最後吃一盤四果冰，你看這安排如何！」

「當然行！原來你在路上就心裡盤算好了，肚子餓了吧！」

「看，巴士已經來了，可以上車後再買票，這裡的車掌相當兇，你要小心，由我來應付……。」

「台陽」五分車上

洪瑞麟的金瓜石、水湳洞一日遊，所畫的速寫帶回來讓楊三郎和陳德旺兩人看過之後，也要求阿坑帶路，大家又去畫了好幾回。有一天三人正要出門，所長陳新枝匆匆過來，手裡提著一袋油條和杏仁茶，說這是今天一早排隊從阿甜嫂那裡買到的，把三人又請回辦公室裡，大家圍在桌前一起用早餐。

楊三郎吃過早餐後自動把近日所畫速寫打開，一頁頁翻給所長看，他用粉蠟筆畫速寫，色彩亮麗豐富，所長邊看邊問畫的是什麼地方。氣氛慢慢培養起來之後，所長又再開口：

「昨天黃昏，山上的國民學校教諭古井先生來找我，說了一些話，要我也轉告三位。因現在已是非常時期，短期間內出現有人拿著紙描寫山勢地形，會被相關單位看了報告上去，古井先生知道這是我所推動的，你們是我的朋友，因此要我做一種辨識用的臂章，套在手臂上，讓人知道你們是從事文藝工作，正在執行一項任務。他說這是自我保護，不知諸位有沒有意見？」

聽來像是所長的建議，其實是已決定的事前來通告而已，三人當然不敢有異意。

隔了一個禮拜，因為台陽展交件，楊三郎必須返台北處理事務，身邊還帶了兩本速寫簿，見到人就拿來「展一展」，南部的陳澄波、林玉山、廖繼春、曹根、劉啟祥等見了十分好奇，爭相要求楊三郎在展覽的六天期間當嚮導，結伴到金瓜石一遊，目的當然是為了寫生。

他們選擇繞行北海岸的路線，先乘火車到基隆，轉巴士經過八斗仔海邊，再搭小火車沿著海濱往水湳洞，然後沿阿坑走的相反方向步行上山，先到金瓜石，再到九份過一夜，第二天有整日時間自由寫生，傍晚才下山到瑞芳，乘宜蘭線火車直接回台北，正好從海線到山線繞了一大圈，由於這安排太吸引人了，所以在場的七八人全都決定參加。

是個難得的好天氣，沿途大家的心情就像小學生在遠足，年輕人一路嘻笑打鬧，從台北到基隆的慢車上，陳澄波擺出老大哥姿態把座位讓給其他人，自己則來回穿梭在車廂內，分發帶來的牛乳糖、土豆仁和仁丹給同伴，火車過了八堵山洞已經快到基隆，偶然看到廖繼春衣服一個鈕扣即將脫落，他半句話不說從背包裡取出針線，當場就站著替他把鈕扣縫上，縫好又拿出小刀把線割斷，火車也剛好抵達終站。

接著轉乘巴士離開基隆市區，當巴士快到八斗仔，從車窗看到漁港停泊的幾隻近海漁船，船伕正忙著抬下漁網，這樣的畫面出現在藍天白雲底下，吸引著大家下車後趕著往海邊跑去，帶路的楊三郎在背後怎麼也喊不回來，等畫完陸續歸隊，小火車時間已經遲了兩班。

搭上小火車後，車廂只有普通火車的一半大，一伙人擠在一起已經只剩轉身空間。陳澄波意猶未盡拿出剛畫的幾張較得意的速寫，要求每個人給他批評，這同時也想看別人畫的，頓時你一句我一句熱烈討論起來。

車子快要開之前，上來了一群基隆高女的學生，看樣子也是出來郊遊的。隨後又擠進來一名軍人，雖然穿著像軍人，看得出是在隊伍裡擔任文職的，一上車就目不轉睛盯住其中一名女學生，想辦法親近，女學生們並不領情，回頭瞄他一眼不知說了什麼，心裡很不是滋味。

陳澄波嘻嘻哈哈走過他身後，手拿楊三郎畫的雞籠山全景，對大家解說今天的主要景點就是這座山，不小心後退時踩到軍人的腳，滿肚子的怨氣於是發洩到陳澄波身上來。

先是大聲罵了一句，不知說了什麼。接著搶過陳澄波手中的畫，楊三郎看到自己的速寫簿被搶，擔心撕毀或摔出窗外，從座椅上迅速站起，緊急中想起証明記者身份的臂章，便從口袋掏出來，亮在那軍人面前，或能起作用，未料對方看也不看就抓過去，順手一摔已拋出窗外，使得楊三郎忍不住也發狂，伸手捉去把對方眼鏡掃落地上，瞬間兩人抱在一起，楊三郎力氣大把對方壓在下面，其他同伴一轟而上，有的過來幫忙，有的來解圍，一旁女學生見狀尖聲大叫，馬上招來車上的警員，把楊三郎等鬧事的四、五人姓名地址全抄錄下來。本來高高興興外出遊玩，發生這種事情實在掃興，當火車停靠下一站時，楊三郎突然喊一聲：「下車！」，全體跟著他一起跳了下來，跨過月台，就這樣又返回台北，九份之旅也因此半途而廢。

楊三郎有了不愉快經驗，使他隔了好久才又上山，那一年「府展」中楊三郎出品的巨幅風景〈基隆山遠眺〉和洪瑞麟的〈聳山峻嶺〉，表現山岳的雄偉氣勢，甚受讚賞，紛紛有人前來打聽是什麼地方取的景。之後開始有人照著地圖指示找到金瓜石和九份，美術界東北角沿岸山區寫生的風氣是這時候形成的。洪瑞麟和楊三郎兩人就是這條寫生路線的開拓者。

一個多月後兩位畫家要離開時，每人留下五件大小不等的油畫和十幾張素描，這數目對楊三郎是輕而易舉的事，作畫緩慢的陳德旺則盡了最大力氣才勉強達到要求，加上在地倪蔣懷和洪瑞麟的作品總共將近五十件，有了亮麗的成績，不負陳所長之所託，對介紹人倪蔣懷算是很大面子。

仍然有許多人看過之後以更嚴苛要求，認為題材內容與政府倡導聖戰美術的標準有段距離，所謂

「聖戰」就應該表現出戰爭的現場，話雖這麼說，當前台灣美術的實力能畫出大動作及大構圖者尚且不可得，只能在一般風景畫中增添幾分戰時氣息，如插上一支國旗、出現穿軍服的行人、空中飛過一架戰鬥機、合唱軍歌的小學生、防空演習的婦女、民眾的捐獻行列等。四位畫家所畫的充其量只是礦場生產線的實景，是戰時生活的應景之作，不論如何此類以勞動為題的油畫，過去在台灣畫壇仍然很少見，出現在台陽展中更是罕有。一時之間議論紛紛，不管怎麼說，從此以後台灣美術的領域有新的轉向則是不可避免的。

永遠的山水亭

今年「府展」開幕之前就傳言可能會是最後的展出，只要美國航空母艦進一步往西南移動，太平洋戰爭就會燃燒到台灣來。政府當局已開始在策動民間疏散，離開都市到邊遠的鄉間躲避即將來臨的空襲，居住台北的畫家已有人陸續搬離，城內的美術活動顯然較往前冷清多了。這一來洪瑞麟在台北消失影蹤，在畫友之間已不足為奇，不過只是先別人一步作疏散而已，到瑞芳的目的不外是躲避空襲，忘了他要去巴黎遊學的事情。

楊三郎和陳德旺反而這時候從外地回來，在九份畫了一個多月的畫，每天領一圓零用錢，這對兩人而言是第一次畫圖又有錢領，口袋裡滿滿地走路有聲，還帶回許多題材不尋常的油畫，好不令人羨慕，絲毫也看不出兩人有外遷的打算。

就在這時候傳來倪蔣懷病逝的消息，令畫界友人深感婉惜，美術界從台灣各地區前往憑弔。「台展」期間在石川欽一郎建議下，倪蔣懷出資在大稻埕開辦台灣美術研究所，聘請陳植棋擔任過指導，洪瑞麟、張萬傳、陳德旺、藍運登等都是此時在這裡入門，而後逐漸走上藝術的道路，一路走來常受倪蔣懷照顧和勉勵，建立深厚的情誼，聽到消息他們當天就趕去，一連數日與其後代一起守在靈旁。

過去常在報刊發表美術評論的詩人王白淵，此時剛坐完政治牢回到台北，對倪氏的過世特別難過，去年東洋畫家呂鐵州病逝時，他入獄後才獲知，不久又傳來雕塑家黃清埕返台途中沉船的消息。台灣新美術運動才剛開始，短短十年間就有黃土水、劉錦堂、陳植棋、吳天華等人先後離去，接著又在今年走了這三人，感嘆台灣美術人才的急速凋零，他在一篇追悼長文中表現了作為文化人內心的焦慮。文章裡他稱呂鐵州為一支「詠頌鄉情的彩筆」、黃清埕為「塑造界的魔手」、倪蔣懷為「新美術的園丁」，皆是一代美術精英，擔憂美術的路如此坎坷，環境如此險惡，往後還能走多久多遠，新美術的重建恐非這一代人所能負荷的重任。

自從Mouve和「造型」的運作相繼停擺，數年內探索新美術的團體已不再出現，取而代之的是配合當局政策的台灣美術奉公會、日本美術報國會、美術工藝統制協會、台灣宣傳美術奉公團及大東亞藝能文化協會等，先後在各地舉辦展覽如必勝美術展、大東亞戰爭週年紀念捐獻展、美術街頭展、大東亞共榮圈美術展、聖戰美術展、感謝皇軍獻納繪畫展等，看到的都是以戰爭作題材的作品，編印成一本厚厚的《台灣聖戰美術》畫集為戰爭作宣傳，影響之下整個台灣美術的活動都被捲進了戰爭的漩渦裡。這樣的氛圍底下，大稻埕的美術活動如王井泉所說已進入了新美術的休耕期。

十月以後，「府展」收件日期將至，散居各地的畫家依然有人抬著作品搭火車到台北來。外面傳言因局勢影響，帝國美術院畫家已不克前來評審，只剩島內兩位大老木下靜涯和鹽月桃甫，可能只有兩人旗下的子弟兵才有獲獎機會，類似的傳言為畫壇平添了許多緊張氣氛。

交件當天，畫家們如往前把畫抬到指定地點台北公會堂，在等待收件行列中，多日不見的畫友這時候又遇到了，也看到彼此近作，是一年當中難得令人興奮的場合，然而，從列隊的人數明顯感覺出參展者已沒有往前熱絡。

嘉義的畫家由於到達得早排在最前頭，接著是南部的劉啟祥、張啟華和他們的學生，當中又穿插幾名生面孔的青年，衣著看來像是師範生，兩三人一起用手推車把作品送來，正靜靜蹲在一旁填表格。台北地區的本島人畫家直到中午還不見露面，從行列中看得出內地人的參與率增高了，其作品雖然不大，卻配上十分華貴的畫框，吸引一些人前來觀看。由於好奇的不是畫，使得作者感到幾分難堪，有人想打聽是什麼地方產品，在台灣能否買到，把工廠地址抄了下來。顯然經過十六年的官展競賽，台灣美術的成就雖未獲得肯定，畫框的消費人口有明顯增加已不容置疑，製造木框的手藝應運而生，有技術的工藝師多半來自內地，不久就把功夫留傳給本島弟子，台灣的製框業也在這時候出現了第一代。證明台灣的新美術已經有它的周邊產業。

交件手續完成後，有的人就坐在公會堂左前方噴水池石板凳上，看來好像是休息，更期待的是借此與久未謀面的畫友聊一聊，十點鐘不到已先後來了林玉山、陳澄波、黃水文、薛萬棟、曹根、葉火城等，又見藍蔭鼎朝這方向走來，只向大家揮一揮手就跨步過了街道，走在他背後的還有幾名內地畫家，都是生疏面孔，每個人像有要緊的事匆匆走過。

「怎麼沒看到雪湖來交件？」陳澄波問旁邊的林玉山，其實是明知故問。

「去廈門沒有回來。……是你寫了介紹信，他才去的！還用問我……。」林玉山懶洋洋地回答。

「我是說他的畫，不是他的人。」

「不在台北的台北畫家好像越來越多！」黃水文說。

「有的留在內地，有的去了華南，有的躲到鄉間，有的到了南洋……。」

「剛才聽說古井兄的山水亭過了這一回的『府展』就打算暫停營業！」

「這裡每天在防空演習，令人感覺到敵機已飛到頭上來，台北人怕死，早晚還是會跑光。」

「留在東京的畫家也越來越少……。」

「有誰還在東京？好像也沒幾個！」

「黃土水死了以後，張秋海去了滿州，陳夏雨回來結婚，不知又去日本沒有！郭柏川還在北平，聽說每天帶女學生遊古蹟，已不再回東京啦。留在日本的其實還有一些，像何德來、陳永森、賴傳鑑、蔡蔭棠、金潤作、廖德政，還有誰？」

「還有李克全、莊世和、徐藍松……，都是後來才去的，大概就這些吧！」

「林顯模不知回來了沒有！這些人比我們現實，多數跑去學美術設計，想想還是他們才正確。」

「只要沒有戰爭，他們應該早晚會回來的。」

「幾天前王白淵到嘉義來，和顏水龍一起談到台灣美術的未來，也談到在日本的這些人，他說要看新一代畫家肯不肯起來接棒，台灣美術才有前途。過去沒有人這樣說過，只有他強調新一代的重要。一直以為我們就是新一代，可是人家已經期待下一代了，新一代的前途才是台灣的前途！」

「陳清汾那批人從歐洲回來之後，快十年了，此後不見有誰再去歐洲，與歐洲之間就這樣斷了線，思想觀念從此接不上，才是最可惜的。古井兄昨天還提起這事，一個開餐廳的人對文化有這程度的理解，我說他很了不起。」

陳澄波和林玉山之間的對話，所談台灣美術的問題，代表嘉義人的觀點，是遠離台北的人才能看到的，異於台北人的現實，是一種動態的，是文化進展的問題，不像台北人把眼光專注在官辦美術展的競爭。

蘇秋東和洪瑞麟這時也完成交件，有說有笑朝這方向走來。

噴水池的另一頭不知幾時來了幾名師範生，是剛才排在後面的那幾個，正以日語大聲在談論著什麼，口音一聽就知道是台灣人。這邊有人開始批評：

「……現在越來越多的人改姓名，又積極推行國語，好笑的是中學生的台灣話講起來怪腔怪調，不像台灣人，日本話講起來也怪腔怪調，不像日本人，你看這該怎麼辦！」

坐在另一邊當國民學校教師的葉火城，聽到年輕人的日語，有感而發：「所以我們要先有心理準備，很快大家就只說國語。所謂『台灣人』是我們現在說的，是今天的用語，總有一天沒有誰去分台灣人、日本人，本島人、內地人，這樣的結局對下一代的台灣人是幸還是不幸，我常想著這問題……。」

「你想太多了，客觀條件不時都在改變，仗一開打誰輸誰贏都不知道，看事情不可只憑一種假設。」蘇秋東從旁插嘴。

「戰爭一旦爆發，所有文化活動被迫停止，經過一場戰火破壞，台灣島還剩下什麼，實在無法預料，我們這一代人所做的恐怕什麼都留不下來。我看事情永遠是往最壞的先想，如果最壞是全盤毀滅，想逃也逃不掉，就不必想下去了。」林玉山轉過頭來回應葉火城的話。

陳澄波也起身走過來，搶著要發表他的看法：「剛才我們不是數出很多人的名字來了嗎！戰爭結束後，目前居留島外的他們還是要回來，不管戰爭破壞到什麼程度，就由他們去重建好啦！戰火把一切燒光，等於燒掉這一代人的歷史，讓我們從歷史中消失，下一代不再知道我們做了什麼。沒關係，我們的努力只為自己同一代的人而做，有這理念就夠了，不懂的是台灣人到底跟誰有仇，為什麼在這場別人的戰爭裡非參一腳不可？……。」

「不要這樣悲觀好嗎！台灣又不是沒有過戰爭，過去三年一小反，五年一大反，我們的上一代就遭遇過番仔反、西仔反、日本仔反，還有自己打自己，大大小小的仗一直打個不停，才有今天的我們……，台灣人什麼都怕，就是不怕打仗，不要去想太多，戰爭是用打的，不是用想的，要想的話，沒有打就先嚇死了！」

張萬傳突然走到背後來，打斷大家的討論，替大家作了結論。

不知什麼時候加進來的陳清汾，站在林玉山和陳澄波背後，雙手各一邊搭在兩人肩膀上，還沒發言就先笑了起來：「哈哈哈！今天這種場面，在台北已好久沒看到。有這麼多人實在不容易，以後真不知道還會不會再有呀！可惜沒看到李石樵、顏水龍和李梅樹，我以為他們應該也在這裡才對。……去年這個時候，交件之後李石樵和我一起走路到新公園，我們談到陳植棋，他又提起植棋說他是台灣畫壇最可怕的人物這件事，……你們大概也有人聽他這麼說過，後來我想了想，一個畫家為什麼感到另一個畫家可怕，被人認為可怕的那個畫家，為什麼還到處對人說他的可怕……，我一直想不通這是什麼道理，你們有誰願意給我找答案！」說到此，他朝著陳澄波直看，像是在等待他回答。

「那還不簡單，唯一的道理就是……，因為他們是競爭對手嘛！」陳澄波還沒來得及回答，張萬傳先替他說了。

「我知道他們是好朋友，實力也相當，一有競爭反而關係變得緊張。被形容成『可怕』……。」林玉山說。

「『可怕』當然只是他的一種說法，如果是我，我不會用『可怕』這個字眼。」陳清汾為剛才那句話作了補充。

「彼此是對手，而且又沒把握贏得了，這一來，可怕才會在心裡產生。我不是他的對手，他也不是我的對手，彼此就不覺可怕了！因為已經沒有輸贏……。」陳澄波回答得直截了當，認為這根本不是問題的問題。

「一針見血，答得好，不過……。你看，說人人到，石樵兄不是過來了嗎！」陳清汾指著正朝著這邊走來的李石樵，此時他剛交完件，很輕鬆的樣子走出公會堂。

「石樵在『台展』和『帝展』都很順利，不可否認是他成功的地方，藝術家有好幾種，他是屬於在沙龍競賽中獲得優勝的那一種。」在李石樵尚未來到之前，陳清汾為他的成就作了這樣的註腳。

「諸位，真難得都在這裡，好久沒有見面了，大家都好嗎？久違了！」李石樵一來就禮貌地向眾人問候，他的禮數畢竟與其他人不同，不但招呼還一個個喊名字，好像擔心這些日子來已忘記了他們。

陳清汾不再談陳植棋，卻問李石樵有關畫像的事，說：「你這次到新竹為清水源次郎畫像，報上也登了，完成了沒有？」

「噢，這事你已經知道！那幅畫還沒來得及完成，他就調到滿州去了，現在只好等他回來後再繼續。」

「你當初畫長谷川清總督，酬勞好像是三千圓，清水源次郎或許更……。」

「我不知道，他們給多少我拿多少，不敢討價。」

「有本事向長谷川大將伸手拿錢，憑的只是一支畫筆，你真是台灣畫壇可怕的人物！」張萬傳又再開口，這回他學陳植棋口氣說他「可怕」，李石樵似已聽出來，便說：「這是植棋說的，十年都有了，現在還有什麼值得可怕？一切都改變，人也改變，想法也改變，植棋已到了天國，我還在人間，誰也不怕誰了！」

陳清汾接著說：「現在是人怕鬼和鬼怕人的相對關係，懂得燒香就不必害怕，這道理你應該了解！」

「『台展』剛開始時，大家爭破了頭都想拿個獎，十幾年後，該拿的獎都有了，終於看清楚，拿到的都不是藝術，真正的藝術在哪裡？現在我們已經到了深入思考的年齡了！」陳清汾的幾句話為李石樵帶來了一陣感嘆，出乎意外他居然有這樣的反應，他能夠反省看得出他又進步了。

「有人來了，來的好像是李大師，一位可敬又可怕的大師，……趕快叫住他，他往另一個方向走啦！」李石樵指著剛走出公會堂側門的李梅樹，正朝南警署方向匆匆走去。

「梅樹！這邊，過來！」幾乎是異口同聲。

李梅樹轉頭看到這邊都是熟人，拔腳就朝這方向跑來。

「有可能，明年可能不辦『府展』了。」一邊喘氣一邊報告剛聽來的最新消息。

「就算演一場戲，也該有落幕的時候！」張萬傳漠不關心地回答，暗示大家無須大驚小怪。

「能夠這麼簡單就結束嗎？國家的展覽喊停就停，這國家算什麼，畫家又算什麼！」不知道是誰已經激昂慷慨起來嗆聲。

「畫家就是畫家，不算什麼！」說話的人漠不在乎的語氣。

「巴黎之所以是巴黎，因為那裡有偉大畫家，台灣之所以是台灣，難道因為這裡……。」他的話被人打斷。

「因為台灣的畫家快沒有飯吃了，誰願意給畫家飯吃，誰就可以解救台灣……。」懶洋洋的聲音，一聽就知道是張萬傳，但很快被更大聲音打斷。

「美術競賽結束了，競爭者終於感到肚子餓！這很正常，當一個人滿身鬥志時，就像灌滿氣的皮球，漲到不知什麼叫做餓，畫家也不過是一隻用來競賽的動物！如今平靜下來，才發覺自己的可憐。」到底說話的人是誰，大家轉頭過來，竟沒有人認得他，只知他比誰都年輕。

「畫家是畫畫的動物，不是比賽的動物，對不對！這道理為什麼要等到比賽場地沒有了才體會出來！」

「有人說，三天沒有畫畫，不可稱自己是畫家。」

「沒有了『府展』，還會不會畫畫？台灣畫家開始要受考驗了……。」

「別說啦！肚子餓的跟我走。」

「走去哪裡？」

「去吃飯。」

「哪裡吃？」

「古井冗的店。」

「山水亭！」

張萬傳、李梅樹、李石樵站起來就朝著北門方向前進，其他人也一起跟著走來。洪瑞麟和陳德旺跟在隊伍的最後，看似不想去又不得不去。心裡在想「府展」沒有了，幸虧他們還有山水亭！

「感覺到沒有？最近的山水亭已經不一樣了！」好久沒有到台北的洪瑞麟想說出他不熱中於往山水亭跑的原因，又說不出口，卻說出當下的一點感覺：「你看出來沒有？它變了顏色。」

「山水亭本來就是淡淡的綠色，並沒有改變！」陳德旺一路只望著天空，心不在焉地回答。

「那麼就是大稻埕的顏色變了。」

「莫非是我們自己的眼睛變了！」陳德旺說。

「你看到的是什麼顏色？」

「永樂町是紅色，太平町是藍色，兩個顏色調在一起變成了⋯⋯。」

「紫色！」

「針對紫色，古井兄才為他的山水亭設計成綠色。但他說沒有一個國家肯以紫色當國旗！」

「他的道理是⋯⋯。」

「他說過，只要來吃過飯的人能把他的綠色帶出去，就可以讓大稻埕變色⋯⋯。你希望變成綠色還是紫色？」

「今天這一群人走進山水亭，出來時，我不敢期待誰能把山水亭的顏色帶到街上去，⋯⋯。」

兩人的對話持續不停，跟在一行人背後往北門走來，穿過城門就是大稻埕，然後沿著太平通朝著台北大橋直走，跨過縱貫鐵道，經過東雲閣、白玉樓、萬里紅的大招牌，已能看見「山水亭」三個字，老遠的距離尚且分辨不清那招牌究竟什麼顏色⋯⋯。

「難道綠色已經開始淡化！難道已到了應該變顏色的時候！」

「不會吧！問題是如何調顏色，才能調出大稻埕的顏色……。」

「大稻埕畢竟是大稻埕，收割之後遍地黃金稻穗，那時三原色裡只有一種黃色，所以叫黃色大稻埕。近代文明入侵之後，為大稻埕帶來大量的紅色和藍色，從此再也看不見黃色，沒有黃怎能調出綠來！往後只有紅與藍，混合成了紫色，想找個綠都很難了！我認為只有紫色沒有政治色彩，你說對不對！」

「我不知道，不過在陽光底下，顏色褪得最快的是綠，最後還是只剩下紫，大稻埕褪了色之後，從此成了古老的名稱！」

「那麼這裡的畫家呢？也都一起陪著古老……。」

謝里法 著

發行人 何政廣
主編 王庭玫
編輯 謝汝萱・沈奕伶
封面設計 曾小芬
美編 曾小芬・張紓嘉
出版者 藝術家出版社
台北市重慶南路一段147號6樓
電話：（02）2371-9692～3
傳真：（02）2331-7096
郵政劃撥：01044798 藝術家雜誌社帳戶

總經銷 時報文化出版企業股份有限公司
台北縣中和市連城路134巷10號
電話：（02）2306-6842

南區代理 台南市西門路一段223巷10弄26號
電話：（06）261-7268
傳真：（06）263-7698

製版印刷 欣佑彩色製版印刷股份有限公司
初版 2009年3月
定價 500元
ISBN 978-986-6565-24-3（平裝）

行政院新聞局出版事業登記證局版台業字第1749號

國家圖書館出版品預行編目資料

紫色大稻埕
／謝理法 著.--初版.
-- 臺北市：藝術家，2009.02
672面；17×23公分.--

ISBN 978-986-6565-24-3（平裝）

857.7 98000211